Rainer M. Schröder
Die Judaspapiere

Von Rainer M. Schröder sind bei Arena erschienen:
Die Bruderschaft vom Heiligen Gral –
Der Fall von Akkon (Band 50081)
Das Amulett der Wüstenkrieger (Band 50082)
Das Labyrinth der Schwarzen Abtei (Band 50083)

Das Geheimnis des Kartenmachers (Band 50185)
Das Vermächtnis des alten Pilgers (Band 50214)
Das geheime Wissen des Alchimisten (Band 50186)
Die wahrhaftigen Abenteuer des Felix Faber (Band 50187)
Mein Feuer brennt im Land der Fallenden Wasser (Band 50188)
Die Lagune der Galeeren (Band 2916)
Land des Feuers, Land der Sehnsucht (Band 2244)
Jäger des weißen Goldes (Band 2895)
Im Rausch der Diamanten (Band 2960)
Das Geheimnis der weißen Mönche (Band 2150)
Die Rose von Kimberley (Band 2958)
Der Schatz der Santa Maravilla (Band 2138)
Felix Faber – Übers Meer und durch die Wildnis (Band 2121)
Das unsichtbare Siegel (Band 2240)
Insel der Gefahren (Band 2499)
Die wundersame Weltreise des Jonathan Blum (Band 1934)

Rainer M. Schröder,
Jahrgang 1951, lebt nach vielseitigen Studien und Tätigkeiten in
mehreren Berufen seit 1977 als freischaffender Schriftsteller
in Deutschland und Amerika.
Seine großen Reisen haben ihn in viele Teile der Welt geführt.
Dank seiner mitreißenden Abenteuerromane ist er einer der
erfolgreichsten deutschsprachigen Jugendbuchautoren.
www.rainermschroeder.com

Rainer M. Schröder

Die Judaspapiere

Roman

Arena

*In Liebe
meiner Frau Helga*

Sonderausgabe 2010
© 2008 Arena Verlag GmbH, Würzburg
Alle Rechte vorbehalten
Lektorat: Frank Griesheimer
Innenillustration: Georg Behringer
Umschlaggestaltung: Frauke Schneider unter Verwendung
von Illustrationen von Georg Behringer und Klaus Steffens
Umschlagtypografie: knaus. büro für konzeptionelle
und visuelle identitäten, Würzburg
Gesamtherstellung: Westermann Druck Zwickau GmbH
ISSN 0518-4002
ISBN 978-3-401-50228-1

*www.arena-verlag.de
Mitreden unter forum.arena-verlag.de*

*»Fantasie ist wichtiger als Wissen.
Wissen ist begrenzt,
Fantasie aber umfasst die ganze Welt.«
   Albert Einstein*

*»Keinen Drachen kann man so hoch
steigen lassen wie den der Fantasie.«
   Lauren Bacall*

*»Gott hat den Menschen erschaffen,
weil er vom Affen enttäuscht war.
Danach hat er auf weitere Experimente verzichtet.«
   Mark Twain*

Prolog

Die uralte Kapelle aus der Zeit Cromwells lag hoch über den Klippen der Felsenküste. Bei Einbruch der Dunkelheit waren über dem Ärmelkanal dunkle Wolken aufgezogen. Nun trommelte der Regen sein wütendes Stakkato auf das Dach der Kapelle. Und auf der Seeseite stiegen schäumende Gischt und das Donnern der Brandung aus der pechschwarzen Tiefe herauf.

Das Licht einer Sturmlaterne tauchte plötzlich auf dem gewundenen Weg zur Kapelle auf. Wie ein Irrlicht tanzte es durch die regendurchtränkte Dunkelheit. Immer wieder verschwand es für kurze Momente hinter den Stämmen der fast kahlen Bäume, die den Weg hügelauf säumten.

Es waren zwei Männer, die sich mit dem Sturmlicht der dunklen Kapelle näherten. Einer von ihnen saß in einem Rollstuhl und hielt unter seinem langen schwarzen Regencape eine hölzerne Schatulle auf seinem Schoß fest. Der andere, ein Mann von äußerst hagerer und hochgeschossener Gestalt, an dessen viel zu weitem Umhang der Wind so unbändig zerrte wie ein garstiges Kind am Kleid seiner Mutter, schob ihn vor sich her.

Als sie die Kapelle erreicht hatten, nahm der Hagere von dem Mann im Rollstuhl einen großen Schlüssel entgegen, trat an die mit Eisenblechstreifen beschlagene Tür des alten Gotteshauses und schloss sie auf. Nicht ein Wort war auf dem Weg zur Kapelle zwischen ihnen gefallen und auch jetzt hüllten sie sich weiterhin in Schweigen.

Kaum hatte der Hagere die Tür aufgestoßen, als der Mann im Rollstuhl seine Arme unter dem Regencape zum Vorschein brachte, die Schatulle zwischen die Oberschenkel klemmte und sein Gefährt nun selbst in Bewegung setzte. Mit einem kräftigen Stoß überwand er die Türschwelle und rollte durch den Mittelgang auf den Altar zu. Dabei zerrte er sich das triefende Cape vom Leib und warf es achtlos zwischen die Kirchenbänke.

Der Hagere holte ihn mit raschen Schritten ein, nahm ihm die mit kostbaren Intarsienarbeiten verzierte Holzschatulle ab und stellte sie zusammen mit der Sturmlaterne auf die graue Marmorplatte des Altars. Ihr Licht hob nun einen Teil der dahinter liegenden Nische aus der Dunkelheit.

In dem gewölbten Halbrund hinter dem Altar hing ein mittelalterliches Triptychon, dessen Ölfarben im Lauf der Jahrhunderte viel von ihrer einstigen Leuchtkraft verloren hatten. Auch durchzogen zahllose Risse den aufgetragenen Firnis und an manchen Stellen waren schon fingernagelgroße Stücke der Farbschicht vom Holzuntergrund geplatzt.

Auf den ersten Blick hin schien sich das dreiteilige Tafelbild nicht von unzähligen anderen seiner Art abzuheben. Das Mittelstück des Triptychons zeigte Jesus ganz traditionell am Kreuz, mit Maria und Magdalena zu seinen Füßen. Doch schon das Bild auf dem linken Flügel hatte nichts mehr mit der üblichen jahrhundertealten Tradition der Kirchenmaler zu schaffen. Denn es zeigte Judas Iskariot, wie er Jesus im Hain des Ölbergs verriet und ihn an die Schergen der Hohepriester auslieferte. Und auch den rechten Flügel hatte der unbekannte Maler der Figur des Judas Iskariot gewidmet. Hier jedoch sah man ihn mit einer Schlinge um den Hals und mit weit hervorquellender Zunge vom Ast eines hohen Baumes hängen, während vor dem Stamm dreißig Silberstücke im Gras verstreut lagen.

Der Mann im Rollstuhl starrte einen langen Augenblick zu dem Flügelaltar hoch. Dann machte er in Richtung des Hageren eine knappe Handbewegung, mit der er ihm unmissverständlich zu verstehen gab, dass er allein zu sein wünschte. Der Hagere leistete dem Befehl unverzüglich Folge, verließ die Kapelle und zog die schwere Bohlentür von außen hinter sich zu.

Eine ganze Weile verstrich. Dann stemmte sich der Mann aus dem Rollstuhl und trat an den kalten Altarblock. Die Gichtknoten, die seine Fingergelenke befallen hatten und die seine Hände mit jedem Jahr mehr verkrüppelten, protestierten gegen die klamme Kälte der Kapelle mit stechenden Schmerzen.

Er hatte gewusst, dass es so sein würde. Aber das hatte ihn nicht von dem Vorsatz abbringen können, an diesem Ort und nirgendwo sonst letzte Hand an sein Werk zu legen, dem er schon so viel kostbare Lebenszeit gewidmet hatte, ganz zu schweigen von dem vielen Geld, das er in das Unternehmen investiert hatte.

Hier und nur hier, vor dem alten Flügelaltar, dessen bildliche Darstellungen der verfemten Figur des Judas Iskariot gewidmet waren, wollte er im wahrsten Sinne des Wortes die letzten Federstriche vornehmen. Und dann würde er wie ein allmächtiger Marionettenspieler die Lebensfäden jener vier Personen in den Händen halten und ihre weitere Zukunft bestimmen, auf die seine Wahl gefallen war!

Er hauchte kurz in seine Hände, um sie etwas anzuwärmen. Dann öffnete er die mit rotem Samt ausgeschlagene Schatulle, die in verschieden große Fächer unterteilt war. Er entnahm ihr vier Briefumschläge und vier Briefbögen aus edelstem Büttenpapier sowie eine Fünfzig-Pfund-Banknote und einen vergilbten Zeitungsartikel, der vor acht Jahren in der *Times* erschienen war. Umschläge und Briefbögen breitete er zu einem papierenen Fächer vor sich auf der kalten Marmorplatte aus, wobei er unter jeden schon mit burgunderroter Tinte beschriebenen Briefbogen einen noch unadressierten Umschlag legte.

Anschließend holte er aus der Schatulle ein Feuerzeug, eine rotbraune Stange Siegellack sowie ein Tintenfass aus schwerem Bleikristall mit Messingdeckel und eine altmodische Schreibfeder. Er hätte einen seiner modernen Füllfederhalter mitbringen können, aber in seinen Augen wurde der Schriftzug aus einer altmodischen kratzigen Feder dem weltumstürzenden Ereignis, um das es hier ging, entschieden besser gerecht.

Mit geradezu lustvoller Langsamkeit tauchte er die Feder in die blutdunkle Tinte, zog den ersten Umschlag zu sich heran und begann, mit steiler, ruckartiger Handschrift den ersten der vier Namen auf das Büttenpapier zu schreiben:

Byron Bourke, Esquire

Wenig später trugen alle vier Umschläge den ihnen zugedachten Namen. Als die Tinte auf ihnen getrocknet war, faltete er die schon beschriebenen Briefbögen und ordnete sie den entsprechenden Adressaten zu. In einen der vier Umschläge steckte er zudem noch die Fünfzig-Pfund-Note, in einen anderen den vergilbten Zeitungsausschnitt. Dann griff er zu Feuerzeug und Siegellack. Wie dickflüssiges Blut tropfte der Lack auf das schwere Büttenpapier. Bevor es erkalten und erstarren konnte, ballte er die rechte Hand zur Faust und presste seinen Siegelring in die weiche Masse.

Wilde Erregung packte ihn, als ihm bewusst wurde, dass mit dem letzten Siegeldruck alle Vorbereitungen abgeschlossen waren. Die qualvoll lange Zeit des Grübelns, Pläneschmiedens und Wartens hatte ein Ende! Das Netz, an dem er so lange fein gesponnen hatte, war ausgeworfen und trieb den vier Ahnungslosen schon entgegen und nun lagen auch die Köder bereit, um ausgebracht zu werden und ihre Wirkung zu entfalten, auf dass er das Netz nur noch zuzuziehen brauchte!

Morgen begann es! Morgen würde sich das feine Räderwerk unwiderruflich in Gang setzen!

Mit einem leisen Auflachen räumte er nun alles wieder in die Schatulle. Doch als er das Tintenfass in der Hand hielt und es gerade wieder in sein genau abgemessenes Fach stellen wollte, zögerte er. Sein Kopf ruckte hoch und sein Blick richtete sich auf das Mittelstück des Tafelbildes.

Einen Moment stand er reglos da und starrte auf die Kreuzigungsszene. Dann fuhr seine rechte Hand mit einem Ruck zurück, holte aus und schleuderte das Tintenfass mit aller Wucht gegen das dreigeteilte Bild.

Das Geschoss aus Bleikristall zersplitterte knapp über dem Dornenkranz des Gekreuzigten. Und während die Glassplitter nach allen Seiten wegflogen, ergoss sich die burgunderrote Tinte über Jesu Haupt und floss wie eine Woge dunklen Blutes über dessen gequälten nackten Körper.

Die Tinte tropfte noch immer vom Flügelaltar, als die Kapelle längst wieder in kalte menschenleere Dunkelheit versunken war.

Erster Teil

London

1

Über den Dächern Londons waberte der rußerfüllte Rauch, den Hunderttausende Schornsteine in den Himmel spuckten. Erdrückend tief und wie ein dreckiger Putzlappen hing die Wolkendecke über der Stadt. Der kraftlose Nordostwind war dem Qualm der Kohlenfeuer, der aus dem Meer ziegelbrauner Kamine quoll, nicht gewachsen und konnte nur wenig davon mit sich forttragen. Der meiste Rauch hielt sich beharrlich über den Dächern und trieb durch die Häuserschluchten. Geduldig wartete er, dass sich über den dunklen Fluten der Themse der Abendnebel sammelte und in die Stadt wallte. Und wenn diese Stunde gekommen war, verband sich der rußig gelbe Kaminrauch mit dem milchig grauen Dunst zu jener gefürchteten Londoner Nebelsuppe, in welcher selbst alteingesessene Bürger in ihrem vertrauten Wohnviertel die Orientierung verloren und zu furchtsam Herumirrenden wurden und in deren Schutz ruchlose Verbrecher wie etwa der vielfache Dirnenmörder »Jack the Ripper« den Häschern der Polizei immer wieder entkommen konnten.

An diesem nasskalten letzten Oktobertag des Jahres 1899 fiel der verfluchte Nebel ungewöhnlich früh am Tag in London ein. Die ersten dichten Schwaden krochen schon wie die Vorhut einer siegessicheren Geisterarmee die Themse stromaufwärts, wogten über die weite Flussschleife bei der Isle of Dogs und griffen nach den Überseekais der Docklands östlich vom Tower, als die schwere Glocke im Uhrturm von Big Ben erst zur vollen dritten Nachmittagsstunde schlug.

Zur selben Zeit, als sich der dritte Glockenschlag der Turmuhr am Ufer der Themse gegen die lärmende Geschäftigkeit der Innenstadt zu behaupten versuchte, erfuhr der junge Privatgelehrte Byron Bourke in der Anwaltskanzlei von Fitzroy, Bartlett & Sons, die auf der Fleet Street in einem schmalbrüstigen Haus einige lichtarme Räume auf der Hinterhofseite einnahm und schon bessere Tage gesehen hatte, dass er ruiniert war.

»Seien Sie versichert, Sir, dass es mich überaus schmerzt, Sie von dieser wenig erfreulichen Entwicklung Ihrer Investition in Kenntnis setzen zu müssen, Mister Bourke«, beteuerte James Fitzroy.

Doch von dem angeblich tief empfundenen Schmerz fand sich weder in der Stimme noch in der Miene des glatzköpfigen Anwalts auch nur die geringste Spur. Trocken und unpersönlich kamen ihm die Worte über die Lippen. Und genauso steif, wie der hohe Hemdkragen mit der abgescheuerten Oberkante seinen speckigen Hals umschloss, saß er auch hinter seinem Schreibtisch.

Mit seinen gut sechzig Jahren kam James Fitzroy fast an das Alter des Mobiliars heran, das ihn in seinem Büro und in den anderen Räumen der Kanzlei schon seit Jahrzehnten umgab. Als junger Rechtsanwalt, der den Schritt in die Selbstständigkeit wagte, hatte er diese Möbelstücke aus der Auflösung einer alten, ähnlich unbedeutenden Hinterhofkanzlei erstanden. Es war daher nicht verwunderlich, dass das Gaslicht in seiner milchtrüben Glaskugel an der Wand gerade mal mit halb aufgedrehter Flamme brannte und nur einen gnädig schwachen Schein auf die abgewetzten grünledernen Polstersessel, den fadenscheinigen Perserteppich und den alten Kolonialschreibtisch mit den längst stumpf gewordenen Messingbeschlägen warf.

Das Kanzleischild *Fitzroy, Bartlett & Sons – Attorneys at Law,* das unten an der Hauswand neben dem Tor zum Treppenaufgang hing, gehörte auch noch zu jener Zeit, als die Geschäfte besser gelaufen waren und es Hoffnung auf einen baldigen Umzug in repräsentativere Räume gegeben hatte. Aber während jener Bartlett, für den das Schild noch immer Werbung machte, die Kanzlei schon vor etlichen Jahren verlassen und James Fitzroy junior einer festen

Anstellung bei der renommierten Schiffsversicherung *Lloyd's* den Vorzug vor einer Partnerschaft mit seinem Vater gegeben hatte, waren diese nicht gerade unwesentlichen Veränderungen an der Messingplatte spurlos vorbeigegangen.

»Weiß Gott, ich wünschte, es hätte einen angenehmeren Anlass gegeben, um Sie auf einen Besuch zu uns in die City zu bitten, Mister Bourke«, fügte der Anwalt noch hinzu. »Aber auch die betrüblichen Obliegenheiten unseres Berufsstandes verdienen sofortige Beachtung und gewissenhafte Erledigung.«

Ungläubig starrte Byron Bourke den Anwalt an, der schon seinem Vater viele Jahre als Rechtsbeistand und Finanzberater zu Diensten gewesen war und dem deshalb auch er mit blindem Vertrauen die Verwaltung seines ererbten Vermögens überlassen hatte. Trotz seines vergleichsweise jugendlichen Alters gehörte er nicht zu jener Sorte Menschen, die schnell die Fassung verloren. Diese Selbstdisziplin hatte er sich nicht erst in seinen Studienjahren in Oxford angeeignet, sondern sie war schon von Kindesbeinen an wesentlicher Bestandteil seiner Erziehung gewesen. Sowohl sein Vater hatte sehr darauf geachtet als auch sein deutscher Fechtlehrer, der ihm im Alter von sechs Jahren seine erste Klinge in die Hand gedrückt und ihn ein gutes Jahrzehnt lang auf oft schmerzhafte Weise gelehrt hatte, auch in ärgster Bedrängnis einen kühlen Kopf zu bewahren.

Ein wahrer Gentleman geriet niemals wegen Geldproblemen aus der Fassung, sondern zeigte zumindest nach außen hin kühle Gelassenheit. Aber in diesem Moment fiel es Byron Bourke unsäglich schwer, Haltung zu wahren. Dass er von einem Tag auf den anderen alles verloren haben sollte, was sein Vater ihm bei seinem Tod vor sechs Jahren hinterlassen hatte, konnte . . . nein, *durfte* einfach nicht wahr sein! Er musste etwas von dem, was James Fitzroy gerade gesagt hatte, falsch verstanden haben.

»Würden Sie bitte noch einmal präzisieren, welchen Anteil meiner Beteiligung an der *Spindeltop Mining Company* ich wohl als Verlust abschreiben muss?«, fragte er deshalb und er gab sich Mühe, seiner Stimme einen festen Klang zu geben.

James Fitzroy hüstelte und wich seinem Blick aus. »Es handelt sich nicht um einen *Anteil* Ihrer Beteiligung, Mister Bourke. Ihr Verlust beläuft sich vielmehr auf die volle Summe Ihrer Beteiligung in Höhe von 25 000 Pfund[*].«

Byron Bourke erblasste und wurde von einem Schwindelgefühl gepackt, als es nun keinen Zweifel mehr an seinem finanziellen Ruin gab.

»Und das nennen Sie eine ›wenig erfreuliche Entwicklung‹ meiner Investition?«, stieß er hervor. »Das ist nicht unerfreulich, sondern ruinös! Diese 25 000 Pfund waren, wie Sie sehr wohl wissen, ein Großteil meines Vermögens, Mister Fitzroy!«

»Ein schmerzlicher Verlust, gewiss«, räumte der Anwalt ein und machte eine vage Geste des Bedauerns.

»Schmerzlich? Das trifft es wohl nicht ganz, Mister Fitzroy! Von den jährlichen Zinsen habe ich das Pensionat meiner beiden jüngeren Schwestern bezahlt und sämtliche Rechnungen meines Lebensunterhalts beglichen!«

James Fitzroy schob auf der lederbespannten, rissigen Platte des Schreibtisches einige Papiere ziellos hin und her. »Nun ja, wie ich schon sagte, hat die Minengesellschaft leider nicht die hohen Erwartungen erfüllen können, die bei ihrer Gründung letztes Jahr von fachkundigen Finanzkreisen in sie gesetzt worden sind. Aber Börsengeschäfte dieser Art haben es nun mal an sich, dass sie zu ebenso hohen Gewinnen wie Verlusten führen können. Auch auf der Rennbahn gewinnt nicht jedes gesetzte Pferd, wenn Sie mir diese Bemerkung erlauben.«

»Und mir erlauben Sie die Bemerkung, dass Sie vergessen zu haben scheinen, wie sehr *Sie* mich zu diesem angeblich unbedenklichen Börsengeschäft gedrängt haben!«, erwiderte Byron Bourke mit bitterer Schärfe. »Und zwar mit allerlei fundierten Finanzplänen sowie Ihrer wortreichen Versicherung, mit der *Spindletop Mining Company* auf einen sicheren Gewinner zu setzen!«

---

[*] Diese Summe entspricht der heutigen Kaufkraft von etwa 1 Million Euro. Der durchschnittliche Wochenlohn eines Arbeiters lag in England gegen Ende des 19. Jahrhunderts bei etwa 1 Pfund (= 20 Shilling).

»Bei Ihren Geldanlagen stand ich Ihnen stets nur beratend zur Seite, Mister Bourke, nicht mehr und nicht weniger!«, antwortete der Anwalt nun kühl. »Entschieden, welcher Anlage Sie den Vorzug geben wollten, haben letztlich allein Sie. Und ich denke, damit ist alles gesagt, was es in dieser zweifellos recht betrüblichen Angelegenheit zu sagen gibt.« Gleichzeitig erhob er sich hinter dem Schreibtisch, um ihm zu verstehen zu geben, dass er ihr Gespräch für beendet hielt.

»Für Sie vielleicht, nicht aber für mich!«, stieß Byron Bourke grimmig hervor und sprang auf. Aber so groß sein Zorn auf den Anwalt auch war, er wusste doch auch, dass es sinnlos war, ihn in einem Prozess zur Verantwortung ziehen zu wollen. Kein Gericht würde in dieser Sache ein Urteil zu seinen Gunsten fällen. Seinen Ruin hatte er sich selbst zuzuschreiben. Das war die bittere Strafe dafür, dass er sich nie wirklich um finanzielle Belange gekümmert und dem langjährigen Familienanwalt in diesen Dingen voller Gottvertrauen freie Hand gelassen hatte. »Sie haben mich in diese Katastrophe geritten! Würden Sie mir vielleicht einmal verraten, was ich jetzt tun soll?«

»Aber ich bitte Sie, Mister Bourke! Von einer Katastrophe kann bei Ihnen doch wohl keine Rede sein!«, versicherte James Fitzroy mit nervöser Heiterkeit, während er rasch an ihm vorbeiwieselte, die Tür zum Vorraum öffnete und ihn hinauskomplimentierte.

Sofort war der triefäugige Kanzleigehilfe Milton Hubbard zur Stelle, der schon bei ihrer ersten Begegnung vor einigen Jahren viel Ähnlichkeit mit einer schrumpeligen hundertjährigen Schildkröte auf zwei Beinen gehabt hatte, wie Byron Bourke sich bei seinem Anblick erinnerte. Mit der ihm eigenen stummen und servilen Beflissenheit reichte Milton Hubbard ihm Umhang, Hut und Spazierstock.

»Sie sind doch noch jung, mein Freund«, fuhr der Anwalt indessen zungenfertig fort. »Vorgestern gerade erst siebenundzwanzig geworden, wenn ich mich recht entsinne. Sie kommen schon wieder auf die Beine, mein Bester! Ein so vielseitig studierter Mann mit profunder Bildung und außergewöhnlichen Fähigkeiten wie Sie wird gewiss schnell eine ordentlich bezahlte Anstellung finden.«

Verblüfft sah Byron Bourke ihn an. Seine geistige und finanzielle Unabhängigkeit hatte er bis zu diesem Tag als sein selbstverständliches Privileg betrachtet. Und er konnte sich nicht erinnern, dass ihm jemals der Gedanke gekommen wäre, irgendeine Art von Anstellung in Betracht zu ziehen und sich für einen regelmäßigen Wochenlohn in die Abhängigkeit eines wie auch immer gearteten Dienstherrn zu begeben.

»Nun ja, zwingend ist der Weg in eine Anstellung natürlich nicht«, schränkte James Fitzroy hastig ein, als er den perplexen Ausdruck auf dem Gesicht seines Mandanten sah. »Sind Sie nicht im Frühjahr in die *Royal Society of Science* aufgenommen worden, und zwar als jüngstes Mitglied in der Geschichte der Gesellschaft? Natürlich, es stand ja in allen Zeitungen! Und mit dieser Reputation und Ihrer formidablen äußeren Erscheinung sollte sich doch recht bald eine gute Partie aus vermögendem Haus für Sie finden lassen!« Der Anwalt zwinkerte ihm zu, als er noch hinzufügte: »Die Ehe ist längst nicht das bittere Joch, als das es Ihnen erscheinen mag.«

Byron Bourke öffnete den Mund und schloss ihn wieder, ohne dass ihm ein Wort über die Lippen kam. Ihm war, als durchlebte er einen grotesken Albtraum. Und so verhielt es sich ja auch. Nur dass dieser Albtraum Wirklichkeit war und es aus ihm kein rettendes Erwachen geben würde.

»Zudem bewohnen Sie doch da draußen in Grove Park ein ansehnliches Landhaus, das aber für einen Junggesellen eher eine Bürde als ein Segen sein dürfte! In den Händen eines geschickten Maklers sollte Ihr Anwesen gut und gerne einige Tausend Pfund bringen. Lassen Sie es mich wissen, wenn Sie es auf den Markt bringen wollen.« Mit diesen Worten riss er schwungvoll die knarrende Kanzleitür zum Treppenhaus auf. »Ich werde mich gerne für Sie um einen solventen Käufer bemühen. Aber darüber können wir zu einem späteren Zeitpunkt noch eingehender reden. Jetzt möchte ich Sie nicht länger aufhalten. Einen guten Tag noch, Mister Bourke! . . . Und meine Empfehlung an Ihre beiden reizenden Schwestern!«

Die Kanzleitür fiel hinter Byron Bourke ins Schloss. Wie benommen stieg er die Treppe hinunter und trat Augenblicke später hinaus auf die lärmende Fleet Street.

Ein dichter Verkehr aus eleganten Einspännern, klobigen Pferdefuhrwerken, vornehmen Equipagen, Reitern und zahlreichen Mietkutschen wogte in beiden Richtungen über die Straße. Und nicht weniger gedrängt ging es auf dem Bürgersteig zu. Eilige Geschäftsleute, livrierte Boten, Zeitungsjungen, Dienstleute und andere Passanten zwängten sich aneinander vorbei. Es roch nach Tabakrauch, nasser Kleidung, Kohlenfeuern und frischem Pferdedung.

Byron Bourke winkte die nächste freie Mietkutsche heran, ohne groß darüber nachzudenken, was nun geschehen sollte. Ein Teil seines Ichs reagierte so wie immer, wenn er in der City war, während der andere in jenem grässlichen Albtraum gefangen blieb, in den James Fitzroy ihn gestürzt hatte.

»Zum *Athenaeum Club!*«, rief er dem Kutscher beim Einsteigen zu. Und obwohl der distinguierte Herrenklub der Gelehrten eine bekannte Londoner Institution war und eigentlich jedem Droschkenkutscher geläufig sein musste, fügte er für alle Fälle auch noch die Adresse hinzu. »107 Pall Mall!«

»Sehr wohl, Sir!«

Es gehörte zu Byron Bourkes festen Angewohnheiten, seine nicht sehr häufigen Fahrten in die City nach Erledigung aller Geschäfte mit einem Besuch in den ruhigen, gediegenen Räumen seines Klubs abzuschließen. Dort gönnte er sich dann ausnahmsweise ein, zwei Gläser einer edlen Whiskymarke, nahm vielleicht auch eine kleine Mahlzeit im Restaurant ein und plauderte ein wenig mit den anderen gelehrten Mitgliedern, bevor er sich zur Charing Cross Station bringen ließ und mit einem Zug der *South Eastern*

Railway die Heimfahrt nach Grove Park antrat, das nur wenige Meilen südöstlich von London lag.

An diesem Nachmittag war ihm jedoch weder nach Essen noch nach gelehrten Diskursen zumute, dafür umso mehr nach einem starken Drink!

Dass der Totalverlust seiner Beteiligung an der Minengesellschaft eine finanzielle Katastrophe war, hatte er schon in der Kanzlei begriffen. Doch erst auf der Fahrt von der Fleet Street nach Pall Mall kam ihm so richtig zu Bewusstsein, welch erschreckende und weitreichende Auswirkungen diese fatale Fehlinvestition auf sein bisher so sorgloses und beschauliches Leben und das seiner vierzehnjährigen, also noch unmündigen Zwillingsschwestern Alice und Helen haben würde. Und fast wurde ihm körperlich übel bei der Vorstellung, dass er schon bald gezwungen sein würde, das Anwesen in Grove Park zu verkaufen, Alice und Helen von dem nicht gerade preiswerten Mädchenpensionat in Croydon zu nehmen und sich um eine schlecht bezahlte Lehrtätigkeit an irgendeinem College zu bemühen.

Die Ankündigung, das Ende der Welt stehe unmittelbar bevor, hätte ihn nicht tiefer erschüttern können als das, was ihm auf der Fahrt zum *Athenaeum Club* an düsteren Gedanken und Befürchtungen über sein zukünftiges Leben durch den Kopf jagte.

Deshalb schenkte er auch dem mit Siegellack verschlossenen Brief keine Beachtung, den man ihm bei seinem Eintreffen im Klub mit dem Hinweis überreichte, er sei schon am Morgen von einem livrierten Boten überbracht worden. Denn was am Morgen vielleicht noch dringlich gewesen sein mochte, gehörte im Angesicht seines finanziellen Ruins inwischen zu den Lappalien eines in Trümmern liegenden Lebens und konnte warten.

Erst als Byron Bourke schon seinen dritten Whisky hinuntergekippt und damit einen persönlichen Rekord an im Klub konsumierten Drinks aufgestellt hatte, ohne damit jedoch die üblen Gedanken aus seinem Kopf vertrieben zu haben, griff er zu jenem Brief.

Auf der Vorderseite des Umschlags, dessen teure Papierqualität ihm sofort ins Auge stach, stand als Anschrift nichts weiter als *Byron Bourke, Esquire* in breiter burgunderroter Handschrift. Einen Absender trug der Brief nicht, nur einen rotbraunen heraldischen Siegelabdruck, dessen Umrisse leicht verzogen waren und der ihm daher auch nichts sagte.

Achtlos erbrach er das Siegel, riss den Umschlag auf, zog den cremefarbenen Briefbogen aus schwerem geschöpftem Bütten hervor und faltete ihn auseinander. Als sein Blick auf die schlichte, aufgedruckte Doppelzeile des Briefkopfes fiel, stutzte er, trug sie doch den Namen eines Mannes, auf den man gelegentlich in Zeitungsberichten über die Sitzungen des *House of Lords,* über großartige Fuchsjagden und andere gesellschaftliche Ereignisse des Hochadels stieß!

Lord Arthur Pembroke
7th Earl of Castleborough

Persönlich war er Lord Pembroke noch nie begegnet, weil sie sich wahrlich nicht in denselben gesellschaftlichen Kreisen bewegten. Und deshalb fragte er sich voller Verwunderung, was es wohl mit diesem Brief auf sich haben mochte.

Seine Verwunderung verwandelte sich in Fassungslosigkeit, als er wenige Augenblicke später die wenigen handschriftlichen Zeilen überflogen hatte. Die Nachricht Seiner Lordschaft, nüchtern und knapp formuliert, aber elektrisierend und verstörend in ihrem Inhalt, an ihn lautete:

Mister Byron Bourke,
sollten Sie geneigt sein, mir Ihre wertlos gewordene Beteiligung an der Spindletop Mining Company für 25 000 Pfund zu verkaufen, und bereit sein, sich im Gegenzug mit einer kleinen Gefälligkeit erkenntlich zu zeigen, bitte ich Sie an diesem kommenden Samstag um Ihren Wochenendbesuch bei mir auf Pembroke Manor. Nehmen Sie den Zug der South Eastern Railway von Grove Park, der an der Bahnstation von Westonhangar, einer kleinen Ortschaft wenige Meilen vor Dover, planmäßig um 17 Uhr

10 eintrifft. Meine Kutsche wird zu dieser Zeit dort auf Sie warten und Sie die restliche kurze Wegstrecke nach Pembroke Manor bringen.

Unterzeichnet war das Schreiben schlicht und grußlos mit
Lord A. Pembroke

Mit zunehmender Beunruhigung starrte Byron Bourke auf den Brief und las ihn wieder und wieder. Er hatte sofort begriffen, dass es eine Verbindung zwischen James Fitzroy, der fatalen Investition in diese Minengesellschaft und Lord Pembroke geben musste. Auch lag es für ihn klar auf der Hand, dass es kein Zufall sein konnte, dass er vor einer Stunde von seinem Anwalt die Nachricht seines finanziellen Ruins und nun hier im Klub diesen Brief erhalten hatte, der ihm Rettung vor dem Sturz in die Mittellosigkeit versprach.

Aber wenn all dies Teil einer fein gesponnenen Intrige war, bei der ein Hinterhofanwalt wie James Fitzroy und ein mächtiger Adliger wie Lord Pembroke ihre Finger im Spiel hatten, wo lag dann bloß das Motiv für die Falle, in die man ihn gelockt hatte? Und was hatte es mit der »kleinen Gefälligkeit« auf sich, die Lord Pembroke als Gegenleistung erwartete?

Er fürchtete, dass sie so klein nicht sein konnte, wenn Arthur Pembroke gewillt war, die gewaltige Summe von 25 000 Pfund für ein Bündel wertloser Anteilsscheine zu zahlen!

Byron Bourke wünschte, es wäre schon Samstag und er könnte die Antwort auf die quälende Frage bezüglich der »kleinen Gefälligkeit« auf der Stelle erfahren!

2

Und ich sage, du bluffst, McLean!« Der stiernackige Bursche, der auf den Namen Fluke hörte und sich in diesem verrückten Marathonpoker als überraschend hartgesottener Berufsspieler erwiesen hatte, spuckte ein Stück Tabak von der dicken kalten Zigarre aus, auf der er schon seit Stunden herumkaute.

Alistair McLean zog nur leicht die sanft geschwungenen Augenbrauen hoch, um die ihn so manch eine Frau beneidete. »Und? Hast du auch den Mumm herauszufinden, ob du mit deiner Vermutung richtig liegst?«, fragte er spöttisch. »Also was ist, gehst du mit oder steigst du aus?«

Fluke schnaubte und verzog das Gesicht. »Das hättest du wohl gern!«

Alistair McLean zuckte die Achseln und zwang ein unbekümmertes Lächeln auf sein Gesicht, dessen jungenhafte Züge ihn schon an so manchem Spieltisch von großem Vorteil gewesen waren, hielt man ihn doch für etliche Jahre jünger als fünfundzwanzig und damit auch für unbedarft in einer Runde ausgebuffter Zocker.

Das Lächeln kostete ihn einige Anstrengung, denn er fühlte sich so ausgelaugt und erledigt wie schon lange nicht mehr. Die Pokerrunde, die erst kurz nach Mitternacht hier im Hinterzimmer der *Half Moon Tavern* von Billingsgate begonnen hatte, ging mittlerweile in die fünfzehnte Stunde. Da lagen bei allen nicht nur die Nerven blank, sondern auch Geistesgegenwart und physisches Sitzfleisch stießen selbst bei einem Berufsspieler wie ihm nun allmählich an ihre Grenzen. Die dunkelblonden Locken hingen ihm längst so schweißnass in die Stirn, wie ihm das Hemd auf dem Rücken klebte. Seine hellblauen Augen brannten vom Rauch der Zigarren, Pfeifen und Zigaretten und das anfänglich dumpfe Pochen in seinem Schädel hatte sich mittlerweile in ein schmerzhaftes Stechen verwandelt.

Aber dennoch zuckte er nicht mit der Wimper, als Fluke ihn über den Kartentisch hinweg aus schmalen Augen fixierte, als wollte er kraft seines stechenden Blickes herausfinden, welches Blatt er in der Hand hielt. Sollte der Kerl nur starren, der fette Pot in der Mitte des mit grünem Filz bespannten Tisches gehörte ihm! Und dann war für ihn Schluss! Nur ein Gewinn, den man beim Aufstehen vom Spieltisch in den Händen hielt, war ein sicherer Gewinn.

Er wusste, dass er das Spiel gewonnen hatte. Nach fast fünfzehn Stunden hatte ihm Fortuna endlich die richtigen Karten in die

Hand gespielt, um seinen Hals noch rechtzeitig aus der Schlinge zu ziehen. Denn mit einem skrupellosen Kredithai wie Kendall »Snake« Taylor, der ein Dutzend Buchmacher im East End kontrollierte und seine Finger noch in manch anderem schmutzigem Geschäft stecken hatte, war nicht zu spaßen. Schon gar nicht, wenn man so bei ihm mit satten hundert Pfund in der Kreide stand und er zwanzig Prozent Zinsen nahm – und zwar nicht per annum, sondern pro Woche!

»Nun mach schon, Fluke. Zieh mit oder steig aus, Mann!«, brummte einer der anderen Mitspieler ungeduldig. Die vier waren schon alle ausgestiegen und wollten endlich sehen, wer von den beiden nun diesen dicken Pot einstrich, der im Laufe des letzten Spiels mit über hundertzwanzig Pfund angefüttert worden war.

Während Fluke noch zögerte, überlegte Alistair McLean schon, wie es mit ihm weitergehen sollte. Er war Londons überdrüssig. Längst kannte er hier jeden lukrativen Spielsalon. Doch was viel schwerer wog, war, dass man auch ihn mittlerweile überall kannte und deshalb auf der Hut war, wo immer er auftauchte. Es wurde also Zeit für einen Ortswechsel. Am besten kaufte er sich von dem Rest des Geldes, das ihm nach Begleichung seiner Schulden bei Kendall noch bleiben würde, ein Ticket für eine mehrwöchige Schiffspassage. Da der Winter vor der Tür stand, bot es sich an, bei der *Peninsula & Oriental Steam Navigation Company* eine Überfahrt mit einem ihrer Dampfer nach Ägypten zu buchen. Natürlich musste er erster Klasse reisen, auch wenn ihn das schmerzliche zwanzig Pfund kostete. Aber nur den begüterten Passagieren der ersten Klasse saß das Geld locker genug in der Tasche, damit sich die Investition für ihn auch lohnte. Insbesondere die hohen Kolonialbeamten und Offiziere, die auf dem Weg nach Indien waren und die Route via Gibraltar und Marseille durch den Sueskanal nahmen, waren bekannt dafür, dass sie gern und viel tranken und auf einer so langen Reise niemals einem aufregenden Kartenspiel abgeneigt waren. Bei diesen gut betuchten Passagieren ließ sich bestimmt einiger fetter Rahm abschöpfen. Und genau das würde er auch tun!

»Wollen doch mal sehen, wer hier die beste Hand hat, McLean!«, rief Fluke und riss ihn damit aus seinen selbstgefälligen Überlegungen. Fluke warf fünf Sovereigns* in den Pot. Damit hatte er gleichgezogen. »Call, McLean! Nun lass sehen, was du zu bieten hast!«

Alistair McLean machte es kurz und schmerzlos. Er wollte jetzt nichts weiter, als den Pot einstreichen, sich aus Kendalls Würgegriff befreien und dann eine halbe Ewigkeit schlafen.

»Fullhouse!«, verkündete er im rauchgeschwängerten Hinterzimmer der Taverne und warf sein Blatt – ein Drilling Könige und ein Zwilling Buben – auf den grünen Filz des Spieltisches.

Fluke sog scharf die Luft ein. »Fullhouse? Und ich wäre jede Wette eingegangen, dass du nichts auf der Hand hast und es mal wieder mit einem dreisten Bluff versuchst!« Er lachte trocken auf. »Gut, ich habe mich geirrt. Was aber nichts daran ändert, dass du dennoch verloren hast, McLean.« Und damit knallte nun er seine Karten triumphierend auf den Tisch: »Straightflush!«

Ein erregtes Raunen ging um den Tisch.

Alistair McLean erbleichte. Er konnte nicht glauben, dass für ihn das Spiel aus war, er alles verloren hatte, es keine Überfahrt erster Klasse nach Ägypten oder sonst wo geben würde und er bald mit Besuch von Kendalls Schlägern rechnen musste. Er hatte den fettesten Pot des fünfzehnstündigen Marathonspiels schon so gut wie sicher gehabt und ihn nun doch verloren – und zwar mit einem grandiosen Fullhouse auf der Hand! Dabei lag die Wahrscheinlichkeit, solch gute Karten in die Hände zu bekommen, gerade mal bei etwa 1:500! Das bedeutete, dass diese Kombination in fünfhundert Runden nur ein einziges Mal auftauchte. Und mit solch einem exzellenten Blatt gegen eine Straße aus fünf aufeinanderfolgenden Karten von einer Farbe zu verlieren, das kam gewiss nur in einer von 10 000 Runden vor!

---

* Goldmünze im Wert von 1 Pfund Sterling

Und dennoch war dieser höchst unwahrscheinliche Fall eingetreten!

Wie betäubt kam Alistair McLean von seinem Stuhl hoch. Er hörte nicht, was Fluke und die anderen sagten, als er aus dem Zimmer taumelte. Es rauschte in seinen Ohren und er hatte das Gefühl, keine Luft mehr zu bekommen.

Er wankte durch den kurzen Gang zur Hintertür, die auf der Rückseite der *Half Moon Tavern* in eine schmale, verschwiegene Sackgasse führte. Gerade hatte er die Tür geöffnet, als sich ihm plötzlich von hinten eine schwere Hand auf die Schulter legte.

»Nicht so eilig, McLean!«

Erschrocken fuhr er herum und starrte in das breite Grinsen von Todd Callaway, dem die Taverne mit dem illegalen Spielklub gehörte. Er hatte nicht bemerkt, dass der bullige Wirt ihm gefolgt war, und befürchtete das Schlimmste. Nämlich dass Kendalls Eintreiber womöglich schon vorne in der Schankstube auf ihn warteten und ihm nun eine Kostprobe von dem geben wollten, was ihm blühte, wenn er nicht bald seine Schulden bezahlte oder zumindest die fälligen Wochenzinsen in Höhe von zwanzig Pfund beibrachte.

Umso verblüffter war er deshalb, als Todd Callaway nun freundlich und aufmunternd sagte: »Nimm es nicht so schwer, McLean. Das war heute einfach nicht dein Tag. Sei froh, dass du dir Snake vom Hals geschafft hast. War clever, erst mal deine Schulden bei ihm zu begleichen, bevor du dich bei mir an den Tisch gesetzt hast. Und wenn du das nächste Mal mau bist und einen Kredit brauchst, dann komm zu mir, okay? Ich gebe mich mit zehn Prozent zufrieden – und das bei vierzehn Tagen Laufzeit!«

Verständnislos sah Alistair McLean ihn an. Seine Schulden bei Kendall »Snake« Taylor sollten beglichen sein? Wo hatte Todd denn nur diesen Unsinn her? Davon konnte er doch bloß träumen!

Aber bevor Alistair McLean ihn danach fragen konnte, zog der Wirt einen Briefumschlag hervor, auf dem in burgunderroter, kratziger Handschrift sein Name geschrieben stand, und fuhr fort:

»Hier, das ist vorhin für dich abgegeben worden. Frag mich nicht, von wem. Der Bursche hat mir nur aufgetragen, dir diesen Brief am Ende eures wilden Zockermarathons in die Hand zu drücken. Und er hat sich für die Gefälligkeit wahrlich nicht lumpen lassen.« Damit schlug er ihm noch einmal freundschaftlich auf die Schulter und kehrte dann in die Taverne zurück.

Verstört starrte Alistair McLean auf den Brief in seiner Hand. Und dann hörte er den vertrauten Glockenton von Big Ben. Der Klöppel in der Turmuhr brachte die schwere Glocke dreimal zum Klingen.

3

Horatio Slade machte sich keine Illusionen über den Ausgang des anstehenden Prozesses, als man ihn in den Gerichtssaal führte, ihm freundlicherweise die Handschellen abnahm und er neben seinem Pflichtverteidiger Nigel Winterthorpe Platz nahm. Dieser blickte recht sauertöpfisch drein. Vermutlich weil er gezwungen war, seine Zeit mit einem Fall zu vergeuden, bei dem der Prozessverlauf und der Richterspruch schon vor Eröffnung des Verfahrens feststanden. Deshalb war es auch kein Wunder, dass die Staatsanwaltschaft einen blutjungen Kronanwalt mit der Anklage betraut hatte, dessen Aufregung sich an den roten Flecken auf seinem sonst blassen Gesicht ablesen ließ.

Aber selbst dieser nervöse, unerfahrene Grünschnabel in schwarzer Robe und mit gepuderter Perücke würde nicht lange brauchen, um das Gericht von Horatio Slades Schuld zu überzeugen. Die Aussagen der Zofe Amelia Winslow und des Stallknechts George Busby, die ihn bei seinem Einbruch in das feudale Landhaus von Sir Oliver Quincy auf frischer Tat ertappt hatten, würden sozusagen die Nägel im Sarg seiner Verurteilung sein. Dass er in jener unglückseligen Nacht noch hatte flüchten und sich einer Verhaftung vor Ort hatte entziehen können, war nur ein kurzer Aufschub gewesen. Denn bedauerlicherweise existierte in der »Kundenkartei« von Scotland Yard am Victoria Embankment ein recht gutes Konterfei von ihm, anhand dessen sie ihn identifiziert hatten. Wobei das erste und wenig schmeichelhafte Polizeifoto, das ihn noch als schmächtigen, hohlwangigen jungen Burschen von gerade mal siebzehn Jahren gezeigt hatte, unerfreulicherweise erst unlängst eine Aktualisierung durch einen Fotografen des Yard erfahren hatte.

Neuerdings zeigte das Foto also einen Mann von einunddreißig Jahren, dessen sehnig schlanke Gestalt der eines durchtrainierten Marathonläufers ähnelte, der das schwarze pomadisierte Haar nach hinten gekämmt und in der Mitte akkurat gescheitelt trug und dessen ausdrucksstarkes Gesicht mit der runden Nickelbrille auf der schmalen Nase, dem schwarzen Strich von Schnurrbart auf der Oberlippe und den wachsam blickenden Augen gut und gern das eines scharfsinnigen Inspektors von Scotland Yard hätte sein können. Ein Gesicht, das man jedenfalls so schnell nicht vergaß, wenn man ihm – wie die Zofe und der Stallknecht – einmal in einer ungewöhnlichen Situation begegnet war.

Nein, Horatio Slade machte sich keine Illusionen. Er wusste, was ihn erwartete. Sein Schicksal war für die nächsten vier, fünf Jahre besiegelt. Er machte sich deshalb auch keine Mühe, dem Prozessverlauf zu folgen. Ohne sich um die missbilligenden Blicke seines Verteidigers zu kümmern, griff er zu Notizblock und Stift und zeichnete aus dem Kopf das Gemälde *Dienstmagd mit dem Milchkrug* von Jan Vermeer nach. Die Wahl dieses meisterlichen Motivs erschien ihm passend zu sein, zumal gerade die Zofe Miss Winslow vom Anwalt der Krone in den Zeugenstand gerufen wurde, um ihre Aussage zu machen.

Horatio Slade versank völlig im Nachzeichnen des Gemäldes – eine Aufgabe, in die er sich mit Hingabe stürzte – und vergaß darüber gänzlich, was um ihn herum vor sich ging. Gerade war er damit beschäftigt, den Korb mit dem Brotlaib zu zeichnen, der auf Vermeers Gemälde zu sehen war, als plötzlich ein lautes Raunen durch den Saal ging – und sein Pflichtverteidiger Nigel Winterthorpe seinen

Arm packte und ihn mit einem aufgeregten Zuruf zurück in den Gerichtssaal holte.

»Allmächtiger! Haben Sie das gehört, Mister Slade?«

Verwirrt blickte Horatio Slade von seiner Zeichnung auf. »Nein. Was sollte ich denn gehört haben?«, fragte er mäßig interessiert zurück. Er verstand nicht, warum auf einmal alle aufgeregt durcheinandersprachen, der junge Ankläger vor dem Zeugenstand lauthals protestierte und der Richter mehrfach seinen Hammer auf das Schlagholz krachen ließ, um sich in dem Tumult Gehör zu verschaffen, und dabei drohend rief: »Ruhe! . . . Ruhe! Oder ich lasse augenblicklich den Saal räumen!«

»Die Zofe hat ihre Aussage widerrufen!«, teilte Nigel Winterthorpe seinem Mandanten indessen mit.

»Wie bitte? Was will sie denn widerrufen haben?« Ungläubig sah Horatio Slade ihn an. Er glaubte, sich verhört zu haben.

»Ja, Sie haben schon richtig gehört! Miss Winslow hat soeben ausgesagt, dass sie sich bedauerlicherweise bei der Identifizierung des Einbrechers anhand der ihr vorgelegten Fotos geirrt hat. Sie, Mister Slade, seien jedenfalls nicht der Einbrecher gewesen, der ihr in jener Nacht in die Arme gelaufen sei. Dessen sei sie sich absolut sicher, wo sie Ihnen ja nun Auge in Auge gegenüberstehe. Begreifen Sie, was das für den weiteren Verlauf des Prozesses bedeutet?« Er gab die Antwort gleich selber. »Sogar wenn Mister Busby bei seiner Aussage bleibt, steht die seine gegen die der Zofe. Mit ein wenig Glück ist ein Freispruch möglich!«

Es kam erst gar nicht dazu, dass Aussage gegen Aussage stand. Denn auch der Stallknecht George Busby beteuerte wenig später, dass der Mann auf der Anklagebank namens Horatio Slade nicht mit jenem Mann identisch sei, den er im Haus seiner Herrschaft beim Einbruch überrascht habe. Es müsse da eine Verwechslung bei der Vorlage der Fotos bei Scotland Yard gegeben haben. Wie das habe geschehen können, sei ihm ebenso ein Rätsel wie Miss Winslow. Und nein, es habe nichts damit zu tun, dass sie beide seit Kurzem verlobt seien und in Bälde zu heiraten gedächten. Und ja, das nehme er ebenso wie Amelia Winslow auf seinen Eid, hohes Gericht!

Kurz darauf verließ Horatio Slade das Gerichtsgebäude in der Great Marlborough Street als freier Mann und mit einem heiteren Lächeln auf dem Gesicht. Er wusste zwar nicht recht, was er davon halten sollte, dass die Zofe und der Stallknecht ihn nicht als jenen Mann wiedererkannt hatten, den sie im Haus von Sir Oliver auf frischer Tat ertappt hatten. Aber letztlich interessierte es ihn auch nicht. Er nahm die Dinge so, wie sie kamen. Zwischen den Widrigkeiten und Glücksfällen des Lebens eine irgendwie geartete innere Verbindung zu suchen und hinter alldem einen tieferen Sinn zu finden, diesen Unfug hatte er sich schon in jungen Jahren abgewöhnt.

Ein livrierter Bote mittleren Alters kam ihm entgegen, gerade als er die Straße überqueren wollte. Er trat ihm in den Weg und sprach ihn respektvoll an. »Entschuldigen Sie, Sir. Habe ich es mit Mister Horatio Slade zu tun?«

»Ja, das haben Sie in der Tat. Was gibt es?«

»Ich habe den Auftrag, Ihnen diesen Brief hier auszuhändigen, wenn Sie aus dem Gerichtsgebäude kommen, Sir«, teilte ihm der Bote mit ausgesuchter Höflichkeit mit und hielt ihm einen Umschlag aus schwerem cremefarbenem Büttenpapier hin.

Verwundert nahm Horatio Slade den Brief entgegen und suchte vergeblich auf der Rückseite nach dem Namen eines Absenders.

»Zudem soll ich Ihnen noch etwas mündlich ausrichten«, fuhr der Bote fort. »Zwei Sätze sind mir aufgetragen worden, Sir. Der erste lautet: ›Das Wunder ist nicht einfach so vom Himmel gefallen!‹ Und der zweite: ›Aus freiem Flug auf Adlerschwingen kann schnell ein Leben mit gestutzten Flügeln in einem engen Käfig werden.‹ Fragen Sie bitte nicht, was das bedeuten soll, Sir. Aber mein Auftraggeber meinte, dass Sie es schon wissen werden.« Mit diesen Worten deutete er eine Verbeugung an, wandte sich auf dem Absatz um und entfernte sich schnellen Schrittes.

Verdattert und mit dem Brief in der Hand, sah Horatio Slade ihm nach. Er verstand die Botschaft sehr wohl. So schwer war sie, nach der unglaublichen Wendung der Ereignisse vorhin im Gerichtssaal, auch nicht zu verstehen. Doch er hatte nicht den Schimmer einer Ahnung, wer die Zofe und den Stallknecht zum Meineid gebracht hatte – und warum.

Zu Beginn seines Prozesses war Horatio Slade die Ruhe und Gelassenheit in Person gewesen. Doch nun packte ihn Unruhe, ja fast sogar eine Art von Beklemmung, als er unter den drei Glockenschlägen von Big Ben den Brief aufriss.

4

Kaum hatte sie sich in ihrem eng geschnittenen Bühnenkostüm mit dem unerhört kurzen Glitterröckchen auf das fingerdicke Drahtseil hinausgewagt und es unter ihren hauchdünnen Artistenschuhen in ein seitliches Pendeln versetzt, als sie instinktiv spürte, dass bei der Vorbereitung zu dieser Vorstellung irgendetwas entsetzlich falsch gelaufen sein musste!

Im ersten Moment schien alles wie immer zu sein. Am anderen Ende des hin und her pendelnden Seils drehte sich wie gewohnt die große Holzscheibe, die mit schwarz-weißen Zielringen bemalt war und am äußeren, pyrotechnisch präparierten Rand lichterloh in Flammen stand. Auf diese brennende, sich rasch drehende Scheibe hatten zwei Gehilfen der Varietétruppe vor wenigen Augenblicken die scheinbar todesmutige Jane Cameron in ihrem ähnlich freizügigen Trikot geschnallt, und zwar ganz ordnungsgemäß mit ausgebreiteten Armen und gespreizten Beinen. Auch kam aus dem Hintergrund der ihr vertraute rasende Trommelwirbel, der ihren ersten beidhändigen Messerwurf ankündigte und der mit seiner rasch anschwellenden Lautstärke die Nerven des sensationslüsternen Publikums bis an die Grenze des Erträglichen reizen sollte. Alles war demnach so, wie es sein sollte.

Aber was war es dann, was sie so stark irritierte?

Im nächsten Moment wusste sie es. Es war die Bühnenkulisse! Wo kamen auf einmal all die herbstlichen Bäume und das dichte Unterholz um sie herum her? Und was hatte der Nebel, der sie in dichten Schwaden umwogte, hier auf der Bühne zu suchen? Oder war es vielleicht Rauch? Nein, es handelte sich wahrhaftig um Nebel, denn es lag keinerlei Geruch von Feuer oder Schwelbrand in der Luft.

Da! Der Trommelwirbel brach jäh ab!

Atemlose Stille folgte, in der nur noch das leise Sirren des schwingenden Drahtseils unter ihren Füßen zu hören war. Damit war der Moment in ihrem Programm gekommen, in dem sie die ersten beiden Messer aus dem mit glitzernden Pailetten besetzten Hüftgürtel ziehen und auf die sich plötzlich immer schneller drehende Scheibe mit Jane Cameron schleudern musste.

Tu es nicht! Brich die Vorstellung ab!, schrie eine Stimme in ihr. Du wirst sie töten, wenn du auf dem Seil bleibst und zu den Messern greifst!

Worauf eine andere kalte Stimme höhnisch erwiderte: Mach dich nicht lächerlich, Harriet Chamberlain! Willst du ewig das kleine willfährige Mädchen bleiben, das sich die Verfehlungen anderer stets als eigene Schuld zurechnet? Also, was ist? Was willst du sein, Amboss oder Hammer?

Reflexartig fuhren ihre Hände hinunter zu den Wurfmessern, rissen sie aus dem ledernen Futteral des Gürtels und schleuderten sie aus der Schwingung heraus auf die rotierende, brennende Scheibe.

Die Klingen bohrten sich jedoch nicht wie gewöhnlich mit dumpfem Laut rechts und links von Jane Camerons Taille in das Holz der Scheibe. Es donnerte vielmehr wie ein gewaltiger Schuss, als die Messer in ihr Ziel trafen – und die Scheibe samt der dort festgeschnallten Person in Stücke rissen. Beide verwandelten sich in einen Regen brennender Trümmerstücke.

Im selben Moment traf Harriet Chamberlain ein schwerer Gegenstand wuchtig vor die Brust und schleuderte sie rückwärts vom Seil in den Nebel. Der Sturz durch die Nebelschwaden wollte kein Ende nehmen. Dann schlug sie hart auf dem Boden auf.

Augenblicklich wich der Nebel um sie herum zurück. Und sie starrte in das entstellte Gesicht eines Toten, dessen Oberkiefer zertrümmert war und dem ein Gutteil des Hinterkopfes fehlte.

Gellend schrie sie auf.

Und mit diesem Schrei flüchtete sich Harriet Chamberlain aus dem fürchterlichen Albtraum und zwang sich zu jähem Erwachen. Ruckartig setzte sie sich in der Koje des plumpen Hausbootes auf, das kurz hinter der Tower Bridge am rechten Ufer der Themse vertäut lag und unter Artisten mit bescheidener Gage als preiswerte Adresse bei Gastspielen in London gehandelt wurde.

Ihr Atem jagte, kalter Schweiß stand ihr auf der Stirn und sie brauchte einen Moment, um zu sich zu finden und die entsetzlichen Traumbilder abzuschütteln.

Durch die Bullaugen ihrer kleinen Kajüte fiel helles Tageslicht. Es musste mitten am Tag sein. Was sie nicht im Mindesten überraschte. Nach der Premierenvorstellung am vergangenen Abend, die mit ihrem einundzwanzigsten Geburtstag zusammengefallen und ein voller Erfolg gewesen war, hatte sie mit den anderen aus ihrer Vaudevilletruppe noch lange gefeiert und erst bei Anbruch der Morgendämmerung Schlaf finden können.

Harriet Chamberlain schwang die Beine über den Rand der Koje. Dabei stieß sie den kleinen Beistelltisch mit dem chinesischen Lacktablett um, das auf schwarzem Grund einen feuerroten Drachen zeigte. Mit dem Tablett polterten auch ein silbernes Pillendöschen und ein fast leeres Fläschchen Laudanum auf die Planken.

Harriet Chamberlain biss sich auf die Lippen, als die Erinnerung daran zurückkehrte, womit sie sich im Morgengrauen betäubt und den Schlaf herbeigezwungen hatte. Hastig bückte sie sich nach dem Laudanumfläschchen und der Silberdose.

Dabei fiel ihr Blick auf den Briefumschlag, den jemand durch den Schlitz unter ihrer Kabinentür geschoben hatte. Augenblicklich ließ sie beides achtlos liegen, hob den Brief auf, trat mit ihm an das offen stehende Bullauge und riss den Umschlag auf.

Harriet Chamberlain begann, wie Espenlaub zu zittern, als ihr aus dem gefalteten Briefbogen ein vergilbter Zeitungsartikel in die Hände flatterte. Ein Artikel, von dem sie auch nach so vielen Jahren noch jedes Wort auswendig kannte.

Bleich wie ein Leichentuch stand sie am Bullauge im grauen Licht des Tages, während von jenseits des Flusses aus dem Uhrturm von Big Ben drei klare Glockenschläge kamen.

Zweiter Teil

Pembroke Manor

1

Der frische Wind, der von der nahen Küste kam und das Salz der See mit sich trug, riss das herbstliche Laub von den Bäumen und Sträuchern der Grafschaft Kent und wehte es vor sich her. Auch in Westonhangar fegte der Wind zahllose Äste kahl und scheuchte das verdörrte Blattwerk raschelnd über den Vorplatz der bescheidenen Bahnstation. Und als sich der Nachmittagszug aus London unter dem stoßhaften Keuchen seines Dampfkessels näherte, fiel der Wind lustvoll über seine lange grauschwarze Rauchfahne her. Er zerriss den schmutzigen Schleier, den der Schornstein der Lokomotive hinter sich herzog, und umwirbelte die Waggons hinter dem Kohlentender mit rußigen Rauchwolken.

Byron senkte den Kopf zum Schutz vor den Rauchschwaden, als er mit seiner ledernen Reisetasche aus dem Waggon der ersten Klasse stieg, und beeilte sich, möglichst rasch vom zugigen Perron der kleinen Bahnstation zu kommen. Den anderen Fahrgästen, die ebenfalls hier in Westonhangar ausstiegen, schenkte er keine Beachtung. Festen Schrittes hielt er auf den Ausgang zu, wo Lord Pembrokes Kutsche schon auf ihn warten musste.

Byron Bourke trug, dem Wetter sowie der gesellschaftlichen Stellung seines Gastgebers gemäß, über seinem taubengrauen Cutaway und den grau-schwarz gestreiften, röhrenförmigen Hosen einen dunkelgrauen Tuchmantel mit Pelzkragen. Seine Füße steckten in schwarzen, blank polierten Stiefeletten, die vorn spitz zuliefen, und auf seinem Kopf saß eine steife schwarze Melone.

Feine Lederhandschuhe und ein Spazierstock mit versilbertem Knauf vervollständigten seine Aufmachung.

Zwar wusste er, dass der Cutaway mittlerweile aus der Mode gekommen war und nur noch wenige diesen Gehrock mit den vorn abgeschnittenen Schößen trugen. Er hielt diese Kleidung jedoch noch immer für die einzig passende Garderobe, die ein Gentleman zu einem derartigen Besuch tragen konnte. Und er dachte nicht daran, wie ein Dandy den Launen der Mode zu folgen. Sein einziges Zugeständnis an den neuen Stil der Zeit war, dass er auf den formellen Zylinder verzichtet und zur Melone gegriffen hatte.

Auf dem sandigen Vorplatz direkt vor der Bahnstation drängten sich mehrere örtliche Mietdroschken, zwei offene Landauer und ein einachsiges Coupé. Die herrschaftliche Equipage von Lord Pembroke wartete ein Stück oberhalb mit deutlichem Abstand zu diesen Wagen, die sich neben dem prächtigen Gefährt Seiner Lordschaft wie räudige Klepper neben einem rassigen Rennpferd ausnahmen.

Das Gespann bestand aus vier herrlichen Rotfüchsen in funkelndem Geschirr. Der makellose Lack der Kutsche leuchtete in einem wie Marmor schimmernden Maronenbraun. Auf dem Kutschenschlag prangte das Wappen des pembrokeschen Adelsgeschlechts. Der heraldische Schild war in vier Felder aufgeteilt, in welchen ein zinnengekrönter Turm, ein Greif sowie ein Schwert und ein Turnierhelm zu erkennen waren. Hinten auf dem Trittbrett der Equipage standen zwei junge Bedienstete in rehbraunen Livrees mit goldenen Litzen und Knopfleisten. Eine nicht minder prächtige Livree trug auch der Kutscher, ein Mann von großer und breitschultriger Gestalt und mit einem ledrigen, wettergegerbten Gesicht.

»Entschuldigen Sie, Sir. Habe ich die Ehre mit Mister Byron Bourke, Sir?«, erkundigte sich der Kutscher und lüftete dabei seinen hohen Zylinder.

»Ja, die haben Sie«, bestätigte Byron.

»Sehr wohl, Sir. Ich hoffe, Sie hatten eine angenehme Reise, Mister Bourke.«

Byron zuckte die Achseln. »Von einer Reise kann wohl kaum die

Rede sein. Die Formulierung ›kurze Zugfahrt‹ wird der Sache eher gerecht. London ist nicht gerade einen halben Kontinent entfernt«, erwiderte er trocken.

»In der Tat, Sir«, pflichtete ihm der Kutscher höflich bei und streckte nun seine behandschuhte Rechte aus. »Erlauben Sie, dass ich Ihnen Ihre Tasche abnehme, Mister Bourke. Sie ist besser hinten in der Gepäckkiste aufgehoben. Andernfalls dürfte es für Sie und die beiden anderen Gentlemen, die noch erwartet werden, etwas eng werden, Sir.«

Überrascht zog Byron die Augenbrauen hoch, während er dem Kutscher seine Tasche überließ. »Welche anderen Gentlemen?« Er war ganz selbstverständlich davon ausgegangen, dass Lord Pembroke angesichts einer so enormen Summe, um die es hier ging, nur ihn allein auf seinem Herrensitz erwartete.

»Mister Alistair McLean und Mister Horatio Slade, Sir. Sie sollten mit demselben Zug aus London gekommen sein wie Sie«, teilte ihm der Kutscher mit, während er ihm die stark nach außen gewölbte Tür der Equipage öffnete. »Und mir scheint, da kommen die beiden Gentlemen auch schon, Sir.«

Byron wandte sich kurz um, und was seine kritischen Augen sahen, gefiel ihm nicht sonderlich. Der eine der beiden Männer, dessen dunkelblond gelocktes Haar heute wohl noch nicht mit einem Kamm in Berührung gekommen war, schlenderte in einem völlig unpassenden Sommeranzug aus sandfarbenem Cord heran, dessen Jacke an den Ellbogen und Schultern lederne Blenden aufwies. Er sah sehr jung aus, konnte eigentlich kaum älter als achtzehn oder neunzehn sein. Unbekümmert wie ein Schuljunge pfeifend, eine bauchige Reisetasche aus abgewetztem Gobelinstoff fröhlich an seinem linken Arm hin und her schwingend und mit einem Spazierstock unter den rechten Arm geklemmt, kam er auf die Kutsche zu. Auch seine Kopfbedeckung spottete dem herbstlichen Wetter. Denn anstelle einer Melone trug er einen sommerlichen Canotier, einen flachen, steifen Strohhut, von manchen auch spöttisch »Kreissäge« oder »Butterblume« genannt!

An der Seite des jungen Lockenkopfes ging eine schlanke und bedeutend ältere Gestalt, die einen guten Kopf kleiner war und in einem einfachen, schlecht sitzenden Straßenanzug aus dunkelblauem Wollstoff steckte, der noch weniger als ein heller Sommeranzug dazu geeignet war, um darin zu einem Besuch auf einem Herrensitz wie *Pembroke Manor* zu erscheinen. Der Mann trug eine runde Nickelbrille, einen schmalen Schnurrbart auf der Oberlippe und das pomadig glänzende schwarze Haar glatt nach hinten gekämmt und in der Mitte gescheitelt. Sein Gepäck bestand aus einem kleinen, verbeulten Reisekoffer mit zwei breiten, umlaufenden Lederriemen.

Die beiden in Größe sowie Alter äußerst ungleichen Männer redeten miteinander, wobei der jüngere den Großteil der Unterhaltung bestritt und der andere sich mehr auf ein Nicken oder Kopfschütteln beschränkte. Ob sie sich schon länger kannten oder erst im Zug herausgefunden hatten, dass sie an diesem Oktobernachmittag der Einladung desselben Mannes Folge leisteten, war jedoch nicht ersichtlich.

Byron wandte sich wieder um, stieg in die feudale Kutsche und nahm in Fahrtrichtung auf der mit weinrotem Samt bezogenenen Rückbank Platz. Ob diese beiden seltsamen Gestalten, die Seine Lordschaft offenbar auch zu sich eingeladen hatte, mit ihm und seinem Besuch auf *Pembroke Manor* etwas zu tun haben könnten, dieser Gedanke kam ihm überhaupt nicht. Nichts war ihm ferner als solch eine absurde Vermutung. Er zog vielmehr das dünne, ledergebundene Büchlein aus der Manteltasche, mit dessen Lektüre er sich die Zeit im Zug vertrieben hatte, und schlug es auf, um weiter darin zu lesen.

Augenblicke später hörte er, wie der Kutscher die beiden »Gentlemen« mit derselben steifen Höflichkeit begrüßte, mit der er kurz vorher ihn angesprochen hatte. Er nahm auch ihnen das Gepäck ab, hielt ihnen den Kutschenschlag auf und bat sie, nun doch bitte unverzüglich zu »Mister Bourke« in die Kutsche zu steigen, damit sie noch rechtzeitig vor Einbruch der Dunkelheit auf *Pembroke Manor* einträfen.

Der zerzauste dunkelblonde Lockenschopf verschmähte die vom Kutscher hervorgeklappte Stange mit der Trittstufe und sprang mit einem sportlichen Satz zu Byron in die Kutsche, die in ihrer vorzüglich gefederten Aufhängung kräftig nachwippte.

»Sie müssen Mister Bourke sein! Ich schätze, wir haben alle zusammen das Vergnügen, dieses Wochenende Gast von Lord Pembroke zu sein!«, sagte er. Dann ließ er sich in der gegenüberliegenden Wagenecke in die weichen Polster fallen, stieß sich mit dem silbernen Löwenkopf, der seinen Spazierstock als Knauf zierte, den flachen Strohhut weit in den Nacken, schlug die Beine in den modischen Stiefeletten lässig übereinander und streckte ihm aus schräger, halb zurückgesunkener Lage seine Hand entgegen. »Mein Name ist McLean . . . Alistair McLean!«

»Byron Bourke«, antwortete Byron knapp und tauschte nur widerstrebend einen kurzen Händedruck mit diesem jugendlichen Flegel, der sich auf der gegenüberliegenden Bank so breit hinfläzte, als würde nicht gleich noch ein dritter Fahrgast zusteigen.

Der schmächtige Mann mit der Nickelbrille und dem schmalen Schnurrbart gesellte sich im nächsten Moment zu ihnen. Er nickte Byron kurz zu und tippte dann mit dem Ende seines wenig ansehnlichen Spazierstockes leicht gegen die übergeschlagenen Beine des Lockenschopfes, die fast die ganze Länge der vorderen Sitzbank in Anspruch nahmen.

»Nichts für ungut, Mister McLean. Aber wenn Sie die Güte hätten, eine etwas platzsparendere Haltung einzunehmen, wäre ich Ihnen überaus dankbar«, sagte er mit leicht sarkastischem Tonfall, während der gepolsterte Kutschenschlag hinter ihm zufiel und der Kutscher sich hinauf auf seinen erhöhten Sitz schwang.

Alistair McLean lachte unbekümmert auf. »Schätze, das lässt sich machen, Mister Slade«, sagte er, zog seine langen Beine zurück und setzte sich aufrecht hin.

Im nächsten Moment hielt er ein Kartenspiel wie hingezaubert in der linken Hand und mischte, offensichtlich ganz in Gedanken, die Karten – und zwar mit nur einer Hand!

»Sagen Sie, kennen Sie Lord Pembroke, Mister Bourke?«, fragte er, während seine Finger die Karten so schnell aufblätterten und wieder in sich zusammenfallen ließen, dass das Auge den Bewegungen kaum zu folgen vermochte. »Und sind Sie vielleicht schon einmal zu ihm auf sein Schloss eingeladen worden? Muss ja ein Mordskasten sein, den sich die Pembrokes hier an der Küste schon vor etlichen Generationen hingesetzt haben!«

Byron fand die Fingerfertigkeit dieses jungen Mannes so erstaunlich, wie er dessen Direktheit und nachlässige Wortwahl als vulgär und ungehörig empfand, und er folgerte, dass das Kartenspiel wohl zu den Leidenschaften dieses Mister McLean zählte – was ihn in seinen Augen nicht gerade sympathischer werden ließ.

Die Kutsche ruckte an. Die vier Rotfüchse stemmten sich unter dem anfeuernden Zuruf des Kutschers ins Geschirr und die Equipage nahm rasch Geschwindigkeit auf.

»Nein, ich bin Lord Pembroke noch nicht begegnet, was auch Ihre zweite Frage beantworten dürfte«, sagte Byron zugeknöpft, griff wieder zu seinem Buch und schlug es auf, um diesem aufdringlichen Burschen zu verstehen zu geben, dass er an einem weiteren Gespräch mit ihm nicht interessiert war.

Was Alistair McLean jedoch nicht zum Schweigen brachte. »Mhm, dann dürften wir wohl alle drei gespannt sein, was uns auf *Pembroke Manor* erwartet«, fuhr er aufgekratzt fort. »Ich jedenfalls habe nicht die blasseste Ahnung, womit ich die Einladung dieses stinkreichen Nobelmannes verdient habe. Nun ja, letztlich soll es mir gleich sein. Wer mir mit seiner Einladung unter anderem gleich auch noch fantastische fünfzig Pfund als Ausgleich für die Fahrtkosten mitschickt, obwohl ein Zugticket schon für ein paar Shilling zu haben ist, dessen Wochenendeinladung wird mir stets höchst willkommen sein.«

Byron besaß ein feines Gehör für Zwischentöne und er nahm es daher auch sehr wohl zur Kenntnis, dass Alistair McLean mit seiner Einladung *unter anderem* die großzügige Zuwendung von fünfzig Pfund erhalten hatte, gab jedoch keinen Kommentar dazu ab. Dasselbe galt auch für Horatio Slade, der weiterhin stumm in der Betrachtung der Landschaft verharrte, obwohl es dort draußen nichts Ungewöhnliches zu entdecken gab. Es sei denn, man besaß eine ausgeprägte Schwäche für weidendes Vieh, kleine Bauerngehöfte und den sich wiederholenden Anblick von landwirtschaftlich genutzten Flächen unter einem trist grauen, dunkler werdenden Novemberhimmel.

Für eine kurze Weile waren nur der gleichmäßige Hufschlag der vier prächtigen Pferde und das Rattern der Kutschräder zu vernehmen, während die herbstliche Landschaft aus Feldern, Weiden und kleineren Waldstücken zu beiden Seiten der Equipage vorbeiflog. Aus den Niederungen stiegen hier und da die ersten Nebelschleier auf, die sich im kahlen Geäst der Sträucher zu verfangen schienen. Und im allmählich schwächer werdenden Licht des scheidenden Tages wirkten die sanft gerundeten Hügel wie die Wellen einer leicht bewegten See.

Es war Alistair McLean, der dieses Schweigen nach wenigen Minuten brach. »Scheint ja eine ungemein spannende Lektüre zu sein, wenn Sie selbst bei diesem schlechten Licht nicht von dem Buch lassen können, Mister Bourke«, sagte er neugierig. »Also mich könnte nur ein geheimnisvoller Roman wie *Die Frau in Weiß* von Wilkie Collins so fesseln. Obwohl einige der Sherlock-Holmes-Kriminalgeschichten aus der Feder von diesem Augenarzt Arthur Conan Doyle, die seit einiger Zeit Furore machen, einen auch ganz ordentlich in Atem halten können. Ganz prächtige Lektüre, was dieser Doyle zu Papier bringt, auch wenn die Figur des Mister Watson etwas einfältig angelegt ist, wenn Sie mich fragen! Der kapiert ja nie etwas.«

Byron seufzte geplagt, schloss das Buch und ließ es in den Schoß sinken. Die Hoffnung, bis zu ihrer Ankunft bei Lord Pembroke noch ein paar Seiten in Ruhe lesen zu können, musste er wohl fahren lassen.

»Bei diesem Werk hier handelt es sich weder um einen billigen Schauerroman à la Wilkie Collins noch um die Geschichte eines skurrilen Detektivs mit lächerlich abstrusen Fähigkeiten der Spurendeutung«, erwiderte er bissig, »sondern um eine gelehrte Abhandlung über einen herausragenden Denker und Mathematiker der Antike! Einen wahren Ausnahmegeist, dem auch 2000 Jahre später noch kein anderer Mathematiker das Wasser hat reichen können!«

»Oh, das klingt ja nach schwer verdaulicher Kost!«, erwiderte Alistair McLean leichthin. »Und um welchen Ausnahmegeist handelt es sich denn?«

»Um Archimedes – falls Ihnen der Name etwas sagt.« Byron hielt sich eigentlich für einen umgänglichen Zeitgenossen, der nicht zu Überheblichkeit neigte und seine Mitmenschen auch nicht an seiner eigenen Gelehrsamkeit maß. Aber in seiner Verstimmung über die penetrante Zudringlichkeit dieses jungen Schnösels hatte er sich diese böse Spitze einfach nicht verkneifen können.

Alistair McLean grinste ihn auch jetzt noch fröhlich an. »Natürlich! Das ist doch dieser verrückte Bursche, der in einer Tonne gelebt und zu irgendeinem Störenfried ›Geh mir aus der Sonne‹ gesagt hat, weil der ihm . . .«

»Nein, diese Legende erzählt man sich über den kynischen Philosophen Diogenes von Sinope«, fiel Byron ihm ins Wort. »Wobei die Anekdote mit der Tonne, in der Diogenes angeblich gelebt hat, sehr wahrscheinlich auf der fehlerhaften Übersetzung eines Ausspruchs beruht, der dem römischen Stoiker Seneca zugeschrieben wird. Was Seneca wirklich gemeint haben dürfte, war wohl, dass ein Mann mit so geringen Ansprüchen wie Diogenes ebenso gut auch gleich in einer Tonne hätte leben *können*. Nein, Archimedes war der größte Mathematiker der Antike und jener Mann, der . . .«

»Der als alter Kauz geometrische Figuren in den Sand malte, während um ihn herum der blutige Kampf um Syrakus tobte«, warf da Horatio Slade aus der anderen Kutschenecke ein. »Das war zur Zeit des Zweiten Punischen Krieges, als die Römer Sizilien eroberten. Und als ein römischer Legionär diesem alten Kauz Archimedes bei seinen Kritzeleien in die Quere kam, da rief dieser dem Soldaten die berühmten Worte zu: ›Störe meine Kreise nicht!‹ Worauf ihn der römische Soldat kurzerhand totschlug.«

Alistair McLean nickte, nicht im Mindesten beschämt über seine Verwechslung zweier legendärer Geistesgestalten der Antike. »Richtig, ich erinnere mich. Dumm gelaufen für Archimedes, würde ich sagen. Das sollte manch einem weltfremden Gelehrten eine Lehre sein!« Und dabei warf er Byron ein freches Grinsen zu.

»Archimedes war zweifellos ein mathematisches Genie, jedoch alles andere als weltfremd, Mister McLean«, stellte Byron sofort richtig. »Und diese rührselige Legende, die Sie da soeben zum Besten gegeben haben, Mister Slade, und die leider seit Jahrhunderten zum Allgemeingut historischer Ammenmärchen zu zählen ist, hat wenig mit der Wahrheit zu tun.«

Horatio Slade hob leicht die Augenbrauen und rückte seine Nickelbrille höher den Nasenrücken hinauf. »So? Was Sie nicht sagen.« Sein bleistiftdünner Schnurrbart krümmte sich unter dem spitzen Lächeln, zu dem sich sein Mund verzog. »Nun, ich nehme mal an, dass Sie uns mit einer erhellenden Erläuterung gleich aus dem erschütternden Zustand der Unkenntnis befreien und uns ins strahlende Licht der Erkenntnis führen werden, Mister Bourke.«

Alistair McLean lachte belustigt auf.

Byron überging den spöttischen Tonfall des Brillenträgers wie auch das Auflachen des jungen Flegels. »Ihrer freundlichen Bitte komme ich natürlich gern nach, Mister Slade.« Er machte eine kurze Pause. Dann erklärte er mit dem Tonfall eines Dozenten: »Archimedes, der Astronom am Hof von Syrakus, ließ sich während der römischen Belagerung von Syrakus trotz seines schon hohen Alters von dreiundsiebzig Jahren nur zu bereitwillig von König Hieron II. zum militärischen Oberbefehlshaber über das Arsenal der Geschütze ernennen. Er entwickelte während der Belagerung eine Vielzahl von gewaltigen Katapulten und anderen Maschinen, deren Geschosshagel unter den Schiffen und Belagerungstruppen der Römer enormen Schaden anrichtete und viele Menschenleben kostete. Eine Zeit lang sah es sogar so aus, als könnte Archimedes allein mithilfe seiner Erfindungen die Einnahme von Syrakus verhindern. Dem war jedoch nicht so. Und dass er nach der Eroberung der Stadt unter dem Schwert eines römischen Soldaten starb, war nur folgerichtig. Der Schwerthieb des Legionärs galt nicht dem mathematischen Genie, das unter anderem die Integralrechnung, das Hebelgesetz und das Prinzip der Verdrängung entdeckt hat, sondern der tödliche Streich galt dem willfährigen Militär und begeisterten Waffenentwickler – und traf damit auch den Richtigen.« Und mit einem Anflug von Sarkasmus fügte er noch hinzu: »Seine Ermordung war übrigens der einzig entscheidende Beitrag der Römer zur Mathematik!«

Die beiden Männer auf der anderen Sitzbank, die unterschiedlicher kaum hätten sein können und die in diesem Moment jedoch Ähnliches dachten, sahen sich nach diesem gelehrten Kurzvortrag etwas verdutzt und befremdet an.

Dann wandte sich Horatio Slade wortlos ab und sah wieder hinaus auf die vorbeiziehende Landschaft, während Alistair McLean einen Stoßseufzer von sich gab, irgendwie verdrossen auf das Kartenspiel in seiner Hand blickte und wie in Gedanken murmelte: »Und ich dachte, mich würde ein unterhaltsames Wochenende auf *Pembroke Manor* erwarten!«

2

Die Kutsche folgte dem weiten Bogen, den die Landstraße um die vorspringenden Ausläufer eines Waldes schlug, und gelangte an ihrem Ende in eine lange Allee mit uraltem Baumbestand. Die Hufe der Rotfüchse pflügten hier durch einen knöchelhohen Laubteppich. Das laute Rascheln hatte viel Ähnlichkeit mit einer rauschenden Bugwelle.

»Da ist es! *Pembroke Manor!*«, stieß Alistair McLean aufgeregt hervor und tippte auf der linken Seite gegen das Fenster des Kutschenschlags. »Heiliger Joker! Seht euch das bloß mal an! Das nenne ich ein Herrenhaus! In dem irrwitzigen Kasten kann man sich bestimmt an jedem Tag des Jahres in einem anderen Raum aufhalten, sofern man sich in all den Zimmerfluchten und Gängen nicht heillos verirrt!«

Byron hatte im selben Moment aus dem Fenster geschaut und ebenfalls das Herrenhaus erblickt. Auch ihn befiel angesichts der gewaltigen Anlage von *Pembroke Manor,* die aus dem rauen grauen Kalkstein der Grafschaft errichtet worden war und von weitläufigen, kunstvoll angelegten Gartenanlagen umschlossen wurde, ein fast ungläubiges Staunen. Sein Blick fiel auf eine wahre Flut von kantigen Ecktürmen, zinnengekrönten Dächern, vorspringenden Erkern sowie auf ein tempelähnliches, säulengetragenes Portiko und dreieinhalbstöckige Fassaden mit schier endlosen Reihen von hohen Sprossenfenstern. Die drei Gebäudetrakte, aus denen das Herrenhaus bestand, ergaben zusammen den Grundriss eines H, wobei sich jedoch der alles dominierende Mittelteil mit dem hoch aufragenden Säulenportal über dem Treppenaufgang doppelt so lang erstreckte wie die beiden Seitentrakte.

Horatio Slade beugte sich nun auch vor, um einen ersten Blick auf das Anwesen ihres Gastgebers zu werfen. »Was für ein abstoßender architektonischer Bastard!«, sagte er mit einem Kopfschütteln. »Ein Sammelsurium verschiedenster Stilrichtungen, von denen jeweils nur das vulgär Protzige in den Bau geflossen ist! Nirgendwo auch nur eine Spur von würdiger Bemessenheit, geschweige denn von verfeinerter Schönheit und Harmonie der Linien!«

Das vernichtende Urteil dieses Mannes verblüffte Byron, der ihm eine solche blitzschnelle Auffassungsgabe und sachverständige Urteilsfähigkeit nicht zugetraut hätte. Denn wer immer vor rund zweihundert Jahren der Architekt dieses monströsen Bauwerks gewesen sein mochte, er oder sein Auftraggeber hatte sich in all den Jahren der Bauzeit nicht entscheiden können, ob es nun ein prunkvolles gotisches Schloss nach französischem Vorbild mit Anspielungen auf die Antike oder eine trutzige normannische Festung sein sollte. Letztlich war dabei ein architektonischer Zwitter herausgekommen, der bar jeglichen Ebenmaßes und harmonischer Linien war. Das Einzige, was diese gewaltigen Mengen geschmacklos verbauten Kalksteins klar und unmissverständlich zum Ausdruck brachten, waren der enorme Reichtum und das ebenso große Geltungsbedürfnis der Pembrokes.

Die Kutsche kam vor dem vorspringenden Säulenportal zum Stehen, und gerade waren die drei Männer ausgestiegen, als ein Reiter ihre Aufmerksamkeit auf sich zog.

Er kam zu ihrer Rechten jenseits der Gartenanlagen auf einem prächtigen Schimmel über eine grasbewachsene Anhöhe gesprengt. Im gestreckten Galopp und tief über die Kruppe des Pferdes gebeugt, jagte der Reiter den Abhang hinunter und auf das Herrenhaus zu. Er lenkte das Tier jedoch nicht nach rechts, wo ein hoher Heckenbogen von außen Einlass in die Gartenanlage gewährte, sondern hielt geradewegs auf die lange, gut brusthohe Wand der Hecke zu, die das freie Gelände von den geometrisch angelegten Grünflächen rund um *Pembroke Manor* abgrenzte.

»Um Himmels willen, der Bursche wird doch wohl nicht so verrückt sein und über die . . .!«, entfuhr es Horatio Slade erschrocken, er kam jedoch nicht mehr dazu, seine Befürchtung ganz auszusprechen.

Denn in dem Augenblick stieg der Schimmel auch schon vorne in die Höhe und setzte mit einem atemberaubend eleganten Sprung über das hohe Hindernis – und mit ihm die athletisch schlanke Gestalt, die wie angegossen über dem lang gestreckten Leib des Pferdes lag. Und dann spritzte auch schon der Kies auf den Gartenwegen unter den trommelnden Hufen des Pferdes nach allen Seiten weg, während es im Galopp heranjagte.

Erst ein knappes Dutzend Pferdelängen vor dem Portal griff der Reiter in die Zügel und brachte den Schimmel noch rechtzeitig vor dem Stallknecht zum Stehen, der mittlerweile aus einer Seitentür in den Hof geeilt war. Die Flanken des herrlichen Tieres glänzten schweißnass und ihm standen einige Flocken Schaum vor dem

Maul. Doch trotz aller Anstrengung machte es nicht den Eindruck, über Gebühr von seinem Reiter gefordert worden zu sein.

»Mich laust der Affe! Dieser verrückte Reiter ist ja gar kein Mann!«, stieß Alistair McLean ungläubig hervor, als die Gestalt auf dem Schimmel kurz zu ihnen herüberblickte, dabei den Kinnriemen ihrer Reiterkappe löste, den Helm abnahm und das verschwitzte Haar ausschüttelte. Das Gesicht der jungen Frau, auf das nun nicht mehr der tiefe Schatten des Helms fiel, war grazil und wurde von kastanienbraunem Haar eingerahmt, das sie als Pagenfrisur trug. »Und das tollkühne Weibsbild ist nicht nur wie ein Mann gekleidet, sondern auch wie ein Husar im Herrensattel geritten!«

»Höchst unschicklich«, murmelte Byron missbilligend.

»Fürwahr! Aber wie man sieht, kann sie es sich erlauben«, bemerkte Horatio Slade trocken. »Schätze mal, sie gehört zum Pembroke-Clan.«

Mit einer ungemein geschmeidigen, fast katzengleichen Bewegung glitt die Reiterin, die erdbraune kniehohe Reitstiefel zu hellen Breeches trug, aus dem Sattel. Wortlos warf sie dem Pferdeknecht Reitgerte und Helm zu, sah mit einem knappen Kopfnicken als Begrüßung zu ihnen herüber und hastete dann alles andere als damenhaft mit kraftvoll federnden Schritten die Stufen hinauf.

Der Kutscher, der die Bemerkung von Horatio Slade mitbekommen hatte, räusperte sich nun hinter ihm. »Erlauben Sie mir die Bemerkung, Sir, dass Sie sich mit dieser Annahme im Irrtum befinden. Miss Harriet Chamberlain weilt wie Sie als Gast auf *Pembroke Manor*. Nur ist sie schon am frühen Nachmittag eingetroffen und hat die Zeit bis zu Ihrer Ankunft für einen längeren Ausritt genutzt.« Und an sie alle drei gewandt, fügte er mit einer knappen Geste hinauf zum Portal hinzu: »Wenn Sie nun die Freundlichkeit hätten, sich nach oben zu begeben, Gentlemen! Mister Trevor Seymour, der Butler Seiner Lordschaft, wird Sie sicher schon oben an der Tür erwarten. Und was Ihr Gepäck betrifft, so wird Ihnen das von einem Hausbediensteten sogleich auf Ihr Zimmer gebracht.«

Alistair McLean verzog das Gesicht zu einem fröhlichen Grinsen, als sie die Freitreppe zum Säulenportal des Herrenhauses hinaufstiegen.

»Schau an, die Kleine ist auch nur zu Gast hier! Na, da hat sie sich aber rasch eingelebt! Also, *ihre* Bekanntschaft zu machen, wird bestimmt ein Vergnügen sein.« Dabei warf er Byron einen spöttischen Seitenblick zu. »Es besteht also Hoffnung, dass es doch noch ein vergnügliches Wochenende werden könnte.«

Byron ging auf den spitzzüngigen Seitenhieb nicht ein. Ihn beschäftigte in diesem Moment etwas ganz anderes, nämlich die merkwürdige Bemerkung des Kutschers, dass die fremde junge Frau die Zeit *bis zu ihrer Ankunft* für einen langen Ausritt genutzt habe.

Wieso bis zu ihrer Ankunft? Warum hätte sie auf den Zeitpunkt ihres Eintreffens auf *Pembroke Manor* Rücksicht nehmen sollen?

»Mister Bourke . . . Mister Slade . . . Mister McLean, willkommen auf *Pembroke Manor,* Gentlemen«, begrüßte sie der Butler oben am Eingang zur riesigen Vorhalle mit der Andeutung einer Verbeugung. Seine Stimme hatte einen kratzig trockenen Klang, als wäre seine Kehle so ausgedörrt wie ein seit Jahren ausgetrockneter Brunnen. Dabei schaute er im wahrsten Sinne des Wortes auf die Gäste seiner Herrschaft herab.

Denn Trevor Seymour, der in einem schwarzen Butlerfrack mit steifer weißer Hemdbrust steckte und Handschuhe aus feinem weißem Leinen trug, war ein hagerer, etwa sechzigjähriger Mann von ungewöhnlich hoher Gestalt. Er besaß das ausgezehrte, spitzknochige Gesicht eines strengen Asketen, in dem die hellen klaren Augen in ihren tiefen Knochenhöhlen viel zu groß wirkten. Weißgraues Haar, das für einen Mann seines Alters noch überraschend dicht war, bedeckte seinen Kopf.

»Seine Lordschaft lässt sich entschuldigen, Gentlemen«, fuhr der Butler mit staubtrockener Förmlichkeit fort. »Er erwartet Sie alle gemeinsam um halb sieben, also in einer guten halben Stunde, im Salon des Westflügels zu einem kleinen Umtrunk vor dem Dinner.

Erlauben Sie mir nun, Sie zu Ihren Gemächern zu führen, damit Sie sich vor Ihrer Begegnung mit Seiner Lordschaft ein wenig frisch machen können. Wenn Sie mir bitte folgen würden, Gentlemen!« Und ohne eine Antwort abzuwarten, wandte er ihnen seinen langen, schmalen und befrackten Rücken zu und schritt voran.

Die gewaltige Eingangshalle mit dem schwarz-weißen Marmorboden im Schachbrettmuster, der hohen stuckverzierten Kuppeldecke und den beiden geschwungenen Treppenaufgängen war beeindruckend, wie selbst Byron insgeheim einräumen musste. Sie war so groß, dass glatt eine Kompanie Soldaten in ihr hätte Aufstellung nehmen können, ohne sich dabei gegenseitig ins Gehege zu kommen. Und überall fiel der Blick auf lebensgroße Statuen aus edelstem Marmor, die griechische und römische Gottheiten sowie berühmte Gestalten der Antike darstellten.

»Das ist ja der reinste heidnische Musentempel!«, bemerkte Alistair McLean beim Anblick der Galerien. »Hier Diana, Neptun und Juno, dort Athene, Apoll und Medusa, wenn mich nicht alles täuscht. Nur der prächtige Bursche dort drüben, der nackt an den Baum gebunden ist, sagt mir nichts. Und die Altmännerbüste in der Treppennische da oben auch nicht.«

»Bei der Büste dürfte es sich um den griechischen General und Geschichtsschreiber Thukydides handeln«, sagte Horatio Slade und kam damit Byron um einen winzigen Moment zuvor.

Byron pflichtete ihm bei. »Zweifellos ist es Thukydides, der Stammvater der historischen Geschichtsschreibung. Und der Mann dort am Baum ist natürlich Marsyas aus der griechisch-römischen Sagenwelt, ein Satyr, also ein . . .« Weiter kam er in seiner Erklärung nicht.

»Natürlich! Wie habe ich das bloß übersehen können, nicht wahr? Wo doch in jedem halbwegs anständigen Haushalt solch ein hübscher Marsyas-Satyr den Kaminsims ziert!«, fiel ihm Alistair McLean ins Wort und schlug sich an die Stirn. »Wo habe ich nur meine Augen gehabt! Man könnte mich ja fast für ungebildet halten. Nur gut, dass Sie mich daran erinnert haben, Mister Bourke! Auf Ihre Belehrungen ist wirklich Verlass! In diesem Zusammenhang fällt mir übrigens eine recht treffende Äußerung des deutschen Philosophen Friedrich Nietzsche ein, der einmal formulierte: *Gebildet sein, heißt, sich nicht anmerken zu lassen, wie schlecht man ist!*«

Horatio Slade lachte leise glucksend auf. »Nicht übel, Mister McLean!«

Byron verkniff es sich, auf die Unverschämtheit von Alistair McLean eine schlagfertige Antwort zu geben. Dieser ungehobelte Grünschnabel war es nicht wert, dass er sich von ihm provozieren ließ! Das Beste war, er ignorierte ihn und ging ihm aus dem Weg, so gut es eben ging. Bedauerlicherweise verhieß nun auch die Bemerkung des Butlers, dass Lord Pembroke sie *alle gemeinsam* um halb sieben im Salon des Westflügels erwartete, nichts Gutes.

Der Butler führte sie Augenblicke später in einen Gang, von dem dunkle, schwere Kassettentüren zu ihren Gästequartieren abgingen. »Percy wird gleich mit Ihrem Gepäck kommen, Mister Bourke«, sagte Trevor Seymour, der ihm zuerst seine Unterkunft zuwies. »Wenn Sie Fragen haben oder irgendetwas benötigen, lassen Sie es ihn wissen. Er wird sich der Sache sofort annehmen. Um ihn zu rufen, betätigen Sie bitte den Klingelknopf dort neben der Tür. Er wird Sie auch um halb sieben abholen und in den Salon des Westflügels bringen. Wünsche einen angenehmen Aufenthalt, Sir.«

»Nun ja, man wird sehen«, murmelte Byron voll dunkler Ahnung. Seiner herrschaftlichen Unterkunft, die aus einem Schlafzimmer mit vorgelagertem privatem Salon sowie einem bequemen Waschkabinett bestand, schenkte er wenig Beachtung. Einem anderen hätte die Ausstattung der Zimmer den Atem geraubt. Doch materieller Luxus hatte ihm noch nie etwas bedeutet und zudem war er viel zu sehr in Gedanken versunken, um die verschwenderische Ausstattung der Räume bewusst wahrzunehmen: die herrlichen Teppiche auf dem Parkett, die weinroten Tapeten mit dem aufwendigen ornamentalen Muster, die vergoldeten Zierleisten, die kunstvollen Stuckarbeiten mit dem Deckenfries aus goldenen, mit Schwingen bewehrten Löwen, die alten Gemälde, die schweren Polstermöbel, die Brokatvorhänge vor den hohen Fenstern, das Bett mit den vier geschnitzten Pfosten, die einen Himmel aus feinstem Musselin trugen, und was sonst noch alles zur Einrichtung seines geräumigen Gästequartiers gehörte.

Unruhig ging er auf und ab, nachdem der Hausbedienstete Percy seine Reisetasche gebracht und darauf bestanden hatte, deren Inhalt in Schrank und Kommode zu räumen. Während die Dunkelheit ihr schwarzes Tuch über das Land und das monströse Bauwerk von *Pembroke Manor* warf, zermarterte er sich das Gehirn.

Was konnten sein drohender finanzieller Ruin, den er zweifellos einer Intrige von Lord Pembroke verdankte, und die »kleine Gefälligkeit«, für die Pembroke die enorme Summe von 25 000 Pfund zu zahlen bereit war, bloß mit diesen beiden fremden, recht gewöhnlichen Männern Horatio Slade und Alistair McLean sowie diesem jungen eigensinnigen Wildfang namens Harriet Chamberlain zu tun haben?

Byron konnte es nicht abwarten, endlich mit jenem Mann zusammenzutreffen, der seine Zukunft und die seiner Schwestern in Händen hielt, und von ihm zu erfahren, was sich hinter all diesen mysteriösen Vorgängen verbarg. Gleichzeitig jedoch wuchs in ihm das Gefühl der Beklemmung – und mit ihr die Ahnung, dass in dieser Nacht etwas Schicksalhaftes geschehen würde. Etwas, das sein Leben völlig aus der Bahn werfen und nach dem nichts mehr so sein würde, wie er es bislang gekannt und geschätzt hatte.

3

Als der Hausdiener Percy pünktlich um halb sieben vor seiner Tür im Osttrakt erschien und Byron ihm durch den langen Mittelteil hinüber in den Westflügel folgte, glaubte er, seinen Augen kaum trauen zu können. Denn in diesem Teil von *Pembroke Manor* beherrschten nicht klassische Marmorstatuen und Büsten sowie traditionelles englisches Mobiliar das Bild der Zimmerfluchten und langen Flure, sondern im Licht der wenigen, flackernden Gaslampen stieß Byron auf ein verstörendes Gemenge von seltenen und skurrilen Sammlerstücken.

Es handelte sich jedoch nicht um eine wissenschaftlich zusammengestellte Sammlung, die unter einem alles verbindenden Oberbegriff stand wie etwa »Die Lebenswelt des Mittelalters« oder »Die Völker zwischen Euphrat und Tigris«. Die Objekte, die sich in den Räumen, Fluren und sogar auf den Treppenaufgängen gegenseitig den Platz streitig machten, kamen auch nicht aus einem ethnisch oder geografisch klar begrenzten Kulturkreis. Das beklemmende Durcheinander war vielmehr von der Sammelwut eines reichen Mannes gekennzeichnet, eines Mannes, der buchstäblich aus allen Ecken der Welt Kunst, Kitsch und Kurioses sowie Schauerliches zusammengetragen hatte.

Ausgestopftes Großwild, von den Löwen Afrikas, über die Tiger Indiens und bis hin zu den Grizzlybären Nordamerikas, fand sich überall. Aber nicht als prachtvolle Einzelstücke, die wirkungsvoll präsentiert wurden, sondern man stieß auf sie zu Dutzenden. Und mitten zwischen diesen majestätischen Tieren standen wahllos Holzpuppen, von denen einige von Kopf bis Fuß in die gepanzerte Rüstung eines Kreuzritters gekleidet waren und blitzende Schwerter in den Händen hielten, während andere die Waffen und Kleidung mongolischer Stammesführer zur Schau stellten. Zwischen den Beinen dieser Mongolen lauerten riesige Kaimane mit weit aufgerissenem Maul, während präparierte Gorillas aus den kongolesischen Bergwäldern neben australischen Koalas, afrikanischen Aasgeiern sowie Riesenanakondas und anderes Echsengetier aus dem brasilianischen Dschungel von der Decke herabhingen, als wollten sie sich jeden Moment auf ihr ahnungsloses Opfer stürzen. Und wo auf dem Boden noch ein freier Fleck gewesen war, da lag allerlei seltsamer Kleinkram wie Federschmuck, zusammengerollte Häute, Feuersteine, primitive Waffen und vieles andere, dessen

Herkunft und Verwendungszweck sich Byron beim schnellen Vorbeigehen nicht erschloss.

Auf seinem Weg zum Salon kam er auch zu einer Ansammlung von steinernen Sarkophagen, die zum Teil mit ägyptischen Hieroglyphen bedeckt waren. Sie bildeten rechts und links entlang des Gangs zwei lange Reihen, als warteten sie darauf, von einem Bestatter endlich abgeholt und in irgendeiner ägyptischen Grabstätte beigesetzt zu werden.

Zwischen diesen Steinsärgen lehnten indianische Totempfähle an den Wänden, aufeinandergetürmte Kamelsättel, Bündel von Beduinenlanzen, alte Vorderlader, grell bemalte indische Gottheiten mit Fratzengesichtern und vieles andere mehr. Und alles sah so aus, als hätte man diese Sammelstücke nur kurz hier abgestellt, weil man nicht wusste, wohin mit ihnen, und dann vergessen.

Die zum Teil noch reichlich mit Staub und Wüstensand bedeckten, in Tücher gewickelten Mumien, die einmal in den Sarkophagen gelegen hatten, fanden sich einen Gang weiter, zusammen mit einem Durcheinander aus Steinskulpturen aus der Pharaonenzeit, die halb menschliche und halb tierische Gottheiten wie den Sonnengott Re, Anubis, Horus, Chnum, Bastet oder Selket darstellten.

Und kaum hatte Byron diese beklemmende Totengalerie passiert und war Percy um die Biegung des Gangs gefolgt, als er vor sich ein grauenvolles Spalier von menschlichen Schrumpfköpfen mit langen Haarzöpfen erblickte, die auf Bambusstangen steckten, aus irgendeinem Kannibalenland stammten und ihn trotz ihrer leblos kalten Augen so hypnotisch anstarrten, als wollten sie über jeden, der es wagte, zwischen ihnen hindurchzuschreiten, noch aus dem Jenseits einen fürchterlichen Bannfluch werfen.

Ein kalter Schauer des Abscheus jagte ihm den Rücken hinunter, und es würgte ihn bei dem Gedanken daran, wie die Eingeborenen Borneos oder irgendeiner anderen kaum erforschten Wildnis zu diesen grauenvollen Trophäen gekommen waren.

»Wie lange dauert es denn noch, bis Sie mich zu diesem Salon geführt haben?«, fragte Byron, als sie durch dieses grauenvolle

Spalier schritten. »Ich hatte nicht erwartet, mich unterwegs solch . . . solch einer Zumutung aussetzen zu müssen!«

»Lord Mortimer hatte fürwahr einige recht gewöhnungsbedürftige Eigenheiten. Aber wir sind gleich da«, lautete die beruhigende Antwort des Hausdieners. »Der Salon befindet sich hinter der nächsten Biegung, Sir.«

Als Byron Augenblicke später durch die hohen, offen stehenden Flügeltüren in den Salon trat und der Hausdiener sich am Eingang dezent zurückzog, musste er feststellen, dass er als letzter von Lord Pembrokes Gästen eintraf.

Horatio Slade, Alistair McLean und Harriet Chamberlain hatten es sich schon in den schweren, gepolsterten Fauteuils bequem gemacht, die in der Mitte des Raumes um einen niedrigen Tisch mit einer arabisch anmutenden Platte aus gehämmertem Silber gruppiert standen. Und jeder von ihnen hielt schon einen Drink in der Hand, der wohl aus dem gut bestückten Barschrank in ihrem Rücken stammte. Dort stand die hochgewachsene, asketische Gestalt von Trevor Seymour, dem Butler mit der ausdruckslosen Miene.

»Ah, da sind Sie ja, Mister Bourke!«, rief Alistair McLean ihm zu und hob dabei sein Glas, in dem eine goldbraune Flüssigkeit schwappte, vermutlich Whisky oder Cognac. In der anderen Hand hielt er eines jener papierumwickelten Tabakkröllchen, die »Zigaretten« genannt wurden und sich seit einigen Jahren besonders bei den niederen Volksschichten zunehmender Beliebtheit erfreuten. »Wir fürchteten schon, Sie wären uns irgendwo auf diesem labyrinthischen Weg vom tiefen Kongo hinauf ins Pharaonenland abhanden gekommen und auf ewig verschollen! Und das wäre doch ein recht bitterer Verlust gewesen.« Er zwinkerte ihm dabei mit einem breiten Grinsen zu, als wäre zwischen ihnen nie ein böses Wort gefallen.

Byron schloss daraus, dass es kaum der erste starke Drink sein konnte, an dem der zerzauste Lockenschopf nippte.

»Ja, wir dachten schon, Sie wären vielleicht unter die Kopfjäger geraten«, frotzelte auch Horatio Slade, der gerade aus einem Lederbeutel losen Tabak in den Kopf einer Meerschaumpfeife stopfte. »Einfach unfassbar, was für eine monströse Welt einen hier im Westflügel erwartet, finden Sie nicht auch? Streckenweise nimmt sich jedes kommerzielle Gruselkabinett gegen diese irrwitzige Ansammlung von schauerlichen Beutestücken so aufregend aus wie eingeschlafene Füße! Und sogar hier, in diesem sogenannten Salon, ist man von dieser grotesken Sammlung umgeben!«

Byron pflichtete ihm mit einem wortlosen Nicken bei. Er hatte sich noch nicht näher umgesehen. Doch um zu wissen, dass er der obskuren Sammlung auch in diesem Raum nicht entkommen würde, dafür genügte schon ein erster kurzer Rundblick. Und dieser fiel auf eine Gruppe von fellbespannten Buschtrommeln, auf ein wildes Durcheinander von Macheten, Steinschlosspistolen, Steinäxten, Krummsäbeln, indischen Dolchen mit schlangenförmigen Klingen, Nilpferdpeitschen und Masken sowie auf dicht nebeneinanderhängenden Fotografien an den Wänden, auf Räuchergefäße und tibetanische Gebetsmühlen, auf Glasvitrinen und Bücherschränke mit alten Folianten, Brevieren, Papierrollen und Pergamenten – und auf einen Schwarm ausgestopfter Fledermäuse. Diese Kreaturen der Nacht hingen mit weit ausgebreiteten Flügeln, aufgerissenen Mäulern und riesenhaften, spitzen Ohren zwischen einem Gewirr von gebündelten Trockenkräutern und Knoblauchknollen von der Decke herab.

»Unser Gastgeber muss ein vielseitig interessierter Mann mit eigenwilligem Geschmack sein!«, sagte Alistair McLean, leerte sein Glas und bedeutete dem Butler, ihm noch einmal das Gleiche zu bringen.

»Und was darf es für Sie sein, Mister Bourke?«, erkundigte sich der Butler mit staubtrockener Stimme hinter dem Dreiviertelkreis der vier schweren Sessel. »Darf ich auch Ihnen einen Drink bringen, Sir?«

Byron nickte. »Einen Cognac kann ich jetzt wohl gut vertragen«, sagte er und ihm fiel nun auf, dass in dem Kreis der Sessel eine Lücke klaffte und dort ein Fauteuil fehlte, nämlich jener für Lord Pembroke.

»Sehr wohl, Sir.«

Byrons Blicks ging zu der jungen Frau, die bislang noch keinen Kommentar abgegeben hatte. Schweigend und mit übereinandergeschlagenen Beinen saß Harriet Chamberlain in ihrem Lehnsessel, drehte nervös ihr Glas zwischen den feingliedrigen Händen und starrte in die bernsteinfarbene Flüssigkeit, als suche sie auf dem Grund ihres hochprozentigen Drinks nach der Antwort auf eine sie bedrängende Frage. Ihr oval geschnittenes, anmutiges Gesicht unter der exakt stufig geschnittenen Pagenfrisur sah sehr blass und sehr angespannt aus.

Im nächsten Moment stellte Byron ein wenig pikiert fest, dass sie es nicht für nötig erachtet hatte, sich nach ihrem Ausritt umzuziehen. Das galt zwar auch für die beiden Männer, die mit ihm in der Kutsche nach *Pembroke Manor* gefahren waren. Aber immerhin trugen sie Anzüge, wie bescheiden diese auch sein mochten. Dagegen steckte Miss Chamberlain noch immer in ihrem sehr männlichen Reitdress aus Breeches und kniehohen Schaftstiefeln sowie einer stark taillierten Reitjacke mit Stehbündchen und Überrock. All das brachte zwar ihre schlanke Figur und ihre weiblichen Rundungen augenfällig zur Geltung, war jedoch keineswegs die Garderobe, in der man in einem Herrenhaus vor dem Dinner auf einen Drink zusammenkam und sich seinem adligen Gastgeber präsentierte.

Der Butler brachte den Cognac und bot Byron Zigarren aus einem Humidor an. Byron nahm das schwere Glas entgegen, wählte eine Zigarre aus, rollte sie prüfend zwischen den Fingern und ließ sich Feuer geben, nachdem er beide Enden kurz mit den Lippen befeuchtet hatte und die Spitze des Mundstückes unter der rasiermesserscharfen Schneide des Cutters gefallen war.

Byron war nicht danach zumute, sich jetzt schon zu den anderen zu setzen. Er ging ein wenig im Raum umher und gab sich den Anschein, sich für die Fotografien und den Inhalt der Vitrinen zu interessieren.

In Wirklichkeit beachtete er kaum das widerwärtige und unästhetische Durcheinander von alten Münzen, aufgespießten Schmetterlingen, gebleichten Knochen, auf Ketten aufgezogenen Raubtierzähnen, orthodoxen Kruzifixen, liturgischen Gerätschaften, mit Nadeln durchstochenen Voodoo-Puppen, Fruchtbarkeitsfetischen in Form von getrockneten tierischen Geschlechtsteilen und was da sonst noch alles kreuz und quer unter dem Glas der Vitrinen verstreut lag.

Er zermarterte sich wieder das Gehirn, worin in Gottes Namen bloß die »kleine Gefälligkeit« bestehen mochte, die allein ihn vor dem Sturz in die Mittellosigkeit bewahren konnte. Auch quälte ihn die Frage, warum Lord Pembroke ihn nicht unter vier Augen empfing, sondern ihm die Gesellschaft dieser beiden fremden Männer und der überaus unschicklichen Miss Chamberlain zumutete.

Außerdem war es ihm ein Rätsel, weshalb sie sich ausgerechnet in diesem abscheulichen Salon hatten einfinden müssen. Dabei gab es doch im Ostflügel und insbesondere im lang gestreckten Haupttrakt, wie er hatte sehen können, mehr als genug Räume, die nicht so eingerichtet waren, als wären sie einem Albtraum entsprungen!

Die trockene Stimme des Butlers holte ihn aus seinem Grübeln und ließ ihn herumfahren, als sie, förmlich wie der Hofmarschall beim Empfang an einem Fürstenhof, verkündete: »Miss Chamberlain . . . Gentlemen . . . Seine Lordschaft Arthur Pembroke!«

4

Der asketisch hagere Butler, dessen kurzzeitiges Verschwinden Byron überhaupt nicht bemerkt hatte, schob Lord Pembroke zur Überraschung aller in einem Rollstuhl in den Salon.

Der Herr von *Pembroke Manor*, der einen eleganten Hausmantel aus dunkelblauer Seide und mit breiten smaragdgrünen Revers trug, war ein Mann in den Endvierzigern und von kräftiger, aber etwas gedrungener Gestalt. Sein Gesicht mit der breiten Kinnpartie hatte etwas Kantiges, fast Quadratisches, sodass das runde, goldgefasste Monokel im linken Auge wie ein Fremdkörper wirkte. Sein Haupthaar hatte sich auf der Stirn und an den Schläfen schon weit zurückgezogen und eine Halbglatze zurückgelassen. Aber das rötliche Haar seines breiten Backenbarts, der sich bis zum Kinn hinunterzog und ein Gutteil der hässlichen Hautflechte auf der rechten Gesichtshälfte verbarg, wuchs dicht und buschig wie verfilztes Gestrüpp.

Horatio Slade und Alistair McLean stellten rasch ihre Drinks ab und erhoben sich aus ihren tiefen Fauteuils. Dagegen zeigte Harriet Chamberlain keinerlei Anstalten, ihrem Gastgeber den nötigen Respekt zu zollen und aufzustehen. Ihre bislang schon sehr verschlossene Miene trug nun einen trotzigen, ja fast feindseligen Ausdruck.

»Ah, ich sehe, wir sind vollzählig!«, rief Arthur Pembroke leutselig, während Trevor Seymour ihn im Kreis der schweren Lehnsessel mit dem Rollstuhl in der für ihn gedachten Lücke platzierte. Mit einem kurzen Zucken der linken Braue befreite er das Monokel und es fiel ihm in den Schoß. »Miss Chamberlain . . . Gentlemen, bitte nehmen Sie doch wieder Platz!« Dass Harriet Chamberlain sich erst gar nicht erhoben hatte, schien er nicht bemerkt oder bewusst übersehen zu haben.

Die beiden Männer setzten sich wieder und Byron begab sich nun zu ihnen hinüber, um in dem letzten freien Sessel Platz zu nehmen. Damit hatte er Harriet Chamberlain zu seiner Linken und Lord Pembroke zu seiner Rechten, während Horatio Slade und Alistair McLean ihm gegenübersaßen.

»Ich hoffe, ich habe Sie nicht über Gebühr warten lassen!«, sagte Lord Pembroke in unbeschwertem Plauderton. »Meine leidige Gicht, der ich immer öfter das zweifelhafte Vergnügen eines Lebens im Rollstuhl verdanke, hat mir wieder einmal mit einem recht verdrießlichen Anfall in Erinnerung gebracht, dass dieses nasskalte englische Wetter Gift für meine Knochen ist!« Und zu seinem

Butler gewandt, fügte er übergangslos hinzu: »Einen doppelten Single Malt, Trevor!«

»Sehr wohl, Mylord«, antwortete Trevor Seymour steif und begab sich hinüber zum Barschrank.

Für einen kurzen Moment trat eine unnatürliche, angespannte Stille ein. Jedem der vier Gäste lagen drängende Fragen auf der Zunge. Doch keiner wollte der Erste sein, der in Gegenwart von drei Fremden auf die persönlichen Umstände zu sprechen kam, die seiner Einladung zugrunde lagen – und die nicht so beschaffen waren, dass man sie gern in aller Öffentlichkeit ausbreitete.

Arthur Pembroke schien die starke Anspannung nicht wahrzunehmen. Seine Lordschaft blickte vielmehr mit einem heiteren Lächeln in die Runde seiner Gäste und wartete ab, bis ihm der Butler seinen Single Malt gebracht hatte.

Als der Butler dann den Salon verließ und dabei die Doppeltüren hinter sich zuzog, erkundigte Lord Pembroke sich wie ein besorgter Gastgeber, ob sie mit ihrer Unterbringung zufrieden seien und ob die drei Gentlemen die gemeinsame Kutschfahrt dazu genutzt hätten, sich näher miteinander bekannt zu machen.

Worauf Alistair McLean nun das Schweigen der vier brach und antwortete: »Die gemeinsame Kutschfahrt hat bei keinem von uns zu dem heftigen Verlangen geführt, die nähere Bekanntschaft des einen oder anderen Mitreisenden zu machen! Oder sehen Sie das vielleicht anders, Mister Bourke?«

»Ich sehe das als die erste vernünftige Äußerung von Ihnen, seit wir uns kennen«, gab Byron zur Antwort.

Lord Pembroke lachte amüsiert auf. »Nun ja, nicht alle Ehen werden im Himmel geschlossen, Gentlemen! Was die Vernunft zusammenführt, dem ist oft mehr Bestand und Erfolg beschieden als einem Bund aus gefühlsseliger Harmonie.«

Er machte eine kurze Pause und blickte wieder lächelnd in die Runde. Doch seine dunklen, kleinen Augen blieben von dem Lächeln seines Mundes völlig unberührt.

»Da Sie alle einander noch sehr fremd sind, wird es mir gleich ein

Vergnügen sein, die gegenseitige Vorstellung vorzunehmen und zu jedem von Ihnen einige Sätze zu sagen, die Ihr bisheriges Leben in aller gebotenen Kürze, aber doch sehr prägnant beschreiben dürften!«

»Ich wüsste nicht, wozu das gut sein sollte!«, meldete sich Horatio Slade sofort zu Wort. »Was geht die anderen Anwesenden mein Leben an, Sir?«

Harriet Chamberlain lachte kurz und grimmig auf, als ahnte sie die Antwort und wüsste, dass sie keinem von ihnen gefallen würde.

Irritiert von ihrem Auflachen warf Byron ihr einen flüchtigen Blick zu, pflichtete dann aber Horatio Slade mit einem Nicken bei und kleidete seinen eigenen Protest in die gedrechselte, diplomatische Formulierung: »Auch mir entziehen sich der Sinn und die Notwendigkeit einer solchen gegenseitigen Vorstellung! Und ich halte sie weder für wünschenswert noch für taktvoll, Lord Pembroke!« Der Einspruch erschien ihm angebracht, aber er durfte nicht so maßlos ausfallen, dass er damit die Offerte Seiner Lordschaft, ihm die wertlose Beteiligung an der Mine zum ursprünglichen Preis abzukaufen, in Gefahr brachte.

»Das sehe ich anders, Mister Bourke«, entgegnete Lord Pembroke, »und ich habe meine Gründe dafür, die zweifellos auch einem jeden von Ihnen einsichtig sein werden, wenn wir erst zum Kern unseres Zusammentreffens gekommen sind!«

Mit einer sichtlich ungeduldigen Bewegung drückte Alistair McLean seine Zigarette im Aschenbecher aus. »Herrgott, worauf warten Sie dann noch? Wer hindert Sie denn daran, ohne langes Geschwätz und sonstige Umschweife zum Kern der Angelegenheit zu kommen, Eure Lordschaft? Wäre wahrlich nicht schlecht, wenn Sie endlich mal Ihre Karten aufdecken und uns sagen würden, warum Sie uns eingeladen haben, was im Pot liegt und ob Sie sauber oder mit gezinkten Karten spielen!«

»In der Tat!«, knurrte Horatio Slade. »Manches riecht mir allmählich wie fauler Zauber! Und damit meine ich nicht nur diese überquellende Kuriositätensammlung mit dem deutlichen Hang zum Schaurigen und Nekrophilen, wenn Sie mir diese Bemerkung erlauben!«

»Sie haben recht, Gentlemen, die Welt hier im Westflügel ist in der Tat reichlich gewöhnungsbedürftig«, stimmte Lord Pembroke ihm zu. »Ich für meine Person halte sie sogar für weit jenseits von dem, woran sich ein geistig gesunder Mensch noch gewöhnen kann, ohne Schaden zu nehmen. Deshalb werden Sie auch kaum überrascht sein, wenn ich Ihnen jetzt verrate, dass diese schauderhafte Sammlung das Werk eines gestörten Geistes ist. Eines immer mehr dem Wahnsinn verfallenden Mannes, der fast drei Jahrzehnte lang rastlos durch die Welt gereist ist, sich sowohl für einen begnadeten Großwildjäger und Kartenspieler als auch für einen gelehrten Forscher und Archäologen gehalten hat.«

»Ein weltreisender Irrer hat sich hier ausgetobt? Na, das erklärt so einiges!«, meinte Horatio Slade trocken.

»Und wer war dieser Mann?«, wollte Byron wissen.

»Mein drei Jahre älterer Bruder Mortimer, der sich im Zustand geistiger Umnachtung und von Wahnvorstellungen gequält im Januar letzten Jahres das Leben genommen hat!«, eröffnete ihnen Lord Pembroke.

»Hatten Sie nicht noch einen zweiten älteren Bruder?«, fragte Byron in Erinnerung dessen, was er im englischen Adelsregister über das Geschlecht der Pembrokes gelesen hatte.

Arthur Pembroke nickte. »Ja, Wilbur. Er war der älteste von uns drei Brüdern. Er ist aber schon fast acht Jahre tot.« Er zögerte kurz, bevor er hinzufügte: »Ein tragischer Jagdunfall kostete Wilbur das Leben!«

»Und dann hat also auch noch Mortimer mit seinem Selbstmord den Weg für Sie als letzten männlichen Erben und Herrn von *Pembroke Manor* freigemacht!«, merkte Harriet Chamberlain spitz an. »Wozu doch ein irrer Selbstmörder in der Familie, zumal wenn er in der Erbfolge vor einem steht, gut sein kann!«

Lord Pembroke starrte sie kurz mit einem stechenden Blick an, während seine rechte Hand das Glas so fest umklammerte, dass die Knöchel weiß hervortraten. Für einen Moment sah es so aus, als wollte er ihr eine scharfe Antwort erteilen. Doch dann setzte er sein Glas mit einem Ruck an die Lippen und leerte es auf einen Zug. Mit dem Single Malt spülte er offenbar seinen Zorn hinunter. Jedenfalls ging er auf Harriet Chamberlains bösartige Bemerkung mit keinem Wort ein.

»Das mit ihrem verrückten Bruder Mortimer ist ja schön und gut«, sagte nun Alistair McLean. »Aber das erklärt immer noch nicht, aus welchem Grund Sie uns hier zusammengebracht haben!«

»Die Erklärung dazu werden Sie später erhalten, Mister McLean«, erwiderte Lord Pembroke. »Sie dürfen jedoch versichert sein, dass nichts von dem, was ich Ihnen allen heute Abend zumute, aus Gedankenlosigkeit geschieht. Alles hat seinen tiefen, wohlbedachten Grund. Und so haben auch dieser unangenehme Salon und das angrenzende Esszimmer, wo wir gleich das Dinner einnehmen werden, ihre Bedeutung. Diese Räumlichkeiten werden Ihnen nämlich ein besseres Verständnis für das Ganze ermöglichen, um das es hier geht!«

»Besseres Verständnis?« Horatio Slade schüttelte den Kopf und sagte voller Verdruss: »Von wegen! Ich verstehe mit jedem Augenblick weniger als vorher! Mag der Teufel wissen, worum es hier gehen soll!«

Byron sah es ebenso, auch wenn er es anders ausdrückte. »Ich muss Mister Slade beipflichten. Auch mir scheint sich das Rätselhafte eher zu vertiefen, als dass Ort und Umstände dieses Zusammentreffens allmählich einen nachvollziehbaren Sinn ergeben!«

Lord Pembroke zeigte sich unbeeindruckt von diesen Einwänden. »Sie werden sich schon auf mein Wort verlassen müssen, dass all dies sehr wohl einen Sinn ergibt, Gentlemen! Also üben Sie sich ein wenig in Geduld und überlassen Sie es mir, wie ich Sie ins Herz dieser Angelegenheit führe! Andernfalls müsste ich Sie nämlich daran erinnern, dass keiner von Ihnen aus uneigennützigen Motiven Gast auf *Pembroke Manor* ist und dass gewisse

Vorleistungen von mir erbracht worden sind. Vorleistungen, deren definitiver Status noch für alle von Ihnen in der Schwebe hängt, wie ich betonen möchte, für die ich aber jetzt schon ein gewisses Maß an Kooperation erwarten kann!«, entgegnete er und sein anfänglich freundlicher Tonfall war einer unüberhörbaren Härte und Schärfe gewichen.

Die angedeutete Drohung verfehlte ihre Wirkung nicht. Statt weiterer Proteste herrschte auf einmal betretenes Schweigen in der Runde. Jeder vermied den Blick des anderen. Byron starrte auf den Aschekegel seiner Zigarre, als wäre der auf einmal von besonderem Interesse; Horatio Slade stocherte mit grimmiger Miene in seiner Pfeife herum; Alistair McLean griff zu seiner Packung *Gold Flake*-Zigaretten und Harriet Chamberlain spielte mit dem kleinen goldenen Kruzifix, das sie als Anhänger an einem dünnen Goldkettchen um den Hals trug, während sie scheinbar wie gebannt zu den Fledermäusen hochstarrte.

Arthur Pembroke schien diese betretene Stille zu genießen, denn er ließ mindestens zehn, zwölf lange Sekunden verstreichen, während er gemächlich die letzten Tropfen Single Malt auf seine Zunge rinnen ließ.

»Beginnen wir den kurzen Reigen der Vorstellung mit Miss Harriet Chamberlain«, brach er schließlich das unangenehme Schweigen. »Ihre Mutter war von adligem Geblüt und hatte auch eine standesgemäße Erziehung genossen . . .«

»Lassen Sie gefälligst meine Mutter aus dem Spiel!«, zischte Harriet Chamberlain, die sich augenblicklich im Sessel steif aufgerichtet hatte, und funkelte ihn mit unverhohlener Abscheu an.

Arthur Pembroke fuhr ungerührt fort: »Bedauerlicherweise muss in ihren Adern auch ein gehöriger Schuss von jenem schlechten Blut geflossen sein, das sich in jedem noch so edlen und ruhmreichen Adelsgeschlecht finden lässt. Zudem hatte sie keine Kontrolle über die Schwachheit des Fleisches und ihre Sündhaftigkeit, zumal das weibliche Geschlecht ja schon von Natur aus eine starke Neigung in diese Richtung aufweist. So kam es, dass sie vor nicht ganz zweiundzwanzig Jahren mit einem gewöhnlichen Schausteller durchbrannte und sich von ihm schwängern ließ und dass Harriet Chamberlain, die sündhafte Frucht dieser skandalösen Liaison, in der Welt der Vagabunden und Zirkusleute aufwuchs, selbst diesen Weg einschlug und seitdem das unstete Leben als Sensationsdarstellerin und Akrobatin führt. Ein Leben, wie ich leider noch anmerken muss, das Miss Chamberlain um ein Haar durch eine blutige Schandtat, die jemandem das Leben gekostet hat, auf immer verpfuscht hätte!«

Harriet Chamberlain presste die Lippen zu einem dünnen, harten Strich zusammen. Und unter den forschenden Blicken der drei Männer, die in Gedanken natürlich sofort über die Art dieser blutigen Schandtat rätselten, schoss ihr das Blut ins Gesicht.

»Nicht verschwiegen werden soll jedoch auch, dass Harriet Chamberlain sich in ihrem Metier einen beachtlichen Ruf erworben hat und schon an vielen Orten, die in der Welt des Vaudeville, des Varieté und des Zirkus einen großen Namen haben, aufgetreten ist – und zwar auch auf dem Kontinent, wo sie einige Jahre auf Tournee gewesen ist«, ergänzte Lord Pembroke. »Zudem ist sie nicht nur eine überaus risikofreudige Akrobatin, sondern auch eine exzellente Reiterin und sie versteht sich ausgezeichnet im Umgang mit Waffen aller Art. Woran es ihr dagegen sehr mangelt, ist weibliche Schicklichkeit und der gebotene Respekt vor den ungeschriebenen, aber dennoch ehernen Konventionen unser Gesellschaft.«

»Kommen Sie mir nicht mit diesem Altherrengeschwafel, das doch nur der Unterdrückung der Frau dient! Und nichts ist ehern und auf ewig in Stahl gegossen, schon gar nicht Ihre sogenannten Konventionen!«, fauchte sie. »Jedenfalls lasse ich mir nichts vorschreiben! Ich tue mit meinem Leben, was und wie ich es für richtig halte!« Damit wandte sie sich unvermittelt Alistair McLean zu, der gerade eine Zigarette aus seiner Packung geschnippt hatte, und fuhr ihn mit barschen Worten an: »Was ist? Wollen Sie mir nicht auch eine Zigarette anbieten?«

Dieser machte ein verblüfftes Gesicht. »Oh, Sie rauchen?«, fragte er überrascht.

»Ja, gelegentlich«, sagte sie, zog dabei eine graue Zigarettenspitze aus ihrer Jackentasche hervor und fragte bissig zurück: »Oder glauben Sie vielleicht, das Kunststück, blauen Dunst auszustoßen, kriegen nur Männer fertig?«

Alistair McLean lachte belustigt auf und schenkte ihr ein breites Grinsen. »Ich bin sicher, dass Sie noch ganz andere Kunststücke fertigbringen, Miss Chamberlain«, sagte er und hielt ihr seine Packung hin, damit sie sich bedienen konnte.

»Wenn das mit diesen widerborstigen jungen Frauen so weitergeht, werden sie sich eines Tages sogar noch zu der Forderung versteigen, das Wahlrecht erhalten und über unsere Regierung und Gesetzgebung mitentscheiden zu wollen!«, murmelte Horatio Slade missfällig.

»Und dieser Tag ist nicht mehr fern, darauf können Sie Gift nehmen, Mister Slade!«, erwiderte Harriet Chamberlain und ließ sich von Alistair McLean Feuer geben.

Horatio Slade verdrehte nur die Augen.

»Nun, da gerade Ihr Name gefallen ist, Mister Slade, will ich mit Ihrer Person fortfahren«, sagte Lord Pembroke. »Der recht bewegte Lebensweg von Mister Horatio Slade könnte vermutlich einen ganzen Abend füllen, so wie er schon umfangreiche Gerichtsakten füllt. Aber da es heute noch einiges andere zu bereden gibt, will ich mich auch bei ihm kurzfassen. Deshalb sei hier nur kurz erwähnt, dass er von seinen einunddreißig Lebensjahren ein knappes Drittel in Gefängniszellen verbracht hat. Wobei die Schlösser dieser Strafanstalten seinen außerordentlichen Fähigkeiten als Ausbrecher und Meister aller selbst gebastelten Nachschlüssel jedoch oft genug nicht gewachsen gewesen sind.«

Horatio Slade verzog das Gesicht, als hätte er in eine Zitrone gebissen. »Danke für das dornige Blumengebinde, Eure Lordschaft!«

»Schau an, wir haben einen Knastbruder in unserer Mitte!«, entfuhr es Alistair McLean. Jedoch klang es nicht schockiert, sondern eher belustigt und interessiert.

Byron dagegen fand die Nachricht alles andere als amüsant, sondern als in höchstem Maße beunruhigend. Nicht aus moralischer Ablehnung, sondern weil es für ihn mit jedem Augenblick offensichtlicher wurde, dass Lord Pembroke sie vier als eine *zusammengehörige* Gruppe betrachtete – und zwar über diesen Abend hinaus!

»Mister Horatio Slade ist jedoch nicht nur Meister im unerlaubten Öffnen fremder Schlösser, sondern die Tragik seines Lebens dürfte darin bestehen, dass an ihm vermutlich ein großer Künstler der Leinwand verloren gegangen ist«, fuhr Lord Pembroke nun fort. »Als Kopist berühmter Gemälde und insbesondere russischer und griechischer Ikonen gehört er nämlich zu den besten seiner Zunft. Und zweifellos könnte er ein ordentliches Auskommen haben und sein Leben fern von Zellengittern genießen, wenn er sich nur darauf beschränken würde, seine Kopien als solche zu verkaufen. Aber unser Freund hier zieht es vor, altmeisterliche Gemälde und Ikonen zu kopieren, die in den Herrenhäusern des Adels und reicher Fabrikanten hängen. Und dann steigt er nachts in diese Häuser ein, ersetzt das Originial durch die Kopie und verkauft das gestohlene Kunstwerk an einen Sammler aus dem Ausland. Ein Verfahren, das jedoch nicht immer unbemerkt bleibt – schon gar nicht, wenn man sich dabei auf frischer Tat ertappen lässt!«

»Originale heimlich durch Kopien austauschen? Das ist ja eine prächtige Idee! Dann sind Sie ja so etwas wie der Robin Hood der Kunst, Mister Slade!«, bemerkte Harriet Chamberlain spöttisch. »Dass Sie den Adel und die Fabrikanten bestehlen, halte ich für ein Quentchen ausgleichender Gerechtigkeit. Denn zu ihrem Reichtum sind diese scheinbar ehrbaren Herrschaften doch fast ausschließlich durch Betrug, Krieg oder Ausbeutung der einfachen Leute gekommen!«

Horatio Slade schmunzelte und deutete eine Verbeugung an. »Miss Chamberlain, vielen Dank für Ihr Kompliment! Ich sehe Sie nun in einem erheblich sanfteren, vorteilhafteren Licht, als ich es eben noch für möglich gehalten hätte!«

»So? Na, dann bin ich ja unendlich erleichtert, Mister Slade!«, gab sie spitz zurück.

»Kommen wir jetzt zu Mister Alistair McLean«, sagte Lord Pembroke und wandte sich damit dem Nächsten in ihrer Runde zu. »Allzu Bedeutsames ist zu diesem arglos aussehenden Jungengesicht nicht zu sagen, eigentlich nur, dass Mister McLean seine Zeit am liebsten am Spieltisch verbringt. Er hat schon im Alter von zwölf Jahren, als er endgültig der strengen Zucht der Waisenhäuser entkam, die Karriere eines Berufsspielers eingeschlagen. Und in den dreizehn Jahren, die seitdem vergangen sind, hat er es darin zu einer gewissen Meisterschaft gebracht.«

Sichtlich verblüfft sahen Byron wie auch Horatio Slade und Harriet Chamberlain zu dem respektlosen Lockenkopf hinüber, den keiner von ihnen für älter als höchstens achtzehn gehalten hatte.

»Wie bitte? Dieser . . . vorwitzige Grünschnabel soll fünfundzwanzig und damit nur zwei Jahre jünger sein als ich?«, stieß Byron ungläubig hervor.

Lord Pembroke nickte. »So ist es, Mister Bourke. Und sollten Sie eines Tages das zweifelhafte Vergnügen haben, mit ihm an einem Kartentisch zu sitzen und um Geld zu spielen, werden Sie schnell merken, dass er alles andere als grün hinter den Ohren ist. Er geht erheblich geschickter mit Karten um, als das Gesetz es erlaubt und es Mitspielern lieb sein kann.«

»Er ist also ein Kartentrickser, ein Zinker und Falschspieler«, folgerte Horatio Slade.

»Falschspieler ist ein sehr hartes Wort, Mister Slade. Ich ziehe es vor, wie mein Lehrmeister Fagin von kreativem Kartenspiel zu sprechen«, erwiderte Alistair McLean ohne jedes Anzeichen von Verlegenheit. »So, und damit ist über meine Person ja alles gesagt und Sie können nun zu Mister Bourke kommen, Lord Pembroke.«

»Das hatte ich auch vor.«

»Obwohl sich mein Interesse an seiner Person doch sehr in Grenzen hält«, fügte Alistair McLean noch hinzu. »Denn wie mein Gefühl mir sagt, haben wir es bei Mister Bourke mit einem Fall von ›gelehrter Oberlehrer ohne Humor‹ zu tun!«

»Was ich aus dem Mund eines rüden Falschspielers als Kompliment nehme!«, antwortete Byron kühl und wie aus der Pistole geschossen.

»Die Bezeichnung ›gelehrt‹ trifft in der Tat auf Mister Byron Bourke zu«, bestätigte Lord Pembroke. »Seine rasche Auffassungsgabe und sein scharfer Intellekt haben ihn dazu befähigt, schon im Alter von gerade fünfzehn Jahren in Oxford zum Studium der Mathematik und Physik zugelassen zu werden. Ein Studium, das er nicht nur in ungewöhnlich kurzer Zeit mit *summa cum laude* abgeschlossen hat, sondern das er auch noch durch die Studienfächer der Theologie, der Philosophie sowie mehrerer Fremdsprachen ergänzt hat.«

»Wird an dieser Stelle Ihres Vortrags ein Kniefall erwartet, Eure Lordschaft?«, erkundigte sich Harriet Chamberlain spöttisch.

Alistair McLean zuckte unbeeindruckt die Achseln. »Wie ich es gesagt habe: ein Langweiler und Besserwisser.«

Lord Pembroke beachtete die Einwürfe nicht, sondern fuhr fort: »Dass er als einer der jüngsten Privatgelehrten in die *Royal Society of Science* aufgenommen wurde sowie in den Vorstand des renommierten *Athenaeum Club,* dem nur namhafte und daher zumeist erheblich ältere Gelehrte angehören, soll als knappe Ergänzung seiner Meriten genügen.« Er machte eine kurze Pause, bevor er hinzufügte: »Wofür man ihm aber gewiss niemals einen Lorbeerkranz flechten wird, das ist sein leichtsinniger, ja naiver Umgang mit seinen Finanzen. Was sein Vater als geschickter Ingenieur und Baumeister von Leuchttürmen in seinem Leben an beachtlichem Vermögen zusammengetragen und klug vermehrt hat, dieses Erbe hat Mister Bourke mit einigen wenigen Federstrichen an einem einzigen Tag verspielt!«

»Eine Dummheit, zu der mich unser langjähriger und bislang stets loyaler Anwalt auf hinterhältige Weise verführt hat!«, stieß Byron zornig hervor. »Und bestimmt tat er dies nicht aus eigenen Stücken! Ich bin mir ganz sicher, dass es auf Ihre Veranlassung hin geschehen ist! Sie haben ihn bestochen, damit er mich zum Kauf dieser wertlosen Minenbeteiligung beschwatzt!«

»Eine Theorie, die gewiss einiges für sich hat, die Sie aber niemals würden beweisen können, Mister Bourke. Weshalb wir auch nicht weiter darüber reden wollen«, erwiderte Lord Pembroke mit einem Lächeln.

In diesem Moment tauchte hinter ihm im Eingang des Salons der Butler auf, machte sich durch ein dezentes Hüsteln bemerkbar und meldete dann: »Das Dinner kann serviert werden, Mylord!«

»Das trifft sich sehr gut, Trevor«, sagte Lord Pembroke zufrieden und fuhr an seine vier Gäste gewandt fort: »Denn nachdem wir hiermit die Präliminarien hinter uns gebracht haben und nun jeder von Ihnen weiß, mit wem er es fortan zu tun hat, können wir zur Hauptsache kommen – nämlich zu der Aufgabe, für die ich Sie ausgewählt habe und die Sie gemeinsam für mich übernehmen werden, sofern Ihnen an meinem weiteren Wohlwollen gelegen ist, wovon jedoch auszugehen ist.« Wieder lächelte er, doch es war das kalte Lächeln eines Mannes, der sich seiner Macht und Überlegenheit bewusst war. »Es ist übrigens eine Aufgabe, die einige Reisen erforderlich machen wird.«

Ein verdutzter Ausdruck traf auf Alistair McLeans jungenhaftes Gesicht. »Also, ich weiß nicht, ob mir das schmeckt!«, maulte er. »In Ihrer Einladung war von einem lukrativen Geschäft die Rede, bei dem meine besonderen Fähigkeiten als Berufsspieler gefragt sein würden! Ich bin daher von einer hochklassigen Zockerrunde hier bei Ihnen auf *Pembroke Manor* ausgegangen! Und nun erzählen Sie uns, dass Sie uns für eine Aufgabe ausgewählt haben, die wir vier gemeinsam erledigen sollen und für die auch noch einige Reisen erforderlich sind.«

Lord Pembroke nickte ungerührt. »So ist es! Und es wird für jeden von Ihnen außerordentlich lukrativ sein, sich dieser Aufgabe mit ganzer Hingabe zu widmen!« Er klatschte in die Hände, streckte sie ihnen dann wie ein Priester, der seiner Gemeinde den Segen erteilt, entgegen und verkündete mit einigem Pathos: »Miss Chamberlain ... Gentlemen, Sie haben die große Ehre, sich auf die Suche nach etwas sensationell Wertvollem zu begeben, das darauf wartet, endlich wiedergefunden und der Welt zugänglich gemacht zu werden. Und wenn dies geschehen ist, wird die Welt nicht mehr so sein, wie sie vorher war!«

»Und was genau ist dieses sensationell Wertvolle, das wir für Sie finden sollen?«, wollte Horatio Slade mürrisch wissen und kam mit seiner Frage Byron zuvor.

Lord Pembroke antwortete unumwunden: »Das Evangelium des Judas!«

5

Byron hatte gerade an seiner Zigarre gezogen, als Arthur Pembroke diese vier elektrisierenden Worte aussprach. Unwillkürlich atmete er den Rauch, den er sonst nie inhalierte, tief ein und musste daraufhin so heftig husten, dass ihm die Tränen in die Augen schossen.

»Sie meinen diesen Jesus-Verräter Judas Iskariot?«, stieß Horatio Slade ungläubig hervor.

»In der Tat, von dem und keinem anderen spreche ich«, bekräftigte Lord Pembroke, während Trevor Seymour die ledergepolsterten Flügeltüren zum angrenzenden Esszimmer aufstieß.

Alistair McLean lachte. »Judas-Evangelium? Das soll wohl ein Scherz sein, oder? So etwas hat es nie gegeben! Andernfalls hätte man schon längst davon gehört!«

»Ich schlage vor, wir setzen unser Gespräch nicht hier, sondern nebenan beim Dinner fort«, sagte Arthur Pembroke und bedeutete seinem Butler durch ein knappes Handzeichen, ihn ins Nebenzimmer zu fahren.

Immer noch gegen den Hustenreiz ankämpfend, folgte Byron den anderen ins angrenzende Esszimmer. Auch hier stießen sie auf ausgestopfte Tiere, ägyptische Grabbeigaben wie bemalte Sänften und Krummstäbe sowie auf einige an den Wänden aufgestapelte Sarkophage. Gleich rechts und links der Flügeltüren schienen zwei hochbeinige Hyänen aus der afrikanischen Savanne mit gefletschten Zähnen den Durchgang zu bewachen. Und hoch oben in den Zimmerecken waren künstliche Netze aus feinen weißlichen Fäden gespannt, die wirklichen Spinnweben täuschend ähnlich sahen – zumal in diesen Netzen große präparierte Spinnen wie auf Beute lauernd hockten.

Die hintere Wand nahm ein breites und gut mannshohes Regal ein, dessen Borde mit großen Glasbehältern vollgestellt waren. Was in der konservierenden Flüssigkeit dieser Behälter schwamm und was der geistesgestörte Mortimer Pembroke dadurch vor der natürlichen Zersetzung bewahrt hatte, wollte keiner von ihnen genau wissen. Weshalb sie auch erst gar nicht näher traten und diesen gewiss schaurigen Anblick mieden.

Aber trotz allem wirkte dieses vergleichsweise kleine, intime Esszimmer nicht ganz so albtraumhaft wie der Salon nebenan sowie die anderen Räume und Gänge, die sie auf ihrem Weg durch den Westflügel passiert hatten. Das lag vermutlich an den Ölgemälden, die einen Großteil der Wände einnahmen, ausschließlich männliche, fast lebensgroße Porträts zeigten und wohl einen Teil der Ahnengalerie ausmachten. In der Mitte des Zimmers stand unter einem Kronleuchter der runde Tisch, der festlich mit cremeweißem Damast, schwerem Tafelsilber, Kristallgläsern und feinstem Porzellan gedeckt war.

Als alle am Tisch Platz genommen hatten, fiel Byron auf, dass die Bediensteten zwar das Essen aus der Küche brachten, es jedoch draußen im Gang unter den kritischen Augen von Trevor Seymour auf einem Rollwagen abstellten und sich sogleich wieder entfernten. Das Auftragen und Servieren übernahm der hagergesichtige Butler. Und er achtete auch darauf, dass die Flügeltüren hinter ihm sofort wieder geschlossen wurden. Byron schloss daraus, dass der Inhalt ihres Gespräches unter keinen Umständen an die Ohren eines Bediensteten dringen sollte. Die einzige Ausnahme davon machte Trevor Seymour. Der Butler war offenbar eingeweiht und genoss das uneingeschränkte Vertrauen Seiner Lordschaft.

»Was sagen Sie zu der Ansicht von Mister McLean, dass es so ein Evangelium des Judas nie gegeben hat, Mister Bourke?«, fragte Lord Pembroke, nachdem Trevor Seymour ihre Kristallkelche mit Weißwein gefüllt und jedem als Vorspeise Suppe aus einer silbernen Terrine ausgeschöpft hatte.

»Dass sie von Unkenntnis zeugt«, antwortete Byron. »Denn die Existenz einer Schrift, die Judas Iskariot zugeschrieben wird, ist schon seit gut 1700 Jahren bekannt. Bischof Irenäus . . .«

»Vielleicht gilt das für die gelehrten Kreise, in denen Sie verkehren«, fiel Harriet Chamberlain ihm ins Wort. »Ich jedenfalls habe auch noch nie von solch einem Evangelium des Judas gehört!«

»Weil das vermutlich eine dieser Schriften ist, die von der katholischen Kirche und den römischen Kurienmitgliedern verteufelt und in irgendeinem Geheimarchiv des Vatikans unter Verschluss gehalten werden!«, mutmaßte Alistair McLean. »Das hat doch Tradition in Rom! So ist es doch auch mit diesen . . . diesen geheimen apo-dingsda Schriften gewesen, die man damals nicht in den Kanon der Bibel aufgenommen hat!«

Byron warf ihm einen mitleidigen Blick zu. »Was Sie meinen, sind die *apokryphen** Schriften, die seit ihrer Niederschrift vielhundertmal von Mönchen und anderen kopiert worden und sehr wohl zu allen Zeiten jedem Interessierten zugänglich gewesen sind, sofern er zu der kleinen Schicht der Gebildeten gehörte, die Latein und Altgriechisch beherrschten!«, stellte er richtig. »Gewiss hat es in strenggläubigen Jahrhunderten auch Zeiten gegeben, in denen man erwog, derartige Schriften zu verbrennen oder sonst wie zu vernichten . . .«

»Also doch!«, triumphierte Alistair McLean.

»Aber nicht, weil sie irgendwelche ›Wahrheiten‹ enthalten hätten, die den Kernaussagen der christlichen Glaubenslehre hätten widersprechen können!«, fuhr Byron rasch fort. »Sondern weil die

---

* Als apokryphe (= nicht anerkannte) Schriften gelten jene Handschriften aus den ersten nachchristlichen Jahrhunderten, die nicht zur offiziellen Bibel gehören, weil sie nicht mit den christlichen Glaubenslehren in Einklang stehen, so wie sie im Alten und Neuen Testament der Bibel formuliert sind.

meisten dieser apokryphen Schriften seltsame Mischungen sind aus romanhaften Fantasien, überspannten Legenden, fiktiven Zwiegesprächen sowie gemütvollen Fabeln und Anekdoten. Und die Lektüre solcher Schriften, die den christlichen Glauben bedenklich in die Nähe heidnischen Aberglaubens rücken, wollte man aus gutem Grund unterbinden.«

»Wie ich schon sagte: Diese Verbote und dunklen Machenschaften der Kirche haben Tradition!«, wiederholte Alistair McLean genüsslich.

»Nein, was aber tatsächlich Tradition hat, das sind derartige Verschwörungstheorien, wie Sie sie äußern, Mister McLean!«, entgegnete Byron. »Sie werden jedoch nicht einen Deut wahrer, nur weil man sie in jeder Generation wieder neu aufkocht. Mit ein paar zurechtgebogenen Halbwahrheiten sowie einer guten Portion Demagogie eignen sich solche Thesen leider immer wieder ganz vorzüglich, um das zu verleumden, was man auf redliche Weise und mit sachlichen Argumenten nicht in die Knie zwingen kann!«

Harriet Chamberlain schaute ihn mit leicht hochgezogenen Augenbrauen an. »Hört, hört! Mir scheint, da hat jemand gesprochen, der seiner Kirche und seinem christlichen Glauben in fester Treue verbunden ist!«

»So ist es, Miss Chamberlain!«, erwiderte Byron. »Wie Sie dazu stehen, ist Ihre Sache. Aber vielleicht teilen Sie ja meine Überzeugung.« Dabei deutete er auf den Anhänger ihrer Kette.

»Oh, wegen des Kruzifix?« Sie zuckte die Achseln. »Das ist ein Erbstück meiner Mutter und das Einzige von materiellem Wert, was sie mir hinterlassen hat. Ich würde es auch dann tragen, wenn ich so ein überzeugter Atheist wie Mister McLean wäre.«

»Lassen wir diese unnützen Scharmützel und kommen wir zurück zu Judas Iskariot!«, griff nun Lord Pembroke ein. »Bitte fahren Sie fort, wo Sie soeben unterbrochen worden sind, Mister Bourke. Sie sprachen gerade von Bischof Irenäus ...«

Byron nickte. »Bischof Irenäus von Lyon erwähnt schon um 180 nach Christi Geburt in seinem Buch *Gegen die Häresien* eine Schrift des Judas Iskariot, die er jedoch als ketzerisch verwarf. Von einem Evangelium ist allerdings nicht die Rede. Zudem ist noch sehr fraglich, ob die erwähnte Schrift wirklich von Judas Iskariot oder aber lange nach seinem Tod von jemand anderem verfasst worden ist, der sich dieses Namens nur bedient hat – aus welchen Gründen auch immer«, betonte er und ermahnte damit sich selbst zu einer gewissen Skepsis. Denn die Vorstellung von einer authentischen Judas-Schrift besaß für jemanden wie ihn etwas ungeheuer Aufregendes und Faszinierendes.

»Aber wenn es ein solches Evangelium wirklich gäbe, das nicht nur von einem Zeitgenossen Jesu, sondern von einem seiner zwölf engsten Vertrauten geschrieben wurde, dann wäre so ein Dokument tatsächlich eine Weltsensation!«, gab Horatio Slade zu bedenken.

»Klar, das würde wie eine Bombe einschlagen und wäre vermutlich das Ende des Christentums!«, pflichtete ihm Alistair McLean bei. Und er klang gar nicht so, als ob er es bedauern würde, wenn dieser Fall einträte. »Denn da dieser Bischof Irenäus von Lyon die Schrift damals als Ketzerei verurteilt hat, bedeutet das ja wohl eindeutig, dass dieser Judas offenbar eine ganz andere Geschichte zu erzählen wusste als die vier Burschen, die das Neue Testament geschrieben haben und die ja längst nicht so nahe mit ihrer Nase am Geschehen gewesen sind wie Judas!«

Lord Pembroke lächelte. »Wie ich schon sagte: Die Welt wird aufhorchen, wenn das Judas-Evangelium wieder ans Licht kommt, und sie wird danach nicht mehr dieselbe sein! Einmal ganz davon abgesehen, dass mein Name – und unter Umständen auch der Ihre – für immer mit dieser Sensation verbunden sein wird!«, bekräftigte er und seine Augen funkelten vor Erregung. »Ich habe nämlich guten Grund zu der Annahme, dass es sich damals bei der von Irenäus verworfenen Schrift nicht um *das Original* des Judas-Berichtes gehandelt hat, sondern um eine Art Kopie oder Nacherzählung, in der jemand Jahrzehnte nach dem Tod von Judas Iskariot einiges von dem zusammengefasst hat, was er wohl nur vom Hörensagen über das wahre Evangelium des Judas erfahren hatte!«

»Ich finde, wir sollten im Zusammenhang mit der Schrift des Judas Iskariot nicht so leichtfertig von einem Evangelium sprechen!«, rügte Byron. »Das Wort ›Evangelium‹ kommt aus dem Griechischen. Dort heißt es *euangélion* und bedeutet so viel wie ›Frohe Botschaft‹. Und da Irenäus diese Schrift eindeutig als ketzerisch verworfen hat, kann man sie nicht wie die Verkündigungen der vier kanonischen Evangelisten Matthäus, Markus, Lukas und Johannes als Evangelium bezeichnen!«

»Wieso nicht?«, fragte Lord Pembroke kühl. »Es kommt doch wohl ganz darauf an, wie man es sieht. Des einen Ketzerei kann des anderen Glaubensbekenntnis sein, Mister Bourke!«

»Fürwahr!«, stimmte Alistair McLean ihm zu. »Wenn man sich nichts aus dem Christentum macht und den Glauben an Gott für Hokuspokus hält, kann es sehr wohl ein Evangelium sein. Der gute Nietzsche würde dazu sagen: *Zum Christentum wird man nicht geboren, man muss dazu nur krank genug sein.* Oder dies: *Man soll nicht in Kirchen gehen, wenn man reine Luft atmen will!* Ich denke, da ist was dran!« Und mit einem Grinsen hob er sein Weinglas und prostete Byron zu.

»Es zeugt nicht gerade von großer Originalität, sich seine Argumente aus fremder Hand zu holen«, erwiderte Byron. »Aber da Sie anscheinend immer eine wohlfeile Sentenz dieses deutschen Philosophen parat haben, werden Sie ja wohl nicht nur die Äußerungen kennen, mit denen er auf das Christentum im Speziellen und den Gottesglauben im Allgemeinen eindrischt. Vielleicht ist Ihnen auch sein trefflicher Ausspruch bekannt: *Der Fanatismus ist die einzige ›Willensstärke‹, zu der auch die Schwachen gebracht werden können!*«

»Das ist ein Punkt für Mister Bourke. Damit hätten wir wohl Gleichstand«, kommentierte Harriet Chamberlain den Wortwechsel.

Jetzt meldete sich auch Horatio Slade zu Wort: »Ob es nun ein Evangelium oder nur eine Schrift ist, kümmert mich im Augenblick so wenig wie das, woran hier einer glaubt oder nicht glaubt! Und nach großer Tafelei ist mir auch nicht zumute!« Er schob seinen

Teller mit der Suppe, von der er nur zwei, drei Löffel gekostet hatte, mit einer abrupten Bewegung von sich. Es hätte nicht viel gefehlt und die Suppe wäre über den Rand geschwappt. »Ich habe ein paar ganz konkrete Fragen, auf die ich genauso konkrete Antworten erwarte, Lord Pembroke! Und zwar will ich endlich wissen, was es mit dieser reichlich verrückt klingenden Aufgabe genau auf sich hat, wo und wie wir diese Judas-Schrift suchen sollen, warum die Wahl ausgerechnet auf uns gefallen ist – und vor allem, was bei dieser Sache für uns herausspringt!«

»Sie sprechen mir aus der Seele, Mister Slade!«, rief Alistair McLean begeistert auf und hatte augenblicklich seinen bissigen Wortwechsel mit Byron vergessen. »Kommen wir endlich zu den entscheidenden Punkten und lassen Sie hören, was dabei *Ihr* Einsatz ist, Lord Pembroke.«

»Dieser Punkt ist schnell erledigt«, versicherte Arthur Pembroke. »Während ich Mister Bourke seine wertlose Minenbeteiligung zum damaligen Ausgabekurs abkaufe und ihn somit vor dem finanziellen Ruin bewahre . . .« Er machte eine kurze, kaum merkliche Pause und warf Byron dabei einen scharfen Blick zu, dessen Bedeutung dieser im nächsten Moment erkannte, als Arthur Pembroke fortfuhr: ». . . werden Mister McLean, Mister Slade und Miss Chamberlain für ihre Teilnahme jeweils 5 000 Pfund erhalten.«

Alistair McLean gab vor Überraschung einen anerkennenden, wenngleich höchst rüden Pfiff von sich, auf den der Butler mit einer indignierten Miene reagierte. »5 000 Pfund? Heiliges Kanonenrohr, das nenne ich einen hübsch fetten Pot, für den man schon was auf sich nehmen kann! Also ich bin mit von der Partie!«

»Mhm, klingt nicht schlecht.« Horatio Slade gab sich etwas zurückhaltender. Doch das Aufblitzen in seinen Augen verriet, dass er von dem Angebot genauso begeistert war wie Alistair McLean.

Harriet Chamberlain zuckte nur gleichmütig die Achseln. Dabei mussten 5 000 Pfund für eine Artistin wie sie ebenfalls eine enorme Summe sein, vermutlich die Gage von mindestens fünf, sechs Jahren.

»Nun ja, eine verlockende Offerte«, murmelte Byron. Und er hoffte, dass keiner von den anderen fragte, was Pembroke ihm für seine wertlosen Papiere zu zahlen gedachte. Mit dem scharfen Blick in der winzigen Pause hatte der Lord ihn zweifellos ermahnt, auf keinen Fall damit herauszurücken, dass es bei ihm um die fünffache Summe ging! Was andererseits auch nur gerecht war, ja genau genommen ihn sogar benachteiligte. Denn während die drei anderen einen realen Gewinn von 5 000 Pfund machten, erhielt er gerade mal das zurück, um was Pembroke ihn betrogen hatte. So gesehen hätte er eigentlich Anspruch auf 30 000 Pfund gehabt.

»Jeder von Ihnen erhält 1 000 Pfund als Vorschuss zu Beginn des Unternehmens. Die restlichen 4 000 gibt es, wenn ich die Papyri des Judas-Evangeliums in meinen Händen halte. Und was an Reisekosten und anderen notwendigen Ausgaben anfällt, geht zu meinen Lasten«, erklärte Arthur Pembroke. »Ich werde Ihnen ein großzügig bemessenes Reisegeld in bar sowie einen Kreditbrief meiner Bank mitgeben, der es Ihnen ermöglichen wird, quasi überall in Europa und rund um das Mittelmeer weitere finanzielle Mittel bei renommierten Bankhäusern zu erhalten, worüber im Konkreten später noch zu reden sein wird.«

Horatio Slades zufriedene Miene wich einem skeptischen Ausdruck. »Die finanzielle Seite dieser Angelegenheit klingt ja sehr annehmbar. Aber ich bin sicher, dass die Sache einen bösen Haken hat, womöglich sogar mehrere. Denn es wird schon seinen Grund haben, warum Sie diesen ... diesen Aufwand mit uns getrieben haben und uns nun so viel Geld bieten.«

Byron waren ähnliche Gedanken durch den Kopf gegangen. »Der böse Haken wird wohl die Suche nach dieser ominösen Schrift des Judas sein. Außerdem wüsste ich gern, wieso Sie zu wissen glauben, wo diese geheimnisvolle Schrift zu finden sein wird, woher Sie Ihre Kenntnis davon haben und warum Sie ausgerechnet uns dazu brauchen, um die Schrift zu finden?«

»Die Antwort auf Ihre letzte Frage erübrigt sich wohl angesichts meiner körperlichen Behinderung«, sagte Lord Pembroke etwas bissig und schlug dabei auf die Räder seines Rollstuhls. »Und ebenso leicht ist Ihre Frage zu beantworten, woher ich von der Existenz dieses Judas-Evangeliums weiß: Ich habe es mit meinen eigenen Augen gesehen und die Papyri hier in diesem Raum in meinen Händen gehalten, bevor sie dann verschwunden sind!«

6

Fassungslose und ungläubige Blicke trafen den Herrn von *Pembroke Manor*. »Mein Bruder Mortimer ist im Frühjahr 1897 bei einer Ausgrabung im Vorderen Orient auf diesen sensationellen Fund gestoßen, wobei ich mir nicht sicher bin, ob es in Palästina, in Ägypten oder in der jordanischen Wüste gewesen ist«, fuhr Arthur Pembroke fort. »Mortimer hat darüber auch keine Auskunft erteilt. Damals waren seine klaren Momente schon sehr selten geworden und sie dauerten leider auch nur wenige Minuten. Aber dass dieses Evangelium existiert und in der aramäischen Sprache verfasst ist, die Jesus und seine Jünger gesprochen haben, das kann ich bezeugen!«

»Und was macht Sie so sicher, dass die Schrift wirklich von Judas stammt und das Ganze keine Wahnidee ist?«, fragte Byron.

»Mein Bruder mochte zeit seines Lebens ein Wirrkopf in vielfacher Hinsicht gewesen sein, der sich ebenso für den Brückenbau wie die Kanalisation interessierte und der sich mit derselben Forscherleidenschaft in das Studium afrikanischer Sitten wie in die Suche nach Werwölfen und anderen Zwitterwesen stürzte. Auch hat er zweifellos die Gesellschaft der unmöglichsten und gegensätzlichsten Leute gesucht, ja nicht einmal den näheren Kontakt zu zwielichtigen Gestalten, Revolutionären, Waffenschiebern und hartgesottenen Verbrechern gescheut«, antwortete Lord Pembroke. »All das ist richtig, so wie es richtig ist, dass er am Ende seines Lebens vollends dem Wahnsinn verfallen ist. Aber was biblische Papyri und ähnliche alte Schriften betraf, da machte ihm kein noch so studierter Gelehrter etwas vor. Er war ungeheuer belesen und erfahren wie kaum ein anderer Experte auf diesem Fachgebiet, das schon von Jugend an seine besondere Leidenschaft gewesen ist. Er hat das Wissen aufgesogen wie ein Schwamm und fremde Sprachen so schnell gelernt, als wäre es so leicht wie das kleine Einmaleins. Er beherrschte das Aramäische wie das Hebräische so vortrefflich wie seine eigene Muttersprache. Und daher wusste er auch sehr gut zu beurteilen, worauf er da in der Wüste gestoßen war!«

»Ich muss gestehen, dass ich jetzt verwirrter bin als zuvor, Lord Pembroke«, gestand Byron mit gefurchter Stirn, während der Butler die Suppenteller abräumte und dann ein sehr blutiges Roastbeef servierte, zu dem er tiefdunklen Rotwein einschenkte. Doch all das nahm Byron nicht wirklich zur Kenntnis, zu sehr stand er unter dem Bann der unglaublichen Vorstellung, dass eine solche Judas-Schrift tatsächlich existieren sollte. »Denn wenn Ihr Bruder diese Papyri schon gefunden und hierher gebracht hat, wieso brauchen Sie dann uns, um sie wieder aufzufinden?«

»Eine gute Frage«, pflichtete Horatio Slade ihm bei. »Wie sind diese Papyri überhaupt verschwunden? Sind sie Ihrem Bruder gestohlen worden?«

Lord Pembroke gab ein kurzes grimmiges Auflachen von sich. »Die Antwort darauf ist viel grotesker! Mortimer hat in seinen Wahnvorstellungen ständig in der Angst gelebt, von irgendwelchen geheimnisvollen Dunkelmännern überfallen und um das Judas-Evangelium gebracht zu werden. Mal war von einem gewissen Abbot die Rede, dem er nicht über den Weg traute. Ein andermal hat er von einer mysteriösen Gruppe gesprochen, die sich *Die Ehrenwerte Gesellschaft der Wächter* nennt. Ja, er hat sogar von der Bruderschaft der Illuminaten und auch von einem gewissen Caine gefaselt, die ihm auf den Fersen seien und notfalls auch über Leichen gehen würden, um in den Besitz des Evangeliums zu kommen. Wieder ein anderes Mal hat er einen Schwall wüster Verwünschungen ausgestoßen, die einem Mann namens Marthon oder Martikon galten. Was davon auf wahnhafter Einbildung beruhte und was einen realen Hintergrund hatte, weiß ich nicht zu beurteilen. Ich jedenfalls bin noch keinem von diesen Leuten begegnet oder habe von ihnen gehört, mal abgesehen von jenem Orden der Illuminaten.«

»Viel Feind, viel Ehr«, spottete Alistair McLean. »Wenn man so viele gegen sich hat, kann man schon mal unter die Räder kommen – oder in ein Messer oder eine Kugel laufen!«

»Aber nein, auf diese Weise ist das Judas-Evangelium nicht verschwunden. Mein Bruder ist weder überfallen und ausgeraubt noch von einem dieser eingebildeten Dunkelmänner ermordet worden«, fuhr Lord Pembroke fort. »Vielmehr hat er selbst dafür gesorgt, dass die Papyri des Judas nicht mehr aufzufinden sind – zumindest nicht, ohne vorher seine rätselhaften Hinweise auf das Versteck entschlüsselt zu haben, diese verfluchten Rätsel eines geistig Umnachteten.«

»Aber so schwer sollte es doch nicht sein, jenen geheimen Ort zu finden, wenn Ihr Bruder die Schrift hier irgendwo in der Umgebung versteckt hat«, wandte Alistair McLean ein.

»Ich habe nicht davon gesprochen, dass mein Bruder das Judas-Evangelium irgendwo *hier* versteckt hat«, erwiderte Lord Pembroke etwas ungehalten, weil Alistair McLean offenbar nicht aufmerksam zugehört hatte. »Denn sonst wären Sie gewiss nicht hier, bräuchten keinen Kreditbrief für Banken auf dem Kontinent und hätten sicherlich auch keine Aussicht, sich 5 000 Pfund zu verdienen.« Er nahm einen kräftigen Schluck Rotwein, bevor er fortfuhr: »Ich werde Ihnen sagen, was Mortimer in seinem Wahn getan hat: Er ist von heute auf morgen zu einer überstürzten und geheimen Reise aufgebrochen, von der er erst gute sieben Wochen später, in den ersten Januartagen des vergangenen Jahres und gerade mal zehn Tage vor seinem Freitod, wieder zurückgekommen ist. In diesen Wochen der Reise hat er sich auf dem Kontinent herumgetrieben und schließlich das Judas-Evangelium an irgendeinem gottverlassenen Ort versteckt.«

»Und Sie haben keinen Verdacht, wo in etwa dieses Versteck sein könnte?«, fragte Horatio Slade bestürzt.

Lord Pembroke schüttelte den Kopf. »Nein, das Versteck kann sich ebenso gut in Kairo wie in Moskau, in Amsterdam wie in Athen befinden – oder in Wien. Denn Wien war sowohl die erste als auch die letzte Station seiner irrwitzigen Reise. Das sind auch die beiden einzigen Stationen seiner Route, von denen ich definitiv Kenntnis habe – und zwar von Mortimer persönlich.«

Alistair McLean stöhnte auf. »Heiliger Strohsack! Wie sollen dann ausgerechnet wir das Versteck finden, wenn es ebenso gut in Russland wie in Ägypten oder in Griechenland liegen kann?«

Horatio Slade nickte mit düsterer Miene. »Dagegen ist die Suche nach der Nadel im Heuhaufen ja das reinste Kinderspiel!«

»Nun, es gibt schon gewisse Hinweise auf das Versteck, die ein Auffinden möglich machen, sofern man sie erkannt hat und sich auf die Kunst der Kryptologie versteht, also geheime Codes entschlüsseln kann«, erwiderte Lord Pembroke. »Zwei Tage vor seinem Freitod hat Mortimer mir nämlich in einem Moment halbwegs klaren Bewusstseins anvertraut, dass nur derjenige, der sein Hexagon entschlüsselt, den Weg zum Versteck des Judas-Evangeliums findet!«

Alistair McLean runzelte die Stirn. »Hexa-was? Hat das was mit Hexe zu tun?«

Byron setzte zu einer Erklärung an, hielt es jedoch für klüger, dies Arthur Pembroke zu überlassen, der auch sogleich antwortete: »Nein, mit Hexe hat ein Hexagon nichts zu tun. Das Wort kommt aus dem Griechischen. *Hexa* bedeutet ›sechs‹. Und ein Hexagon ist ein gleichseitiges Sechseck.«

»Aus dem man ein Hexa*gramm* machen kann, indem man die alternierenden Eckpunkte des Hexagons miteinander verbindet«, ergänzte Byron. »Man nennt die daraus entstehende geometrische Figur auch den Davidstern. Der griechische Mathematiker Euklid hat rund vierhundert Jahre vor Christi Geburt in seinem 15. mathematischen Satz des 4. Buches *Die Elemente* die mathematischen Zusammenhänge von Innenwinkeln, Radius des Innenkreises und so weiter beschrieben, das nur nebenbei angemerkt.«

Diesmal kam von Alistair McLean kein bissiger Kommentar. Er schwieg mit verdrossener Miene und nagte an seiner Unterlippe.

»Und was hat es mit diesem besonderen Hexagon auf sich?«, fragte Horatio Slade.

Lord Pembroke schüttelte den Kopf. »Ich weiß es selber nicht. Mortimer hat nur gesagt, dass man das Rätsel dieses Hexagons lösen muss, wenn man den Weg zum Versteck finden will. Und erschwerend kommt noch hinzu, dass mein Bruder an verschiedenen Stationen seiner Reise jeweils einen bruchstückhaften Hinweis auf das Versteck hinterlassen hat, dass er jene Stationen allerdings in Form von Rätseln in diesem seinem Reisejournal hier versteckt hat.« Seine rechte Hand fuhr dabei in die Innentasche seines eleganten Hausmantels und kam mit einem kleinen, ledergebundenen Notizbuch im Kleinoktavformat wieder hervor. »In diesem Notizbuch befinden sich das Hexagon und jene verschlüsselten Hinweise, die Sie zu Mortimers Reisestationen und dann hoffentlich zum Versteck des Judas-Evangeliums führen werden!«

»Oh, das ist ja eines von diesen bestens verarbeiteten Notizbüchern, die es nur in der Papierhandlung von *Parkins & Gotto* in der Oxford Street gibt!«, sagte Byron überrascht, als er das in feines moosgrünes Leder gebundene Büchlein sah.

»Und? Lassen Sie uns da mal einen Blick reinwerfen?«, fragte Horatio Slade gespannt.

»Nur zu!«, antwortete Arthur Pembroke bereitwillig und reichte es ihm über den Tisch hinweg. »Aber seien Sie gewarnt! Was Sie dort in dem Büchlein finden, ist keine geordnete Niederschrift von klar ersichtlichen Rätseln oder Codes. Es ist vielmehr das erschreckende Spiegelbild einer vom Wahnsinn zerstörten Seele!«

Horatio Slade nahm es entgegen, schlug es auf und machte ein entgeistertes Gesicht. »Allmächtiger!«, stieß er hervor, während er flüchtig darin blätterte. »Das . . . das ist ja . . .« Ihm fehlten die Worte für das, was er auf den Seiten des Notizbuches sah.

Alistair McLean, der sich neugierig zu ihm hinübergebeugt hatte, machte ein gleichfalls erschrockenes Gesicht. »Himmel, so etwas habe ich ja noch nie gesehen! Ihr Bruder Mortimer muss wirklich ein Irrer gewesen sein!«

Lord Pembroke erwiderte nichts darauf, sondern spießte mit seiner Gabel ein blutiges Stück Fleisch auf und schob es sich in den Mund.

Byron konnte es nicht erwarten, ebenfalls einen Blick in das Journal zu werfen. Als Horatio Slade es schließlich an ihn weiterreichte und er es aufschlug, reagierte er erst mal nüchterner als die beiden Männer vor ihm.

Das Buch ähnelte mit all seinen wirren Bibelauszügen, völlig unsystematischen Eintragungen, Zahlenkolonnen, Zeichnungen und Kritzeleien in vielem der wirren Sammlung des Westflügels. Mortimer hatte unterschiedliche Schreibutensilien benutzt. Manches war mit Bleistift notiert oder gezeichnet, anderes mit der schwarzen Tinte eines Füllfederhalters. Es fanden sich ebenso viele grobe Skizzen wie detailgenaue Zeichnungen, die von einem großen zeichnerischen Talent zeugten, sowie Textstellen in grüner und roter Tinte. Zudem hatte er Federn von extrem dünner bis extrem breiter Stärke benutzt. Und an vielen Stellen hatte er Landschaftsskizzen mit mysteriösen Zeichen übermalt oder aber den einen Text mit einem anderen überschrieben. Dabei waren die Schreibfeder oder der Zeichenstift selten den vorgegebenen Linien der Zeilen gefolgt, sondern sie hatten völlig willkürlich kreuz und quer die Seiten bedeckt.

Ebenso wild wie das Durcheinander der verwendeten Zeichen- und Schreibmaterialen war auch der Wirrwar aus scheinbar sinnlosen Zahlen- und Buchstabenreihen, aus geometrischen Figuren sowie Zeichnungen von komplizierten Labyrinthen, albtraumhaften Szenen oder von Landschaften und Gebäuden, aus Dutzenden von aneinandergereihten Zitaten, ja manchmal seitenlangen Auszügen aus der Bibel, aus Spruchweisheiten, Wehrufen und Auszügen aus Gedichten. Dazu gesellten sich kurze Stücke von Partituren mit Noten und anderen Symbolen. Im hinteren Teil stieß er auf mehrere Zeichnungen mit religiösen Motiven, die künstlerisch so gut gelungen waren, dass sie wie mit Bleistift gefertige Ikonenbildnisse im Miniaturformat aussahen.

Einige von den geometrischen Zeichnungen und Symbolen erkannte Byron auf Anhieb als Bildnisse und Darstellungen, die von den Freimaurer-Logen benutzt wurden. Andere stammten aus der Kabbalistik oder aus dem reichen Fundus ägyptischer Hieroglyphen. Dazu kamen Worte, Begriffe, Zahlen und Sätze in hebräischer, aramäischer sowie altgriechischer und arabischer Schrift. Auf mehreren Seiten hatte Mortimer Pembroke auch Spielkarten nachgezeichnet, die von Säbelklingen zerteilt oder von Minaretten durchstochen wurden.

Zwischendurch waren immer wieder Seiten unsauber herausgerissen worden, was anhand zurückgebliebener Papierfetzen leicht erkennbar war. Dass gewisse Seiten thematisch zusammengehörten und auf irgendeine Weise eines der Rätsel bildeten, glaubte er ebenfalls erahnen zu können. Was er auf den circa fünfzig, sechzig Seiten des grünledernen Notizbuches jedoch nicht fand, war das Hexagon.

»Ich weiß«, sagte Lord Pembroke, als Byron ihn darauf hinwies. »Auch ich habe die Seiten lange und intensiv studiert, ohne dieses Hexagon zu finden. Aber es muss irgendwo versteckt sein. Es zu finden und die anderen codierten Botschaften zu entschlüsseln, wird Ihre Aufgabe sein, Mister Bourke. Immerhin sind Sie doch ein Experte auf dem Gebiet der Kryptologie!«

»Ich habe mich damit *beschäftigt,* das ist richtig«, räumte Byron ein. »Aber ein wirklicher Experte bin ich nicht.«

Lord Pembroke machte eine ungeduldige, wegwischende Handbewegung. »Die *Royal Society of Science* hat letztes Frühjahr Ihre wissenschaftliche Abhandlung zu diesem Thema veröffentlicht. Das genügt mir, um zu wissen, dass Sie für diese Aufgabe der richtige Mann sind!«

Jetzt wusste Byron, wozu Lord Pembroke ihn brauchte und wodurch er auf ihn aufmerksam geworden war!

»Wenn Sie später die Eintragungen genauer studieren, und ich denke, Sie werden darüber noch viel mehr Stunden brütend sitzen, als ich es getan habe«, fuhr Lord Pembroke fort, »dann werden Sie wie ich zu dem Schluss kommen, dass zur Lösung dieser Aufgabe mehr als nur ein gelehrter Kryptologe gebraucht wird – nämlich jemand wie Mister Slade, der sich mit Kunst, Ikonen und dem Öffnen fremder Schlösser auskennt, und ein erfahrener Berufsspieler wie Mister McLean, der sich einer außergewöhnlichen Fingerfertigkeit rühmen kann und sich zudem auch mit allen Falschspielertricks auskennt.«

»Also, ich für mein Teil habe nichts dagegen, mich mit Mister McLean und Mister Bourke auf die Suche nach diesem Evangelium zu begeben«, sagte Horatio Slade. »Und ich denke, wir drei werden schon miteinander auskommen und das Versteck finden, wenn es sich denn anhand dieses verrückten Notizbuches überhaupt finden lässt. Aber bei aller Wertschätzung für das weibliche Geschlecht . . .«, er neigte den Kopf kurz in Richtung von Harriet Chamberlain, ». . . es gefällt mir ganz und gar nicht, dass auch eine junge Frau mit von der Partie sein soll. Ich sehe darin nur eine unnötige Erschwernis und ich wüsste beim besten Willen nicht, wozu sie für die Lösung unserer Aufgabe nützlich sein könnte. Eine Frau in unserer Gesellschaft, zumal eine so . . . unkonventionelle wie Miss Chamberlain, schafft da nur Probleme und würde sich zweifellos als Ballast erweisen!«

Harriet Chamberlain lachte auf und schüttelte den Kopf. »Manche Männer werden offensichtlich schon senil, verbohrt und unbelehrbar geboren!«

Ein kühles Lächeln lag auch auf dem Gesicht von Lord Pembroke, als er auf Horatio Slades Einwand erwiderte: »Miss Chamberlain wird sich nicht als Ballast erweisen und Ihnen auch keine Probleme bereiten, sondern sie wird Ihnen eine große Stütze sein und ihre Sicherheit garantieren.« Er griff in eine Tasche, die unter der Armlehne seines Rollstuhls angebracht war, und brachte im nächsten Augenblick ein Messer mit einer langen und breiten Klinge zum Vorschein. Zur Verblüffung der drei Männer reichte er es Harriet

Chamberlain mit den Worten: »Wenn Sie die Freundlichkeit hätten, den Herren eine kleine Kostprobe Ihrer besonderen Fähigkeiten zu geben, wäre ich Ihnen sehr verbunden. Bitte der Hyäne dort an der Tür zwischen die Augen!«

Harriet Chamberlain zuckte gleichgültig die Achseln. »Ganz wie Sie wollen. Wer die Musik bezahlt, kann bestimmen, was gespielt wird!«, sagte sie, fasste das Messer mit Daumen und Zeigefinger an der Klingenspitze und schleuderte es zwischen Horatio Slade und Byron hindurch zur Tür.

Aber das Messer traf keineswegs die hochbeinige ausgestopfte Hyäne, die links neben der Tür mit gefletschtem Gebiss stand, sondern es bohrte sich durch die Leinwand eines der Ahnenporträts und dahinter in das Holz der Vertäfelung.

»Zum Teufel, was ist in Sie gefahren?«, stieß Lord Pembroke hervor und funkelte sie an, während ihm das Blut ins Gesicht schoss. »Das ist das Porträt meines ältesten Bruders, des seligen Wilbur Pembroke!«

Gelassen erwiderte Harriet Chamberlain seinen Blick. »Sie sagten, der Hyäne zwischen die Augen. Und genau das habe ich getan!« Damit wies sie auf das Gemälde, wo die Klinge tatsächlich mitten zwischen den Augen des grobschlächtigen Mannes steckte. »Oder wollen Sie behaupten, dieser Mann dort wäre keine Hyäne gewesen?«

Die Männer am Tisch waren sprachlos, Lord Pembroke eingeschlossen. Doch während die drei männlichen Gäste ob der unglaublichen Treffsicherheit und Frechheit von Harriet Chamberlain fassungslos waren, hatte das Schweigen Seiner Lordschaft einen völlig anderen Grund.

»Jeder von diesen verfluchten adligen Ahnen ist auf seine Art eine Hyäne – Sie eingeschlossen!«, fuhr Harriet Chamberlain ihn an. »Denn sonst säßen wir ja wohl nicht hier und müssten uns Ihrem Willen beugen! Aber nur zu, sagen Sie es, wenn Sie lieber auf meine Teilnahme an Ihrer verfluchten Suche verzichten wollen! Ich brauche Ihr schmutziges Geld nicht! Also, worauf warten Sie?«

Lord Pembroke schluckte, als müsste er eine fette Kröte hinunterschlucken. Und dann krachte seine Faust auf den Tisch, dass das Porzellan klirrte und die Gläser bedrohlich wackelten. »Sie werden tun, was ich sage, und Ihre Aufgabe wie jeder andere erfüllen, Miss Chamberlain!«, donnerte er und war so hochrot im Gesicht, als würde ihn gleich der Schlag treffen. »Vergessen Sie nicht den Brief, der sich in meiner sicheren Obhut befindet! Und kein weiteres Wort jetzt!«

Harriet Chamberlain verstummte tatsächlich.

Abrupt wandte sich Arthur Pembroke den drei Männern zu. »Nun zu Ihnen! Wir werden später noch einige organisatorische Details besprechen. Aber jetzt will ich von Ihnen wissen, ob Sie tun werden, was ich als Gegenleistung für die 5 000 Pfund und für meine Vorleistungen von Ihnen verlange!«

Alistair McLean nickte mit breitem Grinsen. »Auf mich können Sie zählen! Wäre ja auch schön verrückt, mir so einen saftigen Pot durch die Finger gehen zu lassen.«

»Auch ich sehe keine Veranlassung, einen so lukrativen Auftrag abzulehnen«, sagte Horatio Slade. »Zumal ich das dunkle Gefühl habe, dass die Zofe und der Stallknecht sich plötzlich doch an mich erinnern könnten, wenn ich so dumm wäre, zu Ihrem Angebot Nein zu sagen.«

Lord Pembroke lächelte kühl. »Ihr Gefühl trügt Sie keineswegs, Mister Slade.«

»Aber eine Frage hätte ich noch, Eure Lordschaft«, meldete sich Alistair McLean noch einmal zu Wort, als Arthur Pembroke sich schon Byron zuwenden und dessen Entscheidung erfahren wollte.

»Und die wäre?«

»Einmal angenommen, wir können all diese Rätsel lösen, das Versteck finden und das Evangelium in unseren Besitz bringen, wie können Sie sicher sein, dass wir es Ihnen übergeben werden? Immerhin werden wir dann irgendwo in Russland, Ägypten oder Griechenland sein und Sie hier fern vom Schuss auf *Pembroke Manor*«, fragte der Berufsspieler herausfordernd. »Ich meine, wenn diese Papyri wirklich so eine Weltsensation sind, dann könnte einer von uns auf den Gedanken kommen, Ihre 4 000 Pfund in den Wind zu schreiben und das Evangelium auf eigene Faust höchstbietend zu verkaufen. Und dabei dürfte wohl ein Vielfaches dessen herausspringen, was Sie uns zu zahlen bereit sind.«

Lord Pembroke fixierte ihn und der Blick seiner Augen war kalt und stechend wie eine stählerne Lanzenspitze. »Solche Gedanken vergessen Sie besser gleich wieder! Und das gilt für Sie alle, wenn Ihnen Ihr Leben lieb ist!«, drohte er ihnen unverhohlen. »Denn Sie können versichert sein, dass ich mir diesbezüglich ausgiebig Gedanken gemacht und zu meiner Sicherheit gewisse Vorkehrungen getroffen habe, um von einem solchen Verrat umgehend zu erfahren. Und dann würden meine Maßnahmen weitere Eigenmächtigkeiten verhindern, lange bevor einer von Ihnen die Papyri zum Kauf anbieten könnte! Versuchen Sie, mich zu hintergehen, und ich werde Sie jagen wie einen räudigen Hund und zur Strecke bringen lassen! Und wie ein räudiger Hund werden Sie dann auch sterben, das verspreche ich Ihnen!«

»Na, das nenne ich ein klares Wort!«, sagte Alistair McLean scheinbar unbekümmert, er konnte jedoch nicht verbergen, dass er unter der unmissverständlichen Todesandrohung blass im Gesicht geworden war.

Lord Pembroke ließ einen langen Moment des Schweigens verstreichen, wohl damit sich jeder seine Worte zu Herzen nahm. Dann blieb sein Blick auf Byron liegen.

»Die anderen haben sich bereit erklärt, den Auftrag zu den genannten Bedingungen zu übernehmen. Was ist mit Ihnen, Mister Bourke?«

»Sie haben mein Wort als Gentleman, dass ich alles in meiner Macht Stehende tun werde, um das Versteck zu finden, solange Sie zu Ihrem Wort stehen und mir die Minenpapiere zum Ausgabewert abkaufen – und zwar *vor* unserem Aufbruch!«, verkündete er. »Ich muss sicher sein, dass für meine minderjährigen Schwestern gesorgt ist, bevor ich mich auf dieses Abenteuer einlasse!«

Lord Pembroke überlegte kurz und nickte. »Ihre Bedingung ist verständlich und akzeptiert! Sie werden die volle Summe vor Ihrem Reiseantritt erhalten. Denn ich weiß, dass ich mich auf Ihr Wort verlassen kann.«

»So? Woher denn?«, fragte Alistair McLean unwirsch. »Ich jedenfalls wüsste schon gern, warum Sie ausgerechnet ihm den ganzen Batzen zahlen, während wir erst mal nur 1 000 Pfund kriegen!«

»Weil Mister Bourke im Gegensatz zu Ihnen ein Ehrenmann ist, der ein einmal gegebenes Ehrenwort niemals brechen würde, egal wem er es gegeben hat«, antwortete Lord Pembroke barsch. Dann wandte er sich wieder Byron zu und erkundigte sich scheinbar völlig zusammenhangslos: »Sagen Sie, sind Sie ihr je wieder begegnet?«

»Begegnet? Wem?«, fragte Byron verwirrt.

»Na, Sie wissen schon, dieser Constance«, erklärte Lord Pembroke. »Der Liebe Ihres Lebens, die Sie damals wegen Ihres Ehrenwortes aufgegeben haben.«

Byron schoss das Blut ins Gesicht. Vor Verlegenheit brannten seine Wangen heiß wie Feuer und er konnte nicht glauben, dass Arthur Pembroke sogar dieses intime Detail seines Lebens in Erfahrung gebracht hatte.

»Nein«, antwortete er knapp und spürte die Blicke der anderen auf sich, insbesondere die von Harriet Chamberlain.

»Gut, dann wäre damit ja alles geklärt!«, sagte Lord Pembroke, griff zu seinem Weinglas und lehnte sich im Rollstuhl zurück. »Dann steht Ihrem gemeinsamen Aufbruch am Montag ja nichts mehr im Wege. Also dann, lassen Sie uns auf ein schnelles und gutes Gelingen trinken!«

Als Byron sein Glas hob, kämpften in ihm zwiespältige Gefühle miteinander. Er wusste nicht, ob er Arthur Pembroke verfluchen sollte oder ob er ihm eher zu Dank verpflichtet war. Was er jedoch wusste, war, dass er von Anfang an keine Wahl gehabt hatte. Wie verrückt die Sache mit der Schrift des Judas Iskariot auch klang, er musste sich darauf einlassen. Allein schon wegen seiner beiden minderjährigen Schwestern, für die er die Verantwortung trug. Aber selbst wenn er von Arthur Pembroke nicht erpresst worden wäre, hätte er sich auf die Suche nach diesem unglaublichen Fund gemacht. Denn wenn es sich bei den von Mortimer Pembroke gefundenen Papyri wirklich nicht um jene altbekannte ketzerische Schrift handelte, die Irenäus verworfen hatte, dann war es sehr wohl möglich, dass sich die Papyri als ein Evangelium herausstellten, ja womöglich als *das einzig wahre,* neben dem die bisher bekannten Evangelien von Matthäus, Markus, Lukas und Johannes als völlig unbedeutend verblassen mussten!

Denn konnte es nicht auch sein, dass die Schrift eine ganz andere Wahrheit über Leben und Tod Jesu erzählte? Und zwar die Geschichte über einen radikalen Wanderprediger, der sich *nicht* als Gottes Sohn erwiesen hatte und *nicht* von den Toten auferstanden war?

Byron schauderte plötzlich, als er sich der ungeheuerlichen, welterschütternden Tragweite bewusst wurde, die diese Papyri des Judas Iskariot haben konnten – für seinen Glauben und weltweit für die fast 2 000 Jahre alte Christenheit!

7

Tiefe Nacht lag über *Pembroke Manor,* als eine Gestalt über die Dienstbotenstiege hinunter ins Erdgeschoss schlich, dort im Mitteltrakt lautlos wie ein Schatten über die dunklen Gänge huschte und kurz darauf vorsichtig die Tür zur Bibliothek öffnete.

Die Gestalt führte weder ein Kerzenlicht noch eine Öl- oder Petroleumlampe mit sich. Die Dunkelheit war ihr Verbündeter. Sie glitt durch den Türspalt in das Reich von Zehntausenden von Büchern, schloss die Tür hinter sich lautlos und eilte an den doppelstöckigen, teils mit Glastüren versehenen Bücherwänden vorbei. Wollte man zu den Folianten in der oberen Etage der Bibliothek, musste man hinauf auf die dort umlaufende Galerie. Zu ihr gelangte man über die beiden eisernen Wendeltreppen, die rechts und links in der Mitte der Längswände nach oben führten.

Die Gestalt stieg eine der beiden Wendeltreppen hinauf und

folgte oben dem schmalen, mit Teppichläufern ausgelegten Gang der Galerie bis zu einem Rundbogen mit einer in die Buchwand eingelassenen Tür.

Die Tür war nur angelehnt. Die nächtliche Gestalt befand sich im nächsten Augenblick in einem recht kleinen, aber sehr intimen und nobel eingerichteten Studierzimmer. Durch den Halbbogen eines von Sprossen unterteilten Fensters, das auf die rückseitigen Terrassen- und Gartenanlagen hinausging, fiel ein wenig Mondlicht in diesen Raum, für den fast alle Herren von *Pembroke Manor* eine besondere Vorliebe gezeigt hatten. Der schwache Mondschimmer fiel auf einen antiken Schreibtisch, der einst dem französischen Sonnenkönig gehört hatte, und auf die neueste technische Errungenschaft, die sich Telefon nannte und sich allmählich immer größerer Beliebtheit bei jenen erfreute, die sich diese unglaubliche Einrichtung leisten konnten.

Die Gestalt hob die Muschel von der Gabel, presste sie ans Ohr, betätigte mehrmals die Wippe und wartete auf die weibliche Stimme von der Vermittlungszentrale im nahen Dover.

»Ich möchte mit einem Teilnehmer in London verbunden werden!«, teilte die Gestalt dem Fräulein vom Amt mit. Dabei hatte sie ihre Lippen nahe am Sprechtrichter, um so leise wie möglich sprechen zu können. »Die Nummer ist Kensington 2 . . . 7 . . . 9.«

Kurzes Schweigen. »Entschuldigen Sie die Frage, Sir«, sagte dann die Frauenstimme in der Ohrmuschel. »Aber sind Sie sich auch sicher, dass Sie diese Verbindung zu dieser Uhrzeit möchten? . . . Ich meine, wir haben gleich halb drei in der Nacht, Sir!«

»Ja, Sie haben schon richtig verstanden, Miss! Ich möchte die Verbindung jetzt!«

»Oh, natürlich, Sir. Ganz wie Sie wünschen, Sir!«, sagte das Fräulein vom Amt in Dover hastig und ihr war die Verlegenheit an ihrer Stimme anzumerken. »Bitte bleiben Sie am Apparat. Die Verbindung ist gleich hergestellt, Sir!«

Wenige Augenblicke später stand die Verbindung zu Kensington 279. Dort meldete sich eine dunkle Männerstimme, die trotz der späten Nachtstunde erstaunlich munter klang und gar nicht so, als hätte das Klingeln des Telefons den Mann in Kensington aus tiefem Schlaf gerissen.

Die Gestalt im Studierzimmer wartete einen Moment. Dann sagte sie in den Sprechtrichter leise den ersten Teil des Losungswortes: »*Similitudo* . . .«

». . . *Dei*«, kam sofort der zweite Teil der Losung als Antwort. »Endlich! Ich hatte mir allmählich schon ernsthaft Sorgen gemacht!«

»Ich weiß, aber früher konnte ich es nicht wagen, Abbot«, antwortete die Gestalt auf *Pembroke Manor*. »Es ist sehr spät geworden. Und dann musste ich sichergehen, dass auch alle in tiefem Schlaf liegen.«

»Natürlich. Erzählen Sie! Haben Sie Mortimer Pembrokes Notizbuch zu sehen bekommen?«

»Ja, aus nächster Nähe. Es existiert und scheint gut erhalten. Keine Beschädigungen, Abbot.«

»Das ist schon mal sehr beruhigend«, sagte der Mann in Kensington erleichtert.

»Der Auftrag ist erteilt und angenommen. Keiner ist abgesprungen.«

»Gut. In wessen Besitz befindet sich das Buch jetzt?«

»Es liegt noch hier im Tresor. Aber Lord Pembroke wird es Mister Bourke an Bord der Fähre kurz vor dem Auslaufen aushändigen. Byron Bourke soll sozusagen der Kopf und Anführer des Teams sein.«

»Wie sehen die genauen Pläne für die nächsten Tage aus?«

»Die Jagd beginnt am Montag, Abbot! Überfahrt mit einem Fährschiff der *Chatham and Dover Steamship Company* nach Ostende. Dann weiter mit dem Expresszug. Die erste Station wird Wien sein. Ihre Unterkunft im *Hotel Bristol* am Kärntnerring ist schon telegrafisch reserviert.«

»Sehr gut! Das ist eine präzise Angabe, mit der wir etwas anfangen können. Ich werde diese Information nachher in aller Frühe weitergeben.«

»Wie sieht es dort mit unseren Leuten aus, Abbot?«

»Ausgezeichnet. Wien müsste eigentlich ein Heimspiel sein. Gibt es sonst noch etwas Wichtiges?«

»Nein, nicht dass ich wüsste.«

»Gut, dann belassen wir es für heute dabei. Sehen Sie zu, dass Sie noch ein paar Stunden Schlaf bekommen.«

»Wer kann schon an Schlaf denken, wenn es um so etwas Ungeheures geht wie diese Papyri?«

»Also dann, bis zum nächsten Kontakt.«

Aus der Ohrmuschel drang ein metallisches Klicken, das der Gestalt im Studierzimmer von *Pembroke Manor* sagte, dass der Mann in Kensington eingehängt hatte und die Verbindung unterbrochen war.

Die Gestalt hängte die Ohrmuschel nun auch wieder in die Gabel ein, verharrte noch einen Moment am Schreibtisch, blickte durch das Fenster hinaus auf die nächtliche, schon fast winterlich erstarrte Landschaft und fragte sich, ob sie auch alles bedacht hatten – und ob Abbot es schaffen würde, die Fäden nicht aus der Hand zu verlieren.

Dritter Teil

Die Ufer des Hades

1

Die steife Brise setzte den Wellen Schaumkronen auf und fegte den beständig fallenden Nieselregen über das Deck des betagten Raddampfers, der sich schon seit Stunden durch die raue See des Ärmelkanals kämpfte. Die Küste des Kontinents konnte nicht mehr weit sein, höchstens noch eine gute Stunde entfernt. Aber bei dem trüben Regenwetter war die Sicht so schlecht, dass die Küste und der Hafen von Ostende unter dem trüben, wolkenverhangenen Novemberhimmel wohl erst wenige Meilen vor Ende der Überfahrt zu sehen sein würden.

Breitbeinig stand Byron an der Reling, den Kragen seines Mantels mit dem Schultercape hochgeschlagen und den Hut tief in die Stirn gezogen. Mit nur einer Hand, die fast ohne Druck auf der Reling lag, glich er die nicht übermäßig schwankenden und schlingernden Bewegungen des Decks unter seinen Füßen aus.

Das Wetter mochte schlecht sein und nicht gerade zu einem Aufenthalt an Deck einladen. Aber es war doch noch lange keine stürmische See. Außerdem besaß Byron dank seiner regelmäßigen Fechtstunden, die er über all die Jahre konsequent beibehalten hatte, ein ausgezeichnetes Gefühl für Balance.

Sein Blick ging hinaus in die kalte, regenverschleierte Weite der kabbeligen See. Doch er hielt nicht Ausschau nach der Küstenlinie im Osten und er nahm auch nicht den schnittigen Dreimaster wahr, das stolze Symbol einer untergehenden Epoche, der lautlos wie ein majestätischer Seevogel querab aus der Regenwand auftauchte und entgegengesetzten südwestlichen Kurs hielt, sodass er in einigen Minuten achtern durch die Heckseen des Fährschiffes schneiden würde. Zu tief war Byron in seine Gedanken versunken. Es war Horatio Slade, der wenig später zu ihm an die Reling trat und ihn aus seinem Sinnieren und Brüten holte.

»Recht ungemütlich hier draußen. Keinen Hund würde man bei diesem Wetter aus dem Haus jagen. Geht Ihnen denn diese elend nasse Kälte nicht allmählich durch und durch, Mister Bourke?« Er schüttelte sich und zog den dicken Wollschall fester um seinen Hals, als spürte er die Kälte schon jetzt bis in die Knochen. »Sie stehen doch bestimmt schon eine gute halbe Stunde hier an Deck, ohne sich von der Stelle zu rühren!«

»Ich brauchte einfach frische Luft und hoffte, hier im Freien einen klaren Kopf zu bekommen. Aber mit der Klarheit ist es leider nicht sehr weit her«, antwortete Byron.

Horatio lachte kurz auf. »Wen wundert's? Im Leben ist Klarheit Mangelware, wie ich aus Erfahrung weiß. Das Graue und Unbestimmte beherrscht zumeist das Feld. Außerdem: Die Welt ist verrückt, wenn Sie mich fragen.«

Byron warf ihm einen stummen, fragenden Blick zu.

»Also, wenn mir vor ein paar Tagen jemand gesagt hätte, dass ich am Montag nicht nur in Freiheit sein würde, sondern mich mit 1 000 Pfund in der Tasche sowie in Begleitung von einem Privatgelehrten, einem Berufsspieler und einer bildhübschen Akrobatin als Reisender erster Klasse auf dem Weg nach Wien befinden und nach einem geheimnisvollen Judas-Evangelium suchen würde, ich hätte ihn ausgelacht und wohl für geistesgestört gehalten!«

Byron nickte. »Ja, eine absonderliche Konstellation, die auch ich nicht für möglich gehalten hätte.« Er konnte selbst kaum glauben, was er in den letzten Tagen erlebt hatte und wie sehr seitdem seine Welt aus der einst fest gefügten, beschaulichen Bahn geraten war.

An einem Tag war er finanziell ruiniert gewesen und hatte sich schon zu Lohnarbeit verdammt gesehen, doch wenige Tage später hatte er seine wertlosen Minenpapiere verkaufen und einen Bankscheck in Höhe von 25 000 Pfund auf sein Konto einzahlen können. Und dazwischen hatte er von dem geheimnisvollen Fund eines seit fast 2 000 Jahren verschollenen Evangeliums des Judas erfahren, das genauso geheimnisvoll wieder verschwunden war. Es erschien ihm noch immer unwirklich, dass er sich mit zwei fremden Männern und einer fremden jungen Frau zwangsweise auf einer Reise befand, von der keiner von ihnen auch nur annähernd wusste, wie lange sie dauern, wohin sie führen und wie sie enden würde.

Das alles kam ihm wie ein verstörender Traum vor! Ja, Horatio Slade hatte völlig recht, die Welt war verrückt. Absolut verrückt.

Aber das irrwitzige Reisejournal des geistesgestörten Mortimer Pembroke in der linken Innentasche seiner Anzugjacke, das dort spürbar gegen seine Brust drückte, bestätigte ihm, dass es sich keineswegs um einen Traum handelte, sondern um Wirklichkeit. Lord Pembroke hatte es ihm in Dover kurz vor dem Auslaufen des Fährdampfers überreicht und er hatte es in den letzten Stunden intensiv studiert, um das Hexagon zu finden – bislang jedoch vergeblich.

Byron staunte auch immer noch, wie schnell alles gegangen war und wie überstürzt sie zu dieser Reise hatten aufbrechen müssen. Er hatte gerade noch Zeit gehabt, am Sonntag einen langen, beruhigenden Brief an seine Schwestern Alice und Helen im Mädchenpensionat von Croydon zu schreiben, sich mit seiner langjährigen Haushälterin Martha Tinkerton über die Zeit seiner Abwesenheit zu besprechen, das Notwendige für diese Reise ins Ungewisse zu packen und sich am Montagmorgen bei seiner Bank zu versichern, dass der Scheck von Lord Pembroke auch gedeckt war und ihm die Summe sofort gutgeschrieben wurde. Und dann hatte er sich auch schon beeilen müssen, um mit seinem sperrigen Gepäck noch rechtzeitig auf dem Perron der Victoria

Station einzutreffen. Denn ihr Zug nach Dover war schon um kurz nach zehn abgefahren.

Alistair McLean war noch später als er auf dem Bahnsteig erschienen. Er hatte auf den schon anfahrenden Zug aufspringen müssen, wobei ihm sein lächerlicher Strohhut vom Kopf geweht und unter die Räder gekommen war, was Byron im Stillen für ein gutes Omen gehalten hatte.

»Dass wir vier gemeinsam das Rätsel um das Versteck dieser angeblichen Judas-Papyri lösen sollen, ist ja schon seltsam genug«, sagte Horatio und rieb sich frierend die Arme. »Aber ich frage mich, ob diese Schrift auch wirklich existiert.«

Byron hob leicht verwundert die Augenbrauen. »Davon gehe ich aus!«

»So? Ich nicht.«

»Und warum nicht, wenn ich fragen darf?«

»Was ist, wenn Mortimer Pembroke sich das alles in seinem Wahnsinn nur eingebildet hat und diese Papyri, die er da irgendwo in der Wüste gefunden hat, gar nicht aus der Feder von Judas Iskariot stammen, sondern zu jenen apokryphen Schriften gehören, die es in ähnlicher Form schon zuhauf gibt?«, gab Horatio zu bedenken. »Kurzum: Wer sagt uns denn, dass diese angeblich uralte Schrift eines Jüngers Jesu nicht vielleicht völlig wertlos ist?«

»Lord Pembroke«, erwiderte Byron trocken und ohne einen Augenblick zu zögern. »Der Mann hat auf mich nicht den Eindruck eines spleenigen, weltfremden Mannes gemacht, der einem Hirngespinst nachjagt.«

»Der Mann ist versessen darauf, durch diese Papyri zu Weltruhm zu gelangen und in die Geschichtsbücher einzugehen! Sein Ehrgeiz, mehr als nur ein steinreicher, aber letztlich völlig bedeutungsloser Adliger zu sein, könnte ihn mit Blindheit geschlagen haben!«

»Gewiss, ganz auszuschließen ist das nicht, aber ich halte es bei Arthur Pembroke für nicht wahrscheinlich. Vergessen Sie nicht, dass er diese Papyri selbst in Händen gehalten hat. Gewiss, das allein sagt noch nicht viel über ihre wahre Qualität und Echtheit aus, da Arthur Pembroke ja nicht die aramäische Sprache beherrscht. Aber er muss sich seiner Sache doch *sehr* sicher sein. Denn sonst hätte ein Mann wie er sich wohl kaum auf dieses kostspielige Abenteuer eingelassen!«

Horatio strich sich mit Daumen und Zeigefinger nachdenklich über den schwarzen Strich seines Oberlippenbartes. »Aber was ist, wenn sich das Versteck überhaupt nicht mehr finden lässt, weil Mortimer Pembroke in seiner geistigen Umnachtung nur noch Unsinn in dieses grünlederne Büchlein gekritzelt hat?«

»Mit dieser Möglichkeit müssen wir rechnen, Mister Slade«, räumte Byron ein. »Aber so wirr die Symbole, Zeichnungen und Kritzeleien auch aussehen, so glaube ich doch, festgestellt zu haben, dass alle Einträge einer klaren inneren Ordnung folgen.«

»Würde es Ihnen etwas ausmachen, mir diese innere Ordnung drinnen im Warmen zu erklären?«, fragte Horatio, dem Regentropfen und Gischtspritzer über die Gläser seiner Brille rannen. »Und außerdem, Mister Bourke, werden die beiden anderen ebenfalls an dem interessiert sein, was Sie in den letzten Stunden in dem Notizbuch gefunden haben.«

Byron hatte nichts dagegen einzuwenden, zumal er sich mittlerweile lange genug dem nasskalten Wetter ausgesetzt hatte und es nun auch ihn wieder zurück in den Schutz und die Wärme eines Aufenthaltsraumes drängte.

2

Sie fanden Harriet Chamberlain und Alistair McLean im Bar- und Rauchsalon der ersten Klasse, der mit seinen dicken Teppichen, den schweren Sesselgruppen, den dunklen, holzgetäfelten Wänden und den Messingleuchtern ebenso gut zu einem teuren Londoner Hotel hätte gehören können. Die Sessel und Sofaecken boten mindestens vierzig Passagieren Platz, ohne dass es beengt zugegangen wäre. Aber bis auf zwei ältere Ehepaare, die auf der anderen Bordseite in ein Bridgespiel vertieft waren, und einen schwergewichtigen, allein reisenden Mann mittleren Alters, der an der Theke der Bar saß und Patiencen legte, war der Salon gähnend leer – ganz im Gegensatz zu den Aufenthaltsräumen der zweiten und dritten Klasse.

Ein aufmerksamer Steward eilte ihnen dienstbeflissen entgegen, kaum dass sie durch die Tür gekommen waren, um ihnen Mantelumhänge und Hüte, Handschuhe und Schal abzunehmen und sie nach ihren Wünschen zu fragen.

»Bringen Sie mir einen Darjeeling«, sagte Byron. »Aber lassen Sie den Tee nicht länger als anderthalb Minuten ziehen.«

»Für mich dasselbe«, sagte Horatio Slade und rieb sich die kalten Hände, um die Blutzirkulation anzuregen. »Und etwas Gebäck!«

»Sehr wohl, Gentlemen«, antwortete der Steward mit einer routinierten Verbeugung und eilte davon, um die Kleidung aufzuhängen und die Bestellung auszuführen.

»Und? Haben Sie inzwischen herausgefunden, wo der Irre das verdammte Hexagon in seinem Buch versteckt hat?«, wollte Alistair wissen und gähnte herzhaft, als Byron und Horatio auf die Sitzgruppe zusteuerten, die von den wenigen anderen Mitreisenden am weitesten entfernt stand.

Alistair hatte zu Beginn der Überfahrt versucht, die beiden älteren Gentlemen und den Dicken zu einem »kleinen Spiel« um Geld zu überreden. Aber man hatte ihn höflich abblitzen lassen, worauf Alistair es sich nach zwei kräftigen Drinks in einem der schweren Polstersessel bequem gemacht und den größten Teil der Überfahrt verschlafen hatte. Das Auf und Ab des Dampfers hatte ihn nicht in seinem Schlaf gestört und machte ihm auch jetzt nicht zu schaffen, was ebenso für Byron und Horatio galt. Dagegen hatte Harriet ein etwas blasses Gesicht und schien mit einem Anflug von Übelkeit zu kämpfen.

»Herrgott, geht es nicht noch lauter?«, zischte Horatio. Er ärgerte sich über die Lautstärke, in der sich Alistair nach dem Hexagon erkundigt hatte. »Warum leihen Sie sich vom Kapitän nicht seinen Sprechtrichter aus und posaunen gleich überall auf dem Dampfer heraus, dass wir auf der Suche nach dem verschollenen Judas-Evangelium sind?«

Alistair sah sich um, ob einer von den anderen Passagieren auf sie aufmerksam geworden war und zu ihnen herüberblickte. Aber dem war nicht so. Die beiden Ehepaare beredeten ein gerade beendetes Bridgespiel und der Dicke hinten in der Ecke stopfte weiterhin voller Genuss kleine Gurkensandwiches in sich hinein, während er seine Patiencekarten auslegte.

»Na, von denen scheint keiner zu den mysteriösen Geheimbünden der Illuminaten oder der *Wächter* zu gehören«, sagte Alistair. »Und ich wette, dass auch keiner von ihnen Abbot oder Martikon heißt!«

»Manchmal kannst du ja recht unterhaltsam sein, aber das eben war einfach nur unpassend, Alistair«, bemerkte Harriet Chamberlain übellaunig.

Der Berufsspieler zuckte die Achseln. »Man kann nicht immer gewinnen. *Gelobt sei, was hart macht* – so lässt Nietzsche seinen Zarathustra sagen!«

Schau an!, fuhr es Byron durch den Kopf, die beiden sind schon beim Du angelangt! Und aus einem ihm selbst unerfindlichen Grund wurmte es ihn.

»Genug der Mätzchen«, sagte Horatio energisch, während er sich in einen der Sessel setzte, ein Taschentuch hervorzog und seine Brille putzte. »Hören wir uns lieber an, was Mister Bourke uns über seine bisherigen Erkenntnisse zu sagen hat.« Er setzte die Brille wieder auf die Nase, klemmte sich die Drahtbügel hinter die Ohren und fuhr nun direkt an Byron gewandt fort: »Sie sprachen draußen an Deck von einer gewissen Ordnung, die Sie in dem Wirrwarr entdeckt zu haben glauben, Mister Bourke. Würden Sie uns erklären, was genau das bedeutet und wie es uns helfen könnte, dem Hexagon auf die Spur zu kommen?«

Harriet Chamberlain nickte. »Ja, ohne das Hexagon werden wir die codierten Hinweise, die zum Versteck führen, kaum lösen. Jedenfalls wenn es stimmt, was Mortimer Pembroke über die Bedeutung des Sechsecks zu seinem Bruder gesagt hat.«

Byron nahm zwischen ihr und Horatio Platz und wollte schon Mortimers Notizbuch aus der Jackentasche ziehen, als er sah, dass sich ihnen der Steward mit einem Tablett näherte. »Einen Moment bitte«, murmelte er und zog seine Hand zurück.

Der Steward war im nächsten Moment bei ihnen. Er brachte zwei bauchige Teekannen, ein Milchkännchen und eine Zuckerdose, alles aus schwerem Hotelsilber, sowie zwei Teetassen aus zartem Wedgewood-Porzellan und eine kleine Schale mit Sandgebäck.

»Haben Sie noch einen Wunsch?«, fragte der Steward und sah dabei zuerst Harriet Chamberlain und dann Alistar McLean an. »Ma'am? . . . Sir?«

Harriet winkte mit leicht gequälter Miene ab.

Alistair dagegen bestellte einen doppelten Scotch und griff zu seinen *Gold Flake*-Zigaretten.

Byron wie auch Horatio gaben erst Milch in ihre Tassen, bevor sie den Darjeeling-Tee eingossen. Der Scotch für Alistair kam umgehend und nun war mit weiteren Störungen vorerst nicht mehr zu rechnen, sodass Byron das grünlederne Notizbuch herausholen und vor seinen Gefährten aufschlagen konnte.

»Was ich trotz dieses unglaublichen Durcheinanders von Symbolen, Textauszügen, Zahlen, Zeichnungen und Kritzeleien als innere Ordnung bezeichne«, begann Byron seine Erklärung, »ist die Tatsache, dass man diese achtundvierzig Seiten in sechs Teile oder Abschnitte unterteilen kann. Und jeder dieser sechs Teile hat ein ganz eigenes Thema und . . . nun ja, auch ein eigenes landschaftliches Motiv, das sich klar vom nächsten Teil abhebt.«

»Sechs Teile – so wie das Hexagon sechs Seiten hat«, sagte Harriet. »Woraus man folgern könnte, dass in jedem dieser sechs Abschnitte ein Teil des Hexagons steckt.«

Byron nickte. »Diese Vermutung habe ich auch, obwohl sie natürlich nicht zwingend ist.«

»Wenn Sie sechs verschiedene Themen und landschaftliche Motive entdeckt haben, dann muss sich daraus doch leicht ablesen lassen, wohin die Reise geht«, sagte Alistair.

»Leider nicht«, erwiderte Byron. »Denn die Motive sind überwiegend von allgemeiner Art. Man kann aus ihnen auf eine Region oder einen Kulturkreis schließen, nicht aber auf einen ganz bestimmten Ort. Es sei denn, man ist viel herumgereist und erkennt anhand der Skizzen diesen Ort wieder. Aber sogar dann ergibt sich aus der Kenntnis des Ortes noch lange nicht die genaue *Stelle* des Verstecks.«

Horatio runzelte die Stirn. »Das klingt mir zu theoretisch, Mister Bourke. Vielleicht wäre es besser, Sie würden uns das alles anhand der konkreten Seiten in dem Journal erklären. Wir hatten ja noch nicht die Gelegenheit, uns näher mit diesem Notizbuch zu beschäftigen.«

»Natürlich! Entschuldigen Sie!«, sagte Byron, schob seine Teetasse zur Seite und legte das Notizbuch aufgeschlagen in die Mitte des Tisches, sodass jeder von ihnen einen guten Blick auf die Seiten hatte, als er sie nun langsam umblätterte. »Diese ersten drei Seiten bilden meiner Überzeugung nach den Teil eins.«

»Aus welchem Grund?«, fragte Alistair.

»Weil sie sich eindeutig von allen anderen Teilen, ja sogar allen anderen *Seiten* unterscheiden«, sagte Byron. »Denn diese drei sind nur auf der Vorderseite beschrieben und ihr Text besteht ausschließlich aus Dutzenden von Bibelstellen. Nirgendwo sonst in diesem Buch findet sich noch eine weitere Seite, die *nur* mit Text gefüllt ist. Wo immer längere Texte sind, da finden sich auch irgendwelche Symbole, Zahlenreihen, Skizzen, Sätze auf Hebräisch und Aramäisch, kyrillische Zeichen oder anderes. Nur auf diesen ersten drei Seiten bestehen die Einträge ausnahmslos aus Text!«

Horatio beugte sich weiter vor und las einige dieser Bibelstellen laut vor: ».. . *Dann nahm Abraham Butter, Milch und das Kalb, das er hatte zubereiten lassen, und setzte es ihnen vor .* . .«

»Das ist aus Genesis Kapitel 18, Vers 8«, warf Byron ein.

»... Ich bin herabgestiegen, um sie der Hand der Ägypter zu entreißen und aus jenem Land hinaufzuführen in ein schönes, weites Land, ein Land, in dem Milch und Honig fließen ...«

»Exodus Kapitel 3, Vers 8.«

»... Wen will der Mann denn Erkenntnis lehren, wem das Gehörte erklären? Kindern, die man eben von der Milch entwöhnte, die man gerade von der Brust nahm? ...«

»Jesaja Kapitel 28, Vers 9«, murmelte Byron.

»... An jenem Tag triefen die Berge von Wein, die Hügel fließen über von Milch, und in allen Bächen Judas strömt Wasser ...«

»Joel Kapitel 4, Vers 18.«

Alistair klatschte dreimal langsam in die Hände. »Sehr schön, Mister Bourke. Ein Pfaffe könnte es bestimmt kaum besser. Nur weiß ich nicht, wie uns das auch nur einen Schritt weiterbringen soll.«

Byron ignorierte seinen Einwurf. »All diese Zitate, insgesamt sind es sechsunddreißig ...«

»Das ist sechs mal sechs«, warf Harriet ein. »Sechs mal die Sechs des Hexagons! Das kann kein Zufall sein!«

Byron nickte ihr zu. »All diese Zitate der ersten drei Seiten bilden meiner Ansicht nach Teil eins. Denn schon auf den ersten Seiten von dem, was ich für Teil zwei halte, sieht es völlig anders aus.«

»Ja, ganz eindeutig!«, bekräftigte Horatio. »Hier beginnt dieses wüste Chaos aus Zeichnungen, Texten und Symbolen, die Mortimer kreuz und quer über die Seiten gekritzelt hat. Was für ein verrücktes Durcheinander!«

»Warten Sie!«, rief Harriet aufgeregt, als Byron schon wieder umblättern wollte, beugte sich vor und tippte auf eine sehr plastische und detailreiche Zeichnung, die eine Säule zeigte. »Das ist die Dreifaltigkeitssäule am Graben in Wien! ... Und das da oben auf der Seite ist der Raphael-Donner-Brunnen am Neuen Markt. Ich bin mir ganz sicher! Wien kenne ich recht gut. Ich hatte da mit meiner Truppe in den letzten Jahren immer wieder längere Engagements.«

Als sie die nächsten Seiten studierte, fand sie noch weitere Wien-Skizzen wie das Beethoven-Denkmal und die Kirche Maria-Stiegen. Dazwischen befand sich eine Seite, auf der sich von oben bis unten fast nur biblische Namen aneinanderreihten. An den Rändern hatte Mortimer Pembroke sonst nur noch Symbole der Freimaurer sowie wilde Krakeleien hinterlassen. Und die sich wiederholenden biblischen Namen bedeckten auch noch fast die Hälfte der nächsten Seite.

Horatio griff zu seiner Teetasse und lehnte sich zufrieden zurück. »Sehr gut! Dass Wien unsere erste Station ist, wissen wir ja. Und damit ist also der Teil zwei in Wirklichkeit Teil eins unserer Reise«, stellte er fest.

»Da würde ich Ihnen recht geben«, sagte Byron. »Mir ging es mit der Einteilung nur darum, die achtundvierzig Seiten erst einmal in klar voneinander zu unterscheidende Abschnitte aufzuteilen und dem System auf die Spur zu kommen, das Mortimer Pembroke verwendet hat. Und je mehr ich mich mit diesem Journal beschäftige, desto sicherer bin ich mir, dass er zwar in erheblichem Maße geistesgestört war, aber doch genau wusste, was er in diesem Buch wie und zu welchem Zweck zu Papier gebracht hat.«

»Aber wenn die ersten drei Seiten als Teil eins wegfallen, würde das ja bedeuten, dass uns die Reise nur an fünf und nicht an sechs Orte führen wird«, gab Alistair zu bedenken. »Wie lässt sich das mit dem Hexagon in Übereinstimmung bringen?«

»Bestens«, sagte Harriet. »Denn wenn wir an jedem der Orte, an die uns diese fünf Teile führen, einen Hinweis auf das Versteck finden, dann ist das Versteck logischerweise der sechste Ort – und die Symbolik des Hexagons damit gewahrt!«

Alistair machte ein verblüfftes Gesicht. »Stimmt!«

Byron schenkte ihr ein anerkennendes Lächeln. Dass sie zu so scharfsinniger Logik fähig war, obwohl sie sichtlich unter der Seekrankheit litt, beeindruckte ihn. »So sehe ich es auch, Miss Chamberlain. Sie haben das schnell erkannt.«

Sie bedachte ihn mit einem strengen Blick, als wollte sie ihm zu verstehen geben, dass Logik und ein wacher Verstand keine alleinige Domäne der Männer waren.

»Dann sind wir ja schon einen kleinen Schritt weiter«, sagte Horatio. »Und jetzt lassen Sie uns sehen, was die vier anderen Abschnitte zu bieten haben!«

Was an Teil drei besonders auffiel, waren die sehr genauen Zeichnungen von mehreren unterschiedlich großen Labyrinthen und Irrgärten, außerdem eine Seite, die ausschließlich mit dicht aneinandergereihten Zahlen und Buchstaben vollgeschrieben war. Die Landschaftsskizzen zeigten schneebedeckte Täler und Berge, eine Burg auf einem Felsen, ein Wappen, eine Ritterrüstung und die dazugehörigen Waffen. Aber in welchem Land diese Burg zu finden war, wusste keiner von ihnen anhand der Zeichnungen zu sagen. Dasselbe galt auch für Teil vier. Sie kamen jedoch darin überein, dass jener Ort in einem Land mit muslimischer Bevölkerung liegen musste. Das verrieten ihnen Teilansichten von mehreren Moscheen mit ihren hohen Minaretten und die Zeichnungen von verschleierten Frauen.

Auf den Seiten von Teil fünf stießen sie auf eine Anhäufung von kyrillischen und griechischen Schriftzeichen sowie auf Skizzen von Bildnissen, die Ikonen ähnelten, sowie von orthodoxen Kirchen und Grundrissen von Klöstern.

»Ikonen sind die bevorzugten religiösen Bilder der Ostkirche. Deshalb können diese Zeichnungen ebenso gut auf ein Land des Balkans und auf Griechenland wie auf Russland hinweisen«, sagte Horatio mit einem Achselzucken.

»Bloß nicht Russland!«, stöhnte Alistair auf. »Da ist jetzt schon Winter! Und wenn ich etwas aus tiefster Seele verabscheue, dann ist es Kälte!«

Und auf den letzten Seiten, die Teil sechs bildeten, dominierten arabische Schriftzeichen und Symbole sowie Zitate aus dem Koran. Die Zeichnungen dagegen ließen wieder keinen Rückschluss auf das konkrete Land zu, dem sie zuzuordnen waren.

Die Spekulationen der vier reichten vom Osmanischen Reich mit dem Heiligen Land und Jordanien über Ägypten bis hin zu den Ländern Nordafrikas, die wie Tripolitanien, Algerien und Marokko an das Mittelmeer grenzten. Denn sie wussten, dass Mortimer Pembroke mit jedem dieser Länder gut genug vertraut gewesen war, um dort einen letzten Hinweis auf den Ort des Versteckes zu hinterlassen.

»Allzu viel ist es ja nicht, was wir bis jetzt herausgefunden haben. Eigentlich nur, dass man Mortimer Pembrokes wirres Zeug in sechs Abschnitte aufteilen kann«, meinte Alistair.

Harriet teilte seine Enttäuschung. »Morgen sind wir in Wien und wissen noch immer nicht, wo und nach was wir dort zu suchen haben.«

»Wir werden das Rätsel schon noch lösen«, entgegnete Horatio zuversichtlich. »Dass Lord Pembroke ausgerechnet Mister Bourke als Fachmann der Entzifffferung von geheimen Codes ausgewählt hat, wird seinen guten Grund haben.«

»Na, hoffentlich!«, bemerkte Alistair. »Sonst können wir drei unsere restlichen 4 000 Pfund in den Wind schreiben!«

»Dann schlage ich vor, dass Sie sich nicht länger von uns aufhalten lassen und sich ans Entziffern machen, Mister Bourke!«, forderte Harriet ihn auf.

Byron hob in einer Geste des sanften Protestes die Hand. »Halt! So einfach ist das nicht, Miss Chamberlain! Ich werde tun, was in meiner Macht steht. Aber erwarten Sie nicht, dass ich Ihnen die Lösungen im Handumdrehen präsentiere, wie ein Zauberer ein weißes Kaninchen aus dem Hut zieht – oder wie ein Falschspieler, der sich die Trümpfe aus dem Ärmel holt!«

Alistair grinste und winkte ab. »So etwas Primitives versuchen nur Dilettanten. Echte Profis kennen viel raffiniertere Tricks als im Ärmel versteckte Karten.«

»Sie glauben gar nicht, wie sehr mich das beruhigen wird, wenn wir mal auf *Ihre* Fähigkeiten angewiesen sind, Mister McLean«, erwiderte Byron.

»Wir helfen Ihnen natürlich, so gut wir können«, versicherte Horatio. »Sie müssen uns nur sagen, wie und wobei.«

Byron seufzte. »Ja, wenn ich das nur selber wüsste«, murmelte er und schlug wieder die ersten Seiten auf. »Ich tappe genauso im Nebel wie Sie. Aber aus dem Bauch heraus würde ich sagen, dass es wichtig ist, zuerst die Bedeutung dieser ersten drei Seiten herauszufinden.«

»Dann sollten Sie diesem Gefühl auch folgen!«, sagte Harriet.

Byron nickte. »Ja, das sollte ich wohl. Irgendetwas Wichtiges ist hier versteckt. Und ich vermute, es ist Mortimer Pembroke nicht beim ersten Mal gelungen . . .«

Überrascht sah Horatio ihn an. »Wie kommen Sie denn auf diese Vermutung?«

»Weil dies nicht die wirklichen ersten Seiten des Notizbuches sind. Sein Journal beginnt eigentlich mit Blatt drei. Die ersten beiden Seiten hat er herausgerissen«, klärte Byron und klappte das Notizbuch weit auf. »Hier unten am Rand sind noch die kleinen Papierschnipsel von Blatt eins und zwei zu sehen!« Er deutete dabei auf die winzigen Papierzipfel tief im Inneren des Buches, die einem weniger scharfen Auge gewiss verborgen geblieben wären.

»Dann lassen Sie uns doch diese sechsunddreißig Bibelstellen gemeinsam durchgehen und sehen, ob wir ihnen nicht ihr Geheimnis entlocken können«, schlug Harriet vor.

»Ja, und am besten mache ich mir gleich Notizen, wenn uns etwas Besonderes auffällt«, sagte Byron und zog aus der anderen Jackentasche eines von seinen eigenen Notizbüchern. Es stammte aus derselben vornehmen Papierhandlung *Parkins & Gotto* in der Oxford Street, wo offenbar auch Mortimer Pembroke sein Journal erstanden hatte. Deshalb ähnelte es diesem in Größe, Seitenzahl und grünledernem Einband wie ein Ei dem anderen. Der einzige äußerliche Unterschied zwischen den beiden Notizbüchern bestand darin, dass Byrons etwas abgegriffener war.

»Also, dann lasst uns mal tief ins christliche Glaubensgut abtauchen«, frotzelte Alistair. Und mit einem Augenzwinkern fügte er noch hinzu: »Denn wie der gute Nietzsche so treffend sagt: *Diese Evangelien kann man nicht behutsam genug lesen.*«

»In der Tat! Ihr Lieblingsatheist sagte aber auch: *Was ist das Menschlichste? – Jemandem Scham zu ersparen!*«, entgegnete Byron. »Und deshalb will ich auch gar nicht lange darauf herumreiten, dass die Evangelien zum Neuen Testament gehören, während die meisten dieser Bibelzitate hier dem Alten Testament entnommen sind.«

Alistair grinste unbekümmert. »Ich denke mal, auch diese kann man gar nicht behutsam genug lesen.«

»Und genau damit sollten wir jetzt allmählich anfangen!«, knurrte Horatio.

»Vielleicht sind die Zahlen, die sich bei jeder Bibelstelle aus Kapitel und Vers ergeben, der geheime Code, der auf diesen Seiten zu entschlüsseln ist«, sagte Harriet, der es sichtlich guttat, etwas Konkretes zu tun zu haben und dadurch von ihrem körperlichen Unwohlsein abgelenkt zu werden. »Also die 18 und 8 von der Stelle aus der Genesis, die 3 und die 8 vom Exodus-Zitat, die 28 und die 9 aus Jesaja sowie die 4 und die 18 aus dem Buch Joel.«

Byron nickte, einmal mehr von ihrer raschen Auffassungsgabe beeindruckt. Und er staunte, weil sie seine Angaben von vorhin so exakt behalten hatte. »Das ist sehr gut möglich, Miss Chamberlain. Dann würde die entschlüsselte Nachricht vermutlich aus sechsunddreißig Buchstaben bestehen. Den Zahlen werden wir also ganz besondere Aufmerksamkeit schenken müssen!«

Sie gingen nun gemeinsam Bibelstelle für Bibelstelle durch, während Byron sich Notizen machte. Dabei trug er die Zahlen der jeweiligen Kapitel und Verse in drei verschiedene Spalten ein. In die erste Spalte schrieb er die Zahlen von Kapitel und Vers dicht nebeneinander, sodass sie jeweils eine Nummer ergaben. In die zweite Spalte kam nur die Nummer des jeweiligen Kapitels, während er in die dritte Spalte nur die Nummer der Versstelle eintrug.

Als Horatio ihn nach dem Grund fragte, erklärte Byron: »Weil ich nicht weiß, ob beispielsweise bei diesem Zitat hier aus dem Buch der Sprichwörter Salomos – *Denn stößt man Milch, so gibt es Butter, stößt man die Nase, so gibt es Blut, stößt man den Zorn, so gibt es Streit* – die vierstellige Zahl aus Kapitel *und* Vers, also 3033, Teil des Codes ist. Denn es kann ja sein, dass der Code nur aus den Zahlen der Kapitel, in diesem Fall 30, oder aus der Verszahl, hier 33, besteht.«

Horatio verzog das Gesicht und tippte sich an die Stirn. »Natürlich! Dumme Frage von mir.«

»Im Gegenteil!«, widersprach Byron. »Keine Frage oder Annahme ist bei der Kryptologie so dumm, dass sie sinnlos wäre. Oftmals ist man so sehr auf das Komplizierte und Raffinierte fixiert, dass man dabei das ganz Einfache und Offensichtliche glatt übersieht.«

»Dann sollten wir vielleicht auch den ersten Buchstaben eines jeden Zitates aufschreiben!«, schlug Alistair vor. »Denn auch das ergibt am Ende sechsunddreißig Buchstaben.«

Harriet zog überrascht die fein geschwungenen Augenbrauen unter ihrem Pony hoch und warf ihm einen Seitenblick zu. »Alle Achtung! Du kannst also tatsächlich dann und wann auch etwas Hilfreiches beisteuern, Alistair!«

Auch Byron fand den Vorschlag beachtenswert und legte eine vierte Spalte an, in die er die Anfangsbuchstaben der Bibelstellen hintereinander eintrug.

Als sie alle Zitate durchgegangen waren, in den Texten nach verborgenen Hinweisen gesucht sowie alle Zahlen und Anfangsbuchstaben notiert hatten, waren sie jedoch so schlau wie zuvor – besser gesagt: so ratlos wie zuvor.

Denn für Byron sahen weder die Reihen der Buchstaben noch die der Zahlen so vielversprechend aus, als könnte darin eine geheime Botschaft enthalten sein. Und falls doch, so fand er keinerlei Hinweis auf den Code. »Die Zahlen sind mal vierstellig, mal dreistellig, mal zweistellig«, grübelte er laut vor sich hin. »Vielleicht müsste man mit einer Null als Füllzeichen arbeiten, sodass alle Zahlen vierstellig werden. Möglich auch, dass Mortimer mit Blendern gearbeitet hat. Und die Buchstaben müsste man noch einmal auf linguistische Steganografie hin untersuchen. Vielleicht steckt da irgendwo ein Semagramm, ein Akrostichon. Aber nein, das wäre doch etwas zu primitiv und mir auch gleich ins Auge gefallen.«

Harriet, Alistair und Horatio warfen sich verständnislose Blicke zu. Und Alistair fragte: »Wie bitte? Füllzeichen? Semagramm? Akrostichon? Linguistische Stegano-dingsbums und Blender? Weiß einer von euch, wovon unser Herr Privatgelehrter da redet?«

Harriet schüttelte den Kopf. »Nie davon gehört.«

Auch Horatio wusste nichts mit diesen Begriffen anzufangen. »In den Zitaten ist zwar ständig von Milch die Rede. Aber von dieser Milch der Weisheit hat offenbar nur unser Mister Bourke getrunken!«

Byron stutzte. Dann fiel es ihm wie Schuppen von den Augen. »Das ist es, Mister Slade!«, rief er aufgeregt. »Weder die Zahlen noch die Buchstaben enthalten des Rätsels Lösung!«

»Wie bitte?«, fragte Horatio verblüfft.

»Die Milch! Das Wort ›Milch‹ taucht in jedem Zitat auf! Das ist allen Bibelstellen gemeinsam! Und das ist ganz eindeutig der Code – oder besser gesagt der Hinweis auf das, was auf diesen drei Seiten verborgen ist!«

»Schön und gut, aber was soll dieses Wort ›Milch‹ denn für ein Hinweis sein?«, fragte Alistair skeptisch. »Ich kann mir jedenfalls nicht vorstellen, dass wir in Wien nach einer Molkerei oder einer Milchkuh suchen sollen.«

Byron lachte auf. »Die Milch, um die es hier geht, ist schon längst vergossen und geronnen. Aber das werden Sie alle gleich sehen!« Und dann winkte er den Steward heran und bat ihn, ihm eine Kerze zu bringen. »Ohne Kerzenhalter. Nur die Kerze. Es reicht auch ein kleiner Stummel. Ich brauche ihn für ein kleines Experiment.«

Die Passagiere, die erster Klasse reisten, hatten nicht selten reichlich skurrile Angewohnheiten. Dem Steward war denn auch keinerlei Überraschung anzumerken, sondern er versicherte, das Gewünschte umgehend zu bringen.

Ein Lächeln huschte über Horatios Gesicht, als er begriff, was es mit der Milch auf sich hatte. »Sie nehmen an, dass sich unter all diesen Milch-Zitaten aus der Bibel eine Nachricht in Geheimschrift verbirgt – und zwar buchstäblich mit Milch geschrieben, nicht wahr?«

Byron nickte. »Nur dies kann die Erklärung für die Anhäufung von derartigen Zitaten sein. Milch wird wie Zitronensaft auf Papier so gut wie unsichtbar, sofern man sie nicht zu dick und zu breit aufträgt. Andernfalls verrät ein weißlicher Schimmer dem aufmerksamen Auge die Geheimschrift. In unserem Fall bieten die vielen Textauszüge aus der Bibel eine gute Tarnung für das, was Mortimer darunter versteckt hat. Und das tritt erst wieder gut sichtbar zutage, wenn man das Papier vorsichtig über einer Flamme erwärmt.«

»Jetzt bin ich aber wirklich gespannt, ob Sie mit Ihrer Vermutung recht haben, Mister Bourke!«, sagte Harriet.

»Nicht nur du«, meinte Alistair.

Augenblicke später brachte der Steward die gewünschte Kerze, jedoch keinen Stummel, sondern eine unbenutzte, deren Docht noch nicht mit einer Flamme in Berührung gekommen war. Er überreichte sie auf einem kleinen Silbertablett und in eine Leinenserviette gewickelt.

»Prächtig! Ich danke Ihnen!«, sagte Byron und zog die Kerze aus der Serviette.

»Stets zu Diensten, Sir«, erwiderte der Steward mit ausdrucksloser Miene und entfernte sich.

Alistair beugte sich zu Byron hinüber, schnippte mit dem Daumen die Kappe seines silbernen Feuerzeugs hoch und ließ den Docht aufflammen. »Ich hoffe inständig, dass Ihre Vermutung richtig ist!«, sagte er. »Lüften Sie das erste von Mortimer Pembrokes Geheimnissen, Bourke!«

Dass Alistair das »Mister« vergessen und ihn kumpelhaft nur mit seinem Nachnamen angesprochen hatte, ließ Byron ihm in diesem Moment kommentarlos durchgehen. Er hielt den Docht der Kerze in die Flamme von Alistairs Feuerzeug und setzte sie in Brand. Dann nahm er das Notizbuch in die gespreizten Finger seiner linken Hand und presste den vorderen Lederdeckel so weit nach hinten, dass er fast den hinteren Einband berührte.

»Passen Sie bloß auf, dass Sie nicht das ganze Notizbuch unter der Kerze in Flammen aufgehen lassen!«, warnte Harriet. »Sonst endet unsere Suche nach dem Judas-Evangelium schon, noch bevor sie richtig begonnen hat!«

»Eine Überlegung, die mir nicht ganz fremd ist«, erwiderte Byron trocken, hielt die erste beschriebene Seite mit Zeigefinger und Daumen vom Rest des Journals weg und bewegte nun die Kerzenflamme unter der Seite vorsichtig hin und her. Dabei achtete er darauf, dass die Flamme das Papier zwar gut erhitzte, ihm jedoch nicht zu nahe kam und vor allem nicht zu lange unter einer Stelle verharrte. Denn ein Loch in die Seite zu brennen, konnte bedeuten, dass er damit entscheidende Informationen unwiderruflich vernichtete.

Voller Spannung blickten sie alle auf Flamme und Buchseite. Doch nichts geschah. Keine geheimen Zeichen traten unter den Bibelzitaten zutage, obwohl Byron die Unterseite schon reichlich erhitzt hatte.

»Nichts!«, stellte Horatio enttäuscht fest.

»Wir haben noch die Seiten zwei und drei«, sagte Byron gelassen, obwohl auch er einen Stich der Enttäuschung verspürte und sich insgeheim fragte, ob er das mit der Milch falsch gedeutet hatte.

Er schlug die erste Seite um, nahm die zweite Seite wie eben zwischen Daumen und Zeigefinger, sodass sie vom Rest des Buches wegragte, und setzte auch sie mit gleichmäßig hin und her pendelnden Bewegungen der Hitze der Kerzenflamme aus.

Erneut hielten sie alle den Atem an und starrten gebannt auf die

Seite, die mit Bibelstellen, niedergeschrieben in schwarzer Tinte, bedeckt war.

»Da! . . . Da kommt etwas Bräunliches hervor!«, rief Harriet plötzlich erregt. »Eine Linie! . . . Und Zeichen!«

Horatio, Alistair und Harriet sprangen auf und drängten sich aufgeregt um Byron und das Notizbuch in seiner Hand, das unter der Kerzenflamme sein erstes Geheimnis preisgab.

Unter den tintenschwarzen Zeilen der Bibelzitate begann sich in bräunlicher Farbe ein geometrisches, eckiges Gebilde abzuzeichnen, das von fremdartigen Schriftzeichen umgeben war.

»Heiliger Hieronymus, da ist es!«, stieß Horatio begeistert hervor. »Sie haben recht gehabt!«

Byron lächelte zufrieden. »Ja, ich denke, wir haben gefunden, wonach wir gesucht haben.«

»Und das wäre?«, fragte Alistair, der von ihnen allen die ungünstigste Sicht auf die Seite mit den bräunlichen Linien und Zeichen hatte und sich jetzt den Hals verrenkte.

Byron hob das Buch an und hielt ihm die Seite entgegen, während er mit gedämpfter Stimme verkündete: »Das Hexagon!«

3

Byron hatte zu seinem eigenen Notizbuch gegriffen und das Hexagon mit seinen umlaufenden Schriftzeichen auf die nächste freie Seite hinter den langen Zahlenkolonnen übertragen, was gar nicht so einfach gewesen war. Denn die schwarzen Tintenstriche von Mortimer Pembrokes Handschrift hatten so manch ein braunes Schriftzeichen überlagert. Und wenn er nicht die Sprache beherrscht hätte, in welcher die Begriffe rund um das Hexagon verfasst waren, wäre ihm wohl vieles entgangen oder in einer verzerrten, falschen Bedeutung erschienen. Aber nun lag es deutlich und frei von den überlagernden Bibelzitaten vor ihnen.

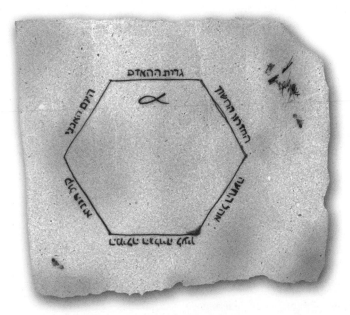

»Also gut, das Sechseck, das so wichtig für das Auffinden des Verstecks sein soll, haben wir offensichtlich gefunden. Und ich muss sagen, das haben Sie sauber hingekriegt, Bourke! Ehre, wem Ehre gebührt!«, sagte Alistair aufgekratzt und prostete ihm mit seinem Scotchglas zu. »Wir dürfen also Hoffnung auf die 4 000 Pfund haben!«

»Dieses erste Rätsel war leicht zu lösen. Genau genommen war es nicht mehr als ein Kinderspiel«, sagte Byron. »Und ich habe den Verdacht, dass Mortimer Pembroke das gewusst und es uns mit Absicht so einfach gemacht hat. Aber ich glaube nicht, dass die anderen Codes ähnlich rasch zu entschlüsseln sein werden! Denn wir dürfen diesen Mortimer nicht nur als Geistesgestörten sehen und sollten nicht vergessen, dass er ein hochintelligenter Mann gewesen sein muss, der viele Sprachen beherrscht hat, unter anderem sogar Aramäisch, und sich gewiss auch noch in anderen Bereichen ein beachtliches Wissen angeeignet haben dürfte.«

»Kann sein, dass die nächsten Rätsel erheblich schwerer zu lösen sein werden, aber immer eins nach dem andern«, sagte Horatio fröhlich. »Und jetzt kommt es ja wohl erst mal darauf an, das Hexagon zu studieren und herauszufinden, was diese Schriftzeichen zu bedeuten haben.«

»Ist das Aramäisch?«, fragte Harriet.

Byron schüttelte den Kopf. »Nein, das ist eindeutig Hebräisch. Die beiden Sprachen sind jedoch eng miteinander verwandt. Aramäisch war schon viele Jahrhunderte vor Christi Geburt weit verbreitet, im Perserreich war es sogar Reichssprache und wurde von Kleinasien bis zum Indus gesprochen. Das Hebräische hat die zweiundzwanzig Schriftzeichen des Aramäischen übernommen, die sogenannte Quadratschrift.«

»Und was sagt diese Quadratschrift da rund um das Hexagon?«, wollte Alistair wissen.

»Nun, sechsmal reichlich Rätselhaftes«, sagte Byron und begann, ihnen die sechs hebräischen Texte zu übersetzen. »Auf der oberen Linie des Hexagons steht der Begriff *gadot ha-hades,* was übersetzt ›Die Ufer des Hades‹ bedeutet.«

»Was nach der griechischen Mythologie die Welt der Toten ist«, warf Horatio ein und verzog das Gesicht. »Klingt nicht nur rätselhaft, sondern auch wenig einladend!«

»Als Nächstes kommt *ha-jom ha-awni* – ›Der steinerne Tag‹«, fuhr Byron fort. »Gefolgt von *kol ha-nami* und *ha-milah ha-glujah la-ajin,* was so viel wie ›Die Stimme des Propheten‹ und ›Das sichtbare Wort‹ heißt.«

»Das wird ja immer verrückter«, sagte Harriet und machte ein besorgtes Gesicht.

»Und auf den beiden aufsteigenden Seitenlinien stehen die Ausdrücke *ohel ha-ro'eh* – ›Das Zelt des Hirten‹ sowie *ha-chadron ha-chaschuch* – ›Die dunkle Kammer‹«, übersetzte Byron und schrieb dann die sechs Begriffe untereinander in sein Notizbuch.

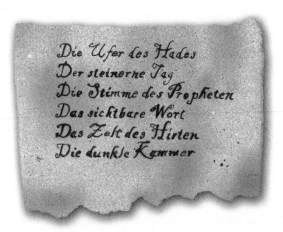

Alistair lachte kurz auf, aber er klang alles andere als belustigt. »Da hat man endlich ein Rätsel gelöst – und was passiert? Als Lösung erhält man sechs neue Rätsel, und zwar ohne jeden Hinweis, wie wir diese knacken sollen! Der steinerne Tag! Die Stimme des Propheten! Das Zelt des Hirten! Was sollen wir bloß damit anfangen? Wir haben doch nicht den geringsten Anhaltspunkt, wohin uns das führen soll, oder?«

»Ich glaube nicht, dass es so düster aussieht, Mister McLean«, sagte Byron. »Denn diese sechs Begriffe sind mir nicht ganz unbekannt. Ich bin mir sicher, irgendwo in diesem Notizbuch schon auf den einen und anderen davon gestoßen zu sein. Mortimer Pembroke hat ja fast auf jeder Seite einige hebräische und aramäische Sätze, zumindest jedoch ein paar Worte hinterlassen. Gut möglich, dass die anderen Texte nur als Verwirrung und Tarnung für diese sechs Hinweise gedacht sind.«

»Dann gilt es, als Nächstes die passende Stelle für ›Die Ufer des Hades‹ in Mortimers Notizbuch zu finden«, sagte Harriet. ». . . die dann logischerweise irgendetwas mit Wien zu tun haben muss!«

»Richtig«, pflichtete Byron ihr bei.

»Warte mal! In einem Hexagon gibt es doch wie in einem Kreis gar keinen Anfang und kein Ende! Woher wollen Sie also wissen, dass die Reihenfolge mit den ›Ufern des Hades‹ beginnt und mit der ›Dunklen

Kammer‹ endet, Bourke?«, fragte Alistair mit einem Stirnrunzeln. »Bloß weil ›Die dunkle Kammer‹ gut zu einem Versteck passt?«

»Nein, weil Mortimer Pembroke ein Zeichen hinterlassen hat, an welcher Stelle und mit welchem Begriff die Reihenfolge beginnt, nämlich dieses Alpha!«, erwiderte Byron und tippte auf das geschwungene Zeichen, das im Hexagon unter der oberen horizontalen Linie zu sehen war und den ersten Buchstaben des griechischen Alphabets darstellte. »Und da man hebräische Texte nicht von links nach rechts liest, so wie wir es gewohnt sind, sondern von rechts nach links, was ein Mann wie Mortimer Pembroke sicherlich bei der Planung und Beschriftung dieses Hexagons bedacht hat, deshalb sind die Begriffe hier nicht im Uhrzeigersinn, sondern in umgekehrter Richtung zu lesen.«

»Oh!«, sagte Alistair überrascht. »Das ist ein Alpha? Ich habe es für das christliche Zeichen des Fisches gehalten!« Er grinste etwas verlegen in die Runde und zuckte dann die Achseln. »Tja, Griechisch stand nun nicht gerade auf dem kargen Lehrplan der Waisenhäuser und Schulen, durch die man mich geprügelt hat!«

»Na und? Was ist schon groß dabei? Auch ich habe nie die Nase in eine griechische Grammatik gesteckt«, sagte Harriet forsch und setzte etwas süffisant hinzu: »Dafür haben wir ja unseren hochgescheiten Mister Bourke.«

Byron war viel zu freudig erregt, um sich über ihre spitze Bemerkung zu ärgern und etwas darauf zu erwidern. Zudem hatte er den Eindruck, dass sie damit mehr Alistair aus seiner Verlegenheit helfen als ihn verletzen wollte. Deshalb reagierte er auf ihre Spitze mit einem selbstbewussten Lächeln, griff zu Mortimer Pembrokes Notizbuch und begann damit, die Seiten nach einem dieser sechs Begriffe abzusuchen. Dass er schnell fündig wurde, überraschte ihn nicht. Vielmehr hatte er damit gerechnet, dass er nicht lange würde suchen müssen.

»Sie haben ganz richtig vermutet, dass der Begriff ›Die Ufer des Hades‹ im Wien-Teil auftauchen muss, Miss Chamberlain«, verkündete er. »Denn genau da steht er auch! Nämlich hier zwischen der Seite mit den Zeichnungen des Beethoven-Denkmals und der

Kirche Maria Stiegen und der übernächsten Seite, die zu einem großen Teil von einem schräg über das Blatt gekritzelten, langen aramäischen Textstück sowie von Skizzen grässlicher Masken, Totenschädel und Knochenhaufen bestimmt wird.« Er deutete auf die hebräischen Schriftzeichen, die Mortimer Pembroke unter die Zeichnung einer Pyramide mit einem strahlenden Auge, einem typischen Symbol der Freimaurer, geschrieben hatte.

»Ach du Schreck!«, stieß Horatio hervor, als sein Blick auf die Seite fiel, die Byron aufgeschlagen hatte. »Das sind ja die verrückten anderthalb Seiten, wo der irre Mortimer bis auf die Kritzeleien am Rand von oben bis unten nur biblische Namen aneinandergereiht hat!«

»Und was sind das für Namen?«, wollte Alistair wissen.

Byron überflog die Zeilen flüchtig und las dabei einige der Namen vor: »Kenas ... Erech ... Nehemia ... Malchisedek ... Lamech ... Hawila ...«

»Also, obwohl ich in meinem Leben durchaus oft den Gottesdienst besucht habe und auch viele Geschichten der Bibel kenne, habe ich die meisten von diesen Namen noch nie gehört«, gab Harriet zu.

»Ich auch nicht«, sagte Horatio. »Zumindest sind mir die Namen Kenas, Lamech und Hawila fremd.«

»Kenas ist ein Nachkomme Esaus, der Sohn des Elifas. Lamech ist ein Nachkomme Sets, den Eva dem Adam gebar, nachdem Kain seinen Bruder Abel erschlagen hatte«, klärte Byron sie auf. »Und Hawila ist ein Land im Garten Eden, in dem es große Mengen von Gold und Karneolsteinen geben soll und das vom Fluss Pischon umschlossen wird. Es sind Namen, die ausnahmslos im Buch Genesis vorkommen.«

»Und das soll eine codierte Botschaft sein?«, fragte Alistair skeptisch, zog das Buch mit der aufgeschlagenen Seite, wo die aneinandergereihten Namen begannen, zu sich heran und schüttelte ungläubig den Kopf. »Das sind ja insgesamt gute dreißig, vierzig Zeilen voller Namen, die sich ständig wiederholen!«

Das Bild, das sich ihm darbot und bei dem es sich um einen verschlüsselten Text handeln sollte, war in der Tat alles andere als ermutigend.

Kenas Erech Nehemia Pichol Jered Erech Melchisedek
Erech Ester Lot Kain Lamech Erech Josef Jiska Adam
Magog Jakob Pichol Adam Josef Kenas Kain Jered
Erech Ester Set Kain Magog Josef Erech Madai Adam
Nehemia Jered Nehemia Erech Havila Lamech Adam Erech
Melchisedek Milka Adam Nehemia Kenas Kain
Malchisedek Erech Jakob Erech Ester Erech Kenas Erech
Samuel Kenas Erech Nehemia Pichol Jered Erech Mel-
chisedek Erech Ester Lot Kain Lamech Erech Josef Jis-
ka Adam Magog Jakob Pichol Adam Josef Kenas Kain
Jered Erech Ester Set Kain Magog Josef Erech Madai
Adam Nehemia Jered Nehemia Erech Havila Lamech Adam
Erech Melchisedek Milka Adam Nehemia Kenas Kain
Malchisedek Erech Jakob Erech Ester Erech Kenas Erech
Samuel Kenas Erech Nehemia Pichol Jered Erech Mel-
chisedek Erech Ester Lot Kain Lamech Erech Josef Jiska
Adam Magog Jakob Pichol Adam Josef Kenas Kain
Jered Erech Ester Set Kain Magog Josef Erech Madai
Adam Nehemia Jered Nehemia Erech Havila Lamech Adam
Erech Melchisedek Milka Adam Nehemia Kenas Kain
Malchisedek Erech Jakob Erech Ester Erech Kenas Erech
Samuel Kenas Erech Nehemia Pichol Jered Erech Mel-
sedek Erech Ester Lot Kain Lamech Erech Josef Jis-
ka Adam Magog Jakob Pichol Adam Josef Kenas Kain
Jered Erech Ester Set Kain Magog Josef Erech Madai
Adam Nehemia Jered Nehemia Erech Havila Lamech Adam
Erech Melchisedek Milka Adam Nehemia Kenas Kain
Malchisedek Erech Jakob Erech Ester Erech Kenas Erech
Samuel Kenas Erech Nehemia Pichol Jered Erech Mel-
chisedek Erech Ester Lot Kain Lamech Erech Josef Jis-
ka Adam Magog Jakob Pichol Adam Josef Kenas Kain
Jered Erech Ester Set Kain Magog Josef Erech Madai
Adam Melchisedek Jered Nehemia Erech Havila Lamech Adam
Erech Melchisedek Milka Adam Lot Kenas Erech Nehe-
mia Pichol Jered Erech Melchisedek Erech Ester Lot Kain
Lamech Erech Josef Jiska Adam Magog Jakob Pichol
Adam Josef Kenas Kain Jered Erech Ester Lot Kain
Magog Josef Erech Madai Kenas Erech Nehemia Pichol
Jered Erech Melchisedek

Alistair schüttelte noch einmal den Kopf. »Es ist mir ein absolutes Rätsel, wie Sie das entschlüsseln wollen, Bourke!«

Byron wusste es auch nicht. Was er jedoch wusste, war, dass in dieser scheinbar sinnlosen Aneinanderreihung von biblischen Namen der Ort versteckt war, wo sie den ersten Hinweis auf das Versteck der Papyri des Judas finden würden!

4

Der Ostende-Wien-Express lief fahrplanmäßig am frühen Abend des nächsten Tages in den Nordbahnhof am Praterstern ein, der einige Straßenzüge nördlich des Zentrums im Wiener Bezirk Leopoldstadt lag.

Die Hauptstadt der kaiserlichen und königlichen Monarchie Österreich-Ungarn unter der Regentschaft von Franz Joseph I. begrüßte die vier Reisenden aus England mit noch schlechterem Wetter, als sie es auf ihrer Überfahrt von Dover nach Ostende erlebt hatten. Denn es regnete in Strömen.

Byrons Stimmung war gedrückt, als er dem Zug entstieg. Das lag jedoch nicht am miserablen Wiener Wetter, sondern an der verschlüsselten Botschaft. Bislang war er dem Code zu ihrer Entzifferung noch nicht auf die Spur gekommen. Er hatte während der langen Zugfahrt nach dem System gesucht, das Mortimer Pembroke verwendet hatte. Doch das ständige Gerüttel des Waggons hatte nicht gerade dazu beigetragen, seine Konzentration zu schärfen. Und alle schriftlichen Versuche, in seinem Notizbuch allerlei Listen anzufertigen und mathematische Berechnungen anzustellen, hatten zu ärgerlichen Schmierereien und einer krakeligen Handschrift geführt, die ihm die Arbeit sehr schnell verleidet und ihn bewogen hatten, sich erst im Hotel in Wien wieder schriftlich mit dem Code zu befassen.

Als sie im Strom der anderen Reisenden vom ungemütlich zugigen Perron in die hohe Bahnhofshalle eilten, fiel Byron auf, dass

Horatio sich mehrfach verstohlen umblickte. Und diese Blicke konnten kaum ihrem schnauzbärtigen, uniformierten Gepäckträger gelten, der ihn auf dem Perron mit reichlich übertriebenem Respekt als »Herr Kommerzienrat« angesprochen hatte und der ihnen nun mit ihren Koffern und Taschen auf seinem Karren folgte.

»Stimmt etwas nicht, Mister Slade?«, erkundigte Byron sich leise, sodass Harriet und Alistair, die vor ihnen gingen, seine Frage nicht hören konnten.

Horatio zögerte. »Ich bin mir nicht sicher«, gab er dann ebenso leise zurück. »Mag sein, dass ich Gespenster sehe. Aber lassen Sie uns nachher darüber reden.«

Byron nickte ihm zu. »In Ordnung.«

»So ein Mistwetter!«, seufzte Harriet, als sie kurz darauf aus der Bahnhofshalle traten und sich dem heftigen Regen ausgesetzt sahen. Sofort wich sie unter das Vordach zurück und die Männer folgten ihrem Beispiel. Auch der Gepäckträger blieb hinter ihnen stehen und blickte mit einem schweren Stoßseufzer in den regendunklen Himmel.

»Hätte uns Lord Pembroke nicht schon im September auf die Reise schicken oder aber bis zum nächsten Frühling warten können?«, grollte Alistair, der für das miserable Wetter wieder einmal nicht entsprechend gekleidet war.

»Sehen wir zu, dass wir in den nächsten Fiaker und ins *Hotel Bristol* kommen!«, rief Harriet.

»Und was ist ein Fiaker?«, wollte Horatio wissen.

»Ein Zweispänner«, sagte Harriet und wies auf die schwarz lackierten Mietdroschken, die sich vor dem Bahnhof wie bei einer Trauerprozession dicht hintereinander drängten und auf Kunden warteten. »Die kosten zwar achtzig Heller mehr für eine Fahrt in der Inneren Stadt, sind dafür aber auch schneller und geräumiger.«

»Was immer achtzig Heller sein mögen, im Augenblick ist mir jeder Preis recht, wenn wir nur so schnell wie möglich aus diesem Mistwetter und in dieses *Bristol* kommen«, sagte Alistair. »Hoffentlich taugt das Hotel was, in dem der alte Pembroke Zimmer für uns hat reservieren lassen!«

Harriet lachte. »Das *Bristol* ist das erste Haus am Platz, Alistair! Exklusiver geht es nicht. Und was die Währung betrifft, so rechnet man hier in Kronen zu je hundert Hellern, aber auch mit Gulden und Kreuzern. Man hüte sich deshalb vor Verwechslungen. Denn ein Gulden ist nur eine halbe Krone und ein Kreuzer nur einen halben Heller wert.«

Alistair verdrehte die Augen. »Was für ein Umstand und Wirrwarr! Warum kann sich die Welt nicht auf eine einzige Währung einigen – und zwar auf das englische Pfund zu zwanzig Shilling und auf einen Shilling zu zwölf Pence?«

»Ich schätze mal, das sagt ebenso der Deutsche von seiner Mark, der Franzose von seinem Franc und der Amerikaner von seinem Dollar«, hielt Byron ihm entgegen.

»Wen kümmert's? Nicht diese Länder, sondern das britische Empire regiert die Welt!«, erwiderte Alistair und schlug seinen Jackenkragen hoch.

»Und was bringt ein englisches Pfund in Kronen, Miss Chamberlain? Was ist der Umrechnungskurs?«, fragte Horatio. Lord Pembroke hatte ihnen zwar vorsorglich einiges an fremder Währung mitgegeben. Aber keiner von ihnen hatte es bislang für nötig erachtet, sich über den Wert der einzelnen Banknoten und Münzen Gedanken zu machen.

»Für das Pfund kriegt man rund vierundzwanzig Kronen, jedenfalls war das der Kurs, den ich noch letztes Jahr hier bei unserem Engagement erhalten habe«, teilte Harriet ihnen mit. »Das war, als unsere Truppe im bekannten *Jantsch-Theater* aufgetreten ist, drüben im Prater.«

»Dann schlage ich vor, dass gleich du dich mit dem Gepäckträger und dem Kutscher herumschlägst, was ihre Entlohnung betrifft«, schlug Alistair vor. »So, und jetzt nichts wie in den nächsten Fiaker!«

Als Horatio in die Droschke stieg, blieb er kurz auf der Trittstufe stehen und warf einen langen Blick zurück auf die Menschen, die hinter ihnen aus der Bahnhofshalle kamen. »Soll mich doch der Teufel holen«, murmelte er leise, bevor er sich wieder umdrehte und machte, dass er aus dem Regen kam.

Byron hörte es, sprach ihn aber nicht darauf an, was ihn beschäftigte. Horatio Slade würde es ihm nachher schon sagen. Und jetzt galt es erst einmal, den Gepäckträger zu entlohnen und mit dem Droschkenkutscher handelseinig zu werden. Denn für ihn verstand es sich von selbst, dass nicht Harriet, die sich in Begleitung von drei Männern befand, die Bezahlung von Bahnhofsdiener und Kutscher regelte – und das auch noch im strömenden Regen. Das wäre alles andere als gentlemanlike gewesen. Und er ließ es sich trotz des starken Regens auch nicht nehmen, sich mit eigenen Augen davon zu überzeugen, dass der Kutscher seinen sperrigen Schrankkoffer sowie das Gepäck seiner Gefährten sicher auf der Droschke verstaute, mit einer Plane abdeckte und durch stramme Riemen sicherte.

»Ja, ich weiß. Ich habe dem Gepäckträger und dem Kutscher bestimmt zu viel gegeben, Miss Chamberlain«, sagte Byron, als er schließlich mit triefnassem Mantel und Hut zu den anderen in die Kutsche stieg und Harriet ihn danach fragte.

»Und wennschon!«, sagte Horatio und winkte ab. »Wenn unsere Reisekosten um ein paar Kronen höher zu Buche schlagen als vielleicht nötig, wird das Lord Pembroke sicherlich nicht in den Ruin treiben.«

Wenig später fädelte sich die Droschke in den regen Kreisverkehr um den Praterstern ein, in dessen Mitte eine mit bronzenen Schiffsschnäbeln geschmückte Granitsäule aufragte, die das bronzene Standbild eines Seekriegshelden trug. An der dritten Ausfahrt verließ der Fiaker das Rondell und folgte im schnellen Trab der breiten Praterstraße in Richtung Donau.

Byron und auch Horatio blickten aus dem Fenster, um einen ersten Eindruck von Wien zu bekommen. Doch alles, was sie in der Abenddämmerung bei dem Regen ausmachen konnten, waren der

Schein von Gaslichtern, die wie ausgefranste gelbliche Lampions zwischen den kahlen Bäumen der Allee zu schwimmen schienen, dann und wann der deutlich hellere weiße Schein einer elektrischen Beleuchtung sowie die vorbeifliegenden dunklen Schatten von Fuhrwerken, Kutschen und Omnibussen.

»Wie schade, dass es schon so dunkel ist und regnet«, bedauerte Harriet, als der Fiaker die Donau auf der Aspern-Brücke überquerte. »Wien ist eine so prächtige Stadt mit vielen herrlichen Gebäuden, Plätzen und Parkanlagen. Und hier von der Aspern-Brücke aus hat man einen wunderschönen Blick auf die Donau, den Franz-Joseph-Kai und den Wien-Fluss, der gleich dahinter in die Donau mündet.«

»Vielleicht haben wir ja einen längeren Aufenthalt vor uns und Zeit genug, um uns die Stadt in aller Ruhe und bei klarem Himmel anzusehen«, sagte Alistair und blickte Byron an. »Oder sind Sie unserem einfallsreichen Irren schon auf die Schliche gekommen, was er da in dem Namenssalat versteckt hat, Bourke?«

»Leider nicht, Mister McLean«, sagte Byron, dem die kleinen Sticheleien des Spielers mittlerweile nicht mehr so viel ausmachten wie zu Beginn ihrer unfreiwilligen Bekanntschaft. Er hatte sich auch damit abgefunden, von ihm nur mit »Bourke« angesprochen zu werden.

Auf dem rechten Ufer der Donau ging die Fahrt über den Stuben- und Parkring, der als breite Flanierstraße am Stadtpark vorbeiführte, und weiter über den kurzen Kolwatring, der an seinem Ende scharf nach rechts in den Kärntnerring überging.

»So, da wären wir schon!«, sagte Harriet, als die Kutsche an der nächsten Kreuzung einem Rechtsbogen folgte und Augenblicke später die Straßenseite wechselte. »Der hohe, sechsstöckige Kasten mit den beiden kurzen Rundtürmen dort drüben ist das *Hotel Bristol!* Das *Hotel Imperial* und das *Grand Hotel,* die beiden anderen exklusiven Hotels, liegen auch auf dieser Straße, dazu eine ganze Handvoll Banken. Denn hier verkehrt die vornehme Gesellschaft der Stadt.«

»Na, dann sind wir hier ja goldrichtig!«, sagte Alistair mit einem freudig erregten Funkeln in den Augen.

Dieses Funkeln gefiel Byron gar nicht und er fragte sich, ob Alistair womöglich die Absicht hatte, bis zur Entschlüsselung des Codes einen Teil ihres Aufenthalts in Wien irgendwo an einem Spieltisch zu verbringen. Und sosehr ihm dieser Gedanke auch missfiel, so wenig stand es ihm doch zu, Alistair irgendwelche Vorschriften zu machen. Das Einzige, was er tun konnte, war, darauf zu bestehen, dass jeder von ihnen erst einmal seinen Beitrag zur Lösung zu liefern versuchte, bevor er hier in Wien eigene Wege ging und die Entzifferung ihm überließ. Deshalb sagte er: »Ich schlage vor, dass wir uns gleich zusammensetzen und noch einmal gemeinsam versuchen, diesen Namens-Code zu entziffern. Zudem gibt es noch einiges andere zu besprechen.«

Horatio nickte. »Ja, das sollten wir machen. Wollen wir uns nach dem Abendessen treffen oder wie haben Sie sich das gedacht, Mister Bourke?«

Der Fiaker kam zum Stehen. Sofort eilte der livrierte Hotelportier herbei, ein grau melierter Mann von stattlicher Gestalt und in einer eindrucksvollen frackähnlichen Fantasieuniform, klappte die Trittstufe herunter, öffnete den Kutschenschlag und wünschte den »verehrten Herrschaften« mit sonorer, melodischer Stimme einen guten Abend, während er mit einer vieltausendfach geübten, eleganten Bewegung seinen Zylinder lüftete.

»Nun ja . . .«, begann Byron unschlüssig.

»Warum setzen wir uns nicht gleich zusammen und lassen uns das Essen aufs Zimmer bringen?«, schlug Harriet vor, während sie unter der Regenmarkise des Hotels aus der Droschke stiegen. »Ich habe jedenfalls keine Lust, mich nach der langen Bahnfahrt erst noch fürs Abendessen im Restaurant umziehen zu müssen. Außerdem habe ich auch keinen großen Hunger. Mir reichen ein, zwei Sandwiches und eine große Tasse Melange. Aber natürlich servieren sie hier auch warmes Essen aufs Zimmer – und härtere Sachen als Kaffee mit viel Milch.« Dabei zwinkerte sie Alistair zu.

»Gute Idee!«, sagte Horatio. »Ich bin dafür!«

»Ist mir auch lieber«, schloss Alistair sich an und so kamen sie überein, sich nach Erledigung der Hotelformalitäten sogleich bei Byron im Zimmer einzufinden.

Augenblicke später betraten sie die prunkvolle, ovale Hotellobby. Dicke Teppiche dämpften die Schritte und von der Mitte der stuckverzierten Decke hing ein atemberaubender Kristalllüster mit elektrischen Kerzen herab. Der vielstufige Lüster sah wie eine auf dem Kopf stehende Pyramide aus, die aus unzähligen funkelnden Diamanten bestand. Ein ovaler Ring aus einem guten Dutzend sehr viel kleinerer derartiger Glitzerpyramiden umgab dieses Mittelstück wie Monde, die eine Sonne umkreisen. Auch fehlte es nicht an dunklem Holz, prächtigen Landschaftsgemälden an den Wänden, exquisiten Sitzmöbeln und goldgerahmten Spiegeln, in denen sich die üppigen und kunstvoll arrangierten Blumengestecke spiegelten.

Harriet, die ein dringendes Bedürfnis verspürte, sprach den nächsten Diener an und ließ sich von ihm den Weg zu den Toilettenräumen zeigen, während Byron mit Horatio die Halle durchquerte und auf die Rezeption zuging.

Plötzlich bemerkte Byron, dass Alistair gar nicht an ihrer Seite war. Er blieb stehen, schaute sich nach ihm um und entdeckte ihn seitlich vom Hotelportal neben einer Marmorsäule – und zwar im Gespräch mit dem Portier. Im selben Moment erhaschte er gerade noch einen Blick darauf, wie Alistair dem Hotelbediensteten mit einem leisen Auflachen zunickte und ihm dabei einige Münzen in die Hand drückte. Die Frage, die sich Byron sofort stellte, lautete: Zum Dank für was?

»Dreimal dürfen Sie raten, wofür er sich da gerade bedankt hat!«, sagte Horatio spöttisch, der ebenfalls stehen geblieben und Byrons Blick gefolgt war.

»Bestimmt hat er sich nach einem Spielklub erkundigt oder wo sonst heute Nacht eine Pokerrunde steigt!«, brummte Byron missbilligend. »Ein besseres Auskunftsbüro als den Portier eines solchen Hotels wird man auch kaum finden!«

»Ja, Alistair wird heute Nacht nicht viel Zeit in seinem Zimmer verbringen, darauf würde ich jetzt meine 1 000 Pfund wetten, wenn ich denn so verrückt wäre, mich auf Wetten einzulassen. Aber gut, es ist sein Geld, das er riskiert. Oder sehen Sie das anders?«

Byron verzog das Gesicht. »Mir passt es nicht, daraus will ich keinen Hehl machen. Und natürlich wäre es mir lieber, er würde für die Dauer unseres gemeinsamen Unternehmens auf solche Extratouren verzichten. Aber weder bin ich sein Vormund noch sein Vorgesetzter, der das Recht hätte, ihm Vorschriften zu machen. Und deshalb werde ich auch nichts dazu sagen. Ich möchte keinen Streit vom Zaun brechen.«

»Was sehr klug sein dürfte«, pflichtete Horatio ihm trocken bei.

Nachdem sie die Formalitäten an der Rezeption erledigt und sogleich ihre Bestellung für das Essen, das man ihnen aufs Zimmer bringen sollte, aufgegeben hatten, fuhren sie mit dem Fahrstuhl hinauf in den dritten Stock. Der Fahrstuhlführer, ein pausbäckiger junger Mann, der die mit dunklem Mahagoni verkleidete Kabine mittels eines Messinghebels in Bewegung setzte, erklärte auf Alistairs Frage hin voller Stolz, dass der Fahrstuhl mit seinem Gitterschacht erst im vergangenen Jahr eingebaut worden war. Und mit dieser außerordentlichen technischen Errungenschaft sei das *Bristol* auch in dieser Hinsicht das mit Abstand führende Haus am Platz.

Ihre vier Zimmer befanden sich auf demselben Flur, lagen Tür an Tür und verfügten untereinander über doppelte Zwischentüren, sodass man sie bei Bedarf miteinander verbinden konnte. Byrons Zimmer befand sich zwischen dem von Harriet und dem Zimmer von Horatio. Kaum hatte ein Hoteldiener seinen sperrigen, gut brusthohen Schrankkoffer gebracht, als sich auch schon seine drei Gefährten bei ihm einfanden.

»Allmächtiger, haben Sie Ihren ganzen Hausstand mitgebracht, Bourke?«, fragte Alistair, als sein Blick auf den Inhalt des aufgeklappten Schrankkoffers fiel. »Sie haben ja Garderobe für eine ganze Ballsaison dabei und schleppen dazu auch noch eine halbe Bibliothek mit!«

Bei seiner Abreise hatte Byron sein Gepäck eigentlich für recht bescheiden gehalten. Doch im Vergleich zu dem von Harriet und Horatio nahm sich sein tiefer Schrankkoffer natürlich recht extravagant und übermäßig aus, von Alistairs beiden armseligen Reisetaschen ganz zu schweigen. Eigentlich hatte auch Horatio nicht viel Garderobe mit, obwohl sein Gepäck aus zwei Koffern bestand. Doch einer davon enthielt wohl überwiegend metallische Gegenstände. Denn als Byron ihn in Dover bei ihrer Einschiffung auf das unüberhörbare metallische Scheppern angesprochen hatte, hatte Horatio ihm etwas vage geantwortet: »Das ist nur ein Teil meiner üblichen Ausrüstung, auf die ich bei gewissen nächtlichen Unternehmungen angewiesen bin. Wer weiß, wozu die Sachen auf unserer Reise gut sein werden.«

Byron nahm sich vor, Horatio bei Gelegenheit darum zu bitten, ihm zu zeigen, woraus seine »übliche Ausrüstung« bestand, und wandte sich dann Alistair zu. »Ein Gentleman muss nun mal für alle Gelegenheiten gerüstet sein und reist auch nicht ohne eine kleine Reisebibliothek«, antwortete er ihm gelassen, empfand insgeheim jedoch einen Anflug von Verlegenheit. Und das war eine ganz neue Erfahrung. Denn bis zu jenem Tag, an dem James Fitzroy ihn über seinen finanziellen Ruin unterrichtet hatte, hatte er sich keine Gedanken darüber gemacht, wie gut und sorglos sein Leben bislang gewesen war. »Zudem hoffe ich, dass uns der Weltatlas und einige meiner Nachschlagewerke beim Entschlüsseln der Codes eine große Hilfe sein werden.«

»Womit wir beim Thema wären«, sagte Harriet, ließ sich in einen Sessel fallen und legte die Beine wenig damenhaft über eine der Lehnen. »Womit fangen wir an, Mister Bourke?«

Auch die Männer machten es sich in der Sitzgruppe unter dem Erkerfenster mit den schweren Samtvorhängen bequem, und während Horatio seine Pfeife stopfte und Alistair zu seinen *Gold Flake* griff, legte Byron das Notizbuch aufgeschlagen in die Mitte des Tisches.

»Entscheidend sind für uns allein die ersten Zeilen, und zwar bis hierhin zum ersten Samuel«, sagte er und deutete auf ebendiesen Namen in der siebten Zeile.

»Und was ist mit dem Rest?«, fragte Horatio und steckte seinen Pfeifentabak in Brand.

»Der besteht nur aus Wiederholungen dieser Namensreihe als oberflächliche Augenwischerei«, sagte Byron. »Der Wien-Code besteht aus den ersten 56 Wörtern, deren Reihenfolge sich dann mehrfach und ohne jede Veränderung wiederholt. Innerhalb dieser Folge tauchen 19 verschiedene biblische Namen auf. Am häufigsten kommt Erech vor, nämlich zwölfmal.«

»Die Zahl kann von Bedeutung sein. Denn zwölf ist doch auch die Zahl der Stämme Israels«, bemerkte Horatio.

»Womöglich steht jeder Name für einen Buchstaben des Alphabets«, nahm Harriet an. »Also beispielsweise Erech für das *E*, Kena für das *K* und Pichol für das *P*.«

Alistair nickte. »Das könnte hinhauen. Das Alphabet besteht aus 26 Buchstaben. Und da die Buchstaben *x*, *y* und *z* recht selten in einem Text vorkommen sowie *j* auch für *i* und das *v* auch für *u* stehen kann, reichen 19 verschiedene Buchstaben bestimmt völlig aus.«

»Das ist in der Theorie nicht ganz falsch«, sagte Byron. »Doch auf unseren Fall bezogen ist das ganz sicherlich nicht der Schlüssel, nach dem wir suchen.«

Alistair furchte die Stirn. »Und warum nicht?«

»Ein Alphabet ist ein linear geordneter Zeichenvorrat, dessen Umfang von der Epoche und Sprache abhängt«, sagte Byron. »Unser Alphabet ist im Laufe der Jahrhunderte gewachsen. Im Mittelalter, als das Latein die Schriftsprache dominierte, kam man mit 20 Buchstaben aus. Um 1600 wuchs dann das europäische Alphabet auf 24 Zeichen. Das U kam im achtzehnten Jahrhundert und das Z sogar erst in unserem neunzehnten Jahrhundert dazu. Die kyrillische Sprache kennt übrigens 32 Zeichen. Das Irische kommt dagegen ohne *j, k, q, v, w, x, y, z* aus und auf Hawaii spricht man eine

Sprache, die sogar mit nur zwölf Zeichen auskommt, um nur einige Beispiele zu nennen.«

»Das ist ja recht interessant. Aber was hat das mit unserem Wien-Code zu tun?«, fragte Horatio.

»Aufschlussreich ist zum Beispiel die Häufigkeit, mit der gewisse Buchstaben in einer Sprache vorkommen«, antwortete Byron. »Das *e* macht in unserer Sprache fast ein Fünftel eines Textes aus. Am zweithäufigsten kommt das *n* vor. An dritter Stelle steht das *i*.«

»Aber das spricht doch für meine und Harriets Theorie, Bourke!«, sagte Alistair in der trügerischen Hoffnung, den Code damit geknackt zu haben. »Erech taucht in dem Code mit zwölf Wiederholungen am häufigsten auf, wie Sie gesagt haben! Das spricht doch wohl deutlich dafür, dass der Name für den Buchstaben *e* steht!«

Byron schüttelte den Kopf. »Das scheint nur so. Denn am zweithäufigsten im Code kommt Adam vor und nicht etwa ein Name, der mit einem *n* beginnt. Und ein Text aus 56 Buchstaben, in dem mit Nehemia nur viermal ein *n* vorkommt, ist sehr unwahrscheinlich. Aber noch aus einem anderen Grund ist das nicht der Schlüssel: Adam und Erech sind die beiden einzigen Namen, die mit einem Vokal beginnen. *O*, *u* und *i* fehlen völlig als Anfangsbuchstabe. Dabei ist das *i* der dritthäufigste Buchstabe. Und dass dieser fehlt, sagt mir, dass wir höchstwahrscheinlich auf der falschen Fährte sind.«

Verdutzt blickte Alistair auf die Namen und sagte dann ein wenig kleinlaut: »Verdammt, da haben Sie recht! Namen mit einem i fehlen!«

»Aber kann denn nicht das *J* von Josef, Jered und Jakob für das *i* stehen?«, wandte Harriet sogleich ein und verbarg ein Gähnen hinter vorgehaltener Hand.

»Warum hätte Mortimer Pembroke das tun sollen?«, sagte Byron. »Wenn er es uns so einfach hätte machen wollen, dass die Botschaft aus den Anfangsbuchstaben der Namen besteht, hätte er kaum auf so prächtige biblische Namen wie Isaak, Ismael und Ijob verzichtet.«

»Auch wieder wahr«, murmelte Alistair enttäuscht.

»Aber was kann dann der Schlüssel zu dem Namens-Code sein?«, sagte Horatio und hüllte sich grübelnd in blaue Tabakwolken.

»Vielleicht müssen wir die Bibel durcharbeiten und notieren, wo diese Namen zuerst auftauchen und in welchem Zusammenhang«, schlug Harriet vor. »Möglicherweise steckt der Schlüssel in diesen Bibelstellen.«

Byron machte eine skeptische Miene. »Möglich ist vieles, unter anderem auch das, Miss Chamberlain. Aber mein Gefühl sagt mir, dass Mortimer Pembroke bei diesem Code eine mathematische Komponente benutzt hat.«

»Und die wäre?«, wollte Alistair wissen.

Byron zuckte die Achseln. »Genau das gilt es herauszufinden!«

Im nächsten Augenblick klopfte es an die Tür. Ein Zimmerkellner brachte die bestellten Sandwiches und Getränke. Als sie wieder unter sich waren, setzten sie ihr gemeinsames Rätselraten fort.

Gute anderthalb Stunden später waren sie jedoch noch immer keinen Schritt weitergekommen. Und nun warf Harriet das Handtuch.

»Entschuldigt, aber mir reicht es für heute«, sagte sie, erhob sich gähnend und streckte ihren gertenschlanken Körper. »Ich habe die letzten Nächte ausgesprochen schlecht geschlafen und möchte jetzt nichts weiter als ins Bett. Machen wir morgen weiter. Dann fällt mir auch das Denken wieder leichter.«

Alistair, der schon mehrfach einen verstohlenen Blick auf seine Taschenuhr geworfen hatte, schloss sich ihrem Vorschlag augenblicklich an. »Ja, das dürfte das Vernünftigste sein. Wir stehen ja nicht unter Zeitdruck. Auf ein paar Stunden oder Tage mehr oder weniger kommt es uns nicht an.«

»Gut, lassen wir es für heute«, sagte Horatio, wenn auch etwas widerstrebend. »Aber da ist noch etwas, worüber wir reden müssen, bevor wir uns trennen.«

»Und das wäre?«, fragte Alistair, der es sichtlich eilig hatte, aus Byrons Zimmer zu kommen.

»Ich habe den Eindruck, dass wir einen Schatten haben«, teilte Horatio ihnen mit. »Jemand, der uns folgt. Und zwar schon seit wir die Fähre in Dover bestiegen haben.«

Im Gegensatz zu Harriet und Alistair zeigte sich Byron von dieser Mitteilung nicht sonderlich überrascht. Horatios Verhalten und seine kurze Bemerkung auf dem Bahnhof hatten ihn etwas Derartiges ahnen lassen.

»Wir werden verfolgt? Sind Sie sich dessen sicher?«, fragte Harriet, die mit einem Schlag wieder hellwach war.

»Absolut sicher bin ich mir nicht«, räumte Horatio ein. »Wie könnte ich auch? Aber ich habe vorhin auf dem Bahnhof einen Mann wiedergesehen, der mit uns von Dover nach Ostende gereist ist und der offensichtlich auch denselben Zug hierher nach Wien genommen hat. Als ich ihn fixiert habe, ist er rasch in der Menge untergetaucht. Das kam mir doch sehr merkwürdig vor.«

»Das kann ein Zufall gewesen sein und muss nicht bedeuten, dass wir verfolgt werden«, sagte Harriet. »Bestimmt sind noch andere Schiffspassagiere in den Zug nach Wien gestiegen. Die Fähre bedient ja die Verbindung Ostende-Wien.«

Horatio nickte. »Richtig, aber ich halte es für klug, wenn wir die Möglichkeit einer Verfolgung nicht einfach ausschließen, nur weil diese Strecke von vielen Reisenden benutzt wird.«

»Wie sah dieser Mann denn aus?«, wollte Alistair wissen.

»Mittelgroß, etwas untersetzt, buschiger Schnurrbart und etwa Mitte vierzig«, sagte Horatio. »Er trug einen weiten dunkelbraunen Umhang, eine flache, wollene Schirmmütze mit dunklem Schottenmuster und eine Brille in Form eines Nasenkneifers, also ohne Seitenbügel.«

»Gut, wir werden die Augen offen halten, ob uns dieser Mann noch einmal begegnet«, sagte Byron. »Es kann nicht schaden, Vorsicht walten zu lassen und auf der Hut zu sein! Wir können nicht ausschließen, dass Mortimer Pembroke tatsächlich von einem dieser Geheimbündler wie den Illuminaten oder diesen mysteriösen *Wächtern* verfolgt worden ist. Und wenn es Männer wie diesen Abbot und Martikon wirklich gegeben hat, die Mortimer Pembroke die Papyri abjagen wollten, dann können auch wir es irgendwann mit einem von ihnen zu tun bekommen!«

Mit diesem etwas beunruhigenden Gedanken zogen sich alle zurück. Als Byron allein in seinem Zimmer war, konnte er sich jedoch noch nicht zu Bett begeben. Die unerklärliche Anordnung der biblischen Namen ließ ihm keine Ruhe. Sein Ehrgeiz, den Code zu knacken, war stärker als seine Müdigkeit.

Byron ließ sich einen Packen liniertes Schreibpapier aufs Zimmer bringen und füllte eine Seite nach der anderen mit allerlei Kombinationen und Berechnungen. Aber was auch immer er versuchte, er fand den Schlüssel nicht. Die 56 Namen wollten ihr Geheimnis einfach nicht preisgeben.

Frustriert von Stunden voller Fehlschläge wischte er die Blätter in einem Anflug von Zorn über seine Unfähigkeit von der Schreibplatte des Sekretärs. Und die Müdigkeit, die er so lange unterdrückt hatte, brach sich nun in ihm Bahn. Sie überfiel ihn mit Macht und raubte ihm den letzten Funken Antrieb, es mit der Entschlüsselung des Codes noch einmal zu versuchen.

Auf dem Weg zu seinem Bett stieß er auf zwei der linierten Blätter, die zu Boden geflattert waren und nun vor seinen Füßen auf dem Teppich lagen. Die obere Seite schnitt mit ihrer rechten Außenkante auf dem unteren Blatt senkrecht durch eine der drei langen Spalten, in die er die 56 Namen untereinander aufgelistet hatte.

Als er sich nach den beiden Blättern bückte, erfasste sein Auge etwas, das ihn stutzen ließ. Er folgte der Linie, die die Kante des oberen Blattes über das darunterliegende Blatt zog, von unten nach oben – und wusste im nächsten Moment, dass er den Schlüssel gefunden hatte!

Byron lachte erlöst auf. »Mein Gott, wo habe ich nur meine Augen gehabt?«

Schnell hob er das untere Blatt auf und kehrte wieder an den Sekretär zurück. Dort griff er zu einem leeren Blatt und schrieb die Namen ein weiteres Mal untereinander in drei Spalten – jedoch in einer anderen Reihenfolge, als Mortimer Pembroke sie in seinem Notizbuch aneinandergereiht hatte. Nämlich in umgekehrter Reihenfolge. Als das getan war, zog Byron drei lange senkrechte Striche durch die Spalten und nun ließ sich die Botschaft ohne Schwierigkeit lesen.

In seiner Freude, die erste codierte Nachricht in Mortimer Pembrokes Journal entschlüsselt zu haben, stürzte er sogleich aus dem Zimmer, um seine Gefährten davon zu unterrichten. Er stand schon vor der Tür von Harriets Zimmer und hatte die Hand erhoben, um anzuklopfen, als ihm bewusst wurde, dass Harriet ja schon längst im Bett lag und er sie mit seinem Klopfen womöglich aus dem Schlaf riss.

Er ließ die Hand sinken, blieb jedoch noch für einen langen Moment vor ihrer Tür stehen. Dann wandte er sich mit einem merkwürdigen Gefühl der Enttäuschung um und kehrte in sein Zimmer zurück.

Wie gedankenlos und dumm von ihm, dass er nicht gleich daran gedacht hatte, wie spät es schon war. Natürlich würde auch Horatio mittlerweile in tiefem Schlaf liegen, während Alistair wohl nur mit Hilfe des Portiers aufzutreiben sein würde. Und was hatte ihn bloß bewogen, spontan bei Harriet Chamberlain anklopfen und ihr zuerst die freudige Nachricht mitteilen zu wollen?

5

Nun machen Sie es nicht so spannend und rücken Sie schon mit Ihrer Erkenntnis heraus, Bourke!«, drängte Alistair, der an diesem Morgen einen reichlich übernächtigten Eindruck machte. Er steckte noch in denselben verknitterten Sachen, die er am gestrigen Abend bei ihrem Eintreffen im *Bristol* am Leib getragen hatte. Den starken Kaffee trank er schwarz und mit viel Zucker, anscheinend brauchte er die Stärkung, um sich wach zu halten. »Ich bin nämlich gerade erst ins Hotel zurückgekommen und könnte jetzt ein paar Stunden Schlaf ganz gut gebrauchen.«

»Dass Sie die Nacht irgendwo in einem Spielklub verbracht haben, den Ihnen der Portier genannt hat, ist uns nicht entgangen, auch wenn Sie versucht haben, es vor uns geheim zu halten. Aber letztlich ist es Ihre Privatangelegenheit, Alistair«, sagte Horatio kühl. »Zumindest sofern es Sie nicht beeinträchtigt, Ihren Teil zum Erfolg unserer Aufgabe beizusteuern!«

»Das mit dem Portier haben Sie also mitbekommen?« Alistair grinste, doch in diesem Grinsen steckte eine Spur von Verlegenheit, weil sein nächtlicher Ausflug nicht unbemerkt geblieben war. »Alle Achtung, Sie haben wirklich scharfe Augen, Slade!«

»Wir haben es beide bemerkt und uns gleich unseren Teil gedacht«, sagte Horatio und deutete dabei mit dem Kopf auf Byron, der schon früh am Morgen dafür gesorgt hatte, dass sie das gemeinsame Frühstück ungestört und unbeobachtet in einem separaten Raum einnehmen konnten.

»Und wie ist es gelaufen?«, fragte Harriet. »Hast du gewonnen oder deine 1 000 Pfund schon verzockt?«

»Sagen wir es so: Lord Pembrokes Geld hat einen netten kleinen Zuwachs bekommen«, sagte Alistair und wedelte mit einem Bündel Geldscheine.

»Wie aufschlussreich!«, kommentierte Horatio bissig. »Da das nun auch geklärt ist, sollten wir Mister Bourke endlich ausreden lassen und ihn nicht ständig unterbrechen. Auch wenn es Sie nicht interessiert, so möchte ich doch erfahren, wie er letzte Nacht den Code geknackt hat, während Sie sich am Spieltisch amüsiert haben, McLean!«

Harriet nickte und Alistair war klug genug, nun den Mund zu halten und auch das unbeschwerte Grinsen einzustellen.

»Ehrlich gesagt bin ich nicht durch einen Geistesblitz auf die Lösung gestoßen, sondern durch reinen Zufall«, gestand Byron, der sich nicht in ein falsches Licht setzen wollte. »Hilfreich war dabei, dass ich die Namen untereinander in drei Spalten geschrieben hatte.« Er legte dabei die linierte Seite mit den drei senkrechten Namenssäulen auf den Frühstückstisch.

Kenas	Pichol	Ereck
Ereck	Adam	Hawila
Nehemia	Josef	Lameck
Pichol	Kenas	Adam
Jered	Kain	Ereck
Ereck	Jered	Melchisedek
Melchisedek	Ereck	Milka
Ereck	Ester	Adam
Ester	Set	Nehemia
Lot	Kain	Kenas
Kain	Magog	Kain
Lameck	Josef	Melchisedek
Ereck	Ereck	Ereck
Josef	Madai	Jakob
Jiska	Adam	Ereck
Adam	Nehemia	Ester
Magog	Jered	Ereck
Jakob	Nehemia	Kenas
		Ereck
		Samuel

Dann platzierte er darüber einen anderen Bogen genau so, wie er diese beiden Seiten auf dem Teppich vorgefunden hatte, was folgendes Schriftbild ergab:

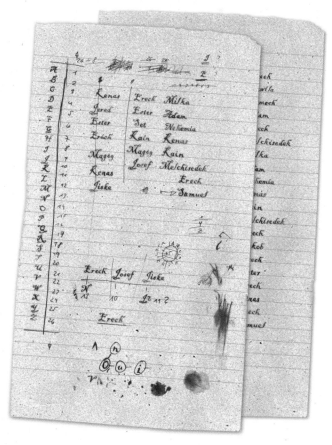

»So lagen die beiden Blätter vor mir auf dem Boden. Nur ein Teil der Namen in der dritten Spalte war zu sehen. Und da ist es mir plötzlich aufgefallen.«

»Was kann einem denn da aufgefallen sein?«, fragte Harriet verwundert. »Mir fällt jedenfalls nichts auf.«

»Mir auch nicht«, murmelte Alistair. »Da sieht man doch nur noch verstümmelte Namen!«

Auch Horatio schüttelte den Kopf.

»Vielleicht lag es daran, dass ich schräg von oben auf dieses Blatt geschaut habe und meinen Blick von unten nach oben über die verstümmelte Spalte gleiten ließ«, sagte Byron. »Jedenfalls habe ich dabei die ersten Buchstaben in einer aufsteigenden Kette gelesen. Und das ergab dann . . .«

»m-e-n-e-t-e-k-e-l-i-n-h-a-l-l-e-a-m-w-e«, buchstabierte Harriet, bevor Byron diesen ersten Teil der codierten Nachricht aussprechen konnte, und warf ihm einen überraschten Blick zu. »Mein Gott, Sie haben wirklich einen erstaunlich scharfen Verstand, Mister Bourke! Kein Wunder, dass Lord Pembrokes Wahl auf Sie gefallen ist!«

Ihr Kompliment schmeichelte ihm und machte ihn zugleich auch verlegen. »Nun ja, wie gesagt, der Zufall hat mir mehr geholfen als mein Verstand, Miss Chamberlain«, sagte er, um sein Verdienst herunterzuspielen.

»Respekt, Respekt, Bourke!«, sagte nun auch Alistair anerkennend. »Darauf wäre *ich* bestimmt nicht gekommen.«

Horatio runzelte die Stirn. »Menetekel? War das nicht die geisterhafte Schrift, die dem König Belsazar bei einem Gastmahl an der Wand seines Palastes erschien und die ihm den Untergang seines Reiches prophezeite?«

Byron nickte. »Ja, die Stelle findet sich im Alten Testament, im fünften Kapitel vom Buch Daniel«, bestätigte er. »Der ganze Text der verschlüsselten Nachricht, der aus dem dritten Buchstaben eines jeden Namens besteht und von hinten nach vorn gelesen werden muss, lautet folgendermaßen: ›menetekelinhalleamwehrhadesgitterinsackgassemittelerchen.‹ Dieser Bandwurm lässt sich in die sinnvolle Folge von einzelnen Wörtern unterteilen und ergibt dann: ›Menetekel in Halle am Wehr Hades Gitter in Sackgasse Mitte Lerchen‹.«

Alistair stöhnte gequält auf. »Aber das klingt ja schon wieder nach einem Rätsel und nicht nach einer genauen Ortsangabe!«

»Aber das Wort ›Hades‹ aus dem Begriff ›Die Ufer des Hades‹ aus dem Hexagon taucht wieder darin auf!«, sagte Harriet. »Und das

Wort ›Menetekel‹ weist auf eine Schrift hin, die sich irgendwo in einer Halle am Wehr befindet!«

»Die Frage ist nur, wo wir diese Halle zu suchen haben und was mit ›Mitte Lerchen‹ und ›Hades‹ gemeint sein könnte«, sagte Horatio mit vollem Mund.

Byron nickte. »Ja, darüber habe ich mir schon Gedanken gemacht. Und ich glaube, eine Antwort gefunden zu haben.«

»Erleuchten Sie uns, Bourke!«, forderte Alistair ihn erwartungsvoll auf.

»Der Hades bezeichnet in der griechischen Mythologie den Ort der Toten, zugleich aber auch den Herrscher über diese Unterwelt, wobei wir Letzteres wohl außer Acht lassen können«, begann Byron zu erklären. »Viel bedeutsamer erscheint mir nämlich, dass der Hades von mehreren Flüssen umgeben ist, nämlich von Acheron, Phlegeton, Styx und Kokytos. Der Eingang zu dieser Unterwelt befindet sich der Sage nach am Ende der Welt, am Ufer des Okeanos. Dort stürzen zwei schwarze Flüsse, der feurige Phlegeton und der Kokytos, in eine tiefe Kluft.«

»Und was hilft uns dieses Wissen über die griechische Mythologie, Mister Bourke?«, fragte Harriet verständnislos.

»Auch Wien wird von mehreren Flüssen um- und durchflossen«, antwortete Byron. »Von der Donau, der Wien und noch anderen, jedoch sehr viel kleineren Wasserläufen. Und auch hier gibt es eine labyrinthische Unterwelt – nämlich die Kanalisation.«

»Oh!«, entfuhr es Harriet verblüfft.

»Ich erinnere mich, darüber in einem längeren wissenschaftlichen Artikel gelesen zu haben«, fuhr Byron fort. »Demnach haben die Stadtväter Wiens nach einer verheerenden Cholera-Epidemie im Jahr 1830 damit begonnen, wichtige Bachkanäle einzuwölben und in Kanäle umzuwandeln. Das ist auch mit einem Teil der Wien und der Donau geschehen. Es gibt mittlerweile unter der Stadt ein recht verzweigtes, meilenweites Netz aus Sammelkanälen, die unterirdisch in die Wien und die Donau münden und so oberirdische Überflutungen verhindern.«

Horatio nickte heftig. »Das ist es, Mister Bourke! Mit Hades ist das System der Kanalisation gemeint! Es kann gar nicht anders sein! Und erinnern wir uns doch nur, was Lord Pembroke uns über das weit gefächerte Interesse seines Bruders erzählt hat. Mortimer hat sich nicht nur für fremde Kulturen interessiert, sondern auch für Brückenbau und Kanalisation! Das hat er wortwörtlich gesagt!«

»Stimmt!«, bestätigte Alistair und machte ein perplexes Gesicht.

»So sehe ich es auch, Mister Slade«, sagte Byron. »Und mit ›Hades Gitter in Sackgasse Mitte Lerchen‹ kann nur der Zugang zu einem bestimmten Teil der Kanalisation gemeint sein. Deshalb habe ich mir heute in aller Früh einen Stadtplan von Wien bringen lassen. Und auf diesem Plan habe ich auch in der Tat im achten Bezirk, der Josefstadt, eine Lerchengasse gefunden, von der etwa in ihrer Mitte eine Sackgasse abgeht!«

»Und all das haben Sie herausgefunden, während wir geschlafen haben, beziehungsweise Alistair am Spieltisch gesessen hat?«, fragte Horatio sichtlich beeindruckt. »Alle Achtung!«

»Heißt das, wir . . . wir müssen hinunter in die stinkende, bestimmt rattenverseuchte Kanalisation und dort im Dunkeln nach irgendeiner Halle an irgendeinem Wehr suchen, wo dann eine Schrift dieses Irren auf uns wartet?«, fragte Alistair ungläubig.

»Ja, das heißt es, Mister McLean!«, bestätigte Byron. »Genau dafür und vermutlich noch für einiges andere, von dem wir jetzt noch nichts wissen, bezahlt uns Lord Pembroke ein kleines Vermögen. Und jetzt müssen wir uns erst einmal die nötige Ausrüstung für unseren Abstieg in die Unterwelt beschaffen!«

6

Bedaure, Herr Bourke«, sagte der silberhaarige Empfangschef hinter der Rezeption mit einem weichen wienerischen Akzent, als Byron am frühen Mittag mit einer in Wachspapier gewickelten Rolle von seinem Behördengang ins *Bristol* zurückkehrte und sich nach seinen Reisegefährten erkundigte. »Fräulein Chamberlain und Herr McLean sind noch nicht zurück. Aber Herr Slade war vor einer knappen Stunde hier und hat wissen wollen, ob die Gemäldegalerie in der *Akademie der bildenden Künste* geöffnet hat. Ich habe das bejaht und dann hat er sich von mir den Weg dorthin beschreiben lassen.«

»Wenn Sie das bitte für mich noch einmal tun würden«, sagte Byron.

»Mit Vergnügen, Herr Bourke! Die *Kaiserlich-königliche Akademie der bildenden Künste* liegt drüben am Schillerplatz, also gleich um die Ecke«, versicherte der Empfangschef und beschrieb ihm den kurzen Weg. »Schellen Sie an der Tür mit der Nummer 152. Dann öffnet Ihnen der Aufseher. Und wenn Sie mir die Bemerkung erlauben: Ein kleines Trinkgeld in Höhe von zwanzig, dreißig Hellern ist dort fürs Aufschließen üblich.«

Byron bedankte sich und kehrte wieder zurück in den nasskalten Regen, der schon seit Tagen über Wien niederging, wie er von einem Mitarbeiter des Kanalamtes erfahren hatte. Die Droschke, mit der er gekommen war, ratterte gerade mit einem anderen Hotelgast davon. Zwar griff der Portier zu seiner Trillerpfeife und versicherte, ihm schnell zu einer anderen Mietkutsche zu verhelfen. Doch Byron wollte nicht warten und entschied sich, den Weg zu Fuß zurückzulegen, zumal es nicht mehr in Strömen regnete, sondern nur noch nieselte. Bewehrt mit Regenschirm und gut verpackter Papierrolle, ging er schnellen Schrittes den Kärntnerring in Richtung Operngasse hinauf. Zum Glück hatte der Empfangschef nicht übertrieben und bis zur *Akademie der bildenden Künste* war es wirklich nicht sehr weit.

Wenige Minuten später stand Byron vor dem prächtigen Gebäude, das vor etwas mehr als zwanzig Jahren im italienischen Renaissancestil erbaut worden war. Er klingelte an der Tür mit der Nummer 152, erhielt vom Aufseher Einlass, drückte ihm dreißig Heller Trinkgeld in die Hand und ließ sich den Weg zu Horatio Slade in den ersten Stock weisen, wo die kaiserlich-königliche Gemäldegalerie untergebracht war.

Er fand Horatio im fünften Saal, in dem mehrere Gemälde und Skizzen von Rubens an den Wänden hingen. Der Meisterfälscher saß gegenüber dem Rubensbild *Boreas entführt die Oreithyia* auf einer Bank, hatte einen Zeichenblock auf den Knien und führte den Bleistift in seiner Hand mit raschen Bewegungen. Er schien völlig in seine Arbeit vertieft.

Als Byron ihm über die Schulter auf den Zeichenblock schaute, staunte er nicht schlecht. Er hatte angenommen, Horatio würde das Rubensbild kopieren. Doch der Meisterfälscher war dabei, eine ganz eigene, faszinierend moderne Version dieser mythologischen Entführung zu zeichnen!

Byron machte sich nun bemerkbar, indem er sich räusperte. »Sie scheinen erheblich mehr zu können, als nur die Werke von berühmten Malern zu kopieren, Mister Slade«, sagte er, während er um die Bank herumging.

Horatio fuhr zusammen und blickte zu ihm auf. »Oh, Sie sind es, Mister Bourke!« Er schlug den Zeichenblock zu und steckte den Stift weg. »Ich nehme an, man hat Ihnen im Hotel gesagt, wo ich zu finden bin.«

Byron nickte. »Es tut mir leid, wenn ich Sie in Ihrer Arbeit störe. Das lag nicht in meiner Absicht. Wenn Sie noch eine Weile ungestört sein wollen, sagen Sie es nur. Ich warte dann im Hotel auf Sie und die anderen.«

Horatio winkte ab. »Ach was, das war nur eine Spielerei, um mich von anderen Dingen abzulenken.«

»Ich glaube, genug von Kunst zu verstehen, um sagen zu können, dass mir das nicht nach einer Spielerei ausgesehen hat«, erwiderte Byron und setzte nach kurzem Zögern hinzu: »Zweifellos haben Sie das Talent, sich in der Kunstwelt einen eigenen Namen zu machen – wenn Sie es nur ernsthaft wollen.«

Horatio lachte trocken auf. »Ja, vielleicht wenn ich im Grab liege, aber nicht zu meinen Lebzeiten! Der Ruhm in der bildenden Kunst kommt doch fast immer nur *post mortem,* Mister Bourke. Und für gefällige Genremalerei, die gerade in Mode ist und für die man von den reichen Pfeffersäcken der Gesellschaft ordentlich bezahlt wird, gebe ich mich nicht her!«

»Und deshalb kopieren Sie lieber fremde Meisterwerke, stehlen die Originale und verbringen Jahre im Gefängnis?«, fragte Byron und setzte sich zu ihm auf die Bank.

Horatio sah ihn einen Augenblick lang schweigend an, bevor er antwortete: »Mein Vater war Kunstschreiner, der völlig in seinem Beruf aufging, besonders nach dem frühen Tod meiner Mutter. Er war einer der besten seiner Zunft und wurde deshalb auch oft in die Herrenhäuser der Reichen gerufen, wenn es galt, schwierige Restaurierungsarbeiten auszuführen, einfallslose Wandvertäfelungen zu veredeln oder besondere Möbelstücke anzufertigen. Er brachte mir das Zeichnen bei, lehrte mich die Gesetze der Perspektive und der räumlichen Dimension und sorgte dafür, dass ich eine gute Schulbildung erhielt. Nie drängte er mich dazu, in seine Fußstapfen zu treten. Und als er die Gewissheit hatte, dass meine Leidenschaft für die Malerei keine flüchtige Laune war, scheute er sich nicht, seine ehemaligen Arbeitgeber aus den Kreisen des Adels und des Großbürgertums um Empfehlungsschreiben für mich anzugehen.«

»Ihr Vater muss ein außergewöhnlicher Mann gewesen sein – und Sie sehr geliebt haben.«

Ein schmerzlicher Ausdruck huschte über Horatios Gesicht. »Ja, das war er, Mister Bourke. Und ich werde nie vergessen, dass er neunzehn schwere und oftmals demütigende Bittgänge zu diesen Herren auf sich genommen hat, um mir zu einem Kunststipendium an der Universität zu verhelfen. Elfmal ist er erst gar nicht empfangen worden und nicht über die Schwelle des Dienstboteneingangs gekommen. Achtmal hat er sein Anliegen vorbringen dürfen. Dreimal ist er übel beschimpft und wie ein Bettler aus dem Haus geworfen worden. Fünf dieser vornehmen Herrschaften versprachen ihm auf herablassende Art, einen Empfehlungsbrief zu schreiben. Doch nur ein Einziger hielt sein Versprechen. Dank dieser Empfehlung erhielt ich an der *Slade School of Fine Art* ein volles Stipendium.«

»Slade wie Horatio Slade?«, fragte Byron überrascht.

Horatio lachte kurz auf. »Ja, diese Namensgleichheit, die mein Vater für ein gutes Omen hielt, hat mich in dem einen Jahr, das mir auf der Kunstschule vergönnt gewesen ist, einiges an Nerven gekostet. Denn natürlich bin ich immer wieder von anderen Studenten und Professoren darauf angesprochen worden, ob ich wohl mit jenem Felix Joseph Slade verwandt sei, der 1871 diese Londoner Kunstschule als Stiftung ins Leben gerufen hat.«

»Wieso war Ihnen nur ein Jahr vergönnt?«

»Weil mein Vater zu Beginn meines zweiten Studienjahrs zu fünfzehn Jahren Zuchthaus verurteilt wurde und ich als Sohn eines überführten Verbrechers für die Schule nicht mehr tragbar war«, sagte Horatio bitter. »Hätte ich Aussatz gehabt, es hätte kaum schlimmer sein können. Jedenfalls war ich über Nacht mein Stipendium los.«

»Ja, aber . . .«, setzte Byron zu einer Frage an.

»Ich weiß, Sie wollen wissen, wie mein Vater auf die schiefe Bahn gekommen und zum Verbrecher geworden ist«, fiel Horatio ihm ins Wort. »Nun, nichts dergleichen ist geschehen. Mein Vater hatte nur das Pech, zur falschen Zeit an einem falschen Ort gewesen und deshalb Opfer eines Komplotts geworden zu sein.«

»Und wer hat aus welchen Gründen dieses Komplott gegen Ihren Vater geschmiedet?«

»Zwei diebische Schwestern, die im Haus von Lord Shelby als Zimmermädchen angestellt waren, einen Ausweg aus ihrer täglichen Plackerei suchten und ihn auch fanden – und zwar auf Kosten meines Vaters«, berichtete Horatio. »Als mein Vater damals den Auftrag erhielt, Arbeiten im Herrenhaus von Lord Shelby auszuführen, stahlen die beiden Schwestern kostbaren Schmuck aus dem Zimmer von Lady Shelby. Eines der weniger wertvollen Stücke, einen Perlring, versteckten sie, in ein Stück Tuch eingewickelt, ganz unten im Werkzeugkasten meines Vaters. Als Lady Shelby den Diebstahl bemerkte, erinnerten sich die beiden Schwestern, meinen Vater aus dem Ankleidezimmer ihrer Herrin kommen gesehen zu haben. Und als die Polizei den Ring im Werkzeugkasten meines Vaters fand, halfen alle Unschuldsbeteuerungen nichts. Er galt als überführt. Und weil er beim Prozess auf seiner Unschuld beharrte und sich in den Augen des Gerichtes weigerte, das angebliche Versteck des restlichen Diebesgutes zu nennen, wurde er zu fünfzehn Jahren Schwerstarbeit im Zuchthaus verurteilt.« Er machte eine kurze Pause, bevor er hinzusetzte: »Er starb schon im dritten Jahr an einer Lungenentzündung. Aber innerlich war er zu diesem Zeitpunkt schon längst tot. Deshalb war die tödliche Krankheit eigentlich eine Erlösung für ihn.«

Byron wusste erst nicht, was er darauf sagen sollte. Auch wenn er solche Art der Rache nicht rechtfertigen konnte, so verstand er doch nun besser, warum Horatio sich seine Opfer ausschließlich unter den Adligen und reichen Kaufleuten aussuchte.

»Was macht Sie so sicher, dass diese beiden Schwestern hinter dem Komplott gegen Ihren Vater steckten?«, fragte er schließlich. »Und wieso sind die beiden damit durchgekommen?«

»Weil sie gerissen waren, nach langjähriger Anstellung bei Lady Shelby als ehrlich und vertrauenswürdig galten und die sogenannten Beweise eindeutig gegen meinen Vater sprachen. Sie waren sogar so klug, den gestohlenen Schmuck nicht zum nächstbesten Hehler zu bringen, und sie gaben auch ihre Anstellung erst einmal nicht auf. Erst zweieinhalb Jahre nach dem Diebstahl kündigten sie bei Lady Shelby. Angeblich hatten sie von einer Verwandten, die in Australien lebte und eine Pension in Sydney betrieb, das Angebot erhalten, zu ihr zu kommen, ihr nach dem Tod ihres Mannes bei der Führung der Pension zu helfen und diese dann später zu übernehmen. In Wirklichkeit war das alles Lüge, denn das Schiff, das sie bestiegen, nahm nicht Kurs auf Australien, sondern hatte New York als Zielhafen.«

»Sie scheinen die beiden ja nicht aus den Augen gelassen zu haben...«, sagte Byron mit einem fragenden Unterton.

»Oh ja, das hat mich viel Zeit und viel Geld gekostet!«, bestätigte Horatio. »Und in den ersten Jahren war ich immer wieder versucht, mich an den beiden zu rächen und . . . und sie umzubringen. Gottlob waren jedoch meine Vernunft und der Rest an Rechtschaffenheit, den ich mir noch bewahrt hatte, größer als mein Hass. Tja, und dann verlor ich sie doch aus den Augen. Denn als sie das Schiff nach Amerika bestiegen und sich dort vermutlich unter falschem Namen mit dem Erlös aus dem gestohlenen Schmuck ein feines Leben gemacht haben, saß ich gerade zum ersten Mal für zwei Jahre im Gefängnis. Inzwischen habe ich aufgehört, ihre Spur in Amerika finden zu wollen. Wozu auch?«

Einige Augenblicke saßen sie schweigend nebeneinander, jeder in seine Gedanken versunken.

Byron ahnte, dass es Horatio Slade nicht leichtgefallen sein musste, ihm all das zu erzählen und ihm damit einen tiefen Einblick in sein persönliches Schicksal zu geben. Ihm fiel das Sprichwort *Jeder schweigt von etwas anderem* ein. Wie wahr! Und er empfand plötzlich Beschämung und Bedauern, dass er geglaubt hatte, sich ein Urteil über diesen Mann herausnehmen zu können. Nur zu gut erinnerte er sich, was er auf der Kutschfahrt nach *Pembroke Manor* und später in Lord Pembrokes blauem Salon über ihn gedacht hatte. Er hatte nicht das Recht gehabt, sich ihm überlegen zu fühlen, auch wenn Horatio Slade als Kunstfälscher und Einbrecher mehrere Jahre im Gefängnis verbracht hatte. Und er nahm sich vor, sich vor derartigen Vorurteilen und Vorverurteilungen in Zukunft zu hüten. Denn wusste er, was er an Horatio Slades Stelle getan hätte?

»Danke, dass Sie mir das alles anvertraut haben, Mister Slade«, sagte er. »Und Sie haben mein Wort, dass ich dieses Vertrauen nicht missbrauchen werde. Was jedoch nichts an meiner Überzeugung ändert, dass Sie der Welt mehr zu bieten haben als meisterliche Kopien berühmter Gemälde.«

Horatio lachte leise auf. »Mag sein und wer weiß, was wird, falls wir das Versteck der Judas-Papyri finden. Mit 5 000 Pfund lässt sich eine Menge anstellen«, sagte er und erhob sich von der Bank. »Aber um darüber nachzudenken, wird später noch Zeit genug sein. Und jetzt sollten wir wohl besser ins Hotel zurückgehen. Die anderen werden bestimmt schon auf uns warten. Zudem würde ich jetzt gern von Ihnen erfahren, ob Ihr Behördengang von größerem Erfolg gekrönt gewesen ist als meine Erkundigungen über das Netz der Kanalisation. Die Rolle unter Ihrem Arm sieht mir ganz danach aus!«

»Zumindest komme ich von meinem Besuch beim Leiter des Kanalamtes nicht mit völlig leeren Händen zurück«, sagte Byron, während er mit Horatio den Saal verließ.

Auf dem Weg zum Hotel berichtete er, wie er sich beim Leiter des Wiener Kanalamtes als Wissenschaftsreporter der Londoner *Times* ausgegeben hatte, der angeblich einen längeren Bericht über die moderne Kanalisation Wiens zu schreiben gedachte, und dass er auf diese Weise Einblick in das entsprechende Kartenmaterial erhalten hatte.

»Bedauerlicherweise konnte ich mich nicht allein darauf beschränken, mir nur Notizen über das Kanalnetz der Josefstadt zu machen und nur dieses abzuzeichnen, sondern ich musste Interesse an dem ganzen System zeigen und mir deshalb stundenlang eine Flut von Informationen anhören, die für unser Vorhaben ohne jeden Nutzen sind. Aber das ließ sich nicht vermeiden, denn andernfalls hätte ich Misstrauen erregt. Immerhin glaube ich jetzt, dass ich mich in der Unterwelt Wiens rund um die Lerchengasse gut genug auskenne, damit wir uns da unten nicht verirren.«

»Dann steht unserem Ausflug in die Kanalisation also nichts mehr im Weg?«, vergewisserte sich Horatio.

»Nein«, sagte Byron. »Und wenn Miss Chamberlain und Mister McLean ihren Teil der Aufgaben erfolgreich erledigt haben, werden wir heute Nacht in den Hades von Wien hinuntersteigen und dort nach der Halle mit Mortimer Pembrokes Menetekel suchen!«

7

Anton Tenkrad schauderte, als das unruhig flackernde Licht der Fackel auf den gemauerten Durchgang zur angrenzenden Gruft fiel. Verrottete Holzsärge und geborstene Rundhölzer versperrten einen Großteil der Öffnung. Das dreistöckige Regal aus einst soliden Balken hatte beim Einsturz der beiden unteren Lagen seine morbide Fracht vor den Durchgang gekippt. Der obere Teil der Stellage, die eine tiefe Nische der Katakombe ausgefüllt hatte, stand jedoch noch. Und dort lagen die Särge der Verstorbenen noch immer in Reih und Glied, wenn auch schon mit bedrohlicher Neigung.

Von den herabgestürzten Särgen waren mehrere aufgebrochen. Überall ragten zwischen den vermoderten Balken das Gebein und die Schädel der Toten hervor. An manchem Knochenarm und Totenbein hingen noch Fetzen von der Kleidung, mit denen die Toten in dem weitläufigen System der Katakomben unter dem Stephansdom bestattet worden waren. Eine knochige Hand sah besonders schaurig aus. Sie hatte den modrigen Deckel durchstochen und schien sich ihm wie eine Klaue mit weit gespreizten Fingern entgegenzustrecken, als wollte sie ihn mit dieser stummen Geste aus dem Reich der Toten um Rettung bitten – oder nach ihm greifen, um sich an ihm festzuhalten.

Anton Tenkrad verfluchte den faulen Domdiener, der keine Zeit gehabt hatte, ihn bis zu jener Gruft zu führen, wo der Perfectus auf ihn wartete. Mit den gleichmütigen Worten »Sie finden den Herrn aus England in der letzten Gruft am Ende des Gangs!« hatte er kehrtgemacht und ihn an diesem grässlichen Ort sich selbst überlassen. Aber Anton Tenkrad grollte auch dem englischen Perfectus, dass er ihn für seinen Rapport ausgerechnet an diesen Ort bestellt hatte.

Er hörte morsches Holz und auch Knochen unter seinen Schuhen brechen und zwängte sich durch den Durchgang. Auch dahinter waren in den Rundbögen zu beiden Seiten Gebeine und

Schädel bis zur Decke aufgestapelt. Seit dem Jahr 1486 gab es diese Grüfte unter dem Dom, die bis zur Mitte des achtzehnten Jahrhunderts der Bestattung Verstorbener aus den besser gestellten Familien gedient hatten und immer wieder erweitert worden waren. Später dann, als die Leichenzüge in das Reich der Toten untersagt worden waren, hatte man die Särge auf einer Rutsche, die an der Außenseite des Doms installiert war, einfach in die Tiefe stürzen lassen.

Mit schnellen Schritten strebte Anton Tenkrad auf das Licht zu, das nun aus der hintersten der Katakomben zu ihm drang. Er schluckte jedoch heftig und musste sich zum Weitergehen zwingen, als er an einer Wand vorbeikam, an der mehrere mit Kleiderfetzen behangene Leichen gegen das Mauerwerk gelehnt standen oder mit angezogenen Knien hockten, als hätte man sie hier für eine Ruhepause abgestellt. Die Toten schienen ihn mit ihren leeren Augenhöhlen anzustarren.

Er wandte den Kopf zur Seite, trat durch den rund gemauerten Durchgang und stand dann im Licht der Leuchte, die der Perfectus Graham Baynard auf einen Steinsarkophag gestellt hatte. Er selbst saß auf einem benachbarten Steinsarg und las in einem dünnen, ledergebundenen Buch. Bei seinem Eintreffen schlug er das Buch zu, sodass Anton Tenkrad nun das große goldgeprägte M auf dem Deckel sehen konnte. Es war das Zeichen, das jedes Exemplar der Heiligen Schrift ihres Ordens zierte.

»Ich hoffe, ihr habt sie nicht aus den Augen gelassen, und du bringst gute Nachrichten, Tenkrad«, sprach ihn der englische Perfectus an. Dabei schwang die goldene Kette vor seiner Brust sanft hin und her, deren Anhänger einen gespaltenen Totenschädel darstellte.

Auch Anton Tenkrad trug wie jedes Mitglied des *Ordo Novi Templi* eine Kette mit solch einem Anhänger. Während die seine jedoch vollständig aus Silber gearbeitet war, bestand bei dem Engländer der angedeutete Steinkeil, der die Schädeldecke spaltete, aus Gold. Das wies ihn als einen der ranghohen Perfecti ihres geheimen Ordens aus. Über diesen stand nur noch ihr Bischof Mertikon.

»Ja, ich glaube, Sie werden mit unserer Arbeit zufrieden sein, Perfectus«, sagte Anton Tenkrad und berichtete, was die Observierung ergeben hatte.

Aufmerksam hörte der Engländer zu. Als Anton Tenkrad seinen Bericht abgeschlossen hatte, nickte der Perfectus sichtlich zufrieden. »Dieser Bourke hat sich also für die Kanalisation interessiert. Interessant!«, sagte er dann. »Ich nehme an, du hast dir die Informationen, an denen diesem Burschen so viel gelegen ist, ebenfalls besorgt.« Die dichten Augenbrauen des untersetzten Mannes hoben sich leicht fragend.

»Ja, Perfectus!«, bestätigte Anton Tenkrad stolz. »Ich habe die Karte des unterirdischen Kanalsystems exakt so kopiert, wie es Herr Bourke getan hat. Hier ist sie.« Er griff in seine Jackentasche und reichte seinem Ordensoberen ein mehrfach gefaltetes Blatt.

Der Perfectus studierte die Zeichnung für einen Moment. »Gut. Sie planen also einen Abstieg in die Kanalisation. Und ich bin sicher, dass sie damit nicht lange warten werden. Vermutlich tun sie es schon heute Nacht.«

»Was sind Ihre nächsten Anweisungen, Perfectus?«, fragte Anton Tenkrad.

»Die Sache mit dem Kanal übernehme ich«, antwortete Graham Baynard. »Du wirst mit Emil Strohmaier und Hannes Wilke eine andere Aufgabe übernehmen.« Und nun teilte er ihm mit, was er und seine beiden österreichischen Ordensbrüder zu erledigen hatten, wenn sie Bourke und dessen Gefährten in das unterirdische Abwässernetz von Wien folgten.

Er schloss seine Anweisungen mit den Worten »Und gebt acht, dass ihr keine Spuren hinterlasst! Alles muss hinterher so sein, wie ihr es vorgefunden habt! Denn wer weiß, ob sie das Notizbuch bei ihrem Gang in die Kanalisation bei sich haben. Wir müssen damit rechnen, dass sie es womöglich im Hoteltresor eingeschlossen oder an einem anderen Ort versteckt haben. Und dann müssen wir auf eine andere günstige Gelegenheit zum Zuschlagen warten. Deshalb dürfen sie auf keinen Fall merken, dass sie verfolgt werden.«

»Wir werden den Auftrag mit größter Sorgfalt ausführen, Perfectus!«, versprach Anton Tenkrad.

Graham Baynard nickte knapp. »Ich erwarte auch nichts anderes von einem treuen Ordensbruder. Und jetzt geh! Wir sehen uns später noch. Mertikon Heil!« Damit hob er die flache Hand und setzte sie zum Ordensgruß kurz senkrecht auf die Schädeldecke.

»Mertikon Heil!«, erwiderte Anton Tenkrad ebenso und wünschte, der Perfectus hätte ihn nicht allein weggeschickt, sondern auf dem Rückweg durch die schaurigen Grüfte begleitet. Aber so war die Welt nun mal, ein verfluchter Ort des Demiurgen, den man wie den Schöpfergott nur aus tiefster Seele hassen konnte.

8

Es ging auf Mitternacht zu. Die klamme Kälte hatte die Gassen Wiens schon bei Einbruch der Dunkelheit leer gefegt. Mittlerweile hatte sich Nebel gebildet, der durch die Häuserschluchten trieb und die Sicht auf ein, zwei Dutzend Schritte begrenzte. Hier und da schimmerte das Kopfsteinpflaster regennass im Licht einer Gaslaterne.

Wie ein Geistergefährt tauchte der Fiaker an der Ecke, wo die Lerchengasse von der Lerchenfelder Straße abzweigte, aus dem Nebel auf. Der Kutschenschlag schwang auf und vier höchst seltsam gekleidete Gestalten entstiegen dem Gefährt.

Byron, Harriet, Alistair und Horatio hatten sich jeder ein dünnes, imprägniertes Regencape um die Schultern gelegt und trugen darunter dick wattierte Anglerjacken und sogenannte Watstiefel. Dabei handelte es sich in Wirklichkeit um wasserdichte *Hosen* mit eingearbeiteten Gummistiefeln, die bis hoch zur Hüfte reichen. Breite Hosenträger, die unter der ärmellosen Jacke über Kreuz getragen wurden, verhinderten ein Rutschen dieser unförmigen Schutzkleidung. Billige Schieberkappen vervollständigten ihren seltsamen Aufzug.

Byron hängte sich einen der beiden kleinen Rucksäcke über die linke Schulter, während Alistair den zweiten an sich nahm, und wandte sich dann an den Kutscher. »Sie warten am oberen Ende der Nibelungengasse auf uns, wie wir es ausgemacht haben, Max«, trug er ihm noch einmal auf. »Und werden Sie nicht ungeduldig. Es kann eine Weile dauern. Aber dafür werden Sie ja auch fürstlich entlohnt!«

Der Kutscher Maximilian Speckl, ein Schwager des Hotelportiers, machte bei ihrem Anblick ein verblüfftes Gesicht, denn diese vier Gestalten hatten wenig mit den drei Männern und der jungen Frau gemein, die um kurz nach elf vor dem *Bristol* in seinen Fiaker gestiegen waren und die sich offensichtlich während der Fahrt hinüber in die Josefstadt in seiner Kutsche umgezogen hatten.

»Also passen Sie gut auf unsere Sachen auf, Max! Sonst bekommen Sie statt der zehn Kronen extra, die wir Ihnen versprochen haben, Ärger mit uns *und* mit Ihrem Schwager!«, fügte Byron hinzu.

Maximilian Speckl fasste sich und versicherte nun hastig, dass »der junge Herr Doktor« sich auf ihn verlassen könne. Dann nahm er die Zügel auf und schnalzte mit der Zunge, worauf sich das Gespann wieder ins Geschirr legte. Schnell hatte der Nebel den Fiaker verschluckt. Für einige Augenblicke waren noch der Hufschlag und das gedämpfte Rattern der sich entfernenden Kutsche zu hören. Aber der Nebel erstickte diese Geräusche bald. Und dann umgab sie eine unwirkliche Stille.

»Der Hades wartet«, sagte Horatio in die nächtliche Stille, die mit den lautlos wogenden Nebelfeldern in den ausgestorbenen Straßen und dem wenigen Licht der Gaslaternen etwas Beklemmendes an sich hatte.

Alistair verzog das Gesicht. »Hätte sich Mortimer Pembroke denn nicht einen weniger morbiden und unappetitlichen Ort einfallen lassen können? Musste es denn ausgerechnet die Kloake von Wien sein?«

»Der Irrsinn treibt nun mal wundersame Blüten«, erwiderte Horatio achselzuckend.

»So schlimm wird es schon nicht werden«, sagte Byron. »Durch die Kanalisation fließt glücklicherweise nicht nur das Kloakenwasser, sondern auch jede Menge Regenwasser und das Wasser der Bachläufe, die durch Seitenkanäle den größeren Sammelkanälen zugeführt werden. Und unser Einstieg befindet sich ganz in der Nähe des eingewölbten Ottakringer Baches.«

»Ah, da spricht unser Kanalexperte!«, frotzelte Harriet.

Sie bogen in die Lerchengasse ein. Für einen kurzen Moment warfen ihre Körper im Licht der Laterne an der Straßenecke lange Schatten auf die Hauswand zu ihrer Rechten. Dann erreichte sie das Gaslicht nicht mehr. Sich mehr vorwärts tastend als sehend, gelangten sie in die kurze Sackgasse, die etwa auf der Mitte der Lerchengasse abzweigte.

Trotz der Nebelschwaden steuerte Alistair zielsicher auf den Gullydeckel zu. Er hatte sich am Vormittag zusammen mit Harriet über seine genaue Lage und Beschaffenheit informiert, bevor sie zu ihren Einkäufen in den Fachgeschäften für Anglerausrüstung aufgebrochen waren.

»Hier ist Mortimer Pembrokes Hadesgitter, der Einstieg in die Wiener Unterwelt!«, rief er seinen Gefährten leise zu und setzte seinen Rucksack ab.

Byron tat es ihm gleich. Doch während er aus seinem Rucksack zwei gewöhnliche Petroleumlampen holte, die zum Schutz der Glaszylinder in Tücher gewickelt waren, brachte Alistair einen kleinen Holzkasten zum Vorschein, der etwa so groß wie eine Zigarrenkiste war. An seiner Oberseite war ein Handgriff aus Messing angebracht. Aus der Vorderseite ragte ein handgroßer, verspiegelter Blechtrichter mit einer Glasscheibe hervor und auf der Rückseite befand sich ein kleiner Metallaufsatz mit einem runden Druckknopf in seiner Mitte.

Byron setzte die Dochte der Petroleumlampen in Brand und band an jeden Tragebügel eine gut mannslange Leine, während Alistair an dem kleinen Holzkasten herumfummelte.

»Was wollen Sie mit dem komischen Ding, McLean?«, fragte Horatio leise, der indessen zwischen die Gitterstäbe des Gullydeckels gegriffen und ihn aus seinem eisernen Umfassungsring gehoben hatte.

»Eine brandneue Erfindung der Firma *Ever Ready!* Sie nennt sich Flashlight!«, sagte Alistair mit einem breiten Grinsen, richtete den Holzkasten mit dem verspiegelten Blechtrichter auf Horatio und drückte auf den Knopf an der Rückseite. Ein heller Lichtblitz flammte im Trichter hinter der Glasscheibe auf und tauchte Horatio für ein, zwei Sekunden in erstaunlich helles Licht.

Mit einem unterdrückten Fluch riss Horatio eine Hand vor seine Augen und wandte sich geblendet ab.

Alistair lachte. »Das hier ist die Zukunft transportabler Leuchten, Freunde! Elektrisches Licht, das von einer Batterie gespeist wird und auf Knopfdruck aufleuchtet!«, erklärte er. »Diese Dinger sollen bald in der Lage sein, sogar dauerhaftes Licht abzugeben. Dann ist Schluss mit den stinkenden Öl- und Petroleumleuchten.«

»Bis dahin ziehe ich aber eine Petroleumlampe diesem blödsinnigen, nur kurz aufblitzenden Holzkasten allemal vor«, blaffte Horatio verärgert. »Und kommen Sie nicht noch einmal auf die Idee, mich mit Ihrem Kasten anzublitzen, McLean! Sonst werde ich ungemütlich!«

Alistair grinste vergnügt. »*Gleiches Bett, verschiedene Träume* – wie der Chinese jetzt sagen würde.«

»Was ist?«, fragte Harriet ungeduldig. »Wollen wir hier noch länger herumstehen und womöglich Aufmerksamkeit erregen? Bringen wir es endlich hinter uns!«

Byron nickte ihr zu, drückte Horatio eine der beiden Petroleumlampen in die Hand und leuchtete mit seiner Lampe in das klaffende Rund des Einstiegsschachtes. Der Lichtschein fiel auf altes rotes Ziegelgestein und rostige Tritteisen, die in die Tiefe führten. Wie tief hinunter die Steigeisen reichten, war von oben nicht zu erkennen.

Ohne langes Zögern und Reden stellte er seine Lampe neben der Öffnung ab, schob die Beine über den Rand und tastete nach den ersten Steigeisen. Als nur noch der Kopf herausragte, nahm er das Ende der Leine fest zwischen die Zähne und ließ die Petroleumleuchte langsam an sich vorbei in die Tiefe gleiten, bis die Leine straff wurde. Auf diese Weise hatte er beide Hände frei für den Abstieg und doch Licht im Schacht, ohne dass er sich am heißen Glaszylinder verbrannte.

Ein fauliger, unangenehm süßlicher Geruch stieg von unten auf. Er vergaß beim Abstieg, die Tritteisen zu zählen. Doch als er unten auf der Sohle des engen, röhrenförmigen Kanals angekommen war und nach oben blickte, schätzte er, dass er sich nun zehn bis zwölf Meter unter der Straße befand. Ein schmaler Strom dunkelbrauner Brühe umfloss seine Füße und reichte ihm bis über die Gelenke. Er floss aus einer hufeisenförmigen Röhre hinter ihm, in welcher ein normal großer Erwachsener nicht aufrecht stehen konnte und die sich unter dem Schacht nur wenige Schritte weit nach oben hin öffnete, und er verschwand vor ihm in einer ähnlich schmalen und niedrigen Abflussröhre.

Es wurde daher sehr eng dort unten, als erst Harriet und dann Alistair ihm folgten. Horatio stieg als Letzter herab, nachdem er den Gullydeckel wieder über die Öffnung und in seinen Eisenring gezerrt hatte.

»Warum müssen wir bloß mitten in der Nacht zu so einem abstoßenden Ort hinuntersteigen!«, entfuhr es Alistair angeekelt, als sein Blick auf die übel riechende Brühe zu ihren Füßen fiel.

Harriet lachte. »Lieber Alistair, hier unten ist es doch immer Nacht. Auch wenn oben die Sonne scheint!«

»Außerdem laufen wir zu dieser Stunde keinen Kanalarbeitern über den Weg, höchstens vielleicht einem Strotter«, sagte Byron und holte die Karte hervor, die er angefertigt hatte.

»Strotter?«, fragte Alistair sofort nach. »Was oder wer soll das denn sein?«

»Wie man mir heute Morgen erzählt hat, sind das die ärmsten der armen Schlucker Wiens, die in ihrer bitterer Not nachts durch die Kanäle streifen und die Abwässer nach verwertbaren Gegenständen durchsuchen«, erklärte Byron. »Gefischt wird mit Magneten, mit an Stöcken befestigten Netzen und Sieben oder mit behelfsmäßig errichteten kleinen Wehren. Die Fettfischer unter den Strottern sollen insbesondere nach Knochen, Fleischresten und Fettstücken suchen, die sie oben irgendwo trocknen und dann für ein paar Heller das Kilo an die Seifenindustrie verkaufen.«

Harriet machte ein ungläubiges Gesicht. »Was? Hier unten in diesem stinkenden Reich der Finsternis leben Menschen und suchen sich Nacht für Nacht aus dem Abwasser sozusagen ihren Lebensunterhalt zusammen?«

»Ja, aber ich weiß nicht, ob man das noch Leben nennen kann«, sagte Byron, der indessen seine Skizze ausgerichtet und sich orientiert hatte. »Und jetzt lasst uns gehen! Diese Abwasserröhre muss uns in den Ottakringer Bachkanal führen und von dort durch einen weiteren, größeren Sammelkanal zu jener Halle am Überflusswehr bringen, wo Mortimer Pembroke den ersten Hinweis auf das Versteck der Papyri hinterlassen hat!«

»Hoffentlich taugt Ihre Skizze was«, sagte Alistair. »Ich kriege ja jetzt schon Platzangst, wenn ich mir diese enge und stinkende Röhre nur ansehe, und ich will erst gar nicht daran denken, was uns hier unten erwartet, falls wir uns verirren!«

Byron ersparte sich eine Erwiderung. Auch ihm fiel es nicht leicht, sich in diese unbekannte und bedrohlich wirkende Welt der Abwasserkanäle zu wagen. Aber es musste getan werden, wenn sie das Versteck der Judas-Papyri finden wollten. Und so packte er den Bügel seiner Lampe mit festem Griff, bückte sich und trat mit klopfendem Herzen durch den niedrigen Ziegelbogen in die finstere, stinkende Röhre.

Niemand von ihnen bemerkte die Gestalt, die ihnen im Schutz der nebeligen Nacht gefolgt war und noch einige Augenblicke wartete, bevor sie sich aus dem Dunkel des Hauseingangs löste, zum Gully huschte, den Deckel vorsichtig anhob und erst eine

Weile in die Tiefe des Schachtes lauschte, bevor auch sie sich an den Abstieg machte.

9

Sich in tief gebückter Haltung und leichter Kniebeuge durch die Kanalröhre zu bewegen, war anstrengend und kostete immer mehr Überwindung, je tiefer sie eindrangen. Zu der Ungewissheit, was sie in diesem abscheulichen Reich der Finsternis wohl noch erwarten mochte, kamen der Gestank und die ekelhafte Brühe, durch die sie wateten. Es roch nach Fäkalien, Moder und Fäulnis und man entkam dem üblen Geruch nur, wenn man ausschließlich durch den Mund atmete.

Schon nach zwanzig Schritten brach Byron der Schweiß aus allen Poren. Der Drang, auf der Stelle umzukehren und so schnell wie möglich wieder nach oben ins Freie zu klettern, wurde immer stärker. Aber er biss die Zähne zusammen und unterdrückte das Verlangen, die Flucht zu ergreifen und dieser klaustrophobischen Welt zu entkommen. Um keinen Preis wollte er sich vor den anderen blamieren, insbesondere nicht vor Alistair – und noch weniger vor Harriet!

Er keuchte vor Anstrengung und die Petroleumleuchte, deren flackernder Schein über die nassen, glitschigen Kanalwände tanzte, schwenkte in seiner zitternden Hand hin und her. Dann und wann blitzte von hinten in dem verglasten Trichter von Alistairs Holzkasten das helle elektrische Licht auf. Mehrfach scheuchten sie mit ihren Lampen Ratten auf, die wie Schatten vor ihnen davonhuschten.

Nicht ein Wort fiel. Byron hörte nur das Platschen der Gummistiefel durch das Kloakenwasser und den schweren, schnellen Atem seiner Gefährten. Er nahm an, dass sie mit denselben Ängsten und Beklemmungen zu kämpfen hatten wie er, während sie der sanft abwärts führenden Abwasserröhre folgten.

Von irgendwo aus einer fernen Tiefe drang ein dunkles, seltsam singendes Geräusch zu ihnen empor, das eine ganz eigene monotone Melodie zu haben schien. Es war ein unheimliches, fremdes Geräusch.

Ein schwacher, angenehm frischer Luftzug wehte Byron plötzlich entgegen. Das Licht seiner Lampe hob vor ihm einen gemauerten Rundbogen aus der Finsternis.

»Wir haben das Ende der Röhre erreicht! Gleich liegt das Schlimmste hinter uns! Dann können wir aufrecht stehen!«, stieß er hervor.

Sie gelangten in einen Kanal, der mehrere Schritte breit und schon etwas höher war. Aber nun reichte ihnen das Wasser fast bis an die Knie. Harriet versank sogar bis an die Oberschenkel im Strom der Abwässer, der nach den Regenfällen der vergangenen Tage eine ziemliche Gewalt hatte. Schmutziger Schaum und allerlei Unrat trieben durch den Schein ihrer Lampen, unter anderem auch die Kadaver von mehreren Ratten. Sie hielten sich dicht an der Wand, wo die Strömung nicht ganz so heftig an ihnen zerrte.

»Wenn die Strömung noch stärker wird und wir durch noch tieferes Wasser waten müssen, kann es für uns gefährlich werden!«, meldete sich Horatio besorgt. »Und wir müssen ja auch noch den ganzen Weg zurück zur Lerchengasse. Da könnten wir an die Grenzen unserer Kräfte kommen!«

»Keine Sorge«, sagte Byron. »In der Nähe der Halle wird es bestimmt einen Ausstieg nach oben geben.«

»Und warum hat Mortimer Pembroke ihn dann nicht gleich als Einstieg angegeben?«, grollte Harriet.

»Frag einen Verrückten nach dem Grund seines Tuns und du wirst wohl kaum eine vernünftige Antwort erhalten!«, sagte Horatio.

»Verdammt noch mal, Bourke!«, rief Alistair. »Wo bleibt endlich dieser Hauptkanal, von dem Sie gesprochen haben und wo dann auch die verdammte Halle mit dem Menetekel sein soll?«

Byron hielt seine Skizze in das Licht der Petroleumleuchte.

»Weit kann es nicht mehr sein.« Er gab seiner Stimme einen festen, zuversichtlichen Klang, doch insgeheim quälte auch ihn die bange Frage, ob er sie tatsächlich auf dem richtigen Weg führte.

Alistair lachte sarkastisch auf. »Nicht mehr sehr weit? Diese Antwort kann vieles bedeuten!«

»Warten wir es ab! Mister Bourke wird schon keinen Fehler gemacht haben«, kam es besänftigend von Horatio.

Wenige Dutzend Schritte später vollführte der Abwassergang einen weiten Rechtsbogen und mündete in einen erheblich breiteren und auch höheren Kanal.

»Ich habe es doch gesagt! Wir sind goldrichtig!«, rief Byron erleichtert. »Das muss der Ottakringer Bachkanal sein, der in den Sammelkanal der Wien mündet! Und da vorne führen Stufen zu einem Steg hoch! Das heißt, wir kommen aus dem Abwasser heraus!«

»Gebe Gott, dass es so ist und wir nicht mehr weiter durch diese Suppe waten müssen!«, stieß Harriet gequält hervor.

Augenblicke später standen sie mit schweißglänzenden Gesichtern und nach Atem ringend auf dem schmalen Asphaltsteg des Ottakringer Bachkanals. Zu beiden Seiten der gut vier Schritte breiten Abflussrinne zog sich solch ein Gehweg an der Wand entlang, die sich erst ein gutes Stück über normaler Kopfhöhe zu wölben begann.

»Ein zweites Mal kriegt mich keiner in so eine verfluchte Kloake!«, stöhnte Alistair, während er in die Hocke ging und sich mit dem Rücken gegen die Wand lehnte. »Auch nicht für 5 000 Pfund!« Die dunkelblonden Locken klebten ihm klatschnass auf der Stirn und seine Hand zitterte sichtlich, als er zu seiner Packung *Gold Flake* griff und sich eine Zigarette anzündete.

»Na, hier riecht es doch schon um mehrere Güteklassen besser«, sagte Horatio mit Blick auf das vorbeirauschende Wasser, das nun zum größten Teil aus den klaren Fluten des Ottakringer Baches bestand. Aus dem tiefschwarzen Dunkel kam von überall her das Brausen und Tosen von stürzenden Wasserfluten. Es war eine unheimliche, Furcht einflößende Melodie, die sie in dieser feuchtkalten Unterwelt umgab, in der die Temperatur im Sommer wie im Winter stets bei etwa zehn Grad Celsius lag.

Sie gönnten sich eine Atempause von ein, zwei Minuten. Dann gab Byron das Zeichen zum Weitermarsch. Sie stapften in ihren Watstiefeln an weiteren röhrenartigen Zuflüssen vorbei, über deren Einflussrinnen schmale Holzstege oder Metallgitter führten. Wasser tropfte von der gewölbten Decke und sickerte aus dem Mauerwerk und das montone Rauschen aus der Ferne wurde lauter, je näher sie der Mündung des Ottakringer Bachkanals in den Sammelkanal der Wien kamen.

Als das Licht von Byrons Lampe in eine Überlaufrinne zu ihrer Linken fiel, zuckte er im ersten Moment erschrocken zusammen. Denn in der finstern Wölbung blitzten die Augen von Dutzenden Ratten auf.

»Himmel, hier wimmelt es ja von diesen Biestern!«, entfuhr es Harriet, die hinter ihm ging.

Wenig später passierten sie erneut einen schmalen, aber mannshohen Seitenkanal, der schon kurz hinter seiner Einmündung einen scharfen Bogen machte, sodass man vom Bachkanal aus nicht sehr weit in ihn hineinsehen konnte.

Kaum waren sie an ihm vorbei, als Alistair, der am Ende ihrer Viererreihe ging, einen scharfen Zischlaut von sich gab.

Byron blieb stehen und blickte sich zu ihm um. »Was ist?«

»Habt ihr das gehört?«, raunte Alistair.

»Was?«, fragte Harriet leise.

»Mir war so, als hätte ich hinter mir ein verdächtiges Geräusch gehört«, flüsterte Alistair und schnippte seine Zigarettenkippe ins Wasser, wo die Glut mit leisem Zischen erlosch. »Ein merkwürdiges Kratzen und Schaben und etwas, das wie platschende Schritte klang!«

»Du meinst, uns folgt jemand?«, fragte Horatio alarmiert. Er leuchtete mit seiner Lampe den Gang hinunter, den sie gekommen waren.

Jeder dachte sofort an den Mann mit dem Nasenkneifer, der Horatio auf der Fähre und auf dem Wiener Nordbahnhof verdächtig vorgekommen war.

»Aber hätten wir dann nicht hinter uns ein Licht sehen müssen?«, fragte Harriet wispernd.

»Bei dieser pechschwarzen Finsternis kann jemand nur zehn, zwölf Schritte hinter unserem Lichtschein gehen und wir würden ihn nicht sehen, ihm aber mit unseren Lampen den Weg leuchten«, erwiderte Alistair.

Im nächsten Moment fiel das Licht von Horatios Petroleumlampe auf eine zerlumpte Gestalt, die aus dem Seitenkanal getreten war. Es handelte sich um einen hageren Mann, der einen langen Stock mit einem Sieb an seinem Ende in den Händen hielt, einen schmutzigen Beutel über der Schulter trug und mit offenem, zahnlosem Mund zu ihnen herüberstarrte. Langes, fettiges Haar klebte ihm im ausgemergelten Gesicht.

»Wer bist du, Bursche?«, rief Horatio scharf. »Folgst du uns etwa?«

»B-b-bei allen Heiligen, n-n-nein!«, stieß der Mann hastig hervor und hob abwehrend die freie Hand. »Ich b-b-bin der Sch-sch-schindler Josef und F-f-fettfischer! D-d-das hier ist m-m-mein Revier, Herr!«

Byron und seine Gefährten atmeten erleichtert auf. Sie wurden nicht verfolgt, sondern waren nur auf einen Kanalstrotter gestoßen, der in dem Strandgut der Großstadt nach Knochen und Fettstücken suchte. Seine Laterne hatte er vermutlich ausgeblasen, als er ihren mehrfachen Lichtschein gesehen hatte. Vielleicht brannte sie aber auch mit weit heruntergedrehtem Docht hinter der Biegung des Seitenkanals und ihnen war im Schein der eigenen Lampen der fremde Lichtschimmer entgangen.

»Das will dir auch keiner von uns streitig machen. Aber dennoch bist du gut beraten, uns nicht zu folgen, wenn du dir keinen Ärger einhandeln willst, Schindler Josef!«, rief Horatio ihm warnend zu.

»J-j-ja, Herr . . . Ich m-m-meine, nein, Herr!«, versicherte der

Strotter ängstlich und verschwand augenblicklich wieder im Seitenkanal, aus dem er aufgetaucht war.

Sie setzten ihren Gang fort. Es war kalt und zugig. Und dann sahen sie endlich vor sich, wonach sie gesucht hatten: die Halle mit dem Überlaufwehr!

10

Hinter der Mündung des Ottakringer Bachkanals in den Sammelkanal der Wien weitete sich das unterirdische Gewölbe zu einer Halle mit beachtlicher Deckenhöhe. Mehrere andere Zuflüsse strömten an diesem Ort zusammen. Und über das breite, rund gemauerte Wehr, das hinter dem Bachausgang zu ihrer Linken lag, stürzten schäumende Regenfluten gute zwei, drei Meter in die quirlende Tiefe. Mehrere Gitterstege mit Eisengeländern führten über die einzelnen Zuflüsse und verbanden die einzelnen Teile der umlaufenden Galerie.

»Hat jemand eine Ahnung, nach was für einer Art von Menetekel wir hier suchen sollen?«, fragte Alistair.

»Es muss irgendeine Art von Schrift sein«, rief Byron ihm zu. »Es kann sich aber auch um Zahlen, Symbole oder andere Zeichen handeln. Denn das biblische Menetekel musste auch erst entschlüsselt werden, bevor man die Botschaft lesen konnte. Aber es wird uns schon ins Auge springen!«

Sie verteilten sich, um die Wände der Halle nach dem Menetekel abzusuchen.

Es war Byron, der schon nach wenigen Schritten auf Mortimer Pembrokes Hinweis stieß.

»Hier ist es!«, rief er seinen Gefährten zu. »Es ist eine lange Reihe von zweistelligen Zahlen, die er ins Mauerwerk geritzt hat!«

»Also noch ein Rätsel!«, rief Horatio zurück. »Wie reizend!«

»Aber kein allzu schwer zu entschlüsselndes, wenn mich mein erster Eindruck nicht trügt«, erwiderte Byron, stellte seine Lampe ab und zog sein grünes Notizbuch sowie einen Bleistift aus der Innentasche seiner Jacke.

Alistair und Horatio waren Augenblicke später an seiner Seite. Harriet ließ sich dagegen Zeit, um zu ihnen herüberzukommen. Sie hielt schon mal Ausschau nach einem Ausstieg.

Schnell hatte Byron die Zahlen notiert. Gerade überprüfte er seine Abschrift noch einmal, als ein kurzer schriller Aufschrei, der von Harriet kam, die drei Männer zusammenfahren ließ.

Erschrocken fuhren sie herum.

Im selben Augenblick rief ihnen eine Männerstimme zu: »Keiner rührt sich von der Stelle oder ich schneide ihr die Kehle durch!«

Entsetzt starrten Byron, Horatio und Alistair zu Harriet hinüber. Sie stand auf der anderen Seite zwei Schritte vor dem Gittersteg, der einen der breiteren Zuflüsse überspannte. Ein Mann von untersetzter Gestalt und mit einer Schirmmütze hatte seine linke Hand in ihr Haar gekrallt, ihr den Kopf weit nach hinten in den Nacken gezerrt und ihr die Klinge eines Klappmessers an die Kehle gesetzt.

»Das ist der Kerl, den ich auf der Fähre und am Bahnhof gesehen habe!«, stieß Horatio grimmig hervor. »Nur mit Nasenkneifer und Schnurrbart! Aber das war wohl bloß Tarnung!«

»Verdammt!«, fluchte Alistair. »Wir hatten also beide recht gehabt, dass wir verfolgt wurden! Die Schirmmütze saß uns die ganze Zeit im Nacken!«

»Rückt das grüne Notizbuch von Mortimer Pembroke heraus und eurer Kleinen hier wird nichts geschehen!«, befahl der Fremde. »Los, du da mit dem Notizbuch in der Hand! Komm auf die Gitterbrücke und wirf das Journal dort auf den Gehsteg des Seitenkanals! Und die beiden anderen gehen gefälligst ein paar Schritte nach hinten zurück! Na los, bewegt euch!«

»Gebt es ihm nicht!«, rief Harriet ihnen tapfer zu, doch ihre Stimme zitterte dabei hörbar. »Dieser Schweinehund wird es nicht wagen, mir etwas anzutun! Er muss ein Dummkopf sein, wenn er glaubt, euch entkommen zu können!«

»Du irrst! Und jetzt her mit dem Notizbuch!«, gellte der Fremde und machte mit dem Messer eine drohende Bewegung.

»Macht schon, was er verlangt!«, sagte Byron zu Horatio und Alistair, klappte das Notizbuch zu und ging langsam auf die Gitterbrücke zu. »Die Judas-Papyri sind es nicht wert, dass Harriet dafür mit ihrem Leben bezahlt!«

Ohnmächtige Wut stand auf ihren Gesichtern, als Horatio und Alistair der Aufforderung Folge leisteten und sich vom Übergang entfernten.

»Halt! Das ist nahe genug!«, befahl der Mann mit der Schirmmütze, als Byron die Mitte des Gittersteges erreicht hatte und von der Kante des Gehstegs nur noch knapp zwei Meter entfernt war. »Und komm bloß nicht auf den Gedanken, das Notizbuch in den Kanal zu werfen! Dann wird eure Kleine dafür in ihrem eigenen Blut ersaufen, das schwöre ich dir!«

Byron hatte keine Sekunde lang mit solch einem Gedanken gespielt. Und so beugte er sich schräg über das Gitter und warf das Notizbuch hinüber auf den Asphaltsteg. Es rutschte ein Stück über den Boden und blieb vor der gemauerten Wand liegen.

»Sehr gut! Und nun zurück zu den anderen! Und versucht erst gar nicht, mich zu verfolgen! Das würde euch schlecht bekommen!«

Byron ging wortlos von der schmalen Brücke und begab sich nach hinten zu Horatio und Alistair.

Kaum war er bei ihnen, als der Mann Harriet mit einem brutalen Ruck nach hinten von den Beinen riss und ihr noch im Fallen mit der linken Faust einen schmerzhaften Hieb an den Kopf versetzte, der sie aufschreien ließ. Und dann sprang er auch schon vor, bückte sich nach dem grünledernen Notizbuch und rannte in das Dunkel des Seitenkanals.

Wenn der Mann geglaubt hatte, Harriet mit seinem Schlag betäubt und außer Gefecht gesetzt zu haben, so irrte er sich. Noch im Fallen drehte sie sich geschmeidig wie eine Katze auf die Seite, fing ihren Sturz mit den Händen ab und rappelte sich schon Augenblicke später auf, um die Verfolgung aufzunehmen. Und Alistair spendete das Licht dafür mit seiner *Ever Ready*-Lampe, deren Leuchtkegel erheblich weiter reichte als der Schein der Petroleumlampen.

Was dann geschah, spielte sich in weniger als zehn Sekunden ab, erschien ihnen allen jedoch erheblich länger.

Als Byron sah, dass Harriet dem Mann nachsetzte, rannte er ihr nach und schrie ihr dabei beschwörend zu: »Tun Sie es nicht, Harriet! Sie bringen sich nur unnötig in Gefahr!« Alistair folgte ihm dicht auf den Fersen und ließ immer wieder sein Flashlight aufblitzen.

Wenn sich Harriets Hosenträger nicht gelöst hätten, wäre sie dem Verbrecher trotz der Behinderung durch die Watstiefel schnell gefährlich nahe gekommen. Doch als die gummierten Hosen rutschten, geriet sie aus dem Tritt und ins Stolpern. Sie taumelte gegen die Wand, konnte einen Sturz gerade noch verhindern und versuchte im Weitertaumeln, die Hosen hochzuzerren. Dabei verlor sie den Mann mit der Schirmmütze vor sich aus den Augen.

Byron jedoch sah im kurzen Aufleuchten von Alistairs Flashlight, was Harriet in diesem kritischen Moment entging – nämlich dass der Mann eine Waffe in der Hand hielt, und zwar diesmal kein Messer, sondern einen Revolver!

»Schusswaffe! Runter, Harriet! Runter!«, brüllte Byron, der sie mittlerweile fast eingeholt hatte. Er machte einen gewaltigen Satz nach vorn, warf sich von hinten mit ausgestreckten Armen auf sie und riss sie mit sich zu Boden. Der Aufprall war für sie beide hart und schmerzhaft.

Im selben Moment schoss ein feuriger Blitz aus der Mündung der Waffe, begleitet von einer ohrenbetäubenden Detonation, die wie Kanonendonner durch den Kanal rollte. Die Kugel sirrte knapp über Byron hinweg – sogleich gefolgt von einer zweiten Kugel und einer neuerlichen Detonation.

Byron hob den Kopf und sah im Licht eines weiteren Flashlights, wie der Fremde hinter einer Kanalbiegung verschwand. Er hielt die Gefahr für gebannt, richtete sich mit einem unterdrückten Aufstöhnen auf und wollte Harriet auf die Beine helfen. »Mein Gott, ich hoffe, ich habe Sie nicht . . .«

Weiter kam er nicht, denn in diesem Augenblick tauchte die Schirmmütze wieder hinter der Biegung auf und der Mann feuerte einen dritten Schuss in ihre Richtung ab, vermutlich um sicherzugehen, dass sie auch wirklich die Verfolgung aufgaben.

Der Schuss wurde schräg nach oben abgegeben und sollte vermutlich keinen von ihnen treffen. Doch das Geschoss prallte von der gewölbten Ziegeldecke ab und traf Byron als Querschläger.

Er spürte einen scharfen, stechenden Schmerz im linken Oberschenkel, als die Kugel seinen Watstiefel durchschlug. Augenblicklich knickte er nach links weg, er versuchte, die Balance zu halten, und ruderte mit den Armen durch die Luft. Doch seine Hände fanden nirgendwo Halt. Und so stürzte er seitlich in den Kanal. Dabei schlug er mit dem Kopf unglücklich gegen die Kante des Gehsteges.

Er verlor das Bewusstsein, noch bevor das Wasser über ihm zusammenschlug und die starke Strömung ihn mit sich riss – hin zum Überlaufwehr mit seinem schäumenden Strudel.

11

Mensch, Bourke! . . . Machen Sie keinen Unsinn! Kommen Sie zu sich, verdammt noch mal!«

Die vertraute Stimme von Alistair drang wie aus weiter Ferne an Byrons Ohr, als er wieder zu sich kam. Er spürte einen brennenden Schmerz in seinem linken Bein und ihm war, als läge er in einem Bett aus Eis. Dann trafen ihn zwei derbe Schläge links und rechts ins Gesicht und jemand rüttelte ihn an der Schulter.

Er schlug die Augen auf.

»Na endlich!«, rief Alistair, der wie Byron bis auf die Haut durchnässt war. »Wusste ich es doch! Unkraut vergeht nicht, auch solch gelehrtes nicht!«

»Himmel, haben Sie uns einen Schreck eingejagt!«, stieß Horatio hervor. »Wenn Alistair Ihnen nicht nachgesprungen wäre und Sie nicht noch rechtzeitig vor dem Wehr zu packen bekommen hätte, hätte ich keinen lausigen Penny für Ihr Leben gegeben!«

Benommen richtete sich Byron auf. Und es dauerte einen Moment, bis er die Nachricht richtig verarbeitet hatte. »Danke . . . danke, dass Sie mir das Leben gerettet haben, Mister McLean«, murmelte er.

Alistair grinste. »Ich bin, ohne nachzudenken, in den Kanal gesprungen. Andernfalls wäre die Sache vielleicht übel für Sie ausgegangen, Bourke.«

»Dann danke ich Ihnen ausnahmsweise einmal dafür, dass Sie, *ohne nachzudenken,* reagiert haben«, erwiderte Byron und tastete nach seiner Wunde. Er zuckte zusammen, spürte jedoch, dass der Querschläger ihm wohl nur eine oberflächliche Wunde zugefügt hatte, denn er konnte das Bein bewegen und beugen.

»Und ich danke Ihnen, dass Sie mich davor bewahrt haben, von diesem Mistkerl niedergeschossen zu werden«, sagte Harriet zu Byron. »Hätte ich gewusst, dass er einen Revolver hat, wäre ich ihm wohl kaum nachgerannt.«

»Da waren wir ja beide heute Nacht richtig tapfer, Bourke«, sagte Alistair. »Ich wünschte nur, wir hätten darüber nicht Mortimer Pembrokes Notizbuch verloren. Jetzt ist Schluss mit der Suche nach dem Judas-Evangelium und die restlichen 4 000 Pfund können wir in den Wind schreiben!«

»Irrtum«, sagte Byron gepresst und kam mithilfe von Horatio auf die Beine. »Denn es war gar nicht Mortimer Pembrokes Notizbuch, das ich dem Mann mit der Schirmmütze zugeworfen habe, sondern mein eigenes.«

Horatio lachte auf. »Mich laust der Affe!«, rief er begeistert. »Sie haben Schirmmütze mit Ihrem nutzlosen Notizbuch hereingelegt?«

»So ist es.«

Auch Alistairs düstere Miene verwandelte sich augenblicklich in ein breites Grinsen. »Donnerwetter, das ist die beste Nachricht, die ich seit Langem gehört habe! Wir sind also noch voll im Rennen, Bourke?«

Byron nickte, griff in die rechte Innentasche und zog Mortimers Notizbuch hervor, gut verpackt und verschnürt. »Ich dachte mir, dass es nicht schaden könnte, das gute Stück sorgfältig in Wachspapier einzupacken. Denn ich wusste ja, dass es hier unten feucht ist und wir womöglich durch Abwässer waten müssen! Ich wollte für alle Fälle gewappnet sein«, erklärte er und überzeugte sich, dass das Journal während seines kurzen Bades im Kanal keinen Schaden genommen hatte. Wie sich zeigte, war nicht ein Tropfen Wasser durch die Lagen Wachspapier eingedrungen.

»Was ist mit Ihrer Verletzung?«, fragte Harriet besorgt. »Können Sie überhaupt gehen, Mister Bourke?«

Byron nickte. »Es brennt ganz ordentlich, ist aber auszuhalten. Zum Glück ist es nur ein Streifschuss.«

»Dennoch sollten wir uns beeilen, dass wir zurück ins Hotel kommen! Ihre Wunde muss gesäubert, desinfiziert und verbunden werden!«, drängte Horatio. »Außerdem müssen Sie und Mister McLean so schnell wie möglich aus den nassen Sachen heraus, sonst holen Sie sich noch den Tod!«

»Aber zuerst müssen wir noch einmal die Zahlenreihe notieren!«, sagte Byron.

»Himmel, ja! Das hätten wir doch beinahe vergessen!«, rief Alistair. »Und noch einmal steige ich nicht hier hinunter!«

Horatio übernahm es, die Zahlen auf eine der freien Seiten in Mortimers Journal zu notieren. Und dann suchte Alistair zusammen mit Harriet nach dem nächsten Ausstieg, während Byron sich auf Horatio stützte.

Der Schacht war schnell gefunden, befand er sich doch keine zwanzig Schritte hinter der Halle. Es handelte sich diesmal um einen Schacht mit einer eisernen Wendeltreppe. Mit klappernden Zähnen und brennender Wunde stieg Byron hinter Alistair hinauf, der oben den Deckel anhob und ihm dann hinaushalf.

Sie stellten fest, dass der Ausstieg sie auf die Südseite des Karlsplatzes gebracht hatte. Während Alistair und Byron sich mit Harriet in den Windschutz eines Tordurchgangs kauerten, lief Horatio hinüber in die Nibelungengasse, um ihre Mietkutsche zu holen.

Maximilian Speckl machte große Augen, als er kurz darauf mit seiner Droschke vor dem Tordurchgang hielt und die beiden triefnassen Männer sah, die rasch in die Kutsche stiegen.

Byron und Alistair rissen sich hinter den heruntergezogenen Fensterrollos die nassen Sachen vom Leib, fuhren in ihre Hosen und Schuhe und warfen sich warme Mäntel um, wobei Alistair sich den von Horatio auslieh.

»Ich denke, es wird Zeit, dass Sie ein wenig von Ihrem Geld für angemessene Kleidung ausgeben, Mister McLean«, sagte Byron, vor Kälte zitternd.

Alistairs Grinsen fiel recht gequält aus. »Kein übler Vorschlag, wie ich gestehen muss, Bourke! Werde ihn mir zu Herzen nehmen und gleich morgen die besten Herrenausstatter Wiens mit meiner Gesellschaft beehren«, erwiderte er, ebenso mit den Zähnen klappernd. Dann stieß er den Schlag auf, damit auch Horatio und Harriet zusteigen konnten. »Aber zuerst müssen Sie noch den Zahlencode knacken, Mortimer Pembrokes verfluchtes Kloaken-Menetekel, das uns fast zum Verderben geworden wäre. Und Sie sollten auch gleich noch das zweite Rätsel in seinem Journal lösen, damit ich weiß, wohin die Reise von hier aus geht und was ich dafür an Kleidung brauche. Wollen wir hoffen, dass es nicht gerade ein Ort in Russland ist, der uns als nächste Station erwartet!«

12

Eine gute Stunde nach ihrem Eintreffen im *Bristol* saßen sie bei Byron im Zimmer zusammen. Einen Arzt kommen zu lassen, war nicht nötig gewesen. Bei Licht hatte sich seine Schussverletzung tatsächlich als geringfügig erwiesen. Byron hatte ein heißes Bad genommen, um sich zu säubern und damit ihm warm wurde. Dann hatte er die Wunde sorgfältig mit Jod aus seiner Reiseapotheke ausgepinselt und gut verbunden. Schließlich hatte er nach dem Zimmerservice geklingelt und viermal heißen Darjeeling sowie eine Karaffe mit Scotch bestellt. Und schon wenige Minuten später brachte der Kellner das Gewünschte auf einem kleinen Rollwagen.

Wie sich herausstellte, hatten auch die anderen erst mal ein heißes Bad genommen. Und sie stellten noch eine weitere Gemeinsamkeit fest ...

»Jemand hat während unserer Abwesenheit mein Zimmer durchsucht!«, verkündete Horatio grimmig.

»Meines auch«, sagte Byron und stellte seine Teetasse ab. »Wer immer es war, er ist dabei sehr geschickt vorgegangen und hat nichts in Unordnung gebracht. Aber gemerkt habe ich es dennoch. Die Reihenfolge meiner Bücher stimmte nicht und drei Kleiderhaken hingen falsch herum auf der Stange.«

Alistair furchte die Stirn. »Also hat mich mein Gefühl doch nicht getäuscht! Mir war nämlich auch so, als ob einiges nicht mehr am selben Platz lag. Aber ich dachte, das hätte das Zimmermädchen zu verantworten.« Alistair erblickte den Tee und die Karaffe Scotch, worauf sich seine Miene sofort aufhellte und er sich von beidem bediente.

Harriet nickte. »Ich hatte genau denselben Eindruck! Aber da nichts fehlt, habe ich mir nichts weiter dabei gedacht.«

Sie stellten fest, dass offenbar bei keinem von ihnen etwas gestohlen wurde.

»Natürlich nicht«, sagte Horatio. »Da waren Experten am Werk, das habe ich sofort gesehen. Und sie wussten ganz genau, wonach sie suchten, nämlich einzig und allein nach Mortimer Pembrokes Notizbuch!«

»Was zweierlei bedeutet, nämlich erstens, dass Mortimer Pembrokes Verfolgungsängste keineswegs nur Wahnvorstellungen gewesen sind«, folgerte Harriet sogleich. »Und zweitens, dass wir es mit mehr als nur einem Gegner zu tun haben. Denn die Durchsuchung unserer Zimmer muss stattgefunden haben, während der Mann mit der Schirmmütze uns in der Kanalisation verfolgt hat.«

»Es könnten diese *Wächter* sein«, sagte Alistair.

Horatio zuckte die Achseln. »Ob nun Illuminaten, *Wächter,* Abbot oder Martikon, wir wissen nicht, wer uns da im Nacken sitzt und warum sie hinter den Judas-Papyri her sind. Was wir jedoch wissen und von nun an immer bedenken sollten, ist, dass unsere Gegner gefährlich sind und offensichtlich nicht vor brutaler Gewalt zurückschrecken!«

»Richtig, aber dank Bourkes Cleverness haben sie ihre Chance verpasst, uns zu überrumpeln«, sagte Alistair. »Sie wissen, dass wir gewarnt sind und nun auf der Hut sein werden. Ein zweites Mal werden sie uns nicht mehr überrumpeln!«

Byron räusperte sich. »Entschuldigen Sie, wenn ich kurz das Thema wechsle. Aber würde es Ihnen etwas ausmachen, auf das ›Bourke‹ zukünftig zu verzichten und mich schlicht mit meinem Vornamen anzureden?«, fragte er Alistair etwas verlegen. Er hatte nicht vergessen, dass dieser Mann, den er für einen verantwortungslosen Glücksritter gehalten hatte, ohne Zögern in den eisigen Abwasserfluss gesprungen war und sein eigenes Leben riskiert hatte, um ihn, Byron Bourke, vor dem Ertrinken zu retten.

Alistair grinste ihn auf seine unbekümmerte Art an. »Byron, das ist ein Angebot, das ich nur annehmen kann, wenn auch Sie sich dazu überwinden können, das ›Mister McLean‹ fallen zu lassen und sich an ein schlichtes ›Alistair‹ zu gewöhnen«, erwiderte er, streckte ihm die Hand hin und zwinkerte ihm zu. »Na, wie sieht's aus, alter Knabe?«

Byron lachte verlegen und ergriff die ihm dargebotene Hand.

»Ich denke, das lässt sich machen . . . Alistair«, erwiderte er und tauschte mit ihm einen kräftigen Händedruck. »Denn wie Ihr verehrter Nietzsche sagen würde: *Falsche Liebe zur Vergangenheit ist Raub an der Zukunft!* Und wir sollten uns die Zukunft nicht durch unsere . . . äh . . . unsere gegenseitigen Vorurteile verbauen.«

Alistair lachte. »Gut gesprochen, Byron! So sehe ich es auch. Wir haben einen gefährlichen Gegner und der Wind, der uns ins Gesicht bläst, wird schärfer. Da gilt es, die Wagenburg auch im Innern geschlossen zu halten.«

Harriet nickte. »Damit gibst du mir ein willkommenes Stichwort, Alistair«, sagte sie und blickte dann Byron an. »Es war sehr tapfer und selbstlos von Ihnen, mich mit Ihrem eigenen Körper vor den Schüssen zu schützen. Und ich würde mich freuen, wenn Sie fortan ›Harriet‹ zu mir sagen würden . . . und ich Sie mit ›Byron‹ ansprechen dürfte.« Und während sie das sagte, stieg eine leichte Röte in ihre Wangen.

»Oh, das werde ich gern tun! Mit Vergnügen, Miss Cham. . . ich meine, *Harriet!*«, versicherte Byron und spürte selbst ein Brennen in seinem Gesicht.

Horatio, der seine Pfeife hervorgeholt hatte, hielt im Stopfen inne. »Da wir nun schon mal dabei sind zu begreifen, dass wir wohl nur dann das Versteck des Judas-Evangeliums finden, wenn wir zusammenhalten und uns in Gefahr ohne Vorbehalte aufeinander verlassen können«, sagte er auf seine trockene, direkte Art, »schlage ich als der Älteste in der Runde vor, dass wir uns alle von jetzt an nur noch mit Vornamen anreden und dass wir, wie Byron schon gesagt hat, alte Zwistigkeiten vergessen. Machen wir das Beste aus dem wundersamen Schicksal, das uns zusammengewürfelt hat! Und wer's vergessen haben sollte: Mein Vorname ist Horatio!«

Sein Vorschlag fand bei den anderen uneingeschränkte Zustimmung. Und Byron war froh, dass sich ihr Gespräch nun wieder den Ereignissen der letzten Stunden zuwandte.

»Mit den Notizen in meinem Buch können der Mann mit der Schirmmütze und seine Komplizen nicht viel anfangen«, versicherte er ihnen. »Zwar kennen sie nun die Übersetzung der sechs hebräischen Begriffe des Hexagons und die Zahlenreihen aus der Halle am Wehr, aber das bringt sie mit Sicherheit keinen Schritt weiter. Denn nur mit Mortimers Notizbuch lässt sich herausfinden, wo sich das Versteck befindet. Der Verlust ist also völlig unbedeutend für uns.«

»Das ist beruhigend«, sagte Horatio.

»Sie haben schon vorhin in der Kanalisation gesagt, dass Mortimers Menetekel leicht zu entschlüsseln sei, Byron«, erinnerte sich Alistair. »Was hat Sie auf den ersten Blick so sicher gemacht?«

Byron griff zu Mortimers Journal, in das sie auf einer der hinteren leeren Seiten die Zahlen ein zweites Mal aufgeschrieben hatten. »Weil sich in diesen dreiunddreißig zweistelligen Kombinationen ausschließlich Zahlen von 1 bis 5 finden«, erklärte er und schlug die Seite auf. Er deutete auf die vier Reihen notierter Zahlen.

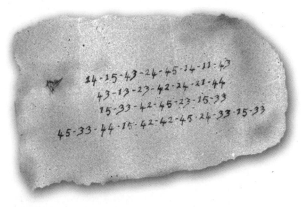

»Deshalb halte ich es für höchstwahrscheinlich«, fuhr Byron fort, »dass es sich um simple bipartite Substitutionen handelt, also um eine Quinärchiffrierung, die schon Polybios gekannt haben soll.«

»Ach so, dieser Zahlensalat ist bloß eine simple bipartite Substitution oder Quinärchiffre, die dieser Polybios schon gekannt hat!«, frotzelte Alistair und blickte in die Runde. »Na, darauf hätten wir doch auch kommen können, oder?«

Byron lachte. »Polybios war ein griechischer Historiker, der gut hundert Jahre vor Christus gelebt hat und auch Zeuge beim endgültigen Untergang Karthagos gewesen ist. Und das Wort ›quinär‹ kommt aus dem Lateinischen und weist hier auf ein 5x5-Quadrat als Code hin. Ich male zwei dieser gebräuchlichsten Quinär-Codes auf, dann werden Sie sofort selber sehen, dass Mortimer es uns relativ leicht gemacht hat, den ersten Hinweis auf das Versteck zu entschlüsseln.«

»Was nach unseren Erlebnissen in der Kanalisation wohl nur recht und billig ist«, brummte Horatio und bedeutete Alistair, auch ihm ein Glas Scotch einzuschenken. Harriet winkte auf Alistairs fragenden Blick hin jedoch ab. Ihr genügte zu dieser Nachtstunde der heiße Tee.

Byron griff zu einem Stift und schrieb das, was er eine Quinärchiffrierung genannt hatte, unter die vier Zahlenreihen, was folgendes Bild ergab:

```
14-15-43-24-45-14-11-43
43-13-23-42-24-21-44
15-33-42-45-23-15-33
45-33-44-15-42-42-45-24-33-15-33
```

	1	2	3	4	5
1	a	b	c	d	e
2	f	g	h	i	k
3	l	m	n	o	p
4	q	r	s	t	u
5	v	w	x	y	z

	1	2	3	4	5
1	a	f	l	q	v
2	b	g	m	r	w
3	c	h	n	s	x
4	d	i	o	t	y
5	e	k	p	u	z

»Die Buchstaben des Alphabets sind in solch einer Quinärchiffre entweder in waagerechter Folge angeordnet, wie es im linken Quadrat zu sehen ist, oder in senkrechter Folge wie im rechten 5x5-Quadrat. Dabei übernimmt das i die Funktion des j«, erläuterte Byron. »In den Gefängnissen des Zarenreichs wird dieser Code auch als Klopf-Code verwendet. Und weil er häufig von russischen Anarchisten benutzt wird, nennt man ihn neuerdings auch ›Anarchistenchiffre‹.«

»Dann steht die erste Zahl, die 14, also entweder für das *d* oder für das *q*«, sagte Harriet.

Byron nickte. »Richtig. Natürlich kann man das Alphabet in solch einem Quadrat auch noch viel komplizierter anordnen, nämlich durcheinandergewürfelt oder als 6x6- oder 7x7-Quadrat, wobei man dann noch Zahlen als Blender, also sozusagen als verwirrungstiftende Nieten, einsetzt. Der französische Revolutionär Graf Mirabeau hat sich in seinen Briefen an die Marquise de Monnier eines 6x6-Quadrats als Code bedient, dabei aber die Zahlen auf der senkrechten und waagerechten Leiste durch Buchstaben ersetzt. Aber ich fürchte, das führt jetzt zu weit und interessiert wohl auch keinen von Ihnen.«

Alistair begnügte sich mit einem vielsagenden Grinsen über sein Scotchglas hinweg.

»Dann lassen Sie uns mal sehen, wie weit wir bei unseren Zahlen mit dieser simplen Quinärchiffre kommen, Byron«, sagte Horatio.

Mortimers Menetekel aus den dreiunddreißig zweistelligen Zahlen war schnell entziffert. Sie ergaben den Satz:

»Na, viel ist bei dem Menetekel ja nicht herausgekommen«, sagte Alistair enttäuscht. »Denn dass die Papyri irgendwo *ruhen,* haben wir ja von Anfang an gewusst. Und *Ruinen* gibt es unzählige in allen Ländern der Erde. Ein bisschen genauer hätte es schon sein dürfen.«

»Wir sollten nicht undankbar sein. Bestimmt würden wir den zweiten Hinweis nicht ohne diesen ersten verstehen«, sagte Harriet. »Wenn wir den zweiten Hinweis gefunden haben, sind wir bestimmt ein Stück klüger. Und das heißt, dass wir erst einmal herausfinden müssen, welches die nächste Station unserer Reise ist. Dazu müssen wir das zweite von Mortimers Rätseln im Notizbuch lösen, und zwar das mit diesen Zeichnungen von Labyrinthen, Burgen und zerklüfteten Bergen.«

»Aber damit werde ich mich heute nicht mehr befassen«, sagte Byron. Es ging mittlerweile doch schon auf zwei Uhr zu.

»Das hat auch keiner von Ihnen erwartet, Byron«, sagte Harriet und ein dankbares Lächeln lag in ihrem Blick.

»Haben Sie etwas dagegen, wenn *ich* mir diese Zeichnungen von den Labyrinthen mal näher ansehe, Byron?«, fragte Alistair. »Ich habe für solche Spielereien ein recht gutes Auge und früher selbst aus Spaß solche Irrgärten und Labyrinthe gezeichnet.«

»Nein, ganz und gar nicht«, versicherte Byron und überließ ihm nur zu bereitwillig das Journal. Er war froh, dass sich auch mal ein anderer von ihnen den Kopf darüber zerbrach.

»Nach dem, was wir heute Nacht im Wiener Hades erlebt haben, wissen wir, dass die Suche nach dem Judas-Evangelium nicht so ungefährlich ist, wie wir alle geglaubt haben«, sagte Horatio. »Und dass wir für die 5000 Pfund womöglich unser Leben aufs Spiel setzen müssen.«

»Worauf wollen Sie hinaus, Horatio?«, fragte Alistair.

»Dass wir fortan Mortimers Notizbuch und auch uns selbst besser schützen sollten und dass wir auf unangenehme Überraschungen gefasst sein müssen, auch nachts hier im Hotel. Deshalb sollten wir die Verbindungstüren zwischen unseren Zimmern nachts nicht abschließen, um einander notfalls zu Hilfe kommen zu können.«

»Eine gute Idee«, pflichtete Byron ihm bei und auch Harriet und

Alistair nickten zustimmend. »Am besten stellt auch jeder von uns einen Stuhl vor die Tür zum Hotelgang. Sollte jemand heimlich eindringen wollen, wird uns ein umkippender Stuhl bestimmt rechtzeitig wecken.«

»Ich denke, damit lassen wir es für heute bewenden«, sagte Horatio, nachdem sie sich noch eine Weile über ihr weiteres Vorgehen beraten hatten, und klopfte seine Pfeife im Aschenbecher aus. Doch so schnell sollten sie in dieser Nacht nicht ins Bett finden, wie sich schon im nächsten Moment herausstellte.

13

Gerade wollten Harriet, Alistair und Horatio aufstehen, um sich in ihre Zimmer zu begeben, als jemand an die Tür klopfte. Alarmiert sprangen sie auf. Alistair ließ hastig das Notizbuch verschwinden, während Byron zur Tür hinüberging, um sie vorsichtig einen Spaltbreit zu öffnen.

Draußen auf dem Hotelflur stand ein livrierter Bediensteter des *Bristol,* der ein kleines verschnürtes Päckchen in der Hand hielt. »Verzeihen Sie die Störung zu so später Stunde, Herr Bourke«, entschuldigte er sich. »Aber man hat mir gesagt, dass Sie noch nicht zu Bett sind. Und als ich Licht unter der Tür gesehen habe, dachte ich, es wagen zu dürfen, bei Ihnen anzuklopfen. Denn es sei eilig, hat der Bote ausrichten lassen.«

»Welcher Bote?«, fragte Byron. »Und was soll so eilig sein?«

»Dieses Päckchen hier, das für Sie bestimmt ist«, sagte der Hoteldiener und reichte es ihm. »Über den Boten kann ich Ihnen leider keine Auskunft geben. Denn das Päckchen hat unser Nachtportier in Empfang genommen. Eine angenehme Nacht, der Herr.« Der Hoteldiener verbeugte sich und ging.

Byron schloss die Tür, verriegelte sie und fragte verwundert: »Hat einer von Ihnen irgendetwas bestellt?«

Alle verneinen.

»Seltsam«, murmelte Byron, den plötzlich ein ungutes Gefühl beschlich. Er kehrte zu seinen Gefährten zurück, löste die Schnur und riss das braune Packpapier auf.

Darunter kam eine kleine, bunt marmorierte Pappschachtel zum Vorschein. Als er den Deckel hob, glaubte er im ersten Augenblick, seinen Augen nicht trauen zu dürfen. Denn in der Schachtel lagen eine kleine Stoffrolle von der Länge und doppelten Dicke eines Füllfederhalters, eine Art Visitenkarte, nur unbedruckt, aber mit einigen Zeilen Text in gestochen scharfer Handschrift versehen – und das grünlederne Notizbuch, mit dem der Fremde, im Glauben, Mortimer Pembrokes Journal erbeutet zu haben, in der Kanalisation die Flucht angetreten hatte!

»Mich laust der Affe!«, stieß Horatio ungläubig hervor. »Soll das ein Witz sein? Oder was will der Schurke uns damit zu verstehen geben? Dass er sicher ist, uns das richtige Journal noch früh genug abjagen zu können, um vor uns das Versteck zu finden?«

Alistair schüttelte den Kopf. »Das ist ja verrückt!«

»Ich fürchte, es wird noch verrückter«, sagte Byron, der zu der Karte gegriffen hattte. »Denn wer immer das Notizbuch in seinen Besitz gebracht und uns zurückgeschickt hat, kann nichts mit dem Mann mit der Schirmmütze zu tun haben.«

»Wie bitte?«, fragte Harriet. »Wer soll es denn sonst zurückgeschickt haben?«

»Keine Ahnung«, erwiderte Byron. »Aber hören Sie sich bloß an, was hier auf der Karte steht: ›*Was Ihnen geraubt wurde, soll wieder in Ihren Besitz zurückkehren, auch wenn der Räuber auf das falsche Notizbuch hereingefallen und deshalb gottlob kein großer Schaden eingetreten ist. Der Mann hat seine verdiente Strafe erhalten, wie Sie sehen werden. Seien Sie jedoch auf der Hut vor den Dunkelmännern des Ordo Novi Templi!*‹ Eine Unterschrift fehlt. Dafür stehen unter dem Text die Buchstaben *D. E. G. d. W.* und das Datum *7. November 364 i. J. d. W.*«

»Total verrückt!«, entfuhr es Alistair. »Da ist offensichtlich unser Verfolger selbst die ganze Zeit von jemandem verfolgt worden!

Von jemandem, der scheinbar auf unserer Seite steht, so irrwitzig das auch klingen mag.«

»*Ordo Novi Templi*? Der Orden vom Neuen Tempel? Was soll denn das sein?«, rätselte Horatio. »So etwas wie ein neuer Templerorden, dem der Mann mit der Schirmmütze dann wohl angehören muss?«

Byron schüttelte den Kopf. »Das halte ich für äußerst unwahrscheinlich. Denn ein christlich gesinnter Orden, der sich in der Nachfolge der legendären Tempelritter sieht, würde bei einem Datum ganz sicherlich entweder die christliche Zeitrechnung verwenden oder seine Zeitrechnung mit der Gründung des Templerordens 1118 beginnen. Im letzteren Fall hätten wir dann nicht erst das Jahr 364, sondern die Nachricht müsste auf den 7. November 781 datiert sein.«

»Klingt logisch«, sagte Harriet.

»Aber auch wenn man irgendein Jahr in der Zeit zwischen 1307 und 1314, als der französische König den Templerorden aus machtpolitischem Kalkül zerschlug und die Ordensoberen wegen angeblicher Ketzerei auf die Scheiterhaufen schickte, als Jahr null für diesen *Ordo Novi Templi* ansetzt, auch dann käme eine völlig andere Zahl als 364 heraus«, sagte Byron und nahm nun die kleine Stoffrolle aus der Schachtel.

Kaum hatte er die ersten drei, vier Umwicklungen gelöst, als er sah, dass die unteren Schichten von Blut durchtränkt waren. Er zog nun am Ende des Leinenstreifens und im nächsten Moment fiel ein blutiger Daumen in die Schachtel, der von einer scharfen Schneide direkt hinter dem Gelenk am rechten Handballen abgetrennt worden war.

»Allmächtiger!«, entfuhr es Harriet entsetzt.

Auch Byron, Horatio und Alistair schluckten beim Anblick dieses blutigen Daumens und wurden blass.

»Wer immer das zu verantworten hat, er hat damit über den Mann mit der Schirmmütze eine drakonische Strafe verhängt!«, sagte Horatio. »Denn ohne Daumen ist seine rechte Hand jetzt so gut wie nutzlos. Versucht nur mal, ohne Daumen irgendetwas zu greifen oder einen Knopf zu schließen!«

»Eine harte Strafe«, sagte Harriet. »Aber er hat keine Skrupel gehabt, auf uns zu schießen, und dabei in Kauf genommen, dass wir womöglich tödlich getroffen werden. Zumindest die ersten beiden Schüsse waren direkt auf uns gezielt!«

»Wer macht bloß so etwas, jemandem einen Daumen von der Hand schneiden?«, fragte Horatio.

»In vergangenen Jahrhunderten hat man nachts heimlich von den Leichnamen Hingerichteter die Daumen abgeschnitten, wozu man viel Mut brauchte, weil der Richtplatz vor der Stadtmauer bei dunkler Nacht als ein verwunschenes Territorium galt, wo einem Unheimliches widerfahren konnte«, erinnerte sich Byron. »Insbesondere solchen ›Diebesdaumen‹ wurde in Zeiten finsteren Aberglaubens eine magische Wirkkraft zugesprochen. Ein solches Knöchelchen, aufbewahrt im Geldbeutel oder unter der Hausschwelle vergraben, sollte Segen und immerwährenden Reichtum bringen.«

Horatio schüttelte sich. »Ich glaube nicht, dass der Absender derlei Glückwünsche im Sinn gehabt hat!«

»Nein, das hat er wohl kaum«, pflichtete Byron ihm bei, warf den blutigen Stoffstreifen schnell zu dem abgetrennten Finger, schloss die Schachtel mit dem Deckel und stellte sie unter seinen Sessel, um sie nicht ständig im Blick zu haben.

»Vergessen wir den Daumen!«, sagte Alistair. »Wichtiger ist wohl herauszufinden, wer hinter dieser rätselhaften Aktion steckt und was diese Abkürzung und das seltsame Datum bedeuten.«

»Der *Ordo Novi Templi* ist offenbar ein Geheimbund, der ganz wild darauf ist, sich in den Besitz des Judas-Evangeliums zu bringen«, sagte Harriet.

Byron nickte und verzog dabei das Gesicht. »Ja, aber aus welchem Grund? Und an Geheimbünden mangelt es in der Welt wahrlich nicht. Ich könnte euch aus dem Stegreif ein ganzes Dutzend dieser geheimen Gesellschaften aufzählen, etwa die berüchtigten chinesischen Triaden, die russischen Tschornye Sotni und Narodniki, die sizilanischen Beati Paoli und Decisi, die Rosenkreuzer, die Illuminaten, die Freimaurer – und diese *Ehrenwerte Gesellschaft der Wächter,* von der ich bislang jedoch noch nie gehört habe. Und dass diese mysteriösen *Wächter* es gewesen sind, die uns das Notizbuch und den Daumen geschickt haben, steht wohl außer Frage.«

Horatio nickte. »Natürlich! Die Abkürzung *D.E.G.d.W.* steht für *Die Ehrenwerte Gesellschaft der Wächter!«*

»Und dann steht das merkwürdige Datum *i.J.d.W.* natürlich für den 7. November 364 *im Jahr der Wache!«,* kombinierte Harriet. »Was ja wohl bedeutet, dass dieser Geheimbund seit 364 Jahren existiert und in all diesen Jahren irgendetwas bewacht.«

»Ja, aber was?«, sinnierte Horatio.

»Dieses sogenannte Evangelium des Judas kann es jedenfalls nicht sein«, sagte Byron. »Denn sonst hätten sie uns nicht den Mann mit der Schirmmütze vom Hals geschafft und uns vor diesem *Ordo Novi Templi* gewarnt. Für mich sind das Zeichen, dass sie uns nicht feindlich gesinnt sind und auch nicht beabsichtigen, unsere Suche nach dem Judas-Evangelium zu sabotieren.«

»Das kann aber auch ein Trick sein, um uns in Sicherheit zu wiegen«, gab Harriet zu bedenken. »Vielleicht haben sie ja doch die Judas-Papyri bewacht, bis Mortimer Pembroke sie in seinen Besitz gebracht hat, womöglich gar nicht durch einen überraschenden Fund bei einer archäologischen Ausgrabung, wie behauptet, sondern durch Diebstahl oder gar Raub! Und jetzt liegen sie auf der Lauer und warten mit dem Zuschlagen nur, bis wir das Versteck gefunden und all die Arbeit für sie erledigt haben.«

»Das ist wirklich nicht auszuschließen«, gab Byron zu. »Aber wenn das ihre Absicht ist, wäre es dann nicht klüger gewesen, uns diese Schachtel *nicht* zu schicken, uns *nicht* vor den Männern des *Ordo Novi Templi* zu warnen und *nicht* auf sich aufmerksam zu machen?«

»Auch wieder wahr«, murmelte Harriet und zog die Unterlippe grübelnd zwischen die Zähne.

Alistair räusperte sich. »Springen Sie mir nicht gleich ins Gesicht, Byron, für das, was ich jetzt sage. Aber kann es nicht sein, dass es sich bei diesen *Wächtern* oder dem *Ordo Novi Templi* um einen Geheimbund von Klerikern oder um Fanatiker ohne Priesterrock handelt, die dem Vatikan sehr nahestehen und um jeden Preis verhindern möchten, dass die Welt erfährt, was in dem Evangelium des Judas steht?«

»Eine Verschwörung von Kirchenmännern oder fanatischen Christen?« Byron ließ es sich durch den Kopf gehen. »Nein, gegen diese Theorie spricht mehr als dafür. Kein fanatischer Christ würde bei der Datierung etwas anderes als die christliche Zeitrechnung verwenden. Und was hätte die römisch-katholische Kirche oder jede andere christliche Konfession von einem Judas-Evangelium zu befürchten?«

»Vielleicht die Wahrheit, wie es damals wirklich gewesen ist?«, erwiderte Alistair in fragendem Ton. »Also wer Jesus wirklich war und ob es die Auferstehung tatsächlich gegeben hat und all solche Sachen?«

»Nach christlichem Verständnis wäre diese sogenannte Wahrheit des Judas Iskariot noch immer das Wort eines Verräters, der Jesus an die Hohepriester ausgeliefert hat«, hielt Byron ihm entgegen. »Ich glaube nicht, dass solch eine Schrift das Christentum ins Wanken bringen, geschweige denn die Kernaussagen des Neuen Testaments infrage stellen kann.«

»Nun ja, es war auch nur so ein Gedanke«, sagte Alistair. »Aber wer könnte sonst hinter dem *Ordo Novi Templi* und dem Geheimbund der *Wächter* stecken?«

»Die ganze Geschichte wird immer undurchsichtiger, je länger man alle Möglichkeiten bedenkt«, brummte Horatio.

»Vielleicht kommen wir diesem Geheimbund der *Wächter* und dem *Orden vom Neuen Tempel* eher auf die Spur, wenn wir wissen, was es mit diesem merkwürdigen Datum 364 *im Jahr der Wache* auf sich hat«, sagte Byron. «Es gibt noch andere Geheimgesellschaften, die eine eigene Zeitrechnung verwenden, so einige Logen der Freimaurer.«

Harriet legte unter ihrem kecken Pony die Stirn in Falten. »Sind diese Freimaurer nicht auch eine Gesellschaft von zwielichtigen Dunkelmännern?«

»Ganz und gar nicht. Das hat man ihnen zwar lange Zeit wegen ihrer geheimnisvollen und teilweise recht seltsamen Rituale nachgesagt. Aber diese Theorie von der angeblichen Weltverschwörung der Freimaurer, die auch heute noch von manchen Kreisen betrieben wird, ist völlig haltlos. Viele große Männer waren Freimaurer, etwa Goethe, Mozart, Voltaire, die Herzöge von Sussex und Kent, König Friedrich II. von Preußen, Benjamin Franklin, George Washington und noch viele andere bedeutende Persönlichkeiten«, sagte Byron. »Und wenn es auch heute noch reichlich Geheimniskrämerei in den Logen gibt, so geht es den Freimaurern doch im Prinzip allein um geistige und ethische Vollkommenheit. Freiheit, Gleichheit, Brüderlichkeit, Toleranz und Humanität sind ihre Grundideale und sie sind karitativ tätig.«

»Und was hat es mit der Zeitrechnung der Freimaurer auf sich?«, fragte Alistair.

Byron lächelte verlegen. »Verzeiht, dass ich manchmal in meinen Erläuterungen ausufere. Das scheint mir im Blut zu liegen.«

Horatio winkte ab. »Nicht der Rede wert. Die Nacht ist sowieso bald herum.«

Byron bemühte sich, zum Punkt zu kommen. »Die Parallele zu dem Datum der *Wächter* sehe ich in der Zeitrechnung der Freimaurer, bei denen fast jede Großloge als ihr ›Jahr null‹ ein anderes bedeutendes geschichtliches Ereignis ansetzt.«

»Was kann denn bedeutsamer sein als Christi Geburt und eine eigene Zeitrechnung rechtfertigen?«, fragte Harriet, und dass sie dabei ihre Hand auf den goldenen Kettenanhänger mit dem Bildnis der Muttergottes legte, geschah eher unbewusst als bewusst. »Oder sind sie dem Christentum feindlich gesinnt?«

»Ganz und gar nicht, auch wenn umgekehrt die Kirche mit ihnen ihre Probleme hat und die Zugehörigkeit zu den Freimaurern als schwere Sünde betrachtet, aber das steht auf einem anderen

Blatt«, sagte Byron. »Für das Verständnis ihrer Art von Zeitrechnung muss man jedoch wissen, dass die Freimaurer ihre Wurzeln in den Kreisen der biblischen Baumeister und Architekten mit ihrem jahrtausendelang gehüteten Geheimwissen um Statik und andere unverzichtbare Baulehren sehen. Nicht von ungefähr sind zwei ihrer bekanntesten Symbole das Winkeleisen und der Zirkel des Baumeisters. Deshalb beginnt für die meisten Freimaurer die Zeitrechnung auch mit der Erschaffung der Welt, die sie mit 4000 vor Christi Geburt ansetzen.«

»Und wo haben sie dieses genaue Datum her?«, wollte Alistair wissen. »Hat ihnen das vielleicht der Allmächtige zugeflüstert?«

Byron zuckte die Achseln. »Sie haben das Datum irgendwie aus dem Alten Testament errechnet. Fragen Sie mich jedoch nicht, worauf sie ihre Rechnung stützen. Jedenfalls versieht beispielsweise die irische Großloge heute Dokumente mit dem Jahresdatum 5899, wobei sich diese Zahl aus den 4 000 Jahren vor Christi Geburt und den 1 899 Jahren unserer christlichen Zeitrechnung zusammensetzt. Und hinter dieses Datum kommt der Zusatz A. L.«

»Der was bedeutet?«, fragte Horatio.

»A. L. ist die Abkürzung für *anno lucis* – im Jahr des Lichts. Bei anderen Logen beginnt die Zeitrechnung mit der Fertigstellung von Salomos Tempel im Jahr 1000, zu dem sie dann das aktuelle Jahr addieren. Diese Logen fügen der Jahreszahl ein A. Dep. hinzu für *anno depositiones,* im Jahr der Hinterlegung«, führte Byron weiter aus. »Für wieder andere Logen wie die Royal Arch beginnt die Rechnung dagegen mit dem Jahr, in dem Zerubabel den Bau des zweiten Tempels begann. Diese rechnen dann nur 530 Jahre zu unserer aktuellen Jahreszahl hinzu und schreiben dahinter A. I. für *anno inventionis,* im Jahr der Entdeckung.«

»Reichlich verrückt diese Art der Zeitrechnung, wenn ihr mich fragt«, meinte Alistair kopfschüttelnd.

»Aber dennoch viel gebräuchlicher, als die meisten glauben, und schon gar keine Erfindung der Freimaurer«, sagte Byron. »Auch die Tempelritter kannten ja eine eigene Datierung. Ihre Zeitrechnung begann mit der Gründung ihres Ordens, dem aktuellen Jahr minus 1118 und dem Zusatz A. O. für *anno ordinis* – im Jahr des Ordens. Wenn es den Orden der Tempelritter noch gäbe, wäre für ihn jetzt das Jahr 781 A. O.«

»Gut, solche Datierungen sind bei Orden und Geheimbünden also nichts Ungewöhnliches«, fasste Horatio zusammen. »Bleibt nun die Frage, was im Jahr 1535, offenbar dem Gründungsjahr der *Gesellschaft der Wächter,* in der Weltgeschichte so Bedeutsames geschehen ist, dass ein Geheimbund dieses Datum als sein Jahr null ansetzt. Hat einer eine Idee, was das sein könnte?«

Alistair hob in einer Geste der Kapitulation die Hände. »Ich habe nicht den Schimmer einer Ahnung, Freunde! In den Waisenhäusern, durch die ich geschleust wurde, ist nicht einmal das Wort ›Weltgeschichte‹ gefallen. Ich denke, das ist eine Frage für unseren gelehrten Byron.«

Dieser zuckte jedoch auch ratlos mit den Achseln. »Auf Anhieb fällt mir zu diesem Datum auch nicht viel ein«, gestand er. »Ich weiß nur, dass Michelangelo im Jahr 1535 von Papst Paul III. den Auftrag für ein Fresko in der Sixtinischen Kapelle erhielt und dass in der Lutherstadt Wittenberg in jenem Jahr erstmals Hofgerichte mit ausgebildeten Juristen eingerichtet wurden, die nicht mehr nach örtlichem Rechtsbrauch und Landesrecht, sondern fortan nach den Regeln des römischen Rechts zu entscheiden hatten. Aber weder das eine noch das andere kann etwas mit dieser *Gesellschaft der Wächter* zu tun haben. Aber ein Besuch morgen in einer der vorzüglichen Bibliotheken Wiens wird uns bestimmt mehr Auskunft über das Datum geben.«

Harriet nickte. »Ja, morgen ist auch noch ein Tag. Gehen wir zu Bett. Im Augenblick können wir ja doch nichts tun und drehen uns nur im Kreis. Außerdem ist es wichtiger, dass wir so schnell wie möglich den nächsten Hinweis finden, als dass wir dem Ursprung dieses Dunkelmännerordens auf die Spur kommen.«

»Und vergesst nicht, was wir als Sicherheitsmaßnahmen besprochen haben!«, erinnerte Horatio sie noch, bevor sie auseinandergingen. »Einen Stuhl vor die Tür zum Gang! Und die Verbindungstüren entriegeln!«

Byron schlief unruhig in dieser Nacht. Jedes Geräusch holte ihn aus dem Schlaf. Als er wieder einmal hochschreckte und mit laut pochendem Herzen in die Dunkelheit seines Zimmers lauschte, nahm er eine gepresste Stimme wahr, die von jenseits der Tür zu ihm drang und abgehackte Worte hervorstieß.

Sofort sprang er aus dem Bett und der letzte Rest schläfriger Benommenheit wich von ihm. Doch schon im nächsten Moment wurde ihm bewusst, dass diese abgehackte Stimme nicht von jenseits der Tür zum Hotelflur kam, sondern dass es Harriets Stimme aus dem Nebenzimmer war, die ihn geweckt hatte.

Leise öffnete er seine Verbindungstür, hinter der sich nach einem fußbreiten Zwischenraum die gegenüberliegende Verbindungstür befand, die jetzt auch unverschlossen sein musste. In Harriets Zimmer brannte Licht, wie der Schein unter der Tür verriet.

Er hörte ihre Stimme jetzt sehr viel deutlicher. Es war ein unverständliches Gestammel, das auf einmal in ein angstvolles Wimmern überging und so klang, als redete sie im Schlaf und unter dem Eindruck eines Albtraumes.

Aber was war, wenn es sich nicht um einen Albtraum handelte? Was war, wenn sie sich in Bedrängnis, ja in höchster Lebensgefahr befand und Hilfe brauchte?

Byron zögerte kurz, dann legte er seine Hand auf die Türklinke und öffnete ganz langsam die Verbindungstür. Durch einen schmalen Spalt spähte er in ihr Zimmer – und sah zu seiner Erleichterung, dass ihr keine Gefahr von einem Eindringling drohte, sondern dass sie in ihrem Bett lag, im Schlaf redete und wimmerte und wohl vergessen hatte, die Nachttischlampe zu löschen.

Harriet hatte sich bis zur Hüfte von der Überdecke freigestrampelt. Doch Byrons Blick huschte nur kurz über ihren schlanken Körper, der verführerisch durch den dünnen Stoff ihres fliederfarbenen Nachthemds schimmerte. Ihn rührte vielmehr der gequälte Ausdruck auf ihrem schweißglänzenden Gesicht. Unruhig warf sie sich hin und her, während sie im Schlaf mit den Dämonen ihres Albtraums kämpfte. Auch zuckten ihre Lider und ihre Augen rollten darunter hin und her.

Einige Sekunden lang stand er unschlüssig in der Zwischentür und sah sie an. Er kämpfte mit dem Verlangen, zu ihr ans Bett zu treten, sie sanft aus ihrem Albtraum zu wecken und in seine Arme zu nehmen.

Wann hatte er das letzte Mal ein solch brennendes Verlangen verspürt? Damals bei Constance.

Aber das lag mittlerweile viele Jahre zurück, und hatte er sich damals nicht geschworen, zukünftig stets der Vernunft die Oberhand über derartige Regungen des Herzens einzuräumen und sich nicht noch einmal solch einem Sturm der Gefühle und Sehnsüchte auszusetzen? Welch verheerende Folgen es für das seelische Gleichgewicht haben konnte, wenn einem die Erfüllung versagt blieb, hatte er trotz der Jahre, die inzwischen darüber vergangen waren, nicht vergessen. Wie hatte er an Leib und Seele gelitten!

Zudem war Harriet Chamberlain eine stolze und eigensinnige Frau, die es nicht mochte, wenn man sie wie ein schutzbedürftiges, unmündiges Mädchen behandelte. Auch passte sie wohl eher zu einem unkonventionellen Mann wie Alistair, mit dem sie sich ja von Anfang an am besten verstanden hatte. Bestimmt würde sie empört sein, wenn er sie weckte und sie merkte, dass er in ihr Zimmer gekommen war und sie im Schlaf beobachtet hatte, ohne dass Gefahr für ihr Leben bestanden hatte.

Und doch. Vielleicht . . .

Byron versagte es sich, diesem sehnsüchtigen Gedanken nachzugehen. Mit einem Ruck wandte er sich von ihrem Anblick ab und zog die Zwischentür leise hinter sich zu.

Der Schlaf wollte sich so schnell nicht wieder einstellen. Und so lag er wach im Bett, lauschte mit brennendem Herzen Harriets erstickten angstvollen Rufen und ihrem Wimmern, bis der Albtraum sie endlich freigab und er in der Dunkelheit nur noch seinen schnellen Herzschlag hörte.

14

Alistair und Harriet saßen, umgeben von Farnen und Kübelpalmen, im glasgedeckten Wintergarten des *Bristol* über ein Schachbrett gebeugt, als Byron und Horatio am späten Vormittag des folgenden Tages von ihren Recherchen aus dem Lesesaal der Universitätsbibliothek zurückkehrten.

Byron hatte Horatio um neun im Frühstückssaal getroffen, und weil Alistair und Harriet hatten ausschlafen wollen, waren sie übereingekommen, die Zeit zu nutzen und sich in der nahen Universitätsbibliothek über die Ereignisse des Jahres 1535 zu informieren. Auch hatten sie einen Funken Hoffnung gehabt, in einem der Stichwortkataloge auf die Begriffe *Ordo Novi Templi* und *Ehrenwerte Gesellschaft der Wächter* zu stoßen. Eine Hoffnung, die sich jedoch trotz intensiver Suche nicht erfüllt hatte.

»Da sind Sie ja endlich!«, rief Harriet und schob das Schachbrett mit einem Ruck von sich, sodass einige Figuren dabei umkippten, was sie jedoch nicht kümmerte. »Er wollte einfach nicht herausrücken, sondern bestand darauf, bis zu Ihrer Rückkehr zu warten!«

»Zu warten womit?«, fragte Horatio und setzte sich zu ihnen. Byron folgte seinem Beispiel.

»Na, mit seinem Coup!«, erwiderte Harriet aufgeregt. »Sehen Sie doch nur, wie er grinst! Wie Graf Koks von der Gasanstalt! Würde mich nicht wundern, wenn er gleich vor Stolz platzt!«

Byron machte ein ungläubiges Gesicht. »Sagen Sie bloß, Sie haben aus all den Zeichnungen wirklich Mortimers Code herausgefunden?«

Harriet hatte nicht übertrieben. Alistair grinste in der Tat von einem Ohr zum andern.

»Ja, es hat mich den Rest der Nacht gekostet, aber ich habe die harte Nuss geknackt«, bestätigte Alistair aufgekratzt. »Doch bevor ich Ihnen verrate, was dabei herausgekommen ist, sind Sie erst einmal dran mit Erzählen. Haben Sie etwas Brauchbares über die *Wächter* und den *Orden vom Neuen Tempel* herausfinden können?«

Horatio schüttelte den Kopf. »Wir sind alle Stichwortkataloge durchgegangen, haben aber keinen einzigen Hinweis gefunden. Wir haben es im wahrsten Sinne des Wortes mit Geheimbünden zu tun.«

»Dass beide Namen selbst in der umfangreichen Fachliteratur über Geheimgesellschaften nirgends erwähnt werden, nicht einmal als Fußnote, lässt darauf schließen, dass es sich entweder um sehr kleine, sehr junge oder sehr disziplinierte Organisationen handelt, deren Mitglieder strengstes Stillschweigen wahren«, sagte Byron.

»Und was haben Sie über das Jahr 1535 herausgefunden, das für diese ehrenwerten *Wächter* offenbar das Jahr null ihrer Zeitrechnung ist?«, wollte Harriet wissen. »Und machen Sie es bitte kurz, damit Alistair endlich damit herausrücken muss, wohin es von Wien aus geht!«

»Eigentlich nichts sonderlich Erhellendes«, gestand Byron etwas niedergeschlagen.

Horatio verzog das Gesicht zu einer spöttischen Miene. »Na ja, immerhin wissen wir jetzt, dass 1535 Lima von den Spaniern gegründet und die erste funktionsfähige Taucherglocke erfunden wurde und dass Kaiser Karl V. einen Feldzug gegen die Seeräuber von Tunis unternahm und dabei angeblich 20 000 christliche Sklaven befreite.«

»Das einzig Interessante an diesem Datum ist die Hinrichtung von Kardinal John Fisher, dem Bischof von Rochester, und des legendären Sir Thomas More, Kanzler des Königs, die beide von Cromwell auf das Schafott geschickt wurden, was mir gestern doch gänzlich entfallen war«, fügte Byron hinzu. »Beide hatten sich ja geweigert, König Henry VIII. als Oberhaupt der Kirche von England zu akzeptieren und ihm auch in dieser Funktion den Treueeid zu schwören. Für Kardinal Fisher und Sir Thomas More war und blieb der Papst das einzig legitimierte Oberhaupt der katholischen Kirche.«

Harriet runzelte leicht die Stirn. »War das nicht jener König Henry, der sechs Ehefrauen gehabt hat und über den es den bitterbösen Abzählreim *Geschieden, geköpft, gestorben. Geschieden, geköpft, überlebt!* gibt?«

Alistair lachte. »Auch eine Möglichkeit, zu einer gewissen Unsterblichkeit zu gelangen!«

Byron nickte. »Ja, genau diesen Henry VIII. meinte ich. Weil Papst Clemens VII. ihm die Scheidung von seiner Ehefrau Katharina von Aragon verweigerte, brach er mit der römisch-katholischen Kirche, beauftragte Cromwell mit dem Aufbau der anglikanischen Kirche und setzte sich selbst als deren Oberhaupt ein. Aber so dramatisch es damals auch war, dass die Kirche von England sich von Rom getrennt hat und herausragende Männer wie der Bischof von Rochester und Sir Thomas More für ihren Glauben auf das Schafott stiegen, so wüsste ich doch nicht, was das oder irgendein anderes Ereignis in jenem Jahr mit dem Geheimbund der *Wächter* zu tun haben könnte.«

Harriet zuckte die Achseln. »Und wennschon! Was soll es uns kümmern? Es genügt ja wohl, dass wir von ihrer Existenz wissen und vor ihnen genauso auf der Hut sind wie vor den Dunkelmännern des *Ordo Novi Templi!* So, und jetzt will ich endlich hören, was Alistair zu sagen hat!«

Alle Augen richteten sich gespannt auf Alistair.

Dieser blickte sich erst einmal um und überzeugte sich davon, dass sich niemand in ihrer Nähe befand, der sie belauschen konnte. Dann zog er das Notizbuch aus der Jackentasche, hielt es zwischen Daumen und Zeigefinger und ließ es in seiner erhobenen Hand vor und zurück wippen.

»Also, wenn ich nicht schon längst gewusst hätte, dass Mortimer Pembroke es faustdick hinter den Ohren hatte, spätestens nach dieser Nacht hätte ich vor diesem Irren den Hut gezogen«, versicherte er. »Der Bursche hatte was auf dem Kasten, so viel ist sicher!«

»Zur Sache, Alistair!«, drängte Harriet.

»Also gut! Nach mehrmaligem Studieren der Seiten, die den zweiten Teil ausmachen, fiel mir auf«, begann Alistair, »dass Mortimer zwischen all die Skizzen von blutrünstigen Wölfen, wilden

Bergschluchten und zinnenbewehrten Burganlagen sowie das andere Gekritzel zwar sechs Labyrinthe gezeichnet hat, aber nur einen einzigen Irrgarten.«

»Ist das nicht ein und dasselbe?«, fragte Harriet.

»Nein, in einem Labyrinth kann man sich nicht verirren, wie verschlungen seine Pfade und Windungen auch sein mögen, weil es nur einen Weg zu seiner Mitte und auch nur diesen einen Weg von dort zurück zum Eingang gibt«, sagte Alistair. »Dagegen finden sich in einem Irrgarten reichlich Kreuzungen und Verzweigungen, wo man sich jedes Mal aufs Neue für eine Richtung unter mehreren entscheiden muss und wo viele Wege als Sackgasse enden oder einen im Kreis führen. In solch einem Irrgarten kann man sich, wenn er nur groß genug und komplex genug angelegt ist, regelrecht verirren. Tja, und das hier ist nun der Irrgarten, den Mortimer gezeichnet hat.« Er schlug die entsprechende Seite auf und deutete auf die Zeichnung.

»So weit, so gut, Alistair«, sagte Horatio mit leichtem Stirnrunzeln. »Aber wo ist da in diesem Irrgarten irgendeine geheime Botschaft?«

»Das habe ich mich auch gefragt«, erwiderte Alistair. »Und dann ist mir aufgefallen, dass Mortimer hinter der Seite mit der Zeichnung des Irrgartens zwei Seiten herausgerissen hat. Byron hat uns ja gezeigt, wie man das feststellen kann, wenn man nur genau hinsieht. Und daraus habe ich dann den Schluss gezogen, dass das, was auf der Seite *hinter* dem Irrgarten folgt, sehr wichtig sein muss, und zwar so wichtig, dass Mortimer bei seinen beiden ersten Versuchen mit dem Ergebnis nicht zufrieden gewesen ist. Anderenfalls hätte er die Seiten ja dringelassen, so wie er es auch im ersten Teil mit all den verwirrenden Kritzeleien gemacht hat.«

»Kommt nach dem Irrgarten nicht diese Seite mit den Hunderten von Zahlen und Buchstaben?«, fragte Byron.

»Ja, genau die«, bestätigte Alistair und blätterte die Seite mit dem Irrgarten um, sodass die Folgeseite zum Vorschein kam.

»Das ist ja Zahlen- und Buchstabensalat in Reinkultur!«, sagte Horatio kopfschüttelnd.

»Ja, so sieht es zunächst aus. Aber in diesem Salat ist sehr wohl Mortimers Hinweis auf unser nächstes Reiseziel versteckt – und noch nicht mal verschlüsselt«, fuhr Alistair mit vergnügt blitzenden Augen fort. »Ich bin seinem Trick auf die Schliche gekommen, nachdem ich den Weg durch den Irrgarten gefunden und aufge-

zeichnet hatte. Heraus kam folgender Weg.« Er zog ein Blatt aus dem hinteren Teil des Journals und faltete es auseinander.

»Die Zeichnung ist ein wenig schief geraten, vermutlich weil meine zeichnerischen Fähigkeiten einiges zu wünschen übrig lassen«, scherzte Alistair. »Horatio hätte das natürlich tausendmal besser hingekriegt.«

»Nun ja, jeder Künstler fängt bescheiden an. Und wer weiß, wie weit Sie es eines Tages noch als Zeichner bringen werden, wenn Sie zehn, zwanzig Jahre ordentlich üben«, sagte Horatio und strich sich mit Daumen und Zeigefinger über seinen akkurat geschnittenen Schnurrbart.

»Kommen wir zum Irrgarten zurück«, sagte Alistair fröhlich. »Instinktiv habe ich gespürt, dass dieser verschlungene Pfad und die nächste Seite mit ihrem Zahlen- und Buchstabensalat auf irgendeine Art und Weise zusammengehören. Ich habe das Blatt mit der Linie hinter diese Seite gelegt, beides vor ein helles Licht gehalten, sodass die hintere Seite mit der roten Linie durchscheint, diese ein wenig hin und her geschoben und daraufhin dieses Bild erhalten.«

Und mit diesen Worten hielt er nun beide Seiten gegen das helle Licht der Glaskuppel über ihnen, über der sich ein stahlklarer, aber eisig kalter Winterhimmel spannte. Das Hotelpersonal hatte davon gesprochen, dass nach Tagen beständigen Regens der plötzliche Wetterumschwung ins Frostige nichts Gutes verhieß und man bei diesen Kapriolen nun auch jederzeit mit Schneefall rechnen müsse.

Harriet, Byron und Horatio beugten sich vor und verrenkten sich die Hälse, um selbst darauf zu kommen, wo des Rätsels Lösung steckte.

»Also mir sagt das Bild nichts!«, gab Harriet unumwunden zu. »Wo steckt denn nun die Botschaft?«

»Sie steckt in jedem rechtwinkligen Knick, den die rote Linie auf ihrem Weg durch den Irrgarten macht! Wenn man den Anfangspunkt und den Endpunkt mitzählt, stößt sie bei ihren 46 Richtungsänderungen auf exakt 46 Buchstaben, die fast immer rechts und links von Zahlen eingefasst sind, was vermutlich eine Verwechslung mit anderen Buchstaben verhindern soll«, erklärte Alistair. »Die Botschaft beginnt oben mit dem *i* zwischen den Zahlen 222 und 656, wo die rote Linie beginnt. Der nächste Buchstabe ist das *n* zwischen 343 und 434, wo die Linie ihren ersten rechtwinkligen Knick macht. Unten an der Kehre kommen das *d* zwischen 894 und 23 sowie das *e* gleich dahinter hinzu, bevor die Linie aufwärtsfährt und dort auf das *s* und das *t* vor dem Abstieg trifft. Und das geht dann immer so weiter.«

Harriet schenkte ihm einen bewundernden Blick. »Dass du darauf gekommen bist, ist ja unglaublich!«

Auch Byron zollte ihm gebührende Anerkennung, konnte aber nicht verhindern, dass er sich im Stillen wünschte, er hätte auch dieses Rätsel gelöst und könnte sich nun in ihrer Bewunderung sonnen.

»Tolle Leistung«, sagte Horatio kurz und trocken. »Und was kommt heraus, wenn man alle Buchstaben aneinanderreiht?«

»Wieder mal ein neues Rätsel«, sagte Alistair. »Denn die Buchstabenkette ergibt den Satz *In des toten Templers Nacken auf Graf Kovats Burg Negoi.* Ihr könnt mir glauben, ich bin alle anderen Kombinationen durchgegangen: Das und nichts anderes ist als einzig sinnvoller Satz möglich! Was jedoch nichts daran ändert, dass ich weder von einem Grafen Kovat noch von einer Burg Negoi gehört habe. Können Sie mit den Namen etwas anfangen, Byron?«

»Nicht auf Anhieb. Zumindest nicht mit dem Namen dieses Adligen. Aber Negoi ist mir nicht ganz unbekannt«, sagte Byron nach kurzem Nachdenken. »Ich bin mir sicher, vor gar nicht langer Zeit auf diesen Ortsnamen in einer geschichtlichen Abhandlung über den Balkan gestoßen zu sein. Aber wo genau dieses Negoi liegt, wird sich anhand meines Atlas leicht feststellen lassen. Ich gehe nur schnell hoch in mein Zimmer und hole ihn.«

Als er wenig später zu ihnen zurückkehrte, hatte er einen Finger schon zwischen den Seiten der Karte, welche die Donauländer zeigte, das Reich der österreich-ungarischen Monarchie, das angrenzende Königreich Rumänien sowie die anderen Balkanstaaten und einen Teil des Osmanischen Reiches.

»Negoi ist der Name des höchsten Berges in den Karpaten«, teilte er ihnen mit, während er den Atlas aufgeschlagen vor ihnen auf den Tisch legte und mit dem Zeigefinger auf die entsprechende Stelle deutete. »Das ist diese winkelförmige Gebirgskette hier, die Siebenbürgen von der rumänischen Moldau und der Walachei trennt. Die Burg Negoi dieses Grafen Kovat muss dann wohl in der Nähe des gleichnamigen Berges liegen. Die nächstgrößere Stadt ist Bukarest, sie liegt ungefähr 170 Kilometer von diesem Teil der Karpaten entfernt.«

Alistair nickte. »Ja, zu den Karpaten passen auch Mortimers Zeichnungen von zähnefletschenden Wölfen und schroffen Bergschluchten.«

Horatio verzog das Gesicht. »Wir müssen also nach Bukarest auf den Balkan und dann auch noch in dieses wild zerklüftete Bergland der Karpaten? Da werden wir um diese Jahreszeit mit Schnee zu rechnen haben!«, stöhnte er. »Das sind ja reizende Aussichten!«

»Es kommt noch besser«, sagte Alistair und verkündete: »Wenn wir auf der Karpatenburg den toten Templer und in seinem Nacken den nächsten Hinweis gefunden haben, geht es als Nächstes in wärmere Gefilde. Das schon mal zum Trost für die Karpaten, Horatio.«

»Hast du etwa auch noch den Code des dritten Teils geknackt?«, stieß Harriet ungläubig hervor.

Alistair grinste in die Runde und genoss die Situation sichtlich. »Das lag doch auf der Hand, da Mortimer im dritten Teil fast drei Seiten mit Zeichnungen von Spielkarten gefüllt hat. Da habe ich mir diese Seiten eben gleich mal näher angesehen.«

Harriet warf ihm einen kecken Blick zu. »Du bist ja ein richtig helles Köpfchen, Alistair!«

»Und was ist Ihnen dabei aufgefallen?«, fragte Byron etwas säuerlich, weil Alistair ihn mit seinen Entschlüsselungsfähigkeiten ja geradezu in den Schatten stellte.

»Ich weiß nicht, wie viel Sie vom Kartenspiel verstehen, insbesondere von den verschiedenen Formen des Pokerspiels«, sagte Alistair, »aber seit einigen Jahren wird Poker, vor allem die aus den USA stammende Variante *Texas Hold'em,* mit einem 52er-Blatt gespielt, also mit viermal dreizehn Karten von der Zwei bis zum Ass. Und was die Wertigkeit der Farben betrifft, so gilt die aufsteigende Reihenfolge Kreuz, Karo, Herz, Pik. Die höchste Karte ist also Pikass und die niedrigste Kreuz-Zwei.«

»So weit können wir Ihnen noch folgen, auch wenn wir nicht unser halbes Leben am Spieltisch verbracht haben«, sagte Horatio mit trockenem Spott.

»Byron hätte den Code vermutlich noch schneller geknackt als ich«, fuhr Alistair fort. »Ja, wahrscheinlich wäre mir gar nichts an diesen vielen Kartenbildern aufgefallen, wenn er uns nicht die Sache mit den Substitutionen und den 5x5-Quadraten erklärt hätte. So aber bin ich stutzig geworden, als ich die Kartenwerte durchging und feststellte, dass Mortimer nur Karten in den Farben Pik und Herz gezeichnet hat.«

Byron begriff sofort. »Und da es in solch einem Spiel von jeder Farbe dreizehn Karten gibt, ergeben beide zusammen sechsundzwanzig verschiedene Werte. Und das deckt exakt die Zahl der Buchstaben im Alphabet ab!«

»Genau!«, bestätigte Alistair. »Mit diesem Gedanken im Kopf habe ich dann nachgezählt, welche Karte am häufigsten auf diesen Seiten zu sehen ist. Das war die Pik-Zehn, gefolgt von der

Pik-Sechs und von Herzass. Und da wir von Byron ja gelernt haben, dass in einem Text am häufigsten das *e* vorkommt, gefolgt von *n* und *i*, lag der Schluss nahe, dass Mortimer das Alphabet auf die Werte der Karten verteilt hat – und dass die Pik-Zehn für das *e*, Herzass für das *n* und Pik-Sechs für das *i* steht. Und im Handumdrehen hatte ich den Code auf diesem Zettel hier aufgelistet.«

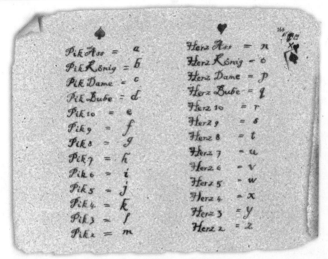

»Und was für ein Rätselspruch kam bei der Entschlüsselung heraus?«, wollte Harriet erwartungsvoll wissen.

Alistair drehte den Zettel mit dem Karten-Alphabet um. »Die folgende Nachricht: *Such in der Kehle des Propheten Stimme, die zwischen Skutari und Galata in Ahmet Murats Sans Mekani zur Ruhe kam.* So, und jetzt sind Sie an der Reihe, um den Rest dieses Rätsels zu lösen, Byron! Haben Sie eine Ahnung, was mit Sans Mekani, Galata und Skutari gemeint sein könnte und zu welchem Ort diese Bezeichnungen uns führen wollen?«

»Mehr als nur eine Ahnung«, sagte Byron. »Ich weiß sogar genau, was damit gemeint ist. Denn *Sans Mekani* ist Türkisch und bedeutet so viel wie ›Haus des Glücks‹. Und während Galata ein überwiegend von Europäern besiedelter Stadtteil von Konstantinopel ist, gehört der Ort Skutari zum gegenüberliegenden asiatischen Ufer des Bosporus. Rätselhaft ist mir nur, wo sich dort dieses Haus des Glücks befinden soll. Denn Galata und Skutari werden durch die breite Meerenge getrennt, die das Schwarze Meer mit dem Marmarameer verbindet. Zwischen diesen beiden Orten ist nichts als Wasser. Und meines Wissens gibt es dort bis auf den Felsen mit dem Leuchtturm nicht einmal kleine Inseln, die groß genug wären, um darauf ein Haus errichten zu können.«

»Was immer auch mit diesem Spruch gemeint sein mag, so bedeutet er doch wohl zumindest, dass wir nach dem Besuch bei Graf Kovat nach Konstantinopel müssen, dem einstigen Byzanz am Goldenen Horn!«, folgerte Horatio.

Byron nickte. »Und da die einzig vertretbare Reiseroute zur Burg Negoi in den Karpaten uns zwangsläufig über Bukarest führt und Lord Arthur uns großzügige Reisespesen gewährt hat, dürfte es das Vernünftigste sein, wenn wir für die Strecke Wien-Bukarest-Konstantinopel den *Orient-Express* nehmen!«

15

Auf dem Plattenteller des Grammofons mit dem blank polierten, sich weit öffnenden Schalltrichter drehte sich eine auf Schellack gepresste Aufnahme von Giuseppe Verdis Oper *Aida*. Die Musik erfüllte den Raum, der nach Waffenöl, Putzwolle und kaltem Stahl roch.

Auf der Werkbank der Waffenkammer von *Pembroke Manor* lagen auf alten Tüchern eine schwere englische Jagdbüchse mit doppeltem Lauf und ein deutsches Repetiergewehr von *Sauer & Sauer*. Die Schrotflinte der deutschen Waffenschmiede, deren Lauf aus Siemens-Martin-Stahl gearbeitet war und die neuartige Patronen mit rauchschwachem Pulver verschoss, war zweifellos die modernere und vorzüglichere Jagdwaffe. Aber dennoch schätzte Arthur Pembroke kein Gewehr aus seinem umfangreichen Waffenarsenal mehr als die Büchsflinte mit den brünierten Doppelläufen der Firma *Anson & Deeley,* die über einen glatten und einen gezogenen Lauf verfügte – und die schon so manches edle Wild erlegt hatte.

Die Büchsflinte war die Lieblingswaffe ihres Vaters gewesen und hatte nach dessen Tod Arthurs ältestem Bruder Wilbur gehört. Dieser hatte sie jedoch nicht in Ehren gehalten und deshalb war es nur gerecht, dass das Letzte, was Wilbur in seinem Leben gesehen hatte, der Doppellauf dieser Waffe gewesen war. Nie würde Arthur Pembroke vergessen, wie verblüfft sein Bruder in der letzten Sekunde vor seinem jähen Tod in die Mündung der Flinte geschaut hatte.

Lord Arthur strich fast zärtlich mit dem öligen Lappen über den Zwillingslauf. Und er war so sehr in Gedanken versunken, dass er das Anklopfen seines Butlers auch dann nicht gehört hätte, wenn die furiose Arie von Amonasro, des gefangenen Königs der Äthiopier und Aidas Vater, nicht mit voller Lautstärke aus dem Trichter des Grammofons geschallt wäre.

Dass er in der geräumigen Waffenkammer nicht länger allein war, bemerkte er erst, als diese Arie, in der Amonasro den ägyptischen König um die Freilassung der Gefangenen bittet, jäh abbrach. Überrascht wandte er sich im Rollstuhl um, legte die Stirn in Falten und fragte leicht verdrossen: »Was gibt es so Wichtiges, dass Sie Amonasro und damit auch dem genialen Verdi ins Wort zu fallen wagen, Trevor?«

»Entschuldigen Sie, Mylord, aber ich dachte, Sie wollten hiervon sofort Kenntnis erhalten«, antwortete der asketisch hagere Butler, der in seiner weiß behandschuhten Hand ein kleines Silbertablett hielt. »Das erste Telegramm ist eingetroffen – aus Wien, Mylord.«

Augenblicklich verschwand der ungehaltene Ausdruck auf Lord Arthurs Gesicht. »Prächtig! Unsere wachsamen Augen und Ohren melden sich endlich!«, rief er. »Nun machen Sie schon auf und lesen Sie vor, Trevor! Sie sehen doch, dass ich ölige Finger habe!«

»Sehr wohl, Mylord.« Der Butler setzte das Tablett ab, nahm das dreifach gefaltete Telegramm, riss es auf und las die Nachricht vor.

Arthur Pembroke lächelte zufrieden. »Der erste Hinweis auf das

Versteck lautet also *Des Judas Schriften ruhen unter Ruinen*. Nun, viel ist das ja nicht, aber das war auch nicht zu erwarten gewesen. Das nächste Telegramm dürfte mehr bringen und mir einen Hinweis geben, ob ich mit meiner Vermutung richtig liege. Und da ihre nächsten beiden Stationen also die Karpatenburg von Graf Kovat und Ahmet Murats Haus des Glücks in Konstantinopel sind, wird wohl erst aus Bukarest oder Konstantinopel mit dem nächsten Kabel zu rechnen sein.«

»Ja, das ist anzunehmen, Sir«, pflichtete Trevor Seymour ihm bei und erkundigte sich dann, was mit dem Telegramm zu geschehen habe.

»Was schon, Trevor? Werfen Sie es ins Feuer! Und legen Sie die Nadel wieder auf, bevor Sie gehen!«, wies Lord Pembroke ihn an und wandte sich wieder der doppelläufigen Büchsflinte zu.

In der Nacht desselben Tages klingelte wieder einmal das Telefon in einem stattlichen Bürgerhaus im Londoner Stadtteil Kensington. Und eine dem Hausherrn vertraute Stimme meldete sich wie gewöhnlich mit dem Losungswort.

»*Similitudo* . . .«

». . . *Dei*«, antwortete der Angerufene.

»Sie setzen die Reise fort, Abbot. Mit dem *Orient-Express* erst nach Bukarest, wo sie einen gewissen Graf Kovat auf dessen Burg Negoi in den Karpaten aufsuchen werden, und dann nach Konstantinopel.«

»Und wann genau steigen die vier in den *Orient-Express*?«

»Schon morgen Abend, Abbot. Ich weiß, die Nachricht kommt spät. Aber das Telegramm ist erst heute am späten Nachmittag auf *Pembroke Manor* eingetroffen.«

»Seien Sie unbesorgt. Wir werden tun, was in unserer Macht steht, und ihnen wie die Wölfe im Nacken sitzen!«

Vierter Teil

Der steinerne Tag

1

Der weiße Kastenwagen, auf dessen Längsseiten in grüner Farbe und mit goldgeränderten Buchstaben *Hotelwäscherei Döbling & Stiegel* geschrieben stand, rumpelte über das Kopfsteinpflaster der Tannengasse.

Der Kutscher Julius Höpfner war an diesem frühen Abend von seiner üblichen Route abgewichen, die ihn gewöhnlich vom Ladehof des *Bristol* zur Wäscherei im Stadtteil Mariahilf führte. Er hatte einen weiten Bogen um sein eigentliches Ziel geschlagen. Der Umweg hatte ihn durch den Bezirk Josefstadt und bis in die Nähe der Radetzky-Kaserne in Ottakring geführt. Dann war er mit seinem Gespann am Schmelzer Friedhof und auf der Rütteldorfer Straße noch ein Stück weit am kaiserlich-königlichen Exerzierplatz vorbeigezuckelt, bevor er nach links in die kurze Tannengasse abgebogen war.

Byron und seinen Gefährten machte das Gerüttel nichts aus, saßen sie doch sehr weich auf den dicken Säcken, die mit Hotelwäsche gefüllt waren. Nicht ganz so angenehm war die muffige Luft im Innern des Kastenwagens und dass sie einander kaum erkennen konnten. Denn außer der kleinen Sichtluke in der Tür hinten gab es keine Öffnung, die Licht und frische Luft in das Innere hätten dringen lassen können.

»Nicht zu fassen! Es schneit, wie man es uns vorausgesagt hat!«, sagte Harriet, die nahe der Sichtluke saß und Schneeflocken am Fenster vorbeitreiben sah.

Horatio zuckte die Achseln. »Und wennschon. Der *Orient-Express* ist ein Palast auf Rädern, der sicherlich auch gut geheizt ist.«

»Ja, aber wir haben auf dem Weg nach Bukarest auch einige Bergregionen zu durchqueren«, gab Byron zu bedenken. »Und wenn es in diesen Höhen bei heftigem Schneefall zu Verwehungen kommt, können auch die Räder eines solchen Luxuszuges stecken bleiben.«

»Ach was! Ein paar frühe Schneeflocken sind doch kein Grund, schon gleich das Schlimmste zu befürchten«, kam es von Alistair aus dem Halbdunkel. »Und jetzt sollten wir allmählich ausknobeln, wer von uns das Vergnügen hat, sich mit Harriet ein Zugabteil zu teilen.«

»Von wegen ausknobeln! Die Entscheidung liegt allein bei Harriet!«, stellte Byron sofort klar. Als er in der Agentur *Thomas Cook & Son* am Stephansplatz die Tickets für ihre Reise mit dem *Orient-Express* nach Konstantinopel über Bukarest gekauft hatte, waren nur noch zwei Doppelabteile frei gewesen. Und keiner von ihnen hatte Lust gehabt, noch mehrere Tage in Wien zu bleiben und auf den nächsten Zug zu warten. Denn der *Orient-Express* fuhr nur zweimal die Woche auf dieser Route.

»Das will ich wohl meinen!«, sagte Harriet mit Nachdruck.

»Na, dann sag uns, auf wen deine Wahl fällt, holde Harriet!«, forderte Alistair sie halb spöttisch, halb werbend auf. »Mir wird es ein Vergnügen sein, dich als meine frisch angetraute Frau auszugeben, um der gebotenen Schicklichkeit Genüge zu tun. Ich denke, wir beide geben ein hübsches Paar ab. Also, was meinst du? Ich verspreche dir auch, dass du dir das beste Bett aussuchen und immer zuerst in das Waschkabinett darfst. Und natürlich werde ich die Tugendhaftigkeit in Person sein!«

Horatio lachte trocken auf. »Weißt du überhaupt, wie Tugendhaftigkeit buchstabiert wird?«, frotzelte er.

»Vorsicht, mein Herr Kopist!«, protestierte Alistair. »Sie wagen sich da auf dünnes Eis!«

»Danke für das reizende Angebot, Alistair«, sagte Harriet. »Aber auf die pikante Rolle, die du mir zugedacht hast, möchte ich doch lieber verzichten. Ich werde mir mit Byron ein Abteil teilen.«

Dass Harriet sich für ihn entschieden hatte, versetzte Byron einen freudigen Stich. Irgendwie hatte er insgeheim gehofft, dass ihre Wahl auf ihn fallen würde, aber vermutet, dass sie Alistair den Vorzug geben würde. Allerdings mischte sich jetzt seine Freude sogleich mit Unbehagen. Bisher war er nämlich immer am besten damit gefahren, Frauen gegenüber sein Herz verschlossen zu halten und sichere Distanz zu wahren.

»Ich ahnte schon, dass der bittere Kelch nicht an mir vorübergehen und ich Alistair als Bettgenossen erhalten werde«, sagte Horatio mit einem schweren Seufzer.

»Übrigens werde ich nicht als Byrons Ehefrau reisen, sondern als seine Schwester«, fügte Harriet nun hinzu.

»Und warum Byron?«, fragte Alistair verdrossen.

»Aus demselben Grund, aus dem Lord Pembroke ihm das ganze Geld schon vor Antritt der Reise gezahlt hat, mein Lieber«, sagte Harriet forsch. »Weil er nämlich ein Gentleman ist und weiß, wie er sich gegenüber einer Frau zu verhalten hat, die sich gezwungen sieht, ein Abteil mit einem Mann zu teilen, mit dem sie weder verheiratet noch liiert ist.«

»Was soll das heißen? Dass ich kein Gentleman bin und nicht weiß, wie . . .«, setzte Alistair zu einem entrüsteten Protest an.

»Das soll heißen, dass ich mir bei dir nicht sicher bin, ob du deine flinken Finger auch wirklich bei dir lässt!«, fiel sie ihm ins Wort.

Horatio lachte schallend auf. »Das nenne ich unverblümt!«

Alistair kam nicht mehr dazu, sich noch länger über Harriets Unterstellung zu entrüsten. Denn der Kastenwagen der Hotelwäscherei war indessen links abgebogen und die kurze Strecke über die Felberstraße zum Nordeingang des Westbahnhofs gerattert. Julius Höpfner zog die Eisenstange der Bremse an, wickelte die Zügel um den Griff, sprang vom Kutschbock und öffnete die Hintertür.

»Da sind wir, die Herrschaften! Gerade noch rechtzeitig, bevor Wien im ersten Schneetreiben des Winters versinkt!«, rief er leutselig, legte beim Ausladen ihres Gepäcks kräftig mit Hand an und eilte dann in die prächtige Halle des Westbahnhofs, um einige der livrierten Träger in ihren nussbraunen Uniformen herbeizurufen, die ausschließlich für die Betreuung der Gäste des *Orient-Express* bereitstanden.

Wenig später trafen Byron und seine Gefährten auf dem Perron ein, der für den Luxuszug reserviert war, den man sowohl »König der Züge« als auch »Zug der Könige« nannte.

»Alle Achtung!«, entfuhr es Horatio, als sein Blick auf den *Orient-Express* fiel. »Der macht ja schon von außen einen spektakulären Eindruck! Gott sei Dank, dass ich mir noch zwei anständige Anzüge und Hemden in Wien gekauft habe.«

Alistair nickte. »Ja, nicht übel . . . Ich wette, dass der eine oder andere gut betuchte Passagier einem kleinen Spielchen nicht abgeneigt sein wird«, sagte er und grinste dabei über das ganze Gesicht. Und sein Blick taxierte schon die elegant gekleideten Herren und die in Pelz gehüllten und juwelenbehängten Damen, die vor ihnen über den Perron gingen.

Auch Byron war beeindruckt. Am Kopf des Zuges stand die in Dampfwolken gehüllte, beeindruckende Lokomotive. Zischend entwichen aus dem schwarzen, kohlenfressenden Monstrum mächtige Dampfschwaden, begleitet von metallischen Geräuschen. Gleich hinter der Lokomotive und dem Tender kamen die zwei Schlafwagen, der Speisewagen und der Salonwagen. Sie waren durch neuartige Faltenbalgübergänge miteinander verbunden, die wie Teile einer riesigen Ziehharmonika aussahen. Daran schlossen sich die Güterwagen an, in denen Postsäcke, die sperrigen Gepäckstücke der Passagiere und die unzähligen Behälter voll mit erlesenen Lebensmitteln mitgeführt wurden. Außen waren die Waggons aufwendig mit Teakholzleisten verziert, die ihnen ihr charakteristisches, nobles Aussehen gaben. Auf den Fenstern prangte in goldenen Lettern die Firmenaufschrift *Compagnie Internationale des Wagons-Lits et des Grands Express Européens*. Und hinter den breiten Fenstern sah man im hell erleuchteten Speisewagen schon vor der Abfahrt schneeweiße Tischtücher und zu Muscheln gefaltete Servietten, glitzernde Kristallgläser und schweres Silberbesteck.

Während der Zugführer, eine eindrucksvolle Gestalt mit sorgfältig geschnittenem weißem Kinnbart, gewichstem Schnurrbart und Goldlitzen auf seiner eleganten Uniform, vorn bei der Lokomotive stand und einen sichtlich ungeduldigen Blick auf das Zifferblatt seiner goldenen Taschenuhr warf, wurden die vier Reisegefährten von einem nicht weniger elegant livrierten Conducteur in Empfang genommen und in ihre Abteile geleitet.

Sowie sie den Zug betraten, umfingen sie wohlige Wärme und ein dezenter Duft von Holz, Wachs und Leder. Auf den Gängen dämpften dicke Teppiche die Schritte. Die Handläufe bestanden aus poliertem Messing. Wagentüren und Abteilwände trugen Teak- und Mahagonitäfelung, geschmückt mit Intarsien aus Rosenholz. Die Abteile, überraschend geräumig für einen Zug und mit breiten Sitzbänken ausgestattet, hatten vor den Fenstern Rollos mit Federantrieb sowie geblümte Damastvorhänge, die tagsüber an den Seiten von Seidenschnüren mit Quasten aus Goldfäden zusammengehalten wurden. Die Fenster konnten wie in einer Kutsche mit einem Ledergurt geöffnet werden.

Der Conducteur wies sie mit ausgesuchter Freundlichkeit in die Bedienung des Klingelknopfes und der Sprechröhre ein, die sie sogleich mit einem Bediensteten verbinden würde, der die Aufgabe habe, ihnen jeden Wunsch zu erfüllen. Neben dem Speisewagen gebe es in dem Zug noch einen Rauchsalon mit einer Bar für die männlichen Passagiere, ein Boudoir für die Damen sowie eine kleine Bibliothek. Und sie erfuhren, dass die Betttücher aus Seide, die Decken aus feinster Wolle und die Federbetten mit den leichtesten Daunen gefüllt waren, wenn das Zugpersonal die Sitzbänke für die Nacht in übereinanderliegende Betten verwandelte.

»Und wenn die Herrschaften wünschen, lassen sich die beiden Abteile durch das Öffnen dieser Intarsientür hier in einen privaten Salon verwandeln«, erklärte er.

Sie kamen aus dem Staunen über all den Luxus nicht heraus, der jedes Detail der Innenausstattung prägte. Besonders fasziniert war Harriet von dem Waschkabinett, das sich *cabinet de toilette* nannte. Es befand sich in einer Ecke hinter einer gebogenen Tür. Dort wartete ein ovales Waschbecken aus rotem Marmor. Und eine Reihe von Duftflakons sowie Cremes und teure Seifen füllten die Ablagen vor dem geschliffenen Kristallspiegel. Der obligatorische Nachttopf aus kunstvoll bemaltem Porzellan verbarg sich unter dem Waschbecken.

Alistair machte ein anderes Detail aus, als der Conducteur seine erste Einweisung beendet, ihre Tischreservierung für den Speisewagen entgegengenommen und sich zurückgezogen hatte. »Seht euch das mal an! Hier am Kopfende eines jeden Bettes gibt es ein kleines, samtiges Viereck mit einem Häkchen zum Aufhängen der Taschenuhr!«, stieß er verblüfft hervor. »Die Burschen haben wirklich an alles gedacht! Freunde, hier lässt es sich ein Weile aushalten! Von mir aus könnte die Reise auch eine ganze Woche dauern!«

Augenblicke später ertönte die Dampfsirene der Lokomotive. Ein sanfter Ruck ging durch den Zug und der *Orient-Express* setzte sich in Bewegung, rollte fahrplanmäßig um 18 Uhr 50 aus dem Wiener Westbahnhof und dampfte hinaus in die verschneite Dunkelheit.

2

Als der *Maître d'Hotel,* der Oberkellner, die Reisenden zum Dinner rief und Byron mit seinen Gefährten den Speisewagen betrat, raubte die luxuriöse Ausstattung selbst ihm fast den Atem. Sie spiegelte den prunksüchtigen Geschmack des viktorianischen Zeitalters wider. Kleine Kristallleuchter hingen von der gewölbten Decke, die weiß gestrichen und mit Ornamenten aus Blattgold geschmückt war, und verbreiteten ein gedämpftes, aber festlich funkelndes Licht. Die Wände waren mit Samt und Gobelins aus gepresstem Cordoba-Leder bespannt. Und zwischen den Fenstern hingen Original-Aquarelle und Stiche von den berühmtesten Künstlern des neunzehnten Jahrhunderts wie Delacroix, Decamps und Meryon.

Auch hier im Speisewagen fanden sich raffinierte kleine Details, die verrieten, dass man an alles gedacht hatte, was auch nur irgendwie der Bequemlichkeit und Annehmlichkeit der Gäste dienen konnte. So gab es etwa ein kleines Gestell, auf dem die Reisenden kleine Gegenstände wie ein Buch, einen Feldstecher, ein Zigarettenetui oder einen Tabaksbeutel ablegen konnten. Es zog sich unterhalb der Fenster über die ganze Länge des Salons entlang und ruhte auf vergoldeten, mit reichen Mustern geschmückten Stützen.

Der Speisewagen bot Platz für vierzig Gäste und jeder hatte für die Dauer der Reise seinen für ihn reservierten Stammplatz. Auf der einen Seite des rollenden Restaurants reihten sich sieben Tische für jeweils vier Gäste hintereinander, auf der anderen Seite sieben Tische für je zwei Passagiere. Vor dem letzten, hinter dem es zum Übergang in den Salonwagen ging, stand jedoch nur ein Stuhl. Dort saß ein stämmiger, untersetzter Mann mit dunklem, kraus gelocktem Haar, rosig rundem Gesicht und der leicht getönten Haut eines Orientalen. Der allein reisende Fremde, der ein auffälliges Jackett aus weinrotem Samt und dazu eine breite Fliege aus sonnenblumengelber Seide trug, genoss offensichtlich das besondere Privileg, seinen Tisch mit keinem anderen Mitreisenden teilen zu müssen.

Ein Kellner führte sie zu ihrem Vierertisch, der sich im hinteren Drittel des Speisewagens und nur zwei, drei Schritte von dem Einzeltisch entfernt befand. Sie nahmen auf den samtgepolsterten Stühlen mit ihren hohen, gleichfalls gepolsterten Rückenlehnen Platz und dann perlte auch schon Champagner in ihren schlanken Kristallkelchen.

Alistair hob sogleich sein Glas. »Na, dann wollen wir mal einen ordentlichen Schluck auf Lord Pembroke trinken, dass er die Weitsicht hatte, uns mit einer gut gespickten Reisekasse auf diese irrwitzige Jagd nach altem biblischem Kram zu schicken!«, sagte er beschwingt und zwinkerte dabei Byron zu.

»An deinen Trinksprüchen lässt sich noch einiges verbessern,

Alistair«, erwiderte Harriet spitz, die in ihrem schwarzseidenen Abendkleid mit dem Halskragen aus feinster Spitze umwerfend aussah.

»Werde mir bei Gelegenheit von dir Nachhilfeunterricht erteilen lassen, Verehrteste«, erwiderte Alistair, nahm einen kräftigen Schluck, um dann mit gedämpfter Stimme fortzufahren: »Obwohl ich mir habe sagen lassen, dass sich das Publikum im *Orient-Express* nicht nur aus Diplomaten, Adligen, Männern aus der Hochfinanz, Politik und Kunstwelt zusammensetzt, sondern auch aus einigen zwielichtigen Gestalten wie Spionen, Geheimkurieren und Waffenschiebern.« Dabei sah er sich im Wagen um, als wollte er feststellen, wer von ihren Mitreisenden wohl zu welcher Gruppe der eben genannten Personen gehörte.

»Solange keiner von ihnen zum *Ordo Novi Templi* gehört, kümmert es mich nicht sonderlich, wer noch mit uns nach Bukarest reist«, murmelte Horatio.

»Ich denke, diese Dunkelmänner haben wir in Wien abgehängt«, sagte Harriet zuversichtlich. »Es war eine gute Idee, vier Schauspieler zu engagieren, die für ein paar Tage unsere Rolle spielen. Auch wenn Sie dafür Ihren monumentalen Schrankkoffer haben opfern müssen, Byron.«

Dieser verzog stumm das Gesicht, hatte er sich doch nur sehr widerstrebend davon getrennt und seine Sachen in neu erstandenen Koffern untergebracht.

»Ja, es müsste schon mit dem Teufel zugehen, wenn unsere Verfolger trotz unseres Ablenkungsmanövers mitbekommen haben, dass wir Tickets für den *Orient-Express* gekauft haben und auf dem Weg nach Bukarest sind«, pflichtete Horatio ihr bei.

»Das hoffe ich auch«, sagte Byron und griff zur gefalteten Menükarte, die auf Französisch verfasst und auf schweres Büttenpapier gedruckt war.

Die ersten Speisen wurden bald aufgetragen und ihr Gespräch drehte sich wieder um Mortimers Notizbuch sowie ihre nächste Station, die sie hoch in die Berge der Karpaten führen würde. Sie beredeten, wie sie vorgehen und welchen plausiblen Grund sie anführen wollten, um sich Zugang zu der Burg von Graf Kovat zu verschaffen und dort heimlich nach dem »toten Templer« zu suchen, in dessen »Nacken« sich der nächste Hinweis auf das Versteck der Papyri befinden sollte – was auch immer Mortimer damit gemeint haben mochte.

Das feudale Dinner, bei dem zu jedem Gericht ein anderer Wein gereicht wurde, nahm seinen Lauf. Sanft wiegte sich der Zug über die Schienen und das gedämpfte rhythmische Rattern der Räder war wie ein dezenter gleichbleibender Grundton, auf dem die halblauten Gespräche der Passagiere, die verhaltenen Stimmen der Kellner sowie das gelegentliche helle Klingen von Kristallgläsern, Porzellan und Bestecken die eigentliche Melodie bildeten. Eine Melodie, die dann und wann einen besonderen Akzent bekam, wenn sich eine der Passagierstimmen etwas vernehmbarer als die anderen aus der harmonischen Sinfonie der leisen Unterhaltungen und Geräusche heraushob.

»Ich erinnere mich noch gut an die erste Fahrt, die nach Konstantinopel ging«, sagte ein groß gewachsener befrackter Mann an einem der sieben Zweiertische, der dem Tisch der vier Gefährten direkt gegenüberlag. »Das war im Oktober 1883. Da trugen die Kellner hier im Speisewagen noch kurze Spencer, dunkelrote Samtkniehosen, weiße Strümpfe, silberne Schnallenschuhe und vor allem gepuderte Perücken. Na, die Perücken haben sie nach dieser ersten Fahrt sofort wieder abgeschafft, weil beim Servieren allzu oft Puder in die Suppe der Gäste gerieselt ist, und das kam gar nicht gut an, das können Sie mir glauben!«

Sein Gegenüber, ein schmächtiger Mann mit einem goldgefassten Monokel, lachte kurz auf. »Nun ja, ein wenig Puder ist wohl das Geringste, was man auf seiner Fahrt in den Orient zu fürchten hat, Herr Baron. Ich habe mir sagen lassen, dass es auf einer Reise in den Balkan ratsam ist, sich zu bewaffnen, weil man stets mit Überfällen auf den Zug rechnen muss. Deshalb habe ich mir auch einen Revolver zugelegt und ein paar Stunden auf dem Schießstand zugebracht.«

Der Baron nickte. »Eine vernünftige Vorsichtsmaßnahme, Herr von Zittwitz, auch wenn derartige Zwischenfälle eher die Ausnahme sind. Andererseits, der Überfall im Mai 1891 auf den Zug ist mir noch in lebhafter Erinnerung.«

Seinem Tischgenossen fiel vor Schreck fast das Monokel in die Suppe. »Allmächtiger, Sie haben selbst schon einen Überfall von Banditen erlebt?«

Der Baron nickte. »In der Tat. Es geschah etwa hundert Kilometer vor Konstantinopel. Eine mit Pistolen und Messern bewaffnete Bande, die von einem Mann namens Anasthatos angeführt wurde, hatte den Zug durch eine Gleisunterbrechung zum Stehen gebracht. Die Burschen sammelten im Zug alle Wertgegenstände ein und nahmen einige der Gäste als Geiseln, unter anderem auch fünf deutsche Bankiers und den Geschäftsträger der britischen Botschaft in Pera. Für Letzteren verlangten sie ein Lösegeld von 8000 Goldpfund. Das Lösegeld wurde neun Tage später auch gezahlt und die Geiseln wurden daraufhin freigelassen. Der Bandenchef Anasthatos gab jedem von ihnen sogar fünf Goldstücke, damit sie ihre Reise fortsetzen konnten.«

»Und Ihnen . . . Ihnen ist bei diesem Überfall nichts passiert?«, fragte der schmächtige Herr von Zittwitz, der nun recht bleich aussah.

»Ebenso wenig wie diesem Anasthatos«, sagte der Herr Baron. »Der Bandit entkam mit dem erpressten Geld und wurde auch nie gestellt und seiner gerechten Strafe zugeführt. Aber dieser Überfall hätte um ein Haar zu einem ernsten diplomatischen Zwischenfall geführt. Denn Kaiser Wilhelm wollte eine Truppe aus Soldaten und Polizisten entsenden, um diese Bande dingfest zu machen, die es gewagt hatte, fünf hochrangige deutsche Staatsbürger zu entführen. Aber dieses Ansinnen fasste der Sultan in Konstantinopel als Beleidigung auf und verbat sich die Einmischung nachdrücklich.«

»Unglaublich!«, murmelte der Herr von Zittwitz, klemmte sich das Monokel wieder vor das rechte Auge und schob den noch halb vollen Suppenteller von sich, als hätte er plötzlich den Appetit verloren.

»Ja, der Balkan ist und bleibt nun mal ›der kranke Mann des Orients‹ und in den Ländern hinter der österreich-ungarischen Grenze weiß man nie, was einen an bösen Überraschungen erwartet. Die Leute sind wild und zügellos und die Herrscher prunksüchtig, schwach und miteinander aufs Bitterste verfeindet«, sagte der Baron voller Geringschätzung. »Und was die korrupte Obrigkeit betrifft, so ist die manchmal noch schlimmer als die Räuberbanden und Aufständischen, die so zahlreich sind wie die Flöhe auf einem streunenden Hund. Die ganze Region ist ein elendes Pulverfass, das ja auch regelmäßig explodiert. Ich gestehe, es nicht erwarten zu können, endlich von meinem Botschafterposten in Rumänien abberufen zu werden und wieder Dienst in einem halbwegs zivilisierten Land tun zu dürfen.«

Byron, Harriet, Horatio und Alistair, die dem Wortwechsel der beiden kurz gefolgt waren und sich stumm Blicke zugeworfen hatten, schenkten dem weiteren Gespräch keine Beachtung mehr, erging sich der Diplomat doch nun in weitschweifigen Ausführungen über die katastrophale Politik und Wirtschaft des Osmanischen Reiches.

Doch als nach dem Fischgericht, nun Filetspitzen à la Stroganoff serviert wurden, erregte das Gespräch der Gäste hinter ihnen ihre Aufmerksamkeit. Denn wie sich herausstellte, redeten die beiden älteren Ehepaare, bei denen es sich ihrem Akzent nach um Amerikaner handelte, über den Mann in dem weinroten Samtjackett, der allein am letzten Zweiertisch saß. Während des Essens blätterte dieser merkwürdige Gast unablässig in einem dicken Stoß Papiere, die er aus einer abgeschabten Ledertasche zu seinen Füßen gezogen hatte, und schrieb zwischendurch immer wieder etwas in ein dickes, abgegriffenes Notizbuch. Er war so in seine Arbeit vertieft, dass er kaum einmal aufblickte. Was die Kellner ihm an Weinen und Speisen servierten, nahm er kaum zur Kenntnis. Er aß wie ein Automat, zermalmte alles achtlos zwischen seinen kräftigen

Kiefern und spülte ebenso gedankenlos mit Wein nach, als handelte es sich dabei nicht um edle Tropfen, sondern um klares Wasser.

»Und ich sage dir, Maggie, das ist er!«, beharrte eine hohe Frauenstimme in Byrons Rücken. »Das ist der Mann aus Abteil 7, das für ihn reserviert ist, wann immer er den *Orient-Express* nimmt. Es heißt, dass er in diesem Zug mehr Zeit verbringt als irgendwo sonst. Ein richtiges Zuhause soll er gar nicht haben, wenn es stimmt, was ich über ihn gelesen habe.«

»Du meinst, das ist wirklich dieser Halbarmenier Basil Sahar?«, fragte die andere Amerikanerin am Hintertisch mit vor Aufregung atemloser Stimme.

»Wenn ich es dir doch sage, Maggie! Ich weiß es von unserem Zugbegleiter. Das ist der berüchtigte Waffenschieber, der überall seine Hände im Spiel hat, wo Länder miteinander im Krieg liegen.«

»Mein Gott, Jane! Bitte verschone uns mit pietistischer Moral. Die gehört hier wahrlich nicht her«, sagte daraufhin eine gelangweilte Männerstimme. »Der Mann ist Geschäftsmann so wie Edgar und meine Wenigkeit. Waffenhandel ist nun mal ein Geschäft wie jedes andere. Ein Produkt kommt nur auf den Markt, weil es dafür Bedarf gibt. Das gilt genauso für Waffen und Kriegsgerät wie für den Stahl, den unsere Firma produziert.«

Die mit Jane Angesprochene ging gar nicht darauf ein, denn da fragte Maggie auch schon neugierig: »Meinst du, er hat auch auf dieser Reise eine bildhübsche Geliebte in seinem Abteil? Er soll ja ein Schwerenöter und Casanova sein, der mit seinen zahlreichen Affären schon für so manchen Skandal gesorgt hat. Und er soll in Wien stets Damen und Dämchen zu sich ins Abteil einsteigen lassen. Obwohl ich mir das gar nicht vorstellen kann, so . . . so gewöhnlich, wie er aussieht. Was finden diese Frauen bloß an ihm?«

»Eine unerschöpfliche Geldquelle, wenn es wirklich Basil Sahar ist«, sagte der andere Mann an jenem Vierertisch trocken. »Da wird dann selbst eine hässliche Kröte zu einem strahlenden, verführerischen Prinzen – so wie ich die Frauen kenne!«

»Was du nicht sagst, Edgar!« Maggies Stimme nahm nun den scharfen Klang einer eifersüchtigen Ehefrau an. »Du *kennst* also *die* Frauen, ja? Würdest du mir bitte erklären, wie ich das verstehen soll?«

Alistair verzog das Gesicht zu einem breiten Grinsen.

»Dumm gelaufen! Ein schlechteres Blatt hätte er sich bei dieser Partie kaum geben können«, raunte er. »Das Eheleben mit einer Frau, die sich ihrer nicht sicher ist, birgt wahrlich mehr Gefahren als so manches Minenfeld.«

»Dann pass bloß auf, wer dich einmal in den Hafen der Ehe lockt, Alistair!«, sagte Harriet spöttisch.

Alistair lachte. »Keine Sorge, ich weiß schon, welches hübsche Biest blendend zu mir passt, kleine Schwester Bourke«, sagte er und schenkte ihr sein strahlendes, entwaffnendes Lächeln. »Ich habe da sehr genaue, geradezu plastische Vorstellungen. Wenn du Lust hast, können wir uns ja mal darüber unterhalten.«

»Du bist wirklich unverbesserlich«, sagte Harriet kopfschüttelnd, jedoch mit einem amüsierten Lächeln.

Byron, der ihr außen am Gang gegenübersaß, entging dieses Lächeln nicht. Er wünschte, dieses vergnügte Schmunzeln hätte ihren sanften Tadel nicht begleitet. Doch kaum wurde ihm dies bewusst, als er sich auch schon besorgt fragte, wieso ausgerechnet diese Frau, die zudem nicht einmal aus seiner Gesellschaftsschicht stammte und als Artistin durch die Welt tingelte, ihn nach all den Jahren eiserner Unberührbarkeit innerlich so in Aufruhr versetzte.

Augenblicke später wurden die Filetspitzen aufgetragen. Und mit dem Hauptgericht erschien ein Mann im Speisewagen, den bis dahin noch keiner von den Mitreisenden zu Gesicht bekommen hatte und der entschlossen war, sogleich und vor aller Augen einen Mord zu begehen!

3

Niemand schenkte dem etwa dreißigjährigen Mann mit dem tintenschwarzen, pomadisierten Haar sonderliche Beachtung, der aus dem Übergang vom zweiten Schlafwagen kam, den Speisewagen mit gebeugtem Kopf betrat, scheinbar an den Knöpfen seiner zu groß geratenen Jacke nestelte und sich auf dem Weg zum Ende des Waggons im Rücken der mit Tellern beladenen Kellner hielt.

Sein Gesicht war rot angelaufen, als litte er unter gefährlichem Bluthochdruck, und seine zusammengepressten Lippen zuckten unkontrolliert. Schweiß glänzte auf seiner Stirn und ein starrer Blick lag in seinen dunklen Augen, die eng über einer groben Nase lagen. Dass er dennoch niemandem auffiel, hing sicherlich damit zusammen, dass er wie die anderen Bediensteten im Restaurant den weißen Dress eines Zugkellners trug.

Anderthalb Schritte hinter Byron musste er kurz stehen bleiben, weil ein Kellner am Zweiertisch des Barons und seines monokeltragenden Tischgenossen gerade das Stroganoffgericht servierte. Als der Kellner den Weg frei machte, fuhr die rechte Hand des fremden Mannes im Weitergehen unter die Jacke. Ein leises, metallisch scharfes Geräusch folgte im nächsten Augenblick. Als seine Rechte eine Sekunde später wieder zum Vorschein kam, lag die lange, beidseitig geschliffene Klinge eines Stiletts in seiner Hand.

»Stirb und erstick an deinem Blut, du Hurensohn!«, brüllte er mit schriller, sich überschlagender Stimme – und stürzte mit dem Messer, dessen Stahl im Licht der kristallenen Leuchter bläulich funkelte, in der nun hoch erhobenen Hand auf Basil Sahar zu.

Der Waffenhändler hatte sich gerade mit der Linken eine Gabel voll aufgespießter Filetstreifen in den Mund gestopft und mit der Rechten ein Telegramm aus seinem Stoß Papiere gezogen.

Wäre Harriet nicht gewesen, hätte er leichtes Spiel gehabt. Denn niemand stand in seiner Nähe, um noch rechtzeitig eingreifen zu können.

Harriets Blick hatte den Mann flüchtig gestreift, als dieser hinter dem servierenden Kellner hatte warten müssen. Ihr war dabei unwillkürlich durch den Kopf geschossen, wie verwunderlich es war, dass dieser Kellner eine Jacke trug, die ihm deutlich zu groß war. Das passte nicht zu dem hohen Standard, der diesen Luxuszug doch eigentlich bis ins kleinste Detail prägte. Diese Beobachtung hatte das ungute Gefühl in ihr geweckt, dass mit diesem Mann irgendetwas nicht stimmen konnte. Alarmiert hatte sie jedoch erst das kurze metallische Schnappen, das unter seiner Jacke hervorgedrungen war, kannte sie sich doch mit Messern aller Art nur zu gut aus. Doch in dem Moment hatte der Mann schon ihren Tisch passiert.

Mit einer winzigen Verzögerung sprang sie wie von der Feder geschossen von ihrem Sitz auf, warf sich nach rechts in den Gang herum und bekam gerade noch rechtzeitig die Jacke des Angreifers zu fassen, als dieser seinen gellenden Schrei ausstieß, auf den Waffenhändler zustürzte und diesem sein Stilett in die Brust stoßen wollte.

Mit aller Kraft zerrte sie halb im Taumeln an der Kellnerjacke und riss den Mann damit von den Beinen. Die Klinge stach eine halbe Armlänge an Basil Sahars linker Schulter vorbei ins Leere. Im Sturz fegte der falsche Kellner mit seinem linken Arm das Weinglas und einige Papiere vom Tisch.

Bevor er sich wieder aufrappeln und einen zweiten Mordversuch unternehmen konnte, stand Harriet auch schon über ihm.

»Du wirst hier erst mal liegen bleiben, Bursche!«, rief sie, während sie ihm mit ihrem rechten Schnürstiefel das Stilett aus der Hand trat und ihm mit einem zweiten Tritt das Bewusstsein raubte.

Nach einem kurzen Moment der Stille brachen im Speisesalon wildes, vielstimmiges Geschrei und Chaos aus. Die Männer sprangen von ihren Sitzen auf, wobei so manches Glas und Porzellan zu Bruch gingen und nicht wenige damastene Tischtücher sowie Abendgarderoben mit Wein getränkt wurden. Alles redete und fuchtelte aufgeregt durcheinander. Jeder stand dem anderen im Weg, egal, wohin es ihn auch drängte. Einige besonders Furchtsame ergriffen mit dem entsetzten Ruf »Attentat! Da ist ein Attentat versucht worden!« die Flucht aus dem Speisewagen. Andere drängten sich neugierig in den Durchgang und wollten dorthin, wo beinahe ein heimtückischer Mord geschehen war. Zwei besonders zart besaitete Frauen fielen vor Schreck in Ohnmacht und bedurften einer scharfen Prise Riechsalz, um wieder zu sich zu kommen.

Basil Sahar war wohl der Einzige, der in dem Tumult noch an seinem Tisch saß, wenn auch mit sichtlicher Blässe im Gesicht. Seine Verblüffung galt jedoch nicht der Tatsache, dass er nur knapp dem Tod entkommen war, sondern dass es eine Frau gewesen war, die den Mordanschlag vereitelt hatte.

Byron und Alistair waren im nächsten Moment an Harriets Seite und vergewisserten sich, dass der Mann am Boden keine Gefahr mehr darstellte.

»Mein Gott, das war knapp!«, stieß Alistair hervor.

Harriet zuckte die Achseln. »Knapp vorbei ist gottlob auch vorbei«, erwiderte sie und ordnete ihre Ponyfrisur.

Bewundernd sah Byron sie an. »Alle Achtung, das war eine Glanzleistung an Schnelligkeit und Geistesgegenwart! Wie haben Sie . . .« Schnell verbesserte er sich und fuhr in seiner Rolle als angeblicher großer Bruder fort: »Wie hast du nur mitbekommen, was der Kerl vorhatte?«

»Das Geräusch der herausspringenden Stilettklinge hat mich alarmiert!«

Von weiter hinten kam die Stimme eines französisch sprechenden Mannes. »Lassen Sie mich durch, Messieurs! Ich habe von Berufs wegen mit den dunklen Abgründen des Verbrechens zu tun. Ich bin sicher, jetzt dort vorne von Nutzen sein zu können. Also bitte, haben Sie die Freundlichkeit, mir den Gang frei zu machen!«

Ganz langsam erhob sich Basil Sahar nun von seinem gepolsterten Stuhl, ergriff Harriets rechte Hand und führte sie zu einem formvollendeten Handkuss an seine Lippen.

»Was kann es für ein schöneres Geschenk geben, als von einer zauberhaften jungen Frau vor einem gewaltsamen Tod bewahrt zu werden«, sagte er mit dunkler, wohlklingender Stimme. Sein Englisch war makellos, wenn auch mit leichtem orientalischem Akzent. »Sie sehen mich in jeder Hinsicht überwältigt, verehrte Lebensretterin. Nun stehe ich auf ewig in Ihrer Schuld, Miss oder Missis . . .«

»Miss Chamberlain-Bourke«, stellte Harriet sich vor. »Und was Ihre ›Schuld‹ betrifft, so darf ich Sie beruhigen, Mister Sahar. Es war mir ein Vergnügen.«

Der Waffenhändler lachte verhalten auf. »Sehr charmant, Miss Chamberlain-Bourke.« Dann zeigte sich eine nachdenkliche Falte auf auf seiner Stirn. »Sagen Sie, sind wir uns schon einmal begegnet?«

»Nicht dass ich wüsste.«

»Merkwürdig, denn irgendwie kommen mir sowohl Ihr Name als auch Ihr Gesicht bekannt vor. Mir ist, als ob ich Ihnen schon einmal begegnet bin. Und ich könnte schwören, dass es in Wien gewesen sein muss. Sie müssen wissen, dass ich ein exzellentes Gedächtnis habe, was Namen und Gesichter angeht.«

»Möglicherweise haben Sie in Wien eine meiner Varietévorstellungen besucht«, sagte Harriet.

Das runde Gesicht des Waffenhändlers leuchtete auf wie ein Mond im Licht der Sonne. »Natürlich! Das ist des Rätsels Lösung. Sie sind Seilartistin und Messerkünstlerin! Ich wusste doch, dass ich schon einmal das Vergnügen hatte, Sie zu bewundern!«

»Verdammter Schleimer!«, zischte Alistair. »Um ein Haar wäre er gerade von dem Burschen da wie ein Schwein abgestochen worden, und schon versucht er, Harriet zu umgarnen!«

Der Oberkellner, blass vor Bestürzung über den Mordanschlag auf einen seiner wichtigsten Stammgäste, drängte sich nun in Begleitung zu ihnen durch. Er wurde dicht gefolgt von einem kleinwüchsigen, jungen, aber schon recht wohlbeleibten Mann mit schmalem Oberlippenbart und maßgeschneidertem Frack, der sich knapp als Monsieur Poirot aus Belgien vorstellte und sich dann sogleich dem am Boden liegenden Verbrecher zuwandte, der soeben mit einem lang gezogenen Stöhnen wieder zu sich kam.

»Mon dieu, da haben Sie ihm ja eine prächtige Platzwunde verpasst«, sagte er in Harriets Richtung, während er dem noch immer benommenen Mann die Hände auf den Rücken drehte. »Obwohl ich davon ausgehe, dass die Tatsache, von einer beherzten jungen Dame an der Ausführung seines schändlichen Vorhabens gehindert und von ihr in Orpheus' Arme geschickt worden zu sein, ihm noch erheblich länger Schmerzen bereiten wird als seine Kopfwunde. Nun denn, wir sollten ihn gut verschnüren und ihn dann einem Verhör unterziehen. Ich denke, auch Monsieur Sahar wird einiges zur Klärung dieses Mordanschlags auf seine Person beitragen können.«

Der Waffenhändler nickte. »Ja, der Mann ist mir wahrlich nicht unbekannt. Sein Name ist Francisco Alvarez Juan y Azcarte, ein spanischer Edelmann mit allerdings schlechten Umgangsformen...«

4

Eine gute Stunde später saßen sie mit Basil Sahar im Rauchsalon. Der Waffenhändler hatte darauf bestanden, dass auch Harriet ihnen dort Gesellschaft leistete, obwohl dieser Teil des Salonwagens sonst den männlichen Gästen vorbehalten war und die Frauen ihren Kaffee oder Sherry nach dem Dinner im Boudoir zu sich nahmen.

Die Männer hatten Brandy vor sich stehen und sich bis auf Alistair, der nichts als seine *Gold Flake* als Rauchware gelten ließ, eine Zigarre angesteckt, während Harriet ein Glas Tokaier bestellt hatte und sich ungeniert an Alistairs Zigaretten bediente.

»Ich glaube, ich bin nun auch Ihnen eine Erklärung für den Vorfall im Speisewagen schuldig«, sagte Basil Sahar. »Das scheint mir nur recht und billig, nachdem dieser kleine Belgier wie ein ungarischer Hauptkommissar in Gegenwart des Oberkellners mich und Francisco y Azcarte ins Verhör genommen hat.«

»Sie sind uns keine Erklärung schuldig«, sagte Byron. »Aber natürlich würden wir schon gerne wissen, was diesen Mann dazu getrieben hat, Ihnen nach dem Leben zu trachten.«

»Wenn ich mir eine Vermutung erlauben darf«, fügte Alistair hinzu, »so würde ich einiges darauf wetten, dass der Tat dieses mordlustigen Spaniers gewisse leidenschaftliche Motive zugrunde liegen, die mit Ihrem Ruf als Frauenbetörer zusammenhängen.«

In Harriets Mundwinkeln zuckte es belustigt.

Basil Sahar nahm diese nicht gerade schmeichelhafte Unterstellung gelassen hin und nickte. »Und damit haben Sie den Nagel auf den Kopf getroffen, Mister McLean. Francisco y Azcarte hat sich in die Idee verrannt, dass ich seine junge Frau vor einigen Jahren... nun ja, dass ich sie ihm abspenstig gemacht habe.«

»Ein schwerer Vorwurf, an dem natürlich nichts Wahres dran ist«, warf Alistair ein.

Der Waffenhändler nahm auch diese Spitze ohne Verärgerung hin und entgegnete mit einem selbstsicheren Lächeln: »Man sagt mir ja so manches nach. Einiges entspricht der Wahrheit, aber anderes geht weit daran vorbei. Was nun Francisco und seine Frau Alvira betrifft, so habe ich mir nichts anderes vorzuwerfen, als dass ich damals eingegriffen habe, um Alvira vor ihrem zweifellos geistesgestörten Mann zu retten.«

Und dann erzählte er ihnen, was sich damals im *Orient-Express* auf der Hochzeitsreise von Alvira und Francisco y Azcarte ereignet hatte. Der Vorfall hatte sich kurz vor Salzburg zugetragen. Der Schrei einer Frau aus dem Nachbarabteil hatte ihn aufgeschreckt und ihn zusammen mit seinem Leibwächter in jenes Schlafgemach stürzen lassen.

»Als wir die Abteiltür aufstießen, sahen wir eine junge Frau am Boden liegen. Ihr Nachthemd war zerrissen, von Blut überströmt. Sie hatte am Hals eine klaffende Wunde. Und sie wimmerte: ›Mein Mann will mich töten! Helfen Sie mir!‹ Kaum hatten wir die Situation erfasst, als Francisco auch schon mit einem Rasiermesser in der Hand auftauchte. Meinem Leibwächter gelang es gerade noch rechtzeitig, ihm die Waffe zu entwinden und ihn zu überwältigen.«

Horatio zog die Augenbrauen hoch. »Das wirft natürlich ein völlig anderes Licht auf diese Sache«, sagte er und blickte dabei Alistair mahnend an.

»Es war unverzeihlich von Franciscos Familie, seine Geistesgestörtheit vor Alvira und ihren Eltern zu verschweigen und diese Ehe zu arrangieren«, fuhr Basil Sahar fort. »Alvira hatte sich nach dem Vorfall selbstverständlich geweigert, bei ihm zu bleiben. Und erst viel später sind wir beide uns nähergekommen. Von einer Verführung meinerseits kann daher keine Rede sein. Man hat Francisco ärztlich behandeln lassen, aber leider davon abgesehen, ihn in einer geschlossenen Anstalt zu verwahren.«

»Wie kommt es, dass Ihr Leibwächter heute nicht zur Stelle war?«, wollte Byron wissen.

»Der Arme musste sich knapp eine Stunde vor der Abreise in ein Wiener Krankenhaus begeben. Er hatte eine Nierenkolik. Ich hoffe, man hat ihm dort helfen können und ihm ein gutes Schmerzmittel gegeben«, sagte Basil Sahar betrübt. »Er wird untröstlich sein, wenn er erfährt, dass Francisco y Azcarte mich beinahe erstochen hätte. Dem Himmel sei Dank, dass er mir Sie als rettenden Schutzengel gesandt hat, Miss Chamberlain-Bourke!« Er verneigte sich, im tiefen Sessel sitzend. »Mein Dank . . .«

». . . wird mir ewig gewiss sein, ich weiß«, fiel Harriet ihm lächelnd ins Wort.

Das Gespräch wandte sich nun anderen Themen zu und kam irgendwann zwangsläufig auf Basil Sahars Beruf als Waffenhändler, der unermüdlich durch die Welt reiste und an allen Brennpunkten politischer Konflikte seine Geschäfte machte. Insbesondere Horatio und Alistair interessierten sich dafür, wie er dazu gekommen war. Und Basil Sahar zeigte sich ausgesprochen auskunftsbereit.

»Dass ich einmal diesem Beruf nachgehen würde, stand mir wahrlich nicht ins Stammbuch geschrieben«, erzählte er. »Sie müssen wissen, dass ich griechisch-armenischer Herkunft bin. Und sowohl Grieche oder Armenier zu sein, ist in der Türkei ein schweres Los. Doch beides in einer Person, das ist doppelt bitter. Die Griechen sind den Türken verhasst und die Armenier würden sie am liebsten bis auf das letzte Kleinkind vertreiben oder Schlimmeres. Genügend Anstrengungen, diesem Ziel nahezukommen, unternehmen sie wahrlich! Aber lassen wir das.« Er machte eine kurze Pause, nahm einen Schluck Brandy und fuhr dann fort: »Ich bin also mit dem Makel griechisch-armenischer Abstammung zur Welt gekommen, und zwar in der südwestlichen Türkei, und dann in Tatvla, einem Elendsviertel von Konstantinopel, aufgewachsen. Dort verdiente ich mein erstes Geld als Fremdenführer.«

»Sie haben Touristen zu den Sehenswürdigkeiten der Stadt geführt?« Alistair machte ein ungläubiges Gesicht.

Basil Sahar schmunzelte. »Nun ja, man muss dazu wissen, dass die Bezeichnung ›Fremdenführer‹ in jenen Jahren und auch heute noch in Konstantinopel eine etwas andere Bedeutung hat, als es allgemein der Fall ist. Konventionelle Touristen waren zu meiner Jugend eher selten. Die überwiegende Zahl der Fremden waren Seeleute und Händler, die sich wahrlich nicht für die Blaue Moschee oder die römischen Ruinen interessierten. Ihnen stand der Sinn vielmehr nach dem, was ich mit Rücksicht auf die junge Dame in unserer Runde dezent als die orientalischen Liebesfreuden bezeichnen möchte.«

Alistair grinste. »So kann ich mir den Beginn Ihrer Laufbahn schon besser vorstellen.«

Basil Sahar schmunzelte. »Bittere Not kennt wenig Moral, wenn ich das zu meiner bescheidenen Entlastung anführen darf. Als ich das zwanzigste Lebensjahr erreichte, gelang es mir, mich in die Gilde der Feuerwehrleute einzukaufen.«

Byron runzelte die Stirn. »Einkaufen?«, wiederholte er irritiert. »Bei jenen Feuerwehrleuten, die ihr Leben zum Wohl ihrer Mitbürger aufs Spiel setzen?«

»Konstantinopels Feuerwehrleute hatten nie das Wohl ihrer Mitbürger im Sinn, sondern nur ihr eigenes. Zur Feuerwehr zu gehören, war gleichbedeutend mit Aussicht auf reiche Beute«, erklärte Basil Sahar zu ihrer aller Verwunderung. »Jeder Brand war eine Gelegenheit zur Erbeutung von geretteten Gegenständen. Und wer nicht bereit war, Schutzgeld an die Feuerwehr zu zahlen, dem brannte über kurz oder lang sein Wohnhaus oder Laden nieder, ohne dass die Feuerwehrleute auch nur eine Hand zur Löschung der Flammen rührten.«

»Ich würde sagen, dass Ihre Karriere offensichtlich schon von Jugend an einen sehr gradlinigen Verlauf genommen hat«, stellte Horatio trocken fest. »Vom Fremdenführer über den Feuerwehrmann zum Waffenhändler.«

Basil Sahar zuckte gleichmütig die Achseln und zog an seiner Zigarre. »Es liegt mir fern, die Jahre meiner bewegten Jugend beschönigen zu wollen. Aber wie schon erwähnt, kommt die Moral zumeist erst nach dem vollen Bauch und einem Dach über dem Kopf. Dennoch halte ich es mir zugute, dass mir später dann der Sprung in das ehrbare Geschäft der Kaufleute gelungen ist.«

Die Verblüffung, die auf Byrons Gesicht trat, fand sich auch bei Horatio, Harriet und Alistair.

»Bitte erlauben Sie mir die Frage, was Ihrer Ansicht nach das Ehrbare am Handel mit Waffen sein soll?«, erkundigte sich Byron so höflich, wie es die Frage gerade noch erlaubte.

»Oh, haben Sie keine Sorge, dass ich Ihre Frage für unangebracht halten könnte«, antwortete Basil Sahar. »Nicht Waffenhändler zetteln Kriege an, sondern machtbessene Könige, Kaiser und sonstige Potentaten. Und ganz egal, ob sie nur Keulen und Schwerter oder aber Gewehre und Panzer zur Verfügung haben, sie hetzen ihre Völker gegeneinander auf und schicken sie in den Krieg. Das war immer so und daran wird sich bedauerlicherweise auch in Zukunft nichts ändern.«

»Eine sehr realistische Weltsicht, die bestens dafür taugt, um als Waffenhändler nachts noch gut schlafen zu können«, meinte Horatio bissig.

»Ja, so könnte man es bezeichnen«, räumte Basil Sahar ein. »Wobei ich jedoch noch hinzufügen möchte, dass ich bei diesen kriegerischen Konflikten niemals Partei ergreife und stets darauf achte, dass die eine Partei quasi dieselbe Lieferung an Waffen bekommt, die mir die Gegenseite ins Orderbuch geschrieben hat. Das sorgt zumeist für ein ausgeglichenes Kräfteverhältnis und lässt gelegentlich beide zögern, den Krieg nun wirklich vom Zaun zu brechen. Ich nenne es das Gleichgewicht der verfeindeten Mächte.«

»Wirklich sehr interessant«, murmelte Alistair, der längst das Interesse an diesem Gespräch verloren hatte. Sein Blick ging immer wieder zu drei Männern hinüber, die an einem der hinteren Tische Platz genommen hatten und sich vom Barmann ein Paket Spielkarten bringen ließen.

»Und jetzt reisen Sie also nach Bukarest, um mit dem rumänischen König Geschäfte zu machen, auf dass der noch um einiges waffenstarrender wird«, folgerte Horatio.

Basil Sahar winkte ab. »Ach, das ist nur eine Zwischenstation auf meiner Reise nach Konstantinopel. Die wirklich lukrativen Geschäfte warten seit dem türkisch-russischen Krieg von 1878 in der Türkei und Russland und natürlich in Makedonien und Griechenland. Jeder will um jeden Preis das haben, was der andere sich gerade an Kriegsgerät zugelegt hat.«

»Und was ist im Augenblick so der Renner in Ihrer Angebotsliste?«, fragte Horatio.

»U-Boote«, sagte Basil Sahar wie aus der Pistole geschossen. »Diese Dinger haben zwar noch mit etlichen Kinderkrankheiten zu kämpfen und können noch keine große Kampfkraft entwickeln, aber ich schwöre darauf, dass den U-Booten die Zukunft gehört. Der Sultan in Konstantinopel ist ganz wild darauf, einige dieser neu entwickelten Unterseeboote zu seinem Arsenal zählen zu können. Und das garantiert mir, dass Griechenland sofort nachziehen und auch einige dieser Holland-VI-Tauchboote ordern wird, die ich zurzeit im Angebot habe.«

Alistair hielt es nicht länger in ihrer Runde. Er nahm sein Glas und erhob sich. »Sehr aufschlussreich das Ganze, Mister Sahar. Aber das genügt mir im Augenblick an Information über den derzeitigen Stand des Waffenhandels. Ich denke, ich leiste jetzt den Männern dorthinten Gesellschaft, die sich zu einem Kartenspiel zusammengefunden habe. Denke mal, dass denen ein weiterer Mitspieler, der den Pot fetter macht, sicherlich willkommen sein wird, sofern Poker ihr Spiel ist, wie ich hoffe.«

»Eine blendende Idee, Mister McLean!«, stimmte ihm der Waffenhändler sogleich zu. »Auch ich habe eine Schwäche für dieses aufregende Spiel! Setzen wir uns also zu ihnen! Und da ich an jenem Tisch den Freiherrn von Graven sehe, bin ich mir sicher, dass dort gepokert wird. Denn jedes andere Kartenspiel ist ihm aus tiefster Seele zuwider. Also dann, mal sehen, wem die Karten heute Nacht gewogen sind.« Er erhob sich und verbeugte sich vor Harriet. »Miss Chamberlain-Bourke ... Gentlemen!« Und damit begab er sich mit Alistair zu den Kartenspielern im hinteren Teil des Rauchsalons.

»Was für ein Typ!«, murmelte Horatio kopfschüttelnd. »Ich weiß nicht recht, ob ich ihn für seine Kaltschnäuzigkeit und Skrupellosigkeit bewundern oder verabscheuen soll! Mangelnde Offenheit ist ihm jedenfalls nicht vorzuwerfen.«

Byron nickte mit nachdenklicher Miene. »Er ist wahrlich eine schillernde Persönlichkeit, das lässt sich mit Sicherheit sagen. Nun ja, *ex ungue leonem* – an den Klauen erkennt man den Löwen!«

Harriet schaute indessen Alistair nach. »Ich hoffe, er weiß, mit wem er sich da an einen Pokertisch setzt«, sagte sie besorgt. »Er mag sich mit seinen tausend Pfund für reich halten, doch für Sahar und die anderen Mitspieler dürfte das keine sonderlich beeindruckende Summe sein.«

»Alistair ist alt genug, um zu wissen, worauf er sich da einlässt«, sagte Byron.

Sie saßen noch eine gute halbe Stunde zusammen. Dann begann Harriet, hinter vorgehaltener Hand zu gähnen. »Ich denke, ich gehe schon mal ins Abteil und mache mich für die Nacht fertig. Der Tag war lang und das Dinner allzu mächtig.«

Byron nickte ihr zu, wich dabei jedoch ihrem Blick aus. »Lassen Sie sich nur Zeit, Harriet. Meine Zigarre hält mich hier noch eine Weile fest«, sagte er und konnte nicht umhin, sich vorzustellen, wie sie sich in ihrem gemeinsamen Abteil gleich entkleiden und in ein Nachthemd schlüpfen würde.

Er ließ die Zigarre langsam im kristallenen Aschenbecher verglimmen. Als er meinte, Harriet Zeit genug für das Umkleiden und die Nachtwäsche gegeben zu haben, wünschte er Horatio eine angenehme Nachtruhe und machte sich auf den Weg zu ihrem Abteil. Ein Blick hinaus in die vorbeiziehende nächtliche Landschaft Ungarns sagte ihm, dass es noch immer schneite. Die weiße Decke, die der Schnee lautlos über das Land gelegt hatte, leuchtete hell im Licht des Mondes, der in seinem dritten Viertel stand. Es war ein Anblick von makelloser Schönheit und stillem Frieden.

Leise öffnete er die Abteiltür. Harriet hatte für ihn das kleine Nachtlicht über der Tür zum Waschkabinett brennen lassen. Behutsam schloss er die Tür hinter sich. Harriet hatte wie erwartet das untere Bett gewählt. Der seidige und reich bestickte Vorhang davor war zugezogen.

»Sie brauchen nicht auf Zehenspitzen zu schleichen, Byron«, sagte Harriet hinter dem Vorhang. »Ich schlafe noch nicht. Tun Sie sich also keinen Zwang an.«

»Danke«, murmelte er merkwürdig verlegen. »Das macht die Sache natürlich etwas weniger anstrengend.« Er zögerte kurz, ob er sich zum Auskleiden ins angrenzende Waschkabinett begeben sollte, beschloss dann jedoch, zumindest die Schuhe sowie den Abendanzug schon im Abteil auszuziehen und die Sachen in den Schrank zu hängen. Zwar war es ein blickdichter Vorhang, dennoch fühlte Byron sich merkwürdig beklommen, als er nur noch in Strümpfen, Leibwäsche und Oberhemd bekleidet so nahe bei ihr am Bett stand.

Schnell warf er sich seinen Morgenmantel über und verschwand im Waschkabinett. Er war nun froh, vor dem Zubettgehen erst noch die Toilette des Speisewagens aufgesucht haben. Jetzt einem solchen Bedürfnis nachgeben und vom Nachttopf Gebrauch machen zu müssen, hätte ihn in peinlichste Verlegenheit gestürzt.

»Haben Sie etwas dagegen, wenn wir das Nachtlicht brennen lassen?«, fragte Harriet bittend, als sie ihn aus dem Waschkabinett kommen und hoch zum Oberbett steigen hörte.

»Nein, nicht im Geringsten«, sagte er. Doch eigentlich liebte er es, beim Schlafen tiefste Dunkelheit um sich herum zu haben. Dann konnte er seinen Gedanken am besten freien Lauf lassen.

»Danke, Byron.«

»Nichts zu danken, Harriet.«

»Was für ein Tag!«

»Fürwahr! An Aufregungen hat es wirklich nicht gemangelt.«

»Was uns wohl in den Karpaten und auf dieser Burg des Grafen Kovat erwarten wird?«, sinnierte sie mit schläfriger Stimme.

»Ich schätze mal, eine Menge Schnee – und hoffentlich ein toter Templer, der uns sein Geheimnis verrät. Sofern wir ihn denn finden.«

Sie lachte leise. »Das werden wir. Und Sie werden den Code knacken. Das ist so sicher, wie Alistair die Finger nicht vom Glücksspiel lassen kann.«

»Ihr Vertrauen ehrt mich.«

»Ich bewundere Menschen, die über eine umfassende Bildung verfügen und sich in jeder Lage und jeder Gesellschaft ihrer selbst sicher sind«, kam es leise von unten.

Ihre überraschenden Worte weckten ein warmes Gefühl tiefer Zuneigung in Byron. Und er brauchte einen Moment, um seine Verlegenheit zu überwinden und eine angemessene Antwort zu finden.

»Erlauben Sie mir das Eingeständnis, dass die Bewunderung gegenseitig ist«, sagte er schließlich etwas steif in seinem Bemühen, einerseits nichts Falsches zu sagen, ihr aber andererseits zu verstehen zu geben, welch hohe Meinung er von ihr hatte. »Und zwar nicht erst seit Ihrem Heldenstück im Speisewagen. Zudem ist Bildung nichts, was um ihrer selbst der Bewunderung wert ist. Es kommt wohl vielmehr darauf an, wie und zu welchem Zweck man von ihr Gebrauch macht.«

»Sehr wahr«, erwiderte sie und fügte dann recht ernüchternd hinzu: »Manchmal können Sie mit Ihrem vielseitigen Wissen einem nämlich ganz schön auf die Nerven gehen!«

Byron musste schlucken. »Oh, das ... das bedaure ich natürlich«, murmelte er.

»Aber lassen Sie sich deshalb nicht die Nachtruhe verderben. Sie sind keineswegs so unausstehlich, wie ich anfangs gedacht habe«, sagte sie mit einem vergnügten Ton in der Stimme. »Mittlerweile bin ich ganz froh, dass Sie mit von der Partie sind. Und jetzt Gute Nacht! Schlafen Sie gut!«

»Ja, Sie auch«, erwiderte Byron etwas niedergedrückt, denn ihm war plötzlich bewusst geworden, dass dieses »ganz froh« schon alles war, was sie für ihn empfand. Aber trotz dieses recht enttäuschenden Gedankens fiel er bald in den Schlaf.

Mitten in der Nacht, als Budapest schon viele Stunden hinter ihnen lag, erwachte er. Zuerst drang nur der gedämpfte Ton der Räder an sein Ohr, der ihm wie der einschläfernde Rhythmus eines monotonen Wiegenliedes klang. Dann vernahm er das abgehackte Stammeln und Wimmern, das von Harriet kam. Wieder einmal schien ein Albtraum sie im Schlaf zu quälen.

Hellwach lag er im Bett, lauschte nach unten und überlegte, was er tun sollte. Schließlich richtete er sich auf, schob den Vorhang zur Seite und stieg vorsichtig hinab. Unten verharrte er mehrere Augenblicke reglos vor ihrem Bett, bevor er den Mut fand, ihren Vorhang ganz langsam ein Stück aufzuziehen. Das Licht der Nachtleuchte fiel nun auf sie. Wie vor Tagen im *Hotel Bristol* hatte sie sich in ihrem unruhigen Schlaf halb freigestrampelt.

Wieder wartete er einige Sekunden und sah sie nur an. Doch nicht mit dem lüsternen Blick des Voyeurs, der sich an der kaum verhüllten Nacktheit eines anmutigen Körpers weidete, sondern mit dem eines Liebenden, den es schmerzte, die Geliebte so gequält zu sehen.

Schließlich nahm er sich ein Herz, setzte sich mit größter Behutsamkeit auf die Bettkante und strich mit seiner flachen Hand leicht wie eine Feder über ihren nackten Arm. »Scht!«, raunte er dabei. »Sei ganz ruhig! . . . Keiner kann dir etwas antun . . . Es ist nur ein Traum . . . Ganz ruhig, Harriet . . . ganz ruhig.« Und immer wieder glitt seine Hand mit zärtlicher Sanftheit über ihre Haut.

Eine ganze Weile saß er so an ihrem Bett, flüsterte ihr beruhigende Worte zu und streichelte ihren Arm. Plötzlich seufzte sie tief. Ihr Wimmern und unverständliches Stammeln erstarben. Gleichzeitig verlor ihr Gesicht den gequälten Ausdruck, es entspannte und glättete sich, ja wurde fast zu einem stillen, in sich gekehrten Lächeln. Nun ging ihr Atem wieder ruhig und gleichmäßig. Der Albtraum war von ihr gewichen.

Es fiel Byron schwer, sich von ihrem Anblick loszureißen, sich vorsichtig von ihrem Bett zu erheben und den Vorhang wieder zu schließen.

Als er wieder oben in seinem Bett lag, fragte er sich mit einem heißen Brennen in der Brust, wie stark diese Macht wohl war, die nicht erst in den letzten Minuten von seinen innersten Gefühlen Besitz ergriffen und ihn in solch einen Zwiespalt zwischen Sehnen und Verweigern gerissen hatte.

5

Bedrückt Sie etwas?«, erkundigte sich Horatio am folgenden Morgen beim Frühstück bei Harriet, die ungewöhnlich still und in sich gekehrt mit ihnen am Tisch saß. »Sie machen heute einen irgendwie abwesenden Eindruck.«

Verwirrt blickte Harriet auf. »Wie bitte? Nein, mich bedrückt nichts«, versicherte sie. »Ich war nur in Gedanken bei diesem . . . diesem merkwürdigen Traum, den ich die letzte Nacht hatte.«

Byron hätte sich fast an einem Stück frisch gebackenem Croissant verschluckt und griff hastig zu seiner Serviette, um sein Husten zu dämpfen.

»Und was war so merkwürdig an diesem Traum?«, wollte Alistair wissen. Er hatte dunkle Schatten unter den Augen und hätte an diesem Morgen vermutlich den besten Grund von ihnen allen gehabt, bedrückt zu sein. Denn er hatte die stolze Summe von gut neunhundert Pfund beim Pokern verloren. »Vielleicht muntert es mich ein wenig auf und lässt mich vergessen, dass die feinen Herren mir gestern Nacht beinahe mein ganzes Geld abgenommen haben. Ich vermute sogar, dass ich heute Morgen böse in der Klemme gesessen hätte, wenn dieser Waffenschieber nicht in der letzten Runde ganz überraschend sein Blatt hingeworfen hätte, als nur noch wir beide um den Pot spielten. Ich hatte nämlich absolut nichts in der Hand. Also, nun rück schon damit heraus, Harriet! Es interessiert mich, wovon eine einsame junge Frau so träumt.« Dabei sah er sie mit einem unverschämt zweideutigen Lächeln an.

Harriet winkte ab, während eine verlegene Röte ihre Wangen färbte. »Ach, es ist nichts . . . jedenfalls nichts, was ich ausgerechnet dir auf die Nase binden möchte!«, beschied sie ihn forsch. »Und dass sie dir beim Pokern sozusagen die Hosen ausgezogen haben, geschieht dir nur recht! Das kommt davon, wenn man sich mit so reichen Leute an einen Tisch setzt!«

Alistair grinste. »Der fette Speck reizt nun mal mehr als der magere. Und ich hole mir mein Geld schon wieder, verlass dich drauf!«, erklärte er mit dem unzerstörbaren Optimismus des leidenschaftlichen Spielers.

Byron hielt seinen Blick auf seinen Teller gesenkt und tat so, als nähme ihn das opulente Frühstück völlig in Anspruch und als hätte er den Wortwechsel soeben nicht mitbekommen. Dabei fragte er sich im Stillen, ob Harriets merkwürdiger Traum wohl etwas mit ihm und seinem zärtlichen nächtlichen Beistand zu tun hatte.

Bis auf diese kurze angespannte Situation, die nur Byron und Harriet als solche empfunden hatten, verlief der Rest des Tages ohne besondere Vorkommnisse. Mit ruhigem Gleichmaß zogen an den Fenstern die weiten, fast baumlosen Ebenen der Puszta vorbei. Scheinbar endlos erstreckte sich die Einöde. Gelegentlich tauchte in der menschenleeren Steppe ein ärmliches Dorf, ein einsames Gehöft oder ein Fuhrwerk auf. Der bläulich leuchtende Schnee verschwamm mit dem Blau des Himmels und alles Eckige löste sich in weiche, vage Konturen auf. Einmal sahen sie eine Reiterschar in der Ferne, die auf wilden Nonius-Pferden dahinpreschte und die Byron wie eine flirrende Fata Morgana erschien. Doch all diese fremden Bilder verschwanden wieder so schnell aus dem Blickfeld der Zugreisenden, wie sie lautlos hineingeglitten waren. Hier und da hörte man Passagiere darüber reden, dass der Zug nun in den tiefen und wilden Balkan vorstieß, wo man jederzeit auf unangenehme Überraschungen gefasst sein musste.

»Das Räuberpack in diesen Regionen weiß nämlich nur zu gut, welcher Reichtum da mit gerade mal sechzig Stundenkilometern auf den maroden Gleisen vorbeizieht!«, hörte Byron im Vorbeigehen einen fettleibigen Mann sagen, der mehr goldene Ringe an seinen Fingern trug als so manch schmuckverliebte Frau.

Worauf sein Gesprächspartner erwiderte: »Apropos Räuberpack! Ich habe gehört, dass wir nicht nur einen Leipziger Zobelpelzhändler und wieder einmal einen Agenten für russische Staatsanleihen an Bord haben, sondern auch einen Spezialisten für Statistiken. Den hat eine orientalische Regierung in verzweifelter Lage angefordert, um die offiziellen Zahlen ihrer katastrophalen Haushaltsrechnung zu frisieren!«

»Das wundert mich gar nicht. Ich sage es ja immer: Diese Länder mit ihrer Verschwendungssucht und Korruption brauchen eine starke koloniale Hand, die bei ihnen für Recht und Ordnung sorgt!«

Nach einigen sonnigen klaren Morgenstunden zogen schon gegen Mittag erneut graue, tief hängende Wolken auf und dann setzte auch schon bald wieder heftiger Schneefall ein, hinter dessen weiß wirbelndem Vorhang die Landschaft zu einem konturlosen Bild verschwamm.

Am frühen Nachmittag öffneten sie die Verbindungstür zwischen den Abteilen und verwandelten sie in einen kleinen, aber überaus gemütlichen Privatsalon, in den sich Byron und Horatio zurückzogen. Ihnen war nach einigen ruhigen Stunden fern der illustren Gesellschaft zumute, die den Speisewagen sowie die beiden Salons bevölkerte. Alistair saß wieder beim Spiel, während Harriet sich zu den Frauen im Boudoir gesellt hatte.

Weder Horatio noch Byron stand der Sinn nach Geselligkeit und Unterhaltung. Sie wussten sich anderweitig zu beschäftigen, Horatio mit dem Anfertigen einiger Landschaftsskizzen und Byron mit dem Studium von Mortimers Notizbuch. Das beiderseitige Schweigen war ihnen willkommen und verband sie mehr, als Worte es vermocht hätten.

Nach einer Weile schauten dann aber auch Harriet und Alistair, der genüsslich von einer einträglichen Glückssträhne berichten konnte, bei ihnen herein.

»Sind Sie schon wieder beim Entschlüsseln eines Codes?«, erkundigte sich Harriet, als sie Mortimers aufgeschlagenes Notizbuch auf dem Klapptisch liegen und Byron etwas in eines seiner eigenen Notizbücher schreiben sah.

»Nein, das Kopfzerbrechen verschiebe ich auf später. Je weiter man in Mortimers Journal kommt, desto wirrer und anstrengender ist es, den Tand vom Gold zu trennen. Und ehrlich gesagt, will ich mich jetzt da nicht hindurchquälen. Im Augenblick interessiere ich mich mehr für die aramäischen Kritzeleien, die Mortimer überall auf den Seiten verteilt hat«, sagte Byron. »Ich vermute nämlich, dass es sich dabei um Stellen aus den Judas-Papyri handelt, die er da in sein Notizbuch übertragen hat.«

Horatio horchte auf und ließ seinen Zeichenblock sinken. »Und worauf gründen Sie Ihre Vermutung?«, erkundigte er sich interessiert.

»Auf Stellen wie diese hier«, antwortete Byron und las einiges von dem vor, was er in den vergangenen anderthalb Stunden mühsam entziffert und übersetzt hatte. »*Ich weiß, wer du bist und woher du kommst. Du gehörst zum unsterblichen Äon des Barbelo. Ich bin nicht würdig, den Namen dessen auszusprechen, der dich gesandt hat.* Hier scheint Judas zu Jesus zu sprechen und der Verfasser lässt ihn bei diesem Bekenntnis sehr johanneisch sprechen. Denn bei Johannes in Kapitel 8, Vers 28 sagt Jesus recht ironisch zu seinen Jüngern: *Ihr kennt mich und wisst, woher ich komme. Und ich bin nicht von mir aus gekommen, sondern wahrhaftig ist der, der mich gesandt hat, den ihr nicht kennt.*«

Alistair, der an der Zwischentür lehnte, zog die Stirn kraus. »Also, ich verstehe weder diese angebliche Ironie, die da im Johannes-Vers stecken soll, noch habe ich auch nur einen blassen Schimmer, wovon Judas da redet. Mit dem *unsterblichen Äon des Barbelo* kann ich nichts anfangen. Du etwa, Harriet?«

Sie schüttelte den Kopf.

»Barbelo ist das Abbild des Unsichtbaren, des vollkommenen Glanzes des Lichts, und stellt die weibliche Komponente des Göttlichen dar«, erklärte Byron.

»Weibliche Komponente des Göttlichen? Na, das ist doch mal was Erfreuliches, was Judas da von sich gibt!«, sagte Harriet. »Der Bursche wird mir sympathisch!«

»Zum Äon des Barbelo wäre natürlich noch einiges mehr zu sagen, aber das ist zu kompliziert, um es auf die Schnelle auszuführen«, wandte Byron ein. »Aber hier, dieses andere aramäische Zitat, ist erheblich eindeutiger in seiner Aussage. Zweifellos spricht hier Jesus zu Judas und prophezeit ihm: *Trenne dich von ihnen und ich werde dir die Geheimnisse des Reiches mitteilen. Du kannst dorthin gelangen, aber durch großes Leiden. Denn ein anderer wird dich ablösen, damit die zwölf wieder vollständig mit ihrem Gott werden.* Damit sagte Jesus unmissverständlich, dass Judas derjenige der zwölf Jünger ist, der der Empfänger der ungeteilten Wahrheit ist, während die anderen in ihrem Irrtum verharren.«

»Haben Sie noch so eine . . . äh, verrückte Stelle gefunden?«, fragte Horatio.

Byron nickte. »In der Tat, das habe ich, und zwar versteckt zwischen all den Zeichnungen der Irrgärten und Labyrinthe. Sie ist sogar die erstaunlichste und geheimnisvollste Stelle, lautet sie doch, sofern ich es richtig entziffert und übersetzt habe: *Du wirst der Dreizehnte werden und du wirst verflucht werden von den kommenden Generationen und du wirst kommen, um über sie zu herrschen. In den letzten Tagen werden sie deine Erhebung in das Geschlecht der Heiligen verfluchen.* Und dass mit dem Dreizehnten allein Judas gemeint sein kann, da er nach seiner Tat ja aus dem Kreis der Jünger ausgestoßen und durch einen neuen zwölften Jünger ersetzt wurde, dürfte wohl außer Frage stehen.«

»Judas Iskariot soll der Auserwählte Jesu sein? Ein Heiliger, der kommt, um zu herrschen?«, fragte Alistair ungläubig. »Aber das ist doch ausgemachter Blödsinn!«

»Dass Jesus ausgerechnet Judas erwählt und ihn in das Geschlecht der Heiligen erhoben haben soll, kann auch ich nicht glauben«, pflichtete Harriet ihm bei.

»In den Evangelien steht doch klipp und klar, dass er ein Schuft und Verräter war, der sich seinen Verrat gut bezahlen ließ!«, fügte Alistair noch hinzu. »Ich bin zwar nicht bibelfest und gebe auch nicht gerade viel auf das Neue Testament, aber so viel ist mir in den Waisenhäusern doch von der Frohen Botschaft eingeprügelt worden, um das zu wissen!«

»Gemach, Freunde! So einfach, wie man glauben könnte, ist die Sache mit Judas Iskariot in den Evangelien wahrlich nicht!«, widersprach Byron sofort.

»So? Wie ist die Sache denn?«, fragte Alistair skeptisch.

»Erst einmal wird Judas in den Evangelien nur an sehr wenigen Stellen erwähnt, und wenn, dann erscheint er in der Aufzählung der Jünger immer am Schluss«, erklärte Byron. »Anders als in den drei synoptischen Evangelien, also bei Matthäus, Markus und Johannes, ist Lukas der Einzige, der Judas Iskariot eindeutig als Verräter tituliert, und zwar in Kapitel 6, Vers 16. Dagegen sprechen Matthäus und Markus nur davon, dass er ihn auslieferte!«

»Da sehe ich aber keinen nennenswerten Unterschied«, hielt Alistair sofort dagegen. »Ob da nun ausliefern oder verraten steht, ist doch ein und dasselbe!«

»Keineswegs«, erwiderte Byron. »Eine Auslieferung ist nun mal nicht gleichbedeutend mit Verrat aus Eigennutz. Zudem kann doch nur von Verrat gesprochen werden, wenn der, um den es dabei geht, von dem Verrat nichts weiß. Doch in allen drei synoptischen Evangelien findet sich beim letzten Abendmahl die sehr prägnante Stelle, in der Jesus klar und deutlich sagt, dass einer der zwölf ihn ausliefern wird. Das Wort Verrat benutzt er nicht. Er weiß also sehr wohl um das künftige Geschehen, das mit seiner Kreuzigung enden wird.«

»Und wennschon«, brummte Alistair, wenn auch etwas kleinlaut.

»Und was ist mit Johannes?«, wollte Harriet wissen. »Wie steht er zu dem Jünger Judas Iskariot? Helfen Sie meinem verblassten Wissen von der Sonntagsschule auf die Sprünge, Byron!«

Byron kam ihrer Aufforderung gern nach. »Johannes zeigt ein viel größeres Interesse an der Person des Judas. Bei ihm tritt er auch nicht erst auf, als Jesu Leidensgeschichte beginnt, sondern schon viel früher, nämlich in Kapitel 6, als sich die Gruppe in einer Krise befindet, weil Jesus sich als das vom Himmel herabkommende Brot bezeichnet hat. In dieser Szene . . .«

»Warten Sie mal!«, unterbrach ihn Horatio. »Da ist mir gerade etwas eingefallen. Wenn Jesus Gottes Sohn ist, dann verfügte er doch auch über die Allwissenheit Gottes und wusste schon alles, was ihm auf Erden widerfahren würde, im Voraus.«

Byron nickte ihm anerkennend zu. »Da haben Sie den Finger auf eine der heikelsten theologischen Fragen gelegt. Wenn Jesus wirklich allwissend gewesen ist, würde sein Tod ja seine heilbringende Kraft verlieren. Denn wer vor seinem Tod schon weiß, dass er drei Tage nach seiner Kreuzigung auferstehen wird, der stirbt nun mal nicht den gewöhnlichen menschlichen Tod im Glauben an die Macht und Barmherzigkeit Gottes, der ihn zu neuem Leben erwecken und zu sich ins Himmelreich holen wird.«

»Da haben wir es!«, sagte Alistair mit hörbarer Genugtuung.

»Ich bin sicher, dass Byron auch darauf eine Antwort weiß, die dir weniger gefallen dürfte«, sagte Harriet. »Also, womit durchschlagen Sie diesen gordischen Knoten der Theologie?«

Byron lächelte ihr kurz zu, dankbar für das Vertrauen, das aus ihren Worten sprach. »Mit der Erklärung des Konzils von Chalkedon im Jahre 451 nach Christi Geburt. Schon damals hat man sich mit genau diesem dogmatischen Problem befasst. Und die frühen Theologen erinnerten daran, dass in Jesus zwei vollständige Naturen vereint sind, nämlich die göttliche und die menschliche – und zwar ›unvermischt‹, wie in der Erklärung nachdrücklich betont wird. Die rein göttliche Allwissenheit zur Zeit seines Erdenlebens wird ausgeschlossen, weil ein vollkommen umfassendes Wissen nicht vereinbar wäre mit der menschlichen Natur, die nun mal in allem begrenzt ist. Es ist deshalb stets die Überzeugung der großen Theologen und Kirchenväter gewesen, dass Jesus genauso das Weltbild seiner Zeit teilte wie das begrenzte Wissen eines jeden Menschen. Wir dürfen in diesem Zusammenhang auch nicht vergessen, dass Jesus nicht nach Jerusalem ging, weil es ihn drängte, endlich gekreuzigt zu werden, sondern weil er auch dort Gottes Wort verkünden wollte. Erst nach den feindlichen Reaktionen der Hohepriester auf seine Säuberung des Tempels hin hat er wohl geahnt, dass man ihm nach dem Leben trachtete und er mit dem Schlimmsten rechnen musste. Wer weiß, vielleicht wird man aus jenem bislang verschollenen Evangelium Neues über die Rolle des Judas bei diesen Ereignissen erfahren. Sofern es wirklich vom Jünger Judas Iskariot verfasst worden ist.«

Alistair sah alles andere als überzeugt aus. »Was Sie da über die unvermischten Naturen im angeblichen Gottessohn Jesus gesagt haben, das klingt mir doch zu sehr nach theologischer Haarspalterei und nicht nach einer plausiblen Erklärung!«

Byron zuckte die Achseln. »Ich sehe mich in diesen Dingen keineswegs als Missionar, der Sie bekehren will, Alistair. Zudem: Wenn wir von Gott sprechen, dann ist grundsätzlich alles, was wir darüber wissen und sagen können, nur äußerst notdürftig. Sozusagen geistige Krücken, die uns nur humpeln lassen und nicht sehr weit bringen. Gott und sein Wesen sind für uns Menschen weder fassbar noch erklärbar, sonst wäre er auch nicht Gott, sondern nur ein billiger Götze. Alle noch so ehrgeizigen Bemühungen, uns Gott mit dem Verstand zu nähern, scheitern früher oder später an einer Grenze, lange bevor wir dem Göttlichen auch nur nahegekommen sind. Gott enthüllt sich einem nur im Glauben und Gebet und die Voraussetzung dafür ist ein für Gott bereitwillig geöffnetes Herz. In eine Hand, die abwehrend zu einer Faust verschlossen ist, lässt sich nichts hineinlegen. Mit dem Glauben verhält es sich nicht anders, sonst würden wir es auch nicht Glauben nennen, sondern nachprüfbares und immer wieder neu beweisbares Wissen.«

»Amen«, murmelte Harriet, doch es klang gar nicht spöttisch, sondern vielmehr nachdenklich.

Alistair runzelte die Stirn. »Na, dann noch weiter viel Vergnügen mit dem Entziffern von Mortimers aramäischen Kritzeleien«, sagte er und verschwand wieder aus dem Abteil.

Von draußen vernahmen sie nun eine Frauenstimme, die auf dem Korridor des Schlafwagens jemandem aufgeregt zurief: »Da sind sie, James! Die Karpaten! Jetzt ist es nicht mehr weit bis zum Eisernen Tor!«

6

Der *Orient-Express* dampfte mit voller Kesselleistung durch die Vorberge der Transsylvanischen Alpen, wie die Gebirgskette zwischen Siebenbürgen und Rumänien auch genannt wurde. Das heftige Schneetreiben ließ rechtzeitig genug nach, damit den Reisenden ein Blick auf die wild zerklüfteten und schneebedeckten Bergketten vergönnt war.

Je höher der stählerne Strang der Gleise führte, desto langsamer wurde der Zug. Bald kroch er gerade mal in gemächlichem Schritttempo die gewundenen Steigungen hinauf. Etwa zwei Stunden vor Bukarest erreichte er schließlich den Pass mit dem berühmten Eisernen Tor. Dabei handelte es sich um eine dunkle, enge Schlucht zwischen dem Südende der Karpaten und der Miroc-Kette des Balkangebirges. Dieser schmale Durchlass verdankte seinen Namen massiven Felsblöcken, die wie aus Eisen geschmiedet wirkten und zum Teil hoch aus den Fluten der reißenden Donau aufragten.

Mit einer Mischung aus Faszination und Beklemmung standen die Zuggäste an den Fenstern, viele der Männer mit einem Glas Slibowitz in der Hand, und nahmen den wildromantischen Anblick in sich auf. Auf den Gesichtern der Frauen fand sich manch angstvoller Ausdruck, als sie sahen, wie nahe die Strecke am Wasser vorbeiführte und dass der Schienenstrang teils nur auf Felspfeilern ruhte, die man aus der steil aufragenden Wand herausgesprengt hatte. Angst machte auch das besorgniserregende Rütteln und Wanken der Wagen, wenn der Zug über Stellen rumpelte, wo die Strecke gefährlich unterspült worden war und sich der Boden nach einer hastigen Ausbesserung noch nicht wieder gesetzt hatte. Mehrmals hielt der Zug sogar an, wenn der Lokomotivführer den Verdacht hegte, die Strecke vor ihm wäre abgesackt oder die Ausläufer einer Steinlawine bedrohten den Zug mit Entgleisung.

Aber endlich lag die gefährliche Strecke hinter ihnen, und während der Zug nun wieder über das ebene Gelände der Walachei und mit erhöhter Geschwindigkeit Bukarest entgegendampfte, wurde im Speisewagen ein frühes Abendessen serviert.

Indessen rollte der *Orient-Express* mit dem mittlerweile vertrauten, gedämpften Rattern in die Abenddämmerung hinein. Flackernde Pechfeuer, die in regelmäßigen Abständen entlang des Schienenstrangs in verbeulten Eisentonnen loderten, begleiteten seinen Weg in die rumänische Hauptstadt.

Einige Stunden nach Einbruch der Dunkelheit lief der Zug in den Bahnhof von Bukarest ein, wo er exakt zehn Minuten Aufenthalt hatte. Der Hauptbahnhof lag in einer tristen Vorstadt und spiegelte trotz seiner Fassadenverzierungen und Kuppeln den provinziellen Charakter der Stadt wider, die Basil Sahar eine Ansammlung von schäbigen Häusern, schäbigen Läden und mit Abfall übersäten schäbigen Straßen nannte.

Der Waffenhändler ließ es sich nicht nehmen, sich auf dem zugigen Perron noch einmal wortreich bei Harriet für ihr beherztes und geistesgegenwärtiges Eingreifen zu bedanken.

»Nehmen Sie hier Quartier im *Grand Hotel Boulevard* und lassen Sie sich von den durchtriebenen Schleppern und Droschkenkutschern bloß keine andere Unterkunft aufschwatzen!«, riet er ihnen eindringlich. »Zwar steht der hochtrabende Name in keinem Verhältnis zu dem, was das Hotel zu bieten hat. Aber eine bessere Unterkunft gibt es derzeit leider nicht in Bukarest. Und es liegt zentral in der Stadtmitte auf dem Boulevard Elisabeta. Das Hotelrestaurant sollten Sie jedoch tunlichst meiden. Gehen Sie zum Essen ins *Jordache* auf der Strada Covaci Numero 3 oder in das *Enache* auf der Strada Academiei 21.«

»Verbindlichen Dank«, sagte Byron. »Wir wissen Ihre Empfehlungen sehr zu schätzen und werden ihnen gern folgen.«

»Ihr Körper wird es Ihnen danken«, versicherte Basil Sahar. »Und wenn Sie demnächst nach Konstantinopel kommen, steigen Sie unbedingt im *Pera Palace* ab. Es wird vom Unternehmen des *Orient-Express* geführt, was einen entsprechenden Standard und Service garantiert. Dort werde auch ich eine Weile Logis nehmen. Und bitte machen Sie mir das Vergnügen, mich dort aufzusuchen und Sie zu einem Essen einladen zu dürfen. Auch zögern Sie nicht, sich an mich zu wenden, wenn ich Ihnen dort irgendwie behilflich sein kann. Sie wissen, ich kenne diese Stadt so gut wie kaum ein anderer.«

»Ja, als Fremdenführer und Feuerwehrmann!«, merkte Alistair spöttisch an.

Basil Sahar lachte. »In der Tat, aber längst auch als gern gesehener Gast des Sultans und seines Hofes!«, fügte er hinzu. Und dann trennten sich ihre Wege.

Die vier Gefährten ließen sich mit einer der altmodischen Mietdroschken, die vor der Bahnhofshalle warteten, ins *Grand Hotel Boulevard* bringen. Da sie im Zug schon ein Abendessen zu sich genommen hatten, verspürte keiner von ihnen das Bedürfnis, eines der vom Waffenhändler empfohlenen Restaurants aufsuchen. Sie erkundigten sich beim Concierge, mit welchen Verkehrsmitteln sie am nächsten Tag ihre Reise in die südlichen Karpaten und in das Gebiet am Negoi fortsetzen konnten.

»Da müssen Sie über Piteschti reisen, ein kleines Städtchen, das am Fuß der Vorberge liegt«, teilte ihnen der Concierge mit. »Aber Sie werden die Postkutsche nehmen müssen und für die Strecke wegen des scheußlichen Wetters fast einen ganzen Tag brauchen. Denn die Zweigbahn nach Piteschti befindet sich noch im Bau. Wie Sie von dort zum Negoi-Pass kommen, das kann ich Ihnen nicht sagen. Aber irgendeine Verbindung über den Pass hinüber nach Siebenbürgen wird es schon geben. Vielleicht weiß der Postkutscher morgen mehr dazu.«

Horatio seufzte. »Mit der Postkutsche bei diesen Straßen und dem Wetter, das wird ja was werden!«, murmelte er ahnungsvoll, als sie sich in die dunkle Hotelbar begaben, um sich vor dem Schlafengehen noch einen gemeinsamen Schlummertrunk zu gönnen.

Die Fahrt mit der Überlandkutsche der rumänischen Post am folgenden Tag erwies sich als noch beschwerlicher, als sie vermutet hatten. Auch mussten sie einen Großteil ihres umfangreichen Reisegepäcks in einem Lagerraum des Hotels zurücklassen. Denn die beiden Gepäckträger der Kutsche, einer an der Rückwand und der andere auf dem Dach, waren bei ihrem Eintreffen an der Poststation schon reichlich mit den Kisten, Koffern und Säcken jener beiden Fahrgäste beladen, die lange vor ihnen Plätze in der Postkutsche reserviert hatten. Es waren schweigsame rumänische Händler, die mit in Bukarest eingekauften Waren in ihre Heimatstadt Peteschti zurückkehrten.

Müde und mit schmerzenden Gliedern trafen sie kurz vor Einbruch der Dunkelheit und bei eisigem Wind, der ihnen den Schnee ins Gesicht fegte, in dem Städtchen am Fuß der Transsylvanischen

Alpen ein. Ein Fluss namens Arges, durch dessen Bett eisig klares Gebirgswasser mit kräftiger Strömung rauschte, schnitt mitten durch den Ort.

»Was für ein armseliges Nest!«, brummte Alistair beim Anblick der einfachen Lehmhütten und Häuser, die alle etwas Gedrungenes und Geducktes an sich hatten, als müssten sie sich im Angesicht der nahen, wilden Bergwelt kleinmachen und sich schutzsuchend aneinanderdrängen. »Dagegen ist das provinzielle Bukarest ja geradezu ein quirliger und weltstädtischer Ort! Kaum zu glauben, dass es Mortimer Pembroke in diese gottverlassene Gegend verschlagen haben soll!«

»Es dürfte nicht eben leicht sein, hier vier akzeptable Zimmer für uns zu finden«, prophezeite Horatio.

Er irrte sich nicht. Doch nach einigem Hin und Her fanden sie am nördlichen Rand von Piteschti einen einfachen Gasthof mit winzigen Fenstern und weit vorspringendem Dach, der sich *Goldene Krone* nannte und sie aufnehmen konnte. Die Kammern im Obergeschoss waren enge Verschläge, jedoch sauber. Und das Bettzeug sah nicht danach aus, als hätten schon Dutzende Gäste vor ihnen darin geschlafen.

Auf der langen und beschwerlichen Fahrt mit der Postkutsche hatten sie tunlichst darauf verzichtet, bei den Zwischenstopps etwas zu sich zu nehmen. Jeder hatte befürchtet, das Essen hinterher bei dem fürchterlichen Geschaukel nicht bei sich behalten zu können. Nun aber trieb sie der Hunger hinunter in die geräumige Schankstube, deren niedrige Balkendecke von Tabak- und Kaminrauch geschwärzt war.

Byron fiel auf, dass an mehreren Stützbalken eiserne Kruzifixe angebracht waren. Auch betrachtete er verwundert die dicken Gebinde voller Knoblauchknollen, die sich über und unter den Kreuzen um die Balken wanden.

Die Wirtsstube war so gut wie leer. Dort hielten sich nur fünf Gäste auf. Vier davon waren derbe Gestalten mit großen schwarzen Schnurrbärten, bei denen es sich zweifellos um einheimische

Bauern oder Knechte handelte. Denn sie trugen die traditionelle bäuerliche Tracht. Ihre Hemden und Hosen waren aus gewalktem Filz, überall mit roten und schwarzen Motiven bestickt. Ihre Schuhe hatten hochgebogene Spitzen, ihre Jacken waren aus Ziegenfell gearbeitet und auf dem Kopf saß bei jedem eine rote Kappe. Sie hatten sich am breiten Holzbord des Ausschanks auf dreibeinigen Hockern breitgemacht und ließen lärmend einen Würfelbecher in ihrer Runde kreisen.

Der fünfte Gast war ein hagerer, knochengesichtiger Mann mit strohig rotblondem Haar, der abseits der fröhlichen Gruppe in einer Ecke neben der Stiege zum Obergeschoss saß. Seiner großstädtischen Kleidung, die aus einem dunklen Wollanzug, steifem weißem Stehkragen und taubengrauer Krawatte mit einer Perle als Krawattennadel bestand, und überhaupt seiner ganzen Erscheinung nach musste er aus einem westeuropäischen Land kommen.

Schau an, ein Engländer!, fuhr es Byron durch den Kopf, als sein Blick im Vorbeigehen auf die Zeitung fiel, die neben einigen Briefen und einer schwarzen Kladde auf dem Tisch des Fremden lag, handelte es sich doch um eine Ausgabe der Londoner *Times*. Der Titelüberschrift nach, die in großen Lettern den Ausbruch des Krieges zwischen den Philippinen und den USA verkündete, war diese Zeitung jedoch viele Monate alt, hatten die Kriegshandlungen in der Inselgruppe doch schon zu Beginn des Jahres, nämlich am 4. Februar begonnen.

Der Mann nickte ihnen auf Byrons Gruß hin knapp und reserviert zu, hustete in ein kariertes Taschentuch und nahm einen Schluck aus seinem Steinhumpen. Dann wandte er seine Aufmerksamkeit wieder den zerknitterten Briefen zu, die er vor sich liegen hatte.

Byron nahm mit seinen Gefährten an einem Tisch nahe des herrlich warmen, prasselnden Kaminfeuers Platz und vergaß den Fremden in ihrem Rücken. Weder er noch die anderen ahnten, dass ihr weiteres Schicksal schon bald eng mit ebendiesem Landsmann verbunden sein würde.

7

Die rundliche Wirtin, eine ältere und gutmütig aussehende Frau mit einer vorn und hinten herunterhängenden Schürze aus buntem Tuch, gesellte sich sogleich an ihren Tisch, um sie nach ihren Wünschen zu fragen. Sie sprach recht gut deutsch, sodass Byron und Harriet sich problemlos in dieser Sprache mit ihr verständigen konnten. Sie empfahl ihnen das Tagesessen, das den Namen »Räuberbraten« trug und aus Stücken von Rindfleisch, Speck und Zwiebeln bestand, die, gewürzt mit reichlich Paprika, an Spießen über dem offenen Feuer gebraten wurden, und dazu einen kräftigen Weißwein namens Mediasch. Eine Empfehlung, die ihre ungeteilte Zustimmung fand.

Nachdem sie ihre Bestellung bei der freundlichen Frau aufgegeben hatten, nutzte Byron die Gelegenheit, um sich bei ihr nach Graf Kovat und der Burg Negoi zu erkundigen. Auch fragte er sie, ob sie wohl wisse, wie sie dorthin gelangen könnten. Dass der Engländer schräg hinter ihnen sofort zusammenfuhr, zu ihnen herüberstarrte und die Ohren spitzte, kaum dass der Name Graf Kovat gefallen war, bemerkte keiner. Denn die verwunderliche Reaktion der Wirtin nahm ihre Aufmerksamkeit in diesem Moment völlig in Anspruch.

Kaum nämlich hatte Byron die Worte »Graf Kovat« und »Burg Negoi« ausgesprochen, als sich ihr Verhalten schlagartig veränderte. Ein erschrockener Ausdruck vertrieb das freundliche Lächeln von einer Sekunde auf die andere von ihrem Gesicht. Sie bekreuzigte sich hastig, stieß ein gestammeltes »Diese . . . diese Namen sagen mir nichts, mein Herr!« und eilte ohne jede Erklärung für ihr wunderliches Verhalten davon.

Byron und Harriet sahen sich verblüfft an.

»Wissen Sie, was plötzlich in die Frau gefahren ist?«, fragte Harriet verwirrt.

Er schüttelte den Kopf. »Ich habe nicht den Schimmer einer Ahnung, Harriet.«

»Die Burg und der Name des Grafen müssen doch in dieser Gegend bestens bekannt sein«, sagte Horatio. »So weit entfernt liegt die Burg Negoi doch gar nicht von Piteschti entfernt, wie wir auf der Karte gesehen haben.«

Als die Wirtin die Spieße und den Wein brachte, unternahm Byron einen zweiten Versuch, Auskunft von ihr zu bekommen. Doch nun gab sie plötzlich vor, sein Deutsch nicht zu verstehen, obwohl er diese Sprache nach dem intensiven Studium der deutschen Klassiker und Philosophen in Oxford so gut beherrschte wie kaum eine andere Fremdsprache. Und sie eilte gleich wieder verschreckt davon, kaum dass sie die schwer beladenen Teller, Gläser, Bestecke und den weingefüllten Steinkrug von ihrem Tablett genommen hatte.

»Was? Auf einmal versteht sie kein Deutsch mehr? Da brat mir doch einer 'nen Storch!«, entrüstete sich Alistair. »Das hat man davon, wenn man auf den Balkan reist!«

»Wenigstens halten dieser ›Räuberbraten‹ und der Wein, was sie uns versprochen hat«, meinte Alistair mit vollem Mund. Er hatte einen seiner Spieße quer in den Mund genommen, mit den Zähnen gleich die Hälfte der Stücke von ihm gezogen und sofort den Wein probiert. »Aber nachher sollten wir mal ein ernstes Wort mit dem Wirt . . .«

Weiter kam er nicht. Denn in diesem Augenblick stand plötzlich der fremde Engländer an ihrem Tisch. »Entschuldigen Sie die Störung, aber ich habe zufällig mitbekommen, dass Sie sich nach Graf Kovat erkundigt haben«, sagte er mit belegter Stimme, als hätte er noch vor Tagen an einer schweren Erkältung und Verschleimung der Atemwege zu leiden gehabt und diese Erkrankung noch nicht vollends überwunden.

»In der Tat, das haben wir«, bekräftigte Byron. »Sie sind Engländer, wie ich vermute?«

Der hagere Mann, der nicht älter als Ende dreißig sein konnte, nickte. »Sie haben richtig vermutet. Matthew Golding ist mein Name.«

»Und was treibt Sie zu dieser Jahreszeit in diese elende Gegend?«, fragte Alistair sofort.

»Berufliche Belange. Ich arbeite als Anwalt für eine Londoner Kanzlei, die sich auf Immobiliengeschäfte spezialisiert und viele Kunden im Ausland hat, für die wir als Sachverwalter, Makler und Notare tätig sind«, teilte er ihnen mit. »Was nun den Grafen Kovat angeht, so ist mir der Name nicht ganz unbekannt.«

»Bitte nehmen Sie doch Platz, wenn es Sie nicht stört, dass wir noch beim Essen sind!«, forderte Harriet ihn auf. »Wir sind sehr gespannt, was Sie uns über diesen Burgherrn sagen können. Die Wirtin zeigte sich nämlich seltsamerweise nicht gerade auskunftsfreudig.«

Matthew Golding zog sich einen Stuhl heran und setzte sich zwischen Byron und Harriet. »Nun ja, das ist wohl ganz verständlich. Gräfliche Grundherren haben sich bei der einfachen Landbevölkerung noch nie großer Sympathien erfreut. Zudem muss man wissen, dass sich das Geschlecht derer von Kovat über Jahrhunderte hinweg sowohl in Siebenbürgen als auch auf dieser Seite der Karpaten in der Walachei und der Moldau einen besonders üblen Ruf erworben hat. Einige von ihnen sind gar als besonders berüchtigte Schlächter in die Geschichte des Balkans eingegangen. Ein Vorfahr des derzeitigen Grafen hat nicht nur gefangene Feinde zu Hunderten aufspießen lassen, sondern auch derart blutrünstig unter der eigenen Bevölkerung gewütet, dass man ihn den ›Pfähler‹ genannt hat.« Er zögerte kurz, bevor er hinzufügte: »Nach Blut hat es diesem Geschlecht zu allen Zeiten gedürstet.«

»Das klingt in der Tat erschreckend und wirft kein gutes Licht auf dieses Grafengeschlecht«, sagte Byron. »Aber lassen Sie uns nicht über die Vorfahren, sondern über den Grafen reden, der jetzt den Titel trägt und auf Burg Negoi wohnt. Was können Sie uns über diesen Mann berichten, Mister Golding? Und wissen Sie vielleicht auch, auf welchem Weg wir die Burg erreichen können?«

»Bevor ich darauf antworte, erlauben Sie mir bitte zuerst die Gegenfrage, was *Sie* und Ihre Begleiter zu ihm führt«, sagte Matthew Golding ausweichend.

Byron tischte ihm nun die Geschichte auf, die sie sich im *Orient-Express* für Graf Kovat zurechtgelegt hatten. Demnach hatte er, Byron Bourke, von Lord Pembroke den Auftrag erhalten, eine umfassende Biografie seines weltreisenden und jüngst verstorbenen Bruders zu schreiben und dazu eine lange Reihe von Persönlichkeiten, die ihn gut gekannt hatten, in mehreren Ländern der Welt nach ihren Erinnerungen an Mortimer Pembroke zu befragen. Horatio Slade obliege die ehrenvolle Aufgabe, für diese Biografie zahlreiche Zeichnungen von Mortimers einstigen Weggefährten sowie Landschaftsbilder beizusteuern, die in dem Buch als Stiche gedruckt werden sollten.

»Und was Mister McLean und meine Schwester betrifft, so haben sie es sich nicht nehmen lassen, sich dieser außergewöhnlichen Reise zum Zwecke der Bildung und anregenden Zerstreuung anzuschließen«, kam Byron zum Schluss seiner Ausführungen. »Meine Schwester Harriet . . .«

»So ist es!«, fiel ihm Alistair forsch ins Wort, und bevor Byron es verhindern konnte, teilte er Matthew Golding mit einem fröhlichen Grinsen mit: »Wobei noch hinzuzufügen wäre, dass ich das unverschämte Glück habe, mit seiner zauberhaften Schwester verlobt zu sein. Harriet und ich gedenken, nach dieser Reise zu heiraten.«

Byron schluckte und musste an sich halten, um ihm nicht spontan zu widersprechen, denn im Zug hatten sie etwas ganz anderes verabredet. Aber nun war es dafür zu spät.

Um Harriets Mundwinkel zuckte es sichtlich amüsiert, als fände sie Gefallen an der überraschenden Wendung, die Alistair ihrer Lügengeschichte hinzugefügt hatte. »›Unverschämt‹ ist wahrlich das passende Wort, mein lieber Alistair!«, flötete sie und klimperte mit den langen Wimpern wie ein unsterblich verliebter Backfisch. »Aber wer könnte deinem außergewöhnlichem Charme auch widerstehen, nicht wahr?«

Byron zog sich der Magen zusammen. Am liebsten hätte er in diesem Moment Alistair den Hals umgedreht, damit dieses unverschämt umwerfende Lächeln von dessen Gesicht verschwand. Aber er musste gute Miene zum bösen Spiel machen. Allerdings konnte er sich die bissige Bemerkung »So schnell wirst du die Hochzeitsglocken wohl kaum hören!« trotzdem nicht verkneifen.

»Mein Glückwunsch«, sagte Matthew Golding höflich zu Harriet und Alistair, ohne etwas von den Zwischentönen des kurzen Wortwechsels mitbekommen zu haben.

»Nun bin ich gespannt, ob Sie uns weiterhelfen können, Mister Golding!«, sagte Byron, um den Anwalt daran zu erinnern, dass seine Antwort noch ausstand.

Dieser schwieg eine Weile, als überlegte er angestrengt. Er ließ sich wahrlich Zeit. Und dann wandte er auch noch den Kopf ab und hustete mehrfach in sein Taschentuch.

Endlich kam er wohl zu einem Entschluss, wandte sich ihnen wieder zu und sagte: »Ja, ich kann Ihnen tatsächlich weiterhelfen. Wir können morgen gemeinsam zur Burg Negoi aufbrechen. Graf Kovat erwartet mich.«

»Was Sie nicht sagen!«, stieß Horatio überrascht hervor. »Ist er einer Ihrer Kunden?«

Der Anwalt nickte. »Er könnte zumindest einer werden, wenn ihm eines der Angebote zusagt, die ich ihm unterbreiten werde. Er ist am Kauf einer größeren Immobilie in England interessiert, vorzugsweise in London, Liverpool oder Bristol, wie er meine Kanzlei hat wissen lassen. Aber ich will Sie mit diesen Details nicht langweilen.«

»Wunderbar!«, sagte Byron erfreut. »Und wie kommen wir zu seiner Burg?«

»Zunächst mit einer Postkutsche, die am morgigen Spätnachmittag hier in Piteschti aufbricht mit dem Ziel Hermannstadt in Siebenbürgen auf der anderen Seite der Karpaten, wo sie am nächsten Morgen eintrifft. Graf Kovat hat mir heute per Boten genaue Instruktionen zukommen lassen. Denn eine direkte Verbindung per Postroute gibt es zu seiner Burg nicht. Und einen Mietkutscher, der sich bereit erklären würde, sie hoch ins Negoi-Gebirge zu bringen, werden Sie weit und breit nicht finden.«

»Aber sagten Sie nicht gerade, dass wir morgen die Postkutsche nach Hermannstadt nehmen müssen?«, wandte Harriet ein.

»Das ist schon richtig. Aber die Strecke, die der Postillon nimmt, biegt einige Meilen vor dem Negoi nach Westen ab und überquert die Transsylvanischen Alpen über einen Pass, der seinen Namen einer dort befindlichen Burg namens Turnu Rosu verdankt, was Roter Turm bedeutet«, erklärte Matthew Golding. »An dieser Stelle, wo sich die Gebirgsstraße, die noch aus der Römerzeit stammt, in einen westlichen und einen nordöstlichen Zweig gabelt, wird ein Gefährt des Grafen auf das Eintreffen der Postkutsche warten, was gegen Mitternacht der Fall sein dürfte.«

Alistair verzog das Gesicht. »Bei Nacht hinauf in die verschneiten Berge? Na, wenn das mal nicht ein Vergnügen ganz besonderer Art wird!«, orakelte er düster.

Sie unterhielten sich noch einige Minuten mit ihrem Landsmann, der sich dann mit seinen Papieren in seine Kammer zurückzog, weil er noch einiges für seine geschäftlichen Gespräche mit Graf Kovat vorzubereiten habe, wie er zu seiner Entschuldigung anführte.

Sie folgten seinem Beispiel bald, da sich bei ihnen die Müdigkeit bemerkbar machte. Doch kaum hatte Byron seine Kammer aufgesucht, als es leise an seiner Tür klopfte. Er öffnete und war überrascht, vor sich die Wirtin stehen zu sehen.

Ihr Gesichtsausdruck war von großer Besorgnis gezeichnet. »Mein Herr, müsst Ihr denn wirklich dorthinauf zu . . . zu *ihm?*«, flüsterte sie. »Ich flehe Euch an, überlegt es Euch noch einmal. Die Burg ist kein guter Ort . . . er ist böse, mein Herr! . . . Dort ist der Teufel zu Hause! In Gottes heiligem Namen, kehrt zurück, woher Ihr gekommen seid!«

Byron war nun sicher, es mit einer zwar gut meinenden, aber zugleich auch höchst abergläubischen Frau zu tun zu haben. Graf Kovat mochte ein übler und harter Grundherr sein, dessen Familiengeschichte zweifellos von bestialisch vergossenem Blut triefte. Aber wenn ein nüchterner Geschäftsmann wie der Anwalt

Matthew Golding, der vor Antritt seiner Reise in die Karpaten gewiss genaue Informationen über ihn eingezogen hatte, sich zu ihm begab, hatten auch sie nichts zu fürchten – höchstens die Mühsal der Kutschfahrt und das schlechte Wetter.

Als Byron versuchte, sie zu beruhigen und ihr zu versichern, dass kein triftiger Grund vorlag, sich um ihn und seine Gefährten Sorgen zu machen, gab sie ihre inständigen Beschwörungen auf und drückte ihm ein kleines eisernes Kruzifix an einer Lederschnur in die Hand sowie ein dünnes Gebinde aus Knoblauchzehen und getrockneten Knoblauchblüten, die mit einem feinen Netz zusammengehalten wurden.

»Dann tragt wenigstens das hier immer bei Euch, mein Herr!«, stieß sie hervor. »Geht niemals ohne den Kranz und hängt Euch das Kreuz um den Hals. Es ist geweiht, mit heiligem Wasser besprengt und wird Euch vor dem Bösen schützen!«

Verdutzt nahm Byron die seltsamen Geschenke an und versprach, aus Höflichkeit zu tun, wozu sie ihn aufgefordert hatte. Dann dankte er ihr und schloss die Tür.

Am nächsten Morgen erfuhr er von seinen Gefährten, dass die Wirtin auch sie in ihrer Kammer aufgesucht und ihnen ein solches Knoblauchgebinde und ein Kruzifix in die Hände gedrückt hatte.

Alistair schüttelte darüber den Kopf. »Und das mir, der ich Knoblauch auf den Tod nicht ausstehen kann und der ich eher nie wieder Karten in die Hände nehme, als dass ich mir ein von einem Pfaffen besprochenes Kreuz um den Hals hänge!«, versicherte er. »Gegen diesen finsteren Aberglauben, der einem hier entgegenschlägt, nimmt sich das Neue Testament ja geradezu wie ein Buch hellster aufklärerischer Erkenntnis aus!«

»Was es auch ist«, merkte Byron trocken an und köpfte sein Frühstücksei mit einem wohldosierten Messerstreich.

8

Horatio fluchte hinter zusammengepressten Zähnen, als die klobig bauchige Gebirgskutsche, die von vier robusten Braunen gezogen wurde, wieder einmal hart nach links schwankte und ihn dabei gegen die Seitenwand schleuderte.

»Verdammt, für eine Fahrt durch die Karpaten braucht man ja einen Hintern aus Gummi und Knochen aus Stahl, wenn man auch nur einigermaßen heil ankommen will!«, stieß er grimmig hervor.

»Am besten auch noch ein paar Schutzengel«, murmelte Byron mit Blick auf die tiefe Schlucht, gleich zur Linken der verschneiten Straße, welche sich immer weiter hinauf in die Berge wand. Er suchte Beruhigung bei der Versicherung ihres Kutschers, dass die Straße über die Karpaten stets gut in Schuss gehalten wurde und der Schnee gottlob noch nicht so hoch lag, dass sie auf der Strecke mit ernsten Schwierigkeiten rechnen mussten. Wobei die Frage war, was jener Bär von einem Mann, der regelmäßig diese Route befuhr und den Eindruck eines furchtlosen Draufgängers machte, unter »ernsthaften Schwierigkeiten« verstand. Aber darüber wollte er besser nicht nachdenken.

Im Ausschnitt der Fenster zeigten sich bei jeder Richtungsänderung immer neue Ausblicke auf die wild zerklüftete Bergwelt der Transsylvanischen Alpen. Mal waren es mächtige Waldgebiete, die sich mit ihrem ersten Schneekleid über die Hänge rund gewölbter Berge dehnten. Dann wieder zeigte das vorbeiruckende Panorama schroffe Klippen, die teilweise wie steinerne Lanzen in das Abendrot des Himmels stachen. An anderen Stellen zogen rissige Felswände an der Kutsche vorbei, als hätten gewaltige Explosionen diese tiefen Spalten und Abrisse verursacht. Doch wohin der Blick auch fiel, er traf auf eine lebensfeindliche Einöde aus dunklen Wäldern, Schluchten mit eisigen Flüssen, die mit weißer Gischt über Klippen stürzten, und dicht gestaffelte Bergketten, die den Eindruck erweckten, als gäbe es dahinter keine andere Welt mehr.

Byron versuchte, nicht daran zu denken, dass ihnen noch mehrere Stunden in dieser Kutsche bevorstanden, die manchmal wie ein Boot in schwerer See von einer Seite zur anderen schwankte. Sie war mit den acht Fahrgästen bis auf den letzten Platz belegt. Neben ihrer Vierergruppe und dem Anwalt teilten sie den Innenraum noch mit einem alten Bauern und seiner Frau sowie einem narbengesichtigen Zimmermann mittleren Alters. Jeweils drei der Passagiere hatten auf den beiden mager gepolsterten Bänken an der Wand zur Kutschbank und an der gegenüberliegenden Rückwand des Gefährts Platz. Und wenn es dort auch schon reichlich unbequem zuging, so waren diese Plätze doch nichts gegen die Zumutung, die Horatio und Byron auf der schmalen Zwischenbank in der Mitte zu ertragen hatten. Denn ihnen diente als Rückenstütze einzig und allein ein breiter Ledergurt, den der Kutscher rechts und links an den Seitenfenstern eingehakt hatte. Und jene Konstruktion vermochte es nicht, ihnen bei diesem Geschaukel und Gerüttel auch nur einigermaßen Halt zu geben.

Ihre drei fremden Mitreisenden, die sich die vordere Sitzbank teilten, redeten leise in ihrer Sprache miteinander und zeigten wenig Freundlichkeit für sie, geschweige denn die Bereitschaft, auf irgendeine Art mit ihnen ins Gespräch zu kommen. Die Blicke, die sie ihnen zuwarfen, wirkten auf Byron wie eine merkwürdige Mischung aus Misstrauen, Unverständnis und . . . ja, Mitleid. Und zweimal glaubte er aus dem Getuschel den Namen des Grafen herauszuhören, war sich dessen jedoch nicht sicher.

Auch der Anwalt war nicht zum Reden aufgelegt. Er saß mit abwesender Miene in der linken Ecke der Rückbank und wurde nur dann und wann von einem heftigen Hustenreiz aus seinem freudlosen Sinnieren herausgerissen. Dass er dabei jedes Mal sofort sein Taschentuch an den Mund führte und mit verstohlen abgewandtem Kopf hineinspuckte, beunruhigte Byron, nährte es doch einen besorgniserregenden Verdacht. Aber einen Verdacht, den auszusprechen, die Höflichkeit verbot, und immerhin hatten sie es ihm zu verdanken, dass sie nun ohne Verzögerungen von Piteschti zu Graf Kovat auf seine Burg Negoi gelangten.

Das Abendlicht verglomm und die dunklen Schatten der Nacht krochen aus den Wäldern und engen Schluchten, bis sie den letzten schwachen Lichtschein erstickt hatten. Und mit der Nacht griff nun auch die eisige Kälte nach ihnen in der Kutsche.

Die nächsten Stunden wurden ihnen lang, zumal die Strecke immer gefährlicher wurde und das Vierergespann so manch enge und steile Windung erklimmen musste.

Doch dann hatten sie die verabredete Stelle erreicht. Die Gabelung der Straße lag in einem kleinen Talkessel. Der Kutscher brachte sein tonnenartiges Gefährt zum Stehen, sprang vom Bock und riss die Tür auf.

»Wir sind pünktlich an der vereinbarten Stelle, mein Herr!«, teilte er dem Anwalt mit merkwürdiger Hast mit. »Doch von dem Wagen, den der Graf schicken wollte, ist weit und breit nichts zu sehen. Deshalb schlage ich vor, dass Sie und Ihre Begleiter die Fahrt mit uns fortsetzen und in den nächsten Tagen wieder nach Piteschti zurückkehren.«

»Nein, das werden wir nicht, Postillon!«, erwiderte Matthew Golding erstaunlich energisch. »Der Wagen wird kommen, dessen bin ich mir sicher!«

Im selben Moment erfasste die Braunen im Gespann hörbare Unruhe, sie begannen, nervös zu schnauben und aufzusteigen. Und bevor jemand noch etwas sagen konnte, tauchte wie aus dem Nichts eine Kalesche mit vier kohlschwarzen Pferden aus der Dunkelheit auf und hielt schneestiebend auf ihrer Höhe. Augenblicklich bekreuzigten sich die drei Einheimischen und die Bauersfrau zog einen Rosenkranz hervor und begann, zitternd zu beten.

Auf dem Kutschbock der Kalesche saß ein hochgewachsener Mann, der einen weiten, faltenreichen Umhang aus nachtschwarzer Wolle und auf dem Kopf einen fast wagenradgroßen Hut mit weit herabfallender Krempe trug, die sein Gesicht verbarg.

»Du bist früh dran, mein Freund!«, rief der ganz in Schwarz Gekleidete dem Postillon zu.

»Der englische Herr und seine Begleiter hatten große Eile, Herr«, stammelte der Postkutscher verlegen.

»Sicher wolltest du gleich weiterfahren und sie mit nach Hermannstadt nehmen!«, sagte ihm der Schwarzgekleidete auf den Kopf zu. »Sag nichts, ich kenne dich! Mich täuschst du nicht. Und der Herr Anwalt aus England ist also in Begleitung? Nun denn, der Graf führt ein gastfreundliches Haus, das jeden Besucher willkommen heißt. Und ich habe ausreichend Decken dabei, dass keiner fürchten muss, auf der Fahrt übermäßig zu frieren. Also gib mir ihr Gepäck, Bursche! Und beeil dich, wenn du es nicht mit mir verderben willst!«

Wenig später saßen sie zu fünft und in kratzige, aber dicke Decken gewickelt in der offenen Kalesche, die auf Schneekufen ruhte, und sogleich jagten die vier pechschwarzen Rosse mit ihnen davon. Als Byron sich noch einmal umdrehte, erhaschte er einen letzten Blick auf den Postillon, der ihnen nachschaute und dabei dreimal das Kreuz schlug. Für einen kurzen Moment beschlich ihn das unheimliche Gefühl, dass vielleicht doch mehr als nur finsterer Aberglaube hinter all den ängstlichen Beschwörungen steckte.

In wilder, geradezu halsbrecherischer Fahrt ging es durch die Nacht. Durch Wälder, wo die Äste der Bäume von rechts und links der Straße weit überhingen und eine Art Tunnel bildeten, durch Schluchten, die sich wie erstarrte Schlangen durch den Fels wanden, und über schneebedeckte Bergkuppen.

Auf einmal drang Geheul durch die Nacht und es wurde schnell lauter. Es hatte Ähnlichkeit mit dem Jaulen von Hunden und klang doch anders, nämlich nach beutegierigen Jägern der Nacht.

»Hört ihr das?«, raunte Alistair beklommen.

»Wölfe!«, sagte Horatio sofort. »Und zwar ein ganzes Rudel, wie mir scheint.«

Die Kalesche schoss indessen durch einen schmalen Einschnitt, der durch einen tiefen Wald führte, und Augenblicke später hinaus auf eine weite, mondbeschienene Lichtung – und da standen sie, sieben grauschwarze Wölfe mit zotteligem Fell in einem Halbkreis, die Köpfe mit gefletschtem Gebiss und heraushängender Zunge, als hätten sie gewusst, dass die Kalesche zu dieser Stunde, ja zu dieser Minute an diesem einsamen Ort auftauchen würde. Kaum hatten sie das Gefährt erspäht, als sie auch schon mit fliegenden Sätzen heranjagten.

»Heilige Muttergottes, stehe uns bei!«, entfuhr es Harriet erschrocken.

Und dann geschah etwas höchst Seltsames. Denn der Kutscher brachte die schwarzen Rosse so abrupt zum Stehen, dass der Schnee unter ihren Hufen in wahren Wolken hochwirbelte und über sie hinwegwehte, er erhob sich ohne Hast von seinem Sitz und ließ die Peitsche einmal scharf knallen.

Das auf sie zustürzende Wolfsrudel stoppte fast so jäh in seinem Lauf wie die schwarzen Pferde. Hechelnd und dann mit einem fast untertänigen Winseln verharrten sie wenige Pferdelängen schräg vor der Kalesche.

Der Kutscher stieß einen knappen Zischlaut aus und vollführte mit seiner Peitsche eine gebieterische Geste. Erneut kam von den Wölfen schrilles Winseln und Jaulen, das Byron und seinen Gefährten durch Mark und Bein ging und wie animalisches Aufbegehren gegen einen Befehl klang, dem sie eigentlich nicht zu folgen bereit waren. Doch dann zogen sie die Schwänze ein, wandten sich unter Knurren von der Kalesche ab und trotteten zurück in die Richtung, aus der sie gekommen waren. Augenblicke später hatte der Wald sie verschluckt.

»Was um alles in der Welt war das?«, fragte Horatio fassungslos.

»Die Wildnis der Karpaten hat ihre eigenen Gesetze, mein Herr«, kam es mit einem leisen Auflachen von ihrem Kutscher. Und damit trieb er das Gespann auch schon wieder an.

»Unglaublich, was da gerade geschehen ist!«, stieß Harriet hervor, während sie tiefer in die Bergregion des Negoi eindrangen. »Wenn ich es nicht mit eigenen Augen gesehen hätte, ich hätte es nicht für möglich gehalten!«

Ein rätselhaftes Lächeln huschte über das Gesicht des Anwalts, der ihr gegenübersaß. »Wer Transsylvanien kennt, weiß, dass sich hier seltsame Dinge ereignen.«

Byron wollte ihn fragen, was er denn damit meine und mit welcher Art von seltsamen Dingen sie noch zu rechnen hätten. Er kam jedoch nicht mehr dazu. Denn da hatte die Kalesche auch schon das Waldstück durchquert und das offene Gelände einer halbkreisförmigen Bergkuppe erreicht, hinter der eine tiefe Schlucht klaffte.

»Da ist sie!«, rief Alistair erregt, der in Fahrtrichtung saß, und deutete nach vorn. »Das muss sie sein, die Burg Negoi!«

»Heiliger Pinsel!«, entfuhr es Horatio beim Anblick der Burg. »Was für eine klotzige Festung! Und das hier, mitten im Nirgendwo! Sagt mal, spielen mir meine Augen einen Streich oder schwebt dieser Klotz tatsächlich in der Luft?«

Im schwachen Licht des Mondes sah es wahrhaftig so aus, als schwebte der mächtige Komplex der Burg jenseits der abstürzenden Felswand, von der eine Zugbrücke zu der Anlage hinüberführte, wie von Geisterhand gehalten über der Schlucht. Hohe, mit Zinnen gesäumte Mauern umschlossen die Burg. Zwei kleinere Wehrtürme flankierten das Torhaus. Zwei weitere, bedeutend größere und wuchtig breite Wohntürme mit dunklen Fensterhöhlen erhoben sich im hinteren Teil der Anlage. Ein niedriger, winkelförmiger Trakt verband sie. Verwinkelt war auch der Lauf der hohen Mauern, bildeten sie doch den Grundriss eines fünfzackigen Sterns.

Als die Kalesche über die Zugbrücke glitt, sahen sie zu ihrem Erstaunen, was der Grund für ihren Eindruck war, die Burg schwebe in der Luft. Die finstere Festung ruhte auf einem breiten Felssporn! Dieser Felssporn wuchs wie das nach oben gebogene Horn eines riesigen Nashorns, dessen Spitze vom Machetenhieb eines Giganten abgetrennt worden war, tief unten aus der Felswand empor.

Aus der Tiefe drang ein fernes Rauschen zu ihnen herauf. Und als Byron sich über den Rand der Kalesche beugte, erhaschte er noch einen kurzen Blick in den schwindelerregenden Abgrund und auf einen weiß schäumenden Fluss, der sich dort unten durch die Schlucht wand.

Im nächsten Moment passierten sie auch schon das vordere Torhaus und gelangten in einen rautenförmigen Vorhof, dessen Seitenwände sich zu einem zweiten steinernen Tor hin weiteten. Nun stellten sie fest, dass sich große Teile der Anlage in einem ruinenhaften Zustand befanden.

Der eigentliche Burghof befand sich hinter dem Vorplatz und war von beträchtlicher Ausdehnung. Ein Eindruck, der noch dadurch verstärkt wurde, dass von ihm aus mehrere mächtige runde Torwege, zu denen eisenbeschlagene Bohlentüren gehörten, in verschiedene andere kleine Nebenhöfe führten.

Der Kutscher hielt vor einem dieser Tore. Es war von einer massiven, mit Eisendornen gespickten Tür verschlossen. Man konnte sie sogar auf dieser Seite durch einen Vorlegebalken zusätzlich versperren, wie die schweren Eisenhalterungen rechts und links im Mauerwerk verrieten.

»Nehmen Sie Ihr Gepäck und warten Sie hier!«, forderte der Kutscher sie auf. »Der Herr Graf wird Sie gleich persönlich begrüßen und hereinlassen!«

Kaum waren sie ausgestiegen und hatten ihre Reisetaschen an sich genommen, als der Mann mit der Kalesche auf die andere Hofseite hinüberfuhr, wo sich offenbar die Stallungen befanden, die von beträchtlicher Tiefe sein mussten. Denn er spannte die Pferde nicht vor dem Seitentrakt der Stallungen aus, sondern lenkte sie durch ein doppelflügeliges Tor hinein. Augenblicke später zog er die Flügel von innen zu und verriegelte sie.

»Sieht hier jemand eine Glocke oder einen Klopfer, um sich bemerkbar zu machen?«, fragte Alistair ungeduldig, als die Minuten verstrichen, ohne dass ihnen geöffnet wurde. »Nicht gerade die feine Art, uns hier in der Kälte warten zu lassen!«

Horatio schüttelte den Kopf. »Nein, nichts dergleichen zu sehen. Wir werden uns wohl gedulden müssen, bis der Herr Graf uns die Ehre gibt.«

»Merkwürdig, das Ganze«, murmelte Harriet beklommen.
Der Anwalt schwieg.

Endlich hörten sie, wie auf der anderen Seite der Tür Ketten rasselten, ein Schlüssel in das schwere Eisenschloss fuhr und danach noch zwei Metallriegel zurückgeschoben wurden. Dann schwang die Balkentür knarzend nach innen auf und vor ihnen stand ein hochgewachsener älterer Mann, der bis auf eine weiße Hemdbrust mit steifem Stehkragen von Kopf bis Fuß in wollenes Schwarz gekleidet war. Ein weißer Schnurrbart bedeckte seine Oberlippe.

Byron und seine Gefährten waren sich nicht sicher, ob sie es mit dem Grafen oder einem seiner Bediensten, etwa seinem Butler, zu tun hatten. Doch das klärte sich sogleich, als der Mann eine einladende Geste mit der Hand machte und sie in vorzüglichem Englisch, jedoch mit schwerem Akzent ansprach.

»Willkommen in meinem Haus. Treten Sie frei und freiwillig herein!«, begrüßte er sie recht seltsam. Und an Harriet gewandt, fuhr er fort: »Ich bin immer entzückt, eine junge Dame in der Blüte ihrer Jugend zu meinen Gästen zählen zu dürfen. Der Zufall wollte es, dass erst vor wenigen Tagen zwei ausländische Wanderinnen sich in diese Gegend verirrt haben und in meiner Burg zu Gast sind. Also kommen Sie herein. Gehen Sie gesund wieder und lassen Sie etwas von der Freude zurück, die Sie mit hereingebracht haben!« Damit streckte er seine Hand aus.

Byron, der ihm von allen am nächsten stand, ergriff sie. Er zuckte zusammen, denn die Hand des Grafen war ungewöhnlich kalt. »Graf Kovat, es ist uns eine Ehre . . .«, begann er.

Der Burgherr unterbrach ihn lächelnd: »Kovat ist ein Name, den ich schon lange nicht mehr gehört habe, junger Freund. Zwar ist er einer der Namen meines weit verzweigten Geschlechts, aber seit geraumer Zeit ziehe ich einen anderen Namen vor, den zu verwenden ich nun auch Sie bitten möchte.«

»Und der wäre?«, fragte Alistair von hinten.

»Graf Dracula.«

9

Byron gab es schnell auf, sich den Weg einprägen zu wollen, auf dem Graf Dracula sie nach einem Wirrwar von dunklen Gängen und Wendeltreppen in eine Art von Rittersaal führte. Waffen aller Art, von Degen und Schwertern über Lanzen und Spieße bis hin zu fürchterlichen Streitäxten und Morgensternen, bedeckten die Wände. Alle Waffen befanden sich in einem erstaunlich guten Zustand, wiesen sie doch nur wenige Rostflecken auf. Und in den Ecken standen komplette Ritterrüstungen wie reglos erstarrte Wachen.

Byron blickte sich aufmerksam um und suchte auf den Rüstungen nach einem Zeichen wie dem unverwechselbaren Tatzenkreuz der Templer, das ihnen das Versteck von Mortimers Hinweis hätte verraten können. Doch zu seiner Enttäuschung vermochte er ein solches nirgends im Saal zu entdecken.

In dem Kamin, in dem man vermutlich einen ganzen Ochsen am Spieß hätte braten können, brannte ein Feuer aus halben Baumstämmen, das der Größe des Raumes gerecht wurde. Und in gut gewählter Nähe dazu stand ein schwerer Tisch, der zu ihrer Überraschung schon für fünf Personen gedeckt war.

Graf Dracula lächelte, als er ihre Überraschung bemerkte. »Bogan, mein getreuer Diener, weiß flink zu arbeiten. Er wird sich nachher auch Ihres Gepäcks annehmen. Im Augenblick ist er noch damit beschäftigt, die vier zusätzlichen Zimmer für meine unerwarteten, aber ebenso willkommenen Gäste herzurichten«, teilte er ihnen mit. »Deshalb kann ich Ihnen leider keine Gelegenheit geben, sich vor dem Essen erst etwas frisch zu machen. Und da ich gerade im Begriff stehe, meine Dienerschaft bis auf Bogan durch geeigneteres Personal zu ersetzen, erlauben Sie mir, dass ich selbst für Ihr Wohlergehen sorge. Mir werden Sie es hoffentlich nicht verübeln, dass ich mich am Nachtessen nicht beteilige, denn ich habe schon diniert.«

Alistair ließ sich nicht lange bitten und setzte sich sofort an den

Tisch. »Ich gebe zu, dass ich eine ordentliche Stärkung gut vertragen kann«, sagte er auf seine direkte Art und mit erwartungsvollem Blick auf die dampfenden Terrinen und die Flaschen Tokaier, die dort ihrer harrten.

Nach einigen Höflichkeiten verwickelte der Graf den Anwalt in ein erstes Gespräch über die Immobiliengeschäfte, die er in England zu tätigen gedachte. Das bot den anderen eine gute Gelegenheit, ihren Gastgeber eingehend zu studieren, während sie sich mit gebratenem Huhn, Salat, Käse und Wein stärkten.

Graf Dracula war ein Mann von sehr eindrucksvoller Physiognomie. Byron fand, dass sein bleiches Gesicht mit dem schmalen, scharf gebogenen Nasenrücken und den ungewöhnlich geformten Nüstern etwas Raubvogelartiges an sich hatte. Über der hohen gewölbten Stirn war das eisengraue Haar voll, nur an den Schläfen hatte es sich sehr gelichtet, sodass die seltsame Form der Ohren, die farblos erschienen und nach oben spitz zuliefen, sofort auffiel. Der Graf hatte buschige Augenbrauen, die über der Nase fast zusammenwuchsen, und sein Mund wirkte hart. Das Verstörendste jedoch waren seine großen und makellos weißen Eckzähne. Ähnlich scharf und zu nadelspitzen Enden geschnitten waren auch die Nägel seiner recht grob aussehenden Finger.

Nachdem der Graf sein erstes Gespräch mit Matthew Golding beendet hatte, erkundigte er sich bei Byron und seiner Begleitung, welchem Grund er denn ihren Besuch zu verdanken habe.

Nun gab Byron wieder die Lügengeschichte mit der Biografie, die er zu schreiben hätte, zum Besten.

»Sie wandeln also auf Mortimer Pembrokes Lebensspuren!« Ein verhaltenes Lächeln flog über das Gesicht des Grafen. »Trotz seiner gelegentlichen Anwandlungen und Stimmungsschwankungen ein fürwahr außergewöhnlicher Mann, der es zweifellos wert ist, dass man sein Leben für die Nachwelt festhält. Es betrübt mich, von seinem frühen Tod zu hören.«

»War er länger bei Ihnen zu Gast?«, erkundigte sich Alistair. »Und was hat Sie beide zusammengebracht?«

Graf Dracula lächelte verhalten. »Das gemeinsame Interesse für die Geschichte meiner Familie und für außergewöhnliche Vorgänge der Natur, die sich dem gewöhnlichen Menschen im Allgemeinen entziehen, würde ich sagen«, antwortete er vage. »Und wie lange war er hier? Wohl gute zehn Tage, es war gerade eine Zeit umfangreicher Baumaßnahmen hier auf der Burg, dann erkrankte leider ganz plötzlich sein junger Freund und Begleiter. Ich glaube, er litt unter einer Art von Blutarmut, die zu meinem Bedauern dann auch zu seinem raschen Ableben hier geführt hat.« Es zuckte dabei um seine Mundwinkel und seine Zunge glitt kurz zwischen den Zähnen hervor. »Ich gestehe, seiner noch lange gedacht zu haben. Aber über dies und vieles andere, was Sie interessiert, werden wir in den nächsten Tagen ja noch ausgiebig reden können.«

Matthew Golding, der mit bleichem Gesicht am Tisch saß, bekam einen Hustenanfall und griff hastig zu seinem Taschentuch.

Byron nickte. »Gewiss, aber vielleicht lässt sich eines jetzt schon klären«, sagte er und wagte sich an den wahren Grund, der sie auf die Burg geführt hatte. »Zu den leider sehr fragmentarischen Reisenotizen, die Mortimer Pembroke bei seinem Tod hinterlassen hat, gehört auch eine merkwürdige Passage, die er mit einer Reihe von Ausrufezeichen markiert hat, sodass ich vermute, dass es sich dabei um ein ihm wichtiges Detail gehandelt hat.«

»Und wie lautet diese Passage?«, fragte der Graf interessiert.

»Nun, es handelt sich dabei nur um einen kurzen, nicht einmal vollständigen Satz«, korrigierte sich Byron. »Er lautet ›Ich habe den toten Templer auf Graf Kovats Burg Negoi gesehen‹, gefolgt von sieben Ausrufezeichen. So steht es in seinem Tagebuch.«

»Und was hat der gute Lord sonst noch über seinen Aufenthalt bei mir in seinem Tagebuch festgehalten?«, fragte der Graf.

»Nur diesen einen Satz mit den vielen Ausrufezeichen, nichts weiter«, teilte Byron ihm mit, was nun wieder der Wahrheit entsprach.

Graf Dracula, der neben dem Kamin stand, machte eine nachdenkliche Miene, während er sich mit seinen spitzen Nägeln am Kinn kratzte.

»Das ist in der Tat sehr merkwürdig und gibt auch mir Rätsel auf. Denn von einem toten Templer, den er auf meiner Burg gesehen haben will, weiß ich nichts. Und wenn es hier jemals einen solchen gegeben hätte, so hätte ich gewiss Kenntnis davon. Immerhin ist Burg Negoi sozusagen seit Ewigkeiten mein Zuhause, zumindest kommt es mir manchmal so vor«, sagte er und hatte dabei wieder dieses hintergründige Lächeln auf seinem bleichen Gesicht.

Die Enttäuschung bei Byron und seinen Gefährten, nicht auf Anhieb diesem toten Templer auf die Spur zu kommen, war offensichtlich.

»Andererseits kann ich jedoch nicht völlig ausschließen, dass dieser Satz sehr wohl seine Rechtfertigung hat«, fuhr Graf Dracula im nächsten Moment fort. »Denn es ist gut möglich, dass sich Lord Pembrokes Eintrag in seinem Notizbuch auf den Titel eines Buches bezieht, auf das er in meiner Bibliothek gestoßen ist. Dort sind mehrere Tausend Bände versammelt, ein Großteil davon alte Folianten, die meine Vorfahren zusammengetragen haben. Und ich muss zu meiner Schande gestehen, dass ich die meisten dieser Bände noch nie in die Hände genommen habe und somit auch nicht weiß, welche seltenen bibliophilen Schätze sich unter diesen Werken befinden.«

Nun hellten sich ihre Gesichter schlagartig wieder auf und Horatio sagte mit neu erwachter Hoffung: »Natürlich! Bei dem ›toten Templer‹ könnte es sich um einen Buchtitel handeln!«

»Dann wissen Sie ja, womit Sie den morgigen Tag ausfüllen können. Stöbern Sie nur nach Herzenslust in der Bibliothek nach diesem Buch!«, forderte Graf Dracula sie auf. »Sie finden die Bibliothek hier unten am Ende des Ganges, der hinter der Tür zwischen den beiden Ritterrüstungen liegt. Ich selbst werde morgen leider den ganzen Tag bis in den Abend hinein nicht zu Ihrer Verfügung stehen, da ich einige wichtige auswärtige Dinge zu erledigen habe. Aber kurz nach Sonnenuntergang werde ich wohl wieder zurück sein. Und seien Sie versichert, die Nächte auf Burg Negoi haben auch ihre ganz besonderen Reize.« Wieder huschte ein Lächeln über sein Gesicht. Dann wandte er den Kopf und rief: »Ah, da kommt ja auch Bogan, mein Hausdiener! Ihre Zimmer sind also gerichtet. Wunderbar!«

Byron drehte sich zu der Tür um, die lautlos in ihrem Rücken aufgegangen war, und fuhr beim Anblick des Mannes, der dort auf Filzpantoffeln den Rittersaal betrat, betroffen zusammen. Harriet, Alistair und Horatio erging es nicht anders. Harriet sog scharf die Luft ein und es klang, als könnte sie nur mit größter Selbstbeherrschung einen Laut des Erschreckens in ihrer Kehle zurückhalten.

Der Hausdiener Bogan war ein grässlich entstellter Mann von unbestimmtem Alter, der tief gebeugt ging . . . nein, genauer gesagt humpelte. Sein Rücken war nämlich verkrümmt und hatte sich in Schulterhöhe zu einem Buckel verformt, der seine schwarze, knielange Filzjacke so hoch ausbeulte, als hätte er sich einen Sack Kartoffeln zwischen die Schulterblätter gebunden. Verkrümmt waren auch seine kurzen Beine. Aber damit nicht genug, war er auch noch mit einer Vielzahl von dicken schwarzen Warzen geschlagen, die sein Gesicht bedeckten. Zwischen diesen Warzen saß eine knollenartige Nase, aus deren Öffnungen dichte Haarbüschel herauswuchsen. Ein vorspringendes Pferdegebiss mit hässlich braunen Zähnen trat aus dem Mund hervor. Und während das linke Auge erblindet und so milchig wie eine Mondscheibe war, ragte das rechte übergroß als Glubschauge aus der Augenhöhle. Zotteliges, strähniges Haar bedeckte seinen großen Kopf, der in keinem rechten Verhältnis zum bescheidenen Maß seiner verkrüppelten Statur stand.

Graf Dracula musste kein Hellseher sein, um ihre Empfindungen und Gedanken zu lesen. Ein kehliges Lachen drang aus seiner Kehle.

»Jaja, die Natur hat es nicht gut mit ihm gemeint, wie man sieht. Und dass man ihm als Kind die Zunge herausgeschnitten hat, kommt zu allem noch dazu. Also wundern Sie sich nicht, wenn er auf Ihre Fragen keine Antworten gibt, auch wenn Sie das Rumänische beherrschen sollten. Manchmal denke ich, der gute Bogan hat für die Figur des Quasimodo in dem Roman *Der Glöckner von Notre-Dame* dieses französischen Schriftstellers Modell gestanden«, sagte er leichthin. »Aber Bogan ist treu und verlässlich, der beste Diener, den ich je hatte. Nichts ist ihm zuwider.« Niemand sagte etwas, denn der Schock saß ihnen noch immer in den Knochen.

»Nun, die Zimmer sind gemacht und Sie werden müde sein. Deshalb möchte ich Sie jetzt auch nicht länger von der verdienten Nachtruhe abhalten«, fuhr der Graf fort. »Ihr Wohlergehen ist mir ein großes Anliegen und wir werden in den nächsten Tagen sicherlich noch viel Zeit für anregende Gespräche haben. Denn ich brenne darauf, möglichst viel über Ihr Land zu erfahren, in dem ich demnächst für eine längere Zeit leben und . . . nun ja, auch tätig sein möchte. Deshalb hoffe ich sehr, dass ich das Vergnügen habe, nicht nur Mister Golding, sondern auch Sie für einige Zeit bei mir zu Gast zu haben. Und jetzt erlauben Sie mir, dass ich Ihnen Ihre Zimmer zeige.«

Byron und die anderen murmelten vage Worte des Dankes für seine Gastfreundschaft und nahmen den Rest des leichten Gepäcks an sich, das Bogan sich nicht mehr unter die Arme zu klemmen vermochte.

Schweigend folgten sie Graf Dracula, der vorausging und ihnen in den finsteren Gängen und Treppenaufgängen den Weg in einen der großen Wohntürme leuchtete. Auf ihrem Weg zu den Zimmern passierten sie mehrere schwere Türen, die mit Riegel und Vorlegebalken verschlossen werden konnten.

Den Treppen nach, die sie hinaufsteigen mussten, lagen ihre Zimmer in einem der obersten Geschosse von einem der kantigen Wohntürme an der Schluchtseite. Schließlich kamen sie in einen langen Gang, der auf der Hälfte einen rechtwinkligen Knick machte. Byron zählte insgesamt acht Türen, die rechts und links vom Korridor abgingen.

Dem Anwalt wies Graf Dracula seine Unterkunft kurz vor dem Knick zu. Dabei gab er der Hoffnung Ausdruck, dass der Herr Anwalt dort ausreichend Platz habe, um sich mit seinen mitgebrachten Papieren ungehindert ausbreiten zu können. Für seine anderen vier Gäste hatte Bogan Zimmer hergerichtet, die hinter dem rechten Winkel des Korridors lagen.

Zu ihrer aller Überraschung erwiesen sich diese Zimmer als überaus geräumig und recht wohnlich eingerichtet. In jedem gab es einen kleinen Kamin, in dem schon ein Feuer brannte, ein schweres, breites Bett mit vier gedrechselten Pfosten, die einen mit grauer Seide bespannten Baldachin trugen, sowie bequeme Sessel und einen Schrank, eine Truhe und eine Kommode, auf der neben einem einfachen Kerzenleuchter und einem Windlicht auch noch eine Waschschüssel und ein großer Krug mit Wasser für sie bereitstanden.

Graf Dracula wies sie vorsorglich noch darauf hin, an welchem Ende des Korridors es zum Erker mit dem stillen Gemach ging, falls sie es vorzögen, gewisse menschliche Bedürfnisse nicht in den Nachttopf unter ihrem Bett zu verrichten. Und dann verabschiedete er sich mit den Worten: »Also schlafen Sie wohl und träumen Sie gut! Wir sehen uns dann morgen Abend wieder!«

Byron wartete und horchte bei offener Tür auf die Schritte des Grafen und seines Hausdieners, wie sie sich auf dem langen Gang entfernten und schließlich irgendwo am Ende einer Treppe verklangen.

Harriet, Alistair und Horatio hatten ähnlich angespannt darauf gewartet, dass die beiden außer Hörweite waren. Denn sie traten alle vier fast gleichzeitig aus ihren Zimmern. Nur der Anwalt ließ sich nicht blicken.

Byron winkte seine Gefährten stumm zu sich ins Zimmer und schloss schnell hinter ihnen die Tür.

»Kann mir einer verraten, wohin wir hier geraten sind?«, stieß Harriet leise hervor. »Dieser Graf Dracula gefällt mir nicht!«

»Na, der ist doch gegen diesen schaurigen Hausdiener die

Schönheit in Person!«, sagte Alistair und versuchte ein unbekümmertes Grinsen. Doch der Versuch misslang kläglich.

»Aber er ist so bleich, und dazu diese vorstehenden Eckzähne und spitzen Ohren«, raunte Horatio. »Und was ist mit diesem Kutscher, der die Wölfe in die Flucht geschlagen hat, als hätte er Gewalt über diese Raubtiere? Hat dieser Dracula vorhin nicht gesagt, er hätte seine ganze Dienerschaft mit Ausnahme des Buckligen entlassen? Bis zwei zählen wird er doch wohl noch können!«

Byron nickte. »Das ist alles schon mehr als nur merkwürdig«, pflichtete er ihm bei.

»Ja, und zwar geradezu schaurig, wenn ihr mich fragt«, sagte Harriet und fuhr sich über die Arme, als fröstelte sie trotz der Wärme, die das Kaminfeuer abgab. »Also, ich bin dafür, dass wir so schnell wie möglich wieder von hier verschwinden!«

»So sehe ich es auch!«, sagte Horatio.

»Sicher, wir bleiben hier keine Stunde länger als unbedingt nötig. Aber erst mal müssen wir diesen toten Templer finden, sonst endet unsere Suche nach dem Judas-Evangelium schon hier in den Karpaten«, entgegnete Alistair mit finsterer Miene. »Und 4 000 Pfund in den Wind zu schreiben, weil es uns vor einem Buckligen gruselt, das erscheint mir doch etwas übertrieben.«

Byron dachte daran, dass er Arthur Pembroke sein Ehrenwort gegeben hatte, alles in seiner Macht Stehende zu tun, um das Versteck der Papyri zu finden. Und das nahm ihn in die Pflicht und ließ nicht zu, dass er sich von vagen unguten Gefühlen zu einem Wortbruch verleiten ließ.

»Richtig, Alistair«, sagte er deshalb und gab seiner Stimme einen betont energischen Klang, um sowohl sich als auch die drei anderen aufzumuntern. »Dieser einsame Ort und seine Bewohner mögen uns nicht liegen. Gut, darin sind wir uns alle einig. Aber das soll uns nicht dazu verleiten, voreilige Schlüsse zu ziehen und Gefahren zu sehen. Jedenfalls wüsste ich keine konkret zu benennen.«

»Na, ich weiß nicht«, sagte Horatio.

»Und ich denke, dass keiner von uns dem Aberglauben zuneigt und sich von einer etwas schaurigen Atmosphäre davon abhalten lässt, das zu tun, was wir uns vorgenommen haben«, fuhr Byron fort. »Wir haben seit Bukarest zwei strapaziöse Tage hinter uns und sind vermutlich einfach nur erschöpft und etwas überreizt. Wenn wir erst einmal eine gute Nachtruhe hinter uns haben, werden wir die Situation hier bestimmt etwas ruhiger und gelassener sehen. Und wenn es sich bei dem ›toten Templer‹ um den Titel eines Buches handelt, dürfte es zu viert wohl nicht lange dauern, um es in der Bibliothek zu finden und dann eiligst wieder abzureisen.«

Seine Rede hatte die erhoffte Wirkung und sie gingen etwas beruhigter und mit der Hoffnung auseinander, am morgigen Vormittag schon auf dieses Buch zu stoßen.

Als Byron wieder allein in seinem Zimmer war, öffnete er seine Reisetasche, um ihren Inhalt in den Schrank zu räumen. Dabei fielen ihm das Knoblauchgebinde und das eiserne Kruzifix in die Hände.

Er lachte leise auf, konnte er sich doch nicht erinnern, die Sachen bei der Abreise in Piteschti mit eingepackt zu haben. Beides musste irgendwie in seine Tasche gerutscht sein.

Einen Moment lang war er unschlüssig, was er damit tun sollte. Dann fiel sein Blick auf den Kleiderhaken neben der Tür. Und ohne groß darüber nachzudenken, hängte er den Knoblauchkranz dort auf. Das geweihte Kreuz ebenfalls an den Haken zu hängen, widerstrebte ihm jedoch. Es erschien ihm unwürdig, es dort zwischen den Knoblauchzehen herabbaumeln zu lassen. Deshalb legte er das Kreuz auf die Fensterbank.

In dieser Nacht schlief er vor körperlicher Erschöpfung so tief und fest, wie schon lange nicht mehr. Dass in dieser Nacht eine große Fledermaus vor das Fenster geflogen kam, in dem zwischen den beiden schmalen Rahmen ein Spalt klaffte, sich das Tier dort festkrallte, im nächsten Augenblick jedoch wie aufgeschreckt zurückflatterte und dabei mit seinen Flügeln gegen das Fensterglas schlug, drang nicht zu ihm in den Schlaf.

10

Am nächsten Morgen erwachten sie bei wildem Schneetreiben und sie rechneten deshalb fest damit, dass Graf Dracula bei diesem schlechten Wetter die Erledigungen, von denen er gesprochen hatte, auf einen anderen Zeitpunkt verschoben hatte. Doch sie bekamen ihn weder zum Frühstück, das sie unten im Rittersaal erwartete, noch im Laufe des restlichen Tages zu Gesicht.

»Mir ist es ein Rätsel, wie man bei diesem Sauwetter aus dem Haus gehen kann, noch dazu hier oben in den Bergen«, sagte Horatio. »Das grenzt doch schon an Tollkühnheit.«

Alistair zuckte die Achseln. »Mir soll es nur recht sein, wenn wir ihn nicht so schnell wieder zu Gesicht bekommen. Dass der Bucklige hier auf seinen ausgelatschten Filzpantoffeln so lautlos wie ein Gespenst herumschleicht, reicht mir vollauf.«

Harriet beteiligte sich nicht an ihrem Gespräch. Sie saß still am Tisch, kaute jeden Bissen endlos lange, als hätte sie das Schlucken vergessen, und war mit ihren Gedanken offensichtlich ganz woanders.

Kurz darauf gesellte sich Matthew Golding zu ihnen. Der Londoner Anwalt sah angespannt und übernächtigt aus, als hätte er wegen seines Hustens die Nacht kein Auge zugetan. Und Appetit zeigte er auch keinen. Er nahm nur eine Tasse Tee und ein Stück trockenes Brot zu sich.

»Sie scheinen mir auch schon bessere Tage gesehen zu haben, Mister Golding«, sprach Alistair ihn in scherzhaftem Ton an. »Ist der Graf vielleicht mit den Immobilien, die sie ihm zum Kauf anzubieten haben, nicht zufrieden? Das wäre nach so einer langen und kostspieligen Reise natürlich eine bittere Enttäuschung.«

Matthew Golding lächelte gequält und schüttelte den Kopf. »Er ist keineswegs unzufrieden, Mister McLean. Meine Reise wird den Erfolg bringen, den ich mir vorgenommen habe. Alles andere wäre eine Katastrophe!«

Byron hob die Brauen. »Ein geplatzter Abschluss ist zwar immer bitter, gehört aber doch zu jedem Gewerbe und kann deshalb wohl kaum als Katastrophe bezeichnet werden. Sie sagten doch, dass Ihre Kanzlei viele zahlungskräftige Kunden im Ausland betreut.«

»Das stimmt, doch in diesem Fall wäre es ein entsetzlicher Fehlschlag mit nicht absehbaren Folgen«, widersprach Matthew Golding. »Denn von meinem Vorgehen auf Burg Negoi hängt mehr ab, als Sie sich vorstellen können.« Er begann wieder einmal, zu husten und mit weggedrehtem Kopf in sein Taschentuch zu spucken. Diesmal war es ein neues aus weinrotem Stoff. »Und jetzt entschuldigen Sie mich bitte. Ich habe einen nervösen Magen und muss zudem noch einiges vorbereiten, um hier alles zu einem guten Ende zu bringen.«

»Ein seltsamer Kauz«, sagte Alistair, als sie wieder unter sich waren. »Außerdem scheint er mir zu lügen. Zumindest was seinen Namen betrifft.«

Verblüfft sahen ihn die anderen an. Sogar Harriet blickte auf. »Wie kommst du bloß auf diese absurde Idee? Welchen Grund sollte er denn haben, uns *und* Graf Dracula einen falschen Namen zu nennen? Der Graf stand doch mit ihm und seiner Anwaltskanzlei seit Längerem in Briefkontakt.«

»Und wennschon. Es gibt bestimmt mehr als nur einen genialen Fälscher auf der Welt«, erwiderte Alistair mit einem Seitenblick zu Horatio. »Und welchen Grund er hat, weiß ich natürlich auch nicht. Aber ich habe das Monogramm auf seinem Spucktuch gesehen und da ist kein MG eingestickt, sondern ein AvH. Und ich glaube nicht, dass ein Londoner Anwalt mit anderer Leute Spucktüchern durch die Weltgeschichte reist.«

Harriet verdrehte die Augen. »Mein Gott, Alistair! Dafür kann es doch einen ganzen Haufen von einfachen Erklärungen geben!«

»So? Welche denn? Nenn mir doch mal eine!«

Sie überlegte kurz. »Na ja, es kann zum Beispiel einer ... einer Frau gehören, die er liebt und die es ihm verehrt hat«, sagte sie und errötete leicht. »Er trägt ja auch einen Ring und könnte mit dieser Frau verlobt sein.«

»Nein, der Bursche ist verheiratet. Das hat er mir selbst erzählt, als wir in Piteschti auf die Postkutsche gewartet haben. Da hat er erwähnt, wie schwer es ihm gefallen ist, seine Frau in London zurücklassen zu müssen. Und wenn dieses Taschentuch ihm aus irgendeinem anderen Grund lieb und wert ist, würde er dann seinen Rotz da hineinspucken?«, hielt Alistair ihr vor.

»Das entbehrt nicht einer gewissen Logik«, räumte Byron ein.

»Herrgott, was kümmert es uns, was dieses Monogramm zu bedeuten hat und warum er dieses Taschentuch dabeihat!«, sagte Horatio. »Mister Golding kann tun und lassen, was ihm beliebt. Wir haben doch wohl Wichtigeres zu tun, als uns über ein Monogramm die Köpfe heißzureden. Haben Sie vergessen, dass einige Tausend Bücher in der Bibliothek darauf warten, von uns in die Hand genommen zu werden? Denn falls es sich um einen alten Folianten handelt, in welchem Mortimer Pembroke etwas hinterlassen hat, dann steht der Titel nicht auf dem Buchrücken, wie es neuerdings häufig der Fall ist, sondern nur innen. Herrschaften, das wird eine Heidenarbeit, die uns da erwartet!«

Horatio behielt recht. Beim Anblick der Bibliothek sank ihnen das Herz. Die dunklen Wandregale, die vom Boden bis zur Decke reichten, waren mit Büchern nur so vollgestopft. Und die meisten davon waren ledergebunde Folianten aus vergangenen Jahrhunderten. Zudem war das Licht schlecht, weil es nur auf der zur Schlucht gelegenen Wand zwei Fenster gab. Die beiden anderen auf der gegenüberliegenden Längswand, die auf den großen inneren Burghof hinausgehen mussten, waren aus einem unerfindlichen Grund mit schweren Granitblöcken verschlossen worden. Nicht einmal eine papierdünne Ritze zeigte sich zwischen dem ursprünglichen Mauerwerk und den eingesetzten Felsquadern.

Im vorderen Bereich stand ein schwerer Schreibtisch, der verriet, wie sehr sich Graf Dracula für England interessierte. Er war übersät mit monatealten englischen Zeitschriften und Zeitungen, mit Reiseführern über Englands Großstädte, Almanachen sowie Kursbüchern der Eisenbahnen und aller großen Schifffahrtslinien.

Sogar die beiden Adressbücher Londons, das sogenannte *Rote* und das *Blaue,* befanden sich unter diesen Stößen. Und im Regal dahinter fiel der Blick auf Dutzende von englischen Nachschlagewerken, die jedes nur denkbare Spezialthema zum Inhalt hatten. Die Wissbegierde des Grafen schien wahrlich allumfassend zu sein.

Zuerst einmal gingen sie mehrmals die Buchwände langsam ab und suchten nach einem Zeichen, das Mortimer auf dem betreffenden Buch hinterlassen haben könnte, ohne jedoch zu wissen, wie dieses Zeichen aussehen sollte. Mehrmals glaubten sie, einen solchen Fingerzeig ausgemacht zu haben, sahen sich bei näherer Prüfung des Buches jedoch jedes Mal getäuscht.

Schließlich gaben sie diese sprunghafte Art der Suche auf und beschlossen, methodisch vorzugehen, indem sich jeder von ihnen jeweils eine senkrechte Regalreihe vornahm. Stunde um Stunde nahmen sie ein Buch nach dem anderen zur Hand, schlugen es auf, warfen einen Blick auf das Titelblatt und suchten nach eingelegten Blättern, Kritzeleien oder anderen Hinweisen.

Es war eine ermüdende Arbeit, zudem machte ihnen der Staub zu schaffen, den sie dabei aufwirbelten und der ihre Augen tränen ließ. Sie legten immer wieder Pausen ein, weil es anders gar nicht durchzuhalten war. Zudem bestand Alistair darauf, sich dann und wann eine Zigarette zu gönnen.

In einer dieser Pausen bemerkte Byron, dass Harriet stumm den Kopf schüttelte und dann leise auflachte. Er ging zu ihr hinüber und blickte wie sie hinaus in den gähnenden Abgrund, der sich jenseits der Mauer vor ihnen öffnete. Noch immer umwirbelten dichte Schneewolken die Burg.

»Ja, wer immer damals den Entschluss gefasst hat, in dieser Wildnis und dann ausgerechnet auch noch auf diesem Felssporn eine Burg zu bauen, muss größenwahnsinnig gewesen sein«, sagte er, weil er zu wissen meinte, was ihr eben beim Blick in die Schlucht durch den Kopf gegangen war. »Wenn ich hier jahraus, jahrein leben müsste, ich würde wohl früher oder später den Verstand verlieren.«

»Den Eindruck, den Verstand zu verlieren, hatte ich hier für einen kurzen Moment schon heute früh«, erwiderte Harriet leise. »Aber da hat mir nur meine Fantasie einen Streich gespielt.«

»Wovon reden Sie, Harriet?«, fragte Byron verwundert.

»Ich werde es Ihnen erzählen, aber nur unter der Bedingung, dass Sie mich nicht auslachen. Und darauf will ich Ihr Ehrenwort! Sonst behalte ich den Unsinn für mich!«, verlangte sie.

»Nur zu, ich werde nicht lachen. Sie haben mein Ehrenwort!«, versicherte er.

Sie zögerte kurz. »Also gut. Es war heute im Morgengrauen. Ich war wach geworden und bin schnell zum Kamin hinüber, um die Glut aus der Asche zu stochern und ein paar Scheite aufzulegen, damit es später beim Aufstehen und Waschen nicht zu kalt im Zimmer ist. Als das getan war, blieb ich noch kurz am Fenster stehen und schaute hinaus in das Schneetreiben. Plötzlich fiel mein Blick hinüber auf die Burgmauer, die hinter unsrem Trakt einen Knick macht und zu dem benachbarten Wohnturm aufsteigt. Und da habe ich ... *es* gesehen. Jedenfalls bildete ich mir das in dem Moment ein«, verbesserte sie sich schnell.

»Und was war dieses *Es*, das Sie da gesehen haben?«

»Es sah wie ... wie eine menschliche, schwarz gekleidete Gestalt aus, die ... die aus der Tiefe kam und ... und da die Mauer erklomm«, erzählte sie stockend vor Verlegenheit. »Schnell und sicher wie ... na ja, wie eine Echse kroch sie die Burgwand hoch und verschwand durch eines der oberen Fenster im Turm.«

Byron musste schwer an sich halten, um nun nicht doch amüsiert aufzulachen. »Eine menschliche Gestalt, die wie eine Echse eine senkrechte Mauer hochsteigt, unter der nacktes, glattes Felsgestein einige Hundert Ellen[*] fast lotrecht in die Tiefe abfällt?« Ein leichtes Schmunzeln konnte er sich nun doch nicht verkneifen.

»Ja, ich weiß, es klingt verrückt!«, sagte sie schnell und errötete. »Vermutlich war es nur ein großer schwarzer Vogel, der mir bei dem wilden Schneetreiben wie eine menschliche Gestalt vorkam. Und außerdem war es ja auch noch gar nicht richtig hell.«

[*] Altes Längenmaß, etwa 60–80 cm

»So wird es gewesen sein, eine große Krähe oder vielleicht ein Raubvogel, der da oben in einem der leeren Räume sein Nest hat«, bestätigte Byron. Denn dass dort drüben niemand wohnen konnte, erst recht nicht im Winter, sagten einem schon die glaslosen Fensteröffnungen.

Harriet drohte ihm nun mit dem Zeigefinger. »Wagen Sie es ja nicht, den anderen davon zu erzählen, Byron! Das würde ich Ihnen übelnehmen!«

Er legte seine Hand aufs Herz und beteuerte: »Ich werde über Ihre frühmorgendliche Vision von der menschlichen Echse schweigen wie ein Grab! Bei meiner Ehre!«

»Ich wusste doch, dass ich es Ihnen besser erst gar nicht erzählt hätte!«, schmollte sie, musste dann jedoch selber lachen.

Byron vergaß die Geschichte schnell wieder und sie setzten ihre Suche nach dem Templerbuch bis in den Abend fort, jedoch ohne Erfolg. Weder der Anwalt noch Graf Dracula ließ sich in diesen Tagesstunden in ihrer Nähe blicken. Nur der Bucklige lief ihnen mehrmals über den Weg, schenkte ihnen jedoch keine Beachtung.

»Wenn wir das Pech haben, dass sich das Buch irgendwo ganz hinten befindet, haben wir noch Tage vor uns, bis wir endlich darauf stoßen«, sagte Horatio am Nachmittag. Denn bis zu diesem Zeitpunkt hatten sie gerade mal ein gutes Drittel der vorderen Bibliothek nach dem Folianten abgesucht.

Harriet nickte. »Aber wenn wir uns jetzt erst mal den hinteren Teil vornehmen, steht das vermaledeite Buch bestimmt irgendwo hier vorn!«

»Oder aber es handelt sich bei dem toten Templer überhaupt nicht um einen Buchtitel«, sagte Byron.

»Hast du eine Idee, was Mortimer sonst damit gemeint haben könnte?«, fragte Harriet.

»Ja, und zwar vielleicht das *Grab* eines toten Templers!«

Alistair schlug sich mit der Hand vor die Stirn. »Natürlich! Das ist doch das Naheliegendste! Wir Schwachköpfe! Warum sind wir bloß nicht gleich darauf gekommen? Wir sollten uns den

Friedhof vornehmen und nachschauen, ob es da ein Templergrab gibt!«

Horatio warf ihm einen spöttischen Blick zu. »Sie scheinen vergessen zu haben, wo wir uns befinden, Alistair. Rund um die Burg gibt es nur Felsgestein und deshalb auch keinen Friedhof. Tote finden wir hier nur in der Burggruft, wo immer die auch sein mag.«

Alistair zuckte die Achseln. »Ob nun Friedhof oder Gruft, es gibt jedenfalls Gräber. Und eines davon kann das eines toten Templers sein. Deshalb sollten wir uns erst mal dort gründlich umsehen, bevor wir hier noch tagelang ein verstaubtes Buch nach dem anderen aus den Regalen ziehen!«

»Das werden wir auch«, versicherte Byron. »Aber erst müssen wir wissen, wo die Gruft ist, was wir nur von Graf Dracula erfahren können. Auch müssen wir zuvor seine Erlaubnis einholen. Und bis wir ihn danach fragen können, sollten wir hier weitermachen. Denn dass Mortimer mit seinem rätselhaften Hinweis ein Grab gemeint hat, ist auch nur eine Vermutung. Es könnte aber sein, dass es doch ein Buchtitel ist. Zumal der Graf ja von solch einem Templergrab in seiner Gruft wissen müsste, was offensichtlich nicht der Fall ist.«

»Wofür es aber auch andere Erklärungen geben könnte«, widersprach Alistair sofort.

»Zerbrechen wir uns darüber nicht den Kopf«, sagte Horatio. »Wir werden ihn fragen, und bis wir dazu Gelegenheit haben, machen wir hier erst mal weiter.«

Der Tag verdämmerte so grau und trist, wie er begonnen hatte. Als die Nacht hereinbrach, holte Bogan sie aus ihrer Arbeit. Der Bucklige gab ihnen per Zeichensprache und mit gurgelnden Lauten zu verstehen, dass im Rittersaal das Essen auf sie wartete.

Graf Dracula und auch der Anwalt hatten sich schon dort eingefunden. Beide standen an einem Seitentisch über Papiere und eine ausgerollte Karte gebeugt, die wie die Bauzeichnung eines verzweigten Gebäudekomplexes aussah. Als Byron und seine Gefährten eintraten, unterbrachen die beiden ihre Unterhaltung, die zweifellos um eine der angebotenen Immobilien kreiste, und gesellten sich zu ihnen.

Mit ausgesuchter Freundlichkeit bat Graf Dracula sie an den gedeckten Tisch. Wie in der Nacht zuvor entschuldigte er sich, dass er nicht mit ihnen speiste, da er dies schon auswärtig getan habe. Dann erkundigte er sich, wie sie den Tag verbracht hätten und ob ihre Suche nach dem Buch mittlerweile schon von Erfolg gekrönt worden sei.

»Leider nein«, teilte Byron ihm mit. »Doch uns ist heute der Gedanke gekommen, dass es möglicherweise ein altes Templergrab auf Burg Negoi geben könnte, das Mortimer Pembrokes besonderes Interesse geweckt hat.«

Graf Dracula runzelte die Stirn. »Ein Templergrab? Davon ist mir nichts bekannt. Aber selbstverständlich steht es Ihnen frei, sich unten in der Gruft selbst davon zu überzeugen, dass es ein solches nicht gibt. Ich werde Bogan nachher den Auftrag erteilen, Ihnen die Tür zu den Gewölben aufzuschließen«, sagte er entgegenkommend und erklärte ihnen, welchen Weg sie nehmen mussten, um in die Gruftkatakomben der Burg zu gelangen.

Byron war, als horchte Matthew Golding in diesem Moment auf. Und zeigte sich auf seinem Gesicht nicht auch ein Ausdruck der Erleichterung?

Ihr Gespräch wandte sich danach anderen Themen zu, insbesondere ging es um englische Sitten und Gebräuche, an denen der Graf ein geradezu unerschöpfliches Interesse zeigte. Später kreiste ihre Unterhaltung um die kriegerische Geschichte des Balkans und um die Familiengeschichte des Grafen, die eng damit verwoben war.

Er erwies sich dabei als kundiger Erzähler, dem es ein sichtliches Vergnügen bereitete, Stunde um Stunde mit ihnen zu plaudern. Es war, als hätte er keinen anstrengenden Tag hinter sich, sondern wäre, wie erfrischt nach einem langen Schlaf, nun begierig darauf, sozusagen die Nacht zum Tag zu machen.

Irgendwann erkundigte sich Matthew Golding, der sonst wenig

zu der allgemeinen Unterhaltung beitrug, nach den beiden anderen weiblichen Gästen, die der Graf in der vorherigen Nacht bei ihrem Eintreffen kurz erwähnt hatte, und fragte, warum sie ihnen jetzt nicht Gesellschaft leisteten.

»Sie haben es vorgezogen, die Mahlzeiten auf ihrem Zimmer zu sich zu nehmen, denn sie bedürfen noch einige Zeit strengster Bettruhe, um wieder zu Kräften zu kommen«, teilte Graf Dracula ihnen mit. »Diese beiden mutigen und unternehmungslustigen Amerikanerinnen, die eine für Frauen höchst verwunderliche Leidenschaft für Bergbesteigungen besitzen, haben sich wohl etwas zu viel zugemutet, als sie vor einigen Tagen beschlossen, auf eigene Faust die Karpaten zu erkunden. Mir scheint, dass Amerikaner ganz allgemein etwas maßlos in ihrer Selbsteinschätzung sind und sich oft rüde über die wohlbedachten Konventionen unserer Zeit hinwegsetzen. Nun, wie dem auch sei, sie haben sich jedenfalls in den Schluchten des Negoi verirrt, was keinen verwundern dürfte, der mit meiner Heimat vertraut ist. Nur dank einer glücklichen Fügung hat ihr Irrweg sie gerade noch rechtzeitig zu mir geführt. Sonst hätten sie in den Bergen vor Erschöpfung den Tod durch Erfrieren gefunden.«

»Dann dürfen sie sich wahrlich glücklich schätzen, Schutz und Fürsorge unter Ihrem Dach gefunden zu haben«, sagte der Anwalt merkwürdig schmallippig.

Der Graf nickte. »Sie sagen es, mein Bester. Ich lasse ihnen in der Tat meine ganz besondere Fürsorge angedeihen«, bekräftigte er und lenkte ihre Unterhaltung in eine neue Richtung.

Byron und seine Gefährten gaben sich Mühe, mit der Lebhaftigkeit und Plauderlust ihres Gastgebers mitzuhalten. Doch nach gut zwei Stunden machte sich bei ihnen eine bleierne Müdigkeit breit, gegen die sie bald auch mit bestem Willen nicht mehr ankamen. Es wurde höchste Zeit für sie, sich hinauf in ihre Zimmer zu begeben und sich schlafen zu legen. Der Anwalt schloss sich ihnen an, als sie sich von der Tafel erhoben.

Graf Dracula bedauerte, dass ihre anregende Unterhaltung

schon jetzt ihr Ende fand, zeigte jedoch Verständnis für ihre Müdigkeit und ihr Verlangen, zu Bett zu gehen, und er wünschte ihnen eine erholsame Nacht.

Dabei verabschiedete er sich mit den Worten: »Möge die Nacht Sie mit neuen Lebensgeistern erfüllen!«

Byron fand nichts sonderlich Bemerkenswertes an diesem Wunsch. Doch er ahnte nicht, dass ihm dessen wahre Bedeutung schon wenige Stunden später auf schaurige Weise offenbar werden sollte.

11

Das Feuer im Kamin war heruntergebrannt und von der Glut kam nur noch ein schwaches Glimmen, als Byron nach nicht einmal zwei Stunden Schlaf erwachte. Schuld an dem frühen Erwachen war seine volle Blase, die nach Entleerung verlangte. Als er aufstand und die Beine über die hohe Bettkante schwang, spürte er auch noch ein Rumoren in seinen Gedärmen. Er vermutete, dass die scharf gewürzte Paprikasoße des Wildbratens für dieses körperliche Unbehagen verantwortlich war.

Schon hatte er den Nachttopf unter seinem Bett hervorgezogen, als er es sich anders überlegte. Die Vorstellung, sein Geschäft in diesen alten, abgestoßenen Porzellanbehälter zu verrichten und am Morgen mit recht unerfreulichen Gerüchen im Zimmer zu erwachen, behagte ihm nicht. Deshalb beschloss er, den unerquicklichen Gang durch den eiskalten Korridor zum stillen Gemach auf sich zu nehmen. Das schien ihm das geringere der beiden Übel zu sein.

Rasch fuhr er in seine Pantoffeln, griff zum Morgenmantel und warf ihn sich über. Er verzichtete darauf, eine Kerze anzuzünden und auf den kurzen Weg zum vorspringenden Erker mitzunehmen.

Eisige Kälte umfing ihn auf dem nachtfinsteren Korridor. Er beeilte sich und tastete sich dann an der Wand entlang zu seinem Zimmer zurück.

Was ihn dazu veranlasste, an seinem Zimmer vorbeizugehen und dem Gang um den rechtwinkligen Knick herum zu folgen, wusste er später nicht zu sagen. Schläfrigkeit gepaart mit Gedankenlosigkeit musste wohl dafür verantwortlich gewesen sein. Jedenfalls wurde es ihm nicht bewusst, dass er sein Zimmer schon passiert hatte, als er vor sich zu seiner Linken einen schwachen rötlichen Lichtschein wahrnahm, der dort aus einer Türöffnung in den Gang fiel.

Unwillkürlich nahm er an, dass sein Kaminfeuer von der Zugluft noch einmal kurz aufgeflackert war, weil er die Tür offen stehen gelassen hatte.

Er erreichte die Tür und wollte schon ins Zimmer treten, als eine Frauenstimme zu ihm drang, die einen merkwürdig erstickten, zugleich lustvollen Laut von sich gab und dann leise rief: »Ja, Geliebter! . . . Alles soll dir gehören, du Herrscher der Nacht! . . . Ganz dein will ich sein!«

Byron erstarrte mitten in der Bewegung.

Geliebter?

Im ersten Moment schoss ihm der unerträgliche Gedanke durch den Kopf, es wäre Harriet, die er da so lustvoll aufstöhnen und sich einem Mann hingeben hörte. Einem Mann, bei dem es sich dann nur um Alistair handeln konnte. Der Gedanke stach wie ein Messer durch seine Brust.

Aber schon in der nächsten Sekunde wurde ihm bewusst, dass es gar nicht Harriets Stimme war, die er da gehört hatte. Das Englisch dieser Frau hatte einen deutlich amerikanischen Akzent! Und sofort wurde ihm klar, dass er sich in der Tür geirrt hatte. Schamröte schoss ihm ins Gesicht, weil er hier wie ein Voyeur vor dem Schlafzimmer dieser fremden Frau, die zu den beiden amerikanischen Gästen gehören musste, stand und beinahe mitten in eine höchst intime Szene hineingeplatzt wäre. Dass diese beiden Frauen angeblich von ihrem lebensgefährlichen Abenteuer in den Bergen noch zu geschwächt waren, um an den Mahlzeiten im Rittersaal teilzunehmen, fiel ihm in diesem Moment nicht ein. Auch nicht die Frage, wer denn wohl dieser Geliebte sein mochte, dem die Frau sich hingab.

Schon wollte er sich auf Zehenspitzen zurückziehen, als er eine ihm wohlvertraute männliche Stimme hörte: »Halt jetzt endlich still und beug den Kopf zur Seite, mein Herzblut!«

Es war die Stimme von Graf Dracula!

Byron verharrte und tat dann etwas, was eigentlich seiner Erziehung und seinem ganzen Wesen völlig widersprach. Er spähte um die Türkante herum ins Zimmer. Es lag im flackernden Licht niedriger Flammen, die im Kamin aus offenbar eben erst neu aufgelegten Holzscheiten aufzüngelten.

Sein Blick fiel auf zwei Frauen von vielleicht dreißig Jahren, die sich das breite, baldachinüberwölbte Himmelbett teilten. Beide lagen, nur mit zarten Nachtgewändern bekleidet, auf dem seidigen Laken.

Die linke der beiden Frauen lag wie in tiefem Schlaf hingestreckt, den Kopf unnatürlich nach links gedreht und den Mund weit geöffnet. Der mit Rüschen gesäumte Kragen ihres Nachthemdes wies am Hals einen langen Riss auf. Dunkle Flecken, die Byron im ersten Moment für verschütteten Wein hielt, hatten das dünne Gewebe ihres Nachthemdes beschmutzt.

Das Gesicht der anderen Frau, die zu ihrer Linken im Bett lag und deren dünnes Gewand einen wohlgeformten weiblichen Körper erkennen ließ, vermochte er dagegen nicht zu sehen. Denn dort stand Graf Dracula tief über sie gebeugt.

Er küsste sie auf den Hals und gab dabei ein merkwürdig saugendes Geräusch von sich, das in Byrons Ohren so wollüstig klang wie ein sexueller Akt.

Plötzlich platzte im Kamin ein Harzknoten mit lautem Knall und Graf Dracula hob den Kopf und ließ von der Frau ab. Als er sich kurz aufrichtete und umblickte, fiel der Feuerschein auf sein Gesicht. Seine Lippen waren blutbefleckt und lange Blutfäden hingen von den nadelspitzen Eckzähnen herab.

Wie zur Salzsäule erstarrt, stand Byron im tiefen Schlagschatten der Tür. Ihn schauderte, denn er wusste instinktiv, dass er Zeuge einer entsetzlichen Schändung geworden war. Dass die Frau den Grafen dazu ermuntert hatte, änderte nichts an dieser Tatsache. Denn für Byron stand fest, dass Graf Dracula die beiden Frauen auf irgendeine Weise in seinen Bann geschlagen hatte und dass er sie beide zur Befriedigung einer seltenen Lust missbrauchte. Einer Lust, die in jedem Fall mit Blut zu tun hatte.

Byron wagte nicht zu atmen und fürchtete, im nächsten Augenblick von Graf Dracula bemerkt zu werden. Und er zweifelte nicht daran, dass ihm dann Gefahr für sein Leben drohte.

Doch da entfuhr der Frau neben Graf Dracula ein tiefer Seufzer. Sofort wandte sich ihr der Burgherr mit einem leisen Lachen wieder zu, leckte sich über die Lippen und sagte mit weicher Stimme: »Nur gemach, holde Lebensspenderin! Noch ist längst nicht genug Blut aus deinem Leib geflossen. Und bald wirst auch du wissen, zu welch nobler Bestimmung ich dich und deine Gefährtin bestimmt habe!« Und damit beugte er sich wieder zu ihr hinunter.

Byron schauderte, als ihn nun die Erkenntnis traf, dass Graf Dracula das Blut der Frauen trank, das er ihnen irgendwie aus dem Leib saugte. Vermutlich mit seinen nadelspitzen Zähnen, auch wenn diese Annahme irrwitzig erschien und allem widersprach, was die Wissenschaft über die Natur und Funktionsweise des menschlichen Organismus lehrte. Ihm war, als durchlebte er einen diabolischen Albtraum.

Benommen wie ein schwer angeschlagener Boxer im Ring taumelte er von der Tür zurück und wankte durch den finstern, eiseskalten Gang. Ihn fror, doch noch weit mehr von innen heraus als von der winterlichen Kälte, die sich in dem dicken Gemäuer eingenistet hatte. Das Blut rauschte ihm in den Ohren und noch immer stand ihm das abscheuliche Bild von Graf Draculas blutbeflecktem Gesicht vor Augen.

Wie ein Rohr im Wind schwankte er den Gang entlang, bog um

die scharfe Biegung des Korridors und lief einer dunklen Gestalt geradewegs in die Arme.

»Weiche von mir, Satan!«, zischte eine heisere Stimme vor ihm und presste ihm etwas Kaltes, Hartes auf die Stirn.

Erschrocken zuckte Byron zusammen. Doch er hatte die Stimme erkannt. »Mister Golding?«, stieß er hervor.

Augenblicklich verschwand der kalte Gegenstand von seiner Stirn und der Anwalt antwortete gedämpft: »Dem Himmel sei Dank, dass nur Sie es sind!« Unendliche Erleichterung lag in seiner Stimme. »Ich fürchtete schon, Dracula in die Arme gelaufen zu sein.«

»Ich habe ihn gesehen . . . gerade . . . im Zimmer der Frauen«, stammelte Byron. »Mein Gott, es . . . es ist so entsetzlich! . . . Ich weiß gar nicht, wie . . . ich es Ihnen erklären soll, was ich in dem Zimmer . . . in dem Zimmer soeben gesehen habe!«

»Sie brauchen mir nichts zu erklären, Mister Bourke!«, raunte Matthew Golding. »Ich weiß mehr über diesen Teufel, als Sie vermutlich wissen wollen.«

»Wir müssen reden!« Byron wollte ihn am Arm packen. Doch seine Hand berührte in der Dunkelheit etwas, das er sogleich als ein Kruzifix ertastete. Jetzt wusste er auch, was ihm Matthew Golding an die Stirn gepresst hatte. Auch stieg ihm der unverkennbare Geruch von Knoblauch in die Nase.

»Ja, die Zeit ist wohl gekommen!«, flüsterte der Anwalt. »Aber um Gottes willen nicht hier. Wecken Sie Ihre Freunde und kommen Sie alle zu mir. Aber machen Sie bloß keinen Lärm, wenn Ihnen Ihr Leben und das Ihrer Gefährten lieb ist!«

12

In ihre Morgenmäntel gewickelt und mit blassen Gesichtern saßen sie in der kleinen Wohn- und Schreibstube, die durch einen breiten, rund gemauerten Durchgang mit dem Schlafzimmer des Anwaltes verbunden war.

Es hatte Byron einiges an Mühe gekostet, Harriet, Alistair und Horatio leise aus dem Schlaf zu holen und zu überzeugen, dass diese nächtliche Unterredung mit Matthew Golding von höchster Dringlichkeit war. Und dann hatten sie im Zimmer des Anwaltes mit wachsender Fassungslosigkeit seinem Bericht über das unglaubliche Geschehen gelauscht, dessen Zeuge er vor wenigen Minuten im Zimmer der beiden Amerikanerinnen geworden war.

»Unmöglich!«, platzte Alistair heraus, kaum dass Byron ihnen alles geschildert hatte. »Der Graf soll den beiden Frauen das Blut aus dem Leib saugen? Da müssen Sie einen wirren Traum gehabt haben!«

Horatio nickte. »Verzeihen Sie mir meinen Unglauben, Byron. Aber was Sie da gerade erzählt haben, klingt auch mir sehr nach Spuk- und Gespenstergeschichten, die sich ein Schreiberling mit allzu blühender Fantasie aus den Fingern gesogen hat.«

Harriet dagegen schwieg mit bestürzter Miene. Und Byron wusste, woran sie in diesem Moment dachte, nämlich an das, was sie im Morgengrauen die Burgmauer erklimmen gesehen hatte.

»Sie irren!«, ergriff nun Matthew Golding das Wort. »Es hat sich alles haargenau so zugetragen, wie Mister Bourke es Ihnen beschrieben hat.«

Alistair bedachte ihn mit einem spöttischen Blick. »Was Sie nicht sagen! Standen Sie vielleicht an seiner Seite?«

»Nein, aber das war auch nicht nötig, um zu wissen, dass er die Wahrheit sagt. Graf Dracula ist ein Vampir, meine Herrschaften«, eröffnete ihnen der Anwalt. »Ein sogenannter Un-Toter, der nicht sterben kann. Er lebt jahrhundertelang, sofern es ihm nur gelingt, immer wieder neue Opfer zu finden, denen er das Blut aussaugen kann. Und wer des Öfteren von ihm heimgesucht worden ist, der wird wie er ein Vampir und Un-Toter!«

Alistair lachte belustigt auf. »Das ist doch abergläubisches Zeug, was Sie da reden!«

»Ist Ihnen nicht aufgefallen, dass Dracula mit uns weder einen Bissen noch einen Schluck Wein teilt? Dass er sich uns nur nachts zeigt, dass es hier auf der Burg nirgends einen Spiegel und erst recht kein Kreuz gibt, obwohl das Land doch für seine tiefe Gläubigkeit bekannt ist?«, fragte der Anwalt. »Denn für all das und vieles mehr gibt es gute Gründe. Nämlich dass Vampire das Tageslicht nicht ertragen können und deshalb die Zeit zwischen Sonnenaufgang und Sonnenuntergang in einem Grab verbringen, keinerlei Speisen und Getränke außer Blut zu sich nehmen, kein Abbild hinterlassen, wenn sie vor einem Spiegel stehen, und sich vor nichts so sehr fürchten wie vor Weihwasser sowie geweihten Kreuzen und Hostien. Auch Knoblauch finden sie unerträglich.«

Alistair winkte ab. »Einiges davon ist mir bekannt, Mister Golding. Aber diese Gruselgeschichten sind doch hanebüchene Ammenmärchen, um kleine Kinder und einfaches Volk in Angst und Schrecken zu versetzen!«, sagte er beharrlich. »Kein irdisches Lebewesen kann so lange leben, wie Sie und diese Gruselautoren behaupten!«

»Schildkröten schon«, gab Horatio zu bedenken. »Die können bekanntlich jahrhundertealt werden. Und manch kleines Getier soll dazu auch in der Lage sein.«

»Zwischen Himmel und Erde gibt es mehr, als der begrenzte menschliche Verstand erfassen und ergründen kann, und das beschränkt sich wahrlich nicht allein auf die Frage nach Gott«, warf Byron leise ein. »Und wenn ich es vorhin nicht mit meinen eigenen Augen gesehen hätte, so hätte auch ich es nicht für möglich gehalten. Doch ich habe nicht geträumt, sondern war hellwach, Alistair! Das beschwöre ich bei allem, was mir heilig ist!«

Alistair zuckte dazu nur die Achseln.

Harriet hüstelte. »Erzählen Sie uns bitte mehr darüber, wozu Vampire in der Lage sind, Mister Golding.«

Alistair rollte mit den Augen, als könnte er nicht glauben, dass nun auch Harriet diesen Unsinn für bare Münze zu nehmen schien, und schnippte dann kopfschüttelnd eine Zigarette aus seiner Packung. »Und für diesen Hokuspokus holt man uns aus dem warmen Bett!«, brummte er mürrisch.

»Nun, die wenigen Experten, die sich ernstlich mit diesem Phänomen der Un-Toten beschäftigt haben, sind in manchen Details unterschiedlicher Meinung«, begann Matthew Golding.

»Wundert mich nicht«, brummte Alistair sarkastisch. »Ich habe bestimmt auch andere Vorstellungen vom Mann im Mond und vom Alltag einer Seejungfrau als Sie!«

Der Anwalt ließ sich nicht aus der Ruhe bringen. »Einig sind sie sich jedoch darüber, dass die Vampire sich in andere Wesen verwandeln können, sofern sie ausreichend Blut zu trinken bekommen, etwa in einen Wolf oder eine Fledermaus«, fuhr er fort. »Wobei sie Letzterem im Allgemeinen den Vorzug geben, insbesondere in Städten. Sie sind auch in der Lage, an glatten und steilen Wänden hochzusteigen . . .«

Byron sah, wie Harriet das Blut aus dem Gesicht wich.

». . . und durch winzige Spalten einzudringen, die sich beispielsweise im Mauerwerk oder an einem Fensterrahmen befinden, oder den Raum durch solch eine Ritze zu verlassen«, setzte der Anwalt seine Aufzählung fort. »Dagegen ist es ihnen verwehrt . . .«

»Dann hatte ich also doch keine Halluzination!«, stieß Harriet hervor und fiel Matthew Golding damit ins Wort. »Dann war es doch kein großer Vogel, der da im ersten Morgengrauen die Mauer erklommen hat!«

Die Aufmerksamkeit aller ruhte sogleich auf ihr.

»Wovon redest du?«, fragte Alistair verständnislos und kam mit seiner Frage dem Anwalt und Horatio zuvor.

Harriet erzählte es ihnen.

Matthew Golding nickte mit düsterer Miene. »Ja, das war Dracula! Er hat es wohl eilig gehabt, noch rechtzeitig vor dem ersten Licht des Tages hinunter in die Gruft und dort in seinen Sarg zu kommen.«

Horatio sah Harriet mit vor Sprachlosigkeit offenem Mund an. Und auch Alistair hatte mittlerweile seinen halb gelangweilten, halb spöttischen Ausdruck verloren. Denn Harriet kannten sie inzwischen gut genug, um zu wissen, dass sie keineswegs zu jenen

Frauen gehörte, die träumerisch durchs Leben wandelten, von überreizter Natur waren und zum Spintisieren neigten.

»Also, ich weiß nicht, was ich dazu sagen soll«, murmelte Alistair verstört.

»Was meinen Sie, Mister Golding, sind die beiden amerikanischen Frauen noch zu retten?«, fragte Byron.

Der Anwalt schüttelte den Kopf. »Nach dem, was Sie uns erzählt haben, ist deren Verwandlung in Vampire nicht mehr aufzuhalten, auch nicht mit noch so vielen Transfusionen. Einmal ganz abgesehen davon, dass ein Krankenhaus in unerreichbarer Ferne liegt. Nein, sie sind verloren und werden bald selbst als Un-Tote nach Blut dürsten.«

»Dann schlage ich vor, dass wir unser Vorhaben hier aufgeben und morgen in aller Frühe abreisen!«, sagte Byron an die Adresse seiner Gefährten gerichtet. »Die Gefahren, die uns hier drohen, sind zu groß, als dass wir auch nur einen Tag länger bleiben können. Alles Geld der Welt ist es nicht wert, dass wir unser Leben für . . . für Lord Pembrokes Sache aufs Spiel setzen!«

»Sie haben gut reden«, grollte Alistair. »Sie haben Ihr fettes Schäfchen ja schon im Trocknen!«

»Ich bin bereit, jedem von Ihnen die Hälfte dessen zu zahlen, was Sie bei erfolgreichem Abschluss unseres Unternehmens noch erhalten hätten!«, bot Byron ihnen spontan an.

»Sehr nobel«, sagte Horatio anerkennend, während Matthew Golding wieder einmal anfallartig husten und zu seinem Taschentuch greifen musste. »Aber das schafft nicht das aus der Welt, was der alte Schuft gegen uns in der Hand hat. Doch lieber sehe ich jenen Unannehmlichkeiten ins Auge als diesem Blutsauger Dracula. Sehen wir also zu, dass wir schleunigst von hier verschwinden!«

»Ich weiß nicht, was der *wirkliche* Anlass Ihres Besuches bei Graf Dracula ist, aber es interessiert mich auch nicht«, sagte Matthew Golding mit einem gequälten Lächeln. »Was ich dagegen mit Bestimmtheit weiß, ist, dass aus Ihrer geplanten Abreise morgen mit Sicherheit nichts wird.«

»Und wieso nicht?«, fragte Harriet beunruhigt.

»Weil wir schon längst Draculas Gefangene sind!«

Alistair furchte die Stirn. »So? Davon habe ich aber noch nichts bemerkt! Wir können uns doch völlig frei bewegen! Wie kommen Sie also darauf, wir wären seine Gefangenen?«

»Weil ich mich heute eingehend von dieser Tatsache überzeugt habe«, teilte der Anwalt ihnen mit. »Unser Gefängnis ist nur etwas geräumiger, als es gewöhnlich der Fall ist, besteht es doch aus diesem mächtigen Wohnturm und allen Räumen, die wie der Rittersaal und die Bibliothek an diesen Trakt angrenzen. Aber alle Ausgänge, die zum inneren Burghof oder einen der Seitenhöfe hinausgehen, sind verriegelt und verrammelt. Da liegen von außen schwere Balken vor den eisenbeschlagenen Türen. Um sie aufzubrechen, bräuchte man schweres Gerät und sehr viel Zeit. Und was die Fenster angeht, die eine Fluchtmöglichkeit hätten bieten können, so sind diese zur Hofseite hin ausnahmslos mit sorgfältig behauenen Granitblöcken verschlossen. Ich weiß nicht, ob es Ihnen schon aufgefallen ist, aber alle Fenster der Burg verjüngen sich von innen nach außen, ähnlich wie bei Schießscharten, nur nicht ganz so stark. Und das bedeutet, dass diese Granitblöcke bombenfest in den Öffnungen sitzen. Deshalb werden sie sich auch nicht aufbrechen lassen. Denn die Wände der Burg sind zu dick, als dass man das vielschichtige Mauerwerk drum herum einfach so herausschlagen könnte. Dafür müsste man Spezialwerkzeuge haben, etwa einen dieser modernen Presslufthämmer. Nein, aus Ihrer Abreise wird nichts werden. Dafür hat Dracula sein teuflisches Netz zu fein gesponnen. Er spielt mit uns wie die Katze mit der Maus und genießt die nächtlichen Plaudereien mit seinen Opfern, insbesondere weil er sie für ahnungslos hält, welch grausames Schicksal er ihnen zugedacht hat.«

Bestürzung und Erschrecken standen nun auf den Gesichtern der vier Gefährten. Die Erkenntnis, dass sie in einer Falle saßen und seit der ersten Stunde auf Burg Negoi Gefangene Draculas waren, traf sie mit der Wucht eines gewaltigen Schocks, der ihnen erst einmal die Sprache raubte.

Dann sagte Matthew Golding in die Stille hinein: »Es gibt nur eine einzige Möglichkeit, Draculas Plan zunichtezumachen und mit dem Leben davonzukommen!«

»Also gibt es doch einen Weg aus der Falle!«, stieß Byron erleichtert hervor. »Welcher ist es?«

»Ja, nun reden Sie schon!«, drängte Harriet.

»Wir müssen Dracula bei Tag in seinem Versteck finden und töten!«

Alistair lachte höhnisch auf. »Und wie tötet man einen Vampir, einen Un-Toten?«

»Bei schwachen und jungen Vampiren genügt es, ihnen eine geweihte Hostie auf die Stirn oder in den Mund zu legen. Doch bei Dracula ist damit nichts auszurichten. Um ihn zu töten, muss man ihm den Kopf abschneiden, den Mund mit Knoblauch füllen und ihm einen Pfahl durch die Brust treiben«, teilte Matthew Golding ihnen mit und jagte ihnen damit einen Schauer nach dem anderen durch den Körper. »Aber um dieses scheußliche Werk auszuführen, muss man ihm erst einmal nahekommen. Wir können nur hoffen, dass sich sein Sarg in der Gruft befindet, die Bogan Ihnen morgen aufschließen soll. Sie können versichert sein, dass ich dabei an Ihrer Seite sein werde.«

Irritiert sah Byron ihn an. »Wenn Sie solch ein versierter Kenner der Vampirmaterie sind und gewusst haben, dass Graf Dracula ein Un-Toter ist und auf dieser Burg, ja vermutlich in der ganzen Region sein Unwesen treibt, wieso sind Sie dann hier?«

Horatio nickte. »Ja, das ist eine gute Frage, die mir auch schon auf den Lippen lag! Und wieso haben Sie uns in Piteschti nicht gewarnt und versucht, uns von unserem Vorhaben abzubringen?«

»Ich gebe zu, nicht redlich gewesen zu sein«, räumte der Anwalt ein. »Aber ich konnte der Versuchung nicht widerstehen, Sie hier mit mir auf der Burg zu haben. Denn das garantierte mir, dass Dracula seine Aufmerksamkeit nicht allein auf mich konzentrieren und mir daher mehr Bewegungsspielraum bieten würde.«

»Das klingt mir nach der Rechtfertigung eines gewissenlosen Lumpen, der aus Eigennutz andere in tödliche Gefahr bringt!«, fauchte Horatio.

Matthew Golding zuckte ungerührt die Achseln. »Eigennutz werden Sie mir wahrlich nicht unterstellen können. Denn ich bin hier, um der Welt einen wichtigen und dringenden Dienst zu erweisen!«, verteidigte er sich.

»Vielleicht könnten Sie uns vorher noch Ihren richtigen Namen nennen?«, blaffte Alistair. »Denn ich nehme es Ihnen nicht ab, dass Sie Matthew Golding heißen! Ich wette, dass Ihr Vorname mit A und Ihr Nachname mit H beginnt, so wie es da in Ihr Taschentuch gestickt ist!«

»Sie haben ein scharfes Auge, Mister McLean«, erwiderte ihr Landsmann. »Mein Name ist in der Tat nicht Matthew Golding, sondern Aurelius van Helsing. Auch bin ich nicht Anwalt von Beruf, sondern Doktor der Medizin.«

»Aurelius van Helsing? Das klingt nach einem holländischen Namen«, sagte Harriet überrascht.

Der falsche Anwalt falschen Namens, der sich ihnen nun als Arzt offenbart hatte, nickte. »Das ist richtig. Ich bin als Sohn holländischer Eltern geboren, jedoch in England aufgewachsen und habe dort auch mein Studium absolviert sowie meine Praxis betrieben.«

»Aber was soll denn nun die Sache mit den gefälschten Papieren und Immobilienunterlagen, die Sie Dracula als angeblicher Anwalt mitgebracht haben? Was soll diese Täuschung überhaupt?«, fragte Byron. »Was in Gottes Namen hat Sie bloß bewogen, sich in solch tödliche Gefahr zu begeben – und uns mit hineinzuziehen?«

»Das ist eine sehr lange und komplizierte Geschichte.«

»Na, an Zeit mangelt es uns nicht«, brummte Alistair. »Denn wie die Dinge liegen, wird wohl keiner von uns so bald den Wunsch verspüren, in sein Zimmer zurückzukehren und sich schlafen zu legen. Ich jedenfalls werde diese Nacht kein Auge zutun und aufbleiben, bis der Tag kommt! Das ist so sicher wie das Ass höher als die luschige Zwei ist!«

»Erst einmal sollen Sie wissen, dass alle anwaltlichen Papiere und Schreiben, die Dracula erhalten hat und die ich bei mir führe, echt sind«, erklärte Aurelius van Helsing. »Sie stammen aus der Kanzlei meines besten Freundes, der zugleich auch mein Schwager ist. Aber nun zu der schon erwähnten komplizierten Geschichte, in die mein hoch geschätzter Onkel, seines Zeichens auch Doktor der Medizin und zu seinen Lebzeiten wohl die herausragendste Koryphäe auf dem Feld der Vampirologie, maßgeblich verwickelt war und in die nun auch ich seit knapp zwei Jahren verstrickt bin.«

Er machte, unterbrochen von einem weiteren Hustenanfall, eine kurze Pause, um dann fortzufahren: »Es begann vor etwa einem Jahrzehnt mit einem jungen Londoner Anwalt namens Jonathan Harker, der mit dem Auftrag seiner Kanzlei, für einen Grafen Dracula den Kauf einer Immobilie abzuwickeln, zu ebendiesem Mann nach Transsylvanien reiste.«

»Also nach Burg Negoi«, sagte Alistair.

»Nein, jener Dracula lebte damals in einem anderen, nordöstlichen Teil der Karpaten, und zwar auf der Burg Borgo nahe des gleichnamigen Gebirgspasses. Aber lassen Sie mich bitte der Reihe nach erzählen. Denn die Zusammenhänge sind zu kompliziert, um das Pferd vom Schwanz her aufzuzäumen«, bat van Helsing. »Auf der Burg Borgo wurde Jonathan Harker nach Abwicklung des Kaufvertrages Opfer des Vampirs, doch ihm war das seltene Glück vergönnt, mit dem Leben davonzukommen und nicht selbst zum Vampir zu werden. Er kehrte nach geraumer Zeit nach England zurück. Und nach England gelangte auch Dracula, und zwar an Bord eines Seglers namens *Demeter*. Er hatte sich in einem Sarg und mit Kisten voller Heimaterde mit diesem Handelsschiff transportieren lassen. Während der Überfahrt wurde ein Besatzungsmitglied nach dem anderen sein Opfer. Das Totenschiff zerschellte schließlich in einer stürmischen Nacht vor Englands Küste. Dracula konnte das jedoch nichts anhaben. Er rettete sich, verlässt als Wolf das Schiff und schon bald trieb er in London und Umgebung sein teuflisches Unwesen. In dieser Zeit ereignete sich so manch grausiges und tragisches Geschehen, auf das ich jetzt nicht näher eingehen möchte, wie ich auch andere Teile der vorausgehenden Geschichte ausgelassen habe. Auch erlaube ich mir, im Weiteren eine ganze Reihe von Personen unerwähnt zu lassen, die damals eine wichtige Rolle gespielt haben, um Dracula auf die Spur zu kommen und seinem blutrünstigen Treiben Einhalt zu gebieten. Eine dieser mutigen Personen war mein Onkel Cornelius van Helsing, den man aus Amsterdam nach London gerufen hatte und um Rat und Beistand bat. Mit seinem Wissen und seiner furchtlosen Tatkraft gelang es dieser kleinen Gruppe, zu der auch Jonathan Harker zählte, Dracula schließlich zu stellen und zu töten – und zwar auf die einzige Art und Weise, wie man einen derartigen Un-Toten für immer aus der Welt und in die Hölle verbannen kann. Wäre es dabei geblieben, wäre ich heute nicht hier. Aber wie das Schicksal es wollte, unternahm mein Onkel danach noch zwei Reisen zur Burg Borgo, einmal mit Jonathan Harker sowie dessen Frau und Kind und ein zweites Mal allein kurz vor seinem Tod. Und auf dieser Reise stieß er in Siebenbürgen am Fuß der Berge in einem Laden voller Trödel auf einen Stoß alter Stammbücher, Papiere und obskurer Schriften. Darunter befanden sich auch ein Stammbuch der Dracula-Grafen sowie die dünne Historie dieser Familie aus der Feder eines örtlichen Historikers, die dieser im Selbstdruck und nur in einigen wenigen Exemplaren verlegt hatte. Und dieser Familiengeschichte, die er auch im Stammbuch bestätigt fand, entnahm er, dass jener Dracula von der Burg Borgo noch einen Zwillingsbruder besaß, der nur wenige Minuten nach ihm zur Welt gekommen war, dass dieser einen nicht weniger schaurigen Ruf genoss und sich nach einem heftigen Zerwürfnis mit seinem Bruder sein eigenes Reich auf Burg Negoi geschaffen hatte. Und zwar nur wenige Jahre vor jenem Tag, an dem Jonathan Harker nach Borgo kam. Ich denke, Sie können sich vorstellen, wie entsetzt mein Onkel war, als er davon

Kenntnis erhielt.« Wieder zwang ihn ein heftiger Hustenanfall zu einer Unterbrechung seines Berichtes. Und jetzt verbarg er nicht mehr vor ihnen, dass er blutiges Lungengewebe spuckte.

»Schwindsucht?«, fragte Byron leise, obwohl er die Antwort schon kannte.

Van Helsing nickte knapp. »Ja, im letzten Stadium«, sagte er und fuhr dann rasch fort: »Mein Onkel wusste, dass er nicht mehr in der Lage sein würde, auch noch den Zwillingsbruder zu stellen und zu töten. Auf seinem Sterbebett vertraute er mir sein Wissen an und übergab mir zahlreiche Aufzeichnungen aus der Zeit seiner Jagd auf den Borgo-Dracula. Und er nahm mir das Versprechen ab, nicht eher zu ruhen, als bis ich den zweiten Dracula-Vampir zur Strecke gebracht hätte.« Ein schwaches Lächeln huschte über sein eingefallenes Gesicht. »Nun, ich hatte anderes mit meinem Leben vor, als mich auf solch ein gefährliches Unterfangen einzulassen, war ich damals doch gerade jung verheiratet und stolzer Vater eines eigenen Sohnes. Aber das Schicksal hatte andere Pläne mit mir. Ich erkrankte an der Schwindsucht, wie Sie richtig bemerkt haben, Mister Bourke. Und als Mediziner wurde mir bald klar, dass mein Leben sich unaufhaltsam seinem Ende zuneigt. Und da fasste ich den Entschluss, meinem frühen Tod noch einen Sinn zu geben und nun endlich auszuführen, was ich meinem Onkel versprochen hatte. Ich spekulierte darauf, dass der Vampir auf Burg Negoi geneigt sein würde, es seinem Bruder gleichzutun und ebenfalls nach England kommen zu wollen. Denn in der Schrift des örtlichen Historikers hatte ich nachgelesen, dass der jüngere der Zwillinge von Jugend an geradezu zwanghaft bemüht gewesen ist, dem älteren in allem, was dieser tat, nachzueifern und ihn womöglich auszustechen. Deshalb weihte ich meinen Schwager in den Plan ein. Und da meine Praxis und die Mitgift meiner Frau mich zu einem sehr vermögenden Mann gemacht hatten, konnte ich es mir leisten, teure Anzeigen in die *Times* und andere große Tagesblätter zu setzen, die darauf hinwiesen, dass die Kanzlei meines Schwagers langjährige Erfahrung mit der Abwicklung von Immobiliengeschäften für finanzkräftige Kunden vom Balkan besitze und neuen gern zu Diensten sei. Auch sorgte ich dafür, dass diese Zeitungen nach Piteschti gelangten. Eine Ausgabe der *Times* ließ ich sogar zu Graf Dracula auf Burg Negoi schicken. Und dann, nach fast einem Jahr des Hoffens und Bangens, ob mein Plan wohl aufgehen würde, traf endlich der erste Brief von ihm bei meinem Schwager ein. Von da an ging alles den Weg, den ich ›vorausgeahnt hatte. Den Rest kennen Sie.«

Lange herrschte bedrücktes Schweigen. Dann atmete Byron tief durch und sagte mit leiser, angespannter Stimme in die Stille: »Beten wir zu Gott, dass wir morgen in der Gruft Draculas Sarg finden und tun können, was nach Mister van Helsings Worten getan werden muss, um die Welt von einem fürchterlichen Übel zu befreien – und unser Leben zu retten!«

13

Kaum hatte der neue Tag sein erstes bleiches Licht auf die Zinnen der Burg geworfen und damit den Vampir in sein geheimes Versteck verbannt, als sie sich gemeinsam hinunter in den Rittersaal begaben.

Sie hatten die lange Nacht in den Räumlichkeiten des Arztes verbracht und abwechselnd Wache gehalten. Dabei hatte sich herausgestellt, dass nicht nur Byron den Knoblauchkranz und das billige Eisenkruzifix zur Burg Negoi mitgenommen hatte. Sogar Alistair hatte beides in sein leichtes Gepäck gestopft.

Als dieser nun aus seinem Zimmer auf den Gang trat, wo seine Gefährten schon auf ihn warteten, trug er das Kreuz um den Hals. Er grinste verlegen, als er dabei Byrons Blick auffing.

»Irgendwie erinnert mich das jetzt an den Witz mit dem Hausbesitzer und dem Hufeisen«, sagte er.

»Und wie geht dieser Witz?«, fragte Horatio.

»Der Mann nagelte ein Hufeisen über seine Haustür. Als sein Nachbar das sah, fragte er ihn verwundert: ›Aber ich dachte, Sie glauben nicht an solch abergläubisches Zeug?‹ Worauf ihm der andere antwortete: ›Tue ich ja auch nicht. Aber ich habe mir sagen lassen, dass es dennoch hilft.‹« Und mit einem Schmunzeln steckte Alistair sich das Knoblauchgebinde in seine äußere Jackentasche.

»Solange es Tag ist, haben wir von Dracula nichts zu befürchten«, erinnerte sie van Helsing, der wie Horatio und Byron eine entzündete Leuchte mit sich führte. An der anderen Hand trug er eine bauchige, sichtlich schwere Ledertasche, wie sie Ärzte gewöhnlich bei Krankenbesuchen mit sich führten. Er hatte sich nicht näher darüber ausgelassen, was sie enthielt, sondern nur gesagt, dass er aus England alles mitgebracht habe, was notwendig sei, um Dracula zu töten.

Alistair zuckte die Achseln. »Doppelt genäht hält besser.«

»Also gut, dann lassen Sie uns jetzt gehen und die Tagesstunden nutzen!«, drängte Byron.

Keinem von ihnen stand der Sinn danach, sich an den gedeckten Tisch zu setzen und zu frühstücken. Als sie im Rittersaal auf Bogan stießen, gaben sie ihm durch Zeichensprache und einige auf ein Stück Papier gekritzelte Särge zu verstehen, dass sie unverzüglich hinunter in die Gruft wollten.

Der verunstaltete Hausdiener begriff endlich, was sie von ihm wollten, nickte eifrig und führte sie nun über verwinkelte Gänge und eine steile Treppe hinunter in die Katakomben. Er schloss eine schwere, mit Eisenblech verkleidete Tür auf, gestikulierte in das dahinterliegende Dunkel und verschwand dann wieder nach oben.

Beklommen betraten sie die Gruft, aus der ihnen der eisige Hauch des Todes entgegenschlug. Das Licht ihrer Leuchten fiel auf raues, grob behauenes Felsgestein, das sich an der Decke wölbte. An den Wänden der Gruft, die aus drei hintereinanderliegenden Einzelgewölben bestand, reihten sich steinerne Sarkophage. Riesige, mit Staub beladene Spinnweben hingen von den Zacken der gewölbten Decke und spannten sich wie zerrissene Schleier kreuz und quer über den Gräbern. Und winziges Getier huschte aus dem

Lichtkreis der Leuchten. Feiner Felsstaub und Sand bedeckten den Boden.

»Was für ein unheimlicher Ort«, flüsterte Byron. »Und er sieht mir nicht danach aus, als hätte eine menschliche Seele ihn in den letzten Jahren betreten. Jedenfalls sehe ich hier nirgendwo Spuren von Stiefeln oder anderem Schuhwerk.«

»Wir sollten bei dieser Gelegenheit nicht vergessen, auch nach einem toten Templer Ausschau zu halten«, raunte Alistair. »Spricht ja nichts dagegen, hier unten zwei Fliegen mit einer Klappe zu schlagen.«

»Ich bezweifle, dass das vergleichbar ist: eine Fliege erschlagen und einen Vampir pfählen und ihm den Kopf abzuschlagen«, gab Horatio bissig zu bedenken.

Harriet schluckte. »Erst einmal müssen wir ihn finden«, sagte sie und es klang, als hoffte sie insgeheim, dass sie in dieser Gruft nicht auf Draculas Sarg stoßen würden.

Ganz langsam schritt Byron mit seinen Gefährten an den Sarkophagen entlang. Sie beleuchteten und prüften an jeder Grabstelle die in den Stein der Abdeckplatte eingemeißelten Jahreszahlen und Inschriften. Doch nirgendwo fand sich ein Zeichen, das auf einen hier bestatteten Templer hinwies, obwohl einige der vorderen Gräber sehr wohl aus jener fernen Zeit des Templerordens stammten.

Indessen holte van Helsing ein Brecheisen aus seiner Tasche und machte sich hustend daran, die Abdeckplatten zu lockern und ein Stück zur Seite zu zerren, um einen Blick in jeden Sarkophag werfen zu können.

»Warten Sie damit!«, rief Byron ihm zu, als er sah, wie sehr sich der schwindsüchtige Mann abmühte. »Wir helfen Ihnen gleich, wenn wir mit unserer Suche nach einem Templergrab fertig sind.«

Und weil sie kein solches Grab fanden, kamen ihm dann Horatio und Byron bei seiner schweren Arbeit zu Hilfe. Alistair dagegen wollte nicht akzeptieren, dass es in dieser Katakombe kein Templergrab gab. Er forderte Harriet auf, mit ihm noch einmal alle Gräber abzuleuchten und nach einem Tatzenkreuz oder einem ähnlich eindeutigen Hinweis zu suchen.

Byron vermutete, dass es Alistair nicht allein um das Templergrab ging, sondern auch darum, beim Öffnen der Gräber nicht zugegen sein und den Anblick der Toten nicht ertragen zu müssen.

Doch letztere Sorge erwies sich als unbegründet. Denn von den Toten war nach so langer Zeit nichts weiter als Staub übrig. Gelegentlich fanden sich darin einige von Rost zerfressene, metallene Stücke der Kleidung, mit der sie beigesetzt worden waren, etwa Gürtelschnallen, Knöpfe und Ähnliches. Nur im hinteren Gewölbe stießen sie einige Male auf bescheidene Reste von Totenschädeln und Gebein.

Obwohl die Kräfte des Arztes immer mehr schwanden, hielt er doch eisern daran fest, jedes einzelne Grab zu öffnen. Darüber verging mehr als eine Stunde.

»Wie soll Dracula denn bloß bei diesen schweren Deckplatten in so einen Sarkophag hinein- und wieder herauskommen?«, fragte Alistair, der es nicht erwarten konnte, aus der scheußlichen Gruft und vor ein warmes Kaminfeuer zu kommen. Zudem knurrte jetzt sein Magen vernehmlich.

»Sehr leicht!«, versicherte van Helsing. »Ein Vampir, der genug frisches Blut zu sich nehmen kann, verfügt über die Kräfte von vier starken Männern. Aber auch wenn er nur selten Blut saugen kann, reicht ihm ein winziger Spalt, um sich in sein kaltes, mit Heimaterde gefülltes Grab zu begeben und ihm wieder zu entschlüpfen.«

»Jetzt verstehe ich auch die mir bis heute rätselhaften Worte vom ›steinernen Tag‹!«, sagte Harriet leise, als van Helsing sich schon am nächsten Sarkophag zu schaffen machte. »Mortimer hat damit zweifellos die Zeit zwischen Tagesbeginn und Sonnenuntergang gemeint, die Dracula in solch einem steinernen Grab verbringt!«

»Was für ein Irrsinn, einen seiner Hinweise auf der Burg eines Vampirs zu verstecken!«, raunte Alistair zurück. »Er muss doch gewusst haben, dass die Suche hier für jeden, der sich darauf einlässt, zu einer tödlichen Falle wird!«

»Weiß Gott, was er sich dabei gedacht hat!«, erwiderte Byron. »Was mich aber noch viel mehr beschäftigt, ist die Frage, wie er überhaupt entkommen konnte, während sein Reisebegleiter offenbar Opfer von Draculas Blutdurst geworden ist. Angeblich hat der Graf doch alle Fluchtwege verbaut und fest verschlossen.«

»Vielleicht hat er einfach nur Glück gehabt und sein Entkommen den ›umfangreichen Baumaßnahmen‹ verdankt, die Dracula erwähnt hat, als wir mit ihm über Mortimers Besuch bei ihm gesprochen haben«, vermutete Harriet. »Allein das genaue Zuschlagen der Granitblöcke für die vielen Fenster wird reichlich Zeit gekostet haben.«

»Das wäre eine Erklärung«, sagte Horatio. »Aber das hilft uns natürlich auch nicht weiter. Denn jetzt scheinen ja alle Schlupflöcher ausbruchsicher verstopft zu sein.« Er lachte trocken auf. »Und dabei habe ich gedacht, es gibt für mich kein Gefängnis, aus dem ich nicht einen Fluchtweg finde! Wie sich der Mensch doch irren kann!«

Byron nickte düster. »*Immer geschieht das Unerwartete,* wie Benjamin Disraeli einmal treffend zu den Irrungen und Wirrungen des Lebens bemerkt hat.«

Durchgefroren bis auf die Knochen und tief beunruhigt, wie es nun weitergehen sollte, kehrten sie schließlich nach oben zurück. Sie wärmten sich im Rittersaal auf und nahmen sogar etwas zu sich. Dann verbrachten sie weitere Stunden damit, sich davon zu überzeugen, dass es wirklich keine Möglichkeit gab, aus dem viereckigen Wohnturm zu entkommen und hinüber in den Innenhof zu gelangen.

Es war so, wie van Helsing gesagt hatte. Alle Fensteröffnungen waren in ihrer ganzen Tiefe von passgenau zugeschlagenen Granitquadern verschlossen und keine der mächtigen Bohlentüren aus eisenhartem Holz, die zudem noch mit breiten Eisenbändern beschlagen waren, ließ sich öffnen. Da halfen auch nicht das Brecheisen und die Axt mit der breiten, sichelförmigen Klinge, die van Helsing in seiner Arzttasche hatte. Alles, was sie damit erreichten, waren vom Eisen stiebende Funken und winzige Splitter, die sie zwischen den Eisenbeschlägen aus den gehärteten Bohlen hieben. Die Axt würde längst stumpf und unbrauchbar sein, bevor sie auch nur ein kopfgroßes Loch aus einem der Tore geschlagen hätten, geschweige denn ein genügend großes Loch, durch das sich einer von ihnen zwängen konnte.

Anschließend unterzogen sie alle oberen Räume einer gründlichen Untersuchung. Dabei drangen sie auch in das Gastzimmer der beiden Amerikanerinnen ein. Sie fanden es verlassen vor, was keinen von ihnen überraschte. Doch die Blutflecke auf dem Betttuch untermauerten noch einmal das, was Byron ihnen in der Nacht über Draculas Besuch bei den beiden Frauen geschildert hatte.

»Wenn es doch bloß eine Möglichkeit gäbe, zu diesem anderen Turm hinüberzukommen, an dessen Mauer Sie Dracula hochsteigen sahen, Miss Chamberlain-Bourke«, sagte van Helsing bedrückt. »Denn irgendwo tief unter dem Turm wird er tagsüber in einer Gruft liegen, die auch nur von dort zugänglich sein dürfte. Aber keines der Fenster hier liegt auch nur halbwegs hoch genug, als dass man die Zinnen erreichen, hinüberbalancieren und in den Turm steigen könnte.«

Byron und Horatio überzeugten sich mit einem Blick aus dem Fenster davon, dass es wirklich ausgeschlossen war, auf die Mauerkrone zu kommen und hinüber zum anderen Turm zu gelangen. Man hätte ein langes Seil von mindestens vier- bis fünffacher Manneslänge und mit einem Wurfanker an einem Ende haben müssen, um die Zinnen zu erreichen. Und von der steinernen Stiege hinauf zur Dachkrone ihres Wohnturmes, die einmal existiert hatte, fand sich nur noch ein Stück vom unteren Treppenabsatz. Alles andere war herausgeschlagen worden. Die Dachluke hoch oben an der Decke war für sie ebenso unerreichbar wie die Mauerkrone. Zudem war sie mit dicken, sich kreuzenden Streifen aus Eisenblech versiegelt, die sichtlich neueren Datums waren und damit wohl aus der Zeit stammten, als Mortimer hier zu Gast gewesen war.

»Und was machen wir jetzt?«, fragte Harriet ratlos, als die Dämmerung wie eine dunkle Flut über die Berge wogte. »Gleich erlischt das letzte Tageslicht und dann steigt Dracula aus seinem verfluchten Grab!«

14

»Wir dürfen uns nichts anmerken lassen, was ihn misstrauisch machen könnte, und müssen so tun, als wüssten wir nichts von seinem wahren Wesen!«, schärfte van Helsing ihnen ein. »Das bringt uns einen Aufschub. Vielleicht meint es der morgige Tag besser mit uns als der vergangene.«

»Ein nicht gerade hoffnungsvoll stimmender Trost«, meinte Alistair.

»Es ist der einzige Trost, den wir haben«, erwiderte Byron.

Van Helsing nickte. »Solange wir unsere geweihten Kreuze bei uns tragen, wird Dracula sich keinem von uns zu nähern wagen!«

»Aber der verfluchte Hund kann uns aushungern und verdursten lassen!«, knurrte Alistair mit finsterer Miene. »Und Zeit genug hat so ein Un-Toter ja.«

»Gewiss«, räumte van Helsing ein und sagte noch einmal eindringlich: »Deshalb ist es ja auch so wichtig, dass wir nichts tun oder sagen, was seinen Verdacht wecken könnte. Morgen sollten wir dann damit beginnen, heimlich Vorräte an Essen und Wasser oben in unseren Zimmern zu horten! Aber jetzt gilt es, freundlich zu sein und uns ahnungslos zu geben, wie schwer es uns auch fallen mag!«

Sie nahmen sich die beschwörenden Worte des Arztes zu Herzen, als sie sich zum üblichen Nachtessen hinunter in den Rittersaal begaben, wo Dracula sie schon mit sichtlicher Ungeduld erwartete. Nur Alistair hielt sich nicht an ihre Vereinbarung, wie sich bald zeigen sollte.

Zunächst nahm das Essen, an dem sich der Graf wie in den Nächten zuvor unter einem Vorwand nicht beteiligte, seinen gewohnten Gang. Dracula zeigte sich bestens aufgelegt, äußerte sein Bedauern, dass sie auch in den Grüften keinen Hinweis auf einen toten Templer gefunden hatten, verneinte glattzüngig ihre Frage nach einer möglichen weiteren Gruft auf der Burg und plauderte unbeschwert über dieses und jenes.

»Lassen Sie mich noch ein paar Scheite mehr auf das Feuer legen«, sagte Alistair plötzlich und erhob sich schnell, um Dracula am Kamin zuvorzukommen. »Nach den Stunden in der eiskalten Gruft kann ich jetzt etwas Wärme gut vertragen.«

»Ihnen ist kalt? Also ich für meinen Teil liebe diese erfrischende Kälte. Aber nur zu, junger Freund«, sagte Dracula und ließ ihn gewähren.

Byron befiel eine Ahnung, dass Alistair etwas ganz anderes im Sinn hatte, als nur einige weitere Scheite aufzulegen. Deshalb ließ er ihn nicht aus den Augen. Sein Verdacht wurde auch sogleich bestätigt, als er sah, wie Alistair im Rücken Draculas seinen Rasierspiegel aus der Innentasche seiner Jacke zog und ihn so hielt, dass sich im Spiegel das Abbild des Grafen zeigen musste, sofern er womöglich doch kein Un-Toter, sondern ein Mensch aus Fleisch und Blut war.

Oh, ungläubiger Thomas!, fuhr es Byron erschrocken durch den Kopf. Und das plötzlich kalkweiße Gesicht seines Gefährten, der die Finger offensichtlich von keinem noch so riskanten Spiel lassen konnte, sagte ihm, dass der Rasierspiegel tatsächlich kein Abbild des Grafen zeigte.

Schnell wollte Alistair den Spiegel wieder unter seiner Jacke verschwinden lassen. Doch unter dem Eindruck der schrecklichen Beobachtung, die er eben gemacht hatte, verfehlte er die Öffnung der Innentasche. Der Spiegel rutschte am Futter entlang und zerschellte unter hellem Klirren auf dem Steinboden.

Sofort fuhr Dracula herum, sah die Scherben des Spiegels zu Alistairs Füßen und lachte höhnisch auf. »Sieh an, ein Spiegel! Sie scheinen also mehr zu wissen, als ich angenommen hatte. Und falls Sie Ihrer Sache nicht ganz sicher gewesen sind, junger Mann, so haben Sie ja jetzt Gewissheit. Und was tun Sie nun mit Ihrer Gewissheit?«

»Dieser verdammte Idiot!«, zischte Horatio und sprang wie alle anderen entsetzt vom Tisch auf.

»Das verdirbt mir nun einen Teil meines Vergnügens an Ihrer Gesellschaft, denn unsere nächtlichen Plauderstunden waren mir durchaus ein besonderer Genuss. Sie steigerten meine Vorfreude nämlich beträchtlich«, fuhr Dracula fort. »Wirklich bedauerlich, dass ich schon so früh darauf verzichten muss.« Und damit trat er auf Alistair zu.

Im Gesicht blass wie der Tod, wich dieser vor ihm zurück, zerrte hastig das Kreuz unter seinem Hemd hervor und hielt es ihm so weit entgegen, wie die Lederschnur es zuließ. »Du wirst es nicht wagen, mir zu nahe zu kommen, du Teufel!«, stieß er mit schriller Stimme hervor.

Jäh blieb Dracula stehen. »Du Tölpel! Das verfluchte Kreuz mag dir helfen, solange du es in der Hand hältst, weil es mich dann anwidert, dich zu berühren! Aber was ist, wenn du es mir nicht mehr entgegenstrecken kannst?«, fragte er, war mit einem Satz an der Wand, wo ein Teil der Waffensammlung hing, und riss einen Degen mit langer, blitzender Klinge aus seinen Halterungen. Und schon im nächsten Moment fuhr er mit der Waffe in der Hand wieder zu Alistair herum. »Also dann, lass uns herausfinden, wie lange du dich noch an dein Kreuz zu klammern vermagst!« Spielerisch stieß er mit der Klingenspitze gegen das Kreuz.

Gleich darauf vollführte er eine blitzschnelle Bewegung, und bevor Alistair wusste, wie ihm geschah, hatte Draculas Klinge die Lederschnur durchtrennt und ihm einen oberflächlichen Schnitt auf dem rechten Handrücken zugefügt. Er schrie auf, öffnete reflexartig die verletzte Hand und ließ das Kreuz fallen.

Byron wusste, dass Alistair verloren war, wenn er ihm nicht augenblicklich zu Hilfe eilte. Nach einer kurzen Schrecksekunde stürzte auch er zur waffengespickten Wand, packte einen

Degen und schrie: »So leicht werden wir es dir nicht machen, Bestie!«

Aber dem Vampir war nicht entgangen, dass Byron sich gleichfalls bewaffnet hatte und ihm nun den Stahl in die Seite stoßen wollte. Mit einer geschmeidigen Bewegung wich er der heranfliegenden Klinge aus und parierte den Stich.

Klirrend trafen die Waffen aufeinander.

Dracula lachte belustigt. »Dir steht der Sinn nach einem kleinen Tänzchen? Und ich fürchtete schon, die unterhaltsamen Stunden mit euch hätten ein Ende gefunden«, höhnte er. »Wohlan denn, Engländer. Zeige, wie gut du eine Klinge zu führen verstehst!«

»Lass dich nur überraschen!«, erwiderte Byron grimmig, schlug eine Finte und versuchte einen Hieb an den Kopf.

Aber da flog auch schon Draculas Degen hoch und wehrte den Hieb geschickt ab. »Nicht schlecht, wirklich nicht schlecht«, sagte er herablassend, während sich ihre Klingen in einem schnellen Rhythmus kreuzten, allerdings ohne dass einer von ihnen einen ernsthaften Angriff unternahm. »Aber mit solchen Finten kannst du mich nicht beeindrucken, mein Herr Biograf. Ich habe schon zu einer Zeit gelebt, da die Fechtkunst in hoher Blüte stand, und meine Ehre im Kampf Mann gegen Mann bestens zu verteidigen gewusst. Deshalb werde ich dich jetzt in Stücke hauen, Engländer, was mich nur wegen des vielen unnütz vergossenen Blutes bekümmert!« Und mit dieser Bemerkung ging er zum Angriff über.

Augenblicklich sah sich Byron einem wilden Hagel von Hieben und Stichen ausgesetzt, denen er sich nur durch schnellen Rückzug und hastige Paraden zu erwehren wusste. Die entsetzten Rufe auf der anderen Seite der Tafel nahm er bei Draculas wütigem Ansturm nur unbewusst wahr.

Byron hatte sich immer für einen ausgezeichneten Fechter gehalten, aber er spürte, dass er seit Wochen keine Klinge mehr in der Hand gehalten hatte und aus der Übung war. Er reagierte nicht so flüssig und schnellfüßig, wie er es von sich gewohnt war. Zu einem Teil lag das auch daran, dass diese Waffe, die er in der Hand hielt, ein viel größeres Gewicht und einen anderen Schwerpunkt hatte als die Degen, mit denen er in seinem Fechtklub auf die Kampfbahn ging.

Er hatte daher seine liebe Not, von Dracula nicht hoffnungslos in eine Ecke des Rittersaals manövriert zu werden, wo ihm kein Spielraum mehr bleiben und er dem Ungeheuer ein leichtes Ziel für einen tödlichen Treffer bieten würde.

»Ist das schon der erste Schweiß, der da auf deiner Stirn glänzt, Engländer? Mir scheint, unser kleines Tänzchen bringt dich in Wallung! Ich rate zu mehr Bewegung«, spottete Dracula, während er wie ein Derwisch um ihn herumtänzelte und wuchtige Schläge austeilte, die Byrons Arm wie Keulenschläge trafen und ihm Schmerzen bis hoch in die Schulter jagten. Und er erinnerte sich, was van Helsing über die Kräfte gesagt hatte, über die ein Vampir verfügte, nämlich über die von vier kräftigen Männern. Das bekam er jetzt zu spüren. Lange würde er so einen ungleichen Kampf nicht durchstehen.

Doch er behauptete sich verbissen und merkte rasch, dass sein langjähriges Training nicht umsonst gewesen war. Seine Fechtmeister hatten ihn gelehrt, auch in der Bedrängnis einen kühlen Kopf zu bewahren und mit scharfem Blick zu registrieren, welche Art von Finten, Paraden und Angriffen der Gegner bevorzugte. Von ihnen hatte er gelernt, dass die meisten sich auf einige wenige Manöver beschränkten, die sie bestens beherrschten. Es kam darauf an, diese im Ansatz zu erkennen und daraus Nutzen für einen eigenen überraschenden Konter zu ziehen.

Auch Dracula gehörte zu jenen Fechtern, die sich auf wenige Manöver beschränkten. Er bevorzugte, wie Byron schnell feststellte, insbesondere Finten, denen ein wirklicher Angriff auf den Unterleib oder auf Kopf und Hals folgte.

»Mein Gott, so tun Sie doch endlich etwas, van Helsing!«, schrie Harriet voller Angst um Byrons Leben.

Im selben Moment sah Byron seine Chance. Denn er erkannte, dass sein Gegner wieder einmal versuchen würde, ihn durch eine

Finte zu einer tiefen Parade zu verleiten, um seine Waffe dann hochzureißen und ihm die Klinge seitlich in den Hals zu schlagen.

Er setzte alles auf eine Karte, indem er vortäuschte, seinen Degen reflexartig zur Parade der Finte nach unten zu führen. Dieses Manöver brach er jedoch nach einem kurzen Zucken mit seiner Waffe ab, richtete die Klinge blitzschnell auf und fiel mit weit vorschießendem Waffenarm in den Ausfallschritt. Und während Draculas Klinge eine halbe Armlänge über seinem Kopf durch die Luft schnitt, jagte er ihm den Stahl seines Degens von schräg unten mitten in die Brust.

Byron rechnete damit, augenblicklich auf den Widerstand von Fleisch und Knochen zu stoßen. Doch dem war nicht so, wie er zu seinem Erschrecken feststellte. Seine Klinge glitt durch Dracula so leicht und ohne jeden körperlichen Widerstand hindurch, als hätte er mit seinem Degen eine Seifenblase aufgespießt.

Zwangsläufig wurde er von der Wucht seines eigenen Stoßes nach vorn gerissen und aus dem Gleichgewicht gebracht. Er stürzte der Länge nach zu Boden, hörte über sich das kalte, hohnerfüllte Lachen des Vampirs, warf sich noch herum und wusste doch, dass er dem tödlichen Stich des über ihm stehenden Un-Toten nicht mehr entkommen würde.

»Du Narr!«, zischte Dracula und in seinen Augen stand ein triumphierendes Funkeln. »Jetzt hat es sich ausgetanzt!«

In dem Moment flog Dracula etwas Helles und Rundes von der Größe einer Goldmünze vor die Brust und mit einem schrillen Kreischen taumelte er wie von einem Hammerschlag getroffen zurück. Dabei ließ er die Waffe fallen, als hätte sich ein glühendes Stück Eisen in seine Brust gebrannt und ihm einen unerträglichen Schmerz zugefügt. Wilde Zuckungen erfassten seinen Körper, als hätte ihn plötzlich die Fallsucht ergriffen.

»Im Namen Gottes und der geweihten Hostie, weiche von ihm, Satan!«, hörte Byron van Helsing schreien, während er selbst hastig auf die Beine sprang und aus Draculas Reichweite taumelte.

Der Vampir kreischte und jaulte noch immer wie ein angestochenes Schwein, als Byron schon den Tisch zwischen sich und Dracula gebracht hatte, den nutzlosen Degen zu Boden fallen ließ und zu seinem Kruzifix als Schutz griff.

»Das war Rettung in höchster Not!«, keuchte er und konnte kaum glauben, was er soeben erlebt hatte.

»Ich hätte Ihnen sagen müssen, dass Vampiren mit gewöhnlichen Waffen nicht beizukommen ist«, sagte van Helsing wachsbleich und zerknirscht. »Durch die Körper von Un-Toten kann man hindurchfassen und -stechen, ohne dass ihnen dadurch Schaden zugefügt wird.«

Draculas wüstes Geschrei erstarb und auch die krampfartigen Zuckungen ließen nach. Er hatte sich mittlerweile so weit von der am Boden liegenden Hostie entfernt, wie es der Saal zuließ. Ein wildes Feuer glomm in seinen Augen.

»Gut, diese Runde geht an euch!«, stieß er gepresst hervor. »Aber gebt euch keinen falschen Hoffnungen hin, Engländer! Das war nur ein harmloses Geplänkel. Und auch wenn ihr einen ganzen Sack voll verfluchter Hostien, Säcke voller Kreuze und Fässer voller Weihwasser bei euch hättet, würde das doch nichts daran ändern, dass euer Schicksal besiegelt ist! Ihr gehört mir! Und nach dem, was ihr zu tun gewagt habt, wird mir euer Blut ganz besonders süß schmecken!«

Im nächsten Augenblick lösten sich zu ihrem grenzenlosen Entsetzen die scharfen Konturen des Vampirs auf, als zerflösse er zu senkrechten Schlieren. Wo eben noch eine scheinbar menschliche Gestalt gestanden hatte, bildete sich ein milchig trüber Wirbel wie eine kleine Windhose. Und dieser Wirbel, der noch etwas von Draculas Konturen erahnen ließ, stieg zu einem buchrückenschmalen Luftschlitz in der Decke auf und verschwand dort im nächsten Moment wie von einem starken Sog verschlungen.

Fassunglos starrten sie nach oben. Dann sagte van Helsing mit zitternder Stimme: »Damit ist der kleine Vorteil, den wir noch hatten, verspielt. Jetzt gnade uns Gott!«

15

Vor ihnen lag die längste Nacht ihres Lebens, eine Nacht voller zermürbender Angst, was Dracula unternehmen würde, um ihren Widerstand zu brechen und über sie herzufallen.

Alistair wusste, was er mit seinem Spiegel angerichtet hatte. Das Schuldgefühl verwandelte ihn in ein kläglliches Häufchen Elend. Zusammengesunken hockte er auf einem Stuhl und wagte keinem von ihnen in die Augen zu blicken, während er sich stammelnd Selbstvorwürfe machte.

»Dass Sie mir sofort beigesprungen sind und damit Ihr Leben für mich aufs Spiel gesetzt haben, werde ich Ihnen nie vergessen, Byron«, murmelte er. »Ich weiß, dass . . . dass ich es eigentlich nicht verdient gehabt hätte.«

»Das haben Sie auch nicht!«, sagte Horatio hart. »Denn mit Ihrer idiotisch riskanten Spiegelprobe haben Sie vermutlich unser aller Leben verspielt!«

»Lassen Sie es gut sein, Horatio. Er weiß selbst, was er angerichtet hat. Wir alle machen mal Fehler«, griff Byron besänftigend ein, obwohl auch er innerlich eine Stinkwut auf Alistair hatte. Aber in ihrer katastrophalen Lage konnten sie es sich nicht erlauben, sich auch noch untereinander zu zerstreiten. Damit würden sie Dracula nur in die Hände spielen. »Was geschehen ist, lässt sich nicht mehr ändern. Deshalb sollten wir all unsere Aufmerksamkeit auf das richten, was wir jetzt noch tun können.«

»Das wird nicht viel sein«, brummte Horatio.

»Einiges aber schon«, widersprach Harriet. »Nämlich sofort alles Essbare und Trinkbare zusammentragen, was wir hier nur finden können, und nach oben in Sicherheit bringen. Denn ich glaube nicht, dass wir morgen wieder einen gedeckten Tisch vorfinden werden.«

Van Helsing hatte sich nach Draculas Rückzug mehrmals bei Byron dafür entschuldigt, dass er nicht schnell genug den Knoten des kleinen Lederbeutels hatte öffnen können, in dem er die kleine

Metalldose mit mehreren geweihten Hostien aufbewahrte. Wobei er nachdrücklich betont hatte, dafür einen kirchlichen Dispens erhalten zu haben.

»Sofern wir den Morgen überhaupt erleben!«, knurrte Horatio und warf Alistair einen wütenden Blick zu.

Alles, was sich auf der gottlob üppigen Tafel fand und Hunger sowie Durst stillen konnte, trugen sie zusammen. Die feste Nahrung schlug Byron kurzerhand in das Tischtuch ein, Weinflaschen und Wasserkrug nahmen van Helsing und Horatio an sich.

Van Helsing schlug vor, sich die Nacht über in seinen beiden Räumen zu verschanzen, weil sie mehr Platz boten als die anderen Schlafzimmer, die über keinen kleinen Nebensalon verfügten. Und so beschlossen sie es auch.

Eiligst rafften sie ihre Sachen zusammen und kehrten zu van Helsing zurück. Zu ihrem Schutz legten sie dann ihre Knoblauchgebinde und Kruzifixe auf die Türschwelle sowie auf die beiden Fensterbänke. Der Arzt versicherte ihnen, dass Dracula nun nicht versuchen würde, bei ihnen einzudringen.

»Warum sollte er auch?«, sagte Horatio und ging im Zimmer rastlos auf und ab. »Ein Vampir hat doch alle Zeit der Welt, um uns hier oben weichzukochen, zumal er sich ja mit dem Blut der beiden armen Amerikanerinnen stärken kann, die er offenbar in seinen Turm gebracht hat. Jedenfalls wird er länger durchhalten können als wir, das steht ja wohl fest.«

Niemand wusste darauf etwas zu erwidern, was einen Funken Zuversicht in ihnen hätte entzünden können. Zwar setzte van Helsing kurz zu einer Erwiderung an, schüttelte dann jedoch den Kopf und hustete blutigen Schleim in sein Taschentuch.

Hoffnungslosigkeit machte sich bei ihnen breit. Stumm saßen sie am Tisch oder gingen wie eingesperrte Tiere in den Zimmern hin und her.

Als Byron in der Nacht einmal aus dem Fenster blickte, sah er im Mondlicht eine große Fledermaus aus einer der Öffnungen des benachbarten Turms aufsteigen. Sie flog mit gleichmäßigem Flügelschlag und auf schnurgeradem Kurs nach Süden, als strebte sie einem eindeutigen Ziel entgegen. Was für eine Fledermaus ungewöhnlich war, bewegten sich diese Nachtschwärmer seines Wissens doch stets in einem wirren, flatternden Flug durch die Lüfte, jedoch niemals so geradlinig und zielstrebig wie dieses Flugwesen. Er ahnte, was er da sah, und teilte es seinen Schicksalsgefährten mit. Aber dass Dracula zu einem nächtlichen Flug aufgebrochen war, spendete keinen Trost. Es bewies vielmehr, dass der Vampir sich keine Sorgen machte, sie könnten ihm entkommen.

Als endlich der Tag heraufdämmerte, der neuen Schneefall brachte, hob das ihre Stimmung und Zuversicht nur unwesentlich. Was bedeuteten schon Tage und Wochen, ja Monate und Jahre in der Existenz eines Un-Toten!

Byron weigerte sich jedoch, seinem Schicksal fatalistisch entgegenzudämmern und untätig darauf zu warten, dass die Stunde ihrer Kapitulation gekommen war. Deshalb bestand er darauf, die Suche nach dem Buch in der Bibliothek fortzusetzen.

»Was hat das denn noch für einen Sinn?«, fragte Alistair mutlos. »Selbst wenn wir das gesuchte Buch finden, was können wir dann noch damit anfangen?«

»Es gibt uns etwas zu tun, Alistair!«, erwiderte Byron energisch. »Also lassen Sie uns an die Arbeit gehen! Und wenn es Ihnen lieber ist, gemeinsam zu versuchen, eines der Tore oder Fenster aufzubrechen, bin ich gern dazu bereit. Denn irgendetwas *müssen* wir tun, wenn wir nicht den Verstand verlieren wollen!«

»Byron hat recht«, sagte Harriet. »Alles ist besser, als hier herumzusitzen und zu warten, dass unser Ende kommt.«

Das fand auch van Helsings und Horatios Zustimmung, während Alistair nur die Achseln zuckte, sich ihnen jedoch wortlos anschloss.

Wie am Tag zuvor gaben sie die Versuche, ein Tor oder ein Fenster aufzubrechen, schon bald wieder auf. Sie vergeudeten damit nur unnötig ihre Kräfte. Und so begaben sie sich schließlich in die Bibliothek, um sich dort mit der Suche nach dem Buch von ihren düsteren Gedanken abzulenken, so gut es eben möglich war. Doch niemand war wirklich bei der Sache. Denn Alistair hatte natürlich recht gehabt, als er den Sinn dieser Suche infrage gestellt hatte.

Am Nachmittag kehrten sie nach oben in den Turm zurück. Zwar verspürte keiner von ihnen das Verlangen, von dem kalten Braten und den anderen Essensresten etwas zu sich zu nehmen. Aber Durst machte sich bei ihnen bemerkbar.

Sie teilten sich eine Flasche Wein, den sie reichlich mit Wasser verdünnten. Zum Glück hatte Bogan am Abend zuvor noch einmal die Wasserkrüge auf den Waschkommoden in ihren Zimmern aufgefüllt, sodass ihr Vorrat bei sparsamem Umgang für einige Tage ausreichen sollte.

Harriet hatte sich mit ihrem Glas ans Fenster gestellt und blickte hinaus. Der Schneefall hatte viel von seiner Kraft verloren, dafür war böiger Wind aufgekommen, der die Schneeflocken mit launischer Lust mal hierhin, mal dorthin trieb.

Plötzlich stellte sie das Glas so abrupt auf der Fensterbank ab, dass der Fuß zersplitterte. Sie beachtete es jedoch gar nicht, sondern riss das Fenster auf, schleuderte das zerbrochene Glas in den Abgrund und beugte sich gefährlich weit hinaus.

»Harriet, was soll das?«, rief Byron besorgt und sprang auf.

Harriet fuhr zu ihnen herum. »Ich weiß, wie wir aus dem Gefängnis ausbrechen können!«, stieß sie aufgeregt hervor. »Denn es gibt sehr wohl eine Möglichkeit, um hinüber zu Draculas Turm zu kommen!«

»Wahrscheinlich, indem man sich in eine Fledermaus verwandelt?«, kam es mit freudlosem Spott von Alistair.

»Das wird nicht nötig sein«, erwiderte Harriet fast fröhlich und mit blitzenden Augen, die ihre neu erwachte Hoffnung widerspiegelten. »Man braucht dazu nur ein sicheres Balancegefühl in großer Höhe und das habe ich weiß Gott! Denn unter dem Fenster und über die ganze Länge der Mauer zieht sich ein kleiner Zierfries entlang, bis unter die Fenster von Draculas Turm und noch weiter darüber hinaus.«

Als Byron sich hinauslehnte und sich von ihr den Fries zeigen ließ, machte er ein ungläubiges Gesicht und erschrak im nächsten Moment bei dem Gedanken, dass sie sich dort hinaufwagen wollte. Es erschien ihm geradezu selbstmörderisch.

»Unmöglich, Harriet!«, stieß er hervor. »Dieser Fries ist doch bestenfalls zwei Fingerstärken breit! Auf so einer schmalen Kante können Sie unmöglich die Balance halten, schon gar nicht bei diesem böigen Wind!«

»Sie scheinen vergessen zu haben, dass ich nicht nur mit Wurfmessern umzugehen weiß, sondern auch von Kindesbeinen an Seilakrobatin bin«, erwiderte Harriet. »Es wird schwer, keine Frage, aber es ist zu schaffen.«

Horatio, der sich zwischen sie gedrängt und ebenfalls einen Blick auf den Fries geworfen hatte, sagte mahnend: »Entschuldigen Sie, Harriet, aber Ihnen scheint der Wein zu Kopf gestiegen zu sein! Byron hat recht, was Sie da versuchen wollen, ist der sichere Sturz in die Tiefe! Am besten, Sie vergessen es schnell wieder!«

»Ich denke gar nicht daran!«, erwiderte Harriet wild entschlossen. »Wir können es uns nicht erlauben, unsere einzige Chance nicht zu nutzen! Oder hat einer von Ihnen einen besseren Vorschlag, wie wir aus unserem Gefängnis ausbrechen können?«

Die Männer schwiegen betreten.

Dann sagte van Helsing zu Harriet: »Auch ich kann mir nicht vorstellen, wie Sie auf dem schmalen Vorsprung die Balance halten wollen. Aber wenn Sie Akrobatin sind, wie Sie gesagt haben, und sich dieses halsbrecherische Wagnis zutrauen, dann müssen Sie es in Gottes Namen versuchen!«

»Und genau das werde ich auch tun!«, versicherte Harriet, warf ihre warme Kostümjacke ab und bückte sich, um die Schnürsenkel ihrer Stiefeletten zu öffnen. Als sie ihre Schuhe ausgezogen hatte, raffte sie ohne schamhafte Verlegenheit ihren langen Rock und löste die Strümpfe von den Bändern ihres Hüftgürtels, rollte sie die Beine hinunter und warf sie zu den Stiefeletten. Zum Schluss legte sie auch noch den Strumpfhalter sowie den Rock, das geschnürte Oberteil ihres Kostüms und die Bluse ab, sodass sie nun nur noch ihre dünne Leibwäsche trug.

Die Männer blickten befangen zur Seite, nur Alistair ließ sich Zeit damit.

»Ich weiß, ich biete nicht gerade einen schicklichen Anblick«, sagte sie trocken. »Aber mit so viel Kleidung am Körper könnte ich mich nicht auf dem Vorsprung halten. Und da ich keine dünnen Akrobatenschuhe zur Verfügung habe, wie man sie auf dem Seil trägt, muss es eben mit nackten Füßen gehen.«

»Um Himmels willen, in diesem hauchdünnen Aufzug werden Sie sich da draußen den Tod holen!«, sagte Byron und ergriff ihre Hände, als wollte er sie zurückhalten. Einerseits wusste er, dass es ihre einzige Chance war. Doch andererseits wehrte sich alles in ihm, das zuzulassen. Zu groß war seine Angst, sie vor seinen Augen in den Tod stürzen zu sehen.

Harriet lächelte angestrengt. »Was riskiere ich denn schon, wo uns der Tod, ja sogar ein noch entsetzlicheres Schicksal gewiss ist, wenn ich es nicht versuche, Byron?«, fragte sie leise und sah ihm mit einem schmerzlichen Ausdruck in die Augen, als fürchtete auch sie, ihn zum letzten Mal zu sehen.

»Halten wir sie nicht länger auf!«, drängte van Helsing. »Die Sonne steht schon tief über den westlichen Bergen. Wir haben keine Zeit zu verlieren!«

»Gott schütze dich, Harriet!«, flüsterte Byron mit zugeschnürter Kehle. Und es war ihm in diesem Augenblick das Natürlichste der Welt, auf das förmliche »Sie« zu verzichten, hatte er sich ihr doch in keinem Augenblick ihrer Bekanntschaft so nahe und verbunden gefühlt wie in diesem Moment.

»Und auch dich, Byron!«, erwiderte sie kaum hörbar. Dann entzog sie ihm ihre Hände mit einem energischen Ruck, wandte sich um und kletterte auf die Fensterbank. Dort schob sie sich bäuchlings über die Kante und ließ sich langsam und mit den Füßen nach dem Fries tastend abwärts gleiten. Als ihre Zehenspitzen den Vorsprung erreicht hatten, waren im Fenster nur noch ihr Kopf und ihre Schultern zu sehen.

Ein, zwei Sekunden lang verharrte sie so, wobei sie ihre Augen geschlossen hielt, als konzentrierten sich all ihre Sinne auf das, was vor ihr lag. Dann nahm sie ganz behutsam die Hände von der Fensterbank, führte sie seitlich ins Freie und streckte sie an der Mauerwand entlang aus, sodass ihr Körper nun die Form eines leicht zur Mauer hin gebogenen Kreuzes bildete. Wieder vergingen einige Sekunden der Reglosigkeit und Konzentration. Dann setzte sie sich in Bewegung und glitt langsam vom Fenster weg.

Alistair wandte sich hastig ab. »Ich kann da nicht hinsehen, sonst wird mir speiübel!«, stieß er hervor und steckte sich mit zitternder Hand eine Zigarette an. »Wenn ich zu beten wüsste, würde ich es jetzt mit voller Inbrunst tun.«

»Es dürfte reichen, wenn das drei von uns tun«, kam es von Horatio.

Byron sagte nichts, doch seine Lippen bewegten sich in einem stummen Bittgebet, während er sich aus dem Fenster beugte und Harriet nicht eine Sekunde aus den Augen ließ. Zwar hätte auch er sich am liebsten abgewendet, um es nicht mit ansehen zu müssen, wenn das Entsetzliche geschah. Aber diese Feigheit verbot er sich. Er war es ihr schuldig, jede Sekunde ihres mutigen Rettungsversuches nicht nur mit seinem Bittgebet, sondern auch mit seinen Augen zu verfolgen.

Und was für ein tollkühnes Wagnis es war, das sie auf sich genommen hatte! Der eisige Wind fuhr ihr ins Haar und zerrte an ihrem Unterrock, als wollte er sie vom Mauerfries reißen und in den Abgrund schleudern, wo ihr Körper auf den Felsen zerschellen und dann in den Gebirgsfluss stürzen würde.

Mehrmals hatte Byron den Eindruck, als zitterte und wankte ihr Körper unter den Stößen des Windes und als müsste sie gleich die Balance verlieren und rücklings ins Verderben stürzen. Jedes Mal hielt er den Atem an und der Schrei des Entsetzens saß ihm schon in der Kehle.

Doch Harriet stürzte nicht. Auf Zehenspitzen, den Körper in einem angespannten flachen Bogen haltend, die Hände an die Burgmauer gepresst und dabei mit den Fingern nach winzigen Ritzen zwischen den Steinen tastend, so arbeitete sie sich mit wild wehendem Unterkleid Schritt um Schritt näher an den anderen Turm heran.

Byron fror, obwohl er warm angezogen war, und vermochte sich kaum vorzustellen, wie kalt es Harriet mittlerweile sein musste. Es war ihm ein Rätsel, dass sie bei dem frostigen Wind nicht schon längst das Gefühl in Händen und Füßen verloren hatte. Was musste es sie für eine unglaubliche Willenskraft kosten, der Kälte so eisern zu trotzen, die Balance auf dem lächerlich schmalen Vorsprung zu wahren und sich Stück um Stück näher an den Turm des Vampirs zu schieben.

Ihm war, als wäre die Zeit stehen geblieben oder hätte sich zumindest unerträglich verlangsamt. Jede Sekunde, die verstrich, wurde ihm zu einer körperlichen und seelischen Qual. Denn jede Sekunde konnte der Tod sie ereilen.

Van Helsing, Alistair und Horatio sahen plötzlich, wie Byron am Fenster zusammensackte und kraftlos an der Wand zu Boden glitt. Tränen schossen ihm aus den Augen und liefen ihm über das Gesicht.

»Nein!«, schrie Alistair auf.

»Ist sie . . .?« Van Helsing stockte mitten in der Frage.

Byron sah mit einem Lächeln unsäglicher Erlösung zu ihnen auf. »Sie hat es geschafft!«, teilte er ihnen unter Tränen mit. »Sie ist in Draculas Turm! Harriet hat das Unglaubliche vollbracht und wird uns von drüben aus die Tore öffnen. Wir sind gerettet!«

16

Harriet zitterte wie Espenlaub, als die Männer ihr unten im Gang vor dem Rittersaal einen jubelnden Empfang bereiteten und ihr den Dank und die Bewunderung zollten, die ihr gebührten.

Sie hatten sofort nach Byrons erlösender Nachricht all ihr Gepäck, Harriets abgelegte Kleidung sowie die Knoblauchgebinde und die Kreuze an sich genommen und sich auf schnellstem Weg nach unten begeben. Es hatte jedoch noch eine Weile gedauert, bis Harriet den Weg vom anderen Wohnturm zu ihnen gefunden und die vorgelegten Balken vor den Zwischentüren aus ihren Halterungen gewuchtet hatte. Diese Zeit hatte Byron genutzt, um das Feuer im Kamin neu zu entfachen und einen ganzen Stoß Scheite in das Glutbett zu legen. Denn er wusste, dass Harriet halb erfroren sein musste, wenn sie endlich wieder zu ihnen stieß.

So verhielt es sich auch. Harriet musste sich erst vor dem Feuer aufwärmen, weil ihre eiskalten Hände es ihr unmöglich machten, sich sogleich wieder anzuziehen. Byron hatte ihr sofort seinen Mantelumhang über die Schulter geworfen, damit sie in ihrem halb nackten Zustand nicht den Blicken der Männer schutzlos ausgesetzt war.

»Sehen wir zu, dass wir zum Stall kommen und die Pferde vor den Schlitten spannen!«, drängte Alistair, kaum dass sich Harriet in der Lage fühlte, sich wieder anzuziehen. »Horatio und ich können das doch schon mal übernehmen!«

»Warten Sie!«, hielt van Helsing sie zurück. »Das ist das Dümmste, was Sie tun können! Denn wenn Sie jetzt kopflos aufbrechen, werden Sie Dracula trotz des Wunders, das Miss Harriet vollbracht hat, nicht entkommen!«

»Wieso denn nicht?«, fragte Horatio verblüfft.

»Bis zum Sonnenuntergang ist es höchstens noch eine halbe Stunde hin. Dann steigt der Vampir aus seinem Grab und wird sogleich Ihre Verfolgung aufnehmen!«, sagte van Helsing. »Und eine Fledermaus fliegt schneller durch solch eine Winternacht, als ein noch so schnelles Gespann in dieser Bergwelt vorankommt! Vergessen Sie nicht, dass Piteschti selbst bei gutem Wetter viele Stunden entfernt liegt!«

»Und wennschon!«, meinte Alistair. »Wir haben doch unsere

Kreuze und die Knoblauchkränze. Was kann uns Dracula also noch anhaben?«

»Dracula kann sich nicht nur in eine Fledermaus verwandeln, sondern hat auch Macht über gewisse Tiere, insbesondere über die Wölfe, die in dieser Region sehr zahlreich sind!«, erklärte van Helsing hastig und lieferte ihnen damit auch die Erklärung, wieso der schwarz gekleidete Kutscher bei ihrer mitternächtlichen Fahrt zur Burg die Wölfe auf der Waldlichtung so mühelos hatte davonjagen können. Denn der Kutscher war niemand anders als Dracula selbst gewesen! »Er wird sie zu Hilfe rufen und ganze Rudel auf uns hetzen. Sie werden die Pferde reißen und das ist dann der Anfang von unserem Ende.«

Byron sank das Herz, als er begriff, dass die tödliche Gefahr noch längst nicht von ihnen abgewendet war und das schaurige Werk vollzogen werden musste, von dem van Helsing ihnen erzählt hatte. »Das heißt also, wir müssen das Grab des Vampirs finden und ihn pfählen!«

Van Helsing nickte. »So ist es. Möglicherweise auch den Begleiter dieses Mortimer Pembroke und die beiden Amerikanerinnen, obwohl diesen mit einer Hostie zweifellos schnell der Garaus gemacht werden kann, da ihre Verwandlung noch nicht weit genug fortgeschritten ist. Aber erst dann wird Ihre Flucht aus den Karpaten gelingen. Ich könnte natürlich auch allein versuchen, seine Gruft zu finden und ihn noch rechtzeitig vor Anbeginn der Nacht zu töten. Aber ich kenne mich mit den Räumlichkeiten unter seinem Turm nicht aus. Die Suche könnte daher zu viel Zeit kosten. Aber wenn wir gemeinsam nach ihm suchen, stehen die Chancen erheblich besser, dass Dracula und seine Abhängigen nie wieder aus ihren Särgen steigen und als Vampire ihr grausames Unwesen treiben werden!«

»Worauf warten wir dann noch?«, fragte Horatio ungeduldig, während Harriet sich mittlerweile schon die Schuhe zuschnürte. »Verspielen wir nicht die einmalige Chance, zu der Harriet uns verholfen hat, und bringen wir, was getan werden muss, so schnell wie möglich hinter uns!«

»Ja, uns bleibt wohl nichts anderes übrig«, pflichtete Byron ihm bei.

Unverzüglich nahmen sie ihre Sachen an sich und ließen sich von Harriet in den Trakt des Wohnturms führen, der ihnen versperrt gewesen war und unter dem sich irgendwo die Gruft befinden musste, in der Dracula die Tagesstunden verbrachte. Auf dem Weg dorthin begegnete ihnen der Bucklige, der kurz verwundert stehen blieb und dann im Fegen der langen Gänge fortfuhr, als kümmerte ihn ihr überraschendes Auftauchen in diesem Teil der Burg nicht. Vermutlich hatte er es sich schon vor langer Zeit abgewöhnt, sich eigene Gedanken über das zu machen, was auf der Burg geschah.

Die Kellerräume erwiesen sich als weitläufiger und verzweigter, als sie vermutet hatten. Alle Zugänge verfügten über schwere Türen, in denen jedoch glücklicherweise überall schwere Eisenschlüssel steckten. Van Helsings Sorge, allein auf sich gestellt womöglich nicht rechtzeitig genug Draculas Versteck zu finden, hatte ihre Berechtigung gehabt. So jedoch konnten sie sich aufteilen und an mehreren Orten gleichzeitig nach dem Zugang zur Gruft suchen.

Es war Horatio, der jenseits eines abknickenden Ganges, der an einer tiefen und mit Wasser gefüllten Zisterne vorbeiführte, auf die Treppe und damit auf den Zugang stieß.

»Hierher, Leute!«, brüllte er und schwenkte seine Leuchte. »Hier geht es hinunter in eine Gruft!«

Seine Gefährten eilten zusammen und hasteten die steinerne Treppe hinunter. Augenblicke später hob der Lichtschein ihrer Leuchten ein großes, achteckiges Gewölbe aus der schauderhaft kalten Finsternis hervor.

Gleich rechts vom Treppenabsatz türmte sich ein gut brusthoher Berg aus dunkler, schwerer Erde auf. Zwei Schaufeln und eine klobige Holzkiepe mit breiten Tragegurten lehnten an der Wand. Etwas seitlich von dem aufgeschütteten Erdreich reihte sich ein Dutzend Särge aus Eichenholz nebeneinander. Auf einem der

Särge lag neben einer Holzschale mit langen, dicken Eisennägeln ein Hammer. Ein anderer Sarg war abgedeckt und halb mit Erde gefüllt.

»Ja, wir haben den richtigen Ort gefunden!«, stieß van Helsing hervor. »Hier haust er! Und offenbar ist er schon dabei, seine Abreise nach England vorzubereiten. Diese Särge voller Heimaterde sollen wohl mit ihm nach England verschifft werden!«

Es gab noch drei weitere Holzsärge, die in der hintersten Ecke auf Balken ruhten, sowie sechs Sarkophage in diesem Gewölbe. Die Steinkästen standen längs der Seitenwände und waren viele Jahrhunderte alt, wie ihr rissiger und brüchiger Stein verriet. Die in die Deckplatten gemeißelten lateinischen Jahreszahlen und Inschriften enthielten jedoch weder das Tatzenkreuz der Templer noch einen anders gearteten Hinweis auf das Grab eines Tempelritters. Doch auf der Platte des Sarkophages, der genau gegenüber der drei Holzsärge stand, fand sich der Name des Vampirs.

Dracula

Das war alles. Nur dieser eine furchterregende Name. Kein Geburtsjahr und kein Sterbedatum.

»Dem Allmächtigen sei Dank!«, rief van Helsing erlöst, stellte seine schwere Tasche ab und holte das Stemmeisen hervor. »Erst diesen hier! In den drei Holzsärgen liegen bestimmt der Begleiter Pembrokes und die beiden Frauen. Aber bei denen eilt es nicht gar so sehr!«

Die Deckplatte ließ sich verhältnismäßig leicht vom Kasten schieben, da sowohl aus dem steinernen Grab als auch aus der Platte an den Ecken einige Stücke herausgebrochen waren.

Und dann fiel das Licht ihrer Leuchten auf die Gestalt des Un-Toten, der weder ein Gewissen noch eine Seele besaß und zu keiner guten menschlichen Herzensregung fähig war.

Wie das blutleere, aus Wachs geformte Abbild eines Menschen lag Dracula auf einem Bett aus Erde. Sein Mund stand offen, wie in Totenstarre. Schaurig ragten die schneeweißen Eckzähne aus seinem grauen Zahnfleisch hervor. Und seine Unterlippe war von getrocknetem Blut befleckt.

Van Helsing holte aus seiner Tasche die Axt und einen armlangen Pfahl, der an einem Ende spitz zugeschnitten und über dem Feuer gehärtet worden war. Beides legte er neben Draculas Sarg. Dann zog er seine Taschenuhr hervor, ließ den Deckel aufspringen und warf einen hastigen Blick auf das Zifferblatt.

»Nun machen Sie schon, van Helsing! Walten Sie Ihres Amtes!«, forderte Horatio ihn auf.

»Das werde ich auch! Aber ich habe da etwas Wichtiges vergessen!«, erwiderte der Arzt gehetzt, sprang plötzlich auf, ergriff mit der einen Hand seine Tasche und mit der anderen seine Leuchte und hastete zur Treppe. Und im Laufen rief er ihnen über die Schulter noch zu: »Ich bin gleich wieder zurück! Aber haben Sie keine Sorge, wir haben noch Zeit genug, um die Welt von diesem Blutsäufer zu erlösen!« Und damit lief er die Treppe hoch.

»Warten Sie!«, protestierte Horatio. »Was soll das? Sie können uns doch hier nicht einfach mit diesem Teufel zurücklassen!«

»Kommen Sie sofort zurück!«, brüllte nun auch Alistair und rannte ihm nach. »Wenn Sie glauben, wir erledigen für Sie das blutige Geschäft, dann haben Sie sich aber gehörig geschnitten! Notfalls werde ich Sie eigenhändig . . .«

Alistar vermochte den Satz nicht mehr zu beenden. Denn in diesem Moment rutschte er auf einer Lage von kleinen Gesteinsbrocken aus, die sich unter einer dünnen Schicht von Erde verbarg. Wild ruderte er mit den Armen durch die Luft und stürzte dann zur Seite in den dort aufgeschütteten Haufen Erde. Dabei fuhr seine linke Hand bis zum Gelenk in das Erdreich und stieß dann auf etwas Hartes.

Alistair fluchte, als ein heftiger Schmerz durch seinen Arm schoss. Als er seinen Arm zurückzog und sich aufrappelte, ragte aus der Erde an der Stelle, wo er hingestürzt war, eine steinerne Kante hervor.

»Verdammt, hier ist noch ein Sarkophag! Er ist bloß mit Erde zugeschüttet!«, stieß er hervor und fegte mit der rechten Hand noch mehr Erde zur Seite. »Ich werde verrückt, wenn das hier das Grab des Templers ist!«

Alle vergaßen sofort den Arzt, dem sie hatten nachsetzen wollen. Die Erregung hatte sie gepackt, möglicherweise doch noch Mortimers nächsten Hinweis zu finden. Ein schneller Schwenk mit der Leuchte überzeugte sie davon, dass Alistair sich im Dunkeln nicht getäuscht hatte.

»Wenn der tote Templer wirklich da drinliegt, ist Ihr Konto bei mir wieder ausgeglichen, Alistair!«, sagte Horatio und griff sich eine der Schaufeln. »Kommen Sie, rücken wir dem Erdhaufen zu Leibe. Jetzt zählt jeder Augenblick! Mit dem Vampir im Nacken schaufelt es sich bestimmt doppelt so flott!«

Byron schnappte sich die andere Schaufel und stach sie wie Horatio über der Platte in die Erde, um den Berg so schnell wie möglich abzutragen.

Von oben kam wenig später das Dröhnen einer schweren, zuschlagenden Tür, gefolgt von einem metallischen Geräusch und zwei, drei Sekunden danach von einem kurzen Plätschern. Und dann hörten sie auch schon eilige Stiefelschritte die Treppe herabkommen.

»Sind Sie es, van Helsing?«, rief Harriet und hielt ihre Leuchte in den Treppeneingang.

»Ja, es ist alles in Ordnung!«, rief der Arzt unter Husten zurück und eilte an ihnen vorbei in den hinteren Teil der Gruft. »Nun kann nichts mehr schiefgehen.«

»Können Sie uns mal verraten, was Sie da oben gemacht haben?«, fuhr Alistair ihn wütend an.

Bevor van Helsing antworten konnte, stieß Horatio einen triumphierenden Schrei aus und sprudelte aufgeregt hervor: »Allmächtiger, es ist tatsächlich das Templergrab! . . . Seht doch nur! . . . Das ist eindeutig der Umriss eines Ritters! . . . Und da ist auch das Tatzenkreuz! . . . Und hier steht auch eine Jahreszahl in lateinischen Lettern . . . 1307! . . . Das war doch das Jahr, in dem der Orden der Templerritter vom französischen König hinterlistigerweise der Ketzerei bezichtigt und von ihm zerschlagen wurde, weil der Orden dem König zu mächtig geworden war und er der Ordenskasse zudem viel Geld schuldete!«

Van Helsing hatte unterdessen schon mit Fußtritten die locker aufliegenden Deckel von den drei Holzsärgen gestoßen. Nun gab er einen Laut grimmiger Zufriedenheit von sich und griff zu seinen geweihten Hostien. Er fuhr zu Byron und Horatio herum und starrte auf das erhabene Relief eines Ritters mit dem typischen Templerkreuz, das mitten auf dem halb von Erde befreiten Sarkophag prangte.

»Heiliger Bimbam, wir haben den Royal Flush gezogen!«, stieß Alistair mit breitem Grinsen hervor. »Wofür ein dämlicher Ausrutscher manchmal doch gut sein kann!«

»Hören Sie auf damit und eilen Sie lieber nach oben, um die Pferde einzuspannen!«, forderte van Helsing sie auf, der mittlerweile mit Axt und Pfahl in den Händen über den dritten Sarg gebeugt stand. »Ihnen bleibt nicht mehr viel Zeit!« Und bei diesen Worten schlug er auch schon mit der Axt zu. Es gab einen schauderhaft dumpfen Laut, der ihnen eine Gänsehaut über den Körper jagte.

»Wieso?«, fragte Harriet und war froh, nicht mit ansehen zu müssen, wie van Helsing den damaligen Begleiter von Mortimer Pembrokes köpfte und pfählte. Und sie schluckte schwer, bevor sie fortfuhr: »Wenn Sie gleich auch Dracula auf dieselbe Weise behandelt haben, haben wir doch nichts mehr zu fürchten, oder?«

»Die beiden Vampire haben Sie nicht mehr zu fürchten, das ist richtig«, erwiderte van Helsing, während er zum Pfählen überging. Und unter schwerem Keuchen rief er ihnen über die Schulter hinweg zu: »Aber die Explosion werden Sie nicht überleben. Dann bleibt hier nämlich kein Stein mehr auf dem anderen. Burg Negoi wird aufhören zu existieren!«

Jäh hielten Byron und Horatio im Schaufeln inne und fuhren wie Harriet und Alistair mit ungläubigem Entsetzen zu ihm herum.

»Welche Explosion?«, fragte Byron und ihm war, als hätte sich ihm plötzlich eine unsichtbare, kalte Hand um die Kehle gelegt.

»Die der fünfzehn Dynamitstangen, die ich oben im größten der Vorratsgewölbe an drei Stützsäulen gebunden habe!«, lautete van Helsings Antwort. Er hob die blutbefleckte Axt auf und taumelte hinüber zu Draculas Sarg. Dort holte er nicht nur einen weiteren Pfahl aus seiner Tasche, sondern auch fünf zusammengebundene Dynamitstangen. »Die hier habe ich mir für dieses Gewölbe aufgehoben, wenn die Arbeit getan ist!«

»Sind Sie verrückt?«, schrie Alistair, stürzte auf ihn zu und riss ihm die Stangen mit ihren aufgerollten Zündschnüren aus der Hand. »Sie hatten die ganze Zeit Ihre verdammte Tasche voll Dynamit und haben keinen Ton davon gesagt? Wir hätten uns den Weg in die Freiheit freisprengen können!«

»Und wem hätte das genützt?«, fragte van Helsing ungerührt zurück.

»Uns!«, brüllte Alistair ihn an.

»Was zählt schon Ihr Leben im Vergleich zu dem Segen, den Draculas Tod für die Welt bedeuten wird«, sagte van Helsing.

»Sie müssen den Verstand verloren haben!« Alistair ballte die Fäuste. »Über unser Leben entscheiden immer noch wir!«

»Sie irren, die Entscheidung ist längst gefallen, denn die Zündschnüre brennen schon«, teilte ihnen der todkranke Arzt mit. »Es sind zwar sehr lange und langsam brennende Zündschnüre, weil ich nicht wusste, wie viel Zeit ich brauchen würde, aber allzu viel Zeit werden Sie nicht haben, um noch rechtzeitig die Pferde aus dem Stall zu holen und von der Burg zu kommen, bevor das Dynamit explodiert und hier alles zum Einsturz bringt. Versuchen Sie erst gar nicht, in das Kellergewölbe eindringen und die Zündschüre austreten zu wollen. Ich habe die Tür abgeschlossen und den Schlüssel in die Zisterne geworfen. Und wenn Sie die Tür mit dem Dynamit hier aufsprengen wollen, dann gehen die anderen drei Bündel gewiss auch mit hoch. Nun wissen Sie es: Die Zeit läuft uns davon! Und jetzt lassen Sie mich meine Arbeit tun, damit nicht alles vergebens gewesen ist!«

»Wie viel Zeit bleibt uns?«, stieß Byron hastig hervor. »Sagen Sie es uns in Gottes Namen! Zumindest das sind Sie uns schuldig!«

Van Helsing zuckte die Achseln. »Wenn es stimmt, was mir der Sprengmeister gesagt hat, dann brauchen diese Zündschnüre fünfzehn Minuten, um das Dynamit zu erreichen. Aber einige Minuten davon dürften mittlerweile schon verstrichen sein! Nun liegt es bei Ihnen, ob Sie hier mit mir sterben oder lieber Ihr Leben retten wollen! Gott sei mit Ihnen!« Damit wandte er sich gleichmütig um, hob die Axt und ließ sie nun auch auf Draculas Hals niedersausen.

Byron schätzte, dass ihnen vielleicht noch zehn, elf Minuten blieben, bevor eine gewaltige Explosion die Burg in Stücke reißen würde. Er tauschte einen raschen fragenden Blick mit Horatio, ob sie es wagen und alles auf eine Karte setzen sollten.

Horatio nickte knapp. »Wir können es schaffen, wenn wir uns einig darüber sind und uns aufteilen!«, stieß er hastig hervor und schaufelte sofort weiter.

»Ich will verdammt sein, wenn ich so nahe vor dem Ziel wie ein geschlagener Hund den Schwanz einziehe und mich trolle!«, kam es trotzig von Alistair und er schleuderte van Helsing die fünf Dynamitstangen vor die Füße, die er ihm aus der Hand gerissen hatte.

»Dito!«, sagte Harriet knapp.

»Gut, dann suche ich mit Horatio nach dem Hinweis!«, entschied Byron. »Indessen holen Sie beide die Pferde und den Schlitten aus dem Stall!«

»Wird gemacht!«, versicherte Alistair und rannte im nächsten Moment auch schon die Treppe hoch.

»Aber wenn die Zeit nicht reicht, lasst es um Gottes willen bleiben und kommt nach oben, Byron!«, beschwor Harriet ihn und folgte dann Alistair.

»Und wenn euch die Zeit zum Einspannen nicht reicht, führt die Pferde hinüber auf die Bergkuppe an den Waldrand und zieht auch den Schlitten dorthin!«, schrie Byron ihr nach. »Anspannen können wir später immer noch!«

Wie besessen schaufelten sie die restliche Erde von der Platte. Dabei war ihnen, als tickte in ihren Ohren der Zeitzünder einer Sprengladung, von der sie jedoch nicht genau wussten, wann sie hochgehen würde. Als Byron einen kurzen Blick zu van Helsing riskierte, sah er zu seinem Entsetzen, dass der Arzt den abgetrennten Kopf des Vampirs in der linken Hand an den Haaren hielt. Die Augen waren weit aufgerissen, als hätte Dracula den furchtbaren Hieb mit der Axt auf sich niederfahren gesehen. Hastig stopfte van Helsing ihm mit der Rechten Knoblauchzehen in den Mund und warf Draculas Haupt dann angewidert zurück in den Sarkophag. Schnell wandte Byron sich wieder ab und schaufelte weiter.

»Gleich haben wir es geschafft!«, keuchte Horatio wenig später.

»Wenn sich der Hinweis im Nacken des toten Templers befinden soll, dann kann Mortimer damit doch nur die Rückseite der Grabplatte gemeint haben!«, stieß Byron hervor. »Von dem Toten selbst ist doch nach so vielen Jahrhunderten bloß noch Staub übrig.«

»Anzunehmen!«, japste Horatio. »Also holen Sie van Helsings Stemmeisen! Gleich können wir die Platte anheben.«

Als Byron zu van Helsing lief, hatte dieser dem Vampir gerade den zugespitzten Pfahl über dem Herz auf die Brust gesetzt und zur kurzen, hammerfömigen Handaxt gegriffen. Und so wurde Byron nun unabsichtlich und aus nächster Nähe Zeuge jenes zeremoniellen Aktes, der dem blutigen Treiben Draculas für alle Zeit ein Ende bereitete.

Van Helsing murmelte ein beschwörendes Totengebet und ließ das Hammerende der Axt mit aller Kraft auf den Pfahl niedersausen, den er mit der linken Hand senkrecht hielt. Das Holz drang in Draculas Torso ein, der zu zittern und sich wie ein Schlangenleib zu winden begann, als wollte er sich dem Pfahl entziehen. Doch van Helsing umklammerte das Rundholz so fest, dass die Knöchel seiner Hand weiß hervortraten, und schlug ein weiteres Mal unerbittlich zu.

Wilde Krämpfe befielen den Körper des Un-Toten, als der Pfahl immer tiefer und tiefer drang. Blut quoll rund um das Holz aus der Brust, als es das Herz durchstieß, und tränkte die weiße Hemdbrust. Und als wäre Draculas Kopf noch mit seinem Leib verbunden, drang plötzlich schleimiger Schaum zwischen den Knoblauchzehen aus seinem Mund hervor und schlug Blasen. Ein stechender und zugleich süßlicher Gestank, der nach Verwesung roch, stieg aus dem Grab auf.

Byron verspürte Übelkeit. Noch ein zweiter und dritter Schlag mit der Hammeraxt folgten, dann hörte der Torso auf, zu zucken und sich zu winden. Für einen kurzen Moment lag er völlig still auf seinem Bett aus Karpatenerde. Dann zerfiel er von einem Wimpernschlag auf den anderen zu Staub.

Erschöpft sackte van Helsing über dem Rand des Sarkophags zusammen. »Es ist vollbracht, Herr«, murmelte er und spuckte einen Schwall Blut in den Staub zu seinen Füßen. »Dir sei allzeit Dank und Lobpreis, Herr aller himmlischen Heere! Nun bin ich bereit, vor dich hinzutreten!«

»Byron? Verdammt, wo bleiben Sie?«, rief Horatio mit einem Anflug von Panik.

Byron sah noch, wie van Helsing mit zitternder Hand nach den fünf Dynamitstangen griff, die Leuchte näher zu sich heranzog und den Windschutz öffnete.

»Jetzt bleiben Ihnen keine fünf Minuten mehr«, krächzte er und setzte die zusammengedrehten Zündschnüre an der offenen Flamme in Brand. »Wissen Sie sie zu nutzen! Und Dank für Ihre Hilfe!«

Byron rannte indessen schon zu Horatio zurück, setzte das Stemmeisen an und drückte es in die Ritze zwischen Abdeckung und Kasten. Sofort packte Horatio zu, schob seine Hand in den Spalt und hob die Platte an.

Byron ließ das Stemmeisen fallen und half ihm, die Steinplatte aufzustellen, während hinter ihnen das bedrohliche Zischen der Zündschnüre zu hören war, die sich dem Dynamit entgegenfraßen – so wie es auch die fünfzehn anderen Zündschnüre taten, die van Helsing an die Stützpfeiler gebunden hatte.

Hastig lehnten sie die Platte mit der zu ihnen gekehrten Rückseite an die Wand und entdeckten sogleich die rätselhaften Zeichen, die Mortimer dort in Nackenhöhe des umseitigen Templerreliefs in den Stein geritzt hatte.

»Zum Teufel, was soll das sein?«, stieß Horatio hervor.

Byron zerrte Notizbuch und Stift aus der Jacke und beeilte sich, die Zeichen zu übertragen. Es kostete ihn große Willenskraft, nicht schludrig zu arbeiten.

»Herr im Himmel, geht es denn nicht etwas schneller?«, presste Horatio hervor und nun war ihm zum ersten Mal die unverhohlene Angst anzumerken, von der Explosion erfasst und unter Trümmern begraben zu werden. »Jeden Moment kann das verfluchte Dynamit hochgehen!«

»Nur noch drei Zeichen!«

»Die uns das Leben kosten können!«, erwiderte Horatio gequält, suchte sein Heil jedoch nicht in der Flucht, sondern blieb bei ihm. Er mochte eine Heidenangst haben, aber ein Feigling war er ganz sicher nicht.

Endlich hatte Byron das letzte Symbol abgezeichnet. »Jetzt gilt es, die Haut zu retten, Horatio! Rennen Sie, als ob Dracula persönlich hinter Ihnen her wäre!«, rief er und fast nebeneinander stürzten sie die Treppe hinauf.

Dann kamen die verwinkelten, langen Gänge, die sie hinter sich bringen mussten, um in den großen inneren Burghof zu gelangen.

Um ein Haar wären sie auch noch einem falschen Gang gefolgt, was unweigerlich ihren Tod bedeutet hätte. Horatio bemerkte ihren Fehler gerade noch rechtzeitig und brüllte: »Nein, wir sind falsch! Auf der anderen Seite geht es zum Hoftor!« Nackte Todesangst lag in seiner Stimme. Denn mittlerweile mussten die fünfzehn Minuten abgelaufen sein und sie befanden sich noch immer nicht im Freien, geschweige denn jenseits der Zugbrücke.

»Gebe Gott, dass Sie recht haben!«, keuchte Byron und rannte mit ihm zurück und den anderen Gang hinunter.

Es war der richtige. Und als sie hinaus in den Hof stürzten, fassten sie neue Hoffnung, dem Inferno, das jede Sekunde ausbrechen musste, doch noch rechtzeitig zu entkommen.

Das Tor zum Vorhof stand weit offen. Von Harriet und Alistar war jedoch nichts zu sehen. Auch vom Buckligen, dem sie vorhin noch auf dem Weg hinunter in die Gruft begegnet waren, gab es weit und breit keine Spur. Aber von jenseits des Vorhofes und der Zugbrücke drangen Schreie und beschwörende Zurufe ihrer Gefährten zu ihnen herüber.

»Ich glaube, wir sind dem Tod noch mal von der Schippe gesprungen!«, rief Horatio Byron zu, als sie den Vorhof erreicht hatten und nun auf das Torhaus und die dahinter liegende Zugbrücke zurannten.

In dem Moment zündete die erste Dynamitladung. Ein heftiger Stoß erschütterte den Boden und ließ den Felssporn der Burg bis in sein Innerstes erzittern. Ein furchterregendes Ächzen, Knirschen und Kreischen drang aus den Türmen und Mauern, als wäre unter ihnen im Fels ein Riese aus einem jahrhundertelangen Schlaf erwacht, hätte sich leicht gereckt und sie damit in ihren Grundfesten erschüttert.

Aber diese erste Explosion, bei der es sich zweifellos um jene in der Vampirgruft gehandelt hatte, war nichts im Vergleich zu der zweiten Detonation, die von dreifacher Sprengkraft war, die Eingeweide der Burg zerfetzte und tiefe Gewölbe zum Einsturz brachte.

Byron und Horatio hatten den Eindruck, als bockte der Boden des Vorhofes unter ihren Füßen. Sie wurden hochgeschleudert, stürzten in den Schnee, waren im nächsten Moment wieder auf den Beinen und mobilisierten ihre letzten Kraftreserven, um durch das tiefe Torhaus und über die Zugbrücke zu kommen. Sie wussten, dass gleich die Türme, unter denen sich die gesprengten Gewölbe befanden, einstürzen und riesige Teile aus der Mauer brechen würden. Die Zerstörung der Burg würde nach dem Domino-Prinzip verlaufen. War erst eine Mauer gefallen, riss sie die anderen unaufhaltsam mit sich. Und dann würde auch die Zugbrücke den zerstörischen

Kräften nicht länger standhalten, sondern von der rettenden Felskante gerissen werden und in den Abgrund stürzen.

Byron und Horatio feuerten sich gegenseitig mit gellenden Schreien an, während hinter ihnen ein ohrenbetäubendes Kreischen, Bersten und Donnern einsetzte, als der erste der beiden hinteren Wohntürme wankte, aus seiner Grundfeste kippte, in mehrere Teile auseinanderbrach und unter dem tosenden Prasseln sich auflösender Gesteinsmassen den inneren Burghof unter sich begrub.

Als diese Woge, die aus Tausenden Tonnen mächtigen Gesteins bestand, donnernd dort aufschlug, dabei die niedrigen vorgelagerten Gebäudekomplexe gleich so mühelos mit zerstörte, als wären sie nicht aus Stein, sondern aus dünnen Hölzern errichtet worden, und zugleich eine gewaltige Wolke aus Schnee, Dreck und Gesteinssplittern aufwirbelte, ging ein noch heftigerer Stoß durch den Felssporn.

Byron und Horatio hatten zu diesem Zeitpunkt gerade mal die Hälfte der Zugbrücke hinter sich gebracht. Unter dem Druck wölbten sich nun die Balken wie Federn unter ihnen und schleuderten sie von den Beinen.

Schmerzhaft prallte Byron gegen eine der schweren Eisenketten, die auf beiden Seiten als Geländer dienten, und konnte sich gerade noch rechtzeitig daran festhalten. Doch Horatio rutschte mit den Beinen voraus an ihm vorbei über die schneeglatten Planken und drohte im nächsten Moment in den Abgrund zu stürzen, weil seine Hände nirgendwo Halt fanden.

Byron handelte, ohne nachzudenken. Er warf sich mit ausgestreckten Armen nach vorn, bekam ihn zu fassen und hielt ihn fest. Im nächsten Moment fegte die schmutzig weiße Wolke wie eine stürmische Böe über sie hinweg.

»Weiter! Weiter!«, brüllte Byron, half Horatio auf die Beine und taumelte mit ihm über die unter ihnen ächzende und schwankende Brücke der nahen Rettung entgegen.

Kaum hatten sie den festen Grund der Bergkuppe erreicht, als die Bohlen hinter ihnen splitterten und die Eisenketten rissen. Benommen wankten sie auf Harriet und Alistair zu, die ihnen schon entgegengerannt kamen. Hinter ihnen ging das Bersten, Kreischen und Donnern stürzender Mauern weiter.

»Gott sei Dank, du lebst, Byron!«, rief Harriet erlöst und fügte dann rasch noch hinzu: »Und du auch, Horatio!«

»Verdammt, da habt ihr aber die Spannung wirklich auf die Spitze getrieben, Freunde! Das war verflucht gutes Timing!«, rief Alistair und schlug ihnen in einer etwas steifen Geste der Anerkennung auf die Schulter. Aber schon im nächsten Atemzug fragte er: »Und? Habt ihr Mortimers Hinweis gefunden?«

Horatio rang nach Luft und nickte. »Alles in Byrons Notizbuch. Noch brauchst du deine 4 000 Pfund also nicht abzuschreiben.«

Alistair lachte. »Dann ist ja alles in Butter. Wir haben übrigens die Pferde und den Schlitten in Sicherheit gebracht. Außerdem haben wir Draculas Quasimodo bei uns. Er hat ordentlich mit angepackt. Ich denke, der Bucklige könnte ganz nützlich sein und uns nach Piteschti bringen. Bin sicher, dass er den Weg kennt und mit den Pferden umgehen kann.«

»Erstaunlich weitsichtig von euch«, erwiderte Horatio, mit einem abgekämpften Lächeln.

Inzwischen hatte sich die Wolke aus Staub und Schnee gelegt. Und nun sahen sie das ganze Ausmaß der Zerstörung. Die Burg bildete ein einziges Trümmerfeld. Die beiden hinteren Wohntürme waren völlig eingestürzt, die kleineren Wehrtürme rechts und links vom Torhaus ragten wie verfaulte Zahnstümpfe empor und in den Mauern klafften riesige Lücken. Zudem hatte sich ein tiefer und breiter Riss in der Wand des Felssporns gebildet und es war wohl nur eine Frage der Zeit, bis der Druck der Trümmermassen diesen Spalt noch tiefer treiben und zum Abbruch des Felsens führen würde. Dann würde ein Großteil der zerstörten Burg mit ihm in die Schlucht stürzen. Danach würde kaum noch jemand, den es in diese einsame Region verschlug, ahnen, dass hier einmal hoch über dem Abgrund eine Burg gethront hatte.

Byron sprach ein stummes Gebet für Aurelius van Helsing, dem sie einiges vorzuwerfen, aber auch nicht wenig zu verdanken hatten, und kehrte der Ruine den Rücken zu.

»Der Weg zurück nach Piteschti wird lang und beschwerlich«, sagte er, immer noch nach Atem ringend. »Also lasst uns keine weitere Zeit vergeuden.«

17

Alistairs Hoffnung, dass der Bucklige das Vierergespann der nachtschwarzen Pferde zu führen verstand, erwies sich zu ihrer großen Erleichterung als richtig. Bogan machte seine Sache gut. Kundig jagte er die Pferde durch die verschneiten Berge und hinab in die Ebene der Walachei.

Halb erfroren erreichten sie die kleine Stadt an der Arges eine gute Stunde nach Mitternacht. Die Schlagläden des Gasthofes *Goldene Krone* waren schon zugesperrt und nirgendwo zeigte sich im Haus ein einziger Lichtschein. Die Wirtsleute waren längst zu Bett gegangen. Aber darauf konnten sie in der bitteren Kälte keine Rücksicht nehmen. Deshalb hämmerten sie so lange an die Tür, bis sie die grollende und fluchende Stimme des Wirtes hörten und ihnen endlich geöffnet wurde.

Der wütende Wortschwall des Mannes brach jäh ab, als er sah, wer es war, der ihn zu so später Nachtstunde aus seinem warmen Bett holte. Fassungslos starrte er sie an, als glaubte er, Gespenster zu sehen oder ein Wunder zu erleben. Dann schlug er das Kreuz, gab schnell die Tür frei und ließ sie herein.

Wenig später brannten im Schankraum des Gasthofes Leuchten und im Kamin loderte ein Feuer, vor dem sich Harriet und die Männer unter vielerlei wohligem Seufzen aufwärmten, bevor sie sich an einen Tisch setzten.

Mittlerweile hatte sich auch die Wirtsfrau unten bei ihnen eingefunden. Sie strahlte, als sie die Engländer wiedererkannte, schlug das Kreuz und rief auf Deutsch: »Der Allmächtige sei gepriesen! Ihr seid wohlbehalten von der Burg des Teufels zurück!«

»Ja, auch dank Eurer hilfreichen Geschenke, gute Frau«, sagte Byron. »Und jenen Graf Kovat oder Dracula, wie er sich zu nennen vorzog, braucht Ihr nicht länger zu fürchten. Ihn hat die Hölle verschlungen!«

»Seid Ihr Euch dessen auch gewiss?«, fragte sie, sichtlich zwischen Zweifel und Freude hin- und hergerissen.

»Es ist so wahr, wie wir hier vor Euch sitzen«, versicherte Byron mit ernstem Nachdruck. »Das schwöre ich beim Kreuz unseres Erlösers und bei allen Heiligen!«

Ihr rundliches Gesicht leuchtete nun auf. »Der Herr segne Euch und möge Dracula auf ewig im Fegefeuer brennen! Doch nun lasst uns für Euch sorgen!«

»Wartet!«, hielt Byron sie zurück. »Bringt auch unserem Kutscher Bogan eine kräftige Stärkung, wenn er die Tiere abgerieben hat und aus dem Stall kommt. Ohne ihn hätten wir den Weg nicht aus den Bergen gefunden und wären in der Kälte erfroren. Der arme, verunstaltete Mann ist nur ein Werkzeug dieser Bestie gewesen. Von ihm ist nichts befürchten, dessen haben wir uns vergewissert. Erklärt ihm in Eurer Sprache, dass die Pferde und der Schlitten nun ihm gehören und er damit machen kann, was er will. Vielleicht ermöglicht ihm der Besitz ein anderes, besseres Leben, als er es bisher gekannt hat.«

Die Wirtsfrau sah ihn erst verblüfft an, versicherte dann jedoch, dem Buckligen alles so auszurichten, wie er es ihr aufgetragen hatte, und beeilte sich, um ihnen wenig später stark gewürzten Glühwein und eine große Platte mit Brot, Käse und kaltem Fleisch zu bringen.

Sie alle brannten darauf zu erfahren, welcher Hinweis sich hinter den rätselhaften Symbolen verbarg, die Mortimer auf der Rückseite der Grabplatte zurückgelassen hatte. Und so zog Byron schließlich sein Notizbuch hervor und zeigte Harriet und Alistair, was Mortimer in die Abdeckung des Sarkophags geritzt hatte.

»Ich jedenfalls kann damit nichts anfangen«, sagte Alistair. »Das sieht mir nach den bedeutungslosen Kritzeleien eines Kindes aus. Was mich auch nicht verwundert. Denn Mortimer muss wirklich den Verstand verloren haben, als er ausgerechnet die Burg dieses widerlichen Vampirs dazu auserkoren hat, um dort seinen Hinweis auf das Versteck des Judas-Evangeliums zu hinterlassen.«

Harriet pflichtete ihm bei. »Mir ist noch immer rätselhaft, wie er dort in die Gruft gelangt und dann mit seinem Leben davongekommen ist.«

»Eine Erklärung dafür wird es wohl geben«, meinte Horatio. »Aber die hätte uns nur Dracula geben können. Sich also darüber noch weiter den Kopf zu zerbrechen, ist sinnlos. Seien wir froh, dass wir den Hinweis gefunden und überlebt haben. Wichtig ist jetzt allein, dieses Rätsel zu lösen.« Damit wandte er sich Byron zu. »Hast du denn schon ungefähr eine Ahnung, was wir da vor uns haben? Sind es Strichmännchen oder ist es eine verschlüsselte Botschaft?«

Dass seine Gefährten das förmliche »Sie« ein für alle Mal fallen gelassen hatten und zum »Du« übergegangen waren, fand Byron nur selbstverständlich. Nach dem, was sie auf der Burg durchgemacht hatten, gab es keinen Raum mehr für derlei Förmlichkeiten. Bei aller Gegensätzlichkeit ihrer Charaktere hatten die zurückliegenden Ereignisse sie zu einer Schicksalsgemeinschaft zusammengeschmiedet.

»Ich bin mir ziemlich sicher, dass es sich bei diesen Zeichen um germanische Runen handelt«, sagte Byron nun. »Vermutlich aus der Zeit der Wikinger.«

»Runen?«, fragte Harriet verblüfft.

Byron nickte. »Nur eine kleine Elite der Nordmänner Skandinaviens und Germaniens beherrschte diese Schrift, die sich fast ausschließlich als gravierte Inschriften auf Gerätschaften und Steindenkmälern findet«, erklärte er. »Sie hat sich nie zu einer Buch- und Urkundenschrift entwickelt, die das kollektive Gedächtnis dieser Kulturen hätte bewahren können. Es heißt, die Verwendung der Runen habe in Mitteleuropa so um 700 nach Christi und in England im zehnten Jahrhundert geendet, was wesentlich mit der christlichen Missionierung dieser Länder zu tun hat. Die lateinische Schrift hat die Runen rasch verdrängt.«

»Schön und gut«, sagte Horatio ungeduldig. »Aber kannst du diese Runen auch *lesen?*«

»Das wird sich zeigen«, erwiderte Byron zurückhaltend. »Denn dazu muss ich mir erst einmal das Runenalphabet in Erinnerung rufen. Es liegt schon einige Jahre zurück, dass ich mich in Oxford mit Runen beschäftigt habe, von denen es zudem verschiedene Ausprägungen gibt. Ich habe jedoch den Eindruck, dass es sich bei Mortimers Zeichen um die Runen des bekannteren Futhark-Alphabets handelt.«

Damit schlug Byron die nächste leere Seite im Notizbuch auf, griff zu einem Stift und begann, die einzelnen Zeichen dieses Runenalphabets niederzuschreiben.

Es ging ihm jedoch nicht so rasch von der Hand, wie seine Gefährten es sich gewünscht hätten. Denn immer wieder zögerte er, hielt inne und dachte angestrengt nach, bis er sich dann endlich entsann, wie die nächste Rune zu zeichnen war. So vergingen gut zehn, fünfzehn Minuten, in denen Alistair voller Ungeduld mit seinem Weinhumpen spielte und sich eine Zigarette nach der anderen ansteckte. Aber dann hatte Byron endlich alle Runen zusammen.

»So, hier ist es, das sogenannte Futhark-Alphabet!«, sagte er. »Und lasst euch nicht verwirren. Die Runen fangen nicht mit a, b, c und so weiter an, sondern haben eine andere, ganz eigene Reihenfolge.«

»Dann nichts wie her mit Mortimers Runen!«, rief Alistair erwartungsvoll. »Bin gespannt, wie der zweite Hinweis auf das Versteck des Judas-Evangeliums lautet!«

»Nicht nur du, du Zappelhannes!«, sagte Harriet.

Byron übertrug die Runen von Mortimers Botschaft unter das Alphabet, fügte der Logik folgend einen fehlenden Punkt hinzu und Augenblicke später hatten sie den zweiten Hinweis. Er lautete:

»Kloster St. Simeon! Na, das lasse ich mir gefallen!«, sagte Alistair. »Endlich mal eine konkrete Angabe, mit der man was anfangen kann! Die Papyri liegen also unter irgendwelchen Ruinen im Kloster St. Simeon versteckt!«

»Ich an deiner Stelle würde nicht gleich in Jubel ausbrechen und glauben, dass nun der Rest nur noch ein Klacks ist«, dämpfte Horatio seine Freude sogleich. »Denn weißt du überhaupt, wie viele Kloster dieses Namens es auf dem Balkan sowie in Russland, Griechenland und Gott weiß wo noch gibt? Es müssen Hunderte, wenn nicht gar Tausende sein, die den Namen des heiligen Simeon tragen!«

Der Dämpfer saß. »Na gut«, brummte Alistair verdrossen. »Aber wir kommen dem Versteck damit immerhin schon mal ein Stück näher. Und wenn wir in Konstantinopel einen Blick in die ›Stimme des Propheten‹ geworfen haben, wird der Kreis der infrage kommenden Klöster bestimmt erheblich zusammenschrumpfen!«

»Vermutlich«, sagte Harriet trocken. »Aber erst einmal müssen wir wissen, was diese ›Stimme des Propheten‹ ist, wie wir sie finden und wie wir ihr dann Mortimers Geheimnis entlocken können. Und wie ich diesen Irren inzwischen kenne, wird er es uns alles andere als leicht gemacht haben!«

18

Das einzige Licht in der spartanisch kahlen Dachstube im Wiener Bezirk Alsergrund kam von den beiden faustdicken Kerzen, deren Wachs schwarz eingefärbt war. Unruhig tanzten die Flammen im kalten Wind, der durch die weit geöffnete Fensterluke ins Zimmer drang. Immer wieder schienen sie verlöschen zu wollen, richteten sich jedoch nach jedem Windstoß trotzig wieder auf und setzten ihr Flackern fort.

Graham Baynard, der mit entblößtem Oberkörper am Boden auf einer Matte aus Reisig kniete, trafen die kalten Windstöße wie Schläge mit einem zu Eis gefrorenen Tuch. Doch er nahm sie so dankbar hin wie die Hiebe auf den nackten Rücken, die er sich selbst zufügte, und zwar mit einer kurzstieligen Geißel, in deren Lederschnüre Dutzende von kleinen Eisenhäkchen eingebunden waren. Die Welt war durch und durch ein Ort des Verderbens und der Leib gehörte abgetötet und alles in ihm an törichtem menschlichem Verlangen ausgetrieben. Nur so führte der Weg zur wahren Erkenntnis und zum Licht der Sterne.

Vor dem Perfectus stand zwischen den beiden Kerzen ein unterarmhohes Gebilde aus schwarz angestrichenem Eisen, das im Halbdunkel der Kammer auf den ersten Blick einem Tischkruzifix ähnelte. Doch wo bei diesem sich die beiden Balken kreuzten, an die Jesus genagelt worden war, ragte ein Baumstumpf auf, aus dem im oberen Drittel rechts und links jeweils ein dickes kurzes Aststück hervortrat. Anstelle eines Korpus, der sich auf jedem Kruzifix fand, hing dort ein an den Beinen aufgehängter Mann vom Baum herab. Um den Kopf trug er eine Art von Siegerkranz aus Münzen. Und das Gesicht des umgekehrt Gehängten zeigte weder Qual noch Todesschmerz, sondern einen spöttischen Ausdruck, als würde er seine Henker auslachen.

Vor diesem Eisenbaum mit dem kopfüber herabbaumelnden Mann lag aufgeschlagen das dünne, in schwarzes Leder gebundene Buch mit dem goldgeprägten M auf seinem Deckel. Eine lange Litanei von Anrufungen und Beschwörungen bedeckte in zentrierten Kolonnen und in weißen Druckettern die beiden aufgeschlagenen Seiten aus schwarzem Papier.

Graham Baynard konnte die seitenlange Litanei schon seit vielen Jahren auswendig herunterbeten. Aber es war dennoch gut, sie bei der Geißelung vor Augen zu haben. Insbesondere wenn mancher Schlag ihm einen feurigen Schmerz durch den Körper jagte und ihn wanken ließ. Dann konnte es passieren, dass er für einen kurzen Moment aus dem Rhythmus und der vertrauten Abfolge kam.

In dieser Litanei wechselten sich Seligpreisungen mit persönlichen Anrufen ab, die Mitglieder des Ordens »heilsreiche Verfluchungen« nannten. Diesem Wechsel folgte sein Oberkörper mit leichten Pendelbewegungen. Bei jedem Geißelschlag auf den Rücken, der jede »heilsreiche Verfluchung« begleitete, fuhr er in Erwartung des einsetzenden Schmerzes ein wenig nach hinten. Bei jeder darauf folgenden Seligpreisung kehrte sein Oberkörper wieder nach vorn zurück.

»*Stirb, Welt aus Tand und Trug!*«, kam es mit Inbrunst von seinen Lippen, während die Geißel über seine linke Schulter flog und sich die Eisenhäkchen in seine Haut bohrten.

»*Selig bist du, Judas, du einzig Erleuchteter!*«

Der Körper des Perfectus beugte sich wieder nach vorn.

»*Stirb, rottendes Fleisch!*«

Die Geißel klatschte auf seinen Rücken und ließ Blut aus den feinen Wunden sickern.

»*Selig bist du, Kain, du Krone der Erhabenheit und Stern der Verlorenen!*«

Ein kurzer Moment der Ruhepause.

»*Stirb, verderbtes Verlangen!*«

Ein besonders harter Schlag ließ die vernarbte Haut aufreißen und ein Zittern ging durch Graham Baynards Körper. Sofort schämte er sich seiner Schwäche.

»*Selig bist du, Esau, du Sieger über den Demiurgen!*«

Ein schneller, tiefer Atemzug, dann hob er wieder die Geißel.

»*Stirb, trügerische Freude und du verworfene Lebenslust!*«

Der Körper schwankte weit nach vorn.

»*Selig bist du, Korach, du Trost der Irrenden!*«

Ein kurzer Seufzer und wieder flog die Geißel auf den blutigen Rücken. »*Stirb, törichte Hoffnung, du heimtückisches Gift des Demiurgen!*«

Graham Baynard hatte erst knapp die Hälfte der Litanei »mit der Geißel gebetet«, wie es im Orden hieß, als er Stiefelschritte auf der Stiege zu seiner Kammer wahrnahm. Das konnte nur Anton Tenkrad sein. Denn allein er besaß einen Schlüssel für die Tür, hinter der die Stiege zu seiner Dachstube hinaufführte. Er musste wichtige Nachrichten bringen, sonst hätte er es nicht gewagt, zu dieser Stunde zu ihm aufzusteigen.

Das Wissen, dass er seine Selbstgeißelung abbrechen musste, weckte in ihm gegen seinen Willen ein Gefühl der Erleichterung.

Sowie er sich dessen bewusst wurde, schwang er die Geißel hoch, obwohl in der Abfolge der Litanei jetzt eigentlich die Seligpreisung der Sodomiter an der Reihe gewesen wäre, und bestrafte sich für den kurzen Moment der Schwäche mit einem wütenden Schlag, der ihm vor Schmerz die Tränen in die Augen schießen ließ. Recht geschah es ihm! Auf eine Unterbrechung im Gebet mit Erleichterung zu reagieren, war eines Ordensoberen unwürdig!

Seine Hand zitterte leicht, als er die blutbefleckte Geißel vor sich auf die Matte legte und auf Anton Tenkrads Klopfen hin rief: »Komm herein! Die Tür ist nicht verriegelt!«

Anton Tenkrad trat ein. Er war der ranghöchste Ordensmann der Wiener Zelle, weil er in Österreich der Glaubensbewegung am längsten angehörte. Aber als einfacher Credens stand er in der Hierarchie des Ordens auf einem noch sehr geringen Rang. Das würde sich jedoch ändern, wenn er dem englischen Perfectus und persönlichen Gesandten von Bischof Mertikon dazu verhalf, das wichtige Vorhaben zu einem erfogreichen Ende zu bringen. Zum Glück war er nicht der Unglücksrabe gewesen, der sich in der Kanalisation so sträflichst hatte täuschen lassen und mit einem nutzlosen Notizbuch zurückgekehrt war. Die abgetrennte Hand war eine gerechte Strafe für Theo Krömers Versagen gewesen, obwohl bislang niemand wusste, auch der Perfectus nicht, wer ihren Ordensbruder kurz nach seinem Ausstieg aus der Kanalisation abgefangen hatte. Immerhin hatte Krömer vorher einen Blick in das Notizbuch werfen und feststellen können, dass man ihn mit einem äußerlich identischen, aber so gut wie leeren Journal übertölpelt hatte. Wer immer sie also beobachtet, verfolgt und Krömer verstümmelt hatte, befand sich demnach nicht im Besitz der geheimen Aufzeichnungen. Noch nicht. Aber die Chancen, den vier Engländern diese bei einem zweiten Versuch abzunehmen, waren an diesem Spätnachmittag wieder erheblich gestiegen.

»Gibt es etwas Neues, Tenkrad?«, fragte Graham Baynard und musterte ihn scharf. Seine Geduld mit den österreichischen Ordensbrüdern war auf eine harte Probe gestellt worden.

»Ja, Perfectus, wir sind ihnen endlich auf die Spur gekommen. Es war ein hartes Stück Arbeit, aber ein Einfall, den ich heute Mittag hatte, hat uns schließlich die Information gebracht, nach der wir gesucht haben.« Tenkrad zwang sich, seinen Stolz nicht zu zeigen, fürchtete er doch die Strafe ob einer solch schändlichen Verfehlung.

»Komm zum Punkt, Tenkrad!«, drängte der Perfectus harsch.

»Nachdem die anderen Nachforschungen zu nichts geführt hatten, habe ich unter einem Vorwand Erkundigungen bei den Reiseagenturen der Stadt eingezogen«, berichtete Tenkrad. »Und bei der Wiener Filiale der englischen Agentur *Thomas Cook & Son,* die am Stephansplatz liegt, bin ich fündig geworden!«

»Bei Martikon von Sinope, dem erleuchteten Propheten, das hätte euch auch eher einfallen können! Aber nun gut, sprich weiter!«

»Sie haben vier Tickets für den *Orient-Express* nach Konstantinopel gekauft, aber auf der Route über Bukarest, wo sie wohl einen Zwischenstopp geplant haben. Denn ihre Abteile haben sie erst einmal nur bis dorthin reservieren lassen«, fuhr Tenkrad rasch fort. »Und zwar auf die Namen Byron Bourke, Harriet Chamberlain-Bourke, Alistair McLean und Horatio Slade.«

»Bukarest und Konstantinopel sind nicht gerade die Orte, die ich mir gewünscht hätte«, sagte Graham Baynard verdrossen. »Aber das lässt sich nun mal nicht ändern. Wenigstens wissen wir, wo wir sie zu suchen haben. Bukarest können wir natürlich gleich vergessen. Dafür ist ihr Vorsprung schon zu groß. Aber in Konstantinopel können wir sie vielleicht noch rechtzeitig erwischen, bevor sie von dort wieder verschwinden. Es sei denn, das Goldene Horn am Bosporus ist ihr endgültiges Ziel. Hoffen wir es.«

»Was sind Ihre weiteren Anweisungen in dieser Sache, Perfectus?« Demütig neigte Tenkrad den Kopf.

»Besorge drei Karten für den nächsten Zug nach Konstantinopel, am besten noch für den Zug am heutigen Abend!«, trug Graham Baynard ihm auf. »Wir nehmen Breitenbach mit. Krömer, dieser Trottel, fällt ja aus. Und was Unterstützung in Konstantinopel betrifft, so werden wir dort notgedrungen auf gewisse örtliche Hilfskräfte zurückgreifen müssen, die nicht viele Fragen stellen, wenn der Preis nur stimmt. Denn wir müssen Mortimer Pembrokes Aufzeichnungen in unsere Hände bekommen – koste es, was es wolle!«

19

Der Wind heulte um *Pembroke Manor* und rüttelte an den Fenstern, als wollte er sie aus ihren Scharnieren reißen. Dazu regnete es schon seit Tagen ohne Unterlass. Wie aus den geöffneten Toren eines Staubeckens stürzten die Wassermassen vom schiefergrauen Himmel. Die Sonne jenseits der dunklen Wolkenfelder war nur noch zu erahnen.

Die schwere Standuhr in Lord Arthurs Studierzimmer kämpfte mit zwölf dunklen Glockenschlägen gegen das Wüten des stürmischen Wetters an.

Erst zwölf Uhr mittags! Und dabei hätte man bei dem Zwielicht den Eindruck haben können, die Dämmerung wäre hereingebrochen. Was für ein abscheuliches Wetter! Reines Gift für seine gichtigen Knochen!

Arthur Pembroke blickte kurz von den vielen Fotos und Zeitungsausschnitten auf, die er vor sich auf der Platte seines Schreibtisches ausgebreitet hatte. Fast jeder der zumeist schon vergilbten Artikel hatte in irgendeiner Form seinen Bruder Mortimer zum Inhalt. In ihnen ging es um seine Weltreisen, spektakulären Expeditionen in noch kaum erforschte Regionen, archäologischen Unternehmungen und Begegnungen mit außergewöhnlichen Persönlichkeiten. Auch gab es in dieser völlig unsortierten Sammlung, die Mortimer bei seinem Tod in einer vollgestopften Kiste hinterlassen hatte und die ihm erst vor Kurzem in die Hände gefallen war, kaum ein Foto, auf dem Mortimer nicht in selbstherrlicher Pose zu sehen war.

Mit grimmiger Miene beugte Lord Arthur sich wieder über das Durcheinander. Er wollte aus dem Chaos die Fotos und Zeitungsartikel, von denen viele auch in fremden Ländern erschienen waren, jene zusammensuchen, die aus Mortimers letzten beiden Lebensjahren stammten.

Gerade hatte er zwei vielversprechende Fotos herausgezogen, als der Butler ins Zimmer trat.

»Entschuldigen Sie die Störung, Mylord. Ein Bote hat gerade dieses Telegramm hier zugestellt!«, teilte Trevor Seymour ihm mit. Wie es die Etikette gebot, lag das Kabel auf dem dafür vorgesehenen kleinen Silbertablett, das der Butler in seiner weiß behandschuhten Hand hielt. »Es kommt aus Bukarest, Sir!«

»Na endlich! Und ich fürchtete schon, da könnte jemand vergessen haben, was wir ausgemacht haben!«, sagte Arthur Pembroke knurrig. »Also dann, reißen Sie es auf und lesen Sie vor, Trevor.«

»Sehr wohl, Mylord«, sagte der Butler und öffnete das Telegramm. »Die Nachricht lautet wie folgt, Sir: toten templer auf burg negoi gefunden – stop – dort selbst dem tod näher als dem leben – stop – erwarte entsprechende kompensation wegen unerwarteter risiken – stop – rücktelegramm mit bestätigung der zusage umgehend an telegrafenamt bukarest – stop – postlagernd auf meinen decknamen – stop – sonst weigerung weiterer dienste – zweiter Hinweis wie folgt – stop – im kloster st. simeon – stop.« Der Butler hob den Kopf vom Telegramm und fügte dann noch hinzu: »Als Absender findet sich am Ende wieder der Name ›Janus‹, Mylord!«

Arthur Pembroke lachte trocken auf. »Den Dienst quittieren? Na, das sollte sich Janus noch mal gut überlegen. Aber wir wollen unsere Augen und Ohren bei Laune halten. Deshalb kabeln Sie eine entsprechende Zusage zurück nach Bukarest.« Schnell diktierte er ihm einen kurzen Text.

»Sehr wohl, Sir.«

»Und noch etwas, Trevor.«

»Mylord?«

»Buchen Sie für uns eine Passage nach Rhodos!«, trug Arthur Pembroke ihm auf und lächelte. »Das milde Wetter dort wird meinen geplagten Knochen gut bekommen.«

Trevor Seymour erlaubte es sich, die Brauen leicht zu heben und verwundert zu fragen: »Nach Rhodos? Und Sie wünschen, dass ich Sie dorthin begleite?«

»Ja, genau das ist mein *Wunsch,* Trevor«, bestätigte Arthur Pembroke sarkastisch, war es doch in Wirklichkeit eine Aufforderung, der Folge zu leisten war. »Und achten Sie bei der Buchung unbedingt darauf, dass man Ihnen den schnellsten Dampfer heraussucht, der morgen mit Kurs auf das Mittelmeer in See sticht. Notfalls lassen Sie die Routen von verschiedenen Linien kombinieren. Also an die Arbeit, Trevor! Es eilt. Jeder halbe Tag zählt!«

»Sehr wohl, Mylord«, sagte der Butler mit stoischer Miene, deutete eine steife Verbeugung an und zog sich zurück, um die Aufträge seiner Lordschaft auszuführen.

In der Nacht desselben Tages wurde der Bewohner des stattlichen Bürgerhauses im Londoner Stadtteil Kensington namens Abbot wieder einmal ans Telefon gerufen.

Wie üblich folgte der Austausch der Losungsworte. Dann berichtete der Anrufer aus *Pembroke Manor* mit leiser Stimme, was in dem Telegramm aus Bukarest gestanden hatte und dass am nächsten Tag der Aufbruch nach Rhodos bevorstand.

Das Gespräch zwischen den beiden Männern dauerte um einiges länger als bei den vorherigen Anrufen zu dieser weit vorgerückten Nachtstunde.

Keiner von ihnen beiden ahnte, dass in einem anderen Zimmer des Herrenhauses neben einem Zweitapparat eine kleine Lampe aufgeleuchtet war, als die Vermittlung die Verbindung nach London hergestellt hatte. Und dass jemand vorsichtig die Hörmuschel von der Gabel nahm, mit der anderen Hand den Sprechtrichter abdeckte und dem Gespräch mit einem höhnischen Lächeln lauschte.

Fünfter Teil

Die Stimme des Propheten

1

Auf der Fahrt mit der Postkutsche nach Bukarest schneite es unentwegt. Dort nahm der Wintersturm noch einmal dermaßen zu, dass sie geschlagene zwei Tage in der rumänischen Hauptstadt festsaßen. Der Zugführer des *Orient-Express,* der am Abend ihres Eintreffens in den Bahnhof gerollt war und gemäß seinem Fahrplan eigentlich schon nach einem zehnminütigen Aufenthalt weiterdampfen sollte, musste sich mit knirschenden Zähnen den tobenden Gewalten der Natur beugen und warten, bis sich der Schneesturm gelegt hatte. Denn über den Telegrafen kam Stunde um Stunde dieselbe Meldung, nämlich dass zu viele Schneeverwehungen die Strecke unpassierbar gemacht hatten. Räummannschaften taten ihr Bestes, um die Gleise wieder freizubekommen. Doch kaum hatten sie das eine Hindernis beseitigt, wurden sie auch schon zu einem anderen Streckenabschnitt gerufen, wo sich neue Schneeverwehungen aufgetürmt hatten. Die Passagiere des Luxuszuges wurden zwischenzeitlich in das *Boulevard Hotel* einquartiert, das damit bis auf das letzte Bett belegt war.

Endlich traf im Hotel die Meldung ein, dass der Zug seine Fahrt nach Konstantinopel fortsetzen konnte. Erleichtert, der wenig einladenden Stadt und vor allem dem strengen Winter dieser Region zu entkommen, strömte alles zum Bahnhof. Man nahm wieder dankbar Besitz von seinem noblen Abteil und spülte im Speisesalon die Bitterkeit über die vergeudeten Tage in Bukarest mit reichlich Champagner hinunter, während der *Orient-Express* am frühen Abend Bukarest hinter sich ließ.

»Wie merkwürdig«, sagte Harriet mit versonnenem Blick hinaus in die winterliche Landschaft Rumäniens. »Jetzt sitzen wir wieder in diesem königlichen Zug und alles, was wir an Entsetzlichem erst vor wenigen Tagen auf Burg Negoi erlebt haben, scheint auf einmal unendlich weit weg, als wäre das alles nur ein böser Traum gewesen.«

»Mit dem feinen Unterschied, dass keine Wunde zurückbleibt, wenn einem bloß im Traum ein Vampir den Handrücken aufschlitzt«, erwiderte Alistair gedämpft und deutete auf seine rechte Hand, wo inzwischen eine Kruste Schorf die Degenwunde geschlossen hatte. »Und die Narbe wird mich mein Leben lang daran erinnern, dass das alles nicht nur ein Albtraum gewesen ist!«

Horatio nickte. »Ich glaube, diese Ereignisse wird keiner von uns jemals vergessen. Ich kann es eigentlich noch immer nicht recht glauben, dass wir mit dem Leben davongekommen sind«, sagte er und schüttelte den Kopf. »Da soll jemand noch mal sagen, es gäbe keine Wunder!«

Alistair grinste. »Wunder? Na, ich würde es eher das Glück des Tüchtigen nennen, der zur rechten Zeit am rechten Ort ist und seine Chance zu nutzen weiß. Jedenfalls sehe ich in unserer wundersamen Errettung keinen Gottesbeweis, falls du darauf anspielen wolltest.«

Byron bedachte ihn mit einem Blick milden Spottes und sagte: »Ein viel klügerer Kopf, als ich es jemals sein werde, hat mal gesagt: *Der Skeptiker ist ein Philosoph, der keine Zeit hatte, Christ zu werden.* Da scheint mir einiges dran zu sein.«

»Ich bin weder Skeptiker noch Philosoph«, entgegnete Alistair gut gelaunt, »sondern nüchterner Realist, der es mit der Vernunft und mit Nietzsche hält.«

»Du glaubst also allein an die natürliche Auslese und das Recht des Stärkeren«, sagte Harriet.

Alistair nickte, leerte sein Glas und bedeutete einem Kellner, es wieder aufzufüllen. »So ist es, meine Liebe. In dieser Welt wird einem nichts geschenkt. Wer es zu etwas bringen will, muss sich durchsetzen, Ellenbogen zeigen und sich nehmen, was er haben will. Wenn ich in meinem Leben etwas gelernt habe, dann das! Ich habe ja nicht viel von dem klassischen Zeug beigebracht bekommen, was in so hehren Stätten der Bildung wie Oxford gelehrt wird. Aber irgendwo habe ich mal einen Satz von diesem deutschen oder österreichischen Dichter Schiller aufgeschnappt, der in seinem *Wilhelm Tell* oder *Werther* eine seiner Figuren sagen lässt: *In deiner Brust sind deines Schicksals Sterne!* Und genau so sehe ich es auch!«

»Das Zitat stammt aus seinem Stück *Wallenstein*«, warf Byron ein. »Und während der *Tell* in der Tat auch von Schiller geschrieben wurde, war es Goethe, aus dessen Feder der *Werther* stammt. Und beide waren übrigens Deutsche.«

Alistair zuckte gleichgültig die Achseln. »Mir ist es egal, wer was geschrieben hat. Dir mag es ja eine Menge geben, Byron. Und das ist ja auch ganz in Ordnung so«, räumte er schnell ein. »Aber mit Bücherwissen im Kopf spielt man ein mieses Blatt auch nicht besser aus und blufft nicht erfolgreicher und das ist nun mal alles, was ich wirklich gut kann. Jedenfalls hat dieser Schiller die Sache, die mir wichtig ist, genau auf den Punkt gebracht. Und es klingt doch viel freundlicher als der Satz von Nietzsche: *Angewöhnung geistiger Grundsätze ohne Gründe nennt man Glauben!*«

»Nicht schlecht zitiert!«, sagte Byron anerkennend. »Auf seinem Gebiet ist Nietzsche wirklich schwer zu übertreffen, das muss man ihm lassen. Und er hat ja sogar recht, insofern Glaube eine Wahrheit ist, die nicht durch empirische Wissenschaft, sondern nur durch existenzielle Erfahrung vieler Einzelner gewonnen werden kann. Aber er sollte nicht vergessen, dass der Skeptiker auf einem hohen Ross sitzt, von dem er leicht abstürzen kann, wenn er vergisst, seiner eigenen Skepsis gelegentlich mit Skepsis zu begegnen.«

Alistair grinste. »Skepsis gegenüber seiner eigenen Skepsis? Da ist dir gar kein so schlechter Stich gelungen, Byron. Du scheinst ja heute richtig in Form zu sein!«, spottete er. »Nur weiter. Wir scheinen ein vergnügliches Dinner vor uns zu haben. Also jetzt nicht passen, sondern alles rein in den Pot!«

»Ich habe nicht vor zu passen, sondern hoffe, noch besser zu werden«, sagte Byron, der die Herausforderung nur zu bereitwillig annahm. »Also lass uns auf Nietzsche zurückkommen. Wenn du all das, was dieser hochintelligente und geistreiche Haudrauf von sich gegeben hat, so treffend findest und zu deinem eigenen Glauben erhoben hast, dann hättest du Dracula doch eigentlich die Hand reichen und ihn bewundern müssen!«

Verdutzt sah Alistair ihn an. »Wie kommst du denn darauf? Was hat dieser Vampir mit Nietzsche zu tun?«

Auch Harriet und Horatio vermochten im ersten Moment keine Verbindung zwischen den beiden zu sehen.

Byron erklärte es ihm nur zu gern. »Nun, dein verehrter deutscher Philosoph, der so viel von dem Säurebad der Aufklärung und dem Recht des Stärkeren hält, hat doch vollmundig verkündet, dass Gott tot ist und dass dann auch alles gleichgültig ist, wenn es Gott nicht gibt.«

»Ja, schon«, stimmte Alistair ihm zu und wusste noch immer nicht, worauf Byron hinauswollte.

»Nun, wenn Gott nicht existiert, dann hat es auch nie einen göttlichen Schöpfungsakt gegeben und einfach alles, das gesamte Weltall wie die Menschen auf der Erde, ist bloß der Zufall einer im wahrsten Sinne des Wortes völlig sinnlosen Natur«, fuhr Byron fort. »Folglich gibt es dann auch keine absolute Wahrheit, die unantastbar und unveränderlich über allen noch so raffinierten menschlichen Gedankengebäuden und Moralvorstellungen steht. Das Leben wäre damit absurd und buchstäblich sinnlos. Auch wären dann Gewissen, Ethik und Moral etwas, was sich irgendjemand ausgedacht hat, weil es ihm aus irgendeinem Grund so in den Kram passt. Folglich hätte dann aber auch jeder andere das Recht, sich keinen Deut darum zu kümmern, was irgendwelche anderen Schwächlinge für ihr Zusammenleben vereinbart haben, und sich je nach Bedarf seine eigene Moral zu basteln. Wenn er das Verlangen hat, seine schwächeren Mitmenschen zu knechten oder sie sogar voller Vergnügen zu töten, weil er stärker ist als sie, und er diesem Verlangen hemmungslos nachgeht, wer hätte dann auch nur irgendein Argument, um ihm das zu verwehren?«

»Klingt logisch«, pflichtete Harriet ihm bei. »Wenn es keine absolute Wahrheit gibt, auf die man sich berufen kann, gibt es auch keine Unterscheidung in Gut und Böse. Dann ist wirklich alles im Sinne des Wortes *gleich-gültig* und jeder kann mit vollem Recht, das ja dann auch nur ein hohles Wort ohne Bedeutung ist, tun und lassen, was ihm gefällt – beispielsweise sich als Vampir ein Opfer nach dem anderen holen und dessen Blut zu trinken.«

»Genau!«, sagte Byron mit einem Lächeln zu ihr hinüber. »Und warum sollte er es denn auch nicht tun? Dracula hätte Nietzsches Recht des Stärkeren auf seiner Seite, über den er übrigens genauso hergefallen wäre, wenn er Gelegenheit dazu gehabt hätte. Und deshalb sagte ich, dass du Dracula ob seiner Gewissenlosigkeit eigentlich bewundern müsstest, Alistair.«

Alistair machte jetzt einen recht unbehaglichen Eindruck. »Also, das scheint mir doch etwas spitzfindig und weit hergeholt zu sein, Byron«, protestierte er recht lahm.

»Nein, das ist weder spitzfindig noch weit hergeholt, sondern nur das konsequente Weiterdenken deiner Verneinung Gottes!«, widersprach Byron.

»Ich habe nie behauptet, beweisen zu können, dass Gott nicht existiert«, brummte Alistair. »Und ich will ja gelten lassen, dass der Atheismus auch nur ein Glauben auf der Grundlage unbeweisbarer Annahmen ist. Aber solange Gott sich mir nicht irgendwie zu erkennen gegeben hat, ziehe ich es vor, mein Leben nach anderen . . . Überzeugungen und Maximen zu leben. Ich denke nicht, dass mich das zu einem Menschen zweiter Klasse macht.«

»Ganz und gar nicht«, stimmte Byron ihm zu. »Ich vermute sogar, dass sich der Anteil der anständigen und großmütigen Menschen unter den Atheisten, Christen und anderen Gottglaubenden die Waage hält. Das Bekenntnis zu einer in Gott begründeten Religion macht aus dem Menschen leider noch keinen Menschenfreund, sonst gäbe es längst keine Kriege und keinen Hass mehr zwischen den Völkern.«

Alistair verbarg seine Erleichterung, dass er bei dieser Diskussion noch einmal mit einem blauen Auge davongekommen war, hinter einem entwaffnenden Grinsen. »Na, prächtig!«, erklärte er betont locker, während die Kellner das Essen an den Tischen servierten. »Darauf können wir uns einigen, Partner! Und damit ist alles aus dem Weg geräumt, was uns den Appetit hätte verderben können. Diese Rinderfilets à la Périgord sehen köstlich aus, findet ihr nicht auch?«

»Was meint ihr, in welche Ecke der Weltgeschichte Mortimer uns schickt, wenn wir in Konstantinopel diese ›Stimme des Propheten‹ gefunden haben?«, rätselte Harriet eine Weile später.

Unwillkürlich sahen sich Byron und Horatio an.

»Tja, ihr wisst ja, dass Horatio und ich in Bukarest noch mal die Seiten des nächsten Abschnitts durchgegangen sind«, sagte Byron. »Auf die nächste codierte Botschaft sind wir dabei noch nicht gestoßen. Aber die ikonenhaften Zeichnungen, von denen es auf diesen Seiten nur so wimmelt, lassen schon mal eine Vermutung zu.«

»Und die wäre?«, fragte Alistair mit vollem Mund.

Horatio übernahm es, ihm darauf zu antworten. »Nun, wenn man Mortimers Ikonenkritzeleien als einen Fingerzeig auf ein Land mit orthodoxer Kirche liest, seinen Hinweis auf das Kloster St. Simeon hinzunimmt und sich dann noch vor Augen hält, dass wir die Weiterreise von Konstantinopel aus antreten«, sagte er, »dann haben wir beste Chancen, dass der Weg vom Goldenen Horn uns geradewegs nach Russland führt, ist es doch bloß ein kleiner Sprung hinüber ins Reich des Zaren.«

Bestürzt ließ Alistair das Besteck sinken. »Alles, nur nicht Russland!«, stöhnte er. »Da kommen wir ja vom Regen in die Traufe! Ich kann keinen Schnee mehr sehen! Gebe Gott, dass dieser bittere Kelch an uns vorübergeht!«

Im nächsten Moment brachen Byron, Harriet und Horatio in

schallendes Gelächter aus, sodass man sich an den Nachbartischen verwundert oder gar missbilligend zu ihnen umschaute.

Alistair blickte verdutzt in die Runde seiner Freunde. Im ersten Moment wusste er nicht, was er denn so Belustigendes gesagt hatte. Dann jedoch wurde er sich bewusst, wen er da in seinem letzten beschwörenden Satz um Beistand gebeten hatte.

Sein Gesicht verzog sich zu einem schiefen Grinsen. »Nun beruhigt euch mal wieder. So schnell läuft es mit meiner Bekehrung nicht. Das war nur so ein . . . ein verbales Hufeisen!«

Die nächtliche Reise nach Konstantinopel bescherte ihnen die vergnüglichsten Stunden, die sie bislang zusammen verbracht hatten. Sie festigten ihre noch junge Freundschaft und das gegenseitige Vertrauen, sich auch in größter Gefahr aufeinander verlassen zu können. Ein Vertrauen, das sich in der Stadt am Bosporus als bitter nötig erweisen sollte.

2

Der erste Eindruck von Konstantinopel, seit Beginn seiner turbulenten Geschichte ein Schmelztiegel von Okzident und Orient, war alles andere als grandios. Besonders jene Fahrgäste, die zum ersten Mal in diese Stadt am Goldenen Horn reisten, sahen sich in ihren hohen Erwartungen enttäuscht. Nach all den leuchtenden Bildern und hymnischen Beschreibungen, die sie der einschlägigen Reiseliteratur entnommen hatten, war vor ihr geistiges Auge das Bild einer märchenhaften Stadt wie aus Tausendundeiner Nacht getreten.

Doch statt an orientalischen Palästen und Gärten entlangzurollen, zuckelte der *Orient-Express* am frühen Mittag bei nur leicht bewölktem Himmel und angenehm milden Temperaturen durch schäbige Viertel. Sie zogen sich an den Hängen der sechs, sieben Hügel entlang, die Konstantinopel auf seinem Stadtgebiet für sich reklamierte, weil es nicht hinter Rom zurückstehen wollte.

Der Blick fiel zu beiden Seiten der Gleise auf ein dichtes Gedränge von kleinen, grässlich gelb oder schmutzig rosa verputzten Häusern mit windschiefen, geschlossenen Fensterläden und flachen Dächern, auf denen Wäsche zum Trocknen hing, wobei so manche Wäscheleine den Inhalt eines Lumpensackes zur Schau zu stellen schien. Und in den dreckigen Gassen trieben sich mehr abgemagerte Hunde als Menschen herum.

»Traue nie einem Reiseführer!«, sagte Alistair, als er die langen Gesichter um sich herum sah. »Reiseschreiberlinge wollen immer etwas verkaufen und zu einem Buch über Drecknester und Paradiese für streunende Hunderudel und Ungeziefer greift man nun mal nicht so oft wie zu Büchern über verzauberte orientalische Städte, über denen noch ein Hauch von Aladin und seiner Wunderlampe schwebt!«

»Du alter Spötter!«, grollte Harriet, die auch zu den Enttäuschten gehörte.

Aber dann hob sich die Stimmung im Zug beträchtlich, als der *Orient-Express* dem Bogen der Felsenküste am Marmarameer von Stambul folgte und dabei nahe am riesigen Gelände des legendären Serail vorbeidampfte. Es war, als hätte sich plötzlich ein ungeheurer Theatervorhang gehoben und den Reisenden das Bild des *wirklichen* Konstantinopel enthüllt.

Alles drängte sich zu den Fenstern auf der linken Zugseite. Denn dort zogen nun hinter hohen dunklen Zypressen und auf sanft abfallenden Terrassen die kunstvoll angelegten Parkanlagen vorbei, in denen die herrlichen Pavillons und wahrlich märchenhaften kaiserlichen Paläste eingebettet lagen. Diese dienten den Herrschern des Osmanischen Reiches jedoch schon lange nicht mehr als Residenz und Sitz der »Hohen Pforte«, wie sich die Regierung nannte. Die Sultane hatten sich längst anderswo noch viel prunkvollere Paläste errichten lassen und benutzten den Serail nur noch bei wenigen zeremoniellen Anlässen. Und nur dann war er für die Öffentlichkeit gesperrt.

Augenblicke später fiel der erwartungsvoll suchende Blick auch auf die ersten leuchtenden Kuppeln von Moscheen und ihre hohen schlanken Minarette, die sich wie riesige Altarkerzen in den klaren Himmel erhoben. Jetzt war man wieder versöhnt mit dem Ziel seiner Reise und dem exorbitanten Fahrpreis und konnte es nicht erwarten, aus dem Zug zu steigen und mehr von Konstantinopel zu sehen.

Auch Byron und seine Gefährten drängte es, aus dem Zug und mit ihrem Gepäck ins *Pera Palace* zu kommen. Aber nicht, weil die Sehenswürdigkeiten sie lockten, sondern weil sie endlich herausfinden wollten, was es mit der »Stimme des Propheten« auf sich hatte und wie sie ihr Mortimers dritten Hinweis auf das Versteck der Judas-Papyri entlocken konnten.

Aber vor die Vergnügungen oder Geschäfte der Reisenden hatten die osmanischen Behörden ihr Pass- und Zollwesen gesetzt, wie sie bei ihrer Ankunft im Stambuler Bahnhof nahe der Neuen Brücke sogleich feststellten.

Die Passformalitäten waren schnell erledigt. Aber in der Zollhalle zeigten die türkischen Behörden ihr korruptes Gesicht. Nicht nur, dass die Zollbeamten das Gepäck der Reisenden rücksichtslos durchwühlten, als hätten sie einen Haufen schmutziger Wäsche vor sich. Nein, sie belegten jedes Kleidungsstück, das neu aussah – und welches Teil der Garderobe sah bei der vermögenden Klientel des *Orient-Express* nicht neu aus! –, mit dreisten Zollgebühren.

»Das ist ja wohl der Gipfel der Frechheit, uns hier so abzuzocken!«, empörte sich Alistair und er war bei Weitem nicht der Einzige, der sich über diese Schikane lauthals empörte. »Was haben diese Fezköpfe denn gedacht? Dass wir in abgelegten Klamotten von der Heilsarmee aus dem *Orient-Express* aussteigen und es nicht erwarten können, uns hier Kaftane zu kaufen?«

»Erstens sehe ich hier nirgendwo einen Beamten, der einen Kaftan trägt«, erwiderte Byron ruhig. »Und zweitens wird auch alle Empörung nichts daran ändern, dass wir wohl in den sauren Apfel beißen und eine hübsche Stange Geld herausrücken müssen.«

»Seien Sie nur froh, dass Sie keine dieser unerhörten Leibesvisitationen über sich ergehen lassen müssen!«, sagte ein Mann in ihrer Nähe leise und mit einem vielsagenden Blick auf Harriet. »Dann wird Ihre Liebe zum Orient erst so richtig entflammen!« Und dann raunte er ihnen noch zu: »Der Orient, wohin mich leider meine Geschäfte zwingen, kennt eine riesige Gier, Gentlemen, einen unstillbaren Durst und eine unverwüstliche Aufdringlichkeit, die den Namen Bakschisch trägt! Man kann sich wenden, wohin mal will, immer fliegt einem dieser grobe Knüppel zwischen die Beine. Man kann ihn einfach nicht vermeiden. Deshalb bringt man es besser ohne langes Lamentieren hinter sich und zahlt sein Schmiergeld, insbesondere hier. Stecken Sie dem Zöllner diskret zwanzig Piaster zu und er wird in Ihrem Gepäck plötzlich nichts mehr finden, was zollpflichtig wäre.«

Genau das tat Byron dann auch, und als hätte er an Aladins Wunderlampe gerieben und sich eine zügige und preiswerte Zollabfertigung gewünscht, wurde der Beamte plötzlich die Freundlichkeit in Person und ließ sie ohne weitere Gebühren ziehen.

In der Halle hinter der Zollstation warteten schon Trauben von laut lärmenden Schleppern, die sich gegenseitig mit den Anpreisungen ihrer unschlagbaren Dienste und Preise gegenseitig zu übertönen versuchten. Zum Glück standen aber auch livrierte Bedienstete der großen Hotels bereit, die verhinderten, dass die Passagiere des *Orient-Express* zur Beute dieser Schlepper wurden.

Alle Hotels und Unterkünfte für Europäer, egal welcher Preisklasse, befanden sich in Galata und Pera, den beiden Stadtvierteln auf dem hügeligen Nordufer des Bosporus. Denn Europäer, ob nun als Besucher oder Ansässige, wohnten ausschließlich in diesem Teil der Stadt, der Mitte des vierzehnten Jahrhunderts von genuesischen Händlern als eigenständige Siedlung gegründet worden war.

Unter der Führung eines Hotelkutschers, der von zwei kräftigen Gepäckträgern des *Pera Palace* begleitet wurde, bahnten sie sich einen Weg durch das wüste Gedränge zu den wartenden Hotelkutschen. Das laute und bunte Gewimmel von Menschen aller Nationen, das vor dem Bahnhof herrschte, gab ihnen einen ersten Eindruck von dem unglaublichen Durcheinander und geschäftigen Treiben, das man den Pulsschlag Konstantinopels nennen konnte. Denn er kam wie bei Mensch und Tier zu keiner Tages- und keiner Nachtstunde zur Ruhe.

»Heilige Muttergottes!«, entfuhr es Harriet, als sie in der Hotelkutsche über die breite Eisenkonstruktion der Neuen Brücke hinüber nach Galata krochen, auf dessen Hügelspitze sich ein über zweihundert Fuß hoher, steinerner Rundturm erhob. Anders als im Schritttempo kamen sie in dem dichten Gewühl von Menschen, Kutschen, Reitern, Ochsengespannen, Eseln, handgezogenen Karren nicht voran. Ein Gewühl, das in zwei entgegengesetzte Richtungen strebte und sich in dem Nadelöhr der Brücke gegenseitig im Weg war. Es war, als wäre sich der vieltausendköpfige Tross eines geschlagenen Heeres nicht einig, ob er nun hinüber nach Stambul oder nach Galata und Pera ziehen sollte. Zudem kam es immer wieder zu Staus, weil Brückenzoll zu entrichten war und die Brückner mit dem Eintreiben der eineinviertel Piaster gar nicht so schnell nachkamen, wie die Menschenflut herandrängte.

Es war ein wahres Gemisch der Kulturen und Nationen, das auf der Galatabrücke hin und her wogte. Da waren Schwarzafrikaner mit nur einem offenen Lederwams über dem sonst nackten Oberkörper, hochgeknöpfte, europäisch gekleidete Geschäftsleute und Touristen, turbantragende Araber in weiten Wüstengewändern und mit langen Krummsäbeln an der Seite, vornehme türkische Kaufleute in Kaftan und Pluderhosen, verschleierte Frauen in vergoldeten Sänften, die von fetten Eunuchen begleitet wurden, spanische Juden mit langen Kringellocken an den Schläfen und noch längeren Bärten, herausgeputzte polnische Offiziere in türkischen Diensten, hagere Derwische in abgerissener Kleidung, eine Gruppe Zigeunermusikanten, russische Jerusalem-Pilger in schwarzen Kutten, fromme Muslime auf dem Weg von oder nach Mekka und dazu noch die ganze schillernde Schar von Matrosen aus aller Herren Länder, Bettler, Zuhälter, Kupplerinnen und jene zahllosen fliegenden Händler mit ihren Bauchläden, Körben, Wassersiphons und sonstigen Behältern, die jede große Hafenstadt bevölkern.

Da sie nur langsam vorankamen, blieb ausreichend Zeit, auch einen längeren Blick auf das Goldene Horn, den Bosporus, zu werfen, diesen hornartig geformten Fluss, der mit starker Strömung unter der Brücke entlangrauschte und nicht weit dahinter in das Weiße Meer, das Marmarameer, floss.

Auf dem Fluss ging es nicht weniger laut und turbulent zu als vor dem Bahnhof oder auf der Brücke. Es wimmelte nur so von Schiffen aller Größe und Bauart. Aus den Schloten der Dampfschiffe stiegen Rauchfahnen in den Himmel; die Schaufeln von Raddampfern wühlten das Wasser auf; Fischerboote zogen unter ockerfarbenen, safrangelben und feuerroten Segeln ihre Bahn, Hafenbarkassen und Zollboote stampften durch das Kielwasser eines Luxusliners, der an seinen hohen schwarzen Schornsteinen das Reedereizeichen des *Norddeutschen Lloyd* trug, und überall schossen die von kräftigen Ruderern vorangetriebenen Boote, die *kaik* hießen und an beiden Enden spitz wie ein Messer zuliefen, wie Pfeile durch das Gewimmel.

»Himmel, ich weiß nicht, ob das eine Stadt nach meinem Geschmack ist«, sagte Horatio ebenso verstört wie berauscht von dem Anblick.

»Ich bin sicher, dass sie mehr als nur Moscheen, Paläste und das Gewimmel eines aufgescheuchten Ameisenhaufens zu bieten hat«, meinte Alistair, dem das wilde Treiben zu Land und zu Wasser ausnehmend gut gefiel.

»Für das, was dich interessieren dürfte, bräuchte man vermutlich einen versierten Fremdenführer«, meinte Harriet anzüglich. »Am besten einen vom Schlag des Waffenhändlers!«

Alistair grinste genauso anzüglich zurück. »Ja, das könnte manch reizvolle Erfahrung bringen!«

Endlich hatten sie das Nadelöhr passiert und die Kutsche rollte hügelan durch Galata und Pera. Bei allem orientalischen Leben auf den Straßen sahen sie sofort, dass sie sich im internationalen Viertel der Stadt befanden. Hier beherrschten die stattlichen Botschaften, die Verwaltungsgebäude der Handelsniederlassungen, die Börse, die Bankhäuser, die Filialen bekannter europäischer Geschäfte sowie Theater, Cafés und Restaurants das Bild. Nun war es nicht mehr weit bis zu ihrem Hotel.

Das *Pera Palace* lag am Stadtgarten von Pera und bot denselben makellos feudalen Service wie der *Orient-Express*. Dass es auch hier nicht genügte, seinen Pass vorzuzeigen und seine Kreditwürdigkeit zu belegen, sondern dass es am Empfang auch noch allerlei Formulare auszufüllen galt, deren Sinn sich beim besten Willen nicht erschloss, bedauerte der Empfangschef nicht weniger als seine neuen Gäste.

»So ist er nun mal, der Orient«, sagte er und zuckte die Achseln, als wäre damit alles gesagt, was es dazu zu sagen gab.

In dem Moment hörten sie hinter sich eine dunkle, volltönende Stimme: »Ja, eine Wunderlampe ist langweilig dagegen! Willkommen am Krankenbett des Osmanischen Reiches!«

3

Basil Sahar steuerte wie ein Dampfer mit voller Kraft durch die Menge der Hotelgäste, die die Halle bevölkerten, als gehörte ihm das *Pera Palace*. Und man machte ihm auch sofort Platz, als hätte er ein Recht darauf, alle aus seinem Weg zu scheuchen.

Der Waffenhändler hatte sich wieder wie ein Pariser Bohemien gekleidet. Er trug zu einer cremeweißen Flanellhose und weißen Gamaschenschuhen ein curryfarbenes Jackett aus demselben Stoff, ein gefälteltes weißes Hemd und eine Fliege aus schillernd blauer Seide. Dazu schwang er einen Spazierstock aus Rosenholz mit einem silbernen Griffstück, das sich bei näherer Betrachtung als ein stilisiertes Kanonenrohr auf einer Lafette herausstellte.

Sozusagen in seinem Kielwasser folgte ein hochgewachsener Mann, bei dem es sich offensichtlich um seinen neuen Leibwächter handelte. Der muskulöse Mann überragte ihn um gute zwei Haupteslängen, war in schwarze Pluderhosen und ein rostrotes, bauschiges Obergewand mit kurzem Lederwams darüber gekleidet und trug an seinem breiten, bestickten Ledergürtel auf der einen Seite ein langes Messer und an der anderen einen Revolver. In seinem Aufzug und mit seiner ausdruckslosen Miene sah er wie einer jener todesverachtenden Janitscharen aus, die jahrhundertelang von den skrupellosen Rekruteuren bei der berüchtigten jährlichen »Knabenlese« in italienischen und griechischen Dörfern zwangsweise ausgehoben und in speziellen Kasernen zu besonders loyalen und gefürchteten Leibgardisten der Osmanenherrscher ausgebildet worden waren.

»Miss Chamberlain-Bourke . . . Gentlemen! Welch eine Freude, Sie hier wieder anzutreffen!«, begrüßte der Waffenhändler sie überschwänglich. »Ich hatte schon befürchtet, wir hätten uns auf meinem heimatlichen Boden unglücklicherweise verpasst. Ich war die letzten Tage nämlich reichlich beschäftigt, das Arsenal des Osmanischen Reiches auf den neuesten Stand der Technik zu bringen.«

»Das ist wirklich eine Überraschung«, sagte Byron höflich.

»Ja, wir hatten vorhin noch von Ihnen gesprochen«, warf Alistair ein.

»Ich hoffe doch, es war nur Gutes, Mister McLean!«, sagte Basil Sahar mit einem fröhlichen Blitzen der Augen, während der Leibwächter stumm hinter ihm stand und wachsam im Auge behielt, was sich in der Hotelhalle tat.

»Sie können beruhigt sein«, erwiderte Horatio trocken. »Es ist kein einziges Wort gefallen, das Ihnen nicht gerecht geworden wäre.«

Basil Sahar lachte vergnügt auf. »Das nenne ich vortrefflich gesprochen, vieldeutig wie ein Diplomat, der seine Missbilligung als Kompliment auszudrücken weiß!« Dann erkundigte er sich nach ihren Plänen und bot sich an, ihnen die Stadt zu zeigen. »Ich habe nämlich die Absicht, mir nach all den langwierigen Sitzungen der letzten Tage mit Ibrahim Hakki, meinem zweiten Schatten, ein wenig Bewegung zu verschaffen. Natürlich nur, wenn Sie nichts anderes vorhaben.«

Byron tauschte mit seinen Freunden einen kurzen fragenden Blick, ob sie das Angebot annehmen sollten. Sie bedeuteten ihm ihr Einverständnis. Zwar war die Gesellschaft eines Waffenhändlers nicht gerade das, was sie bevorzugten. Aber ihnen allen ging derselbe Gedanke durch den Kopf. Nämlich dass Basil Sahar ihnen womöglich mit seiner exzellenten Kenntnis der Stadt und ihrer Bewohner bei der Suche nach der »Stimme des Propheten« eine große Hilfe sein könnte. Und wie Alistair später zutreffend sagen sollte: »In der Not frisst der Teufel auch Fliegen!«

»Uns Ihrer ortskundigen Führung anzuvertrauen, ist ein Angebot, das wir dankend annehmen, Mister Sahar«, sagte Byron deshalb.

»Das Vergnügen ist ganz meinerseits!«, versicherte Basil Sahar erfreut. »Dann warte ich drüben in der Bar auf Sie. Lassen Sie sich nur Zeit und machen Sie sich in Ihren Zimmern in aller Ruhe frisch, wenn Ihnen danach ist. Mir pressiert es nicht!«

Nach einer Reise im *Orient-Express* gab es keine Veranlassung, sich frisch zu machen oder gar die Kleidung zu wechseln. Und so zogen sie schon bald mit dem Waffenhändler und seinem bedrohlich wirkenden Leibwächter Ibrahim Hakki los.

Basil Sahar genoss es sichtlich, ihnen Konstantinopel zu zeigen, seine Heimatstadt, in der er aus bitterer Armut zu einem der erfolgreichsten Waffenhändler der Welt aufgestiegen war. Und während sie durch Pera und Galata schlenderten, sparte er bei seinen Bemerkungen zu Sitten und Gebräuchen nicht an Sarkasmus. Man merkte ihm an, dass er die Stadt einerseits liebte, andererseits sich in diese Liebe auch eine gehörige Portion Verachtung mischte.

»Dieses Land versucht, alles genau entgegengesetzt zu machen, wie es bei Ihnen und in anderen westlichen Nationen üblich ist«, spottete er, als sie am kleinen Holztisch eines Schreibers vorbeikamen, der an der Hauswand auf einem Schemel saß und für seine schreibunkundige Kundschaft Briefe und andere Schriftstücke verfasste. »Sie schreiben von links nach rechts, wir von rechts nach links. Bei uns gilt es als respektvolle Geste, das Haupt bedeckt zu lassen und die Schuhe auszuziehen, bei Ihnen zieht man den Hut und behält die Schuhe an. Im Orient ist das untere Geschoss der Dienerschaft vorbehalten und das obere der Herrschaft, bei Ihnen wohnt unten die Herrschaft und oben das Personal. Bei uns gilt es als gute Erziehung, bei Tisch schnell zu essen und wenig zu sprechen, bei Ihnen verhält es sich genau umgekehrt. Bei Ihnen muss man ein Lied unbedingt im Stehen vortragen, bei uns muss man dabei in jedem Fall sitzen bleiben. Bei uns gelten blaue Augen als Anzeichen von Zwietracht und Unglück, bei Ihnen werden sie bewundert, weil Sie glauben, Engel hätten blaue Augen. In den westlichen Sprachen werden viele Buchstaben geschrieben, die man nicht liest, bei uns werden sie nicht geschrieben, aber gelesen. Und so weiter und so weiter!«

Er gab eine Anekdote nach der anderen zum Besten, während sie durch die belebten Straßen dem Fuß des Galatahügels entgegenstrebten. Sich an diesem Tag ein zweites Mal über die Brücke hinüber nach Stambul zu quälen, wusste er ihnen zu ersparen. Er führte sie hinunter zu einer der Anlegestellen, wo Dutzende der messerscharf auslaufenden Kaiks darauf warteten, Kunden auf die andere Seite oder hinüber nach Skutari zu bringen, das auf der asiatischen Seite des Marmarameers lag. Und pfeilschnell brachte sie der Ruderer ans andere Bosporusufer, wo er sie vor dem Besuch der Basare zuerst zur berühmten Hagia Sophia und zur Blauen Moschee führte, die jeder erstmalige Besucher der Stadt unbedingt gesehen haben musste.

Als sie nahe der Blauen Moschee einer Gruppe von Imamen, muslimischen Vorbetern, begegneten, spuckte Basil Sahar hinter ihnen in den Dreck der Straße, wenn auch mit einigem Abstand, sodass nicht offensichtlich wurde, dass sein Ausspucken ihnen galt.

»Ich achte jede Religion, die den Menschen zum Besseren zu führen versucht«, sagte er grimmig im Weitergehen. »Aber was ist aus dem Islam geworden! Zur Zeit Mohammeds hatten die Araber zahlreiche berühmte Gelehrte auf dem Gebiet der Geometrie, Algebra, Astronomie, Geografie und Medizin. Und wie sieht es damit heute aus? Zwölfhundert Jahre nach Mohammed ist der Stand arabischer Gelehrsamkeit so tief gefallen, dass es einen erschrecken muss! Und Schuld daran haben unsere unwissenden Vorbeter und Theologen, die das Wort Gottes verdreht haben und in dummdreister Ignoranz behaupten, mit dem Wort ›Wissenschaft‹ sei allein die Lektüre des Koran gemeint. Deshalb liest keiner von ihnen die Werke westlicher Wissenschaftler, weil diese ja ›christliche Hunde‹ sind.«

»Das ist starker Tobak!«, meinte Horatio überrascht.

»Aber die traurige Wahrheit«, fuhr Basil Sahar fort. »Heute haben die Muslime das Niveau von mittelalterlichen Mönchen erreicht, die weder schreiben noch lesen konnten und sich nur auf das auswendige Rezitieren von Psalmen und einigen Bibelstellen verstanden! Und sie weigern sich beharrlich, endlich aus ihrer blinden Wortgläubigkeit zu erwachen und sich den geistigen wie sozialen Herausforderungen der neuen Zeit zu stellen. Da halte ich es lieber mit Ahmet Riza, der als ›Vater der Freiheit‹ nach der Revolution der Jungtürken kurze Zeit unser Parlamentspräsident gewesen ist und folgende bittere Wahrheit formuliert hat: *Wäre ich eine Frau, würde ich mich dem Atheismus zuwenden und niemals Muslim sein!*«

Alistair grinste Byron vielsagend an, während Harriet sofort wissen wollte, was den türkischen Parlamentspräsidenten zu dieser radikalen Äußerung bewogen hatte.

»Das ist leicht zu erklären«, antwortete der Waffenhändler. »Ich brauche dazu nur Ahmet Riza weiterzuzitieren: *Man stelle sich eine Religion vor, die allein den Männern Vorteile bringt, aber nachteilig für Frauen ist, die es dem Gatten erlaubt, drei weitere Frauen und eine unbeschränkte Zahl von Konkubinen zu nehmen, den im Himmel Jungfrauen erwarten, während die Frau Haupt und Gesicht verdecken muss wie der*

Gaul des Müllers! Damit hat der Mann es bestens gesagt. Was soll das für ein Gottesglauben sein, der an der Schwelle zum zwanzigsten Jahrhundert solch mittelalterliches Gedankengut predigt und für die selig machende Wahrheit hält! Von anderen Dingen will ich erst gar nicht reden, um Sie nicht noch mehr zu langweilen.«

»Wenn Sie eines mit Sicherheit nicht sind, dann ein Langweiler, Mister Sahar. Und was den Islam betrifft, so fehlt diesem vermutlich das Säurebad der Aufklärung, wie Byron es mal genannt hat«, bemerkte Alistair.

»In der Tat!«, pflichtete Basil Sahar ihm bei. »Aber dazu müsste man vorher die Imame und Mullahs wegen der Rückständigkeit und dem Unglück, die sie über das Volk gebracht haben, zum Teufel jagen und an ihrer Stelle Fähigere einsetzen!«

Byron stimmte im Stillen vielem zu, was der Waffenhändler über die derzeitige Ausprägung des Islam gesagt hatte, wollte dieses Thema jedoch nicht weiterführen. Denn die Gelegenheit schien ihm günstig zu sein, nun auf ihr Anliegen zu sprechen zu kommen, das sie nach Konstantinopel geführt hatte.

»Da Sie gerade vom Propheten Mohammed gesprochen haben, drängt sich mir unwillkürlich eine Frage auf, deren Antwort Sie als Ortskundiger womöglich kennen.«

»Ich werde mir Mühe geben, Sie nicht zu enttäuschen«, erwiderte Basil Sahar. »Worum geht es denn?«

»Die Frage wird Ihnen vermutlich etwas seltsam vorkommen, denn es verhält sich damit wie folgt: Ein Freund von uns hat uns in einem Brief geraten, bei unserem Besuch in Konstantinopel auch unbedingt einen Blick auf die ›Stimme des Propheten‹ zu werfen«, teilte Byron ihm mit. »Leider hat er es in seinem Schreiben bei dieser sehr kryptischen Bemerkung belassen.«

»Und wir rätseln deshalb schon seit Längerem, was er wohl damit gemeint haben könnte«, bemerkte Harriet noch. »Wissen Sie das Rätsel zu lösen?«

Basil Sahar zog die Stirn kraus. »Stimme des Propheten?« Er dachte angestrengt nach und schüttelte dann zu ihrer Enttäuschung den Kopf. »Tut mir leid, aber dazu fällt mir beim besten Willen nichts Erhellendes ein. Falls es sich um den Namen einer Restauration, einer Rakischenke oder sonst einer Art von Vergnügungsstätte handelt, werde ich das jedoch schnell in Erfahrung bringen können. Denn manche Besitzer dieser Etablissements verfallen auf recht absonderliche Namen, um Kundschaft anzulocken.«

»Das könnte sogar hinkommen!«, warf Horatio ein. »Da war doch in Mortimers Schreiben noch so ein kleiner Zusatz, Byron! Erinnerst du dich noch? War da nicht die Rede von einem gewissen Murat?«

Byron nickte. »Ja, jetzt wo du es sagst, fällt es mir auch wieder ein! Mortimer hat noch geschrieben, diese ›Stimme des Propheten‹ sei in Ahmet Murats *sans mekani* zur Ruhe gekommen«, fügte er hinzu und gab sich den Anschein, mit den türkischen Worten nichts anfangen zu können.

»In Ahmet Murats *Haus des Glücks*?«, kam es sogleich von Basil Sahar. »Ja, dann sieht die Sache natürlich schon ganz anders aus!«

»Ist Ihnen dieser Ahmet Murat bekannt?«, fragte Alistair.

Der Waffenhändler verzog das Gesicht zu einer verächtlichen Miene. »Sein Name ist mir nicht unbekannt, wahrlich nicht! Aber meinen Fuß in sein *Haus des Glücks* zu setzen, dazu verspürte ich bislang nicht das geringste Bedürfnis, um es sehr höflich auszudrücken.«

»Und warum nicht?«, wollte Harriet wissen.

»Weil der Kerl ein Lump und Mörder ist!«

Alistair verzog das Gesicht und murmelte grimmig: »Na, prächtig! Mortimers Vorliebe für zwielichtige Gestalten scheint kein Ende zu nehmen!«

»Ein Mörder, sagten Sie?«, hakte Byron nach. »Können Sie uns mehr über ihn und dieses *Haus des Glücks* erzählen?«

»Ahmet Murat erweckt gern den Anschein, über einige Ecken mit der einstigen Sultansfamilie gleichen Namens verwandt zu sein«, erklärte Basil Sahar. »In Wirklichkeit entstammt er einer Familie von Zuhältern und Kupplerinnen und das weiß ich deshalb, weil ich ihm damals als . . . als Fremdenführer oft genug begegnet bin. Er wollte, dass ich meine Kunden zu den Lotterstuben seiner Familie lotse, aber dazu war ich nicht gewillt. Auch als Fremdenführer hatte ich meine Prinzipien und wollte nicht, dass sich meine Kunden bei seinen Lustknaben üble Krankheiten holten. Denn die Murats bedienten überwiegend Päderasten, die eine Vorliebe für hübsche junge Burschen haben. Konstantinopel genießt in dieser Beziehung nämlich einen wahrlich unübertrefflichen Ruf.«

»Ein Zuhälter für Päderasten, das wird ja immer schöner!«, brummte Horatio. »Was ist Mortimer bloß eingefallen, uns zu empfehlen, dieses *Haus des Glücks* aufzusuchen, bei dem es sich offenbar um ein . . . ein Freudenhaus handelt?«

»Ganz so verhält es sich nicht, Mister Slade!«, beruhigte ihn Basil Sahar. »Die Tage seiner Lotterstuben in miesen Hinterhöfen sind für Ahmet Murat längst vorbei. Auf seine Art hat er es zu etwas gebracht und ist nun ein reicher Geschäftsmann mit großspuriger Attitüde und ausgeprägter Geltungssucht. In seinem *Haus des Glücks* gibt es zwar auch noch einige Zimmer, in denen Murats Kunden das finden, was er ihnen schon in seinen Jugendjahren verkauft hat, aber hauptsächlich ist es doch ein exklusiver Klub für Freunde des Glücksspiels, die nicht um läppische Piaster, sondern um ordentliche Summen in Gold zu spielen gewohnt sind. Es ist sozusagen das kleine *Casino Royal* von Konstantinopel. Man kann dort auch essen und gelegentlich gibt es zur besonderen Unterhaltung der Gäste auch irgendwelche ausgefallenen Darbietungen, wie ich mir habe sagen lassen.«

Alistairs Augen leuchteten auf. »Ein Kasino? Das klingt schon besser! Das müssen wir uns natürlich anschauen!« Ihm war die Vorfreude auf diesen Besuch anzusehen. »Und in welchem Stadtteil finden wir Murats Spielklub?«

»In keinem«, lautete Basil Sahars verblüffende Antwort.

Ihn trafen vier verständnislose Blicke.

»Nein, Sie haben sich nicht verhört«, sagte Basil Sahar. »Das Kasino schwimmt nämlich auf dem Wasser, und zwar zwischen Stambul und Skutari.«

»Was Sie nicht sagen!«, staunte Alistair. »Es handelt sich dabei also um ein Schiff, das er zum Kasino umgebaut hat?«

»Nein, nicht wirklich. Sie müssen wissen, dass man 1836 unter dem Sultanat von Mahmud II. eine Pontonbrücke über das Goldene Horn gebaut hat, die aber nicht einmal vierzig Jahre dem Verkehr gewachsen war«, erklärte der Waffenhändler. »Sie wurde 1872 schon wieder abgerissen und man hat die mächtigen Pontons sowie das andere Holz versteigert. Damals ersteigerte Ahmet Murats Vater einige dieser Pontons, aber fragen sie mich nicht, wozu die Sippe die Schwimmkörper damals benutzt hat. Als der alte Murat vor einigen Jahren verstarb, hat sein ältester Sohn, ebenjener Ahmet, vier davon miteinander verbinden und darauf sein Spielkasino bauen lassen.«

»Ist das nicht riskant, ein Kasino auf Pontons zu setzen und vor der Küste zu verankern?«, fragte Harriet.

»Ganz und gar nicht, zumal es nicht fest verankert vor der Küste liegt. Konstantinopel genießt ein verhältnismäßig mildes Klima. Schwere Stürme sind äußerst selten. Außerdem ist der robuste Schwimmkörper, auf dem das Gebäude ruht, mit einer Dampfbarkasse verbunden. Bei schwerem Wellengang oder Sturm zieht sie das Kasino einfach in die nächste geschützte Bucht, notfalls auch in einen der Häfen.«

»Dann bleibt nur noch die Frage, wie man zu dem schwimmenden Kasino hinkommt«, sagte Byron. »Und ob es gegebenenfalls Beschränkungen gibt, etwa in Bezug auf weibliche Gäste.«

»Beschränkungen dieser Art gibt es nicht. Murat hält sich für einen Mann von Welt, und wie ich gehört habe, sieht er ausgesprochen gern Damen an seinen Spieltischen, weil sie zumeist noch unbesonnener das Geld ihrer männlichen Begleiter setzen als diese.«

Alistair nickte mit Kennermiene. »Eine attraktive Frau am Spieltisch und der Verstand der meisten Männer sinkt unter die Gürtellinie!« Und bevor Harriet ihm mit einer bissigen Bemerkung zuvorkommen konnte, fügte er grinsend hinzu: »Was natürlich nicht für erfahrene Zocker gilt.«

»Natürlich, mein Herzblatt!«, sagte Harriet. »Alles andere hätte in mir auch eine Welt zusammenbrechen lassen!«

»Geöffnet wird das Kasino bei Sonnenuntergang«, fuhr Basil Sahar fort. »Wohl eine verschämte Konzession an die Imame und Mullahs und die strengen Fastenzeiten des Ramadan. Die reichen Spieler kommen gewöhnlich mit ihrem eigenen Boot. Ahmet Murat unterhält aber auch eine kleine Flotte von Kaiks, die etwas bequemer als die gewöhnlichen Ruderboote sind. Sie liegen an verschiedenen Anlegestellen für seine Kunden bereit, die einen besonderen Reiz daran finden, sich auf diese Weise zu seinem Etablissement bringen zu lassen.«

»Na, dann wissen wir ja, was wir heute Abend vorhaben!«, sagte Alistair beschwingt.

»Wenn Sie nichts dagegen haben, würde ich mich Ihnen gern anschließen«, sagte Basil Sahar. »Es ist wohl an der Zeit, mir mal mit eigenen Augen anzusehen, womit sich Ahmet Murat da eine goldene Nase verdient.«

»Ich wüsste nicht, was wir dagegen haben sollten«, versicherte Byron. Es wäre unhöflich gewesen, ihm diesen Wunsch abzuschlagen. Es sprach auch nichts dagegen, ihn an ihrer Seite zu haben. Denn dieser erste Besuch würde sowieso nur dazu dienen, sich mit der Örtlichkeit vertraut zu machen und herauszufinden, was die »Stimme des Propheten« war und wie sie ihr Mortimers Geheimnis entlocken könnten.

»Das freut mich, Mister Bourke. Ich bin nämlich nun selbst gespannt, was es mit dieser ›Stimme des Propheten‹ auf sich hat«, gestand Basil Sahar. »Vermutlich ist es irgendeine alte Koranabschrift. Wie es heißt, soll Ahmet Murat ja auf so alte Stücke ganz versessen sein.« Er lächelte geringschätzig. »Überall auf der Welt schmückt man sich ja gern mit edlen und seltenen Dingen und gibt sich als Kunstkenner, wenn man seinen Reichtum eher unedlen Dingen verdankt.«

Das war das Stichwort für Horatio, auf das er nur gewartet hatte. »Sie sagten vorhin, er sei angeblich ein Mörder. Gibt es dazu auch eine Geschichte, die Sie uns erzählen können?«, fragte er. Denn je mehr sie über Ahmet Murat wussten, desto besser würden sie ihn einschätzen und sich auf ihr Vorhaben einstellen können.

»Er ist nicht nur *angeblich* ein Mörder, sondern hat mit absoluter Sicherheit Blut an den Händen«, versicherte Basil Sahar. »Als etwa ein Jahr nach der Eröffnung des Kasinos ein anderer es ihm gleichtun und ihm Konkurrenz machen wollte, hat er diesen auf der Straße zur Rede gestellt. Dabei ist es dann zu einer heftigen Auseinandersetzung gekommen, bei der Ahmet Murat plötzlich ein Messer gezogen und ihn vor einem halben Dutzend Zeugen mit tödlichen Stichen niedergestochen hat. Als es zum Prozess kam, wollten die einen wundersamerweise nichts gesehen haben, während zwei andere steif und fest behaupteten, der andere hätte zuerst zum Messer gegriffen und Murat eindeutig in Notwehr gehandelt. Und so wurde der Lump freigesprochen. Dass es den sechs Augenzeugen hinterher finanziell erheblich besser ging und sie in angenehmere Wohnviertel umziehen konnten, versteht sich natürlich von selbst. Und seitdem wagt es keiner, ihm mit einem noblen Spielklub Konkurrenz zu machen.«

»Dann wollen wir uns diesen Murat und seine schwimmende Lasterhöhle heute Abend mal in aller Ruhe anschauen«, sagte Alistair vergügt. »Mal sehen, ob wir dabei auch auf die ominöse ›Stimme des Propheten‹ stoßen, was immer das auch sein mag!«

4

Die beiden muskelbepackten Männer in ihren kurzen bestickten Westen brauchten kaum Kraft aufzuwenden, um das große Kaik wie einen vom Bogen abgeschossenen Pfeil durch die Fluten dahinfliegen zu lassen. Die starke Strömung des Bosporus nahm ihnen ein Großteil der Arbeit ab. Auf dem Rückweg würde es anders aussehen, da würden sie sich kräftig in die Riemen legen müssen, um ihre Fahrgäste gegen den herandrängenden Strom ebenso schnell wieder zurück an die Landungsstege von Galata und Stambul zurückzubringen.

Das Goldene Horn machte seinem Namen im verglühenden Licht der untergehenden Sonne alle Ehre. Über der nur schwach bewegten Oberfläche lag ein rotgoldenes Funkeln. Und die Kuppeln der Moscheen von Stambul leuchteten, als glühten sie von innen heraus. Allein die Spitzen der himmelstürmenden Minarette fingen noch einen letzten Rest helles Licht auf. Doch bald waren auch die Gebetstürme nur noch in mattes Abendrot gehüllt, während die Schatten der hereinbrechenden Nacht das goldene Flimmern auf dem Wasser schon hatten erlöschen lassen.

In der Stadt flammten nun elektrische Lichter und Gaslaternen in den wohlhabenderen Vierteln auf. In den vom Schicksal weniger bevorzugten Teilen von Konstantinopel wurden Pechfeuer, Petroleumlampen und Kerzen entzündet. Der klare Nachthimmel spendete dazu das kalte Glitzern seiner fernen Sterne.

Das *Haus des Glücks* lag eine knappe halbe Meile vor der Südwestküste von Stambul und etwa auf der Höhe des alten Serail. Es war unschwer zu verfehlen, denn lampionähnliche Laternen hingen rundum von der Dachkante des zweistöckigen Gebäudes herab. Ihr Licht verriet trotz ihres schwachen Scheins, dass in ihnen Glühbirnen brannten. Als sie näher kamen, hörten sie auch das laute Rattern eines Generators, der auf dem Achterdeck der bulligen Barkasse unter einem kastenförmigen Überbau aufgestellt war. Dicke Kabel verbanden ihn mit dem Kasino auf den Pontons.

Das Haus war aus Holz errichtet und imitierte den Baustil eines alten osmanischen Palastes. Die Säulen, Zierstreben, Rundbögen und äußeren Wasserbecken waren jedoch nur angedeutet, eigentlich nichts weiter als geschickt aufgesetzte und bemalte Attrappen, die allein bei Dunkelheit die Illusion eines palastartigen Baus hervorrufen konnten. Auch das verschlungene Gitterwerk der Fenster mit seinen arabischen Motiven war nichts weiter als geschickte Laubsägearbeit, die vor das Glas gesetzt worden war. Eine Kuppel wölbte sich über der Mitte des Daches. Doch was bei Nacht wie blaue Kacheln aussah, erwies sich bei Tag als die raffinierte optische Täuschung eines kunstfertigen Malers.

Auf all das wies Basil Sahar sie hin und bemerkte dann abfällig: »Mehr Schein als Sein, das war schon immer Murats Devise. Bin gespannt, wie viel Talmi und anderen optischen Bluff er im Inneren zu bieten hat!«

Sie waren längst nicht die Ersten, die schon zu dieser frühen Nachtstunde am *Haus des Glücks* von Bord eines Kaiks gingen. Vor ihnen stiegen gerade zwei Gruppen, zu denen auch europäisch gekleidete Frauen gehörten, aus ihren Zubringerbooten. Es lag auch schon ein halbes Dutzend Privatboote unterschiedlicher Größe an der ihnen zugewandten Seite des Kasinos vertäut. Livrierte Diener in westlich anmutenden, frackähnlichen Uniformen mit reichlich viel Goldknöpfen halfen den Ankommenden, sicher aus den Booten zu steigen. Die Musik bekannter Operettenmelodien, die den manchmal kratzenden Nebengeräuschen nach von einem Grammofon kam, drang zu ihnen in die Nacht heraus.

»Murat scheint sich bei allem zu bedienen, was Okzident und Orient zu bieten haben, um einheimischen wie westlichen Besuchern eine saftige Portion Exotik vorzugaukeln«, spottete der Waffenhändler.

Durch einen mit Schnitzwerk verzierten, doppelflügeligen Rundbogen mit schweren rubinroten Samtvorhängen ging es in das Kasino. Bei ihrem Nähern schlugen zwei dort bereitstehende Bedienstete mit theatralischer Geste die Vorhänge zur Seite, als enthüllten sie ihnen den Zugang zu Sindbads Schatzhöhle.

Auch im Saal des Kasinos sah es ein wenig nach Schatzhöhle aus, zumindest was das Glitzern und Leuchten des vielen Talmis und Messings im Licht elektrischer Kristalllüster betraf. Gleich hinter dem Eingang standen rechts und links zwei orientalische Wasserbecken, von denen es im Raum noch mehrere andere gab und die ihrem Duft nach mit verdünntem Rosenwasser gefüllt waren. Eine versteckte Pumpe ließ kleine, plätschernde Fontänen aus ihnen aufsteigen. Die Standbecken sahen wie aus Marmor gearbeitet aus, bestanden jedoch aus Gips, dessen Farbauftrag den Marmor nur vortäuschte.

»Hohl!«, murmelte Basil Sahar knapp, als er im Vorbeigehen mit dem Fingerknöchel dagegenklopfte.

Gleich dahinter kamen die Spieltische, ein jeder auf seinem eigenen Teppich, bei denen es sich ausnahmsweise um echte und sichtlich teure Perser handelte. Gut ein Dutzend Tische, an denen Roulette, Black Jack, Backgammon und anderes gespielt wurde, bildeten ein rechteckiges U. Seine Öffnung war auf eine kleine, halbrunde Bühne ausgerichtet, deren Vorhang jetzt zugezogen war. Innerhalb dieses Hufeisens befanden sich neun vornehm eingedeckte Tische, an denen man zu allen Zeiten der Nacht essen konnte, was die schwimmende Küche zu bieten hatte. In der Mitte der gegenüberliegenden Längswand zog sich eine reich bestückte Bar entlang, die gut in einen englischen Klub gepasst hätte und mit ihren lederbezogenen Barstühlen zehn, zwölf Gästen bequem Platz bot. Hier und da waren kniehohe, runde Diuan-Sitzkissen mit zierlichen Beistelltischen verstreut.

Alistair hielt sofort Ausschau nach den Pokertischen und fand sie auf einer halbrunden Empore zu seiner Linken. Zwei Stufen führten zu ihr hinauf und ein rund geschwungenes Messinggitter umschloss sie bis auf den Durchgang von beiden Seiten. Dort machte er drei Tische aus. An der Hinterwand der Empore standen mehrere Glasvitrinen. Ähnliche Glasschränke hingen auch darüber an der Wand.

An der anderen Schmalseite des Kasinos führte eine mit Teppichware belegte Treppe hinauf auf die umlaufende Galerie der oberen Etage. Von dort gingen Türen ab, die vermutlich in die Separees führten. Zum Innenraum des Kasinos hin war die Balustrade der Galerie, die aus Messingstäben bestand, über und über mit Goldblech in Form von verschlungenen arabischen Blumenornamenten verkleidet, wie man sie ähnlich in den Moscheen als

Wandmosaike oder aus Stein und Marmor gemeißelt bewundern konnte.

»Ganz hübscher Schuppen!«, meine Alistair anerkennend, den es nicht kümmerte, ob in einem Kasino die Wasserbecken aus reinem Marmor oder aus billigem Gips bestanden. Ihn interessierte allein, was sich an den Spieltischen tat, wie hoch die Einsätze waren und ob er es mit Profis oder eher mit Amateuren zu tun hatte, die man im Handumdrehen wie eine Weihnachtsgans ausnehmen konnte. Und er brannte darauf, das herauszufinden.

Doch als er den irritierten Blick von Basil Sahar auffing, fügte er schnell noch hinzu: »Ich meine, für einen Lotterbuben, der seine Karriere in einem Hinterhof begonnen hat, ist das gar nicht mal so übel!«

»Da Sie gerade von übel sprechen!«, brummte der Waffenhändler und deutete mit einer knappen Kopfbewegung zur Treppe der Empore hinüber. »Da kommt der Lump. Und ich fürchte, er hat mich nach all den Jahren doch wiedererkannt.«

»Wenn es Ihnen nichts ausmacht, wäre uns sehr geholfen, wenn Sie Ihre Verachtung für ihn eine Weile lang für sich behalten und uns ihm vorstellen würden!«, raunte Byron ihm zu, der es plötzlich für keine so gute Idee mehr hielt, in Begleitung des Waffenhändlers gekommen zu sein. Denn wenn Basil Sahar offene Geringschätzung für Ahmet Murat zeigte, konnte das auf sie zurückfallen und ihnen die Sache mit der »Stimme des Propheten« unnötig erschweren. Und deshalb betonte er noch einmal: »Wir wären Ihnen wirklich sehr dankbar dafür! Auch wäre uns ein wenig Übertreibung, was Rang und Namen unserer kleinen Reisegruppe betrifft, von Nutzen, sofern Sie diese Bitte nicht für eine zu große Zumutung halten.«

Der Waffenhändler schenkte ihm einen überraschten Blick. Und Byron glaubte, diesem stutzenden Blick entnehmen zu können, dass er ihnen von dieser Sekunde an nicht mehr abnahm, dass dieses schwimmende Kasino für sie nichts weiter als eine der vielen Sehenswürdigkeiten Konstantinopels war.

Er stellte jedoch keine Fragen, zumal dazu auch keine Zeit blieb, und nickte. »Wenn es Ihnen so wichtig ist, werde ich Ihnen den Gefallen natürlich gern tun, Mister Byron! Es wird mir sogar ein Vergnügen sein, ihn gehörig zu beeindrucken. Zum Glück kann man sich ja hinterher die Hände waschen!« Und damit setzte er ein strahlendes Lächeln auf, als hätte man eine Lampe angeschaltet.

Ahmet Murats Gesicht hatte beim Anblick des Waffenhändlers, der ständig mit den Mächtigen der Welt an einem Tisch saß und Geschäfte mit ihnen machte, einen geradezu verzückten Ausdruck angenommen. Basil Sahars Besuch in seinem Kasino musste ihm wie ein Ritterschlag vorkommen.

Der Kasinobesitzer war von mittelgroßer Gestalt, jedoch mit breiten Schultern und einem kräftigen Brustkorb. Volles schwarzes Haar bedeckte seinen Kopf und so schwarz war auch sein Schnurrbart, bei dem man unwillkürlich an die dichten, harten Borsten einer Bürste denken konnte. Das Gesicht zeigte die Spuren ungehemmter Genusssucht und ging wie sein Bauch schon sichtlich auseinander. Aber trotz Doppelkinns und schwammiger Wangen fanden sich in seinem Gesicht noch genügend harte Züge und ließen erahnen, dass er in jüngeren Jahren vermutlich das Aussehen eines Mannes gehabt hatte, mit dem man sich besser nicht anlegte. Zu einer gestärkten weißen Hemdbrust trug er einen perfekt sitzenden Anzug aus schwarzer Seide, der ihm auf den Leib geschneidert worden war. Und so rubinrot wie die Vorhänge waren die feinen Paspelierungen an den Revers und Taschen. In der Mitte seiner silbergrauen Krawatte funkelte eine diamantene Nadel.

Mit ausgestreckten Armen kam er auf den Waffenhändler zu. »Basil, mein Freund!«, rief er freudestrahlend, als wären sie in ihrer Jugend nicht bittere Konkurrenten gewesen. »Das nenne ich eine Überraschung!«

»Konnte es mir doch nicht entgehen lassen, endlich einmal dein glitzerndes Reich zu bewundern, mein bester Ahmet!«, erwiderte Basil Sahar und ließ die Umarmung des Mannes, den er aus tiefstem Herzen verachtete, über sich ergehen.

»Wir müssen unbedingt von den alten Zeiten reden, Basil! Und natürlich brenne ich darauf, von dir zu hören, was du so treibst und was dich wieder mal in deine alte Heimat gebracht hat. Man hört und liest ja so einiges Aufregende über dich!«, sprudelte Ahmet Murat hervor. Sein Englisch war hart, aber fließend. »Doch ich wusste ja immer, dass aus dir mal etwas Großes wird.«

»Ja, ich erinnere mich«, erwiderte Basil Sahar hintersinnig.

»Bei Allah, wir haben uns so viel zu erzählen!«

»Gewiss, gewiss, mein Bester«, sagte der Waffenhändler. »Aber vorher möchte ich dir meine illustren Begleiter und Freunde vorstellen, mit denen ich das Vergnügen hatte, die Reisetage im *Orient-Express* zu verbringen.«

Ahmet Murat lächelte verbindlich. »Ich kann es nicht erwarten, ihre Bekanntschaft zu machen!«

»Zuerst ist es mir eine Ehre, dir die weltberühmte Miss Harriet Chamberlain-Bourke vorzustellen!«, begann Basil Sahar und trug gleich mächtig dick auf. »Ihr Ruf als Seilakrobatin und Messerwerferin ist wahrlich legendär. Ihre tollkühnen Darbietungen rauben einem den Atem, wie ich aus eigener Erfahrung sagen kann!«

Nicht nur Ahmet Murat machte große Augen, sondern auch Harriet. »Nun übertreiben Sie aber, Mister Sahar!«, sagte sie mit einem reizend verlegenen Lächeln.

»Und bescheiden ist sie auch noch, obwohl sie doch in den größten Häusern der Welt aufgetreten ist!«, ergänzte Basil Sahar, um dann auf Byron zu deuten. »Was Mister Byron Bourke, ihren Bruder, betrifft, so sollte man versuchen, ihn als Anlageberater zu gewinnen, hat er doch ein goldenes Händchen an der Londoner Börse bewiesen, wie sein enormes Vermögen beweist, das er in wenigen Jahren mit Aktienspekulationen gemacht hat.«

»Nun ja, ein wenig Glück gehört auch dazu«, sagte Byron mit einem verhaltenen Lächeln.

»Und Mister McLean«, so fuhr Basil Sahar vollmundig fort, »ist mit dem Glück gesegnet, schon in jungen Jahren Alleinerbe einer ganzen Kette von Druckhäusern und Verlagen zu sein, deren Führung er seinem Onkel übertragen hat, um frei für die Beschäftigungen zu sein, die ihm mehr liegen, als hinter einem Schreibtisch zu sitzen und sein Druckimperium zu verwalten.«

Alistair grinste. »Sehr treffend formuliert. Ich ziehe es vor, statt an Schreibtischen an *Spiel*tischen zu sitzen!«

Das freudige Glitzern in Ahmet Murats Augen nahm zu.

»Mister Slade nun besitzt ein Bauunternehmen, das in ganz England tätig ist«, sagte der Waffenhändler und setzte damit die Posse fort.

Horatio nickte knapp und sagte hintersinnig: »Meine Spezialität sind Gefängnisse. Damit habe ich die größte Erfahrung, jedenfalls beruflich. Persönlich bin ich sehr der Kunst zugeneigt. Der Mensch muss einen Ausgleich zu den engen Grenzen haben, in die das Leben einen manchmal sperrt.«

Um ein Haar wäre Harriet in schallendes Gelächter ausgebrochen. Sie rettete sich in ein Husten, das es ihr erlaubte, sich diskret abzuwenden und die große Belustigung auf ihrem Gesicht vor Ahmet Murat zu verbergen.

»Es ist mir eine große Ehre, Sie als meine Gäste in meinem Haus begrüßen und willkommen heißen zu dürfen!«, sagte der Kasinobesitzer hocherfreut über solch zahlungskräftige Kundschaft. Und an Horatio gewandt, fuhr er fort: »Da Sie erwähnten, ein Liebhaber der Kunst zu sein, wäre es mir eine ganz besondere Ehre, Ihnen und Ihren Freunden meine eigene bescheidene Sammlung seltener Stücke zeigen zu dürfen.«

»Ein Angebot, das wir mit Vergnügen annehmen, Mister Murat«, erwiderte Horatio. Byron, Harriet und Alistair nickten zustimmend.

»Dann folgen Sie mir doch bitte auf die Empore«, forderte Murat sie auf. »Ich habe meine Sammlung nämlich dort in Schauvitrinen meinen Gästen zugänglich gemacht.«

Während Harriet, Alistar und Horatio mit Murat vorangingen, blieb Byron mit Basil Sahar ein paar Schritte hinter ihnen.

»An Ihnen ist ein Schauspieler verloren gegangen«, sagte Byron leise zu ihm. »Sie waren sehr überzeugend. Verbindlichen Dank für unsere neue Vita. Aber ein bisschen weniger hätte es auch getan.«

»Nicht der Rede wert, Mister Bourke. Und wenn man bei Ahmet Eindruck schinden will, dann sollte man sich nicht mit vornehmer Zurückhaltung begnügen. Auf einen groben Klotz gehört ein grober Keil!«, erwiderte der Waffenhändler vergnügt. »Aber ich gestehe, ein wenig verwundert zu sein, dass Ihnen so viel daran liegt, bei ihm einen derartigen Eindruck zu erwecken. Aber falls ich damit zu indiskret bin, werde ich Sie mit meiner Neugier nicht weiter belästigen.«

»Wir sollten später darüber reden, Mister Sahar«, antwortete Byron ausweichend, weil er sich noch nicht sicher war, inwieweit es möglich und gegebenfalls sogar nötig war, ihn in die Hintergründe ihres Interesses einzuweihen.

»Wie gesagt, das steht ganz in Ihrem Ermessen!«, versicherte Basil Sahar noch einmal. »Und nun lassen Sie uns sehen, was der Halsabschneider zu bieten hat.«

Es war durchaus beachtlich, was in den Vitrinen hinter den drei Pokertischen längs der Wand ausgebreitet lag. Und wie der Waffenhändler vermutet hatte, gehörte dazu auch eine angeblich uralte Abschrift des Koran.

Wortreich und mit dem unverhohlenen Stolz des Neureichen, der seine Kunstkennerschaft und die gesicherte Herkunft seiner Ankäufe nicht oft genug betonen kann, als müsste er sich ihrer immer wieder selbst versichern, führte er sie an den Schaukästen entlang.

Mal wies er auf einen goldenen Pokal hin, der aus byzantinischer Zeit stammen und aus dem Konstantin getrunken haben sollte, mal auf einen mit Edelsteinen besetzten Gürtel, den der Osmane Süleyman I., der als »Der Prächtige« in die Geschichte eingegangen war, angeblich bei seiner Thronbesteigung getragen hatte. Zu der Sammlung gehörte auch der Dolch eines Janitscharen, der angeblich bei einer blutigen Palastrevolte eine wichtige Rolle gespielt hatte, sowie ein silbernes *divit,* eine Federbüchse mit Tintenfass, die man am Gürtel tragen konnte. Letzteres sollte aus dem siebzehnten Jahrhundert stammen und dem Hofschreiber von Sultan Ibrahim gehört haben, der sich den Beinamen »Der Verrückte« redlich verdient hatte.

Schließlich kamen sie zur Mitte der Ausstellung. Dort stand keine Vitrine. Dafür hing ein großer, rechteckiger Schaukasten aus dunklem Holz mit goldenen Beschlägen an der Wand. Hinter der Glasscheibe, deren Rahmen oben zwei goldene Schlösser aufwies, ruhte in mit rotem Samt bezogenen Halterungen ein eindrucksvoller arabischer Krummsäbel. Die geschwungene Klinge der fürchterlichen Waffe verbreiterte sich im letzten Drittel des Blattes, bevor sie spitz wie eine Lanze auslief. Kunstvoll verschnörkelte arabische Schriftzeichen, die Allah rühmten, waren in den Stahl eingearbeitet und sowohl die Enden der Parierstange als auch der Knauf des kräftigen Griffstücks waren mit Smaragden besetzt.

»Und das hier ist mein bestes Stück!«, rief Ahmet Murat voller Besitzerstolz. »Für mich ist es die Krone meiner Sammlung.«

»Und wer hatte das Vergnügen, diese Waffe gegen wen zu schwingen?«, erkundigte sich Horatio mit höflichem Interesse, obwohl er viel lieber noch mehr über die Koranabschrift erfahren hätte.

»Diese prächtige Waffe mit ihrer edlen Damaszenerklinge gehörte keinem anderen als dem legendären Saladin!«, verkündete Murat fast andächtig. »Mit ihr ist er in die Schlachten gegen Richard Löwenherz gezogen und hat 1187 zum Ruhme Allahs das Frankenheer bei Hattin vernichtend geschlagen sowie Jerusalem erobert. Seitdem trägt sie den Namen ›Die Stimme des Propheten‹.«

Byron und seine Freunde fuhren unwillkürlich zusammen, starrten auf den Krummsäbel und fragten sich, was bei der Waffe denn bloß die Kehle sein sollte, in der Mortimer seinen nächsten Hinweis versteckt hatte.

»Dieses herrliche Stück ist übrigens das Geschenk eines großherzigen Landsmannes von Ihnen, der selbst eine ganz außerordentliche Kunstsammlung sein Eigen nennen soll«, fügte Murat hinzu. »Sein Name ist Lord Mortimer Pembroke, falls Ihnen der Name etwas sagt.«

Byron nickte. »Ja, der ist uns schon mal zu Ohren gekommen.«

»Sieh an, das also ist die ›Stimme des Propheten‹!«, sagte Basil Sahar mit einem versteckten Lächeln auf den Lippen. »Wirklich sehr interessant!«

»Du weißt von Saladins wunderbarer Waffe und dass ich das Glück habe, sie zu meiner Sammlung zählen zu dürfen?«, fragte Murat überrascht und stolz.

Der Waffenhändler nickte. »Man hat mir erst kürzlich davon erzählt. Und jetzt, wo ich sie vor mir sehe, bin ich voller Bewunderung. Geht es Ihnen nicht auch so, Mister Bourke?«

»In der Tat«, murmelte Byron und vermied seinen Blick.

Horatios Hände bewegten sich unruhig, als juckten sie ihn. »Sagen Sie, Mister Murat, wäre es vielleicht möglich, dieses edle Stück einmal in den Händen halten und aus der Nähe bewundern zu dürfen?«, fragte er mit belegter Stimme.

»Aber gewiss doch!«, versicherte Murat eifrig, der sich in der scheinbaren Bewunderung seiner illustren Gäste sonnte. Er zog einen vergoldeten Schlüssel hervor, auf den Horatio sofort einen aufmerksamen Blick warf, schloss das Vitrinenfenster auf und hob den Krummsäbel aus seinen Halterungen. Dann überreichte er ihn Horatio feierlich, als wäre es eine heilskräftige Reliquie.

Horatio drehte die Waffe in seinen Händen hin und her, als müsse er sich von jedem kleinsten Detail überzeugen. Scheinbar andächtig tastete er über Klinge und Parierstange. Vor allem umschloss seine rechte Hand immer wieder das Griffstück, befühlte den Knauf mit seinem goldgefassten Smaragd und tat so, als wollte er die Griffigkeit der Waffe prüfen.

Schließlich nickte er seinen Gefährten mit einem Lächeln zu, das nur sie zu deuten wussten. »Prächtig! Einfach prächtig! Da bleibt einem ja vor Staunen fast das Wort in der Kehle stecken!«, sagte er und gab den Krummsäbel an Murat zurück.

»Wie hat es sich angefühlt?«, fragte Alistair erregt.

»Ich sage euch, das Griffstück hat es in sich! Und der Knauf mit dem Smaragd ist eine wahre Offenbarung!«, antwortete Horatio und teilte ihnen damit seine Erkenntnisse verschlüsselt mit.

Harriet lächelte. »Es hat sich also wirklich gelohnt, uns Mister Murats exquisite Sammlung näher anzusehen!«

Auf Murats Gesicht stand ein fast seliges Strahlen. Er fühlte sich geschmeichelt und anerkannt und das in Gegenwart des Waffenhändlers, dem er dessen unerreichbaren Erfolg neidete. Ein Neid, den er zu dieser Stunde jedoch vergaß.

»Was haltet ihr davon, wenn wir uns jetzt erst einmal für eine Weile an einen der freien Tische setzen und uns einen Brandy oder ein Glas Champagner genehmigen?«, schlug Byron vor. »Vielleicht sogar ein leichtes Abendessen?«

»Tun Sie das«, sagte Basil Sahar. Er spürte, dass die vier Freunde jetzt unter sich sein wollten. »Ich werde indessen mit Ahmet unsere glorreichen Jugendjahre wieder aufleben lassen!«

5

Sie wählten einen der freien mittleren Tische und hofften, dass er ihnen die nötige Privatsphäre bot. Aber bei der Operettenmusik des Grammofons sowie den Stimmen und Geräuschen, die von den Spieltischen kamen, hätte es schon der scharfen Ohren eines Luchs bedurft, um an einem der Nachbartische etwas von ihrer Unterhaltung aufschnappen zu können.

Sie bestellten beim Kellner ihre Getränke und wählten von der Speisekarte ein leichtes Abendessen aus gefüllten Schafskäsetaschen und gebackenen Barschen.

»Deine doppeldeutigen Formulierungen waren einfach köstlich!«, sagte Harriet, als der Kellner ihre Bestellung aufgenommen hatte und sich wieder entfernte. »Zum Beispiel, dass Gefängnisse deine Spezialität seien!«

Horatio schmunzelte. »Man muss mit den wenigen Pfunden, die man hat, so gut wuchern, wie man kann.«

»Wie sieht es aus, du steinreicher Börsenspekulant? Lädst du uns heute Abend zum Essen ein?«, frotzelte Alistair.

»Sag bloß, du hast dein geerbtes Druckimperium schon verspielt!«, erwiderte Byron und gab sich erschrocken.

»Na ja, im schlimmsten Fall könnte sich Alistair ein bisschen Spielgeld von seiner Verlobten geben lassen«, sagte Horatio. »Bei den gigantischen Gagen, die sie offenbar einstreicht!«

Alles lachte.

Dann wurde Byron ernst. »Basil Sahar hat uns mit seiner gelungenen Vorstellung einen Riesengefallen getan. Das ist ihm hoch anzurechnen.«

Horatio nickte. »Ein patenter Kerl, das muss man ihm lassen. Schade nur, dass er sich mit solchen Geschäften abgibt. Aber zu einem gewissen Teil hat er ja recht. Wenn man jeden an den Pranger stellen wollte, der mit dem Krieg Geschäfte macht, dann müssten in der ersten Reihe all die ehrenwerten Herren Bankiers, Politiker, Stahlmagnaten und Werftbesitzer stehen, die ihr Vermögen dem Bau von Kriegsschiffen, Panzern und anderem Kriegsgerät verdanken.«

»Da ist was dran. Und sympathische Seiten hat der Mann ohne jeden Zweifel. Nur an seiner exaltierten Kleidung könnte er noch etwas arbeiten«, stimmte Alistair ihm zu. »Aber jetzt zur Sache, Horatio! Bist du dir sicher, dass Mortimers Nachricht im Griffstück des Krummsäbels steckt? Denn so habe ich dich vorhin verstanden.«

»So ist es!«, bestätigte Horatio. »Der Knauf mit dem Smaragd ist aufgeschraubt, das habe ich genau gefühlt. Ich konnte ihn sogar ein Stück weit aufdrehen. Im Griff ist ein Hohlraum, dessen bin ich mir sicher. Es gibt einfach keine Möglichkeit, an anderer Stelle etwas zu verstecken. Die Parierstange, die vielleicht noch infrage käme, ist ein solides Stück Stahl. An dessen Ende gibt es nichts, was sich aufdrehen ließe.«

Byron nickte. »Gut, das wäre also geklärt. Und bei allen Problemen, denen wir uns jetzt gegenübersehen, ist das doch schon mal ein gewaltiger Fortschritt. Jetzt müssen wir uns nur noch den Kopf zerbrechen, wie wir unbemerkt an den Krummsäbel herankommen.«

Harriet blickte zur Empore hinüber. »Jedenfalls können wir wohl schlecht die Scheibe von dem Schaukasten einschlagen und mal eben den Knauf aus dem Griff drehen! Das wäre der schnellste Weg in ein türkisches Gefängnis!«

»So weit würden wir erst gar nicht kommen«, sagte Horatio. »Ich habe draußen auf dem umlaufenden Deck schon vier Wachposten gezählt, die Gewehre über der Schulter hängen und Revolver am Gürtel stecken hatten. Und ich bin sicher, dass es davon noch ein paar mehr gibt. So ein unbewachtes Spielkasino auf dem Wasser wäre ja sonst ein gefundenes Fressen für Ganoven. Tagsüber mögen sich hier zwar weniger Wachen herumtreiben, aber mit Waffengewalt will ich auf keinen Fall vorgehen, Freunde!«

»Auch mir liegt nichts ferner als das«, versicherte Byron. »Eine Waffe nehme ich nicht in die Hand. Ich halte es da sehr streng mit der Bibel: *Wer zum Schwert greift, kommt durch das Schwert um!* Es muss uns also etwas anderes einfallen.«

Alistair verzog das Gesicht. »Fragt sich nur, was. Während des Spielbetriebs werden wir wohl kaum unbemerkt an den Krummsäbel kommen. Zumal es da ja noch die beiden Schlösser gibt!«

»Die Schlösser sind überhaupt kein Problem. An denen ist nichts Raffiniertes. Die habe ich im Handumdrehen geknackt!«, versprach Horatio. »In weiser Voraussicht habe ich ja einen Großteil meiner . . . kleinen Werkzeuge mitgebracht.«

Sie brüteten noch angestrengt über einem Plan, als das Essen kam. Nichtsdestotrotz ließen sie es sich schmecken. Und alle fanden, dass die Küche ein Lob verdient hatte.

Als Byrons Blick wieder einmal durch den Saal ging, blieb er an der kleinen Bühne hängen und plötzlich kam ihm ein Einfall. »Ich hab's, Freunde!«, rief er und dämpfte seine Stimme gleich wieder.

»Ich weiß, wie wir womöglich unbeobachtet an das Krummschwert herankommen könnten.«

»Wie denn? Raus damit!«, sagte Alistair.

»Harriet muss hier auftreten!«, eröffnete Byron ihnen. »Während sie ihre artistischen Künste darbietet, werden garantiert alle Augen auf ihr ruhen und keiner wird darauf achten, was dahinten auf der Empore geschieht!«

»Heiliges Kanonenrohr, das ist es!«, rief Horatio begeistert.

Verblüfft blickte Harriet in die Runde. »Ich habe ja nichts dagegen, mich hier in Szene zu setzen. Das ist immerhin mein Beruf. Aber einmal ganz davon abgesehen, dass ich ein Artistenseil, ein Schwungrad und eine Assistentin brauche, die sich auf dieses Rad binden und mit Messern bewerfen lässt, kann ich wohl schlecht zu Murat spazieren und ihm sagen, ich will in seinem Kasino eine Vorstellung geben. Da müsste doch der Dümmste sofort auf den Gedanken kommen, dass an der Sache etwas faul ist.«

»Sehr wahr«, sagte Horatio mit einem Aufseufzen.

»Natürlich kannst du dich ihm nicht wie Sauerbier anbieten«, meinte auch Byron. »Aber wenn Basil Sahar ihm den Floh ins Ohr setzt, dann wird Murat vielleicht anbeißen und mit dieser Bitte zu dir kommen!«

Alistair grinste breit. »Ja, häng einem Esel eine saftige Karotte vor die Nase und er beginnt loszulaufen!«

»Mag sein«, sagte Horatio, »aber das setzt voraus, dass wir den Waffenschieber in unseren Plan einweihen«. »Können wir das riskieren? Was meint ihr?«

»So wie ich ihn mittlerweile einschätze, würde ich sagen: Ja«, lautete Byrons Antwort. »Der Mann hat auf seine Art ein starkes Ehrgefühl, und dass Harriet ihm das Leben gerettet hat, ist dabei natürlich ein gewaltiges Plus. Er wird wissen, dass er noch immer in ihrer Schuld steht und es mit einer netten Führung durch die Stadt nicht getan ist, um wieder quitt zu sein. Ich bin sicher, dass er sich darauf einlässt – und zwar mit Vergnügen.«

»Ja, weil er damit Murat eins auswischen kann«, sagte Alistair.

»Ich glaube auch, dass wir ihm vertrauen können. Wir müssen ihm ja nicht gleich die ganze Geschichte erzählen. Das mit dem Judas-Evangelium behalten wir besser für uns.«

»Gut, dann rede ich nachher mit ihm«, sagte Byron.

Harriet blickte mit nachdenklicher Miene durch den Saal. »Das hört sich bis dahin alles ganz gut an. Aber auch wenn Murat sich darauf einlässt, haben wir noch einige harte Nüsse zu knacken. Zum Beispiel wie Horatio während der Vorstellung an den Wandkasten kommen soll. Einfach so auf die Empore zu spazieren und daran sein ›kleines Werkzeug‹ auszuprobieren, ist ja wohl ausgeschlossen. Irgendein Gast oder ein Kellner, der zufällig in die Richtung blickt, würde ihn schnell entdecken. Solche dummen Zufälle passieren nun mal und damit müssen wir rechnen.«

Horatio nickte. »Recht hast du, Harriet. Aber ich habe mir schon Gedanken gemacht, wie ich es anstellen könnte, und zwar von oben über die Galerie.«

»Wie bitte?«, fragte Alistair verblüfft. »Das soll unauffällig sein? Und wie willst du den Vorsprung der Galerie überwinden? Wüsste nicht, dass du plötzlich wie eine Echse an der Decke kleben oder wie eine Fledermaus fliegen kannst.«

»Man müsste die Galerie dafür natürlich verhängen, am besten mit weiten schwarzen Stoffbahnen, hinter denen ich mich herablassen kann«, erklärte Horatio. »Das könnte man Murat als Bedingung für Harriets Auftritt verkaufen.«

Harriet nickte begeistert. »Ja, weil mich dieser viele glitzernde Tand von dort oben auf dem Seil irritieren könnte! Das klingt glaubhaft!«

»Gut, aber was machst du, wenn Murat auf die Idee kommt, oben auf der Galerie einige Stuhlreihen zu platzieren?«, sagte Byron zu Horatio.

Harriet verzog das Gesicht. »Stimmt, und ihn davon abbringen zu wollen, würde ihn womöglich misstrauisch machen.«

Horatio grinste. »In meinem Metier habe ich gelernt, gewisse Hilfsmittel zu entwerfen, die manches, was unmöglich erscheint, doch möglich machen. Aber das werde ich euch später im Hotel erklären. Zudem müssen wir erst einmal wissen, ob Basil Sahar sich von uns für die Sache einspannen lässt und ob Murat anbeißt. Andernfalls können wir diesen Plan gleich wieder vergessen.«

»Eine gute Idee!«, meinte Alistair, der sofort wieder anderes im Kopf hatte. »Und während du mit Basil Sahar sprichst, Byron, und ihr dann hoffentlich mit Murat die Einzelheiten absprecht, schaue ich mich mal ein bisschen um, was sich da oben an den Pokertischen tut. Die Nacht ist noch jung und scheint verheißungsvoll zu sein, also machen wir was daraus, Freunde!« Und damit erhob er sich und eilte auf die Empore, wo er an einem der Pokertische auch sogleich als neuer Mitspieler willkommen geheißen wurde. Der Ruf, Alleinerbe eines Druckimperiums zu sein, war ihm schon vorausgeeilt.

Byron fand den Waffenhändler an der Bar und er bat ihn zu einem Gespräch unter vier Augen hinaus auf das umlaufende Deck. Basil Sahar folgte ihm bereitwillig nach draußen. Dort suchten sie sich eine abgeschiedene Stelle, wo sie ungestört miteinander reden konnten.

»Ein wenig frische Luft tut jetzt gut. Sie belebt den Geist und klärt so manches, was einen beschäftigt, wenn auch bei Weitem nicht alles«, sagte er hintergründig, als sie am Geländer lehnten und auf das dunkle Wasser des Marmarameers hinausblickten.

»Nach dem Vorfall im *Orient-Express* sagten Sie im Salonwagen, Sie wären uns eine Erklärung schuldig«, begann Byron. »Nun ist es an mir, Ihnen eine Erklärung für unser merkwürdiges Verhalten vorhin zu geben.«

»Worauf nun ich Ihnen mit Ihren eigenen Worten antworte, dass Sie mir zwar keine Erklärung *schuldig* sind«, erwiderte er mit einem Schmunzeln, »es mich aber natürlich schon interessiert, was sich hinter Ihrem großen Interesse an dem Krummsäbel verbirgt. Der nebenbei bemerkt nie und nimmer aus der Zeit Saladins stammt. Wenn man etwas von Waffen versteht, dann sieht man sofort, dass die Klinge aus einem viel späteren Jahrhundert kommt. Zur Zeit

Saladins gab es diese Art der Metallverarbeitung und die Legierung, aus der die Parierstange und das Griffstück gearbeitet sind, noch gar nicht. Der Säbel ist höchstens ein paar Jahre alt. Also wenn Sie . . .« Er zögerte kurz, bevor er fortfuhr: ». . . wenn Sie Ihr Auge auf das Stück geworfen haben, dann rate ich Ihnen davon ab. Die Smaragde sind der Mühe nicht wert.«

»Es ist nicht unsere Absicht, den Krummsäbel in unseren Besitz zu bringen«, erwiderte Byron. »Es geht vielmehr um Folgendes: Jener Mortimer Pembroke, von dem Murat die Waffe als Geschenk erhalten hat, war ein äußerst skurriler Mann, um es gelinde auszudrücken. Er hat nämlich in dem Griffstück, das hohl ist und dessen Knauf sich aufschrauben lässt, eine Nachricht versteckt, die für uns von großer Wichtigkeit ist.«

»Das Griffstück ist hohl und enthält eine Nachricht?«, wiederholte der Waffenschieber verblüfft. »Das klingt ja fast wie ein orientalisches Märchen! Vielleicht ein Testament, das seine Erbfolge völlig neu ordnet?«

»Das nicht, aber etwas ähnlich Folgenschweres«, sagte Byron. »Bitte sehen Sie es mir großherzig nach, dass ich nicht die Freiheit habe, Ihnen Näheres darüber zu sagen.«

»Akzeptiert. Jeder von uns hat seine kleinen und großen Geheimnisse. Aber ich habe den Eindruck, dass Sie noch etwas auf dem Herzen haben, junger Freund. Gehe ich da richtig in meiner Annahme?«

Byron nickte und weihte ihn nun in ihren Plan ein, der jedoch nur gelingen konnte, wenn er, Basil Sahar, Murat dazu bringen könne, Harriet um eine Privatvorstellung in seinem Kasino zu bitten.

Als der Waffenhändler das hörte, lachte er amüsiert auf. »Und ob mir das gelingen könnte, Mister Byron! Ich bräuchte ihm nur zu verstehen zu geben, dass es eine gute Werbung für sein Kasino wäre, wenn er eine Artistin von Weltruf dazu bringen könnte, bei ihm aufzutreten!«

»Heißt das, Sie werden ihm diesen Stachel ins Fleisch setzen?«

»Und ob es das heißt, Mister Bourke! Das wird mir mehr Freude bereiten als der Verkauf der beiden U-Boote an den Sultan!«, erklärte Basil Sahar. »Also los, ziehen wir dem Lumpen einen hübschen Ring durch die Nase und führen ihn dann vor Miss Harriets Füße!«

Und es dauerte tatsächlich nicht lange, bis Murat nach einem kurzen Gespräch mit dem Waffenhändler sichtlich aufgeregt zu ihnen an den Tisch trat und Harriet förmlich bedrängte, ihm doch die große Ehre einer Sondervorstellung bei ihm im *Haus des Glücks* zu machen. Und er geizte auch nicht mit der Gage, die er ihr für ihren Auftritt in Aussicht stellte.

Harriet zierte sich natürlich, wie sie es mit ihren Freunden abgesprochen hatte, damit hinterher der Sieg für Murat noch süßer ausfiel.

»Sie schmeicheln mir, aber solch eine Vorstellung kann man nicht einfach aus dem Hut zaubern, Mister Murat. Weder habe ich mein Artistenkostüm auf dieser Reise bei mir noch meine Feuerreifen und Keulen, ganz zu schweigen von einer Assistentin. Auch bräuchte ich dazu die Spannstreben und das richtige Seil. Ach, es ist so viel, was nötig ist, um solch eine Vorstellung zu geben!«, sagte sie und legte in ihre Stimme eine Spur von Bedauern.

»Das ist alles kein Problem, Verehrteste!«, versicherte Murat sofort. »Konstantinopel weiß das alles zu bieten. In der Stadt gibt es gewiss Zirkusleute, bei denen sich alles Nötige ausleihen lässt. Geben Sie mir nur ein paar Tage Zeit und ich beschaffe Ihnen alles, was Sie brauchen – auch eine Assistentin.«

Harriet sah ihn mit leichten Zweifeln an. »Meinen Sie? Aber ich bin es gewohnt, als Höhepunkt des Abends aufzutreten. Deshalb werden Sie bestimmt verstehen, dass ich unmöglich ohne ein entsprechendes Vorprogramm auftreten kann. Und die Ausgaben für ein solches wären ja wohl eine Zumutung.«

Nun fühlte sich Murat bei seiner Ehre gepackt. Insbesondere weil Basil Sahar an seiner Seite stand und ein mokantes Lächeln auf dem Gesicht hatte, als wollte er voller Schadenfreude sagen: »Siehst du? Ich habe dir doch gesagt, dass du das nicht hinkriegst!«

»Sie bekommen Ihr Vorprogramm, und zwar eines, das Ihrem großen Namen gerecht wird!«, versprach Murat ihr sofort. »Geld spielt keine Rolle. Es wäre nicht das erste Mal, dass ich meinen Gästen Außergewöhnliches biete.«

»Nun ja«, sagte Harriet zögerlich, als erwäge sie jetzt ernstlich, sich auf seinen Wunsch einzulassen. »Aber dieser Raum hier . . .« Sie brach ab, ließ ihren Blick durch den Saal schweifen und schüttelte dann den Kopf.

»Was ist mit dem Saal? Sagen Sie mir, was Sie anders haben möchten!«, bedrängte er sie. »Wenn es machbar ist, werde ich es tun!«

Harriet seufzte. »Da wären diese wunderschönen, aber doch zu stark glänzenden Verkleidungen der Galerie. Man müsste sie verhängen, am besten mit langen schwarzen Stoffbahnen. Auch könnte ich es nicht zulassen, dass während der Vorstellung oben jemand aus einem Zimmer kommt oder auf der Galerie entlanggeht. Das würde mich ablenken. Deshalb müsste ich darauf bestehen, dass nur mein Bruder und meine Freunde sich dort aufhalten, damit es zu keiner Störung kommt.«

»Wenn das Ihr Wunsch ist, so ist er Ihnen schon jetzt erfüllt!«, sagte Murat ohne Zögern, »und nun erlösen Sie mich endlich von meiner Qual und sagen Sie zu!« Er stand wirklich kurz davor, vor ihr auf die Knie zu fallen.

»Sie sind mir ein geschickter Verführer, Mister Murat!«, sagte sie mit einem koketten Lächeln. »Aber gut, Sie sollen Ihre Vorstellung bekommen. Ich bin sicher, Sie wird Ihnen in unvergesslicher Erinnerung bleiben!«

6

Murat hatte sich für die vielen Vorbereitungen, die er zu treffen hatte, drei Tage Zeit ausbedungen. Damit hatte sich Harriet einverstanden erklärt und sich von ihm die Adresse einer Schneiderei geben lassen, die sich auf die Anfertigung ihres Bühnenkostüms verstand. Auch hatten sie mit Murat ausgemacht, noch einmal zusammenzukommen, um den ganzen Ablauf und noch einige andere Einzelheiten zu besprechen.

Worauf Alistair bemerkt hatte: »Ich denke doch, dass wir uns jeden Abend hier sehen werden, zumindest ist das meine Absicht. Mir gefällt es ausnehmend gut bei Ihnen.«

Was Murat sehr erfreute, hatte er doch von seinem Angestellten, der an Alistairs Pokertisch gesessen und für das Haus gespielt hatte, erfahren, dass der junge Krösus eine ordentliche Stange Geldes an ihn verloren hatte. Dass der angebliche Alleinerbe eines Druckimperiums ausschließlich Jetons auf Kredit verspielt hatte, beunruhigte ihn nicht. Er zweifelte nicht daran, es mit ehrenwerten Gentlemen zu tun zu haben, die sicherlich nicht wegen ein paar Tausend türkischen Goldpfund ihren guten Ruf aufs Spiel zu setzen gedachten.

»Du spielst da aber ein verdammt riskantes Spiel!«, sagte Horatio später zu ihm. »Wenn du weiter so verlierst und er dich zur Kasse bittet, wird es eng für dich!«

Alistair winkte ab. »Ach was! Zehnmal riskanter ist das Pokerspiel um unser Leben, auf das wir uns in drei Tagen im Kasino einlassen wollen«, hielt er dagegen. »Mir steht ja schon der kalte Schweiß auf der Stirn, wenn ich nur daran denke, was du für ein Zauberstück vollbringen willst, um an den Krummsäbel zu kommen. Aber du wirst schon wissen, was du dir zutrauen kannst und was nicht. Also lassen wir uns darüber keine grauen Haare wachsen. Es wird schon schiefgehen!«

Basil Sahar bestand darauf, dass Harriet sich bei ihren Besorgungen von zwei Furcht einflößenden Leibwächtern begleiten ließ und dass sie dabei eine Sänfte benutzte. Byron war ihm dankbar dafür. Denn er hatte nicht vergessen, dass sie bei dem Raubüberfall durch ein Mitglied des *Ordo Novi Templi* in der Wiener Kanalisation nur dank glücklicher Umstände mit einem blauen Auge davongekommen waren.

Sie rätselten noch immer, was es mit diesem mysteriösen Orden auf sich hatte und warum die Ordensleute ihnen Mortimers

Notizbuch abjagen wollten. Zwar fühlten sie sich mittlerweile einigermaßen sicher vor ihnen und glaubten, sie mit ihrem Ablenkungsmanöver im *Bristol* erfolgreich in die Irre geführt zu haben. Dennoch galt es, auch weiterhin höchste Wachsamkeit walten zu lassen. Denn niemand wusste, ob sie ihre Spur aufgenommen hatten und ob sie ihnen nicht noch einmal in die Quere kommen konnten. Unbeantwortet war bislang auch die Frage geblieben, wer sich hinter dem Namen *Die Wächter* verbarg und wieso auch jene Leute von ihrer Suche nach den Papyri des Judas wussten.

Fragen ganz eigener Art boten weiterhin Mortimers Aufzeichnungen. Und während Byron in diesen Tagen seine Freunde zwar gelegentlich bei Streifzügen durch die Stadt begleitete, nutzte er doch die meisten Stunden dazu, um in dem wirren Gekritzel den codierten Hinweis auf das nächste Ziel ihrer Reise ausfindig zu machen.

Aber immer wieder gab er der Versuchung nach, diese Suche für Stunden zu vernachlässigen und sich den geheimnisvollen aramäischen Passagen aus der Judasschrift anzunehmen, die über alle Seiten verstreut waren. Diese Textstellen quasi Zeichen für Zeichen aus all dem Gewirr herauszulösen, sie erst zu einzelnen Wörtern und dann zu Sätzen zusammenzufügen und über ihrer richtigen Übersetzung zu brüten, übte einen noch stärkeren Reiz auf ihn aus als die andere Aufgabe. Dabei kam er sich wie ein Archäologe vor, der in mühseliger Kleinarbeit Scherbe um Scherbe aus dem Sand fegte, sie zusammentrug und dann diesen Haufen scheinbar nutzloser Scherben wieder in das verwandelte, was sie einst gewesen waren, etwa ein Mosaik, eine bemalte Schale oder eine Amphore.

Manchmal schaute Harriet bei ihm herein, erzählte ihm, was sie inzwischen erreicht hatte, und sah ihm dann eine Weile schweigend und auch staunend zu.

Diese Minuten waren ihm dann noch kostbarer als die knifflige Arbeit am aramäischen Text.

»Was hast du für eine Engelsgeduld, Byron«, sagte sie einmal fast andächtig, als sie sah, wie er langsam einen aramäischen Buchstaben an den anderen reihte. »Ich könnte das nie! Meinst du, es lohnt die viele Arbeit, die du dir damit machst?«

Er schaute auf. »Alles, was man mit Liebe macht, lohnt sich, Harriet. Und nicht das Ergebnis ist der Lohn, sondern dass man es machen *darf!*«

»Liebe ist so ein großes Wort«, sagte sie leise. »Es kann so vieles und zugleich doch auch so wenig bedeuten. Es hängt wohl immer davon ab, was man unter Liebe versteht und was man von ihr erwartet.«

»Das ist wohl wahr«, antwortete er und hatte das Gefühl, dass dies der Moment für eine offenherzige Erklärung sein konnte. Doch bevor er noch den Mut fand, einen Versuch in diese Richtung zu machen, wechselte sie hastig das Thema.

»Gibt es denn wenigstens wieder etwas Interessantes aus dem Judas-Text, das sich vorzulesen lohnt und auch einem Unstudierten verständlich ist?«, fragte sie mit veränderter, nun wieder forscher Stimme.

Byron seufzte verhalten ob der vergeudeten Chance. »Ja, das gibt es sehr wohl«, sagte er und blätterte in seinem Notizbuch zurück. »Da ist zum Beispiel diese interessante Stelle: *Komm, damit ich dir Geheimnisse lehren kann, die kein Mensch jemals zuvor erblickte. Denn es existiert ein großes unendliches Reich, dessen Ausdehnung kein Geschlecht von Engeln jemals sah, in welchem ein großer unsichtbarer Gott ist.*«

»Und du meinst, das ist Jesus, der da zu Judas spricht?«

»Alles deutet darauf hin, denn Judas sieht sich ja fast in allen Passagen, die ich bisher gefunden habe, als einzig Auserwählter aus dem Kreis der Jünger. Faszinierend ist auch die folgende Stelle, in der es heißt: *Eines Tages war er mit seinen Jüngern in Judäa und fand sie bei Tische versammelt in Frömmigkeit. Als er auf sie zuging, die sie bei Tische versammelt waren, ein Dankgebet über das Brot sprechend, lachte er. Die Jünger sprachen zu ihm: ›Meister, warum lachst du über unser Dankgebet? Wir haben getan, was recht ist.‹ Er aber antwortete und sprach zu ihnen: ›Ich lache nicht über euch. Ihr habt dies nicht aufgrund eures eigenen Willens getan, sondern damit Gott dadurch gepriesen wird.‹ Sie aber sprachen: ›Meister, du bist der Sohn unseres Gottes.‹ Jesus aber sprach zu ihnen: ›Woher kennt ihr mich? Wahrlich, ich sage euch, kein Menschengeschlecht ist unter euch, das mich kennen wird.‹«* Byron blickte von der Seite auf. »Dies ist eine der Stellen, die sich bis auf unbedeutende Abweichungen mit Passagen in den Evangelien deckt. Ist das nicht aufregend?«

»Na ja, aus den Stiefeln haut es mich nicht gerade, wenn ich ehrlich sein soll«, gab sie unumwunden zu. »Aber das hat ja nicht viel zu bedeuten, denn was verstehe ich schon von Bibelkunde? So, und jetzt muss ich wieder los. Meine beiden Muskelmänner warten bestimmt schon, um mich zur Anprobe meines Kostüms zu begleiten.«

Ungern ließ Byron sie ziehen. Am Nachmittag leistete er seinen Freunden wieder einmal bei einem Ausflug in die großen Basare Gesellschaft. Die sogenannten *bedestens* waren massiv gebaute und weit verzweigte hallenförmige Basargebäude, die sich nachts abschließen ließen und bewacht wurden. Die einzelnen Läden und Werkstätten, in manchen der Hallen mehr als tausend an der Zahl, verfügten über eiserne Türen und Fensterläden sowie eingebaute feuersichere Tresore. In diesen überbauten Basaren wurden tausenderlei Waren feilgeboten und in den Gassen herrschte ein atemberaubend geschäftiges Treiben mit der entsprechenden Geräuschkulisse.

Auf ihrem Rückweg zum Hotel war Alistair so müde vom vielen Laufen, dass er sich nicht auch noch den Hügel nach Pera hinaufquälen wollte.

»Gönnen wir uns eine Ruhepause und nehmen wir die Pferdebahn!«, schlug er vor.

Die anderen hatten nichts dagegen einzuwenden, brannten doch auch ihnen die Füße. Und so stiegen sie in den Wagen. Doch kaum sah Harriet, wie abgemagert und klapprig das Pferdegespann war, da reute es sie auch schon, sich darauf eingelassen zu haben. Zudem musste sie sich von Byron, Alistair und Horatio trennen und sich hinten in den *haremlik* begeben, während der vordere und viel geräumigere *selamlik* den Männern vorbehalten war.

Vor der Pferdetram lief ein Mann mit Filzmütze. In der Hand hielt er ein Signalhorn aus Messing, in das er ununterbrochen blies. Auf diese Weise schuf er der Tram hinter sich einen Weg durch die Menschenmenge und warnte Passanten, damit niemand unter die Hufe oder Räder kam. Denn Bürgersteige gab es nicht. Und die Straßen waren eng, oftmals gewunden und mit groben Steinen gepflastert.

Der Kutscher ließ seine lange Peitsche über dem Rücken der Tiere knallen. Aber auf den Steigungen brachten es die armen Pferde nur zwei, drei Schritte weit. Dann blieben sie wieder stehen und blickten sich scheinbar betrübt an. Derweil belagerten Trauben von Straßenverkäufern die Passagiere an den offenen Fenstern und priesen lauthals ihre Waren an.

So ging es eine ganze Weile. Schließlich sprangen mehrere kräftige Männer, die Mitleid mit den Tieren hatten, aus der Tram und halfen, den Wagen hügelan zu schieben. Auch Alistair, Horatio und Byron packten mit an.

»So viel also zu Ruhepause und Pferdebahn!«, brummte Alistair verdrossen.

Ins *Pera Palace* zurückgekehrt, wollte Byron zuerst die Entzifferung einer aramäischen Textstelle beenden und sich dann wieder der Suche nach dem nächsten Hinweis widmen.

Auf einer Seite, die mal wieder von sich wiederholenden Buchstabenkolonnen in kleiner Schrift nur so wimmelte, hatte Mortimer mehrmals die Jahreszahl 1423 notiert und dazu eine Menge Bemerkungen über den französischen Regenten Graf von Bedford gekritzelt, der in jenem Jahr Anne, die Schwester des Grafen Philip II. von Burgund, geheiratet und mit dieser politisch motivierten Eheschließung die englisch-burgundische Verbindung gestärkt hatte.

Plötzlich stutzte er, als er in dem aramäischen Text auf drei Wörter stieß, die überhaupt nicht in den Sinnzusammenhang passten und durch Gedankenstriche vom restlichen Text getrennt standen. Als er die drei Wörter entziffert hatte, lachte er plötzlich auf, wandte sich sofort den scheinbar sinnlosen Wiederholungen von

Buchstabenkolonnen zu, die sich an die aramäischen Zeilen anschlossen, grübelte eine Weile, wie der Zahlen-Code zu knacken war, und fand schließlich den Schlüssel.

Wenig später rief er seine Freunde zusammen, um sie über die gute Nachricht zu unterrichten. »Das hier ist der vierte Code!«, teilte er ihnen mit und deutete auf die Buchstabenreihen, die von orthodoxen Kreuzen und winzigen ikonenhaften Zeichnungen umschlossen wurden. »Er enthält die Angabe des nächsten Ortes, zu dem wir reisen müssen!«

»Und was macht dich so sicher?«, fragte Harriet.

»Die drei Wörter ›Das sichtbare Wort‹, die Mortimer auf dieser Seite auf Aramäisch in einem Textauszug aus dem Judas-Evangelium versteckt hat«, antwortete Byron.

»Der Bursche versteht es wirklich, einem das Leben schwer zu machen!«, beklagte sich Horatio kopfschüttelnd. »Aber du bist ihm ja auf die Schliche gekommen. Das hier ist also die verschlüsselte Botschaft, richtig?«

»So ist es!«, bestätigte Byron.

Harriet, Alistair und Horatio sahen ihn sich näher an.

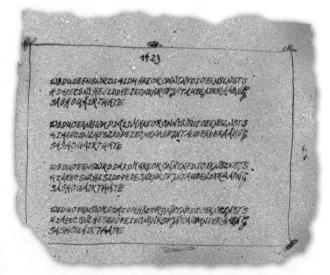

Alistair verzog das Gesicht. »Sieht mir nicht gerade nach einem simplen Abzählreim aus!«, spottete er.

»Ich habe mich damit auch erst etwas schwergetan«, räumte Byron ein. »Aber dann habe ich mich gefragt, was der Unsinn mit dem Grafen von Bedford und seiner Eheschließung mit der Schwester des Grafen von Burgund zu bedeuten hat und warum sich auf der Seite mehrfach diese Jahreszahl findet. Ich vermutete, diese Zahl könnte mehr als nur die Bedeutung eines historischen Datums haben. Da es jedoch nur vier und nicht fünf Zahlen sind, konnte ich natürlich sofort ausschließen, dass es sich wieder um eine bipartite einfache Substitution handelt wie bei dem Code in der Wiener Kanalisation.«

»Natürlich!«, bemerkte Horatio trocken.

»Nach einer Weile ist mir dann die Idee gekommen, dass hier eine Spalten-Transposition vorliegen könnte«, fuhr Byron fort, der sich gerade ganz in seinem Element fühlte.

»Aha! Was denn auch sonst!«, spottete Harriet, die wie Horatio und Alistair nicht wusste, wovon er sprach.

»Wäre es allzu unhöflich von uns, dich zu bitten, uns die kryptologischen Einzelheiten zu ersparen und einfach die Katze aus dem Sack zu lassen?«, fragte Alistair gequält.

»Also gut, überspringen wir diesen Teil«, sagte Byron. »Ich habe die Buchstaben in vier Gruppen aufgeteilt und jeweils jeden vierten Buchstaben der Reihe nach untereinandergeschrieben, also viermal eine senkrechte Buchstabenreihe angelegt. Das ergab dann folgende Spalten.« Er blätterte in seinem Notizbuch, um ihnen das Zwischenergebnis zu zeigen, das wie folgt aussah:

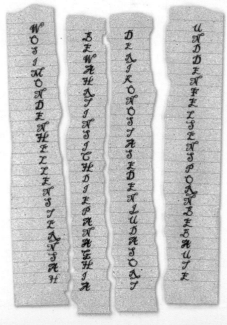

»Halleluja!«, entfuhr es Horatio. »Jetzt lässt sich damit etwas anfangen.«

Byron schmunzelte. »Aber noch stimmt die Reihenfolge der Spalten nicht, wie unschwer zu sehen ist. Erst wenn man sie nach dem System 1-4-2-3 untereinander oder nebeneinander anordnet, so wie ich es hier auf der nächsten Seite getan habe, ergibt sich der zusammenhängende Text. Das hier ist nun die Adresse, zu der uns Mortimer von Konstantinopel aus schickt!«

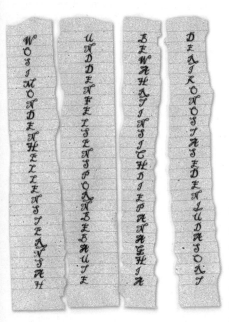

Alistair las den Text der vier Spalten laut vor: »Wo Simon den hellen Stern sah . . . und den Felsensporn bebaute . . . bewahrt in sich die Panaghia . . . der Ikonostase den Judasort!« Er schüttelte den Kopf. »Na, das liest sich doch so verständlich wie eine Adresse im Londoner Einwohnerverzeichnis!«

Harriet erging es nicht anders. »Wenn das eine Ortsangabe sein soll, dann müsste man erst mal wissen, wer dieser Simon war, der den hellen Stern gesehen und den Felsensporn bebaut hat und was die Panaghia einer Ikonostase ist!«

Byron lehnte sich belustigt zurück. »Ich nehme mal an, dass Horatio als Meisterfälscher von Ikonen keine Schwierigkeiten hat, uns genau das zu erläutern. Oder irre ich mich da?«

»Keineswegs, Byron«, sagte Horatio und rückte seine Brille zurecht. »Als Ikonostase, was aus dem Griechischen übersetzt schlicht und ergreifend ›Bildnishalter‹ heißt, bezeichnet man in einer orthodoxen Kirche eine architektonische Schranke, die zumeist reich mit Ikonen geschmückt ist. In der Regel besteht diese

Ikonostase aus einer Holzwand, oft vergoldet und auch noch mit Skulpturen versehen. Und die Panaghia, was übersetzt die ›Ganzheilige‹ bedeutet, ist die Ikone der Gottesmutter.«

»So, dann wissen wir ja schon mal, dass Mortimer den vierten Teil seines Judas-Puzzles in einer Marienikone versteckt hat!«, stellte Alistair fest. »Fragt sich nur, wo sie hängt!«

»He, nicht so respektlos«, frotzelte Harriet. »Und sie hängt natürlich da, wo Simon den hellen Stern gesehen und dann den Felsen bebaut hat!«

»Du Schlaumeierin! Und wo ist das?«, fragte Alistair und rief beschwörend an Horatios Adresse: »Sag jetzt bloß nicht Russland! Sonst schmeiß ich die Brocken hin und zocke so lange in Murats Kasino, bis ich wieder dick im Plus bin!«

»Keine Sorge! Nach Russland geht es zum Glück nicht, sondern nach Makedonien«, entgegnete Horatio. »Denn jener Simon, von dem hier die Rede ist, war ein griechischer Einsiedlermönch, der im vierzehnten Jahrhundert lebte. Wie die Legende erzählt, hatte er einst während der Christnacht auf einer felsigen Halbinsel eine Vision. Er sah in der Nähe der Grotte, in der er lebte, über einem Felsen einen hellen Stern. Diese Vision deutete er als göttliches Zeichen, mit seinen Schülern auf diesem Sporn ein Kloster zu bauen. Das erwies sich bei dem fast unzugänglichen Felsen als äußerst mühsam und auch gefährlich. Simons Anhänger begannen schon bald, über diese Zumutung zu murren, und wollten die Arbeit einstellen.«

»Und dann geschah vermutlich mal wieder ein Wunder, wie bei diesen Legenden üblich«, warf Alistair spöttisch ein.

»So ist es, du ungläubiger Thomas«, bestätigte Horatio. »Einer von Simons Schülern, ein Mann namens Isais, der Wasser holen wollte, stürzte von ebenjenem Felsen in die Tiefe. Er hätte sofort tot sein müssen. Aber wundersamerweise stand er sofort wieder auf, denn er hatte sich bei dem tiefen Fall nicht die geringsten Verletzungen zugezogen. Und auch seine Tongefäße, die er dabeihatte, waren völlig unversehrt geblieben. Dieses Wunder galt den

Männern als göttliche Bestätigung, den Bau fortzusetzen. Als das Kloster fertig war, erhielt es den Namen ›Neues Bethlehem‹. Doch nach Simons Tod wurde das Kloster neu getauft, und zwar auf Petra, was ›Felsen‹ bedeutet, und auf den Namen seines Gründers. Und seitdem heißt dieses Kloster ›Simonopetra‹!«

»Wirklich ergreifend!«, sagte Alistair. »Schon erstaunlich, was anderen Leuten so an Wundern widerfährt. Da fragt man sich doch, warum man selbst so selten Visionen und Wunder erlebt. Gestern Nacht bei Murat hätte ich die eine oder andere visionäre Offenbarung gut gebrauchen können.«

»Nun halt doch mal dein Lästermaul!«, sagte Harriet zu ihm, doch eher gelangweilt als verärgert. »Wir wissen ja längst zur Genüge, dass aus dir nie ein religiöser Mensch wird. Eher geht ein Kamel durchs Nadelöhr. Also lass Horatio erzählen, was er über dieses Kloster Simonopetra weiß und wo es überhaupt liegt.«

»Es liegt auf der bergigen Halbinsel Athos, die wie ein leicht gekrümmter Finger in das Ägäische Meer ragt, mit einem hohen Berg gleichen Namens«, teilte Horatio ihnen mit. »Und zwar auf der Westseite am Golf von Hagion Oros, was auf Griechisch ›Heiliger Berg‹ heißt. Dort gibt es noch viele andere derartige Klöster. Alle sehr abgelegen und auf Felsen gebaut, oftmals nur über Bergpfade zugänglich und vor allem sehr verschlossen gegenüber der Außenwelt. Die Mönche leben in den Klöstern zwar zumeist in einer größeren Gemeinschaft, ihrem ganzen Wesen und Lebensstil nach aber wie Einsiedler.«

»Was bedeutet, dass wir nicht einfach in dieses Kloster Simonopetra auf Athos hineinspazieren und diese Panaghia-Ikone mal eben abhängen können, um nach Mortimers Hinweis zu suchen!«, folgerte Harriet.

»Hast du denn etwas anderes erwartet?«, fragte Alistair grimmig. »Das hätte dem Irren doch gar nicht ähnlich gesehen, uns zur Abwechslung mal leichtes Spiel zu gönnen!«

»Wenn Mortimer sich Zugang zu dem Kloster verschaffen konnte, dann wird es auch uns irgendwie gelingen«, meinte Byron.

»Du vergisst, dass der stinkreiche Lord über viel Einfluss verfügte und dem Kloster diese Muttergottes-Ikone bestimmt zum Geschenk gemacht hat«, gab Horatio zu bedenken. »Damit können wir nicht aufwarten.«

»Du könntest doch ein ganz seltenes Stück, das in irgendeiner Sammlung in Russland oder sonst wo hängt, fälschen und uns damit Zutritt verschaffen!«, schlug Alistair fort.

Horatio lachte auf. »Weißt du, wie lange es dauert, um eine täuschend echte Ikone herzustellen? Und zwar nicht wie manche Pfuscher, die dabei noch Krakelüren einarbeiten, was dem Kundigen sogleich verrät, dass es eine Fälschung ist! Darüber kann es Sommer nächsten Jahres werden!«

»Krake-was?«, fragte Harriet.

»Das sind diese typischen Risse in den Farbschichten alter Gemälde«, erklärte Horatio. »Viele Fälscher, die sich nicht eingehend mit der Ikonenmalerei beschäftigt haben, malen Ikonen von irgendwelchen Vorlagen wie Drucken ab. Und dabei fertigen sie diese Bilder mit Ölfarben an, nicht wissend, dass Ikonen nie mit Öl, sondern immer nur in Tempera gemalt sind. Und eine Tempera-Ikone bekommt auch im hohen Alter keine Sprünge und Risse.«

»Na gut, dann müssen wir eben einen anderen Weg finden, um in dieses Kloster zu kommen«, sagte Alistair achselzuckend. »Uns wird schon etwas einfallen. Und erst haben wir hier ja noch etwas anderes über die Bühne zu bringen.«

»Aber es kann nicht schaden, sich schon jetzt zu erkundigen, welcher Dampfer einen Hafen anläuft, der nahe bei Athos liegt, und gegebenfalls für dieses Schiff schon Kabinen zu reservieren«, schlug Byron vor. »Und das sollten wir gleich morgen Vormittag tun, nachdem wir uns mit Murat getroffen und noch einen genauen Blick auf die Galerie geworfen haben. Denn wer weiß, ob wir Konstantinopel nicht fluchtartig verlassen müssen.«

Harriet nickte. »Am besten packen wir morgen Nachmittag auch schon unser Gepäck, geben es im Reedereikontor zur Aufbewahrung ab und bezahlen unsere Hotelrechnung. Dann zwingt uns nichts zur Rückkehr ins *Pera Palace,* was unter Umständen nicht ganz ungefährlich sein könnte – je nachdem, wie die Sache morgen Nacht ausgeht!«

»Die Vorstellung wird ein voller Erfolg, zumindest für uns!«, erklärte Horatio selbstbewusst. »Ich habe schon schwierigere Sachen gedeichselt. Aber dennoch sollten wir es so tun, wie Harriet gesagt hat.«

Gleich am nächsten Morgen zogen sie Erkundigungen nach einer günstigen Schiffsverbindung ein. Denn ein Blick auf die Landkarte und das Schienennetz hatte gezeigt, dass sie zu Land erheblich länger unterwegs sein würden als per Schiff.

Sie fanden einen Dampfer der griechischen *Panhellenios-Linie,* der auf den Namen *Xerxes* getauft war. Man wies sie im Kontor der Reederei vorsorglich darauf hin, dass die Kabinen auf der *Xerxes* alles andere als Luxus boten, was sich auch in dem bescheidenen Fahrpreis widerspiegelte. Aber das kümmerte sie nicht. Denn auf alle anderen Dampfer hätten sie je nach Gesellschaft zwei bis drei Tage warten müssen.

Zudem würde die *Xerxes* unterwegs nur dreimal kurz Station machen. Als ersten Hafen auf seiner Route nach Saloniki lief der Dampfer Kum-Kale an, das nahe bei Troja an der türkischen Westküste lag, danach machte er einen kurzen Abstecher zur Insel Limnos und legte als letzte Station vor seinem Zielhafen Saloniki kurz in Karyäs an, einem kleinen Küstenort an der Westseite der Athos-Halbinsel. Von dort war es nicht mehr weit bis zum Kloster Simonopetra.

»Ausgezeichnet, dass wir schon gleich morgen früh nach Athos aufbrechen können!«, sagte Byron.

»Hoffe nur, dass der Dampfer kein Seelenverkäufer ist, der nur noch von Rost zusammengehalten wird!«, meinte Horatio. »Wasser ist nicht gerade mein bevorzugtes Element. Werde einfach zu schnell seekrank.«

»So schlimm wird es bestimmt nicht werden!«, sagte Harriet. »Und die knappen anderthalb Tage Überfahrt werden wir schon überstehen, auch wenn die *Xerxes* offenbar alles andere als der *Orient-Express* ist!«

Alistair rieb sich die Hände. »Das läuft doch alles wie geschmiert, Freunde! Vor uns liegt jetzt nur noch ein netter Abend im Kasino!«

7

Barfüßige Sänftenträger mit Oberarmen wie dicke Ankertrossen trugen sie durch den Großen Basar, der mit seiner enormen Ausdehnung das Hauptgeschäftszentrum von Konstantinopel war. Er nahm in einiger Entfernung zu den Hafenanlagen am Goldenen Horn ein ganzes, abgegrenztes Stadtviertel zwischen der Bajesid-Moschee und der Nuri-Osmanie-Moschee ein und war nur durch bestimmte Tore zugänglich, die abends geschlossen und bewacht wurden.

Wer sich als Fremder allein in jenes Labyrinth hineinwagte, der war gut beraten, sich für dieses Abenteuer mit einem Kompass auszurüsten. Denn nur zu leicht konnte man sich in dem unübersichtlichen und weit verzweigten Gewirr der überwölbten Gassen verirren, die mit ihren beidseitig gelegenen Buden und Läden lange Hallen bildeten. Durch die eingestaubten Fenster in den Wölbungen über den Ladenstraßen und in einigen hohen Kuppeln fiel nicht allzu viel Licht. Und dieser leichte Dämmerschein, der auch an sonnigen Tagen über allem lag, verstärkte den orientalischen Zauber, dem sich kein Nicht-Orientale entziehen konnte.

Da sie zu viert waren, hatten sie zwei Sänften nehmen müssen. Byron hatte beim Einsteigen darauf geachtet, dass er sich mit Harriet eines dieser wippenden und schaukelnden Verkehrsmittel teilte. Alistair und Horatio befanden sich in der vorderen der beiden Sänften. Den Schluss bildeten die beiden Leibwächter.

Sie hatten den Großen Basar noch einmal aufgesucht, um dort noch einige wichtige Kleinigkeiten zu kaufen und insbesondere die Sachen abzuholen, die Horatio sich für sein riskantes Kunststück im Kasino hatte anfertigen lassen. Und er war sehr zufrieden mit den Arbeiten des Gürtelmachers und des Schmiedes, die sich exakt an seine Vorgaben gehalten hatten.

Sie hatten die Vorhänge in ihren Sänften zurückgeschlagen und ließen es sich gefallen, getragen zu werden und sich nicht zu Fuß einen Weg durch das lärmende Gewimmel bahnen zu müssen. Wie Kulissen mit bunten orientalischen Bildern zogen die ständig wechselnden Straßenszenen an ihnen vorbei.

Was keiner von ihnen bemerkte, war eine andere Sänfte, die nahe der Eisenwarenhandlung in einem Tordurchgang gewartet hatte und ihnen von dort gefolgt war. Mit ihrem goldenen Farbanstrich, den vielen ineinander verschlungenen Blumenmotiven und den rosenbestickten Vorhängen sah sie wie eine jener privaten Sänften aus, in denen sich vornehme Frauen durch die Stadt tragen ließen. Dies täuschte auch die beiden Leibwächter.

Dann ging alles sehr schnell.

Kaum hatte die Blumensänfte jene von Byron und Harriet überholt, da setzten die vier Träger die verhängte Sänfte gleichzeitig abrupt ab – und zwar genau vor einer schmalen dunklen Gasse, die auf der rechten Seite abzweigte.

Die beiden hinteren Träger der Blumensänfte rissen noch im Absetzen das Netz auf, das an der Hinterwand hing und in dem sich drei bauchige, mit Korken verschlossene Tonkrüge befanden. Die Krüge stürzten herab, zerschellten auf dem Boden und vergossen ihren Inhalt, bei dem es sich um Öl handelte. Sofort zerfloss es zu einer großen Lache. Die Träger, die dafür verantwortlich waren, bekamen höchstens noch ein paar Spritzer auf ihre nackten Beine mit. Denn sowie sie die Sänfte abgesetzt hatten, die nun die Gasse blockierte, suchten sie wie ihre Komplizen vorne blitzartig die Flucht. Sie waren schon in der Menge untergetaucht, bevor die beiden Leibwächter sowie Byron und seine Freunde auch nur merkten, dass auf sie ein raffiniert geplanter Überfall ausgeführt wurde.

Als die goldfarbene Blumensänfte jäh zum Stehen kam, zwang

dies auch die beiden vorderen Träger der nachfolgenden Sänfte mit einem heftigen, unerwarteten Ruck in die Knie, sodass auch sie sich gezwungen sahen, augenblicklich ihre Sänfte abzusetzen.

Im selben Moment flog der Vorhang rechts von Harriet auf und eine baumlange Gestalt mit den Armen eines Affen warf Byron eine Handvoll Pfeffer und noch irgendetwas anderes ins Gesicht, beugte sich in der nächsten Sekunde zu Harriet hinüber, packte sie und riss sie brutal von ihrem Sitz und zu sich in seine Sänfte. Dort sprang eine zweite schattenhafte Gestalt zur Gasse hin aus der Sänfte und gab den Fluchtweg für seinen Komplizen frei.

Byron kam überhaupt nicht dazu, ihr zu Hilfe zu kommen. In seinen Augen brannte es wie Feuer und er konnte nur blind und hilflos nach seinen Gefährten schreien, um sie zu alarmieren.

Auch Harriet schrie gellend auf, doch ihr Schrei wurde schon im nächsten Moment von einem mit Chloroform getränkten Lappen erstickt, den ihr eine prankenähnliche Hand sogleich auf den Mund presste, während der baumlange Kerl sie auch schon auf der anderen Seite aus der Sänfte und hinein in die Gasse zerrte. Ein, zwei Sekunden später zerschellten auch dort Krüge mit Öl.

Die beiden Leibwächter reagierten schnell. Doch sie hielten den verschütteten Inhalt der geborstenen Tonkrüge wohl für Wein oder eine andere Flüssigkeit, der sie keine besondere Aufmerksamkeit schenken mussten.

Wäre es anders gewesen, hätten sie womöglich noch eine reelle Chance gehabt, die Verfolgung rechtzeitig genug aufzunehmen und die Entführer nicht aus den Augen zu verlieren. Doch als einer der Leibwächter vorsprang, um sich durch den Spalt zwischen Hauswand und Sänfte in die Gasse zu zwängen, glitt er in der Öllache aus, stürzte gegen eines der Tragehölzer und fiel dem anderen so unglücklich vor die Füße, dass er auch ihn mit sich zu Boden riss. Als sie endlich wieder auf den Beinen waren, durch das Öl schlidderten, sich dann endlich durch den Spalt gezwängt hatten und auch dort wieder auszurutschen drohten, war von den Entführern schon nichts mehr zu sehen. Sie konnten hinter jeder der vielen Türen und Tordurchgänge, die beidseitig von der Gasse abgingen, verschwunden sein. Jedenfalls fehlte von ihnen und Harriet jede Spur, als hätte sie der Erdboden verschluckt.

Alistair und Horatio kamen angerannt. Sofort bildete sich um die beiden Sänften eine Menschenmenge aus Schaulustigen und anderen, denen der Weg in beide Richtungen versperrt war.

»Was ist passiert?«, rief Alistair, während er sich mit Horatio unter groben Stößen einen Weg durch die Mauer aus Menschenleibern bahnte.

»Um Gottes willen, wo ist Harriet?«

Byron hörte nur ihre aufgeregten Stimmen, die das Geschrei um ihn herum zu übertönen versuchten. Dann nahm er seine Freunde durch den Tränenfluss seiner brennenden Augen verschwommen wahr.

»Sie haben Harriet aus der Sänfte gerissen und entführt!«, stieß er hervor.

»Wer? Wer hat Harriet entführt?«

»Ich weiß es nicht. Es ging alles so furchtbar schnell. Es waren zwei Einheimische, mehr habe ich nicht gesehen. Einer von ihnen hat mir etwas in die Augen geworfen. Ich glaube, es war Pfeffer! Es brennt jedenfalls wie verrückt!«

»Verdammt!«, fluchte Alistair zornig. »Wozu hatten wir denn die beiden Leibwächter dabei? Da kommen die Taugenichtse ja an! Wie begossene Pudel! Sie haben die Schurken entkommen lassen!«

Es war Horatio, der an das dachte, was nun zuerst getan werden musste. »Wir brauchen Wasser! Byron muss seine Augen sofort ausspülen!«

Wenig später hockte Byron auf der Kante der Sänfte und spülte sich den Pfeffer aus den Augen. Was jedoch viel schmerzhafter in ihm brannte als seine Augen, die sich von dem heimtückischen Anschlag schon wieder erholen würden, war die Angst um Harriet. Er machte sich Vorwürfe, dass er ihre Entführung nicht hatte verhindern können.

»Du hast dir nichts vorzuwerfen, Byron«, sagte Alistair. »Keiner von uns hätte mit Pfeffer in den Augen etwas ausrichten können. Der Überfall war offensichtlich bis ins Kleinste geplant. Und ich sage euch, dahinter stecken nicht irgendwelche einheimischen Ganoven, die auf Lösegeld aus sind, sondern diese verfluchte Bande vom *Ordo Novi Templi!*«

»Das sieht mir auch so aus«, sagte Horatio und bemerkte dann den Briefumschlag, der auf dem Boden der Sänfte lag. Schnell bückte er sich danach. »Und hier haben wir die Bestätigung. Auf dem Umschlag stehen doch tatsächlich unsere drei Namen! Sie wissen also sogar, wer wir sind!«

»Hol mich der Teufel!«, stieß Alistair hervor. »Was steht in dem Brief?«

Horatio riss ihn auf und zog eine Briefkarte hervor. »Die Nachricht der Entführer ist denkbar knapp, aber eindeutig: *Wenn Sie Miss Chamberlain wohlbehalten zurückhaben wollen, folgen Sie meinen Anweisungen! Kehren Sie sofort ins* Pera Palace *zurück. Dort liegt ein Brief an der Rezeption für Sie mit weiteren Verhaltensmaßregeln. Sprechen Sie mit keinem anderen darüber, wenn Ihnen etwas am Leben von Miss Chamberlain liegt!* Das alles in gestochen scharfer Handschrift und in fehlerfreiem Englisch. Keine Frage, diese Zeilen stammen von einem Landsmann. Als Unterschrift steht noch *P. B.* unter der Nachricht.«

»Verfluchte Teufelsbande!« Wütend trat Alistair gegen die Sänfte. »Jetzt haben sie das Ass in der Hand und können uns jeden Preis diktieren!«

Byron hielt sich nicht mit langem Reden und Zetern auf. »Los, zurück ins Hotel! Und schaff uns die Leibwächter vom Hals, Alistair. Aber mach ihnen klar, dass sie über den Überfall und Harriets Entführung Stillschweigen zu bewahren haben! Wir dürfen nicht das geringste Risiko eingehen, das Harriets Leben in Gefahr bringen könnte!«

Alistair ließ eine wahre Schimpfkanode über ihre Leibwächter niedergehen und drohte ihnen, dafür zu sorgen, dass man sie auf die Bastonade binden und auspeitschen würde, wenn sie nicht den Mund über den Überfall halten würden. Die beiden Männer waren froh, für ihr schändliches Versagen nicht bestraft zu werden. Nur zu bereitwillig versprachen sie, genau das zu tun, was der Efendi von ihnen verlangte.

Im Hotel lag dann wie angekündigt ein weiterer Brief der Entführer in ihrem Fach. Mittlerweile hatte der feurige Reiz in Byrons Augen erheblich nachgelassen, sodass er nun in der Lage war, die zweite Anweisung selber zu lesen.

»Begeben Sie sich auf Ihr Zimmer, warten Sie dort auf die nächste Anweisung, egal wie lange es dauert, bis Sie meine nächste Nachricht erhalten! Und halten Sie Mortimer Pembrokes Notizbuch für den Austausch bereit! Noch einmal: Reden Sie mit keinem und versuchen Sie erst gar nicht, besonders clever zu sein! Solange Sie sich an meine Anweisungen halten, wird Miss C. kein Haar gekrümmt. Andernfalls haben Sie ihr Leben auf dem Gewissen! P. B.«

»Jetzt ist guter Rat teuer!«, knurrte Alistair. »Es war dumm von uns, dass wir uns nicht gleich nach dem Überfall in Wien ein, zwei Revolver zugelegt haben!«

Horatio schüttelte den Kopf. »Unsinn! Was hätte uns das denn genutzt? Ein wilde Ballerei in die leere Gasse?«

»Er hat recht!«, stimmte Byron ihm zu. »Und auch jetzt bringen Waffen uns nichts! Oder willst du vielleicht nachher bei der Übergabe des Notizbuches die Entführer in eine Schießerei verwickeln, bei der Harriet womöglich getroffen wird?«

»Natürlich nicht«, murmelte Alistair kleinlaut. »Das würde ich niemals riskieren. Mir liegt an Harriet genauso viel wie dir.«

Das wusste Byron nur zu gut und er nickte. »Dann wissen wir ja auch, was wir jetzt zu tun haben. Wer immer sich hinter der Abkürzung P. B. verbirgt, ihm geht es allein darum, in den Besitz von Mortimers Notizbuch zu gelangen. Deshalb bin ich sicher, dass dieser *Orden des Neuen Tempels* dahintersteckt. Und uns bleibt nichts anderes übrig, als zu hoffen, dass dieser P. B. Harriet tatsächlich nichts antut und sie freilässt, sowie er das Notizbuch von uns bekommen hat.«

Alistair entfuhr ein schwerer Seufzer. »Das bedeutet dann, dass die Suche nach dem Judas-Evangelium für uns hier ein Ende findet«, stellte er niedergeschlagen fest. »Denn ohne Mortimers Notizbuch haben wir keine Möglichkeit, den Dunkelmännern des Ordens vielleicht noch zuvorzukommen.«

»So bitter es ist, die Suche ist für uns vorbei!«, bestätigte Byron. Er war fest entschlossen, sich auf keinen anderen Handel einzulassen. »Harriets Leben ist wichtiger als ein ganzes Dutzend noch so kostbarer Papyri!«

»Tja, dann wird wohl Murat heute Nacht sehr enttäuscht sein, wenn ich ihm nicht nur einen schönen Batzen Geld schuldig bleibe, sondern auch noch die groß angekündigte Sondervorstellung ins Wasser fällt. Das wird wohl die Blamage seines Lebens!«, sagte Alistair, doch er schien sich nicht wirklich darüber freuen zu können. »Verflucht, hätten wir uns heute doch nicht in den Basar begeben, sondern die Sachen von einem Boten abholen lassen! Dann wären wir noch immer im Spiel und nicht morgen mit leeren Taschen auf dem Weg zurück nach England, sondern auf der *Xerxes* mit Kurs auf Athos!«

»Du hättest dein Geld eben besser zusammenhalten und nicht alles verspielen sollen«, erwiderte Horatio. »Dann hättest du immerhin noch die 1 000 Pfund so wie wir.«

»Keiner wird mit leeren Taschen nach England zurückkommen, auch Alistair nicht«, sagte Byron. »Ich stehe auch jetzt zu meinem Wort, das ich euch auf Burg Negoi gegeben habe. Ich werde jedem von euch 2 000 Pfund zahlen. Das dürfte den Schmerz ein wenig lindern, wie ich hoffe.«

»Zweifellos, aber kannst du es dir denn überhaupt erlauben, 6 000 Pfund an uns auszuzahlen?«, fragte Horatio. »Das erscheint mir ungerecht zu sein, Byron. Denn dann musst du zu den 5 000, die du von Lord Pembroke erhalten hast, ja noch 1 000 aus eigener Tasche dazusteuern. Dann stehst du schlechter da als vorher, während Harriet und ich mit immerhin noch 3 000 und Alistair mit 2 000 Pfund aus diesem Abenteuer herauskommen, was beides doch recht stolze Summen sind!«

Byron wollte seine Freunde nicht anlügen. Sie hatten ein Recht darauf, die Wahrheit zu kennen. Deshalb sagte er: »Ihr könnt unbesorgt sein, mir bleibt noch genug. Denn Pembrokes Scheck, den ich am Morgen vor unserer Abreise auf mein Konto eingezahlt habe, war nicht auf 5 000, sondern auf 25 000 Pfund ausgestellt.«

»Was?«, stieß Alistair fassungslos hervor. »Der Schurke hat dir das Fünffache von dem gezahlt, was er uns versprochen hat? Und du hast darüber kein Wort verloren? Das schlägt ja dem Fass den Boden aus!«

Auch Horatio war verblüfft über die gewaltige Summe, die Byron erhalten hatte. Doch ihm lag es fern, deswegen neidisch zu sein. »Jeder hat nun mal seinen Preis, Alistair«, sagte er achselzuckend. »Und wir waren doch mit dem, was Pembroke uns angeboten hat, mehr als zufrieden, oder? Byron jetzt Vorwürfe zu machen, ist wirklich nicht angebracht. Das würde mich sonst sehr an die Geschichte mit dem Weinberg und den Tagelöhnern erinnern.«

Irritiert sah Alistair ihn an. »Was für ein Weinberg?«

»Na, der Besitzer dieses Weinbergs rief am Morgen Tagelöhner zur Arbeit und versprach jedem von ihnen einen guten Lohn«, sagte Horatio. »Am Mittag rief der Mann noch weitere Tagelöhner, die nirgendwo Arbeit gefunden hatten, zu sich in den Weinberg und am Nachmittag tat er es noch einmal. Doch als er am Abend allen drei Gruppen denselben Lohn auszahlte, ich glaube, es war ein Denar, da murrten diejenigen, die für denselben Lohn den ganzen Tag im Weinberg geschuftet hatten. Und wenn mich meine Bibelkenntnis jetzt nicht ganz im Stich lässt, hielt der Weinbergbesitzer den Empörten vor: ›Meine Freunde, euch geschieht kein Unrecht. Habt ihr nicht einen Denar mit mir vereinbart? Nehmt euer Geld und geht! Darf ich mit dem, was mir gehört, nicht tun, was ich will? Oder seid ihr neidisch, weil ich zu anderen gütig bin?‹ Nicht, dass ich Pembroke für gütig halte. Aber ich denke, du verstehst, was ich damit sagen will.«

Alistair schoss das Blut ins Gesicht. »Ich bin doch gar nicht neidisch auf ihn!«, versicherte er hastig. »Wirklich nicht, Byron! Ich gönne dir das viele Geld. Aber wenn wir das gewusst hätten, hätten wir für uns vielleicht noch mehr herausschlagen können. Das ist alles, wirklich!«

»Vielleicht verstehst du die Höhe meiner Bezahlung besser, wenn du weißt, dass Lord Pembroke mich vorher um genau diese hohe Summe betrogen hat«, sagte Byron. »Sein Scheck hat also nur den Verlust ausgeglichen, den seine betrügerische Intrige mich gekostet hatte. Aber das ist jetzt alles nicht weiter von Bedeutung. Ihr erhaltet die 2000 Pfund, wie ich gesagt habe, und damit wollen wir auch nicht länger über diese Sache reden.«

Horatio nickte. »Ja, jetzt ist nichts wichtiger, als dass wir Harriet freibekommen. Hoffentlich erfahren wir schon bald, wo und wie der Austausch stattfinden soll!«

8

Ihre Hoffnung erfüllte sich nicht. Stunde um Stunde warteten sie im *Pera Palace,* dass die nächste Anweisung der Entführer eintraf. Darüber wurde es Mittag und schließlich später Nachmittag.

Das untätige Warten auf dem Hotelzimmer und die Ungewissheit zerrten an ihren Nerven. Byron war krank vor Sorge um Harriet. Und in diesen Stunden wurde ihm bewusst, wie viel sie ihm bedeutete.

Als Byron am Fenster stand und mit bleichem Gesicht hinaus in die hereinbrechende Dunkelheit starrte, trat Alistair neben ihn und fragte leise: »Du liebst sie, nicht wahr?«

»Ja«, antwortete Byron ebenso leise und sofort drängte sich auch ihm eine Frage auf, die ihn schon lange beschäftigte. Er versuchte, sie zu unterdrücken, aber dann musste er sie doch aussprechen. »Und du?«

Alistair überlegte kurz. »Ich begehre sie«, sagte er dann. »Du magst das nicht für genug halten. Aber so, wie ich die Welt sehe, ist das eine so gut wie das andere.«

Das Klopfen an der Zimmertür enthob Byron einer Erwiderung. Sofort sprang Horatio auf und öffnete. Auf dem Flur stand ein Hoteldiener, der ihm einen Brief aushändigte, der gerade an der Rezeption für sie abgegeben worden sei.

Es war die Nachricht, auf die sie so viele quälend lange Stunden gewartet hatten. Der Brief enthielt die nächsten Instruktionen:

Begeben Sie sich sofort aus Ihrem Zimmer und hinunter in die Halle! Vor dem Hotel wartet eine Kutsche auf Sie! Reden Sie nicht mit dem Kutscher und versuchen Sie erst gar nicht, von ihm etwas über das wahre Ziel zu erfahren! Er weiß nichts und wird Sie nur zu einem Ort bringen, wo ein anderes Gefährt Sie erwartet. Eine heutige Ausgabe der französischen Zeitung Le Moniteur Oriental *ist das erste Erkennungszeichen, dass Sie am Ende der Kutschfahrt den richtigen Mann gefunden haben. Der nächste wird sich mit dem* Levant Herald *ausweisen. Reden Sie mit niemandem auf dem Weg zur Kutsche! Jemand wird Sie beobachten! P. B.*

»Offensichtlich geht es mit dieser Kutsche nicht direkt zu dem Ort, wo er Harriet gegen Mortimers Aufzeichnungen austauschen will! Der Schweinehund hält uns also weiterhin im Dunkeln!«, knurrte Horatio. »Wer immer dieser P. B. auch sein mag, er weiß offenbar sehr genau, was er tut!«

Byron steckte Mortimers Notizbuch ein und eilte mit seinen Freunden aus dem Zimmer. Ihnen fehlte die Ruhe, auf den elektrischen Fahrstuhl zu warten, und deshalb hasteten sie die Treppen hinunter. Vor dem Hoteleingang wartete eine gewöhnliche Kutsche, deren Fahrer gerade andere Gäste abwies, die bei ihm einsteigen wollten. »Ich bedaure sehr, aber meine Droschke ist für die Herren Bourke, Slade und McLean reserviert.«

»Das sind wir!«, rief Byron ihm zu und sprang in die Kutsche.

Der Kutscher brachte sie hinunter an das westliche Ufer von Galata und hielt vor den Landungsstegen, wo eine ganze Reihe von Kaiks auf abendliche Kundschaft wartete. »Die Fahrt ist schon bezahlt, meine Herren. Aber man hat mir aufgetragen, Ihnen zu sagen, dass Sie hier nach dem Boot von Harun Ghahib fragen sollen«, teilte er ihnen beim Aussteigen mit und zuckelte mit seiner Droschke von dannen.

Sie brauchten nicht lange nach dem Bootsbesitzer zu fragen. Denn Harun Ghahib hatte schon nach ihnen Ausschau gehalten und winkte sie mit einer Ausgabe des *Le Moniteur Oriental* in der erhobenen Hand zu sich ans Boot.

»Und? Wo bringst du uns hin?«, fragte Alistair, als sie zu ihm in das Kaik stiegen.

»Von hier nach dort«, antwortete Harun mit breitem Grinsen, griff zu seinen Riemen und legte sich ins Zeug.

Als das schnelle Kaik unter kräftigen Ruderschlägen hinaus auf den dunklen Strom schoss, suchten sie auf dem Wasser nach einem anderen Boot, das ihnen vielleicht folgte. Aber bei den vielen Booten, die sogar noch zu dieser Abendstunde den Fluss bevölkerten, war dies unmöglich.

Das Ruderboot hielt auf den gegenüberliegenden Handelshafen zu, doch auf halber Höhe änderte Harun abrupt seinen Kurs, schlug einen Haken und ruderte in einem spitzen Winkel zum Ufer stromaufwärts. Wenig später glitt das Kaik unter der Alten Brücke hindurch. Dahinter lag der Kriegshafen mit seinen kanonengespickten Schiffen.

Kurz darauf hatten sie das Ziel der schnellen Kaikfahrt erreicht. An der Anlegestelle von Aya Kapu unterhalb der Selim-Moschee ließ Harun sie aussteigen. »Ihr sollt mit einer der Kutschen da drüben zu euren Freunden kommen!«, sagte er noch. Dabei deutete er auf ein Durcheinander von Sänften, Kutschen und Ochsengespannen, die sich auf dem Vorplatz der belebten Landungsbrücke gegenseitig den besten Platz streitig machten. Dann stieß er sein Boot mit dem Ruder ab und verschwand aus ihrem Blickfeld.

»Das kann ja wohl nicht wahr sein!«, stieß Alistair grimmig hervor, als sie sahen, wer von den Kutschern eine Ausgabe des *Levant Herald* in den Händen hielt. »In dem Gefährt kommen wir ja nur im Schneckentempo voran!«

»Was vermutlich ganz im Sinn der Entführer sein dürfte!«, sagte Byron.

Es war der krummbeinige, turbantragende Besitzer einer klobigen *araba,* eines einachsigen Gefährts mit einer breiten Sitzbank, das drei Personen bequem Platz bot, ein Dach aus Stoff hatte und vorne wie hinten offen war. Gezogen wurde es von zwei Ochsen mit beachtlichem Gehörn.

Der zahnlose Mann vergewisserte sich, dass er es mit den richtigen drei Fremden aus England zu tun hatte, und dann legten sich die Ochsen ins Zeug und trotteten los.

Für den Kutscher war auf einer Araba kein Platz. Der Mann ging nebenher und lenkte das Gespann mit gelegentlichen Hieben und Stößen eines langen Stockes.

Byron hatte sich den Stadtplan von Konstantinopel vorsorglich gut eingeprägt und versuchte, in Gedanken dem Weg zu folgen, den die Araba nahm. Die nächtliche Dunkelheit und die vielen Richtungsänderungen in dem Straßenlabyrinth der hügeligen Stadt machten es ihm jedoch schwer, sich zu orientieren. Doch als zu ihrer Rechten kurz ein großer Park zu sehen war, glaubte er sich sicher sein zu können, dass sie sich im Sultan-Sélim-Bezirk befanden und langsam den nordwestlichen Außenbezirken Konstantinopels zustrebten. Eine ganze Weile später fiel sein Blick auf eine Kirche mit einem Kreuz der Ostkirche, das neben dem oberen waagrechten Querbalken darunter noch einen zweiten, schräg zum Längsbalken stehenden aufwies, der eine Fußstütze symbolisierte.

»Das muss die Kirche St. Dimitri der griechisch-orthodoxen Gemeinde sein!«, raunte er seinen Gefährten zu. »Jetzt ist es bis zu den Resten der alten Stadtmauer nicht mehr weit!«

»Und danach kommt die türkische Wildnis, wo weit und breit keine Menschenseele ist!«, sagte Alistair mit finsterer Miene. »Schon gar nicht bei Nacht!«

Einige Straßen weiter nach der Kirche hielt der Turbanträger bei einem großen Trümmerfeld an. Hier waren offenbar Dutzende Häuser eines Armenviertels Opfer eines verheerenden Brandes geworden. An Bränden hatte es in dieser engen Stadt, wo die Häuser zumeist aus Holz gebaut waren, zu keiner Zeit gemangelt, wie sie von Basil Sahar wussten. Dieses Feuer hier musste die Häuser erst in jüngster Vergangenheit vernichtet haben. Denn es lag noch immer ein leichter Brandgeruch in der Luft. Ein ganzes Rudel Hunde trieb sich auf dem Ruinengelände herum und scharrte in den Trümmern nach Essbarem.

»Hier ich soll bringen«, sagte der Besitzer der Araba in gebrochenem Englisch und bedeutete ihnen auszusteigen. »Sollen warten! Wird Mann kommen!«

Sie stiegen von der Araba, die sogleich kehrtmachte und sich in der Richtung entfernte, aus der sie gekommen waren.

»Wirklich ein reizender Ort für ein nächtliches Stelldichein!«, sagte Horatio grimmig. »Da hat sich unser Ordensbruder aber mächtig angestrengt, um uns noch ein paar außergewöhnliche Sehenswürdigkeiten zu bieten!«

Byron zuckte die Achseln. »Kein schlechter Platz, wenn man sich vergewissern will, ob wir auch wirklich keine Verstärkung mitgebracht haben. Warten wir also, bis unser Mann auftaucht. Etwas anderes bleibt uns sowieso nicht übrig.«

»Ich sage euch, der Ordensbruder lockt uns hinaus aufs platte Land, wo kein Hahn nach uns kräht, wenn wir da nachher irgendwo in unserem Blut liegen!«, murmelte Alistair, von düsteren Ahnungen heimgesucht.

»Red doch nicht so einen Unsinn!«, widersprach Horatio heftig. »Er wird den Teufel tun, sich völlig unnötig die Polizei auf den Hals zu hetzen! Und wenn diese Bande wirklich so skrupellos wäre und vor Mord nicht zurückschrecken würde, dann hätten sie uns schon in der Kanalisation von Wien kaltblütig abgeknallt. Also lass gefälligst dieses apokalyptische Unken!«

Angespannt warteten sie darauf, dass sich endlich jemand zeigte. Geschlagene zehn Minuten verstrichen. Dann bemerkte Alistair plötzlich eine Gestalt, die vor ihnen aus den Ruinen auftauchte.

»Da kommt jemand!«

»Gebe Gott, dass jetzt alles gut geht!«, flüsterte Byron und sein

Herz krampfte sich bei dem Gedanken an Harriet zusammen, für die das Warten und die Ungewissheit seit ihrer Entführung sicherlich noch viel qualvoller waren als für sie.

9

Ein Mann mittleren Alters und mittlerer Größe stiefelte mit schnellen Schritten durch das Trümmerfeld auf sie zu. Er führte eine Lampe mit sich, deren Docht jedoch nur schwach glomm. Dass er kein Einheimischer war, verriet beim Näherkommen nicht nur seine europäische Kleidung, sondern auch sein dunkelblondes Haar, das er sehr kurz geschnitten trug.

»Haben Sie Mortimer Pembrokes Notizbuch?«, fragte er barsch und ohne Umschweife auf Englisch, doch mit einem starken Akzent.

Byron wusste sofort, dass sie es mit einem Österreicher zu tun hatten und der Mann vermutlich aus Wien stammte. Denn wienerisches Englisch hatten sie in den Tagen ihres Aufenthaltes dort zur Genüge gehört.

»Ja, das haben wir. Was dachten Sie denn?«

»Zeigen Sie es!«, rief der Österreicher.

Byron zog das Notizbuch und zugleich auch das Sturmfeuerzeug, das er sich von Alistair ausgeliehen hatte, aus seiner Jacke. »Hier ist es.«

»Geben Sie her!« Der Mann streckte die Hand danach aus.

»Ich denke gar nicht daran!«, sagte Byron, ließ das Feuerzeug aufschnappen und setzte den Docht mit einer raschen Daumenbewegung in Brand. Er hielt die Flamme nahe an Mortimers Notizbuch. »Sie bekommen das Buch erst, wenn wir Harriet sehen und uns davon überzeugt haben, dass es ihr gut geht! Sollten Sie versuchen, uns zu hintergehen, stecke ich das Notizbuch in Brand! Wir haben die hinteren leeren Seiten mit Petroleum getränkt. Es wird brennen wie Zunder, das verspreche ich Ihnen!« Das mit den getränkten Seiten war zwar gelogen, aber das konnten diese Dunkelmänner nicht wissen.

»Sind Sie verrückt geworden? Vorsichtig mit der Flamme!«, stieß der Mann erschrocken hervor. »Also gut, behalten Sie es vorerst. Aber lassen Sie mich sehen, ob es auch wirklich das richtige ist! Halten Sie es hoch und blättern Sie die Seiten langsam durch! Ich weiß, wie Mortimer Pembrokes Aufzeichnungen aussehen müssen!« Damit hob er seine Petroleumlampe und drehte den Docht höher.

Byron klappte das Notizbuch auf, hielt es ins Licht der Lampe und blätterte die Seiten auf.

Alistair wurde ungeduldig. »Verdammt noch mal, wollen Sie sich vielleicht jede Seite anschauen, Mann?«, blaffte er. »Es *ist* Mortimers Buch! Und jetzt bringen Sie uns endlich zu Harriet! Sie haben uns lange genug warten lassen!«

Byron nickte. »Es ist das richtige Notizbuch. Sie haben mein Ehrenwort als Gentleman!«, versicherte er und schlug das Buch wieder zu. »Und nun tun Sie, was mein Freund gesagt hat!«

»Vorher muss ich Sie noch nach versteckten Waffen abtasten!«, erwiderte der Österreicher. »Also drehen Sie mir den Rücken zu und heben Sie Ihre Hände, damit ich sie jederzeit sehen kann!«

»Idiot!«, zischte Horatio. »Glauben Sie vielleicht, wir wollen Miss Harriets Leben aufs Spiel setzen?«

»Und kommen Sie nicht auf die Idee, mich überwältigen und für die Geisel austauschen zu wollen!«, warnte sie der Österreicher noch. »Ich bin bereit, für unsere Sache zu sterben, falls es nötig sein sollte!«

»Und was genau ist Ihre *Sache?*«, fragte Byron sofort mit provozierendem Tonfall.

»Das geht Sie nichts an!«, entgegnete der Ordensbruder und fügte dann noch höhnisch hinzu: »Sie werden noch früh genug von uns erfahren! Die ganze Welt wird es, wenn wir erst die Offenbarung des Judas in unseren Händen halten und sie sich als das herausstellt, was unser Per. . .« Er hielt abrupt inne, als hätte er sich ermahnt, nicht das Geheimnis seines Ordens auszuplaudern.

»Sieh an, aus den Papyri ist also schon eine Offenbarung geworden!«, sagte Alistar sarkastisch. »Fehlt wohl nicht mehr viel und dieser Judas wird noch ein Heiliger!«

»Das ist er bereits! Und jetzt halten Sie den Mund!«, herrschte ihn der Ordensmann an.

Dann tastete er sie nacheinander ab. Byron achtete darauf, dass die brennende Flamme des Feuerzeugs vorsichtshalber die ganze Zeit über in der Nähe von Mortimers Notizbuch blieb. Nur das war ihre Garantie, dass Harriet mit heiler Haut davonkam.

Endlich hatte sich der Tempelbruder davon überzeugt, dass sie keine Waffen bei sich trugen. »Kommen Sie!«, forderte er sie nun auf und legte ein scharfes Tempo vor, sodass sie fast ins Rennen gerieten.

Es ging über verwinkelte Hintergassen durch ein Wohnviertel, das Byron an die tristen Vorstädte von Bukarest erinnerte. Sie eilten in nördliche Richtung, wie Byron zu wissen meinte. Aber wo sie sich genau befanden, wusste er nicht zu sagen. Es fiel nicht viel Mondlicht durch die Wolkenlöcher und am Himmel waren zu wenige Sterne auszumachen, um sich an ihnen besser orientieren zu können.

Auf einmal traten zu ihrer Rechten die schemenhaften Umrisse von Resten der alten Befestigungsanlagen der Stadt aus der Dunkelheit hervor. Gleich danach stießen sie auf einen großen Durchbruch in der Umfassungsmauer und sofort dahinter auf einen Friedhof.

»Es wird ja immer heimeliger«, raunte Alistair, während sie am Gräberfeld vorbeihasteten. »Das hier wäre ein Ort, an dem Dracula sich sauwohl gefühlt hätte! Insbesondere wenn er dem verfluchten Österreicher das Blut hätte aussaugen können!«

»Hör mit deinem Gequatsche auf!«, zischte Horatio, dessen Nerven so blank lagen wie die von Byron. »Du machst mich nervös!«

»*Ich* mache dich nervös?« Alistair lachte trocken auf. »Ich glaube, du verkennst hier Ursache und Wirkung!«

»Nur Ruhe, Freunde!«, mahnte Byron. Er ahnte, dass Alistair genauso um Harriet bangte wie Horatio und er, aber sich in überdrehtes Gerede flüchtete, um sich von seiner Angst abzulenken. »Gleich kommt es zum Austausch und dann hat dieser Albtraum ein Ende. Verliert jetzt bloß nicht die Nerven, sondern reißt euch zusammen. Beide!«

Kurz hinter dem Friedhof erhob sich die Ruine eines palastartigen Gebäudes. Dem Baustil der wenigen noch stehenden Säulen und Wände nach zu urteilen, handelte es sich um einen Bau aus byzantinischer Zeit. Aber ganz sicher war Byron sich dessen nicht.

Der Österreicher führte sie über einen gewundenen Pfad, der zu beiden Seiten von verwilderten Sträuchern und einigen Zypressen gesäumt war. Hinter einer scharfen Biegung, die wie das Halbrund einer Sichel durch eine tiefe Mulde schnitt, erhob sich vor ihnen ein Hügel, der mit Bäumen und Buschwerk bedeckt war. Der Ordensmann hielt auf den Hügel zu und es schien, als wollte er mit ihnen den Hang hinauf. Doch dann wandte er sich scharf nach links und Augenblicke später tauchten hinter einer Gruppe von hohen Bäumen die Umrisse eines weiteren alten Gebäudes mit einem von Säulen getragenen Eingang auf.

Je näher sie kamen, desto mehr Einzelheiten konnten sie ausmachen. Und als sie nur noch knappe zwei Dutzend Schritte vom Eingang trennten, war Byron sich ganz sicher, ein Gebäude aus byzantinischer Zeit vor sich zu haben. Die Art der Säulen und die Ausschmückung der Fassade sagten ihm, dass es jedenfalls vor dem 29. Mai des Jahres 1453 erbaut worden sein musste. An dem Tag hatten die muslimischen Truppen unter Mohammed II. das damalige christliche Byzanz nach langer Belagerungszeit erobert. Unter dem neuen Namen Stambul war es danach zur Hauptstadt der Osmanen geworden und die großen Kirchen, auch die Hagia Sophia, wurden in Moscheen verwandelt.

Vor dem rechteckigen Bau, der etwa hundert Ellen in der Länge und etwa sechzig, siebzig Ellen in der Breite maß, lag eine Menge Bauholz herum. Auch Erde war aufgehäuft und unter einem Unterstand aus Brettern standen mehrere Wannen zum Mischen von Zement und vor der Wand lagerten graue Säcke. Es handelte sich offensichtlich um eine Baustelle. Und dass sich keine Wächter blicken ließen, um nächtlichen Diebstahl zu verhindern, ließ sich nur damit erklären, dass die Ordensmänner sie entweder bestochen hatten oder aber die Nachtwächter gehörten zu den Einheimischen, die den Überfall im Großen Basar ausgeführt hatten.

»Was soll das bloß sein?«, flüsterte Horatio. »Ein alter Palast, der renoviert wird?«

Byron schüttelte den Kopf. »Dafür fehlt es an fast allem, was einen Palast ausmacht, sieht er doch zu sehr nach einem Kasten aus. Aber was für eine Bewandtnis es mit dem Bau einmal hatte, kann ich dir auch nicht sagen.«

Augenblicke später, als sie dem Österreicher durch den Eingang folgten und über einen breiten Brettersteg in das dunkle Innere traten, wusste Byron, welchem Zweck diese Anlage einst gedient hatte.

»Das ist eine jahrhundertealte Zisterne!«

10

Aus der Tiefe der Zisterne ragten gut und gern hundert Säulen mit korinthischen Kapitellen empor. Ihre Höhe lag bei mindestens dreißig, vierzig Ellen und sie bildeten eine lange Reihe hinter der anderen. Vom Eingang bis zur hinteren Längswand mochten es zehn, vielleicht sogar zwölf Säulenreihen sein, die das Dach der Zisterne trugen.

Hinter dem Eingang führte eine breite Steintreppe hinunter auf den Grund des uralten Wasserbeckens, das wohl schon vor der Eroberung Konstantinopels aufgegeben worden war. Möglicherweise war die Quelle versiegt, die die Zisterne speiste, oder eine Korrektur der Umfassungsmauern der Stadt hatte zu ihrer Aufgabe geführt.

Aber was immer auch der Grund dafür gewesen war und weshalb man jetzt mit ihrer Instandsetzung begonnen hatte, es interessierte Byron und seine Freunde nicht. Ihr Blick suchte in diesem Säulenwald nach Harriet.

Neben der abwärtsführenden Steintreppe begann einer der langen Bretterwege, die auf Baugerüsten ruhten, einander rechtwinklig kreuzten und gute fünfzehn Ellen über dem Grund durch das Säulenfeld führten. Hier und da ragte das Ende einer von unten kommenden Leiter über den Rand der Bretterstege. Auch über ihren Köpfen hatte man schon Gerüstbalken zwischen den Säulen eingezogen und mit dem Bau erster Laufstege begonnen, um demnächst auch an der schadhaften Decke mit Ausbesserungsarbeiten beginnen zu können.

»Tenkrad? Bist du es?«, schallte eine harte, befehlsgewohnte Männerstimme durch die Halle der Zisterne. Sie kam etwas links von der Mitte, wo der Lichtschein einer Lampe auf die Bretter von zwei sich kreuzenden Wegen fiel. Das Englisch des Mannes wies ihn als Engländer aus, dessen Aussprache eine leicht walisische Intonation besaß.

»Ja, Perfectus!«, antwortete der Österreicher mit hörbarer Unterwürfigkeit. »Ich bringe die Männer. Es ist alles so, wie Sie verlangt haben. Sie haben das Notizbuch. Es ist das richtige. Ich habe mich davon überzeugt.«

»Dann bring sie her!«, befahl der Fremde, den der Österreicher mit Tenkrad angesprochen hatte und der offenbar den Ordenstitel »Perfectus« trug.

Byron wusste sofort, woher er diesen Titel aus der Religionsgeschichte kannte. Es verwirrte ihn für einen kurzen Moment. Denn es ergab keinen Sinn, dass jene Glaubensgemeinschaft, bei der die Perfecti eine maßgebliche Rolle gespielt hatten, gleichbedeutend mit dem *Ordo Novi Templi* sein sollte. Aber in dieser Situation verspürte er weder das Verlangen, länger darüber nachzudenken, noch blieb ihm die Zeit dazu. Denn inzwischen hatten sie etwa die Mitte der Zisterne erreicht. Und da fiel ihr Blick, als der Österreicher sich nach links wandte, auch schon auf Harriet.

Byron fuhr bei ihrem Anblick entsetzt zusammen. Ihm war, als legte sich eine Eisenzwinge um seine Brust und presste sie mit aller Gewalt zusammen.

»Allmächtiger!«, entfuhr es Horatio.

»Diese Schweine!«, zischte Alistair und ballte die Fäuste.

Etwa ein Dutzend Schritte von ihnen entfernt stand Harriet mit auf dem Rücken gefesselten Armen auf einem dreibeinigen Holzhocker. Ein Knebel verschloss ihren Mund. Und um ihren Hals lag die Schlinge eines Seils, das ein gutes Stück rechts von ihr oben an einem Balken verknotet war. Kippte sie vom Schemel, würde das Seil sie vom Steg weg und über den Abgrund reißen – und ihr augenblicklich das Genick brechen.

Neben Harriet stand ein schlanker Mann von vielleicht fünfundvierzig, fünfzig Jahren, der mit einem weiten schwarzen Wollumhang bekleidet war. Sein Haar, in das sich schon einiges Grau mischte, war noch kürzer geschnitten als das von Tenkrad. Die Seitenpartien waren sogar glatt rasiert, was seinem Schädel ein noch markanteres, jedoch nicht eben anmutiges Aussehen verlieh. Es drückte freudlose Strenge aus und diese Strenge fand sich auch in seinen harten Gesichtszügen. Links von ihm hing von einem Querbalken ein weiteres Seil herab, an dessen einem Ende ein kleiner Korb befestigt war. Neben dem Korb stand eine brennende Petroleumlampe.

Hinter diesem Mann, bei dem es sich zweifellos um den Perfectus handelte, hielt sich in einem respektvollen Abstand von zwei, drei Schritten noch ein zweiter Ordensbruder auf. Er war von gedrungener Gestalt, höchstens Mitte zwanzig, trug das Haar ebenfalls kurz und über den Ohren glatt rasiert und hatte das schmale, spitze Gesicht eines Frettchens.

»Halt!«, rief der Perfectus, als sie sich Harriet und ihm bis auf zehn Schritte genähert hatten. »Keinen Schritt weiter!«

Der Österreicher beeilte sich, dass er zu seinem Ordensoberen und dem Kerl mit dem Frettchengesicht kam.

Byron war bei Harriets Anblick schreckensbleich geworden und musste erst heftig schlucken, bevor er seine Stimme wiederfand.

»Wieso legen Sie unserer Freundin, die Ihnen nichts getan hat, eine Galgenschlinge um den Hals?« Er hatte Mühe, seinen Zorn und seine Angst um Harriets Leben unter Kontrolle zu halten.

»Eine Vorsichtsmaßnahme, nichts weiter!«, sagte der Perfectus gleichgültig. »Ihr wird nichts passieren, wenn Sie sich an meine Anweisungen halten. Es liegt also ganz in Ihrer Hand, wie diese Sache ausgeht. Doch vergessen Sie nicht: Ein kurzer Tritt, und die irdische Mühsal Ihrer Freundin hat ein Ende.« Damit stellte er seinen Fuß kurz auf die Kante des Hockers.

»Nehmen Sie Harriet erst die Schlinge ab, dann bekommen Sie Mortimers Aufzeichnungen!«, verlangte Byron und hielt dabei das Notizbuch hoch.

Der Perfcetus antwortete mit einem geringschätzigen Lächeln: »Sie irren! Ich gebe hier die Befehle! Erst wenn ich mich davon überzeugt habe, dass Sie mir auch wirklich Mortimer Pembrokes Notizbuch ausgehändigt haben, kommt sie frei. Keine Sekunde früher! Und wenn dem so ist, hat Ihre Freundin nichts zu befürchten. Wir nehmen einem Menschen nicht aus Lust das Leben, sondern nur dann, wenn eine solche Strafe notwendig ist. Und nun den Korb, Tenkrad!« Und an Byron, Alistair und Horatio gewandt, fuhr er fort: »Fangen Sie den Korb auf, legen Sie das Notizbuch hinein und lassen Sie dann den Korb einfach los. Aber bitte mit Gefühl!«

Der Österreicher bückte sich eiligst nach dem Korb und ließ ihn an dem herabhängenden Seil nach vorne schwingen.

Horatio bekam den Korb zu fassen und hielt ihn fest. Byron legte Mortimers Notizbuch hinein und Horatio ließ den Korb los. Er schwang zum Perfectus zurück. Und indem Tenkrad das Seil dabei wieder anzog, schlug er auch nicht auf den Brettern auf, sondern pendelte seinem Oberen in Brusthöhe entgegen, sodass dieser den Korb bequem auffangen und das Notizbuch herausnehmen konnte.

Gerade war der Perfectus neben der Petroleumlampe in die Hocke gegangen, um in dem Buch zu blättern, als hinter Byron und seinen Freunden Bretter knarrten.

Noch bevor sie sich nach dem Geräusch umgedreht hatten, rief eine Stimme in krudem, fehlerhaftem Englisch den scharfen Befehl: »Niemand sich bewegen, Engländer! Sofort still alle, sonst ihr fahren in Hölle von Ungläubig!«

Nicht nur Byron, Alistair und Horatio fuhren bei dem Anruf erschrocken zusammen, sondern auch der Perfectus und seine beiden Ordensbrüder.

Aus dem Dunkel hinter ihnen waren vier türkische Männer aufgetaucht, bekleidet mit einfachen Gewändern und mit einem Fez auf dem Kopf. Zwei von ihnen, zu denen auch ein baumlanger Kerl gehörte, waren mit Flinten bewaffnet. Die beiden anderen hielten Pistolen in den Händen. Man sah ihnen an, dass sie zu dem Gesindel der Stadt gehörten, das nach seinen eigenen schurkischen Gesetzen lebte.

»Bist du von Sinnen, Said?«, zischte der Perfectus den vorderen der beiden Türken herrisch an, die mit ihren Pistolen auf sie zielten. »Was hast du mit deinen Männern hier zu suchen? Ihr habt euren Lohn bekommen und der war sehr großzügig bemessen. Also haltet euch gefälligst an unsere Abmachung und macht jetzt keine . . .«

»Sofort Mund halten, Hund ungläubiger, sonst Kugel in Schädel!«, unterbrach ihn der Anführer namens Said und fuchelte drohend mit seiner Pistole. »Mehr Geld! . . . Alles, was haben, Englischhund! . . . Auch Uhren und was mir gefällt! . . . Leer machen Tasche! . . . Und mit Knie auf Boden! . . . Sofort! . . . Alle sofort!«

Auch die anderen drei schrien Befehle, jedoch in ihrer Sprache, und machten drohende Bewegungen mit ihren Waffen.

»Tut, was er sagt!«, stieß Byron hastig hervor und folgte Saids Befehl. »Runter auf die Knie und raus mit Geld und Taschenuhr! Wenn sie uns ausgeplündert haben, werden sie schon wieder verschwinden! Bloß nichts riskieren!« Und damit zog er auch schon seine Geldbörse hervor, die nur eine bescheidene Summe Piaster enthielt. Ihr Geld in englischen Pfund lag zusammen mit Arthur Pembrokes Kreditbrief und ihren Pässen sicher hinter der dicken Stahltür des Hoteltresors. Schmerzlich würde deshalb allein der

Verlust ihrer Taschenuhren sein. Aber auch das ließ sich leicht verschmerzen, sofern sie und Harriet nur mit dem Leben davonkamen.

Horatio und Alistair folgten augenblicklich seinem Beispiel, hakten die Verschlüsse ihrer Uhrketten auf und warfen ihre Geldbörse zu der von Byron.

Der Perfectus dachte jedoch nicht daran, sich von den Männern, die er für den Überfall gedungen und offenbar gut bezahlt hatte, ausrauben zu lassen. Auch fürchtete er wohl, dabei um Mortimers Notizbuch gebracht zu werden.

Jedenfalls versetzte er der Petroleumlampe einen kräftigen Stiefeltritt. Und während den vier Ganoven noch die Lampe entgegenflog, deren Glaszylinder bei dem Tritt zersplittert war, fuhr seine rechte Hand unter den Umhang und riss einen Revolver hervor. Mit einem Sprung zur Seite brachte er sich hinter dem Österreicher Tenkrad in Deckung und feuerte gleichzeitig auf Said.

Die zu hastig abgefeuerte Kugel verfehlte ihr Ziel, klatschte neben dem Anführer an eine Säule und jaulte als Querschläger in die Dunkelheit der Zisterne.

Augenblicklich erwiderten die vier Banditen das Feuer. Die meisten Schüsse der ersten Salve richteten keinen Schaden an. Aber zwei Kugeln trafen Tenkrad, der mit einem lang gezogenen Schrei zu Boden stürzte.

Der Perfectus vergeudete nicht eine Sekunde, sondern ergriff schon die Flucht, als das Feuer der vier Türken wieder einsetzte. Er rannte an seinem zweiten Ordensbruder vorbei, der wie gelähmt vor Schreck war, und feuerte dabei blindlings hinter sich, während er in den Schutz der Finsternis floh und offenbar zu einem Seitenausgang der Zisterne flüchtete.

Byron, Alistair und Horatio warfen sich flach auf die Bretter, um nicht ins Kreuzfeuer zu kommen. Byron war fast verrückt vor Angst, dass eine der Kugeln, die unter krachenden Detonationen von beiden Seiten über sie hinwegsirrten, Harriet treffen könnte.

Sie hörten einen weiteren Schrei, der ihnen durch Mark und

Bein ging und sogleich wie abgeschnitten wieder abbrach, gefolgt von einem schweren, dumpfen Aufprall.

Das scharfe Krachen der Flinten und Revolver, das von der leeren Zisterne verstärkt wurde, dröhnte ihnen noch in den Ohren, als Said und seine Komplizen zu ihnen und den beiden am Boden liegenden Ordensbrüdern stürzten. Sie rafften die Uhren und Geldbörsen zusammen, durchsuchten die Taschen der beiden niedergeschossenen Männer und entfernten sich dann in großer Hast mit ihrer Beute.

Als das Getrappel der vier nackten Fußpaare jenseits des Haupteingangs in der Nacht verklang, sprangen Byron, Alistair und Horatio wie auf Kommando auf. Hinter ihnen loderte die Flamme der auf der Seite liegenden Lampe, aus der immer mehr Petroleum sickerte.

Byron stürzte zu Harriet an den Hocker. Ihr Gesicht war so bleich wie eine frisch gekalkte Wand und sie zitterte am ganzen Körper. Doch sie war gottlob unverletzt. Keine der Kugeln hatte sie auch nur gestreift.

Schnell öffnete er die Schlinge in ihrem Nacken, warf das Seil über ihren Kopf und knotete ihren Knebel auf. Mit einem erstickten, würgenden Laut sank sie ihm in die Arme.

»Es ist vorbei, Harriet. Dem Himmel sei Dank, dass du unverletzt geblieben bist. Es ist noch mal gut gegangen«, redete er ihr beruhigend zu und strich ihr zärtlich über das Haar. »Wir wissen, was du durchgemacht hast. Aber so etwas wird nie wieder passieren, das verspreche ich dir. Jetzt ist alles vorbei, Harriet. Wir kehren so schnell wie möglich nach England zurück. Zum Teufel mit Lord Pembroke und den verfluchten Judas-Papyri!«

Für einen Moment hielt sie sich an ihm fest, als hätten sie alle Kräfte verlassen, und presste ihr Gesicht schluchzend an seine Brust. Doch dann fasste sie sich. Ihr Körper straffte sich und sanft entzog sie sich seiner Umarmung.

»Danke, Byron ... Es ... es geht schon wieder ... Es war so entsetzlich ... die Ungewissheit ... und dann der ... der Knebel, der ... der mich gewürgt hat ... und die ganze Zeit die ... die Schlinge um den Hals«, stieß sie hervor und wischte sich die Tränen aus dem Gesicht.

»Der Kerl hier lebt noch, aber bestimmt nicht mehr lange«, sagte Alistair in Byrons Rücken und es lag kein Mitleid in seiner Stimme. »Der andere hat es schon hinter sich. Allmächtiger, den hat es gleich von vorne *und* von hinten getroffen! Das nur zum Thema brüderliche Liebe!«

Byron fuhr zu den beiden am Boden liegenden Ordensmännern herum. Ein einziger Blick genügte, um Alistairs Feststellung bestätigt zu finden. Der Mann mit dem spitzen Gesicht lag auf der Seite und in verkrümmter Haltung auf den Brettern. Zwei Kugeln hatten ihn von vorne in die Brust getroffen, eine dritte Kugel, die nur von dem Perfectus stammen konnte, war in seinen Rücken eingedrungen.

Der Österreicher namens Tenkrad, der rücklings hingestreckt lag, kämpfte jedoch noch stöhnend mit dem Tod.

Schnell kniete sich Byron neben ihn und beugte sich zu ihm hinunter. »Wer seid ihr?«, fragte er eindringlich. »Sag mir, wofür euer *Orden vom Neuen Tempel* steht? Weshalb wollt ihr unbedingt diese Judas-Schrift in eure Hände bekommen? Und wer ist der Mann, den ihr Perfectus nennt? Sprich zu mir! Du wirst nicht mehr lange zu leben haben.«

Die Augenlider des Sterbenden flatterten. »Ist ... ist ... er mit dem ... Notizbuch entkommen?«, stieß er mühsam und mit schwacher Stimme hervor.

»Ja, das ist er! Und er hat seine Flucht damit erkauft, dass er deinem Ordensbruder dabei in den Rücken geschossen hat!«, teilte Byron ihm mit. »Er ist tot. Und du wirst es auch gleich sein! Also rede!«

Um Tenkrads Mund zuckte es, als wollte er lächeln. »Markion sei ... Dank, er ist ... entkommen!«, flüsterte er.

»Hast du Markion gesagt?«, vergewisserte sich Byron. »Seid ihr etwa Anhänger jenes Markion von Sinope, der im zweiten Jahrhundert seine irrwitzige Lehre entwickelt hat?«

Tenkrad schien ihn in seinem Todeskampf nicht gehört zu haben oder dachte nicht daran, ihm darauf eine Antwort zu geben. Für einen kurzen Moment verdrängte ein fast erlöster Ausdruck den Schmerz aus seinem Gesicht. »Es ist . . . geglückt! . . . Haben diesmal . . . nicht versagt!«, röchelte er. »Der Perfectus wird . . . das Evangelium finden! . . . Die . . . Wahrheit . . . wird offenbar! . . . Gepriesen seien . . . Kain . . . und Judas, die wahrhaft . . . Erleuchteten . . . die Sieger über . . . den Demiurgen!« Blutiger Schaum quoll aus seinem Mund. Ein letztes krampfartiges Zucken ging durch seinen Körper, dann war der letzte Funke Leben aus seinem Körper gewichen.

»Was hat er gesagt?«, wollte Alistair sofort wissen.

Verstört von dem, was er soeben gehört hatte, richtete sich Byron auf.

»Nicht jetzt! Später!«, wehrte er ab. »Erst mal müssen wir so schnell wie möglich von hier weg und zurück in die Stadt. Wer weiß, ob jemand die Schüsse gehört hat.« Aber ohnehin hätte er sich in seinem aufgewühlten Zustand nicht in der Lage gesehen, ihnen Auskunft zu geben. Zudem war es nicht mit ein paar schnellen Sätzen zu erklären, wer Markion von Sinope gewesen war und welche Überzeugungen er vertreten hatte.

»Du sagst es!«, pflichtete Horatio ihm auch sogleich bei. »Wenn jemand die Polizei gerufen hat und man uns hier antrifft, dann hängt man uns womöglich noch die beiden Morde an den Hals! Also Beeilung, Freunde! Machen wir uns aus dem Staub, solange wir dazu noch eine Chance haben! Oder hat jemand von euch den Wunsch nach einem Stelldichein mit einem osmanischen Henker?«

11

So schnell sie konnten, rannten sie den Pfad zurück, hasteten am Friedhof vorbei und gelangten zur langen Unterbrechung in der alten Festungsmauer. Doch erst als sie das erste Wohnviertel erreicht und einige seiner krummen Gassen hinter sich gebracht hatten, fühlten sie sich einigermaßen sicher, der Gefahr der Verhaftung entkommen zu sein. Sie beeilten sich jedoch weiterhin, diesen Teil der Stadt hinter sich zu lassen und hinunter ans Ufer des Goldenen Horns zu kommen.

Zum Glück brauchten sie nicht den ganzen Weg quer durch die Stadt zu laufen und an der Brücke einen Europäer anzusprechen und ihn um das Brückengeld zu bitten, damit sie über den Fluss hinüber nach Galata kamen. Horatio hatte in seiner Jackentasche noch einige lose Münzen gefunden, darunter auch ein Goldstück im Wert von einem türkischen Pfund. Das ermöglichte es ihnen, schon im weit flussaufwärts gelegenen Stadtteil Phanar an Bord eines Fährschiffes zu gehen, das auf seinem Weg stromabwärts auch in Galata anlegte.

Der Schock des Erlebten saß ihnen allen noch in den Gliedern. Erst an Bord der Fähre fanden sie allmählich ihre Fassung wieder.

»Ihr habt diesem Perfectus tatsächlich Mortimers Notizbuch ausgehändigt?«, vergewisserte sich Harriet nun.

»Natürlich! Oder hast du etwa gedacht, wir würden wegen der Papyri dein Leben aufs Spiel setzen?«, fragte Byron etwas betroffen zurück, weil sie diese Möglickeit überhaupt in Erwägung gezogen hatte.

»Entschuldige«, sagte Harriet sofort. »Ich habe es irgendwie nicht glauben wollen, dass dieser Perfectus es uns nun doch abgenommen hat und wir damit aus dem Rennen sind! Ehrlich gesagt, hätte ich schon gern gewusst, wo Mortimer das Judas-Evangelium versteckt hat und was nun wirklich auf diesen Papyri steht!«

»Trösten wir uns damit, dass der Kerl es nicht leicht haben wird, das Versteck zu finden«, sagte Horatio. »Ein Teil der Hinweise fehlt ihm und er weiß ja noch nicht mal, was die ›Stimme des Propheten‹ ist.«

»So ganz aus dem Rennen sind wir eigentlich noch gar nicht«, sagte Harriet. »Selbst wenn der Perfectus herausfindet, dass er nach Athos in dieses Kloster muss, könnten wir lange vor ihm dort sein. Und wenn wir uns eine raffinierte Falle einfallen lassen, können wir ihm das Notizbuch wieder abnehmen, bevor er noch im Kloster nach der Ikone suchen kann.«

»Kommt überhaupt nicht infrage!«, sagte Byron sofort energisch. »Auf so ein gefährliches Unternehmen werden wir uns auf keinen Fall einlassen! Diesmal haben wir Glück gehabt, dass keiner von uns einen Kratzer abbekommen hat! Aber das könnte beim nächsten Mal ganz anders ausgehen! Und dass dieser Perfectus keine Rücksicht kennt, habt ihr ja in der Zisterne gesehen! Er hat seinem eigenen Ordensbruder in den Rücken geschossen! Nein, mit mir ist das nicht zu machen! Ich sage, wir kehren nach England zurück!«

Horatio nickte. »Die Sache ist es wirklich nicht wert, dafür sein Leben zu riskieren.«

»Ich glaube nicht, dass wir England so schnell schon wiedersehen«, mischte sich nun Alistair ein, der sich bis dahin erstaunlich ruhig gehalten hatte. »So wie ich unsere Lage einschätze, bleibt es dabei, dass Athos unsere nächste Station ist.«

Gereizt sah Byron ihn an. »Hast du eben nicht zugehört? Ohne mich, Alistair!«, bekräftigte er noch einmal. »Aber wenn du und Harriet so einfältig und lebensmüde seid, es dennoch zu versuchen, dann kann ich euch natürlich nicht davon abhalten. Ihr seid keine kleinen Kinder und ich bin nicht eure Gouvernante. Aber ich hätte euch für klüger gehalten – sogar dich, Alistair!«

»Ich denke gar nicht daran, mich ohne euch auf so etwas einzulassen!«, versicherte Harriet nun schnell. »Denn du hast ja recht. Es wäre wirklich zu riskant.«

»Auch ich halte nichts davon, dem Perfectus auf Athos eine Falle zu stellen«, sagte Alistair. »Aber das ist auch gar nicht nötig. Denn es bleibt alles beim Alten, Freunde! Wir sind noch im Rennen, auch ohne Mortimers Notizbuch.«

Verständnislos sahen die anderen ihn an.

Ein breites Grinsen trat nun auf Alistairs Gesicht, als er sich bückte, in seinen rechten Halbstiefel fasste und eine kleine Papierrolle herauszog. »Hier sind die letzten zehn Seiten seiner Aufzeichnungen. Ich hoffe nur, ich habe auch die Seiten erwischt, die wir brauchen, um das Versteck zu finden!«

»Das kann nicht wahr sein!«, stieß Horatio hervor.

Auch Byron erschrak. »Bist du von allen guten Geistern verlassen gewesen, dass du das gewagt hast?«, fuhr er ihn an. »Was wäre gewesen, wenn der Perfectus bei der Prüfung gemerkt hätte, dass in dem Buch viele Seiten herausgerissen worden sind?«

»Nun mal ganz langsam, Freunde!«, rief Alistair und hob abwehrend die Hände. »Und bevor du mich ans Kreuz nagelst und mir unterstellst, ich hätte Harriets Leben gefährdet, wirst du mir bitte erst mal zuhören.«

»Na gut, dann sprich!«, knurrte Byron.

Alistair räusperte sich. »Also, erst mal habe ich die Seiten nicht einfach so *herausgerissen,* Byron! Sondern ich habe mir heimlich das Notizbuch vom Tisch geschnappt, als du mal wieder am Fenster standest, und bin damit ins Waschkabinett verschwunden«, berichtete er. »Dort habe ich diese Seiten hier fein säuberlich mit dem Rasiermesser ganz nah an der Bindung *herausgetrennt!* Deshalb hätte er sogar bei sehr genauer Prüfung wohl kaum feststellen können, dass der letzte Teil fehlt.«

»Aber völlig auszuschließen war es nicht«, wandte Byron ein, wenn auch nicht mehr mit jenem Zorn, der ihn im ersten Moment gepackt hatte.

»Außerdem hätte ich die fehlenden Seiten im Notfall ja noch herausrücken können«, erklärte Alistair. »Jedenfalls fehlt ihm jetzt der entscheidende Abschnitt von Mortimers Aufzeichnungen. Und da ja alles gut ausgegangen ist, glaube ich nicht, dass ich so falsch gehandelt habe. Ich wusste, dass du es mir nicht erlauben würdest, Byron. Und deshalb habe ich es eben ohne euer Wissen getan.«

Harriet schüttelte den Kopf. »Du bist wirklich ein verrückter Bursche, Alistair! Durch und durch ein Spieler, der vor keinem Risiko zurückschreckt!«, sagte sie und sah dabei gar nicht so aus, als wäre sie ihm böse, ganz im Gegenteil, zum ersten Mal seit ihrer Befreiung zeigte sich ein Lächeln auf ihrem Gesicht.

»Ich weiß nicht, was ich davon halten soll, Alistair!«, sagte Horatio, nahm die Brille ab und putzte die Gläser mit seinem Taschentuch. »Aber dein Bluff hat Erfolg gehabt, und wenn du auch noch die richtigen Seiten erwischt hast, sieht die Zukunft für uns ja wieder recht rosig aus!« Damit setzte er das Drahtgestell wieder auf und blickte recht vergnügt in die Runde.

»Das bedeutet also, es bleibt für heute Nacht alles wie geplant!«, stellte Harriet fest.

»Das kommt ganz darauf an, ob du dir nach all dem, was du mitgemacht hast, den Auftritt im Kasino noch zutraust«, sagte Byron.

»Ich musste schon unter ganz anderen Umständen abends auf das Seil«, versicherte Harriet. »Das werde ich schon hinkriegen. Hauptsache, Horatio hat alles, was er braucht, und bringt *sein* Kunststück fertig.«

Horatio strich sich in einer etwas eitlen Geste über sein Haar, als wollte er prüfen, ob sein Mittelscheitel nicht in Unordnung geraten war. »Kunststücke sind mein Alltag, Freunde«, sagte er doppeldeutig und mit einem feinen Lächeln auf den Lippen.

12

Miss Harriet! . . . Gentlemen, da sind Sie ja!«, rief Basil Sahar erleichtert, als sie im Laufschritt in die Halle des *Pera Palace* stürzten und dort sogleich auf den Waffenhändler und seinen Leibwächter Ibrahim trafen. »Ich habe mich schon gewundert, wo Sie bloß stecken, und mir Sorgen gemacht, Sie hätten es sich womöglich anders überlegt!«

»Mitnichten«, sagte Byron. »Wir sind nur . . . nur ein wenig aufgehalten worden.«

»Ahmet scheint mächtig nervös zu sein. Er hat vor Kurzem einen Boten geschickt und nachfragen lassen, warum Sie noch nicht in seinem Kasino eingetroffen sind«, teilte ihnen Basil Sahar mit. »Ich habe ihn mit der Nachricht zurückgeschickt, dass kein Grund zur

Beunruhigung bestehe und ein großer Star wie Miss Harriet nun mal die Allüren einer Primadonna habe und sich nicht schon Stunden vor ihrem Auftritt zeige.«

Harriet bedankte sich mit einem schwachen Lächeln für seine geschickte Ausrede.

»Aber nun wird es doch langsam Zeit, dass wir aufbrechen. Immerhin geht es schon auf halb zehn zu«, mahnte der Waffenhändler und stutzte dann. »Mein Gott, Sie sehen mir alle recht mitgenommen aus, wenn ich das so sagen darf! Ist Ihnen etwas zugestoßen?«

Alistair verzog das Gesicht zu einer Grimasse. »Nur ein kleiner Raubüberfall. Aber bis auf den Verlust unserer Geldbörsen und Taschenuhren ist uns nichts passiert.«

Basil Sahar zeigte sich bestürzt. »Ein Raubüberfall? Allmächtiger, das ist schlimm genug! Wobei ich hoffe, dass den Schurken nicht allzu viel Geld in die Hände gefallen ist!«

»Es lässt sich verschmerzen«, versicherte Byron. »Aber jetzt gibt es Wichtigeres zu tun, als sich über die Schlechtigkeit gewisser Zeitgenossen auszulassen. Wir können uns gleich auf den Weg machen, wenn wir unser Gepäck geholt, unsere Papiere aus dem Tresor zurückerhalten und unsere Hotelrechnung bezahlt haben.«

»Ich habe mir erlaubt, Letzteres für Sie schon zu erledigen. Und bitte jetzt weder Protest noch Dank!«, fuhr der Waffenhändler schnell fort, als er sah, dass Byron zu einem Einspruch ansetzte. »Die Summe war nun wirklich nicht der Rede wert und mir war es ein Vergnügen, die Rechnung für Sie zu begleichen.«

Horatio, Alistair und Harriet ließen sich am Empfang die Zimmerschlüssel aushändigen und strebten schon dem Fahrstuhl zu, als der Waffenhändler Byron zurückhielt. »Warten Sie einen Moment. Da ist noch etwas, das ich Ihnen unter vier Augen sagen möchte, Mister Bourke.«

Der Fahrstuhl kam, und als seine Freunde sich nach ihm umdrehten und auf ihn warten wollten, bedeutete Byron ihnen mit einem Wink, dass sie schon mal hinauffahren sollten und er sich um die Sachen aus dem Tresor kümmern würde.

»Was gibt es denn?«, fragte er dann verwundert.

»Ich habe den Eindruck, dass Ihnen Miss Harriet ganz besonders am Herzen liegt, Mister Bourke«, sagte Basil Sahar mit einem Lächeln. »Und dabei dürfte es wohl unbedeutend sein, ob sie nun tatsächlich Ihre Schwester ist, was ich ehrlich gesagt nicht recht glauben kann, oder nicht.«

Byron erwiderte das Lächeln. »Ihnen entgeht offenbar nicht viel, Mister Sahar.«

»Sie haben es mir auch nicht übermäßig schwer gemacht. Der Blick, mit dem Sie Miss Harriet gelegentlich anschauen, sagt einem aufmerksamen Beobachter, welcher Art Ihre Gefühle für sie sind. Und brüderliche sind es nicht«, sagte der Waffenhändler schmunzelnd. »Aber wie dem auch sei, ich habe hier etwas, das Miss Harriet mich gestern für sie zu besorgen bat – und zwar unter dem Siegel der Verschwiegenheit.« Damit holte er aus der Tasche seiner blauen Samtjacke, zu der er mal wieder eine auffällige Fliege aus lilafarbener Seide trug, zwei kleine Fläschchen aus braunem Glas.

»Was ist da drin?«, fragte Byron beunruhigt.

»Laudanum«, sagte Basil Sahar. »Also verdünntes Opium.«

Bestürzt sah Byron auf die beiden braunen Fläschchen.

»Laudanum mag sich ja noch immer bei Frauen von nervöser Natur, die insbesondere mit dem Schlaf Probleme haben, großer Beliebtheit erfreuen«, fuhr Basil Sahar fort. »Aber bei einer so jungen und körperlich durchtrainierten Artistin wie Miss Harriet kommt mir der Gebrauch von Laudanum doch etwas besorgniserregend vor. Zumal die Tatsache, dass sie gleich zwei von diesen Fläschchen bei mir bestellt hat, den Schluss nahelegt, dass bei ihr wohl eine gewisse Abhängigkeit bestehen könnte.«

»Davon habe ich bisher nichts gewusst«, sagte Byron und musste sofort an die Albträume denken, unter denen Harriet offensichtlich in manchen Nächten litt. Aber konnten schlechte Träume, die wohl jeden dann und wann einmal heimsuchten, Grund genug sein, um sich mit Laudanum zu betäuben?

Der Waffenhändler nickte. »Das dachte ich mir und in Anbetracht Ihrer besonderen Zuneigung für Miss Harriet hielt ich es für geboten, Sie darüber in Kenntnis zu setzen. Ich werde ihr die Fläschchen nachher diskret aushändigen. Aber reden Sie mit ihr, wenn sich eine gute Gelegenheit dafür ergibt! Finden Sie unbedingt heraus, warum sie der betäubenden Wirkung von Laudanum bedarf! Und tun Sie Ihr Bestes, um sie davon abzubringen! Laudanum mag ein Name sein, der nach harmlosem Wohlgefühl klingt, es ist aber doch in Wirklichkeit ein Gift, das bei anhaltendem Missbrauch zerstörerische Wirkung hat. Und das ist das Letzte, was ich Miss Harriet wünsche.«

Byron dankte ihm für seine Sorge und versicherte, bei nächster Gelegenheit behutsam mit Harriet darüber zu reden.

Kurz darauf kehrten Horatio, Harriet und Alistair zu ihnen in die Halle zurück. Sie brachten auch sein Gepäck mit, weil die Zeit allmählich doch drängte.

Der Waffenhändler rief zwei kräftige einheimische Männer zu sich, die in seinen Diensten standen und draußen vor dem Hoteleingang gewartet hatten. »Nehmt das Gepäck an euch! Ihr wisst ja, wohin ihr es bringen müsst. Und richtet Mister Revén aus, dass er sich bereithalten soll!«

Das einzige Gepäckstück, das sie den beiden Männern nicht mitgaben, war die große, lang gestreckte Ledertasche, die sie mit manch anderen Dingen im Großen Basar erstanden hatten. Sie enthielt alles, was sie an diesem Abend noch benötigen würden.

Unten im Hafen von Galata wartete auf sie schon das große private Kaik mit seinen vier Ruderern, um das sich der Waffenhändler wie vereinbart gekümmert hatte. Er versicherte ihnen beim Einsteigen, dass auf die Besatzung Verlass war und sie nachher nicht befürchten mussten, eine böse Überraschung zu erleben, wenn es galt, so schnell wie möglich vom Kasino wegzukommen.

Murat war schon der Auflösung nahe, als sie nach kurzer und schneller Überfahrt an seinem schwimmenden *Haus des Glücks* anlegten.

»Allah sei gepriesen!«, rief er mit überschwänglicher Erleichterung, als sie zu ihm an Deck stiegen. »Sie wissen es wirklich, einem Mann qualvolle Stunden zu bereiten, Miss Chamberlain-Bourke!«

Harriet schenkte ihm ein zuckersüßes Lächeln. »Umso größer ist dann aber auch der Genuss, der Sie erwartet, Mister Murat!«

»In der Tat, in der Tat!«, versicherte der Kasinobesitzer, bot ihr galant seinen Arm und redete aufgeregt in einem fort. »Es ist alles vorbereitet! Ich bin sicher, dass Sie nichts zu beanstanden haben werden! Ich habe mich ganz nach Ihren Wünschen gerichtet und weder Kosten noch Mühen gescheut. Inzwischen sind auch alle obigen Zimmer geräumt. Und das Separee über der Empore, das Sie sich erbeten hatten, habe ich ganz besonders für Sie herrichten lassen! Damit Sie sich dort bis zu Ihrem Auftritt, der von meinen Gästen schon mit großer Spannung erwartet wird, zurückziehen und sich umkleiden können.«

Neugierige und erwartungsvolle Blicke trafen sie, als sie das Kasino betraten. Murat hatte etwa zehn Dutzend seiner zahlungskräftigsten Stammkunden zu dieser Sonderveranstaltung in sein Kasino eingeladen. An den Spieltischen wurde noch gespielt, aber im Innenraum waren die Tische weggeräumt und gepolsterte Stühle aufgestellt worden. Sie waren zu beiden Seiten des etwas durchhängenden Artistenseils ausgerichtet, das von der Empore zur Bühne führte, und leicht schräg zu dieser hin ausgerichtet. Eine fünfköpfige Kapelle, zu der auch ein Pianist gehörte, drängte sich in der rechten Ecke zwischen Bühne und Bar auf einem dort errichteten kleinen Podest, das mit schwarzem Tuch bedeckt war, und spielte gängige Melodien.

Die umlaufende Galerie war, wie Harriet es verlangt hatte, mit gleichfalls schwarzen Tuchbahnen verhängt. Sie fielen gute zwei Ellen über den Vorbau der Galerie hinab in den Saal, auch auf der halbrunden Empore. Zwar waren mittlerweile die Pokertische verschwunden, dafür aber standen dort nun zwei Stuhlreihen für zwölf besonders bevorzugte Gäste. Und obwohl die schwarzen Bahnen bis etwa auf halbe Höhe herabreichten, waren sie doch nicht lang genug, um den Schaukasten an der Wand gänzlich den Augen der Kasinogäste zu entziehen. Insbesondere wenn sich jemand unten im Saal zufällig umdrehte, hatte er noch immer einen recht ungehinderten Blick auf das Krummschwert. Aber mit diesem Risiko mussten sie leben.

»Sind Sie einverstanden, dass ich jetzt das Zeichen gebe, mit dem Vorprogramm zu beginnen, Miss Chamberlain-Bourke?«, erkundigte sich Murat, der es nicht erwarten konnte, sich vor seinen handverlesenen Gästen mit seiner englischen Starartistin in Szene zu setzen. »Ich habe dafür vier Gruppen von Schaustellern engagiert. Zwei überaus unterhaltsame Bauchredner, die den bunten Vorreigen mit ihren Späßen eröffnen werden, sodann drei Artisten auf Hochrädern. Darauf folgen die fünf Bodenakrobaten, die wahrlich statt Knochen Gummi im Leib haben müssen, und zum Schluss als würdige Einstimmung in den Höhepunkt der Veranstaltung ein ganz ausgezeichneter Zauberer.«

Harriet nickte mit der wohlwollenden Arroganz einer Künstlerin, die den Kunststücken weniger berühmter Kollegen milde Nachsicht entgegenbrachte.

»Tun Sie das, mein lieber Murat«, säuselte sie huldvoll. »Es sind bestimmt ganz ansehnliche Darbietungen, die Sie da eingekauft haben. Ich ziehe mich dann mit meinem Bruder und meinen Freunden nach oben zurück. Und achten Sie bitte darauf, dass sich keiner nach oben begibt und meine Konzentration stört!«

»Das wird nicht passieren!«, versicherte Murat. »Meine Angestellten haben klare Anweisungen erhalten, sich von der Galerie fernzuhalten.«

»Sehr schön, dann steht ja einer gelungenen Vorstellung nichts im Wege!«, sagte sie.

Alistair nickte und versicherte dem Kasinobesitzer: »Von dieser Nacht werden Ihre Gäste noch sehr lange reden, da gebe ich Ihnen mein Wort drauf!«

Murats schwammiges Gesicht strahlte wie ein ölglänzender Fleischkloß.

Während der Kasinobesitzer auf die Bühne eilte, das Wort an seine Gäste richtete und sich vor ihnen mit blumiger und weitschweifiger Rede wichtig tat, begaben sie sich nach oben.

Das für sie reservierte Zimmer hatte Murat mit üppigen Blumensträußen schmücken lassen. Das Lotterbett war weggebracht und durch vier Sessel ersetzt worden. Auch warteten auf sie zwei Silbertabletts mit Kanapees und Süßigkeiten sowie eine Auswahl an Getränken, unter anderem auch zwei Flaschen Champagner in silbernen Kühlern.

Harriet lachte trocken auf. »Na, an so eine Künstlergarderobe könnte ich mich sehr leicht gewöhnen. Zu dumm nur, dass ich nicht halb so berühmt bin, wie Basil Sahar mich gemacht hat!«

Byron setzte die Ledertasche mit ihrer Ausrüstung ab, trat kurz ans Fenster, das in Richtung der asiastischen Küste mit dem Stadtteil Skutari hinausging, und blickte hinunter. »Unser Kaik liegt direkt hier unter uns, wie Basil Sahar versprochen hat«, teilte er ihnen mit.

»Auf den Mann ist wirklich Verlass«, sagte Alistair und ließ den Korken der ersten Champagnerflasche knallen. Und auf Byrons stirnrunzelnden Blick hin fügte er grinsend hinzu: »So was kann man doch nicht verkommen lassen, Freunde! Zudem wäre es doch unhöflich, Murats nette Gaben zu verschmähen!«

»Für das, was wir vorhaben, brauchen wir einen klaren Kopf!«, mahnte Byron.

»Den werden wir auch haben!«, erwiderte Alistair fröhlich. »Aber ein, zwei Gläschen schmeißen uns doch nicht um, sondern bringen uns erst so richtig in Schwung!«

Während Horatio sofort damit begonnen hatte, die Ledertasche auszuräumen und auf dem Boden auszubreiten, war Harriet in einen der Samtsessel gesunken. Stumm schüttelte sie den Kopf, als Alistair ihr ein Glas mit perlendem Champagner anbot.

Horatio warf ihr einen prüfenden Blick zu. »Wisst ihr, was? Wir ziehen das Ding schon während der Vornummern durch und warten erst gar nicht, bis Harriet auf dem Seil ist! Ich glaube nämlich, ihr stecken die Entführung und die Schießerei in der Zisterne doch zu sehr in den Knochen!«

Harriet protestierte sofort und beteuerte das Gegenteil.

Byron fiel ihr schnell ins Wort, denn er hatte denselben Eindruck wie Horatio. »Nein, du gehst da nicht hinaus! Horatio hat recht. Außerdem eliminieren wir dadurch auch noch das Risiko, dass du nachher nicht schnell genug von der Bühne kommst. Und falls doch etwas schiefgehen sollte, während du noch auf dem Seil balancierst, könnte es sehr düster für dich aussehen!«

Alistair pflichtete ihm bei. »Ich bin auch dafür, dass wir die Sache sofort hinter uns bringen. Denn das nervende Warten, bis das Vorprogramm endlich vorbei ist, würde mich bloß dazu verleiten, mir noch mehr von diesem köstlichen Getränk zu genehmigen!«

Harriet versuchte erst gar nicht, sie umzustimmen.

»Also dann, an die Arbeit!«, sagte Byron. »Geben wir Murat die sensationelle Vorstellung, nach der es ihn gelüstet, wenn auch mit einigen kleinen Programmänderungen!«

13

Den Ablauf ihrer Aktion hatten sie mehrfach bis ins kleinste Detail durchgesprochen. Jeder wusste, was er wann zu tun hatte. Allein Harriet war nun ohne besondere Aufgabe.

Deshalb übertrug Byron ihr einen Teil von dem, was in Alistairs Verantwortung fiel, damit sie sich nicht völlig nutzlos vorkam. »Du übernimmst den Part mit der Putzwolle und dem Seil! Zünde schon mal die Kerze an.«

Harriet nickte, suchte sich aus den von Horatio ausgebreiteten Sachen zusammen, was sie dafür brauchte, und setzte den Docht der Kerze in Brand.

Alistair klemmte sich eine zusammengefaltete Bahn aus schwarzem Tuch unter den Arm, steckte sich vier große Sicherheitsnadeln in den Mund, um sie sofort griffbereit zu haben, und schob sich ein Paar Lederhandschuhe in seine Jacketttasche.

Indessen knöpfte sich Horatio seine schwarze »Arbeitsweste« zu, die er gegen das Jackett seines Anzuges ausgetauscht hatte. Die Weste, die er schon aus England mitgebracht hatte und die zum festen Bestand seiner Ausrüstung gehörte, besaß ähnlich wie eine Jägerweste vorn eine Vielzahl von Schlaufen und unterschiedlich breiten wie tiefen Taschen. Er griff zu einem Leibgurt aus zwei breiten Lederstreifen, die sich über Brust und Rücken kreuzten und zwischen den Beinen entlangführten. Dort, wo sich die beiden Gurte auf dem Rücken kreuzten, war eine Lederschlaufe verstärkt eingearbeitet.

Während Horatio noch damit beschäftigt war, die Gurte zurechtzurücken und sie mit den Schnallen so eng wie möglich zu ziehen, nahm Byron zwei kleine Rollen schwarz gefärbter Kordel sowie zwei Haken mit Gewindespitze an sich. Auf sein Zeichen hin löschte Alistair das helle Licht im Zimmer, sodass jetzt nur noch die Kerze brannte.

Leise öffnete er die Tür, trat hinaus auf die Galerie und vergewisserte sich, dass sich wirklich keiner hier oben aufhielt. Lachen kam von unten aus dem Saal. Auf der Bühne standen die beiden Bauchredner. Sie hatten sich als Palastdiener verkleidet und trieben ihre Späße, bei denen das Spottgespräch zwischen einem Stoffesel und einer lebensgroßen Männerpuppe, die ihrem Kostüm nach wohl den Sultan darstellen sollte, im Mittelpunkt stand.

Schnell zog sich Byron vom Geländer zurück, bückte sich und schlich im Sichtschutz der verhängten Galerie in den Gang an der rechten Längswand des Kasinos. Nach sechs, sieben Schritten kniete er sich hin und legte das Ende einer Kordel, das schon zur Schlaufe gebunden war, um einen der mitgebrachten Haken. Dann schraubte er diesen etwas über Fußgelenkhöhe in das weiche Holz der Wand. Nachdem er die Kordel straff gezogen hatte, band er das andere Ende auf derselben Höhe an die untere Messingstange des Geländers. Damit war die erste der beiden Stolperfallen an ihrem Platz. Geduckt lief er zum Galeriegang auf der gegenüberliegenden Seite und brachte dort die zweite Fallschnur an.

Wenig später stand er wieder im Zimmer. »Die Luft ist rein und die Schnüre sind gespannt!«

Horatio sah in seinem breiten Ledergeschirr wie ein Bauarbeiter aus, der in schwindelerregender Höhe auf den hohen Stahlgerüsten eines jener Wolkenkratzer, die in Amerika und auch in Europa immer mehr in Mode kamen, seiner Arbeit nachging. In die Lederlasche auf seinem Rücken hatte Alistair schon das Hakenende von zwei dünnen Stahlseilen eingehängt. Das eine besaß eine Länge von vierzehn Ellen und lag aufgerollt hinter ihm auf dem Boden. Das andere, dessen Länge weniger als eine Elle betrug, hing von der Gurtschlaufe herab und führte unter der rechten Achsel herum zur Brust, wo er das Hakenende in einer Schlaufe eingehängt hatte.

Oben aus dem Ausschnitt der Weste kam ein dunkler Stoffbeutel zum Vorschein. Unter dem Stoff zeichneten sich mehrere dünne Metallstangen ab. Auch ragte aus einer der Taschen eine Art von Eispickel hervor, nur dass dieser nicht über einen, sondern über drei gespreizte Zacken verfügte, die nadelspitz ausliefen.

»Ich bin bereit!«, sagte Horatio leise. »Wenn ihr es auch seid, können wir zur Tat schreiten!«

»Von mir aus kann es losgehen«, sagte Alistair undeutlich und bleckte die Zähne, zwischen denen die vier großen Sicherheitsnadeln hervorragten.

»Einen Augenblick!«, sagte Byron, stopfte sich wie Alistair ein Paar Lederhandschuhe in die linke Jackentasche, hängte sich ein drittes Seil, das nicht mit Horatios Rückengurt verbunden war, über die Schulter und schob sich ein merkwürdiges, handbreites und handlanges Eisenteil in die andere Tasche, aus dessen einer Seite zwei Reihen mit je sechs fingernagellangen Eisendornen hervortraten. In der Mitte hing ein dünner Eisenring an einem daumenlangen schmalen Eisenstift herab.

»Gebe Gott, dass du die Stärke der dünnen Seile und Ringe auch richtig bemessen hast, Horatio!«, sagte Harriet beunruhigt, als sie sah, wie Byron beides an sich nahm.

»Keine Sorge, das Zeug wird schon halten!«, versicherte Horatio und rückte seine Brille zurecht. Dieser kurze Griff zur Brille war der einzige Hinweis darauf, dass er innerlich nicht ganz so gelassen war, wie er sich den Anschein gab.

Aus dem Saal drang Applaus zu ihnen herauf. Die Bauchredner hatten demnach ihren Auftritt beendet.

Harriet nahm die Kerze und stellte sie ganz nach hinten zwischen zwei Blumensträuße. Nun drang nur noch ein schwacher Lichtschein hinter ihnen hervor.

Behutsam öffnete Byron die Tür, trat hinaus und rollte schnell den Läufer auf, sodass der Bretterboden entblößt vor ihnen lag. Dann nickte er Alistair zu. Dieser stand im nächsten Moment neben ihm am Geländer. Unten auf der Bühne begannen die Artisten auf ihren Hochrädern mit ihren Darbietungen.

Alistair faltete hinter der Balustrade der Galerie das schwarze Tuch auseinander. Indessen löste Byron schon das erste Band, mit dem das mittlere der über der Empore herabhängenden Tücher oben am Geländer befestigt war. Sogleich zog Alistair eine der Sicherheitsnadeln zwischen seinen Zähnen hervor und befestigte das eine Ende ihres Tuches an dem entsprechenden Seitenende der herabfallenden Stoffbahn. Rasch waren auch die drei anderen Bänder gelöst und Murats schwarzer Stoff mit dem ihrigen verbunden.

Hinter ihnen hockte Horatio.

»So, jetzt kommt der wohl gefährlichste Teil, alter Fassadenkletterer!«, raunte Alstair ihm zu, während er die beiden verbundenen Tuchbahnen straff hielt. »Dein Auftritt, Herr Artist!«

Horatio nickte, bewegte sich tief gebückt zur Galerie, wickelte das Seil, das im Rückengurt eingehakt war, einmal um die obere Messingstange und zog den Rest langsam über die Stange nach, bis er Zug am Rückengurt spürte. Dann stellte er in noch immer zusammengekauerter, verrenkter Haltung seinen linken Fuß auf die mittlere der Geländerstangen und schob sich dann ganz langsam, um keine auffällige Bewegung zu verursachen, auf die obere Stange.

Dabei hob Alistair das Tuch leicht an, damit es Horatio verdeckte, er sich jedoch nicht im Stoff verhedderte. Im Blickschutz der Tuchbahnen ließ Horatio sich nun langsam und mit dem Kopf voran abwärts gleiten.

Mithilfe des komplizierten Mechanismus, den er ersonnen hatte, kroch er nun wie eine Spinne *unter* dem Galerieboden langsam in Richtung des verglasten Kastens, der sich nur wenige Schritte im Rücken der ahnungslosen Kasinogäste auf den Emporestühlen der zweiten Sitzreihe befand.

Es erwies sich als bedeutend schwerer, als er gedacht hatte. Hinter den Vorhang fiel kaum Licht und schon gar nicht an die Wand über dem Schaukasten. Und dass ihm das Blut in den Kopf schoss, weil er bei dieser Art der Fortbewegung ja kopfüber hing, machte die Sache auch nicht leichter.

Er hätte gerne ein kurze Pause gemacht, um zu verschnaufen, doch das hätte an dem Druckgefühl in seinem Kopf auch nichts geändert. Außerdem erhob sich im Saal nun wieder Applaus, was bedeutete, dass sich gleich schon die dritte Gruppe des Vorprogramms auf die Bühne begeben würde und ihm nicht mehr viel Zeit blieb.

Von oben gesichert durch Byron und Alistair, kroch Horatio weiter entlang des Führungsseils. Endlich hatte er den Glaskasten mit dem Krummschwert erreicht. Er verharrte und zog einen Bund Nachschlüssel heraus, die er mit Ausnahme der Barte mit dünnen Stoffstreifen umwickelt hatte, um lautes Klirren zu vermeiden. Aber in diesem Moment hätte das auch keiner im Saal gehört, weil die Bodenakrobaten den Applaus der Zuschauer entgegennahmen. Nun wurde es allmählich eng, denn allzu lange würde die Vorstellung des Zauberers kaum dauern.

Horatio hing direkt vor der Glasscheibe, während er nach dem richtigen Dietrich für die beiden Schlösser suchte. Der erste Versuch misslang. Doch zu seiner Erleichterung hielt er schon beim zweiten Versuch den passenden Schlüssel in der Hand. Er entriegelte die Schlösser, schob den Bund mit den Nachschlüsseln zurück in die Tasche und knöpfte sie wieder zu. Dann brachte er sich noch näher an den Schaukasten heran, klappte den Rahmen auf und achtete darauf, dass die in Holz gefasste Glasplatte sich in ihren Scharnieren lautlos nach unten bewegte und ohne Nachschwingen zur Ruhe kam.

Augenblicklich beugte er sich vor und griff nach dem Krummschwert. Behutsam wie ein rohes Ei hob er es aus seinen Halterungen, presste die breite Klinge mit dem linken Arm fest an seine Brust und drehte den Knauf des Griffstückes auf. Ein Gefühl der Genugtuung, ja fast des Triumphes, wie er es nur selten bei seinen Einbrüchen erlebt hatte, erfüllte ihn, als sein Finger den Hohlraum ertastete und dabei auf eine kleine Papierrolle stieß.

Jetzt nichts wie zurück nach oben auf die Galerie!

14

Horatios Rückkehr gestaltete sich rasanter, als es geplant gewesen war. Denn gerade wollte er den Knauf mit dem Smaragd wieder auf das Griffstück schrauben, als plötzlich eine verblüffte Frauenstimme im Saal rief: »Sieh doch mal, Charles! Dahinten auf der Empore hängt ein Artist! Ist das etwa ein Schwert, was er da in der Hand hält? Was Mister Murat sich nur für aufregende Überraschungen hat einfallen lassen!«

Im nächsten Augenblick folgten kurze, scharfe und alarmiert klingende Rufe auf Türkisch, die gewiss an Murat gerichtet waren, denn in ihnen ließ sich auch das Wort »Saladin« heraushören. Vermutlich unterrichteten ihn Kasinobedienstete davon, was da gerade auf der Empore vor sich ging.

Horatio fuhr der Schreck in die Glieder. Achtlos ließ er Krummsäbel und Smaragdknauf fallen und schrie nach oben: »Einholen! Zieht, was ihr könnt!« Dann steckte er sich die Papierrolle zwischen die Zähne und biss fest darauf.

Während unten alle von ihren Sitzen sprangen und der Zauberer mit verdatterter Miene sein Kunststück beendete, ohne dass jemand noch hinschaute, zog Byron auch schon mit aller Kraft am Seil. Sofort packte auch Alistair mit an. Und über die Schulter rief er Harriet zu: »Steck die Putzwolle in Brand und reiß das Fenster auf!«

Auch ohne Alistairs Zuruf wusste Harriet, was sie zu tun hatte. Schon bei den ersten alarmierenden Schreien aus dem Saal hatte sie zum Eimer gegriffen. Hastig zündete sie ein Streichholz an und warf es in den Bleicheimer, der zur Hälfte mit Kienspänen und Putzwolle gefüllt war, die mit Petroleum getränkt waren. Eine Stichflamme schoss hoch. Harriet gab dem Feuer ein, zwei Sekunden Zeit, sich tiefer zu fressen, dann warf sie mehrere kurz geschnittene, faustdicke Bündel feuchten Strohs auf die Flammen. Sofort setzte eine gewaltige Rauchentwicklung ein.

»Feuer! . . . Feuer!«, brüllte Alistair mit gellender Stimme in den Saal hinunter, kaum dass die ersten dichten Rauchwolken hinter ihm aus der Zimmertür quollen. »Es brennt! . . . Rette sich, wer kann! Gleich steht das ganze Kasino in Brand!«

Indessen bemühte sich Horatio verzweifelt, zu ihnen auf die Galerie zurückzukommen. Byron hatte ihm viel Spiel mit dem Zugseil geben müssen, damit er bis zum Schaukasten gelangen konnte. Indem Byron und Alistair nun allzu kräftig an dem Seil zogen, geriet Horatio in eine Pendelbewegung hin zu den Stuhlreihen der Empore. Er prallte mitten in die dort aufspringenden Gäste und stieß gleich zwei von ihnen von den Beinen. Stühle polterten zu Boden und wildes Stimmengewirr setzte ein. Er pendelte wieder zurück, und während Byron und Alistair nun weiter am Seil zogen, schwang er wieder den Gästen auf der Empore entgegen, nur ein Stück höher.

Zum Glück gellte in diesem Augenblick Alistairs Ruf durch das Kasino, dass Feuer ausgebrochen sei. Vermutlich rettete ihn das davor, dass einer der Männer nach seinen Beinen griff und ihn festhielt. Denn nun dachte jeder nur noch daran, so schnell wie möglich aus dem Spielsaal und zu den Booten zu kommen.

Basil Sahar, der zu den Gästen auf der Empore gehört hatte, sprang die Stufen hinunter und brüllte dabei wie abgesprochen: »Raus! . . . Nichts wie raus! Das Kasino brennt bestimmt gleich wie Zunder!« Und damit stürzte er auch schon zum Ausgang, um auf die Hinterseite zu kommen, wo das große Kaik unter dem Fenster der provisorischen Garderobe für Harriet lag.

Horatio zog sich auf dem Weg zurück auf die Galerie einige schmerzhafte Prellungen zu. Aber dann packten ihn die Hände seiner Freunde, zogen ihn über das Geländer und befreiten ihn vom Seil.

»Hast du es?«, fragte Alistair hastig.

Horatio nahm die kleine Papierrolle aus den Zähnen. »Ja, hier ist es!« Schnell steckte er sie in eine seiner Westentaschen.

»Jetzt aber nichts wie raus!«, drängte Byron. »Gleich ist hier oben die Hölle los!«

Das Hanfseil, dessen Eisenhaken Harriet hinter die Kante des Fensterbretts gehakt hatte, hing schon an der Außenwand herunter. Den wild rauchenden Blecheimer hatte sie links vor die Tür auf die Galerie gestellt. Kaum sah sie, dass Horatio heil wieder zurück war, als sie auch schon aus dem Fenster kletterte und sich am Seil hinunterrutschen ließ.

Alistair, Horatio und Byron folgten ihr dicht auf den Fersen. Nur wenige Schritte und sie hatten das Kaik erreicht. Niemand schenkte ihnen Beachtung, denn jeder hatte nichts anderes im Sinn, als sich in Sicherheit zu bringen und in eines der Zubringerkaiks oder in ein Privatboot zu kommen.

Kaum waren sie zu den vier Ruderern in das Kaik gesprungen, das bereit zum Ablegen war, als auch Basil Sahar auftauchte. Er hatte es so eilig wie die anderen, wenn auch aus völlig anderen Gründen. Doch seine Körperfülle ließ den Oberkörper dabei wie einen schweren Sack von rechts nach links schwanken, als wüsste er nicht recht, nach welcher Seite er nun umfallen sollte. Mit strahlendem Gesicht stampfte er heran. Er schien sich köstlich zu amüsieren. Mit einem unbeholfenen Satz war er bei ihnen im Boot, wo ihn sofort zwei kräftige Arme auffingen und verhinderten, dass er über Bord ging.

»Los, legt euch in die Riemen!«, rief er der Besatzung zu, griff nach einem schon bereitliegenden großen Schlapphut, den er sich schnell auf den Kopf stülpte, und nach einem weiten dunklen Umhang, der sogleich seine auffällige Kleidung verbarg. »Was für eine vortreffliche Vorstellung! Man wird sich noch in Jahren an diesen kühnen Husarenstreich erinnern!«

Welchen Ausgang dieser »kühne Husarenstreich« nehmen würde, stand jedoch noch längst nicht fest. Denn sie hatten sich noch keine zwei Bootslängen vom *Haus des Glücks* entfernt, als Murats wutentbrannte Stimme zu ihnen über das Wasser drang. Er schrie auf seine Männer ein, zu denen auch bewaffnete Wachleute gehörten, und deutete immer wieder auf sie.

»Verdammt!«, fluchte Alistair. »Er hat uns entdeckt! Jetzt hetzt er uns seine Bande auf den Hals!«

»Mist!«, stieß auch Harriet grimmig hervor. »Und wir hatten gehofft, in dem allgemeinen Chaos unbemerkt zu entwischen! Gleich haben wir einige von Murats pfeilschnellen Kaiks in unserem Kielwasser!«

»Und die Kerle haben Waffen!«, sagte Horatio mit besorgter Miene. »Das kann noch böse ins Auge gehen!«

»Damit war zu rechnen gewesen«, sagte Basil Sahar gelassen. »Und deshalb habe ich für diesen Fall Vorsorge getroffen. Murats Leute haben keine Chance, uns einzuholen. Wir werden ihnen ein Schnippchen schlagen! Die Burschen, die gleich unsere Verfolgung aufnehmen, werden sich wundern!« Und dann rief er den Ruderern zu: »Wir nehmen nicht Kurs zum Galatahafen, sondern zum Leanderturm, ihr wisst schon! Und wenn ihr dem Kaik Flügel verpasst und es zum Fliegen bringt, dann gibt es für jeden noch eine Zulage von zwei Goldstücken!«

Die vier muskulösen Männer grinsten und legten sich nun noch mehr ins Zeug. Das Boot schoss bald mit einer Geschwindigkeit durch die nächtlichen Fluten, als wolle es sich tatsächlich jeden Moment in die Lüfte erheben.

»Was wollen wir denn beim Leanderturm?«, fragte Byron verwirrt. »Das ist doch bloß eine winzige Insel mitten im Wasser, auf der ein Leuchtturm steht! Dort können wir uns nie und nimmer vor unseren Verfolgern verstecken!«

»Warten Sie es ab, Mister Bourke!«, erwiderte Basil Sahar. »Man braucht nicht unbedingt wie Aladin eine Wunderlampe zu haben, um sich wie ein Geist in Luft aufzulösen!« Damit beugte er sich zu dem Korb hinunter, der unter seinem Sitzbrett stand und mit einem Stück alten Segeltuchs abgedeckt war. Er zog das Tuch weg und darunter kamen zwei schon brennende Signallaternen zum Vorschein. Die eine leuchtete rot, die andere grün.

»Ich hoffe, er weiß, was er tut!«, murmelte Alistair skeptisch, als sie unter peitschendem Riemenschlag auf die kleine Felseninsel zuhielten.

Der Leuchtturm mit seiner einem Minarett ähnlichen Spitze und einem sich anschließenden Gebäude, das mal als Quarantänestation und mal als Zollstation Verwendung gefunden hatte, ragte etwa eine Viertelmeile vor dem Ufer von Skutari aus dem Marmarameer. Er war im achtzehnten Jahrhundert auf einem schmalen Eiland errichtet worden. Von der Insel aus hatte man zu byzantinischen Zeiten im Kriegsfall eine schwere Kette quer über den Bosporus gespannt, um feindlichen Schiffen die Einfahrt zu verwehren. Seinen europäischen Namen verdankte der Leanderturm einer Legende. Der zufolge schwamm Leander jede Nacht zu seiner geliebten Hero. Als jedoch eines Nachts die Fackel erlosch, die ihm den Weg wies, verlor er die Orientierung und ertrank. Die Türken nannten ihn dagegen »Mädchenturm« und ihre Legende, die diesem Namen zugrunde lag, war nicht weniger tragisch. Sie erzählte nämlich von einer Prinzessin, der ein Wahrsager den Tod durch Vergiftung prophezeit hatte. Darauf sei sie zu ihrem Schutz in den Turm eingeschlossen worden. Ihrem Schicksal vermochte sie dennoch nicht zu entgehen. Denn sie wurde durch den Biss einer Giftschlange getötet, die in ihren Obstkorb gelangt war.

Das Kaik schoss schon bald durch die Meerenge zwischen der

Leuchtturminsel und dem asiatischen Ufer. Kaum befanden sie sich auf einer Höhe mit dem Leuchtturm, als die Ruderer das Boot scharf nach links steuerten. Damit brachten sie den Turm und das Gebäude mit seinen von Säulen getragenen Vordächern zwischen sich und die drei schmalen Kaiks, die ihre Verfolgung aufgenommen hatten.

Basil Sahar griff nun zu den beiden Signallaternen und schwenkte sie vor sich über Kreuz.

»Wem will er denn bloß ein Zeichen geben?«, fragte Horatio verwundert. »Seht ihr etwas?«

Alistair starrte wie seine Freunde über die offene, freie Wasserfläche, auf der weit und breit kein Boot zu sehen war. »Ich sehe nichts!«

»Doch!«, stieß Harriet im nächsten Moment hervor. »Da ragt etwas aus dem Wasser ... Etwas Dunkles ... Rundes, wie der Rücken eines Wals! Und es kommt auf uns zu!«

»Heilige Meerjungfrau, das ist kein Walrücken, sondern der Rumpf eines U-Bootes!«, stieß Alistair hervor.

»So ist es, werte Freunde! Ich dachte, die Gelegenheit wäre günstig, Sie einen Blick in die Zukunft der Kriegsmarine werfen zu lassen!«, rief Basil Sahar vergnügt. »Aber jetzt muss es schnell gehen! Wir müssen an Bord der *Argonaut VI* sein, bevor Murats Männer uns wieder in Sicht haben!«

»Wir sollen da einsteigen und in so einer Blechbüchse abtauchen?«, fragte Horatio entsetzt, während das U-Boot lautlos heranglitt. In der offenen Luke stand ein Mann, der eine Leine in der Hand hielt. »Diese Dinger haben doch bestimmt noch 1000 Kinderkrankheiten!«

»Ja, aber die Alternative wäre, dass wir uns gleich eine Kugel einfangen!«, sagte Byron, dem auch nicht wohl war bei der Vorstellung, gleich in das Unterseeboot klettern zu müssen.

Es blieb ihnen gar nicht viel Zeit, sich darüber Gedanken zu machen. Denn da war das U-Boot auch schon längsseits gegangen. Die Leine flog zu ihnen herüber und Basil Sahar drängte sie, hinüberzusteigen und so schnell wie möglich durch die Luke und über die Eisenleiter ins Innere zu klettern. Der Seemann achtete darauf, dass sie an Deck nicht ausrutschten. Das Kaik glitt schon mit gemächlichem Ruderschlag weiter, noch bevor die Luke geschlossen war. Wenn Murats Männer es eingeholt hatten, würden sie in dem Boot keine Fremden finden. Und die einheimischen Ruderer würden behaupten, dass sie auch keine Engländer an Bord gehabt hätten und sich Murats Leute geirrt haben mussten. Denn wohin hätten die Engländer denn plötzlich verschwunden sein können, so mitten auf dem Wasser?

Unten im U-Boot herrschte drangvolle Enge. Byron und seine Freunde hatte sich auf Anweisung eines schlanken Mannes mit einem kurz getrimmten Vollbart, bei dem es sich offenbar um den Kommandanten handelte, vorn im Bugraum platziert. Jeweils zwei rechts und links. Überall fiel der Blick auf ein Gewirr von Rohren, eisernen Handrädern, Hebeln und Armaturen, hinter deren runden Glasscheiben sich Zeiger über Skalen mit Nummern und Prozentzahlen bewegten. Der Boden unter ihren Füßen bestand aus Eisenrosten, die den Blick auf ähnlich verwirrende technische Anlagen im unteren Teil des Rumpfes freigaben. Vom Heck des Bootes kam das tackernde Geräusch einer Maschine.

»Hier könnte ich das Beten lernen«, murmelte Alistair und schluckte immer wieder, als kämpfte er mit aufsteigender Übelkeit.

Horatio hielt sich krampfhaft an einem Eisengriff fest, sodass die Knöchel weiß unter der Haut hervortraten. »Ich habe mir ja vieles vorstellen können«, sagte er, »aber nicht, dass ich eines Tages mein Grab in einem zusammengedrückten Stahlsarg auf dem Grund des Bosporus finde!«

»Nur ruhig, Basil wird schon wissen, was er tut«, raunte Byron. »Er macht mir nicht den Eindruck eines lebensmüden Mannes.«

»Aber ein bisschen verrückt ist er schon«, erwiderte Alistair sofort mit heiserer Flüsterstimme. »Und bei solchen Leuten weiß man nie, wann sie einmal die Grenze zur Idiotie überschreiten!«

Der Kommandant gab in schneller Folge und auf Französisch eine Reihe von Befehlen an seine dreiköpfige Mannschaft, die daraufhin Hebel umlegte und an Eisenrädern drehte.

Augenblicklich war ein gedämpftes, bedrohlich klingendes Zischen zu vernehmen. Gleichzeitig ging das Tackern der Maschine in einen schnelleren Rhythmus über und das U-Boot neigte sich mit dem Bug nach unten. Doch schon nach einigen Sekunden, die Byron und seinen Freunden jedoch erheblich länger vorkamen, erstarb das Zischen und der Rumpf richtete sich unter Wasser wieder auf.

»So, damit hätten wir genug Wasser über uns, um nicht mehr gesehen zu werden und auch mit keinem Schiffskiel zu kollidieren!«, verkündete Basil Sahar. »Erlauben Sie mir jetzt, Ihnen *mon cher capitain* Jules Revén vorzustellen!«

Der französische Kapitän nickte ihnen von seinem Kommandostand kurz zu, um dann seine Aufmerksamkeit sofort wieder auf die Anzeigen zu richten.

»Großzügigerweise hat er sich auf meine Bitte hin bereit erklärt, diese nächtliche Spazierfahrt unter dem Bosporus mit reduzierter Mannschaft vorzunehmen«, fuhr Basil Sahar geradezu heiter fort. »Gewöhnlich sind sieben Männer an Bord. Aber mit Ihnen und mir wäre das wohl bei dem begrenzten Raum nicht möglich gewesen. Und die Männer, die sonst vorne die beiden Torpedorohre bedienen, dürften heute nicht nötig sein. Obwohl es natürlich verlockend wäre, Murats Kasino einen solchen Torpedo zu verpassen. Na, ist die *Argonaut VI* nicht ein prächtiges Stück modernster Technik?« Beifallheischend blickte er sie an – und blickte nur in angespannte blasse Gesichter.

»Ein stinknormales Dampfboot, das über Wasser fährt, hätte es auch getan«, murmelte Horatio.

Der Waffenschieber lachte. »Ach was, das musste ich Ihnen einfach zeigen! Es ist mein derzeitiger Renner und basiert auf den Plänen des amerikanischen U-Boot-Bauers John Holland. Das *submersible*, wie die französischen Ingenieure das Tauchboot nennen, hat eine Länge von fast 90 Fuß, verdrängt 65 Tonnen, wird von einem kombinierten Diesel-Elektro-Motor angetrieben, verfügt über sage und schreibe 564 Akkumulatoren, die sich bei Dieselfahrt über Wasser wieder aufladen, macht getaucht gute fünf Knoten und kann eine Tiefe von etwa 80 Fuß erreichen!«

»Sehr interessant«, murmelte Horatio. »Aber ich würde lieber erfahren, wann wir auftauchen und wieder sicheren Boden unter die Füße bekommen!«

Basil Sahar lachte belustigt. »Hier sind Sie fast so sicher wie in Abrahams Schoß!«, versicherte er. »Aber zu Ihrer Beruhigung: Captain Revén dreht mit uns nur eine kleine Runde. In ein paar Minuten werden wir hinter der Spitze des asiatischen Festlands wieder auftauchen und dort wird dann auch schon das Kaik auf uns warten.«

»Ihr Wort in Gottes Ohr!«, seufzte Horatio.

»Wir werden noch vor Mitternacht in der Bucht von Haidar Pascha anlegen, wo ich Zimmer im *Hotel Mahallé* reserviert habe und wo Sie auch Ihr Gepäck vorfinden werden«, teilte Basal Sahar ihnen mit. »Es kann sich zwar nicht annähernd mit dem *Pera Palace* messen, aber es wird europäisch geführt und es ist ja auch nur für eine Nacht. Morgen früh sind Sie dann mit der Skutari-Fähre im Handumdrehen im Stambuler Hafen und können dort an Bord der *Xerxes* gehen.«

Zehn Minuten später tauchten sie zu ihrer Erleichterung endlich wieder auf. Sie stiegen in das große Kaik um, das sie in die Bucht von Haidar Pascha brachte, wo seit dem Bau der Anatolischen Eisenbahn ein Hafen und ein schnell wachsender Ort von europäischer Prägung entstanden.

Byron und seine Gefährten wünschten sich nach dem, was sie an diesem Tag und in dieser Nacht an Gefahren überstanden hatten, nichts sehnlicher, als noch für eine Weile unter sich zu sein und einen ersten Blick auf die Papierrolle aus dem Griffstück des Krummschwertes zu werfen.

Aber Basil Sahar bestand darauf, die gelungene Aktion mit einer Flasche Champagner in der kleinen Hotelbar zu feiern. Und so wurde es Viertel nach eins, bis sie sich schließlich voneinander verabschiedeten, ihre Zimmer aufsuchten und völlig erschöpft in ihre Betten fielen.

15

Bei ihrer Ankunft am Goldenen Horn hatten sich Graham Baynard und seine beiden Ordensbrüder im *Hotel Métropole* einquartiert, einem zweitklassigen Haus mit sehr bescheidenen Zimmern an der Ecke der Rue Venedik.

Ein solides Bett, ein Kleiderschrank mit klemmender Tür, neben dem Fenster eine Waschkommode mit angestoßenem Porzellan, dazu ein einfacher Holztisch mit zwei ebenso einfachen wie harten Stühlen, das war alles, was das *Métropole* seinen Gästen zu bieten hatte. Und das war für die Bedürfnisse von Graham Baynard mehr als genug. Alles andere wäre nur unnützer Tand und eine schändliche Schwäche gegenüber den Versuchungen des Demiurgen gewesen.

An Tenkrad und Breitenbach, die in der Zisterne für den *Ordo Novi Templi* ihr Leben gelassen hatten, verschwendete der Perfectus keine Gedanken, als er kurz vor Anbruch der Dämmerung am Tisch saß. Die Welt würde sie nicht vermissen, zumal sie auch nur den einfachen Rang eines Credens gehabt hatten und somit noch weit von der wahren Erleuchtung entfernt gewesen waren.

Vor ihm auf dem Tisch stand wieder einmal die eiserne Statue des vom Baum hängenden Judas zwischen den beiden schwarzen Kerzen. Davor lagen die heilige Schrift des Markion, die Geißel sowie Mortimers Notizbuch. Die Kerzen brannten jedoch nicht und Markions Buch mit der einzig wahren Lehre war zugeschlagen. Denn dies war nicht die Stunde für heilbringende Verfluchungen, sondern die Stunde seines unverzeihlichen Scheiterns.

Hinter Graham Baynard lag eine entsetzlich lange Nacht, in der er von den Höhen euphorischer Freude in den Abgrund schreckensvoller Bestürzung getaumelt war. Was hatte er innerlich jubiliert, als er dem Überfall in der Zisterne entkommen war. Er hatte es nicht erwarten können, zurück in sein Hotelzimmer zu gelangen und Mortimers Aufzeichnungen zu studieren. Das hatte er dann auch Stunde um Stunde getan. Doch der Jubel war ihm bald vergangen. Erst war es nur eine schwache Ahnung gewesen, die er nicht wahrhaben wollte. Aber wie winziges Gewürm, das ihm unter der Haut saß und sich immer weiter ausbreitete, bis es ganz von ihm Besitz ergriffen hatte, wurde aus dieser peinigenden Ahnung schließlich die Gewissheit, dass in Mortimers Notizbuch Seiten fehlten. Man hatte ihn in der Zisterne getäuscht!

Von Bischof Markion wusste er, worauf er zu achten hatte. Vor gut anderthalb Jahren hatte Mortimer Pembroke ihn, den ausgewiesenen Kenner apokrypher Schriften, doch ohne Wissen um Markions wahren Namen und wahre Identität, zur Begutachtung der von ihm gefundenen Papyri nach *Pembroke Manor* gebeten.

Um ein Haar wäre es ihrem Ordensoberen gelungen, Mortimer dazu zu bringen, ihm die uralte Schrift für eine nähere Begutachtung zu überlassen. Markion hatte sofort gewusst, was er da vor sich hatte, und er hätte die Papyri nie wieder herausgerückt. Aber plötzlich hatte es bei dem unberechenbaren Lord, der wegen seiner Schübe geistiger Verwirrung gefürchtet war, einen jähen Stimmungswechsel gegeben. Von einem Moment auf den anderen hatte er Bischof Markion rüde und unter unflätigen Verwünschungen vor die Tür gesetzt und wie einen Hausierer davongejagt.

Doch was ihr geistiger Führer in der kurzen Zeit seines Besuchs auf *Pembroke Manor* hatte in Erfahrung bringen können, war die grobe geografische Region, wo Mortimer das Evangelium des Judas gefunden hatte. Und das war deshalb von so großer Bedeutung, weil Mortimer in seinem unvermittelten Wutausbruch Markion angeschrien hatte, eher werde er die Judas-Papyri wieder dorthin zurückbringen, wo er sie gefunden habe, als dass er sie einem raffgierigen Lumpen wie ihm oder sonst einem Scharlatan überlasse. Wenig später war der Lord so überstürzt und buchstäblich bei Nacht und Nebel zu einer Reise aufgebrochen, dass sie ihn aus den Augen verloren hatten. Und wenn ein Hausdiener der Pembrokes ihnen nicht zugetragen hätte, dass Mortimer bei seinem Tod kurz nach seiner Rückkehr ein merkwürdiges Notizbuch mit Einträgen über seine letzte Reise hinterlassen hätte, das der neue Lord wie seinen Augapfel hüte, dann wäre das Judas-Evangelium für sie unerreichbar geblieben.

Diese Hinweise auf die Region des Fundortes fehlten jedoch in Mortimers Aufzeichnungen. Und Graham Baynard zweifelte nicht daran, dass sie da gewesen waren. Denn er hatte im Notizbuch hinreichend viele Anspielungen auf all die anderen Orte gefunden, zu denen er den drei Männern und der Frau gefolgt war. Es wimmelte nur so von Anspielungen auf Wien, den Balkan, Konstantinopel und ein Land mit orthodoxem Irrglauben. Und als er schließlich zu einer Lupe gegriffen und dann auch noch den oberen Abschnitt der Bindung aufgeschnitten hatte, war er auf die winzigen Reste abgetrennter Seiten gestoßen. Es waren genau zehn, die fehlten. Und ohne diesen letzten Teil, um den er sich hatte betrügen lassen, waren Mortimers Aufzeichnungen nutzlos.

Der Perfectus wusste, was das bedeutete. Er brauchte Bischof Markions Antwort auf sein Kabel, das er später am Vormittag aufgeben musste, erst gar nicht abzuwarten. Sein Versagen so kurz vor dem Ziel war unverzeihlich. Und die Strafe, die ihm dafür gebührte, kannte er. Deshalb würde er auch nicht warten, bis sein Oberer sie ihm auferlegte, sondern sie sogleich vollstrecken. Was er dafür brauchte, führte er mit sich.

Während der neue Tag heraufdämmerte, entnahm Graham Baynard aus seiner Reiseapotheke alles, was er gleich griffbereit auf dem Tisch haben musste. Er legte drei Rollen mit Verbandsstoff heraus, schraubte den Deckel von der Dose mit Wundsalbe und füllte den Boden einer Untertasse mit Jod.

Als alles an seinem Platz lag, zögerte er nicht lange. Er griff zur Geißel und klemmte sich den Holzstiel zwischen die Zähne. Dann ballte er seine linke Faust bis auf den kleinen Finger. Den legte er an der Kante des Tisches auf die Platte, setzte mit der Rechten sein Rasiermesser an das hinterste Gelenk und tat, was getan werden musste.

»Stirb, verderbtes Fleisch!«, stieß er hervor und drückte mit aller Kraft zu.

Der Schmerz, der ihm von der Hand durch den Körper jagte, als er sich den kleinen Finger abtrennte, raubte ihm fast das Bewusstsein. Doch mit aller Willenskraft kämpfte er gegen den Wunsch an, sich vor dem wütenden Schmerz in die Bewusstlosigkeit zu flüchten. Er biss in das Holz der Geißel und schrie erstickt auf, als er den blutenden Stumpf in das Jodbad tunkte. Ihm war, als berührte er glühende Kohlen.

Zitternd vor Schmerz schmierte er Salbe auf die Wunde und begann, Verbandsstoff anzulegen. Den Rest musste ein Wundarzt erledigen, der im europäischen Viertel von Pera sicherlich schnell zu finden sein würde.

Doch bevor er die Kraft fand, nach unten zum Empfang zu gehen und sich den Weg zum nächstgelegenen Arzt weisen zu lassen, verbrachte er erst lange schmerzerfüllte Minuten zusammengesackt über dem Tisch.

Der levantische Arzt, der die Wunde später vernähte, stellte keine Fragen, bei welcher Art von Unfall er den Finger verloren hatte. Vielleicht dachte er sich auch seinen Teil beim Anblick der glatten Schnittwunde. Jedenfalls machte er seine Arbeit, nahm sein Honorar und wünschte schnelle Heilung.

Weil er sich nicht in der Lage fühlte, in seinem schmerzgepeinigten Zustand das Telegrafenamt aufzusuchen und das Kabel an Bischof Markion aufzugeben, kehrte Graham Baynard erst einmal in sein Hotelzimmer zurück.

Lange saß er mit stumpfem Blick am Tisch. Ihn graute vor der Rückkehr nach London. Irgendwann griff er erneut zu Mortimers Notizbuch, blätterte es bis zu den abgetrennten Seiten durch und fragte sich immer wieder aufs Neue, wie es nur zu seinem Versagen hatte kommen können.

Auf einmal stutzte er. Vor ihm lag die leere Seite, die auf den herausgeschnittenen Teil folgte. Waren dort nicht vage Umrisse zu erkennen? Das heiße Pochen in seiner Hand vergessend, nahm er das Notizbuch hoch und hielt es seitlich ins Licht.

Wilde Erregung erfasste ihn, als er begriff, was er dort sah. Mortimer Pembroke musste auf der letzten der fehlenden Seiten mit Bleistift oder einer spitzen Feder eine Zeichnung angefertigt haben, und dabei hatten sich die Linien auf die nächste leere Seite durchgedrückt.

Augenblicke später hielt der Perfectus einen Bleistift in der Hand und begann, die Seite mit feinen Strichen zu schraffieren, ohne dabei mit dem Stift viel Druck auszuüben. Nach und nach trat die Zeichnung einer Landschaft hervor.

Eigentlich war sie nichtssagend. Die Zeichnung besaß nichts Spezifisches, um sie einem ganz bestimmten Land, geschweige denn einem konkreten Ort zuordnen zu können. Schon machte sich bittere Enttäuschung breit, doch da bemerkte Graham Baynard ein Zeichen, das Mortimer in die Landschaftsskizze eingefügt hatte.

Sofort wusste er, wohin er sich begeben musste, um dort Ausschau nach Arthur Pembrokes Gruppe zu halten, die sich im Besitz der letzten Seiten befand. Sie würden ihm nicht entkommen. Denn wer in dieses Land reiste, der musste einfach durch diese Stadt kommen. Und da sie in Wien im *Bristol* gewohnt, den *Orient-Express* genommen und in Konstantinopel im *Pera Palace* abgestiegen waren, würden sie sicherlich auch dort in einem der besten Hotels Quartier nehmen. Und die Zahl der Häuser erster Klasse war in jener Stadt an einer Hand abzuzählen, sogar an seiner linken!

Er hatte also noch eine Chance, das Versteck des Judas-Evangeliums zu finden, und er würde sie zu nutzen wissen, bei Markion und den Erwählten Kain und Judas!

Sechster Teil

Das sichtbare Wort

1

Der Dampfer *Xerxes* erwies sich zwar nicht als rostzerfressener Seelenverkäufer, verhielt sich aber zum Luxus des *Pera Palace* wie ein Güterzug mit angehängtem Passagierwagen dritter Klasse zum *Orient-Express*. Der Dampfer war vornehmlich ein Frachtschiff, das zusätzlich noch über drei Dutzend Kabinen für Reisende mit bescheidenen Ansprüchen an Unterkunft und Verpflegung verfügte. Bei ihren gerade mal neun Mitreisenden handelte es sich ganz offensichtlich um kleine Kaufleute und Vertreter, die aus beruflichen Gründen nach Kum-Tale, Limnos oder Saloniki wollten. Touristen auf Bildungs- oder Vergnügungsreise befanden sich keine unter ihnen, was bei dieser Jahreszeit und dem drittklassigen Standard der *Xerxes* auch nicht verwunderte.

Konstantinopel lag mit seinen im klaren Morgenlicht leuchtenden Kuppeln und stolz emporragenden Minaretten noch in Sichtweite, als Byron sich mit seinen Freunden auf dem Achterdeck unter dem Sonnendach zusammensetzte, um endlich herauszufinden, was auf der kleinen Papierrolle stand, die Mortimer im Krummsäbel versteckt hatte.

Horatio zog das Stück Papier hervor, das gerade mal so groß wie eine Geldnote war, rollte es auseinander und beschwerte es an den Seiten mit Alistairs Feuerzeug und seiner Packung *Gold Flake*.

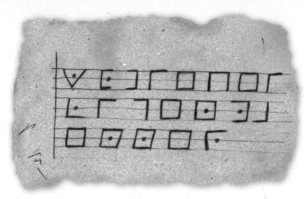

»Das ist es also, was uns die ›Stimme des Propheten‹ zu sagen hat. Nun seid ihr dran, diesen Zeichen einen Sinn zu entlocken«, sagte Horatio. »Wer möchte den Anfang machen? Nur nicht so zauderlich, Freunde!«

Harriet und Alistair lachten, dann richteten sich mal wieder alle Blicke auf Byron.

Dieser schmunzelte. »Ich freue mich, euch mitteilen zu können, dass es nicht gerade eine unlösbare Aufgabe ist.«

»Vielleicht nicht für jemanden wie dich, der was von Kryptologie versteht«, warf Alistair ein. »Ich kann jedenfalls nicht erkennen, um welche Art von Geheim-Code es sich dabei handelt.«

»Es ist die sogenannte noachitische Geheimschrift, die ebenso alt wie leicht zu entschlüsseln ist«, sagte Byron. »Die Freimaurer bedienen sich ihrer noch heute und versehen viele ihrer Grabinschriften damit.«

Harriet zog die Stirn kraus. »Noachitisch? Das klingt mir mehr nach einer Krankheit.«

»Wartet, ich zeichne euch das noachitische Alphabet auf«, sagte Byron und zog sein Notizbuch sowie einen Stift aus seiner Jacke. »Das ist schnell geschehen. Und man muss sich vorher auch nicht viel einprägen, um das tun zu können. Denn im Grunde besteht dieser Code nur aus zwei vierlinigen Rastern und zwei x-förmigen Kreuzen, die unter Zuhilfenahme von Punkten ein sechsundzwanzigteiliges Geheimalphabet ergeben. Und das sieht dann so aus!«

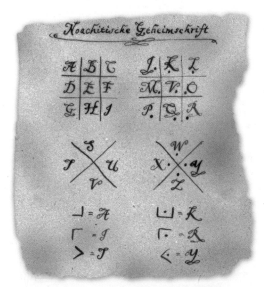

»Verdammt clevere Idee!«, sagte Alistair verblüfft.

Harriet griff nach Byrons Stift. »Dann lasst uns mal sehen, was bei Mortimers Botschaft herauskommt!« Wenige Augenblicke später hatte sie die Zeichen in das lateinische Alphabet übertragen. Und da stand er nun, der dritte Hinweis auf das Versteck.

»Dieser elende Stinkstiefel!«, stieß Alistair grimmig hervor. »Statt uns etwas Handfestes mitzuteilen, hat er so einen nichtssagenden Quark im Säbel versteckt! Hätten wir das vorher gewusst, hätten wir uns Konstantinopel gleich sparen können! All die Arbeit und die Gefahren, die wir auf uns nehmen mussten, für vier völlig nutzlose Worte!«

»Tja, aber um das zu wissen, muss man sie erst mal aus dem Griff der Waffe gepult haben«, meinte Horatio. »Und dieser Mortimer wollte es allen, die nach dem Judas-Evangelium suchen, nicht zu einfach machen. Ich denke, das ist ihm bisher gut gelungen.«

Harriet nickte. »Das kann man wohl sagen! Nach dem Hinweis ›Im Kloster St. Simeon‹ dachte ich, jetzt wird es konkret. Aber was willst du von einem Geistesgestörten denn erwarten, Alistair?«

»Mortimer wird sich schon was dabei gedacht haben«, sagte Byron.

»Ja, wie er uns das Leben möglichst schwer macht!«, knurrte Alistair, knüllte ärgerlich den Zettel zusammen und warf ihn über Bord. »Fehlt nur noch, dass wir im Kloster Simonopetra als Fortsetzung von ›Wo die heiligen Männer‹ einen Spruch finden wie zum Beispiel ›in frommem Gebet verharren‹!«

Horatio zuckte die Achseln. »Und auch dann werden wir damit leben müssen. Außerdem sollte man nicht zu viele gute Gaben vom Schicksal verlangen. Wir können uns doch wirklich glücklich schätzen, dass wir den Perfectus dieser *Ordo Novi Templi* endlich vom Hals haben. Denn dank deiner riskanten Eigenmächtigkeit, die gottlob keine verheerenden Folgen gehabt hat, steht der Kerl ja mit leeren Händen da.«

Alistair grinste in die Runde. »Euer Dank, auch wenn er spät kommt, wird von mir huldvoll angenommen, mein lieber Horatio!« Dann wurde er wieder ernst und sagte zu Byron gewandt: »Da wir gerade von dem Dunkelmann Perfectus reden – was hat dir dieser Tenkrad denn noch gesagt, bevor er starb? War es etwas, das endlich Licht auf diesen *Ordo Novi Templi* wirft?«

»Das tun seine letzten Worte in der Tat«, bestätigte Byron. »Aber kein sehr freundliches Licht.«

»Was wohl auch nicht anders zu erwarten gewesen war«, bemerkte Harriet. »Aber nun erzähl schon!«

Byron überlegte kurz, womit er anfangen sollte. »Erinnert ihr euch noch an unser Zusammentreffen auf *Pembroke Manor,* in dessen Verlauf der Lord von einem Mann namens Mertikon gesprochen hat, den Mortimer ihm gegenüber erwähnt hatte und den sein Bruder verdächtigte, ihn zu verfolgen und ihm die Papyri rauben zu wollen?«

Sie nickten.

»Arthur Pembroke hat sich bei dem Namen verhört«, teilte Byron ihnen mit. »Denn der wirkliche Name des Mannes, dessen Nachstellungen er fürchtete, war Markion!«

»Wieso war?«, fragte Horatio.

»Weil dieser Mann, der als Markion von Sinope in die Religionsgeschichte einging, schon seit mehr als 1700 Jahren tot ist. Er hat nämlich in der Zeit zwischen Ende des ersten und Mitte des zweiten Jahrhunderts nach Christi Geburt gelebt.«

»Das ist ja ein Ding!«, sagte Alistair verwundert. »Aber wenn dieser Markion von Sinope schon seit anderthalb Jahrtausenden zu Staub geworden ist, wie kann Mortimer dann geglaubt haben, dass er hinter seinem Papyri-Fund her ist? War das nur das Fantasiegebilde eines Irren?«

Byron schüttelte den Kopf. »Nein, das glaube ich nicht, auch wenn ihm natürlich nicht der wirkliche Markion aus dem zweiten Jahrhundert nachgestellt haben kann.«

»Und was ist mit Dracula?«, wandte Harriet ein.

»Selbst der hat es nur auf einige Jahrhunderte gebracht. Ich vermute eher, dass es sich bei diesem Namen um einen Titel innerhalb des Ordens handelt. Aber lassen wir das mal außer Acht«, sagte Byron. »Viel interessanter dürfte für euch sein, wofür der historische Markion von Sinope gestanden hat. Denn sein Name taucht in mehreren apokryphen Schriften auf und seine Lehre wird auch in der Abhandlung des Irenäus von Lyon gegen die Häresie ausführlich behandelt und auf das Schärfste verworfen.«

»Und was war das für eine Lehre?«, fragte Horatio.

»Irenäus nennt sie die Irrlehre der Kainiten. Das waren glühende Anhänger all der biblischen Mordgestalten und Schurken wie Kain, der seinen Bruder Abel aus Neid erschlug, oder Esau, der sein Erstgeburtsrecht für Brot und ein Linsengericht an seinen Bruder Jakob verkaufte und ihm später nach dem Leben trachtete, sowie die Sodomiter. All diese negativen historischen Personen wurden von den Kainiten verehrt. Ausführliche Erwähnung finden sie übrigens auch in den Schriften des Epiphanus und des Theodoret von Kyrus.«

»Bitte sei so rücksichtsvoll, deinem Drang zu theologischen Vorlesungen ein wenig die Zügel anzulegen!«, forderte Alistair ihn auf. »Sonst kriege ich noch Nackenschmerzen von all dem Nicken, zu dem ich mich gezwungen sehe, um mir den Anschein zu geben, deinen Ausführungen folgen zu können.«

Harriet lachte. »Nun stell dein Licht mal nicht unter den Scheffel! So schwer ist das doch nicht zu verstehen, wenn Byron mal was erklärt. Außerdem haben wir ja Zeit genug. Also erzähl nur weiter von Markion und diesen Kainiten, Byron, aber ohne angezogene Zügel!«

»Markion von Sinope war ein erfolgreicher Kaufmann, der anfangs zur christlichen Gemeinde von Rom gehörte und ihr mit seinen Geschäften ein großes Vermögen einbrachte«, fuhr Byron fort. »In Rom begann er jedoch schon bald eine neue Theologie zu entwickeln, die mit der christlichen Lehre nicht mehr zu vereinbaren war. Man kann ihn als einen frühen Vertreter der Gnosis bezeichnen.«

Alistair nickte scheinbar kenntnisreich. »Natürlich, die allseits bekannte Gnosis! Jetzt wird mir alles klar! Und ich habe mich schon immer gefragt, wer sich diese Gnosis ausgedacht hat!«

Byron schmunzelte. »Mit Gnosis bezeichnet man eine philosophische Strömung innerhalb des frühen Christentums mit dem Ziel der wahren Erkenntnis Gottes. Sie hebt sich jedoch fundamental von der Heilslehre Jesu ab, wie sie in den Evangelien verkündet wird. Markion und seine Anhänger waren davon überzeugt, dass die materielle irdische Welt von Grund auf böse sei und niemals zum Guten verändert werden könne. Das Gute sei allein bei Gott im Himmel zu finden.«

»Ein merkwürdiges Ansinnen, Gottes Schöpfung für durch und durch böse und unabänderlich verderbt zu halten«, sagte Harriet.

»Für die Anhänger der Gnosis, aber mehr noch für die Kainiten sind die Menschheit und die irdische Welt keine Schöpfung Gottes, sondern das Werk des Demiurgen, des Gottes des Bösen, der nichts mit dem Gott der Liebe und des Lichts im Himmel zu schaffen hat«, erklärte Byron. »Dieser Demiurg hat die Seele des Menschen in den Körper eingesperrt, er ist für alles Leid und Unglück des Lebens verantwortlich und er versucht mithilfe all der irdischen Versuchungen, den Menschen davon abzuhalten, den Weg zurück ins Licht der Erkenntnis und zu Gott zu finden.«

»Was für eine grauenvolle Vorstellung, dass die Welt des Teufels ist und Gott hier unten nichts zu sagen hat«, meinte Alistair. »Das geht mir ja noch schwerer in den Kopf als die Behauptung, Jesus sei als Gottes Sohn von Gottvater persönlich zur Erlösung der Menschheit gesandt worden!«

»Den Kainiten gilt Jesus nicht als heilsbringender Messias, sondern als ein göttliches Wesen mit einem Scheinleib, was man in der Theologie als Doketismus bezeichnet«, fuhr Byron fort. »Nach der Lehre der Kainiten kann es nämlich Erlösung nicht durch Jesu Nachfolge geben, sondern allein durch die geistige Überwindung des ausnahmslos schlechten Materiellen. Dass Markion mit dieser Zwei-Götter-Lehre auf den vehementen Widerspruch der Christen in Rom gestoßen ist, dürfte nicht verwunderlich sein. Sie haben ihn im Jahr 144 als Ketzer exkommuniziert, ihn aus ihrer Gemeinde ausgestoßen und ihm all sein Geld zurückgegeben. So hat er dann seine eigene Kirche gegründet und seine Lehre durch Reisen bis nach Ägypten und Persien ausgebreitet.«

»Dem kann ich ja noch folgen und diese Lehre von zwei Göttern erscheint mir genauso glaubwürdig oder unglaubwürdig zu sein wie die Lehre von dem dreieinigen Gott Vater, Sohn und Heiliger Geist, welche das Christentum predigt«, sagte Alistair. »Was ich jedoch nicht begreife, ist, warum Markion und seine Anhänger ausgerechnet Mörder wie Kain verherrlichen.«

Horatio nickte. »Das frage ich mich auch.«

»Ganz einfach: Weil nach der markionitischen Lehre Kain, Esau,

Korach und die Sodomiter im Gegensatz zu Abraham und Mose, den Lichtgestalten des Alten Testamentes, die vollkommenere, höhere Erkenntnis besessen und das teuflische Spiel des Demiurgen durchschaut haben«, erläuterte Byron. »Indem sie sich nämlich nicht an seine Gesetze hielten, sondern sie rücksichtslos übertraten, haben sie sich seiner bösen Macht entzogen. Als bewusste Sünder waren sie deshalb die erklärten Feinde des Demiurgen.«

»Auch dieser Nietzsche würde mit seinen nihilistischen Ansichten wunderbar in diesen Kreis der besonders Erleuchteten hineinpassen«, bemerkte Horatio spöttisch.

Alistair streckte ihm die Zunge heraus.

»Was nun die Rolle des Judas bei Markion und den Kainiten betrifft, so verehren sie ihn, weil er angeblich als einziger von allen Jüngern und Aposteln die Wahrheit erkannt hat«, setzte Byron seine Ausführungen fort. »In den häretischen Schriften heißt es, er sei groß wegen seiner Wohltaten, die er dem menschlichen Geschlecht zuteil werden ließ. Und deshalb ist für alle heutigen Anhänger dieser markionitischen Lehre ein solches Evangelium des Judas von großer Bedeutung. Damit könnten sie ihre Lehre untermauern und sich von dem Vorwurf befreien, eine unbedeutende Splittersekte zu sein.«

»Damit steht jetzt also fest, dass es sich bei den Männern des geheimen *Ordo Novi Templi* um Kainiten handelt«, sagte Harriet. »Kein Wunder, dass sie so darauf versessen sind, Mortimers Papyri in ihren Besitz zu bringen. Je nachdem, was in dieser Judas-Schrift steht, wäre das ein Triumph für sie und ein Tiefschlag für die christlichen Kirchen. Und einige Passagen, die du in Mortimers Notizbuch gefunden hast, Byron, lassen ja vermuten, dass es sich dabei um markionitische Lehren handelt.«

Byron nickte. »Aber wie ich schon einmal sagte, wird so ein Judas-Evangelium keinesfalls die christlichen Kirchen in ihren Fundamenten erschüttern, höchstens den Kainiten mehr öffentliches Interesse und neue Anhänger bringen. Denn all diese Lehren sind ja schon zur Genüge bekannt und seit Jahrhunderten in zahlreichen

Schriften behandelt worden. Außerdem vertraten die Katharer eine ähnliche Zwei-Götter-Lehre vom Demiurgen als Weltschöpfer und vom Gott der Liebe und des Lichtes, zu dem die Seele nur durch strenge weltliche Entsagung und geistige Erkenntnis zurückkehren kann. Ihre Glaubensbewegung nahm vom zwölften bis zum vierzehnten Jahrhundert in Südfrankreich ihren Ausgang und verbreitete sich auch nach Deutschland, Spanien und Italien, bis dann die römische Kirche zwischen 1209 und 1310 einen vernichtenden Krieg gegen sie unternahm, der auch als Albigenserkreuzzug in die Geschichte eingangen ist.«

»Richtig, die Katharer!«, erinnerte sich Horatio. »Auch bei ihnen gab es doch den Rang des Perfectus. So wurde jemand genannt, der schon die hohe Stufe der Erkenntnis erreicht hatte. Das muss der *Ordo Novi Templi* von ihnen übernommen haben.«

Byron nickte. »Wie auch die Bezeichnung ›Credens‹ für denjenigen Gläubigen, der noch zu sehr in der irdischen Welt verhaftet war. Die Credentes wurden erst nach der Geistestaufe, dem sogenannten Consolamentum, zu Perfecti und hatten dann ein enthaltsames monastisches Leben zu führen. Das scheinen die Ordensmänner vom *Neuen Tempel* sich abgeschaut zu haben, was sich durch die inhaltliche Nähe der beiden Lehren leicht erklären lässt.«

Alistair atmete tief durch. »Gut, dann haben wir das jetzt auch abgehakt!«

Auf einmal sagte Horatio unvermittelt: »Da fällt mir noch etwas Wichtiges zu Athos ein. Wir haben da nämlich ein recht prekäres Problem, Freunde!«

»Als da wäre?«, fragte Harriet.

»Es betrifft dich«, sagte Horatio. »Die ganze Klosterhalbinsel ist für die Mönche ein heiliger Bezirk und das bedeutet, dass Frauen sie auf keinen Fall betreten dürfen. Deshalb wird man ganz sicher in Karyás ein scharfes Auge auf die Passagiere haben, die dort an Land gehen.«

»Das kann nicht dein Ernst sein!«, stieß Harriet hervor.

»Doch, es ist so. Ich kenne mich mit der Geschichte von Athos und seinen Klöstern gut aus. Es gibt da sogar noch ein uraltes Dokument, auf Bockshaut geschrieben, in welchem dieses Gesetz nicht nur auf Frauen bezogen wird, sondern auf alles Weibliche, also sogar auf Haustiere«, teilte Horatio ihnen mit. »*Nichts Weibliches darf auf Athos gehegt werden!*, lautet dieses unumstößliche Gesetz.«

»Das ist dann wirklich ein Problem!«, sagte Byron besorgt.

Alistair grinste. »Na, da müssen wir wohl diesmal ohne Harriets Beistand auskommen und sie wird mit der *Xerxes* nach Saloniki weiterfahren. Wir treffen uns dann dort, wenn wir unseren Besuch auf Simonopetra erledigt haben.«

»Das kommt überhaupt nicht infrage!«, protestierte Harriet heftig. »Wir bleiben zusammen. Irgendwie komme ich schon an Land! Und wenn ich mich als Mann verkleiden muss!«

»Das ist gar keine so schlechte Idee!«, meinte Byron. Unter keinen Umständen wollte er von ihr getrennt sein. »Was meinst du, Horatio?«

Dieser strich sich nachdenklich über seinen schmalen Schnurrbart, während er Harriet musterte. »Mhm, das könnte klappen. Mit den richtigen Männerkleidern, einem weiten Umhang, schweren Stiefeln, einer Brille und einem großen Hut kann sie gut als Mann durchgehen, zumal bei ihrer jungenhaften Pagenfrisur! Und ihre zarten Gesichtszüge lassen sich auch leicht verändern. Es genügt ein wenig dunkle Schminke, um ihr Schatten unter den Augen zu verpassen.«

»Na also!«, sagte Harriet und schoss Alistair einen Blick zu, der ihre Genugtuung ausdrücken sollte.

»Und wo sollen wir all diese Sachen so schnell herholen?«, wollte Alistair wissen.

»Wir haben doch im Hafen von Kum-Tale zwei Stunden Aufenthalt, weil die *Xerxes* dort einen Teil ihrer Fracht löscht und andere Güter an Bord nimmt«, sagte Byron. »Das müsste reichen, um die Sachen zu besorgen.«

»Notfalls haben wir auch auf Limnos noch Zeit«, fügte Horatio hinzu. »Wir kriegen das schon hin.«

Harriet warf Byron und Horatio einen dankbaren Blick zu. »Damit ist das ja wohl geklärt!«

»Mir soll es recht sein, denn natürlich hätte auch ich nur ungern auf deine reizende Gesellschaft verzichtet«, meinte Alistair und erhob sich. »So, Freunde. Mich verlangt es jetzt danach, ein wenig dem Demiurgen zu huldigen. Mal sehen, ob sich auf der *Xerxes* noch ein paar Leute befinden, die so wie ich noch nicht in den Genuss eines Consolamentums gekommen sind und deshalb auch nichts gegen ein Kartenspiel einzuwenden haben.« Und damit entfernte er sich mit einem vergnügten Pfeifen.

2

Während die *Xerxes* durch die Enge der Dardanellen dampfte, wartete Byron auf eine passende Gelegenheit, um Harriet unter vier Augen auf das Laudanum anzusprechen, das sie sich in Konstantinopel von Basil Sahar hatte besorgen lassen.

Aber nach den dort überstandenen Gefahren und in der Gewissheit, den Perfectus nun endgültig abgeschüttelt zu haben, hatte sie alle eine gelöste Stimmung erfasst. Und diese wollte er bei Harriet nicht dadurch zerstören, indem er sie auf einen wunden Punkt ansprach. Er befürchtete, sie könnte es ihm übel nehmen, wenn er ihr ins Gewissen redete und sie vor den Gefahren des Laudanum warnte. Vermutlich würde sie es sich verbitten, von ihm bevormundet zu werden. Denn er kannte ja ihren Stolz und wusste, wie sehr sie auf ihre Eigenständigkeit bedacht war.

Den ganzen Tag rang er mit dem Zwiespalt seiner Gefühle. Denn wenn er sich auch einerseits aus Liebe und Sorge um sie zu diesem Gespräch verpflichtet fühlte, so war andererseits die Furcht vor einer scharfen Zurückweisung doch nicht weniger groß. Er schämte sich seiner Feigheit und wusste nicht, wie er das Dilemma lösen sollte.

Es löste sich ganz von selbst.

Als Byron sich spät in der Nacht auf dem Weg von der Toilette zurück zu seiner Kabine befand und an ihrer Tür vorbeikam, hörte er, dass Harriet wieder einmal im Schlaf mit ihren Dämonen rang. Diesmal zögerte er nicht einen Augenblick. Er fand ihre Kabinentür unverschlossen und trat leise ein.

Wie erwartet brannte eine der Kabinenleuchten. Sie musste die Dunkelheit der Nacht fürchten. Doch weder das Licht noch das Laudanum bewahrten sie offensichtlich vor ihren schlimmen Albträumen. Eines der beiden Fläschchen aus braunem Glas stand auf dem Brett unter dem Bullauge und verriet, dass sie vor dem Zubettgehen einen Schluck davon genommen hatte.

Harriet lag in gekrümmter Haltung im Bett und warf im Schlaf den Kopf hin und her, als wollte sie so den albtraumhaften Bildern entkommen, die sie bedrängten. Ihre Hände hatten sich über der Brust in die Decke gekrallt. Sie wimmerte, schluchzte und stieß unverständliche Satzfetzen hervor, wie er es schon die beiden anderen Male erlebt hatte. Und auch diesmal krampfte sich alles in ihm zusammen, als er sie so leiden sah.

Er setzte sich auf die Kante ihrer Koje und begann, leise auf sie einzureden und sie zu streicheln, so wie er es im *Orient-Express* getan hatte. Doch anders als in jener Nacht fiel sein Streicheln diesmal nicht so behutsam und federleicht aus. Die Folge seiner Zärtlichkeiten jedenfalls war, dass nicht nur der Albtraum von ihr wich, sondern auch der Schlaf und sie die Augen aufschlug.

Für einen langen Moment sah sie ihn stumm an.

»Du hattest einen Albtraum«, sagte Byron leise. »Ich war draußen auf dem Gang, und als ich dich weinen hörte, konnte ich einfach nicht anders, als hereinzukommen.«

»Du warst es auch damals im Zug«, erwiderte sie. »Ich war mir am Morgen nicht sicher, ob ich es nur geträumt hatte oder ob du tatsächlich an meinem Bett gesessen und mich gestreichelt hast.«

Er nickte. »Ich konnte einfach nicht anders«, beteuerte er noch einmal. »Es hat mir wehgetan, dich im Schlaf wimmern und schluchzen zu hören. Verzeihst du mir?«

»Was könnte es da zu verzeihen geben, Byron? Es war der schönste Traum, den ich seit vielen Jahren hatte. Aber zu wissen, dass es gar kein Traum gewesen ist, macht es noch viel kostbarer«, flüsterte sie und berührte ihn sanft am Arm.

Diese Berührung und das, was er in diesem Augenblick in ihren Augen las, gab ihm den Mut, das zu tun, was er sich schon seit Langem sehnlichst wünschte.

Zärtlich nahm er ihr Gesicht in seine Hände, beugte sich zu ihr hinunter und küsste sie. Ganz behutsam und voller Furcht, damit die Grenze des Erlaubten zu überschreiten.

Doch seine Furcht erwies sich als unbegründet. Denn kaum hatten sich ihre Lippen berührt, als sie auch schon die Arme um seinen Hals legte, ihn an sich zog und seinen Kuss erwiderte.

Es war ein Kuss sich wortlos einander versichernder Liebe, den keiner von ihnen als Erster beenden wollte. Wie Ertrinkende hielten sie sich umklammert und ertranken dann doch in diesem langen Kuss, in dem die Erlösung von einer viel zu lang zurückgehaltenen Sehnsucht lag.

»Endlich!«, stieß Harriet atemlos hervor, als sie einander dann doch freigaben. »Endlich ist es geschehen.«

»Ja«, sagte Byron nur. Er konnte nicht recht fassen, dass es nun wirklich geschehen war. Es verwunderte ihn, dass ausgerechnet er den ersten Schritt getan hatte. Dabei hatte er sich doch jahrelang eisern an seinen Schwur gehalten, sich nie wieder von seinen Gefühlen für eine Frau dazu hinreißen zu lassen, seinen Schutzpanzer abzulegen und sich verwundbar zu zeigen. Aber nun wurde ihm klar, dass man Liebe ebenso wenig erzwingen wie in sich zum Schweigen bringen konnte. Ihre Macht überstieg jede menschliche Willenskraft, wenn sie erst von einem Besitz ergriffen hatte.

»Weißt du, wann ... wann es bei dir angefangen hat?«, fragte sie, nun ein wenig verlegen, als schämte sie sich dafür, dass sie seinen Kuss erwidert hatte.

Byron dachte nach. »Ich glaube, es dämmerte mir, als dir der Ordensmann in der Wiener Kanalisation das Messer an die Kehle gesetzt und dann kurz darauf auf dich geschossen hat.«

»Bei mir war es etwas später«, sagte Harriet. »Und zwar im *Orient-Express*. Aber ich wollte erst nichts davon wissen und habe es als dumme Träumerei abgetan. Was sollte denn ein Mann wie du mit einer wie mir zu tun haben wollen?«

»Was soll denn das heißen, ›mit einer wie mir‹?«, fragte Byron verwundert.

»Na ja, ich gehöre nun mal nicht zur besseren Gesellschaft wie du. Ich bin eine einfache Schaustellerin, die sich ihren kargen Lebensunterhalt verdient, indem sie auf dem Seil herumturnt und mit Messern auf Leute zielt«, antwortete sie und versuchte, ihre artistische Kunst ins Lächerliche zu ziehen.

»Was für ein Unsinn!«, widersprach er sofort. »Ich bin sicher, dass eine Frau aus der besseren Gesellschaft, wie du das nennst, mich nie und nimmer so hätte entflammen können wie du! Du bist der wunderbarste Mensch, der mir je begegnet ist!«

Harriet sah ihn aufmerksam an und fragte nach kurzem Zögern: »Wunderbarer auch als jene geheimnisvolle Constance, die Arthur Pembroke erwähnt hatte, als es um dein Ehrenwort als Gentleman ging?«

Byron stutzte einen Moment. »Ja, auch wunderbarer als Constance«, sagte er dann. »Zudem war ich damals noch recht jung und was verstand ich schon von Liebe?«

»Erzählst du mir, was es mit dieser Frau auf sich hat?«, fragte sie. »Oder möchtest du lieber nicht darüber reden?«

Er lächelte. »Kommt ganz darauf an, was du mir als Gegenleistung für meine Geschichte zu bieten hast?«

»Lass mich mal kurz überlegen!« Sie zog die Stirn kraus und gab sich den Anschein, angestrengt nachzudenken. Dann fragte sie, während sie ihn schon zu sich zog: »Wie wäre es damit?«

Wieder versanken sie in einen langen innigen Kuss.

Hinterher lachte er leise auf und fuhr mit dem Finger zärtlich über ihre noch feuchten Lippen. »Ja, das ist recht annehmbar.

Wenn es für jeden Teil der Geschichte so einen Kuss gibt, werde ich mich bemühen, dass sie nicht zu schnell zu Ende ist.«

»Ich glaube, das lässt sich einrichten«, gab sie zurück. »Aber nun erzähl! Wer war diese Constance?«

»Sie war die Verlobte eines Studienkollegen, mit dem ich in Oxford eng befreundet war. Es begann kurz nach unseren Abschlussprüfungen. Damals war ich gerade zwanzig geworden, während George Jamieson, so hieß mein Freund, schon fünf Jahre älter war.« Byron hielt kurz inne. Denn ganz so leicht, wie er sich den Anschein gab, fiel es ihm nicht, in jene Zeit zurückzukehren, als Constance sein Denken und Fühlen beherrscht hatte.

Harriet legte ihre Hand auf die seine, sagte jedoch nichts, sondern wartete, dass er von sich aus weitererzählte.

»Während Constance aus einer sogenannten guten Familie mit einem langen, ehrwürdigen Stammbaum, aber mit nur bescheidenem Vermögen stammte, kam George aus einem sehr reichen Elternhaus. Dagegen war mein Vater, obwohl er es zu einigem Wohlstand gebracht hatte, ein armer Schlucker«, fuhr Byron fort. »Den Jamiesons gehörten eine Reederei, eine Werft und Beteiligungen an anderen lukrativen Unternehmen. Er war also eine ausgesprochen gute Partie.«

»Die sich deine – bestimmt bildhübsche, aber auch berechnende – Constance geangelt hat.«

Byron nickte. »Dann kam der Tag, an dem George mit einer Gruppe von Freunden zu einer mehrmonatigen Bildungsreise quer durch Europa aufbrach. Diese *Grand Tour* gehört ja in den Oberschichten zum Abschluss einer standesgemäßen Ausbildung. Constance wäre gern mit ihm auf die Reise gegangen, aber der schlechte Gesundheitszustand ihrer Eltern ließ das nicht zu. Tja, und da legte mir George vor seiner Abreise eindringlich ans Herz, mich während seiner Abwesenheit um Constance zu kümmern und dafür zu sorgen, dass sie in diesen Monaten nicht zu sehr allein war und ihr die Trennung nicht so lang wurde. Ich habe ihm mein Ehrenwort gegeben, dass ich ihr Beschützer und brüderlicher Gesellschafter sein würde.«

»Ich ahne es schon«, sagte Harriet. »Der brüderliche Gesellschafter wurde schnell zum Verliebten.«

»So ist es«, bestätigte Byron. »Obwohl eher sie damit anfing, indem sie mit mir flirtete, sich beim Spazierengehen, wenn ich ihr den Arm bot, eng an mich schmiegte und mir durch kleine Berührungen zu verstehen gab, wie sehr sie meine Nähe suchte. Aber wer von uns beiden zuerst mit dem Feuer spielte, ist auch gar nicht von Bedeutung. Jedenfalls führte das häufige Zusammensein dazu, dass wir uns ineinander verliebten. Ich zumindest glaubte das. Und ich brachte trotzdem die Willenskraft auf, es bei bloßen Liebesbeteuerungen zu belassen. Geküsst habe ich sie nur ein einziges Mal. Besser gesagt, Constance hat mich geküsst. Aber das war kein Kuss aus Liebe . . . Doch ich will nicht vorgreifen.«

»Stimmt es, sie hat dich bei der Rückkehr ihres Verlobten verraten und so getan, als hättest du versucht, sie ihm während seiner Reise auszuspannen?«, mutmaßte Harriet.

Er schüttelte den Kopf. »Nein, viel schlimmer. Zum Bekanntenkreis ihrer Eltern gehörte ein Offizier des königlichen Garderegiments, ein gut aussehender und charmanter Mann, der in seiner prächtigen Uniform so manche Frau dazu brachte, sich nach ihm umzusehen. Constance hatte mir von ihm erzählt und dabei nicht ohne Koketterie erwähnt, dass er ihr den Hof machte und dabei offenbar weniger Hemmungen hatte als ich. Ich sah sie auch mehrfach zusammen im Theater und bei einem Konzert. Aber ich dachte mir in meiner Naivität und Gutgläubigkeit nichts dabei. Schon gar nicht kam mir der Gedanke, Constance könnte ihn ermutigt haben.«

»Nicht jeder gibt so viel auf seine Ehre wie du«, warf Harriet ein.

»Das ist mir später auch klar geworden, aber da war es schon zu spät«, fuhr Byron fort. »Als der Sommer sich seinem Ende zuneigte und es bis zu Georges Rückkehr nur noch eine gute Woche hin war, kam der Tag, an dem Constance und ich eine kleine Kahnpartie auf dem Fluss mit anschließendem Picknick geplant hatten. Doch daraus wurde nichts. Denn schon gleich bei ihrem Eintreffen brach sie in ein verzweifeltes Schluchzen aus. Ich brauchte eine Weile, um sie zu beruhigen und sie zu fragen, was denn so Schreckliches geschehen war. Und dann berichtete sie unter Tränen, dass der Gardeoffizier sie eines Nachts nach einem Theaterbesuch noch in ein Lokal ausgeführt hatte, sie zu übermäßigem Champagnergenuss verleitet und ihre Trunkenheit später dazu ausgenutzt habe, sie zu verführen und ihr die . . . die Ehre zu rauben.«

»Du meinst, er hat sie vergewaltigt«, korrigierte sie ihn. »Entschuldige, aber ich mag diese gestelzten Bezeichnungen wie ›geraubte Ehre‹ und ›gefallenes Mädchen‹ nicht, mit denen prüde Leute das bemänteln, was ihnen peinlich auszusprechen ist.«

»Hältst du mich für prüde?«

Sie lächelte ihn an. »Einen Mann, der sich des Nachts in das Schlafzimmer einer züchtigen und scheuen Jungfrau schleicht und ihren Schlaf ausnutzt, um sie zu streicheln, würde ich nicht gerade prüde nennen«, neckte sie ihn. »Aber erzähl weiter!«

»Jetzt wird es schwierig«, sagte Byron. »Denn heute weiß ich nicht mehr recht zu sagen, wie Constance mich dazugebracht hat, mich mit dem Offizier auf ein Pistolenduell einzulasssen, um ihre Ehre zu retten.«

»Du hast dich mit dem Mann duelliert?«, stieß sie bestürzt hervor. »Aber solche Ehrenduells sind doch längst verboten!«

Byron zuckte die Achseln. »Es gibt sie dennoch immer wieder. Denn wo kein Ankläger ist, da ist auch kein Richter.«

»War das jener Tag, an dem sie dich geküsst hat?«

Er nickte. »Ich war ein ausgemachter Dummkopf, gefangen in meiner Liebe zu ihr und dem Ehrenkodex, in dem ich aufgewachsen bin. Jedenfalls habe ich mich darauf eingelassen. Zudem versicherte sie mir, dass ihrer Ehre Genüge getan sei, wenn jeder der Duellanten nur symbolisch einen Schuss hoch über den Kopf des anderen abgab. Aber das war eine Lüge. Denn dem Offizier hatte sie erzählt, ich hätte sie . . . zu vergewaltigen versucht. Und sie hatte ihn beschworen, bei dem Duell bloß keine Gnade walten zu lassen.«

»So eine mörderische Intrige!«

»Während ich also im Morgengrauen auf einer einsamen Waldlichtung meinen Schuss in den Himmel abgab, schoss er gezielt und traf mich in die rechte Brust. Immerhin hatte er den Anstand, mich dort nicht verbluten zu lassen, sondern mich vor dem nächsten Krankenhaus abzuladen. Ich schwebte mehrere Tage zwischen Leben und Tod und brauchte Wochen, um mich von der Verletzung zu erholen. Und während ich im Krankenhaus lag und um mein Leben rang, drängte Constance ihren zurückgekehrten George umgehend zur Hochzeit. Und sie setzte ihren Willen auch durch. George ließ mich im Krankenhaus per Brief wissen, dass ich es nicht wagen solle, ihm jemals wieder unter die Augen zu treten. Andernfalls werde er vollenden, was Constances Ehrenretter leider nicht ganz geschafft hatte! Ich habe sowohl ihn als auch Constance nie wieder gesehen.«

»Und woher weißt du, dass Constance ihren Offizier dazu aufgestachelt hat, dich bei dem Duell zu töten?«, fragte Harriet.

»Weil Constance keine acht Monate nach ihrer Hochzeit mit einer angeblichen Frühgeburt niederkam. Doch bei der Geburt stellten sich schwere Komplikationen und Blutungen ein, sodass Mutter und Kind starben«, berichtete Byron. »Nach ihrem Tod stieß George dann beim Aufräumen ihres Sekretärs auf ihr Tagebuch. Und darin hatte sie alles ausführlich festgehalten, ihren Flirt mit mir, ihre Affäre mit dem Offizier und die Tatsache, dass sie von ihm schwanger geworden war und fürchtete, ich könnte George die Augen öffnen. Deshalb wollte sie mich vor seiner Rückkehr unbedingt tot sehen.«

»Was für eine gewissenlose Frau!«

»Ja, und diese wahre Constance verbarg sich hinter der schönen Fassade und der Maske der Schuldlosigkeit. George hat mir ihr Tagebuch zugeschickt und mich in seinem Begleitbrief um Verzeihung für das gebeten, was Constance und er mir angetan hatten. Mir das persönlich zu sagen, dazu fühlte er sich nicht in der Lage. Er hat den Betrug nicht verkraftet, ein Großteil seines Erbes an wohltätige Organisationen verschenkt, England verlassen und ist nach Indien gegangen. Es heißt, er wäre dort vor zwei Jahren bei einem Aufstand ums Leben gekommen. Genaueres weiß ich nicht, es hat mich auch nicht interessiert. Das Tagebuch und seinen Brief habe ich verbrannt – und mir dann geschworen, mein weiteres Leben als Junggeselle zu verbringen.«

»Und was wird nun aus diesem Schwur?«, fragte sie leise.

Zärtlich sah er sie an. »Muss ich dir darauf noch antworten?«

»Ach, Byron«, seufzte sie auf einmal und Bedrückung zeigte sich auf ihrem Gesicht. »Vielleicht ist das, was wir hier haben geschehen lassen, ein großer Fehler . . .«

»Wie kannst du so etwas nur denken?«, sagte er betroffen. »Bereust du es plötzlich, dass . . . dass wir uns geküsst haben und du nun weißt, wie sehr ich . . . dich liebe?«

Sie schüttelte den Kopf. »Nein, nichts davon bereue ich. Und ich wünschte, nichts stände uns im Wege, diese Liebe auch gemeinsam zu leben«, versicherte sie, jedoch mit trauriger Stimme. »Aber . . .« Sie brach ab.

»Was aber?«, wollte er sofort wissen.

»Ich fürchte, du weißt nicht, auf wen du dich mit mir einlässt, Byron«, murmelte sie bedrückt. »Ich schleppe ebenfalls eine Last aus meiner Vergangenheit mit mir durchs Leben. Und es ist wahrlich keine, über die man jemals hinwegkommt und die es möglich machen könnte, dir die Frau zu sein, die du dir wünschst und die du verdient hast. Ich habe das Leben eines Menschen auf dem Gewissen, Byron. Das schüttelt man nie ab, wenn man ein Gewissen hat.«

»Sind das die schrecklichen Albträume, die dich so oft quälen und weshalb du Zuflucht bei diesem Teufelszeug Laudanum suchst?«, fragte er und deutete auf das braune Fläschchen auf dem Brett unter dem Bullauge.

»Du weißt davon?«

»Ja, Basil Sahar hat mir erzählt, dass du ihn gebeten hattest, dir zwei Fläschchen mit verdünntem Opium zu besorgen«, sagte Byron. »Er war besorgt um dich – und ich bin es noch unvergleichlich viel mehr! Du darfst es nicht nehmen, ich flehe dich an. Es ist reines Gift und zerstört auf Dauer Geist und Körper, auch wenn du jetzt noch nichts davon merkst. Du musst mir versprechen, die Finger davon zu lassen!«

»Ich weiß ja, dass du recht hast«, erwiderte sie gequält. »Aber wenn ich es nicht nehme oder nur so wenig wie heute Nacht, dann . . . dann kommen sie wieder, diese entsetzlichen Bilder!«

»Dann musst du lernen, dich ihrer anders zu erwehren!«, beschwor er sie. »Was sind das denn für Albträume?«

Harriet blickte an ihm vorbei. »Ich . . . ich möchte nicht darüber sprechen«, flüsterte sie.

Er schwieg und wartete. Sie zu bedrängen, wenn sie sich ihm nicht aus freien Stücken anvertrauen wollte, lag ihm fern. Doch er hoffte, dass sie es von sich aus tun würde.

»Es passierte an einem Herbsttag kurz vor Morgengrauen«, begann sie nach einer Weile des Schweigens. »Ich war damals vierzehn und mit Verwandten zu einer Jagd eingeladen. Wir waren schon lange vor Tagesanbruch auf der Pirsch, um in ein bestimmtes Gebiet des Reviers zu kommen. Ich war hundemüde, weil ich die Nacht kaum geschlafen hatte. Als wir eine kurze Rast einlegten, schlief ich mit meinem Gewehr in den Händen an einen Baum gelehnt ein. Und dann . . . dann ist es passiert.« Sie schluckte heftig und schwieg einen Augenblick.

Byron hielt ihre Hand und wartete.

»Ich fuhr plötzlich aus dem Schlaf auf und zog dabei den Abzugshahn durch«, fuhr sie schließlich mit zitternder Stimme fort. »Die Kugel traf meinen Verwandten, der mich aus dem Schlaf geholt hatte, aus nächster Nähe und tötete ihn auf der Stelle.«

»Ich kann verstehen, dass dich ein so entsetzlicher Unfall lange verfolgt«, sagte er mitfühlend. »Aber gewiss hat man dich deshalb nicht des Totschlags angeklagt.«

Harriet schüttelte den Kopf. »Nein, alle haben bezeugt, dass es ein Unfall gewesen ist und er sich nicht vor die Mündung des Gewehrs hätte stellen dürfen, als er mich an der Schulter gerüttelt und geweckt hat.«

»Aber dann hast du dir doch auch nichts vorzuwerfen, was dein Gewissen belasten könnte!«

»Oh doch, denn ich bin schon lange nicht mehr so sicher, dass es wirklich ein Unfall war! Ich bin sogar überzeugt, dass ich schon wach gewesen bin und mit vollem Bewusstsein den Hahn durchgezogen habe!«, widersprach sie. »Denn ich habe diesen Mann aus tiefster Seele gehasst und vor jenem Herbsttag schon oft das Verlangen gehabt, ihn zu töten.«

»Und warum hast du ihn so gehasst?«

»Weil . . . weil er mich über ein Jahr lang . . . missbraucht hat. Er . . . er ist nie . . . bis zum Letzten gegangen, aber es war auch so schon abscheulich genug. Ich wollte ihn tot sehen . . . und so kam es ja auch«, sagte sie mit kaum vernehmlicher Stimme und dann schlug sie die Hände vors Gesicht und begann zu weinen.

Byrons Bestürzung kannte keine Worte. Und so nahm er sie schweigend in seine Arme, wiegte sie wie ein kleines Kind und strich ihr zärtlich über das Haar.

Später dann, als sie sich wieder gefangen hatte, zog er seinen Morgenmantel aus und schlüpfte zu ihr unter die Bettdecke. »Versuch jetzt zu schlafen, mein Schatz. Ich werde darüber wachen, dass dich keine Albträume mehr quälen werden, du hast mein Ehrenwort!«

Sie lächelte schwach, schmiegte sich dankbar an ihn und legte ihren Kopf und ihren Arm auf seine Brust, als wollte sie sichergehen, dass er sie nicht irgendwann während der Nacht allein ließ. Wenige Minuten später holte sie der Schlaf.

Byron lag bis zum Morgengrauen wach, weil er nicht eine Sekunde dieser kostbaren Nähe dem Schlaf opfern wollte.

3

Im Morgengrauen schlich Byron sich zurück in seine Kabine. Harriet und er waren übereingekommen, Horatio und Alistair vorerst noch nichts von der neuen Art ihrer Beziehung zu sagen. Das hätte ihr Verhältnis zu Alistair womöglich belasten und ihnen die Ausführung ihrer Aufgabe erschweren können.

»Alistair ist eine Spielernatur und er weiß, dass er nicht alle Spiele gewinnen kann«, hatte Harriet gesagt. »Aber es ist wohl vernünftiger, nicht gleich an die große Glocke zu hängen, was mit uns passiert ist. Lassen wir den Dingen ihren Lauf und warten wir ab, wohin sie uns führen.«

Ihr letzter Satz beunruhigte Byron ein wenig. Denn er klang in seinen Ohren, als hätten sich bei ihr im Licht des Tages leise Vorbehalte geregt, ob ihre Liebe wirklich eine Zukunft haben könnte. Aber dann sagte er sich, dass er wohl zu viel in diesen Satz hineininterpretierte. Ihr Abschiedskuss hatte jedenfalls keinen Zweifel daran gelassen, was sie für ihn empfand.

Die *Xerxes* hielt ihren Fahrplan recht pünktlich ein. Mit nur einer halben Stunde Verspätung umrundete sie am Nachmittag die Südspitze der gut dreißig Meilen langen, aber nur sechs Meilen breiten Athos-Halbinsel. Das Gebirgsmassiv aus kristallinischem Schiefer war mit Wäldern von Eichen, Kastanien und Platanen bedeckt. An vielen Stellen zeigte sich aber auch grauer nackter Fels, auf dem die schwer zugänglichen Klöster und die Skiten, die Behausung der Eremiten, thronten. Im Süden der Halbinsel überragte der *Hagion Oros,* der Heilige Berg Athos, mit seinem mehr als 6000 Fuß hohen, wie Marmor leuchtenden Kegel alle anderen felsigen Erhebungen.

Der Dampfer hielt respektvollen Abstand zu der zerklüfteten Küste, von der immer wieder unwegsame Ausläufer mit niederem Tamariskengebüsch und steilen Felshängen sich weit in das tiefe Blau des Meeres erstreckten.

»Nicht gerade ein einfaches Vorhaben, unbemerkt in so ein Kloster einzudringen«, sagte Alistair mit sorgenvoller Miene, als wieder einmal ein Kloster auf einem Felsenvorsprung ins Blickfeld kam. »Da wird einem ja schon beim Hinschauen schwindelig!«

Horatio nickte. »Ja, das ist eine echte Herausforderung. Man nennt diese Athos-Klöster auch nicht von ungefähr die ›Schwalbennester der heiligen Männer‹. In der Antike war der Athos den Heidengöttern geweiht. Er galt den Griechen als ein versteinerter Gigant, der im Kampf mit den Göttern unterlag. Manchmal gibt es hier kleinere Erdbeben, als zucke der steinerne Gigant. Dann reißen nicht selten die Mauern der Klöster ein und hinterlassen tief klaffende Risse.«

»Hätte sich Mortimer denn nicht ein gewöhnliches Kloster für seine Ikonen aussuchen können?«, grollte Alistair. »Diese Klöster sehen ja wie trutzige Festungen aus, so richtig mit Wehrtürmen und Zinnen!«

»Sie sind nach Art byzantinischer Kastelle wie Festungen gebaut, weil sie eben genau das sein sollten, in Kriegszeiten zum Schutz gegen plündernde und marodierende Heere und in Friedenszeiten gegen Räuberbanden und Piraten, die jahrhundertelang das Mittelmeer unsicher gemacht haben«, sagte Horatio. »Deshalb war eine unangreifbare Lage bei der Wahl des Bauplatzes genauso wichtig wie Weltabgeschiedenheit.«

»Die Karten fallen eben manchmal nicht so, wie man es gerne hätte«, erwiderte Harriet. »Du müsstest das doch wissen.«

Er grinste sofort. »Ein wahres Wort. Und wir werden schon das Beste aus dem Blatt machen, das uns der Irre zugeteilt hat.«

»Ich glaube, jetzt wird es allmählich Zeit, dass wir mit deiner Verkleidung beginnen«, sagte Horatio.

Sie hatten im Hafen von Kum-Tale alles bekommen, was sie dafür brauchten. Als Harriet umgezogen aus ihrer Kabine kam, hatte sie bis auf die Gesichtszüge fast alles Weibliche verloren. Sie steckte in schweren Stiefeln, einem nicht sehr feinen Winteranzug aus grober rostbrauner Wolle, trug einen weiten Umhang mit ausgepolsterten Schultern und einen Filzhut mit breiter Krempe. Aber mehr noch veränderten sie die in dunkles Horn gefasste Brille mit den runden, ungeschliffenen Gläsern und die Mullbinden, die sie sich rechts und links zwischen Unterkiefer und Wange gestopft hatte. Damit sahen ihre Wangen nun wie Hamsterbacken aus, die ihre zarten Gesichtszüge verunstalteten und zusammen mit der Hornbrille und den dunklen Augenschatten wenig von ihrem anmutigen Äußeren übrig ließen.

»Fehlt nur noch der Bartwuchs, holder Jüngling«, spottete Alistair bei ihrem Anblick. »Pass bloß auf, dass dir keiner der Kuttenträger einen unsittlichen Antrag macht. Einige dieser heiligen Männer sollen ja eine geheime Vorliebe für zarte Jünglinge haben, besonders wenn sie so eine glatte Haut haben wie du!«

Harriet versetzte ihm einen spielerischen Schlag mit ihrem Spazierstock und sagte mit brummig dunkler Stimme: »Und du halte deine Lästerzunge im Zaum!«

Was auf dem Fahrplan der *Xerxes* als Hafen von Karyäs verzeichnet gewesen war, entpuppte sich als eine bescheidene Anlegestelle mit einer Mole und einem kleinen Wachtturm darauf, die den Schiffen in der Bucht von Daphni bei schlechtem Wetter ein wenig Schutz geben sollten. An der Mole lag ein knappes Dutzend kleiner Fischerboote vertäut und einige Ruderboote verteilten sich über den steinigen Strand. Dahinter fiel der Blick auf einige kleine, schuppenähnliche Hütten. Das war alles. Eine richtige Ortschaft, geschweige denn eine Stadt existierte in der Bucht nicht. Karyäs, der Hauptort der Mönchsrepublik, lag vielmehr gute anderthalb Stunden weiter landeinwärts.

»Da sind auch schon die Mönche, die darüber wachen, dass keine Frau den heiligen Berg betritt«, raunte Horatio, als sie von Bord gingen. Dabei deutete er verstohlen auf die beiden langbärtigen Mönche in schwarzen Kutten, die unten am Fuß der Gangway schon warteten.

Sie schritten den Laufsteg hinunter, Harriet an vorletzter Stelle und mit heftig klopfendem Herzen.

Die beiden Mönche musterten sie mit verschlossener, fast abweisender Miene, als hätten sie am liebsten jeden Besucher, auch alle männlichen, gleich wieder davongejagt. Aber die Zeiten hatten sich geändert und es lag nicht länger in ihrem eigenen Ermessen, wer Athos betreten durfte und wer nicht. Zumindest was die Halbinsel betraf. In ihren Klöstern herrschten sie dagegen noch immer mit aller Strenge gegenüber Fremden. Viele verschlossen sich konsequent vor ihnen.

Es verstrichen einige bange Augenblicke, als sie vor den beiden Mönchen standen. Aber glücklicherweise fiel denen nichts Verdächtiges auf und sie ließen sie passieren.

Schnell war ein Maultiertreiber gefunden, der sie auf seinen trittsicheren Tieren über den Pfad in die Berge führte. Der zweieinhalbstündige Weg führte sie durch Lorbeerhaine, in denen sich ein würziger Duft in die kalte Luft mischte, und durch Wälder voller Ahorn, Eichen und Platanen, die tiefe abendliche Schatten warfen. Sie trabten auf der steinigen Strecke auch an einem Kloster vorbei, das an einem ausgetrockneten Bachbett lag und im Dämmerlicht wie ein düsteres Kastell wirkte.

Sie erreichten Karyás gerade noch rechtzeitig, bevor die Nacht den Athos in tiefe Finsternis hüllte. Die kleine Mönchsstadt mit ihren weiß gekalkten Häusern, Kirchen und Kapellen lag inmitten von Gärten und säumte die bewaldeten Höhen.

Zimmer waren in einem der einfachen Gasthöfe um diese Jahreszeit schnell gefunden. Sie brachten ihr Gepäck auf die Zimmer und nahmen in einer dunklen Ecke des Schankraums ein einfaches Abendessen ein. Dazu tranken sie geharzten Wein, der einiger Gewöhnung bedurfte, um ihm etwas abzugewinnen, wie Horatio es treffend und mit säuerlicher Miene formulierte.

Am nächsten Morgen besorgten sie sich eine Wanderkarte von der Halbinsel, die auf billigem Papier miserabel gedruckt war, aber ihren Zweck erfüllte. Dabei stießen sie auch auf ein dünnes Heftchen, das auf Deutsch abgefasst war. Es enthielt die kurz gefasste Geschichte verschiedener Klöster, Auskünfte darüber, welche bedeutenden Werke der Ikonenkunst sie hinter ihren Mauern verbargen, und zu ihrer freudigen Überraschung auch die Grundrisse mehrerer dieser Anlagen. Der Grundriss von Simonopetra gehörte zu dieser Auswahl. Obwohl das verschlafene Städtchen alles andere als von geschäftigem Treiben beherrscht war, setzten sie sich doch vorsichtshalber außerhalb des Ortes an einen sonnenbeschienenen Hang und studierten die ihnen vorliegenden Informationen.

»Kein Wunder, dass man Mortimer mit seiner kostbaren Ikone in Simonopetra hereingelassen hat«, sagte Byron, als er der Broschüre entnahm, dass 1891 ein Brand schwere Schäden im Kloster angerichtet und einen Großteil der Ikonensammlung vernichtet hatte. »Sein Geschenk muss ihnen nach dem verheerenden Feuer höchst willkommen gewesen sein.«

Horatio interessierte sich mehr für den Grundriss der Klosteranlage. »Das hier ist die Westmauer, die zum Meer hin ausgerichtet ist«, erklärte er, während sein Finger über die einzelnen Abschnitte der Zeichnung fuhr. »Ein Stück hinter dem *Kodonostassion,* dem Glockenturm, der sich aus der Westmauer erhebt, kommt das *Katholikon.*«

»Das was ist?«, fragte Alistair.

»So wird die Hauptkirche bezeichnet, sie liegt immer im Zentrum der Hofanlage«, erklärte Horatio, der sich ganz in seinem Element fühlte. »Und diese feine Linie im hinteren, nach Osten weisenden Drittel des Katholikons stellt die wandhohe *Ikonostase,* den Bildnishalter dar. Sie trennt den *Naos* vom dahinterliegenden *Bema.*«

»Fang nun bloß nicht an, Byron nachzuahmen und uns langatmige Lektionen über orthodoxen Glauben und Kirchenarchitektur zu halten!«, warnte Alistair ihn.

»Das Bema ist das Allerheiligste mit dem Altar, wo der Gottesdienst gefeiert wird. Der Naos ist der Raum vor der Ikonenwand, wo sich die Mönche während des Gottesdienstes verteilen!«, erklärte Horatio mit ein wenig Groll in der Stimme. »Und all das, mein Freund, wirst auch du dir gut einprägen. Denn wenn wir in Simonopetra einsteigen, was zweifellos nur nachts und zwischen den vielen Gebetszeiten der Mönche möglich sein wird, dann musst auch du genau wissen, wo wir uns gerade befinden und wo die Ikone zu suchen ist!«

»Das werde ich schon«, versicherte Alistair ein wenig kleinlauter. »Aber dass ich dir hinterher noch all die Fachbegriffe herunterbete, wirst du ja wohl nicht von mir verlangen, oder?«

»Lasst uns überlegen, von welcher Seite wir uns dem Kloster am besten nähern«, sagte Byron und breitete die Wanderkarte von Athos aus.

»Zum Glück liegt Simonopetra ja nicht allzu weit von Karyäs entfernt«, sagte Harriet, als sie die beiden Punkte auf der Karte markiert hatte. »Sieht nach ungefähr zehn, elf Kilometern aus. Was rund sechs bis sieben Meilen entspricht. Das ist leicht in zwei Stunden pro Wegstrecke geschafft.«

»Das glaube ich nicht, denn wir reden hier von bergigem Gelände, das uns nicht vertraut ist, und schon gar nicht bei Nacht!«, wandte Byron sofort ein. »Einen Führer können wir uns für unser Vorhaben ja schlechterdings nehmen.«

»Das bezweifle ich auch«, meinte Horatio. »Außerdem halte ich nichts davon, irgendwo vorn am Tor zu versuchen, über die Mauer zu steigen.«

»Und warum nicht?«, wollte Alistair wissen.

»Ich habe mich lange genug mit der Ikonenkunst und diesen Klöstern beschäftigt, um zu wissen, dass auf Athos ein Klostereingang dem einer mittelalterlichen Festung gleicht«, sagte Horatio. »Er besteht fast ausnahmslos aus einem Doppelportal, einer Innen- und Außentür mit einem überdachten Zwischenteil, den man *Diavatikon* nennt. Alle Türflügel sind massiv, mit dicken Metallblättern versehen und mit großen Nägeln beschlagen. Selbst wenn es mir gelingt, die Schlösser zu knacken, kommen wir nicht rein. Denn im Innern liegen noch mächtige Holzbalken vor den Türen, die *Sigos,* die man mit einer Art von Riegel horizontal vor- und zurückschieben kann.«

»Dann fällt das ja wohl schon mal flach«, sagte Byron.

Horatio nickte. »Und auch der Versuch, dort über die Mauer zu kommen. Das Pfortenhaus eines Kloster ist nämlich immer besetzt, um jederzeit einem bedürftigen Pilger eine Schale Wasser und ein Stück Brot reichen zu können. Das ist für Mönche ein ehernes biblisches Gebot. Und bei den Athos-Klöstern könnte sich so ein Portarius auf dem vorn am Tor befindlichen Wehrturm herumtreiben. Dann wären wir im Handumdrehen entdeckt, schon weil das vorgelagerte Gelände aufgrund des Festungscharakters dieser Klöster stets weiträumig einzusehen ist.«

»Und wie sollen wir dann nach Simonopetra kommen?«, fragte Harriet und ahnte schon die Antwort.

»Wir kommen über das Meer und suchen auf der Westseite des Klosters nach einer Möglichkeit zum Einsteigen«, antwortete Horatio. »Und dafür brauchen wir einiges an Ausrüstung und vor allem ein solides Ruderboot! Besser wäre noch ein Fischer, der den Mund halten kann, sich auch bei Nacht mit den Tücken vor der Küste auskennt und uns zum Kloster bringt!«

4

Das da ist unser Mann!« Mit dem geschulten Blick eines Berufsspielers, dem die scharfe Beobachtung seiner Mitmenschen in Fleisch und Blut übergegangen war, deutete Alistair auf einen Fischer in der Daphni-Bucht, wo sie am Nachmittag bei diesigem Wetter wieder eingetroffen waren. »Bei dem stehen unsere Chancen am besten, ihn für unsere kleine Bootspartie zu gewinnen!«

»Und weshalb soll sich ausgerechnet dieser Fischer dort auf die Sache einlassen?«, fragte Harriet verwundert.

»Weil sein Boot etwas abseits von den anderen Booten vertäut liegt und er allein seine Netze flickt, während die anderen Fischer da drüben palavernd zusammensitzen«, erwiderte Alistair. »Der Mann ist ein Außenseiter, mit dem die anderen nichts zu tun haben wollen. Vielleicht weil er sich nicht an ihre Regeln hält oder aus sonst einem Grund seine eigenen Wege geht.«

Alistairs Vermutung erwies sich als richtig. Als sie den hageren Mann von Anfang vierzig ansprachen und beiläufig fragten, wie es denn mit dem Fischfang in diesen Gewässern aussehe, verzog der Fischer das zerfurchte, wettergegerbte Gesicht zu einer grimmigen Miene.

»Es geht so. Aber was nützt es mir auch, wenn ich volle Netze einziehe, mir der Händler in Karyäs jedoch nur einen Hungerlohn zahlt? Und wem soll ich meinen Fang hier sonst verkaufen?«, beklagte er sich in gebrochenem Englisch. »Die Mönche sind sogar noch schlimmer. Die wollen meinen Fisch am liebsten für Gotteslohn! ›Wir nehmen dich in unsere Gebete auf, Spiros Konstantinos!‹, haben sie einmal zu mir gesagt und mir ein paar schäbige Kupfermünzen in die Hand gedrückt. Aber von ihren frommen Gebeten kann ich keine neuen Netze und Farbe fürs Boot kaufen. Und im Wirtshaus kann ich damit auch nicht bezahlen!«

»Wie kommt es, dass Sie so gut englisch sprechen?«, schmeichelte Byron ihm.

Das Gesicht des Fischers hellte sich kurz auf. »Ich bin nicht von hier. Meine Heimat ist Saloniki und da habe ich oft mit Engländern zu tun gehabt, bevor ich eine Frau aus Karyäs geheiratet habe und hier Fischer geworden bin. Aber das wird bald vorbei sein. Mich hält hier nichts mehr, seit meine Frau letztes Jahr gestorben ist. Kinder hat uns Gott leider nicht geschenkt, und wenn ich endlich einen Käufer für mein Boot und meine Hütte gefunden habe, kehre ich zu meinen Leuten nach Saloniki zurück.« Und damit spuckte er in Richtung der anderen Fischer aus. »Aber jetzt im Winter sieht es dafür nicht gut aus. Vielleicht klappt es nächstes Frühjahr, so Gott will.«

»Vielleicht können wir Ihnen dazu verhelfen, schon viel früher in Ihre Heimat zurückzukehren«, sagte Byron. »Wir würden nämlich gern Ihr Boot für einen nächtlichen Ausflug chartern und sind bereit, dafür gut zu bezahlen. Sehr gut sogar, wenn Sie ein Mann sind, der nicht viele Fragen stellt und Stillschweigen bewahren kann.«

Spiros Konstantinos bedachte sie nun mit einem wachsamen, misstrauischen Blick, der auch ihren mitgebrachten Säcken und der Tasche galt, die Horatio dabeihatte. »Und was soll das für ein nächtlicher Ausflug sein?«

»Wie schon gesagt, wir bezahlen nicht fürs Fragen«, sagte Byron und hielt ihm einen kleinen Lederbeutel hin. »Aber Sie haben mein Wort, dass wir nichts vorhaben, was Ihnen schlaflose Nächte bereiten wird. Wir sind keine Schurken, die Sie in ein Verbrechen verwickeln wollen.«

»Was wollen Sie dann?«, fragte der Fischer, nahm jedoch den Geldbeutel, um einen Blick auf die Summe zu werfen, die sie ihm anboten.

»Nur dass Sie uns mit Ihrem Boot noch vor Einbruch der Nacht nach Simonopetra bringen, uns dort absetzen, ein paar Stunden warten und uns dann wieder hierher zurückbringen«, teilte Byron ihm mit.

Spiros Konstantinos machte ungläubige Augen, als er sah, wie viel Goldstücke sich in der kleinen Geldbörse befanden. Es war mehr, als er in einem Jahr mit seinem Fischfang verdienen konnte. »Sie wollen bei Nacht an der Küste von Simonopetra an Land gehen? Das klingt mir aber sehr merkwürdig«, murmelte er.

»Es geht um eine verrückte Wette, guter Mann«, mischte sich Alistair nun ein. »Wir Engländer haben manchmal etwas skurrile Ideen, wie Sie vielleicht wissen. Jedenfalls hat ein Freund mit uns gewettet, dass wir es nie und nimmer schaffen, unbemerkt in das Kloster zu kommen und dort im Katholikon vor der Ikonostase eine Fotografie von uns zu machen.«

»Das werden Sie auch nicht!«, erwiderte der Fischer. »Denn die Mönche sind wachsam.«

»Das muss sich erst noch zeigen«, sagte Alistair. »Aber versuchen wollen wir es, denn bei der Wette, die wir eingegangen sind, geht es um mächtig viel Geld!«

»Und das ist auch wirklich alles, was Sie da in Simonopetra wollen?«, fragte Spiros Konstantinos skeptisch.

»Wir wollen nichts stehlen und dem Kloster auch sonst keinen Schaden zufügen, Sie haben unser Ehrenwort!«, sagte Byron ernst. »Das schwöre ich Ihnen auf die Bibel, beim Grab meiner seligen Eltern und bei allem, was mir sonst noch heilig ist!«

Spiros Konstantinos blickte von einem zum anderen, als wollte er in ihren Gesichtern lesen, ob das auch wirklich der Wahrheit entsprach. Dann steckte er die Geldbörse ein. »Also gut, ich will Ihnen glauben.« Er schüttelte den Kopf und fügte hinzu: »So eine verrückte Wette kann auch wirklich nur euch Engländern einfallen!«

Und so saßen sie dann zwei Stunden vor Einbruch der Nacht in seinem kleinen Fischerboot und segelten bei mäßigem Wind die Küste nach Simonopetra hinunter.

Mit der Dämmerung zogen Nebelfelder auf.

»Das hat uns gerade noch gefehlt, dass wir in eine Nebelsuppe geraten«, raunte Harriet besorgt, die mit Byron vorn am Bug saß, während der Fischer am Heck die Ruderpinne bediente.

»Nicht gerade ideal für eine romantische Bootsfahrt im Mondschein«, erwiderte Byron mit einem verstohlenen Lächeln und musste sich zwingen, nicht nach ihrer Hand zu greifen. »Aber für unser Vorhaben kann ein bisschen Nebel recht nützlich sein.«

Als das Kloster in Sicht kam, war es gerade noch hell genug, um sich einen Eindruck von dieser mächtigen Anlage zu verschaffen.

»Ach, du Schreck!«, entfuhr es Alistair. »Da sollen wir hoch, Horatio? Ist das dein Ernst? Hast du vielleicht einschlägige Erfahrungen, etwa mit der Besteigung der Eigernordwand oder ähnlichen Felswänden?«

»Das weniger«, erwiderte Horatio und griff zum Fernglas. »Aber bestimmt ist es nicht so steil, wie es aussieht.«

Auch Byron sank das Herz beim Anblick der Felswand und des Klosters.

Wie ein Luftgespinst schien es einige Hundert Fuß landeinwärts aus einer Felsklippe emporzuwachsen. Hohe, glatte Steilwände aus

Schieferquadern formten sich weit oben zu zwei breiten, kantigen Türmen, die Dächer aus grauem Schiefer trugen. Der dritte Schieferblock stand für sich, war jedoch hoch oben durch mehrere Holzstege mit dem mittleren verbunden. In ihrem oberen Teil und in schwindelerregender Höhe waren in die mächtigen Schiefertürme mehrere Reihen schmaler Fenster eingelassen, die wie die Öffnungen von Schwalbennestern aussahen. Unter den Fensterreihen zogen sich hölzerne Galerien entlang, die von schräg aus dem Mauerwerk ragenden Balken gestützt wurden. Nur ein einziger dünner Balken diente auf den luftigen Galerien als Geländer, als würde Gottvertrauen genügen, um sich dort in solcher Höhe hinauszuwagen.

Am Fuß der Felsklippen gab es eine kleine Bucht mit einem Bootshaus und einem Anlegesteg. Zu dieser Stunde war dort jedoch kein Mönch zu sehen.

»Da führt ein Pfad hinauf!«, rief Horatio seinen Freunden zu und reichte Byron das Fernglas. »Auf dem kommen wir zum Kloster!«

»Aber bestimmt führt er um die Anlage herum und nach vorn zum Klostertor«, befürchtete Harriet.

Byron richtete das Fernglas auf den felsigen Pfad, der sich hinter dem Bootshaus über kühn überhängende Terrassen mit Orangen- und Zitronenbäumen emporwand. »Notfalls wird uns gar nichts anderes übrig bleiben, als es doch von vorne zu versuchen«, sagte er, als er das Fernglas absetzte.

Horatio nahm es sofort wieder an sich, um das letzte Licht zu nutzen.

»Noch besteht kein Grund, die Flinte ins Korn zu werfen, Freunde«, sagte er zuversichtlich. »Denn wenn mich meine Augen nicht täuschten, kommen wir bei dem dritten Schieferklotz nahe genug an einen der untersten Balkone heran!«

Als sich die anderen davon überzeugen wollten, trieben jedoch Nebelschleier an den Mauern vorbei und verwehrten ihnen die Sicht auf das, was Horatio entdeckt haben wollte. Und bevor die Nebelfelder diesen Teil der Anlage wieder freigaben, legte sich Dunkelheit über die Küste.

»Ihr müsst mir schon vertrauen«, sagte er. »Und jetzt lasst uns an Land gehen und die Brote essen, die wir mitgebracht haben. Ein paar Stunden werden wir noch warten müssen. Erst wenn das Kloster im Schlaf liegt und wir bis zu den Vigilien Zeit genug haben, um einzusteigen, können wir uns da hinaufwagen.«

Spiros Konstantinos brachte sein Boot abseits von Anlegestelle und Bootshaus in einem schmalen Küsteneinschnitt an Land und zog es ein Stück ans Ufer hoch. Dann setzten sie sich auf die Felsen, packten ihr mitgebrachtes Essen aus und übten sich in Geduld.

Immer wieder warfen sie einen Blick auf ihre einfachen Taschenuhren aus Messing, die sie mit der Männerkleidung für Harriet in Kum-Tale erstanden hatten. Dann war endlich die Zeit gekommen, um sich auf den Weg zu machen. Sie holten die beiden Seile, die eine Stärke von doppelter Fingerbreite besaßen und jeweils hundert Fuß lang waren, aus den Säcken sowie den kleinen Anker, der für ein Ruderboot gedacht war und den sie mit den Seilen in Karyäs erstanden hatten.

Byron und Alistair warfen sich je eine Seilrolle über die Schulter, Harriet nahm den Bootsanker an sich und Horatio klemmte sich seine Tasche unter den Arm. In ihr befanden sich eine Petroleumleuchte und ein Teil seiner Gerätschaften, mit denen ihm in England immer wieder das Eindringen in gut gesicherte Herrenhäuser gelungen war.

Kopfschüttelnd sah Spiros Konstantinos ihnen nach, als sie über die Felsen in die Bucht mit dem Bootshaus hinüberkletterten und dann auf dem felsigen Pfad verschwanden.

5

Unter angespanntem Schweigen folgten sie dem schmalen Band des steilen Weges, der sich durch dichtes Tamariskengebüsch schlängelte und an den Terrassen vorbeiführte. Die nebelige

Dunkelheit erforderte von ihnen höchste Wachsamkeit, wohin sie ihren Fuß setzten.

Immer näher rückten die grauweißen Steilwände des Klosters. Und je näher sie ihnen kamen, desto höher und unerreichbarer erschienen ihnen die am Fels klebenden Galerien der untersten Fensterreihe.

Als die himmelwärts strebende Schieferwand des dritten Turms nur noch einen guten Steinwurf von ihnen entfernt lag, bog der Pfad scharf nach rechts ab. Zweifellos, um auf der Südseite um die kastellartige Anlage herum und nach vorn zum Tor zu führen.

Fast wäre es ihnen in der Dunkelheit entgangen, dass sich der Pfad hier aufgabelte. Horatio, der jedoch mit solch einer Abzweigung gerechnet hatte, bemerkte es noch im letzten Moment.

»Halt! Hier geht es lang!«, raunte er. »Diese Abzweigung muss uns zu der Steintreppe bringen, die ich vorhin entdeckt habe und die zu einer Pforte in der Umfassungsmauer hochführt!«

»Wo soll denn hier ein Pfad sein?«, fragte Alistair leise.

»Er ist hier!«, versicherte Horatio und bog Zweige eines Gebüsches zurück. »Er ist nur etwas zugewachsen, weil er wohl schon lange nicht mehr benutzt worden ist.«

»Was nicht unbedingt die Hoffnung nährt, dass wir auf ihm bis hoch zur Pforte kommen!«, sagte Harriet.

»Aber vielleicht doch hoch genug für unser Vorhaben«, erwiderte Horatio und schritt voran.

Wenig später gelangten sie zu einem buschbestandenen Hang, der in die aufsteigende Schieferwand überging. Eine schmale Treppe aus Felsgestein führte steil an der Mauer nach oben. Sie bot gerade einer Person ausreichend Platz und verfügte über kein Geländer zum Abgrund hin.

»Ich wusste doch, dass ich mich nicht getäuscht habe!«, sagte Horatio erleichtert. »Das wird unser Weg nach oben ins Paradies der Ikonenkunst von Simonopetra!«

Alistair folgte der Steintreppe mit skeptischem Blick. »Freu dich mal nicht zu früh! Das sieht mir so aus, als würde sich der Aufstieg schon lange vor dem Zugang zum Paradies in nichts auflösen. Jedenfalls ist von dem oberen Teil der Treppe nichts mehr übrig, worauf man seinen Fuß setzen kann!«

»Alistair hat recht!«, sagte Byron. »Die Treppe bricht da oben ab.«

»Ja, vermutlich hat ein kleines Erdbeben den oberen Teil zerstört«, sagte Horatio. »Aber für unsere Zwecke reicht die Stiege noch weit genug hinauf. Denn wenn ihr genau hinschaut, sind es von der letzten begehbaren Stufe bloß noch zwanzig, fünfundzwanzig Ellen bis zur untersten Galerie!«

»Und was hilft uns das?«, wollte Harriet wissen. »Mit einem Seil kommen wir nie so weit hinauf!«

Alistair nickte. »Ja, wir schaffen es nie, das Seil mit dem Anker auch nur halb so hoch zu werfen!«, sagte er grimmig. »Eher brichst du dir das Genick, als dass du dem Balken der Galerie auch nur nahe kommst!«

Horatios Augen blitzten fröhlich hinter den runden Brillengläsern. »Und dennoch sage ich euch, dass es gelingen kann, wenn auch nicht durch einen einfachen Seilwurf. Aber der menschliche Geist zeichnet sich durch Einfallsreichtum aus, Freunde! Und ich habe schon ganz andere Probleme mit meinem Bolzengerät überwunden.«

»Von was für einem Bolzengerät redest du?«, fragte Alistair verblüfft.

»Ihr werdet es gleich sehen«, sagte Horatio, stellte seine Tasche ab und holte ein gut armlanges Eisenrohr von der Stärke einer gewöhnlichen Kerze hervor. An dessen unterem Ende war ein daumendickes Rundholz angebracht, das wie das Schulterstück eines Gewehrkolbens aussah. Eine Handlänge unterhalb des Rohrendes ragte rechts eine schmale Stahlstrebe hervor. Sie war gerade so lang, dass man sie mit der Hand bequem umfassen konnte. Auf der anderen Seite war ein kurzer Holzgriff angebracht. Ein schmaler Schlitz im Eisenrohr verriet, dass es sich dabei um eine Laufschiene handelte. Mittig zwischen Griffstück und Laufschiene gab es noch einen zweiten Schlitz.

Harriet, Byron und Alistair staunten nicht schlecht, als Horatio nun auch noch eine faustgroße hölzerne Kabelrolle aus seiner Tasche holte, auf der ein streichholzdünnes Stahlseil aufgewickelt war. An seinem Ende hing ein Eisenbolzen, so lang und fast so breit wie ein Daumen.

»Kannst du uns mal verraten, was das ist und was du damit willst?«, fragte Harriet verblüfft.

Horatio lachte leise auf. »Das ist meine eigene Erfindung«, verkündete er mit sichtlichem Stolz. »Na ja, eigentlich habe ich mir nur das Prinzip einer Armbrust, besser gesagt einer Harpune zunutze gemacht. Oben in das Rohr legt man den Bolzen ein, der mit dem dünnen Seil verbunden ist. Dann spannt man mit dem Seitenhebel die starke Stahlfeder, die sich im Inneren des Rohrs befindet, setzt das Bolzengerät fest an die Schulter, zielt mithilfe des Griffstücks und lässt den Bolzen fliegen!«

»Sehr aufschlussreich«, brummte Alistair. »Aber damit hast du uns noch immer nicht erklärt, wie uns deine fabelhafte Erfindung dabei helfen soll, hinüber auf die verfluchte Galerie zu kommen!«

»Das zeige ich euch am besten, wenn wir oben auf der Treppe sind«, sagte Horatio. »Einer von euch kann jetzt schon mal damit beginnen, ein paar Knoten in eines der Seile zu machen. Die machen das Hochklettern einfacher. Und dann bindet den Anker an ein Ende!«

»Da bin ich aber wirklich gespannt, wie du das anstellen willst«, meinte Byron verwundert und machte sich daran, Knoten in sein Seil zu knüpfen und den Anker an ein Ende zu binden. Dann folgte er den anderen, die schon die Steintreppe hochgestiegen waren.

»Verflucht luftige Angelegenheit!«, murmelte Alistair mit Blick in den gähnenden Abgrund.

»Immer den Blick nach oben richten«, riet Harriet ihm. »Das hilft.«

Schließlich hatten sie die letzten Stufen erreicht. Während Horatio völlig frei auf dem Absatz stand, hinter dem die Treppe abbrach und es senkrecht in die Tiefe ging, und er offenbar keine

Höhenangst und keinen Schwindel kannte, pressten sich die anderen möglichst nahe an die Mauer.

»Und was jetzt?«, fragte Byron angespannt und mit einem flauen Gefühl im Magen.

»Jetzt drückt mir die Daumen, dass ich gleich beim ersten Schuss den Bolzen über den Balken kriege!«, antwortete Horatio leise. »Und passt auf, wenn der Bolzen gleich am Seil zu uns zurückschwingt! Wenn wir ihn nicht sofort zu fassen kriegen, muss ich das Seil wieder einziehen und es erneut versuchen.«

Er spulte das lange, dünne Stahlseil von der hölzernen Rolle, führte den Bolzen ein und setzte das Gerät an die Schulter. Langsam zog er die Spannstrebe bis zum Anschlag zurück, während seine linke Hand den Griff umklammerte und das Rohr ausrichtete. Er zielte schräg nach oben auf die dreieckige Öffnung zwischen Kragbalken und Galerieboden und gab dann den Spannhebel frei.

Unter einem scharfen, metallisch singenden Geräusch flog der Bolzen aus dem Rohr und zog auf seinem Flug die dünne Stahlleine hinter sich her.

Horatio hatte gutes Augenmaß bewiesen. In einer perfekten ballistischen Bahn stieg der Bolzen hoch. Einen Augenblick lang sah es so aus, als hätte er zu hoch gezielt und als würde das Geschoss über sein Ziel hinausschießen. Doch dann machte sich das Gewicht der Stahlleine bemerkbar. Die Flugbahn erreichte ihren Scheitelpunkt, begann, sich stark zu krümmen, und führte den Bolzen mitten durch die Öffnung. Als das Geschoss hinter dem Balken in die Tiefe fiel, zog Horatio die Leine kurz an und sofort schwang der Bolzen zu ihnen herüber.

Byron griff in die Luft, verpasste ihn jedoch. Der Bolzen sauste an ihm vorbei. Doch zum Glück bekam Harriet hinter ihm die Leine noch zu fassen, bevor sie mit dem Bolzengewicht an ihrem Ende wieder von ihnen wegpendeln konnte.

»Ausgezeichnet! Das wäre der erste Streich!«, freute sich Horatio, legte das Bolzengerät neben sich an die Wand und griff zum Hanfseil mit dem kleinen Bootsanker. »Der Rest ist jetzt ein Kinderspiel!«

Rasch knotete er die Stahlleine an einen der drei gekrümmten Haken und zog den Anker dann vorsichtig zum Stützbalken der Galerie hinauf. Zwei-, dreimal musste er kurz an der Stahlleine rucken, dann saßen gleich zwei der Ankerhaken hinter dem Balken. Kräftig zog er am Hanfseil mit den Knoten, um sich zu vergewissern, dass der verhakte Anker auch wirklich ihrer Belastung gewachsen war und nicht vom Balken rutschen konnte.

»Und an dem Seil sollen wir uns jetzt hinaufhangeln?«, fragte Alistair. »Was ist, wenn der Anker wegrutscht?«

»Wird nicht passieren!«, versicherte Horatio. »Du hast mein Wort drauf und du kannst dich auch gleich mit eigenen Augen davon überzeugen. Denn ich mache den Anfang. Gebt mir das andere Seil. Ich befestige es oben am Geländer und lasse es neben dem Kragbalken herunterbaumeln. Dann habt ihr es leichter, um den Vorsprung herumzukommen.«

»Und du?«, fragte Byron beklommen.

»So artistisch wie Harriet bin ich zwar nicht, aber was diese kleinen Hindernisse angeht, so reichten meine Gelenkigkeit und Muskelkraft dafür doch noch aus«, sagte er nicht ohne Stolz und hängte sich das zweite Seil quer über die Brust. »Was meint ihr denn, auf welche Weise ich meine Entlassung aus manchem Gefängnis eigenmächtig vorverlegt habe? Also, ich klettere jetzt hoch. Einer von euch muss sich die Petroleumlampe an den Gürtel hängen, vergesst das bloß nicht! Und haltet das Seilende fest! Wenn es euch wegrutscht, kann keiner mehr nachkommen.«

»Ein eher verlockender als betrüblicher Gedanke«, murmelte Alistair.

»Wenn du es dir nicht zutraust, bleibst du besser hier«, sagte Horatio achselzuckend. »Dann erspare ich mir nachher beim Abstieg das Herüberschwingen zur Treppe.« Damit ergriff er das Seil und begann hinaufzuklettern.

Byron hielt es fest und stemmte sich mit den Füßen gegen die Steinkante einer Treppenstufe. Aber Horatio brachte kein schweres Gewicht auf die Waage und erklomm flink und behändig das Seil.

Als er den Balken erreicht hatte, zog er sich hinauf, fasste nach der überhängenden Kante des Bretterbodens über ihm und hing einen Augenblick nur an seinen Händen mehrere Hundert Fuß über dem nebelverhangenen Abgrund.

Nicht nur Byron hielt in diesem Moment den Atem an. Sie alle fürchteten, er könne sich zu viel zugemutet haben und in die Tiefe stürzen. Doch dann verfolgten sie staunend, wie er sich mit der Leichtigkeit eines trainierten Turners an der Bretterkante hochzog, mit der Rechten nach dem Eckpfosten griff, das linke Bein hochschwang und im nächsten Augenblick bäuchlings auf dem Boden der Galerie lag.

»Alle Achtung!«, stieß Harriet bewundernd hervor. »Das hätte ich auch nicht besser gekonnt!«

Indessen nahm Horatio die zweite Seilrolle von der Schulter, verknotete den Hanfstrick oberhalb des Geländerbalkens um den Pfosten und ließ das Seil so herunterbaumeln, dass seine Freunde sofort danach greifen konnten, sowie sie den Kragbalken erreicht hatten.

»Jetzt bist du an der Reihe«, sagte Harriet zu Byron. »Alistair kann das Seil halten, während ich mir schon mal die Petroleumlampe an den Gürtel hänge.«

Es kostete Byron einiges an Überwindung, Horatio in solch schwindelerregende Höhe zu folgen. Sein Stolz verbot es ihm jedoch, jetzt zu kneifen, zumal sie es dank des zweiten Seils ja um einiges leichter hatten als Horatio. Er hielt sich an Harriets Rat, dabei besser nicht nach unten zu schauen. Doch sein Herz raste wie wild, während er das Seil hinaufkletterte. Und bevor er eine Hand vom Seil löste, um höher zu fassen, vergewisserte er sich, dass seine Füße und die andere Hand das Seil mit aller Kraft umklammert hielten. Oben am Kragbalken gab es noch einen kritischen Moment, doch da beugte sich Horatio auch schon zu ihm herunter, griff mit einer Hand in seine Jacke, packte ihn mit der anderen am Handgelenk und zog ihn zu sich auf die Galerie.

»Allmächtiger!«, stöhnte Byron leise auf, rutschte schnell von der

Kante weg und lehnte sich, nach Atem ringend, an die Wand. »Worauf haben wir uns da bloß eingelassen! Und das mir, für den bislang das größte Abenteuer darin bestand, ein seltenes Buch in einer Bibliothek aufzustöbern!«

»Du hast das doch blendend gemacht, Byron! Der Mensch wächst mit seinen Aufgaben!«, flüsterte Horatio vergnügt.

»So was hätte ich mir aber nie im Leben träumen lassen!«

Alistair auch nicht, der nun als Nächster folgte. Harriet hatte ihm klargemacht, dass er im Gegensatz zu allen anderen frei über dem Abgrund pendeln würde, wenn er sich als Letzter ans Seil hängte. Und auf der Treppe zurückzubleiben, konnte er ebenso wenig mit seinem Stolz vereinbaren wie Byron. Aber auch er schaffte es ohne größere Probleme zu ihnen auf die Galerie, wenn auch keuchend und mit reichlich blassem Gesicht.

Um Harriet brauchten sie sich keine Sorgen zu machen. Ihr bereitete das anfängliche Pendeln des Seils über der Tiefe keine Schwierigkeit. Sie kletterte so flink und mühelos wie Horatio zu ihnen herauf und brauchte auch keine Hilfe, um sich über den Rand zu schwingen.

»So, da sind wir ja alle wieder in trauter Gemeinschaft versammelt«, raunte sie, löste den Drahtbügel der Petroleumlampe von ihrem Gürtel und zog eine Schachtel Streichhölzer hervor.

»Dreh den Docht aber gleich so weit runter, wie es nur geht!«, sagte Horatio und faltete die Seite mit dem Grundriss von Simonopetra auseinander, die er aus der Broschüre über die Athos-Klöster herausgerissen hatte. »Erst müssen wir uns sicher sein, wo wir uns überhaupt befinden und dass die Luft auch rein ist, bevor wir mit hochgedrehter Flamme durch das Kloster spazieren!«

»Erzähl uns jetzt bloß nicht, dass hinter dieser Wand lauter Mönchszellen liegen und wir uns an den schlafenden Männern von Athos vorbeischleichen müssen!«, raunte Alistair beunruhigt.

Horatio schüttelte den Kopf. »Nein, die Zellen müssen sich alle in dem Gebäude auf der anderen Seite des Innenhofs befinden, wenn ich das richtig sehe. Dummerweise geht diese Karte nicht allzu sehr in die Details.«

Er warf im schwachen Licht der entzündeten Lampe noch einen letzten Blick auf die Karte. Dann nickte er, worauf Harriet den Docht wieder so weit heruntergedreht, dass die Flamme gerade noch mit schwachem Schein brannte.

»Bleibt erst mal hier. Ich sehe mich um, wo wir am besten einsteigen«, flüsterte er, schlich geduckt an der Wand entlang und spähte durch die Fenster.

»Mein Gott, der Balkon schwankt ja bei jeder Bewegung wie eine Barke in bewegter See!«, raunte Alistair, als die Galerie in leichtes Schwingen geriet.

»Bitte verschone uns mit deinem Unken!«, zischte Harriet.

Wenig später winkte Horatio, der indessen etwa die Mitte der langen Galerie erreicht hatte, die anderen zu sich. »Hier geht es in einen Flur!«, flüsterte er, als sie sich zu ihm geschlichen hatten. »Und das Fenster steht auf. Ich denke, diese Einladung nehmen wir an!«

6

Sie kletterten einer nach dem anderen durch das offen stehende Fenster und folgten dem Gang bis zur Tür an seinem Ende. Horatio öffnete sie vorsichtig, spähte in die Nacht hinaus, lauschte einen Augenblick angestrengt in die Dunkelheit und nickte zufrieden. »Die Luft ist rein! Vor uns liegt der Innenhof. Dann muss sich das Katholikon links von uns befinden!«

Augenblicke später huschten sie wie Schatten an der Wand entlang zum Gotteshaus hinüber. Trotz der Nachtschwärze konnten sie sehen, dass die verputzten Wände des Katholikons mit dunkelroter Farbe getüncht waren. Die Farbe sollte an das Blut Christi und der Märtyrer erinnern.

Horatio öffnete einen Flügel der Kirchentür gerade weit genug, dass sie durch den Spalt in das dahinterliegende Atrium schlüpfen konnten, an welches sich ein großer, rechteckiger Raum anschloss.

Harriet drehte nun den Docht der Lampe höher, doch Horatio ließ ihnen nicht viel Zeit, um die reichen Wand- und Deckenmalereien und die Fresken zu bewundern. Er zog sie am Arm mit sich durch den Naos, wo das Licht auf dunkles Chorgestühl fiel.

»Hier ist sie, die Ikonostase!«, rief er mit gedämpfter Stimme, nahm ihr die Lampe ab, drehte die Flamme hoch und ließ das helle Licht über die vergoldete Holzwand gleiten, die nicht nur mit vielen Ikonen behängt, sondern auch reich mit Skulpturen geschmückt war. Sein Gesicht nahm einen Ausdruck der Verzückung an. »Mein Gott, was für eine Pracht! Und all diese kostbaren Ikonen! Seht doch da, rechts von der *Vassiliki Pili*, der Mitteltür, die man auch ›Königstür‹ nennt! Dort hängen die Ikone des Christus Pantokrator und die des heiligen Johannes des Täufers!«

»Nun komm mal wieder auf den Boden zurück!«, kam es ungeduldig von Alistair. »Wir haben uns nicht an das verdammte Seil gehängt und sind hier eingestiegen, um uns von dir einen gelehrten Vortrag über Ikonenkunst anzuhören! Also sag uns, wo Mortimers Pana-wie-auch-immer hängt!«

»Gleich links von der Königstür!«, brummte Horatio ungehalten. »Da hängt die Panaghia an jeder Ikonostase!« Damit schwenkte er die Lampe auf die andere Seite der doppelflügeligen Mitteltür hinüber, wo sie ihr Licht sogleich auf das Tafelbild der Muttergottes warf, die in kostbare Gewänder gehüllt war. Das viele Gold auf dem Bildnis leuchtete ihnen so kräftig entgegen, als wollte es sie blenden.

Sogar Byron als Laie sah auf Anhieb, dass es sich bei dieser Ikone um ein besonders altes und wertvolles Stück handeln musste. Dem Abbild der Muttergottes fehlte mehr noch als den anderen die räumliche Tiefe.

»Dann runter damit!«, sagte Alistair pietätlos und hängte die Panaghia auch schon ab. »Mal sehen, wo Mortimer seine Botschaft versteckt hat. Vermutlich hat er was auf die Rückseite geritzt. Sähe ihm ähnlich!«

Doch da war nichts. Verwundert drehte er die auf ein Stück Holz gemalte Ikone im Licht der Lampe hin und her, vermochte jedoch nirgendwo eine versteckte Nachricht zu entdecken.

»Verdammt!«, fluchte er. »Das fehlt uns gerade noch, dass die Kuttenträger Mortimers Ikone gar nicht hier aufgehängt haben, sondern irgendwo anders. Dann sitzen wir aber bis zur Halskrause im Schlamassel!«

»Ganz ruhig, Alistair«, sagte Horatio ungehalten. »Nimm du mal die Lampe und gib mir die Ikone. Bei mir ist sie besser aufgehoben.«

Dann untersuchte er sie gewissenhaft und mit den Augen des Kenners. Plötzlich lachte er leise auf, als er die Unterseite des Holzes prüfte.

»Hast du was gefunden?«, fragte Harriet aufgeregt.

Horatio nickte. »Hier unten hat jemand einen schmalen Streifen Holzkitt angebracht, was auf eine darunterliegende Öffnung schließen lässt, und sich dann viel Mühe damit gemacht, die Farbe der Kittmasse der des Holzes anzupassen. Keine schlechte Arbeit, Mortimer Pembroke, aber nicht gut genug!«

Er griff in die Hosentasche, holte sein Taschenmesser hervor und klappte eine der Klingen heraus. Vorsichtig kratzte er den Holzkitt von der Unterkante des Tafelbildes. Darunter kam ein daumenlanger Einschnitt zum Vorschein, der jedoch kaum so breit wie zwei Streichhölzer war.

»Und du meinst, in diesem winzigen Schlitz hat Mortimer seine Nachricht versteckt?«, fragte Alistair. »Siehst du in der Ritze ein Stück Papier?«

»Es ist kein Papierzettel, der da im Spalt steckt«, sagte Horatio und hielt den Einschnitt noch näher an das Licht der Petroleumleuchte. »Was da drin so schimmert, sieht mir eher wie . . . na ja, wie ein dünnes, doppelt gefaltetes Stück Kupferblech aus!«

»Du hast recht!«, sagte Byron verblüfft, der sich zu Horatio vorgebeugt hatte. »Da schimmert wirklich etwas kupferfarben!«

»Dann pulen wir es doch mal heraus«, sagte Horatio, setzte die Spitze an, bohrte sie ein wenig in das Kupferblech und hebelte es behutsam aus seinem daumenlangen Schlitz. »Heureka! Da haben wir Mortimers ›sichtbares Wort‹, wie die Ostkirche Ikonen auch nennt!« Mit einem Ausdruck der Genugtuung klappte er die Klinge wieder ein, steckte das Taschenmesser weg und faltete den etwas mehr als fingerlangen Streifen auf.

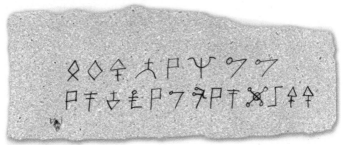

Harriet seufzte. »Und wieder einmal sind es äußerst rätselhafte Kritzeleien . . .«

»Was hältst du davon, Byron?«, fragte Horatio, der aus den Zeichen auch nicht klug wurde. »Sagt dir das etwas?«

Byron runzelte die Stirn. »Ich bin mir keineswegs sicher . . . Es könnten Zeichen einer Geheimschrift sein, deren Erfindung man den Freimaurern zuspricht. Aber um Näheres sagen zu können, müsste ich mich erst eine Weile mit den Zeichen beschäftigen und sehen, ob ich das Alphabet wieder zusammenbekomme. Und dafür ist hier jetzt wirklich nicht die Zeit.«

»Ganz meine Meinung!«, stimmte Alistair ihm zu. »Verschwinden wir, bevor die Kuttenträger zu ihrem nächsten Palaver . . .«

»Stundengebet!«, korrigierte Horatio ihn. »Ein bisschen mehr Respekt bitte! Nichts gegen deine Nietzschegläubigkeit, aber deshalb muss man doch nicht so abfällig von der Frömmigkeit der Mönche sprechen!«

Die Zurechtweisung perlte an Alistair ab wie ein Wassertropfen an einer Ölhaut. »Ich meine natürlich: . . . bevor die Kuttenträger zu ihrem frommen Stundengebet hier eintrudeln. Außerdem kann ich es nicht erwarten, gleich wieder wie ein Affe am Seil zu hängen!«

»Manchmal, lieber Alistair, verhältst du dich auch wie ein Affe, ohne am Seil zu hängen«, sagte Harriet spitz, nahm die Petroleumlampe wieder an sich und blies die Flamme aus, denn für ihren Rückweg brauchten sie kein Licht.

Unbemerkt kehrten sie auf dem Weg, den sie gekommen waren, auf die untere Galerie zurück. Diesmal machte Harriet am Seil den Anfang. Sie kletterte etwas tiefer, als die Steinstufen der Treppe reichten, und begann dann, das Seil parallel zur Wand in Schwingungen zu versetzen. Augenblicke später hatte sie das Treppenende erreicht, fand gleich beim ersten Versuch guten Halt auf den Stufen und gab ihnen ein Zeichen, dass der Nächste jetzt kommen konnte.

Horatio stieg als Letzter zu ihnen herunter. Zuerst löste er jedoch das zweite Hilfsseil und warf es ihnen schwungvoll zu. Alistair bekam es zu fassen und wickelte es sich in weiten Schlingen über die Schulter. Indessen zog Horatio das dünne Stahlseil unter dem Kragbalken hervor und befestigte es am Anker. Kaum stand er unten auf der Treppe, zog er mehrmals an der Stahlleine, bis sich der Anker schließlich vom Balken löste. Horatio zog ihn rasch zu sich heran, konnte jedoch nicht vermeiden, dass der Bootsanker beim Sturz in die Tiefe mehrmals mit einem lauten, kratzenden Geräusch gegen die Schieferwand und gegen die Steintreppe schlug.

Ihnen war, als müsste das metallische Scheppern, das in der Stille der Nacht erschreckend laut klang, die Mönche aus dem Schlaf reißen und sie hinaus auf die Galerien stürzen lassen. Doch nichts dergleichen geschah. Kein alarmierender Ruf kam von oben, als sie sich beeilten, die schmale Treppe hinunter und zurück auf den felsigen Pfad zu kommen.

Spiros Konstantinos hatte sein Fischerboot schon aus dem Ufersand ins Wasser geschoben, als sie bei ihm eintrafen. »Und wer hat nun die Wette gewonnen?«, fragte er.

»Wir natürlich!«, antwortete Alistair großspurig und sprang zu ihm ins Boot. »Und jetzt nichts wie hoch mit dem Segel! Von Klöstern habe ich jetzt die Nase voll. Es sei denn, es heißt St. Simeon und liegt in Ruinen!«

7

Sie verbrachten eine kalte, unbequeme Nacht am Ufer eines schmalen Küstenabschnitts oberhalb der Daphni-Bucht. Nur zu gern hätten sie in der Fischerhütte von Spiros Konstantinos Zuflucht vor dem nasskalten Wind gesucht. Aber sie wollten nicht das Risiko eingehen, von einem der anderen Fischer gesehen zu werden oder das Misstrauen der beiden Aufpasser-Mönche zu erregen. Zu groß war die Gefahr, dass Harriets Verkleidung aufflog. Dann würde es erheblichen Ärger mit den Behörden der Mönchsrepublik geben und sie würden so schnell nicht wieder von der Halbinsel fortkommen. Und sich zu dieser Nachtstunde zu Fuß auf den langen Weg nach Karyäs zu machen, kam genauso wenig infrage. Auch dort würde man misstrauisch werden, wenn sie die Wirtsleute ihres Gasthofes kurz vor Tagesanbruch aus dem Schlaf holten, um in ihre Zimmer zu gelangen.

Während Spiros Konstantinos sich in seinem Boot ausstreckte und sich eine alte Segeltuchplane über den Kopf zog, hockten sie sich in den kläglichen Windschutz einiger hoher Uferfelsen. Was hätten sie jetzt nicht für ein paar warme Decken gegeben!

Damit ihnen die Zeit nicht gar so elend lang wurde, beschäftigten sie sich im Licht der Petroleumlampe mit der Entzifferung von Mortimers Zeichen auf dem Stück Kupferblech und der Suche nach ihrer nächsten Station, die sich hoffentlich aus Hinweisen auf den zehn von Alistair herausgeschnittenen Seiten ermitteln ließ.

Byron griff zu Notizbuch und Stift und strengte sein Gedächtnis an, um sich an das Alphabet der freimaurerischen Geheimschrift zu erinnern. Es fiel ihm um einiges schwerer als bei dem noachitischen Code. Aber nach einigen Korrekturen hatte er es schließlich beisammen.

»So, das muss es sein!«, sagte er und präsentierte ihnen seine Zusammenstellung.

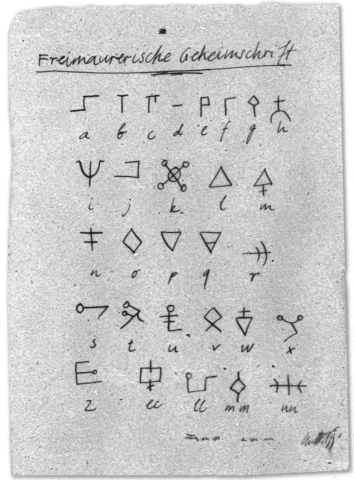

»Dann wollen wir doch mal Mortimers Kupferstück darunterhalten und die Nachricht entziffern«, sagte Horatio, holte den kleinen Metallstreifen hervor und legte ihn unter den Code, den er auf eine Seite seines Notizbuches geschrieben hatte.

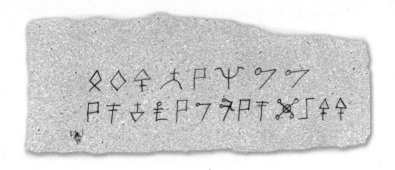

Byron schrieb die entsprechenden lateinischen Buchstaben auf den Rand der Seite und sie ergaben den Text:

vom heissen waestenkamm

»Na, diesmal will ich mich nicht beklagen!«, sagte Alistair. »Zum Glück liegen die Judas-Papyri also nicht im Zarenreich oder irgendeinem anderen Land, wo uns Schnee und Eis erwarten! Mir ist ja hier schon kalt genug! Etwas Wüstensonne käme mir um diese Jahreszeit sehr gelegen. Ich wünschte, wir wären schon da!«

»Dann lasst uns doch mal sehen, ob wir auf diesen zehn Seiten aus Mortimers Journal herausfinden können, was das nächste Ziel unserer Reise sein wird«, sagte Harriet. Vor ihr lagen die losen Blätter in der Reihenfolge, wie sie im Notizbuch aufeinandergefolgt waren, ausgebreitet und mit kleinen Kieseln beschwert. »Bin gespannt, ob jemand von uns in all diesen Zeichnungen, Buchstaben- und Zahlenreihen einen Sinn entdeckt.«

Nach einer Weile angestrengten, aber ergebnislosen Grübelns deutete Horatio auf eine symmetrische Buchstabenanordnung, die von beiden Seiten von Zweigen eingefasst wurde.

»Das erinnert mich irgendwie an stilisierte Lorbeerblätter, aus denen man in früheren Zeiten Siegerkränze geflochten hat«, sagte er. »Ob das wohl was zu bedeuten hat?«

»Natürlich! Das ist es, Horatio! Der Lorbeerkranz der römischen Imperatoren!«, stieß Byron hervor und schlug sich mit der flachen Hand vor die Stirn. »Mein Gott, da habe ich doch vor lauter Bäumen den Wald nicht mehr gesehen. Das ist der Hinweis! Und ich weiß auch, wie er zu entschlüsseln ist. Angeblich soll Julius Cäsar diesen Code erfunden haben, was aber dummes Zeug ist, denn den gab es schon lange vor ihm. Aber er hat ihn häufig benutzt und deshalb ist der Code auch als die ›Cäsarscheibe‹ in die Kryptologie eingegangen.«

»Und wie sieht diese Cäsarscheibe aus?«, fragte Alistair.

»Ich zeichne sie euch gleich auf. Aber lasst mich erst mal nachzählen, welche Buchstaben am häufigsten auftreten, dann weiß ich gleich, um wie viele Stellen Mortimer die innere Scheibe verschoben hat«, sagte Byron und erstellte eine Liste nach der Häufigkeit der Buchstaben. Dann nickte er. »Ja, es sieht mir so aus, als hätte er sich für die fünfte Stelle entschieden! Das N wird bei ihm zum J und das E zum A!« Und dann malte er ihnen die Cäsarscheibe auf.

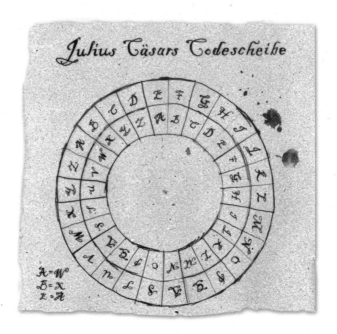

»Eigentlich schneidet man die beiden Ringe aus, damit man sie bei Bedarf um die Stelle verschieben kann, die man vereinbart hat«, erklärte Byron. »Aber das brauchen wir nicht, da ja feststeht, dass Mortimer die fünfte Stelle im inneren Ring gewählt hat.«

Wenig später lag ihnen der entschlüsselte Text vor, der ihnen den Ort angab, wo der fünfte Hinweis auf das Versteck des Judas-Evangeliums zu finden war. Er lautete:

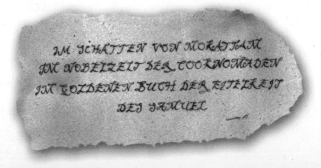

Harriet stöhnte auf. »Um Himmels willen, das sind ja gleich vier Rätsel auf einmal! Weder habe ich eine blasse Ahnung, wer und was Mokattam ist und was das Nobelzelt der Cooknomaden sein soll, noch kann ich mit dem goldenen Buch der Eitelkeiten und einem gewöhnlichen Namen wie Samuel etwas anfangen!«

»Ich gebe zu, dass auch mir das goldene Buch der Eitelkeit nichts sagt«, räumte Byron ein. »Und wenn Mortimer mit ›Samuel‹ nicht die beiden gleichnamigen Bücher im Alten Testament gemeint hat, worin es ja nun wahrlich nicht um Eitelkeit geht, dann kann ich auch mit diesem Namen im Augenblick nichts anfangen. Anders sieht es mit dem Namen Mokattam aus. Der ist mir nämlich aus der arabischen Geschichte bekannt.«

»Und was ist der Mokattam?«, fragte Horatio erwartungsvoll.

»Ein Gebirgszug in Ägypten, dessen Ausläufer bis an die Stadt Kairo heranreichen!«, teilte Byron ihnen mit.

»Wüste und Ägypten, das passt doch wie die Faust aufs Auge!«, rief Alistair. »Es geht also nach Kairo! Damit bin ich sehr einverstanden. Dürfte nicht zu schwer sein, von Saloniki eine Passage nach Ägypten zu bekommen.«

»Schön und gut, unser nächstes Ziel kennen wir jetzt«, sagte Horatio. »Bleibt aber immer noch die Frage, was die drei anderen rätselhaften Angaben bedeuten sollen.«

»Cooknomaden, das können doch Touristen sein, die sich von der Agentur *Thomas Cook* ihre Reise nach Ägypten zusammenstellen und organisieren lassen!«, kombinierte Harriet.

»Richtig! Das ist es!«, stimmte Horatio ihr zu. »Und da die sehr betuchten und verwöhnten Kunden von *Thomas Cook* sicherlich nicht in einem Nomadenzelt Quartier nehmen, kann mit dem Nobelzelt doch nur ein feudales Hotel in Kairo gemeint sein!«

Byron nickte. »Darauf tippe ich auch. Fragt sich nur, welches Mortimer damit gemeint hat.«

»In Saloniki können wir vielleicht irgendwo einen Reiseführer für Ägypten kaufen«, sagte Harriet zuversichtlich. »Da werden wir die Hotels der ersten Klasse in Kairo aufgelistet finden und dann hoffentlich auch auf einen Hinweis stoßen, was mit dem goldenen Buch der Eitelkeit eines gewissen Samuel gemeint sein könnte!«

»Bleibt also nur, hier bis zum Ende dieser verdammt kalten Nacht auszuharren und zu hoffen, dass wir auf diesem elenden Mönchsfelsen nicht zu lange auf den nächsten Dampfer nach Saloniki warten müssen«, sagte Alistair und rieb sich frierend die Arme. »Ich kann es nicht erwarten, mir die heiße Wüstensonne auf den Bauch scheinen zu lassen und endlich zu erfahren, wo Mortimer dieses Judas-Evangelium versteckt hat!«

8

Wolkenlos und wie eine tiefblau glasierte Keramikschüssel wölbte sich der Himmel über das türkische Rhodos, jene Insel, auf der man auf Schritt und Tritt auf die architektonische Hinterlassenschaft der zweihundertjährigen Herrschaft des Johanniterordens stieß. Der warme Schein der Sonne lag auf der stark befestigten Hafenstadt mit dem Fort St. Nikolas, das sich am Ende einer sich nach Westen erstreckenden Halbinsel erhob.

Die Wärme tat Arthur Pembroke gut. Seit das nasskalte Wetter Englands hinter ihm lag und er mit Trevor Seymour auf der Insel im Süden des Ägäischen Meers eingetroffen war, hatte ihn seine Gicht nicht ein einziges Mal in den Rollstuhl gezwungen.

Dennoch trug sein Gesicht einen grimmig verkniffenen Ausdruck, als er von seinem nachmittäglichen Spaziergang zum Hafen durch das Katharinentor in die Stadt zurückkehrte. Nicht einmal die Tatsache, dass er im Schiffskontor der Reederei *Messageries Maritimes* eine noch recht aktuelle englischsprachige Zeitung aufgetrieben hatte, vermochte seine Stimmung wesentlich zu heben.

Mit seinem Spazierstock trieb er drei einheimische Wasserträger vor sich aus dem Weg, die mitten auf der Basarstraße stehen geblieben waren und laut palaverten. Ihre Entrüstung darüber, dass er sie wie Esel zur Seite scheuchte, kümmerte ihn nicht. Er hatte auch kein Auge für die prächtige Suleiman-Moschee, die im Westen am Ende der Basarstraße aufragte und mit ihrer Kuppel das warme Licht der Sonne auffing. Mit mürrischer Miene und voll innerer Unruhe, weil Janus sich immer noch nicht gemeldet hatte, stiefelte er durch den Dreck der Straße zurück zu seinem Hotel. Das nächste Telegramm hätte schon längst eingetroffen sein müssen. Doch wann immer er Trevor zum Telegrafenamt schickte, und das tat er mehrmals am Tag, kam dieser mit leeren Händen zurück.

War etwas vorgefallen, das Janus daran hinderte, ein Kabel an ihn aufzugeben? War seine Rückantwort vor ihrer Abreise aus England nicht mehr rechtzeitig in Bukarest eingetroffen? Oder musste er gar befürchten, dass Janus ihm so kurz vor dem Ziel den Dienst aufkündigte?

Letzteres erschien ihm jedoch am unwahrscheinlichsten, da er sich gegen diese Möglichkeit gut abgesichert hatte. Vor allem durch den Besitz jenes Briefes, den Janus ihm damals geschrieben hatte und der für zehn, fünfzehn Jahre Gefängnis gut war, wenn er ihn der Polizei übergab. Andererseits musste man bei der Suche nach dem Judas-Evangelium wohl mit allem rechnen, sogar mit Verrätern unter dem eigenen Dach. Aber was das ausstehende Telegramm betraf, so würde er darauf zu gegebener Zeit mit der gebührenden Strafe antworten. Die passende Stunde und der richtige Ort würden sich schon noch ergeben.

Wenn nur nicht die Ungewissheit wäre, wie es weiterging und wohin es Mortimer auf seiner irrwitzigen Reise kreuz und quer durch den Okzident und Orient wohl noch getrieben hatte!

Arthur Pembrokes Stimmung war so finster wie schon seit Langem nicht mehr, als er im *Karajannis* eintraf, wo er mit seinem Butler Quartier bezogen hatte. Es galt als das beste europäisch geführte Hotel von Rhodos und die Küche war durchaus annehmbar.

Ohne den freundlichen Gruß des Hotelbesitzers hinter dem kleinen Empfang auch nur mit einem stummen Nicken zu erwidern, steuerte er auf die Treppe zu und stiefelte nach oben.

Dort lief er Trevor Seymour in die Arme. »Gut, dass Sie kommen,

Mylord! Ich wollte mich schon auf die Suche nach Ihnen begeben, Sir.«

»Gibt es Neuigkeiten von Janus?«, stieß Arthur Pembroke erregt hervor. Dabei gab sein Augenmuskel das Monokel frei, sodass es herabfiel und an seiner Kordel vor der Weste baumelte.

»Ja, Sir! Das Telegramm, auf das Sie gewartet haben, ist gegen Mittag auf dem Amt eingetroffen. Ich bin gerade damit zurückgekommen.«

»Wo wurde das Kabel aufgegeben?«, knurrte Arthur Pembroke.

»In Saloniki, Mylord.«

Kurz darauf saß Lord Pembroke auf der kleinen Sonnenterrasse, die zu seinen beiden geräumigen Zimmern gehörte, in einem gepolsterten Korbsessel und bedeutete seinem Butler, ihm das Telegramm vorzulesen. Zum Lesen bedurfte er eines anderen Monokels, das irgendwo bei seinen Büchern auf dem Sekretär lag. Und wozu hatte er einen Butler?

»Sehr wohl, Sir«, sagte Trevor Seymour, öffnete das Telegramm mit der ihm eigenen unbewegten Miene und las seiner Lordschaft die telegrafierte Nachricht vor.

»mortimers dritter hinweis wie folgt + stop + wo die heiligen Männer + stop + hinweis vier wie folgt + stop + vom heissen wüstenkamm + stop + auf dem weg nach kairo + stop + dort quartier im hotel shepheard's + stop + letztes rätsel für fünften hinweis wie folgt + stop + im schatten des mokattam + stop + im nobelzelt der cooknomaden + stop + im goldenen buch der eitelkeiten + stop + des samuel + stop + janus + stop.«

Arthur Pembroke lächelte. »Er ist also nach Ägypten zurückgekehrt, ganz wie ich es vermutet habe! Sehr gut. Das Land ist mir selbst nicht unbekannt. Und es ist gerade die beste Zeit für eine kleine Stippvisite an den Nil.«

»Darf ich Ihren Bemerkungen entnehmen, dass Sie mit dem nächsten Schiff nach Alexandria wollen, Mylord?«, erkundigte sich der Butler.

»Sie dürfen, Trevor. Kümmern Sie sich darum. Und schicken Sie gleich ein Kabel an das *Savoy Hotel* in Kairo, dass man uns Zimmer reserviert. Das *Shepheard's* wäre mir zwar lieber gewesen, aber das dürfte wohl zu riskant sein«, überlegte er laut. »Werde wohl ein paar Tage damit leben müssen, dass sich im *Savoy* stets ein halbes Regiment unserer Offiziere herumtreibt und die Bar belagert, als wäre das Hotel ihr Hauptquartier. Nun gut. Wenigstens steht es dem *Shepheard's* in puncto Service in nichts nach.«

»Ich werde mich sofort auf den Weg machen, Sir!«

»Tun Sie das. Und schicken Sie auch gleich ein Telegramm an das *Shepheard's,* zu Händen von Janus«, trug er dem Butler auf und diktierte ihm den kurzen Text. »Aber bevor Sie sich auf den Weg machen, bringen Sie mir zuerst noch von unten ein Glas mit Honig!«

»Honig, Sir?«, wiederholte der Butler verblüfft.

Arthur Pembroke zog die Augenbrauen hoch. »Stimmt etwas nicht mit meiner Aussprache, Trevor?«, fragte er sarkastisch. »Ja, ich sagte Honig!«

»Entschuldigen Sie, Sir! . . . Ein Glas Honig. Sehr wohl, Sir!«

Als Trevor Seymour den Honig gebracht hatte und wieder gegangen war, um die anderen Aufträge seiner Lordschaft auszuführen, begab sich Arthur Pembroke in den Raum mit der Sitzgruppe und dem Sekretär neben dem Fenster.

Er zog die unterste Schublade des kleinen Schreibtisches auf, in die er das gute Dutzend Bücher seiner Reiselektüre eingeräumt hatte. Eines der Bücher war ein großer, dicker und abgegriffener Band, der eine ausführliche Weltgeschichte enthielt und von zwei starken Gummibändern zusammengehalten wurde. Ein etwas kleinerer, aber auch recht starker Band, um dessen Einband ebenfalls zwei Gummibänder gespannt waren, lag direkt daneben. Es war unnötig, sich noch einmal zu vergewissern, dass sich noch immer alles an Ort und Stelle befand. Aber er tat es dennoch.

Er streifte die Gummibänder von der Weltgeschichte ab, schlug den Deckel auf und nickte zufrieden. Mitten in den passgenau ausgeschnittenen Seiten lag ein kurzläufiger Revolver. Er nahm ihn heraus, wog ihn in der Hand und ließ die Trommel rotieren. Dann legte er ihn wieder zurück. Anschließend vergewisserte er sich, dass sich in einer ähnlichen Aushöhlung des kleineren Buches eine Schachtel Patronen verbarg.

Als das getan war, holte er aus dem Wäschesack ein getragenes Oberhemd, breitete es auf der Platte des Sekretärs aus und legte die Bücher darauf. Dann griff er zum Honig und ließ gut die Hälfte aus dem Glas auf die Bücher tropfen, die er dabei einmal umwendete. Anschließend rieb er sie aneinander, damit die Deckel auch ordentlich klebrig wurden. Zufrieden mit seiner Arbeit schlug er beide Bücher in das Hemd und knotete es über ihnen fest zusammen.

Das sollte reichen, um die Zollbeamten in Ägypten davon abzuhalten, sich näher mit den klebrigen Büchern zu beschäftigen. Eine möglicherweise unnötige Vorsichtsmaßnahme, auch wenn eingeführte Waffen in Ägypten als Kontrabande galten und sofort konfisziert wurden. Aber im Gegensatz zu anderen orientalischen Zollbehörden stand die ägyptische unter europäischem Management. Und wer dort die Beamten mit einem Bakschisch zu bestechen versuchte, der konnte sich damit in ernste Schwierigkeiten bringen.

Zwar hätte er sich einen Revolver auch in Kairo beschaffen können, aber diese lästige Mühe wollte er sich ersparen. Außerdem wusste man nie, was einem in einem finsteren Basarladen oder einer Kaschemme angedreht wurde. Und er musste sich bei dem, was er vorhatte, sowohl auf die Waffe wie auf das Pulver der Patronen blind verlassen können!

Zwar befand sich noch eine zweite Waffe in ihrem Reisegepäck, um die er sich kümmern musste. Aber das hatte noch Zeit, bis er genau wusste, wie vorzugehen war.

Siebter Teil

Das Zelt des Hirten

1

»Das ist sie also, die Stadt der 1000 Minarette, die von den arabischen Völkern voller Bewunderung Masr-el-Kahira genannt wird, was zugleich ›Die Siegreiche‹ und ›Die Rächerin‹ bedeuten kann!«, sagte Byron und nahm das bunte orientalische Panorama der Stadt am Fuß des Mokkatamgebirges in sich auf.

Ihr griechischer Dampfer *Hellas* war, nach vielen ermüdenden und zeitraubenden Zwischenstopps, am Morgen endlich in den Hafen von Alexandria eingelaufen. Von dort hatten sie den Zug nach Kairo genommen, der sie in knapp dreieinhalb Stunden entlang des Nil in die berühmteste Metropole der arabischen Welt gebracht hatte. Und nun saßen sie in einer offenen Kutsche mit troddelgesäumtem Sonnendach, um sich vom Bab el-Hadid, dem Kairoer Hauptbahnhof im Nordwesten der Stadt, ins Zentrum zum *Shepheard's Hotel* bringen zu lassen.

»Ob nun die Siegreiche oder die Rächerin, mir ist jeder Name recht, solange nur die Sonne weiterhin so herrlich warm vom Himmel scheint«, sagte Alistair, während ihr Gefährt über die Brücke des Ismailiyeh-Kanals rumpelte und dann in den regen Verkehrsstrom auf dem breiten Boulevard Sharia Bab el-Hadria eintauchte.

»Damit ist wohl zu rechnen«, sagte Harriet. »Es soll sogar noch heißer werden, wenn es stimmt, was uns der Zugschaffner erzählt hat.«

»Das Wetter dürfte dann wohl das Einzige sein, was Kairo von Konstantinopel unterscheidet«, meinte Alistair. »Am Bahnhof dasselbe Chaos der schreienden Gepäckträger, die sich gegenseitig die Koffer aus den Händen reißen. Und hier auf den staubbedeckten Straßen und Plätzen dasselbe ameisenhafte Gewimmel von turbantragenden Barfüßlern in Gewändern wie Nachthemden, die dasselbe fürchterliche Gelärme veranstalten.«

»Das Wetter ist wohl nicht das Einzige, was die beiden Städte unterscheidet«, warf Byron milde gestimmt ein. »Und der Staub hier trägt den Stempel der nahen Wüste, mein Freund.«

»Stimmt! Und außerdem treiben sich hier mehr britische Offiziere und Touristen herum, die mit Tropenhelmen aus Kork samt großem Nackenschirm und umgehängten Kartentaschen durch die Gegend spazieren, als wollten sie gleich zu einer Wüstenexpedition aufbrechen, um neue Pharaonengräber zu entdecken. Dabei steuern sie bestimmt nur die nächste Bar oder den nächsten Spielklub an!« Alistair grinste breit.

Horatio schüttelte den Kopf. »Du bist ein Kulturbanause!«, sagte er streng. Doch dann lachte er. Und auch auf den Gesichtern von Byron und Harriet zeigten sich amüsierte Mienen.

Sie alle hatte nun eine heitere Stimmung erfasst. Keiner zweifelte daran, dass Ägypten die letzte Station auf ihrer Suche nach dem Judas-Evangelium war. Hier musste ihre wochenlange abenteuerliche Reise ihr Ende finden. Deshalb waren sie zuversichtlich, nach einigem weiteren Kopfzerbrechen schließlich auch noch die letzten Rätsel und Codes zu entschlüsseln.

»Kein Wunder, dass Mortimer dieses Hotel als Nobelzelt der Cooknomaden bezeichnet hat!«, sagte Harriet, als sie den Meidan Kantaret el-Dikkeh, einen dreieckigen Platz mit einer gleichfalls dreieckigen Gartenanlage in seiner Mitte, passiert hatten und das lang gestreckte, palastartige Gebäude des *Shepheard's* vor ihnen auftauchte. Das berühmte Hotel war früher tatsächlich einmal ein fürstlicher Palast gewesen. Ein kurzes Stück weiter die Allee hinunter fiel der Blick auf einen großen Park, den Garten el-Ezbekija.

»Und gleich nebenan befindet sich die örtliche Niederlassung von *Thomas Cook!*«, sagte Byron und deutete auf das dem Hotelpalast vorgelagerte Eckhaus, über dessen Portal das Firmenschild der britischen Reiseagentur hing.

Eine große Terrasse mit vielen einzelnen Sitzgruppen, die zum Teil im Schatten weit gespannter Sonnensegel lagen und durch schwere Blumenkübel mit mannshohen Stechpalmen voneinander getrennt wurden, zog sich hinter einem schmiedeeisernen Geländer an der Vorderfront entlang. Ein gutes Dutzend Stufen führte vom Gehsteig zur Terrasse hinauf und sorgte für eine nachdrückliche Trennung der feinen Welt oben von der gewöhnlichen Welt unten auf dem Boulevard.

Oben, das war der Treffpunkt einer finanzkräftigen und bunten Schar internationaler Gäste, die sich hier zum High-Tea oder zu einem Drink in den Korbsesseln und Liegen niedergelassen hatte. Britische Offiziere in makellos schnittiger Uniform, den Helm auf den Knien und den Brandy in der Hand; gelangweilte junge Engländerinnen im Reitdress; nordische Touristen mit Feldstechern, bildungshungrig in ihre Lektüre über die Pharaonenkultur vertieft; eine Gruppe von Männern, die, nach ihrer Kleidung und den mit Erde beschmutzten Stiefeln zu urteilen, von einem Polospiel kamen; eine Tischrunde mit amerikanischen Geschäftsleuten, die munter Ginfizz tranken und den Abend kaum stehend erleben würden; vornehme Bankiers fortgeschrittenen Alters, die in der Zeitung die Börsennotierungen studierten und so förmlich gekleidet waren, als kämen sie geradewegs aus der Londoner City.

Die Kutsche hielt vor dem Hoteleingang und sofort waren orientalisch livrierte Diener zur Stelle, um sich ihres Gepäcks anzunehmen. Derweil bot ein Eseltreiber Horatio Haschisch an, während ein anderer Straßenhändler Byron mit verschwörerischem Geflüster ansprach und ihm einen garantiert echten Pharaonenkopf aufschwatzen wollte. Er ließ sich so schwer abschütteln wie eine Klette, und wenn ihm der Portier nicht mit Hieben und der Polizei gedroht hätte, wäre ihnen der aufdringliche Kerl womöglich noch bis in die Hotelhalle gefolgt.

Während das äußere Bild des *Shepheard's* schon beeindruckend war, nahm das Innere auch einem luxusverwöhnten Ankömmling, der zum ersten Mal seinen Fuß in das Hotel setzte, fast den Atem.

Die Eingangshalle mit ihren der pharaonischen Baukunst nachempfundenen mächtigen Säulen spiegelte die in Europa grassierende Ägyptomanie wider. Sie war mit rosa Marmor ausgestattet, der einen starken Kontrast zu dem dunklen Parkettfußboden mit seinen vielen ausgelegten Teppichen bildete, und Arabesken sowie Mosaiken aus kleinen Steinen schmückten die oberen Teile der Wände. Maurische Rundbögen, die in ihrer Mitte oben spitz zuliefen, führten von der Halle in die angrenzenden Räume.

»Ich habe ja nichts gegen gute Hotels, weiß Gott nicht!«, murmelte Horatio beim Anblick dieser überbordenden Darstellung von ägyptisch-maurischer Baukunst. »Aber musste es denn ausgerechnet ein Palast wie aus Tausendundeiner Nacht sein?«

»Wieso? Ich finde es nett hier«, erwiderte Alistair. »Wir sollten gleich mal fragen, wo es hier zum Harem für die Gäste geht. Sag mir Bescheid, wenn du einen Eunuchen siehst! Der kennt den Weg bestimmt.«

Harriet verdrehte nur die Augen.

Auch Byron ging nicht auf den derben Scherz ein, sondern sagte zu Horatio: »Mir liegt an dem protzigen Prunk auch nichts. Aber Mortimers Spur führt eindeutig in dieses Hotel. Das *Shepheard's* gilt als das erste Haus in Kairo, kein anderes Hotel könnte das ›Nobelzelt der Cooknomaden‹ sein.«

»Dennoch sollten wir uns vielleicht noch einen guten Reiseführer kaufen und noch mal alle Hotels der ersten Klasse durchgehen«, sagte Harriet, denn in Saloniki hatten sie einen Reiseführer für Ägypten nicht auftreiben können. »Bestimmt gibt es einen *Baedeker* nebenan in der Agentur von *Thomas Cook* zu kaufen. Der ist in solchen Dingen immer am zuverlässigsten.«

Sie erledigten die Formalitäten am Empfang, ließen sich von der Hotelleitung einweisen und sich dann von einem Hoteldiener zu ihren Zimmerfluchten bringen, in denen man sich verlieren konnte.

»Also mir ist nach den langen Tagen auf See und der Zugfahrt nach Bewegung zumute!«, verkündete Harriet, als sie wenig später wieder zusammenkamen. »Ich möchte jetzt einen langen Spaziergang machen und mir ein wenig die Stadt ansehen.«

»Eine fabelhafte Idee!«, sagte Byron sofort.

Horatio zeigte jedoch kein Interesse. »Ich glaube, ich halte ein kleines Nickerchen. Mir steckt das ewige Geschaukel der *Hellas* noch in den Knochen.«

Auch Alistair war für einen längeren Spaziergang nicht zu begeistern. »Geht ihr beiden Hübschen nur spazieren«, sagte er mit einem wissenden Grinsen. »Ich werde mal nachschauen, was sich in der Bar so tut.«

Harriet und Byron waren alles andere als enttäuscht, nun einige Stunden allein verbringen zu können. Der Concierge unten am Empfang hatte schnell einen *dragoman,* einen einheimischen Führer, für sie besorgt und empfahl ihnen, als erste Unternehmung in Kairo einen Gang hinauf zu der Zitadelle und auf den Ausläufer des Mokattam zu machen.

»Von dort haben Sie einen wunderbaren Ausblick, insbesondere bei diesem ungewöhnlich klaren Himmel heute«, versicherte er. »Ganz Kairo liegt Ihnen da oben zu Füßen. Und Sie können von dort über den Nil und in die Wüste bis zu den Pyramiden blicken.«

Sie nahmen seinen Rat dankend an und begaben sich in die Obhut des kleinen, flinken Dragoman, der sich zu ihrer Erleichterung nicht als aufdringlich erwies. Als sie ihm zu verstehen gaben, dass sie nicht an ausschweifenden Informationen über dieses oder jenes Bauwerk interessiert waren, weil sie erst einmal nur die neuen Eindrücke auf sich wirken lassen wollten und zudem einiges zu besprechen hatten, zeigte er sich nicht beleidigt. Er beließ es mit kurzen Hinweisen und hielt später auch ein wenig Abstand, um ihnen nicht das Gefühl zu geben, er lausche ihrem persönlichen Gespräch. Dass sie einander innig zugetan waren, war nicht zu übersehen, hielten sie sich doch die ganze Zeit an der Hand.

Den ersten Teil des Weges quer durch Kairo zur Zitadelle, die sich am südöstlichen Rand der Stadt erhob, machten sie mit einer offenen Kutsche. Auf dem großen Roumeleh-Platz nahe der Sultan-Hasan-Moschee stiegen sie aus und setzten ihren ersten Erkundungsgang zu Fuß fort.

Auf turbanartig kreisenden Wegen passierten sie kurz darauf die alte Zitadelle mit ihren gewaltigen Mauern, Toren und Türmen, die im Jahre 1166 angeblich mit den Steinquadern kleiner Pyramiden in Giseh gebaut worden war, und die Mohammed-Ali-Moschee, die von Saladin auf dem letzten Ausläufer des kahlen Mokkatam errichtet worden war. Sie strahlte Selbstbewusstsein und orientalische Majestät aus, wie sie dort an den kahlen Hügel gelehnt stand.

Dann lag die Stadt wahrhaftig zu ihren Füßen, zwischen der Wüste und den grünen Ufern des Nil, die Königin der arabischen Städte. Unter ihnen im Vordergrund fiel der Blick auf den Roumeleh-Platz und die prachtvolle Fassade der Sultan-Hasan-Moschee, schwarzbraun gefärbt wie das Antlitz eines stolzen Beduinen, der sich nur dem Gesetz der Wüste verpflichtet fühlte. Ein gutes Stück dahinter ragte das massige Minarett der Ibn-Tulun-Moschee in den Himmel, um das sich eine Wendelteppe wie ein versteinerter Schlangenleib in die Höhe wand.

»Sieh nur! Dorthinten! Die Pyramiden von Giseh!«, rief Harriet und zog aufgeregt an Byrons Hand. »Was für gewaltige Bauten müssen das sein, dass man sie sogar aus dieser Entfernung noch sieht! Wir müssen sie uns unbedingt ansehen und vielleicht auch besteigen, wenn das möglich ist!«

Zärtlich drückte er ihre Hand. »Dir ist es bestimmt möglich. Aber ob ich mir das zumuten werde, weiß ich noch nicht. Denn wie ich vorhin einem Gespräch zweier Gäste in der Hotelhalle entnommen habe, soll eine Pyramidenbesteigung reichlich anstrengend sein, weil die Blöcke der Stufen brusthoch und höher sind, sodass von gewöhnlichen Stufen nicht die Rede sein kann. Diese Pyramiden kann man wohl nur erklettern.«

»Du kommst mit!«, erwiderte sie bestimmt und lachte ihn an. »Ich möchte mit dir dort oben stehen und weit in die Wüste blicken!«

»Ich denke mal, von der Wüste werden wir noch genug zu sehen bekommen«, sagte er schmunzelnd. »Denn irgendwie habe ich das Gefühl, dass Mortimer die Judas-Papyri dort versteckt hat, wo er sie gefunden hat. Und dieser Ort liegt bestimmt nicht da unten in diesem Häusermeer mit all seinen Basaren, Moscheen und Minaretten, sondern irgendwo draußen in der Wüste. So, und jetzt sollten wir allmählich zu Horatio und Alistair ins Hotel zurückkehren. Sie werden schon warten und sich fragen, wo wir nur bleiben. Es wird auch Zeit, sich noch einmal intensiv mit den restlichen Seiten aus dem Notizbuch zu beschäftigen und endlich herauszufinden, wer Samuel ist und was es mit dem ›goldenen Buch der Eitelkeit‹ auf sich hat.«

Harriet seufzte und ein trauriger Ausdruck ließ das unbeschwerte Lächeln auf ihrem Gesicht erlöschen. »Ich wünschte, wir könnten das alles einfach hinter uns lassen und das mit den Papyri vergessen, Byron. Ich habe das dunkle Gefühl, dass sie uns kein Glück bringen.«

Verblüfft sah er sie an. »Wie kommst du denn plötzlich auf diesen törichten Gedanken? Die Gefahren liegen ein für alle Mal hinter uns, Harriet. Jetzt müssen wir bloß noch die restlichen Aufgaben lösen und dann haben wir die Judas-Schrift.«

»Ich weiß, wie sehr dir daran liegt, sie zu finden und sie auf der Rückreise nach England zu studieren«, erwiderte sie. »Aber wenn ich sehr darum bitten würde, aus . . . aus Liebe zu mir darauf zu verzichten, weiter nach ihnen zu suchen, würdest du es dann tun? Horatio und Alistair können das Versteck bestimmt auch ohne uns finden.«

»Ich würde alles für dich tun, mein Liebling«, antwortete er und sein Blick sagte, wie sehr er sie liebte. »Aber ich kann nicht, Harriet. Ich habe mein Ehrenwort gegeben! Und ich . . . nein, *wir* können Horatio und Alistair jetzt nicht im Stich lassen. Aber ich verstehe überhaupt nicht, weshalb du auf einmal so dunkle Anwandlungen hast, wo wir doch so kurz vor dem Ziel stehen.«

Noch einmal entfuhr ihr ein schwerer Seufzer. Dann zwang sie ein Lächeln auf ihr Gesicht. »Ach, du hast ja recht. Es geht nicht. Und vielleicht sehe ich ja auch bloß Gespenster und alles nimmt ein gutes Ende.«

»Das wird es, ganz bestimmt!«, versicherte Byron und machte sich mit ihr auf den Rückweg zum Hotel. Und während sie den Hügelkamm verließen, fiel von den Höhen der Minarette schon der vielstimmige Gesang der Muezzine auf Kairo herab, die in den Stadtvierteln die Gläubigen zum Abendgebet riefen.

Byron hatte recht gehabt. Horatio und Alistair warteten in der Tat schon ungeduldig auf sie, als sie im letzten Abendlicht in die Hotelhalle kamen.

Alistair sprang sofort aus seinem Sessel, als er sie erblickte, und lief ihnen entgegen. In der Hand hielt er ein Faltblatt, das vorne das kolorierte Foto des *Shepheard's* zeigte.

»Während ihr schlendern und turteln wart, habe ich uns einen nicht geringen Schritt weitergebracht!«, rief er ihnen triumphierend zu. »Wir wissen jetzt, was der zweite Teil der Botschaft aus Mortimers Notizbuch bedeutet! Ihr werdet Augen machen!«

2

»Wo ist dir der Geistesblitz gekommen?«, fragte Harriet. »Sag jetzt nicht, beim Zocken in der Bar!«

Alistair schüttelte belustigt denn Kopf. »Es käme mir nie in den Sinn, mit Karten in der Hand an etwas anderes zu denken als an den Pot und wie ich ihn den anderen abnehmen kann. Wenn ich etwas mache, dann richtig. Kommt mit in die Bar, dann erzähle ich euch, wer dieser Samuel ist!«

Sie setzten sich weit hinten in eine ruhige Ecke und bedeuteten einem sogleich herbeieilenden Kellner, dass sie im Augenblick noch nichts zu bestellen wünschten.

»Jetzt aber heraus damit!«, drängte Byron. »Was hat dieser Hotelprospekt mit Mortimers Samuel zu tun?«

»Eine ganze Menge«, sagte Alistair. »Als ich mich hier unten umgesehen habe, ohne jedoch auf ein paar Pokerfreunde zu stoßen, fiel mir dieses Faltblatt auf einem der Tische in die Hände. Weil mir langweilig war, habe ich einen Blick hineingeworfen. Es enthält eine kleine Geschichte dieser Nobelherberge. Und da ist mir dann plötzlich der Name des Mannes ins Auge gefallen, der 1864 den alten Palast in ein Hotel umgewandelt hat. Dass sein Nachname Shepheard war, liegt ja wohl auf der Hand. Aber nun ratet mal, wie sein Vorname lautet!«

»Samuel?«

Alistair nickte. »Voll ins Schwarze, Harriet! Da ist ein Foto von dem Burschen drin, mit schwarzem Rauschebart und einem reichlich affigen Fez, dessen mit Troddeln verzierte Quaste ihm bis über das Ohr herunterhängt«, sagte er und schob ihnen den Hotelprospekt zu. »Wenn es in seinem Nachnamen nicht diesen einen Buchstaben zu viel gäbe, hieße er ja ›Shepherd‹, also ›Hirte‹. Und im übertragenen Sinn ist ein Hotelbesitzer ja auch so eine Art Hirte, der über das Wohlergehen seiner zahlenden Schäfchen wacht. Es passt alles bestens zusammen.«

»Ausgezeichnet, Alistair!«, sagte Byron anerkennend.

»Und da Mortimer also dieses von Samuel Shepheard gegründete Hotel meint«, fügte Horatio hinzu, »liegt es auch auf der Hand, was das ›goldene Buch der Eitelkeit‹ sein muss – nämlich das Gästebuch, das man berühmten und hochgestellten Persönlichkeiten gibt, damit sie sich darin verewigen. Einem berühmten Lord wie Mortimer Pembroke hat man es bestimmt auch vorgelegt. Der nächste Hinweis auf das Versteck dürfte demnach in seiner Eintragung im Gästebuch zu finden sein!«

»Na, was sagt ihr jetzt?«, fragte Alistair stolz wie ein Pfau. »Während ihr euch da draußen verlustiert habt, haben wir hier das Rätsel gelöst!«

»Da kann man mal sehen, zu welch überragenden Leistungen du fähig bist, wenn du die Finger von den Karten lässt!«, spottete Harriet. »Denn wenn du an der Bar ›Pokerfreunde‹ gefunden hättest, wären wir jetzt noch keinen Schritt weiter.«

»Wie dem auch sei – wir sind kaum ein paar Stunden in Kairo und das Rätsel ist gelöst! Das lasse ich mir gefallen«, sagte Byron aufgekratzt und erhob sich. »Dann wollen wir doch mal sehen, ob man uns das Gästebuch aushändigt, damit wir uns Mortimers Eintrag in aller Ruhe ansehen können.«

»Die Story mit der Biografie über Mortimer, an der du angeblich arbeitest, dürfte uns auch hier weiterhelfen«, meinte Horatio.

Byron stimmte ihm zu. »Insbesondere, wenn ich durchblicken lasse, dass Mortimer von seinen Aufenthalten im *Shepheard's* stets in den höchsten Tönen geschwärmt hat und dies natürlich auch in mein Buch einfließen soll«, sagte er verschmitzt.

»Aber diesen Samuel Shepheard gibt es nicht mehr«, teilte Alistair ihm mit. »Das Hotel gehört mittlerweile einer Gesellschaft namens *Compagnie Internationale des Grands Hotels* und sein derzeitiger Direktor ist ein gewisser Pascal Lambert.«

»Danke für die Information«, sagte Byron. »Es ist immer gut, wenn man gleich den richtigen Namen zur Hand hat und den Eindruck macht, ein Kenner der Materie zu sein. Horatio, du kommst als mein Illustrator mit. Aber es würde wohl eher einen seltsamen Eindruck machen, wenn wir zu viert erscheinen und um Begutachtung des Gästebuches bitten.«

»Macht das nur ihr beide«, sagte Alistair grinsend. »Ich habe meinen Teil schon hinter mir!«

Byron begab sich mit Horatio in die Halle zum Empfangschef und erzählte ihm die Lügengeschichte, der zufolge er von Lord Arthur Pembroke beauftragt sei, eine Biografie seines im letzten Jahr verstorbenen Bruders, des berühmten Forschers und Weltreisenden, zu verfassen und dafür alle relevanten Einzelheiten seines bewegten Lebens zusammenzutragen.

Der Empfangschef zeigte sich auch sofort kooperativ und holte das schwere Gästebuch, dessen Ledereinband tatsächlich mit goldenen Arabesken geschmückt war, aus seinem Büro. »Wenn Sie mir den ungefähren Zeitpunkt von Lord Mortimers letztem Besuch bei uns mitteilen können, wird sein Eintrag schnell zu finden sein, Mister Bourke.«

Byron überlegte kurz. »Den Informationen seines Bruders nach müsste er etwa zur selben Zeit des vorletzten Jahres hier Gast gewesen sein, also im Dezember.«

»Oh, dann wird Ihnen dieses hier leider nicht von Nutzen sein«, bedauerte der Empfangschef. »Wir haben nämlich schon im September letzten Jahres ein neues Gästebuch beginnen müssen, weil das andere voll war. Und an die Bücher aus früheren Jahren komme ich leider nicht heran, Mister Bourke.«

»Darf ich nach dem Grund fragen?«, erkundigte sich Byron.

»Direktor Lambert bewahrt die alten Gästebücher in seinem persönlichen Tresor auf, weil sie einen hohen Wert für unserer Hotel darstellen«, teilte ihm der Empfangschef mit. »Nur er hat einen Schlüssel zu diesem Panzerschrank. Bedauerlicherweise kann ich ihn nicht bitten, das betreffende Buch aus dem Tresor zu holen, da er sich zurzeit geschäftlich in Port Said aufhält.«

Byron und Horatio machten enttäuschte Gesichter.

»Wir erwarten ihn übermorgen zurück«, fuhr der Empfangschef sogleich fort. »Wenn Sie so lange warten können, wird Ihnen Monsieur Lambert bei seiner Rückkehr sicherlich den Gefallen tun, Ihnen Einblick in das Gästebuch zu geben. Wie ich Ihren Worten entnehmen durfte, führt Ihr Weg Sie zum ersten Mal nach Ägypten. Deshalb wird es Ihnen gewiss nicht schwerfallen, die Tage mit Besichtigungen der Stadt und der umliegenden Sehenswürdigkeiten auszufüllen.«

Und genau das taten sie dann auch, wobei sie sich manchmal für einige Stunden trennten. Horatio verbrachte diese Stunden in Museen und Kunstgalerien, Alistair in der Gesellschaft von anderen Hotelgästen, die sich gern zu einem Pokerspiel zusammensetzten, und Byron voll Dankbarkeit mit Harriet. Am Vormittag ihres dritten Tages in Kairo kehrte Pascal Lambert aus Port Said zurück und auch er hatte keine Einwände, ihnen den betreffenden Band des Gästebuchs zur Einsicht auszuhändigen.

»Aber wundern Sie sich nicht über das, was Lord Pembroke geschrieben hat«, sagte er, als er Byron das Buch überreichte. »Sie wissen vermutlich selbst, dass er ein Mann mit gewissen ... nun ja, recht ungewöhnlichen Eigenschaften war, und das will bei der ausgeprägten Individualität unserer Gäste etwas heißen. Jedenfalls ist mir Lord Pembrokes Eintrag ob seiner etwas exzentrischen Art noch sehr gut in Erinnerung geblieben.«

»Das passt durchaus in das Bild, das wir uns bei unseren Recherchen inzwischen von ihm haben machen können«, versicherte Byron, bedankte sich und war wie seine Freunde gespannt, auf welche Art von Exzentrik sie in dem Gästebuch stoßen würden.

Sie zogen sich mit dem Buch in Byrons Zimmerflucht zurück. Und weil Alistair der Lösung des Rätsels auf die Spur gekommen war, überließ Byron es ihm, nach Mortimers Eintragung zu suchen.

Er hatte die Stelle schnell gefunden, blätterte weiter und machte ein verblüfftes Gesicht. »Das gibt es doch gar nicht!«, stieß er hervor.

»Was ist?«, fragte Harriet und beugte sich vor, um einen Blick auf die Seite zu werfen.

»Der Kerl hat anstelle eines vollmundigen Spruches, so wie es die meisten anderen illustren Gäste vor ihm getan haben, ganze Gedichte in das Buch geschrieben – und zwar über mehrere Seiten hinweg! Manche sind nur ein paar Zeilen kurz, andere ziehen sich über eine ganze Seite hin!«, empörte sich Alistair.

»Dann trag uns doch mal die Gedichte vor!«, forderte Horatio ihn auf, während er seine Brillengläser putzte. »Mal sehen, was du als Rezitator erhabener Lyrik taugst!«

»Also, es geht los mit etwas Kurzem, einem Viereinhalbzeiler:

> Dem Höhepunkt des Lebens war ich nahe,
> da mich ein dunkler Wald umfing und ich,
> verwirrt, den rechten Weg nicht fand.
> Wie war der Wald so dicht und dornig,
> Oh weh ...

Alistair verzog das Gesicht. »Tja, kaum ist der muntere Verseschmied warm geworden, da bricht sein Gedicht auch schon ab. Ist ihm wohl nichts mehr eingefallen! Dann passt das ›Oh weh‹ natürlich.«

»Diese Verszeilen stammen aus dem ersten Höllengesang von Dantes *Göttlicher Komödie* und diesem begnadeten Dichter ist danach noch ein an Länge und Inhalt gewaltiges Epos eingefallen«, sagte Byron und übte sich in Geduld. Die Zeit drängte gottlob nicht, also sollte Alistair ruhig seinen Spaß haben.

»Soso«, murmelte Alistair. »Dann mal weiter zum nächsten unsterblichen Epos. Diesmal versteht sich der Dichter wenigstens aufs Reimen, was schon mal ein Fortschritt ist.« Er lachte auf, als er die ersten Zeilen überflog. »Außerdem scheint er was von den zweitwichtigsten Dingen des Lebens zu verstehen – nämlich von der Sehnsucht und den Frauen! Hört euch mal an, was Mortimer hier hinterlassen hat!« Und er begann, mit übertriebenem Pathos zu deklamieren:

> Ich schrei zu dir um Gnade - Mitleid - Liebe!
> Ach, Liebe, die nicht peinigt, sondern heilt:
> Einhellige, in Erz geprägte Liebe,
> Die ohne Makel treu bei mir verweilt!
>
> Fall ganz bedingungslos in meine Hand!
> Dies Schönsein und dies Auge golderhellt,
> Dein Kuss, der Liebe süßes Unterpfand,
> Der Brüste weißes, leuchtendes Gezelt.

Alistair hob den Kopf und grinste in die Runde. »Tut mir leid, Freunde, aber gerade jetzt, wo er so richtig zur Sache kommt, verlässt ihn offenbar die Courage! Wirklich schade. Wäre interessant gewesen, was er uns noch an tiefen sinnlichen Einsichten zu bieten gehabt hätte!«, scherzte er.

»Den Gefallen kann ich dir gerne tun«, sagte Byron. »Aber das wird dir den Spaß an dem Gedicht vermutlich verderben. Denn hier handelt es sich nicht um wollüstige Verse, wie du irrigerweise annimmst, mein Freund, sondern um ein Sonett von John Keats mit dem Titel *I cry Your Mercy,* in dem es um das Existenzielle des Menschen geht, um den Sinn des Lebens. Die beiden letzten Strophen gehen nämlich folgendermaßen:

> Dein Selbst, dein Inbild noch: Oh gönn es mir,
> Verweigre kein Atom, sonst sterb ich hin!
> Und blieb ich elend dir leibeigen hier,
> Verkäm ich bald, vergäß des Hierseins Sinn;
> Mein Geist vergrübe tonlos seinen Mund,
> Und meine Ruhmsucht ginge blind zugrund

Alistair verzog das Gesicht und zuckte die Achseln. »Von einem John Keats war in den Waisenhäusern meiner Jugend nun mal nicht die Rede«, sagte er und blätterte um. »So, jetzt kommen wir zu Mortimers letzter lyrischer Darbietung. Diesmal scheint er alle Register gezogen und alle Strophen aufgeschrieben zu haben, denn das Gedicht füllt eine ganze Seite. Nur leider ist es auf Deutsch, sodass ich das goldene Buch an dich weitergeben muss, liebe Harriet.«

Harriet nahm das Gästebuch entgegen und begann vorzulesen:

Oh Täler weit, oh Höhen,
Oh schöner, grüner Wald,
Du meiner Lust und Wehen
Andächt'ger Aufenthalt!
Da draußen, stets betrogen,
Saust die geschäft'ge Welt,
Schlag noch einmal die Bogen
Um mich, du grünes Zelt!

Wenn es beginnt zu tagen,
Die Erde dampft und blinkt,
Die Vögel lustig schlagen,
Dass dir dein Herz erklingt:
Da mag vergehn, verwehen
Das trübe Erdenleid,
Da sollst du auferstehen
In junger Herrlichkeit.

Da steht im Wald geschrieben
Ein stilles, ernstes Wort
Von rechtem Tun und Lieben,
Und was des Menschen Hort.
Ich habe treu gelesen
Die Worte, schlicht und wahr,
Und durch mein ganzes Wesen
Ward's unaussprechlich klar.

Bald werd ich dich verlassen,
Fremd in der Fremde gehn,
Auf buntbewegten Gassen
Des Lebens Schauspiel sehn;
Und mitten in dem Leben
Wird deines Ernsts Gewalt
Mich Einsamen erheben,
So wird mein Herz nicht alt.

Harriet ließ das Gästebuch sinken. »Schön romantisch für diesen irren Mortimer. Aber irgendwie auch passend, wie er da so von *Bald werd ich dich verlassen* und *Fremd in der Fremde gehn* spricht. Das passt immerhin zu seiner Abreise aus Kairo und dass er danach nicht mehr lange gelebt hat.«

Byron nickte. »Das Gedicht, das übrigens von Joseph von Eichendorff stammt, trägt ja auch den Titel *Abschied,* ist also in der Tat sehr passend. Aber als Eintrag in das Gästebuch eines Hotels wirklich recht exzentrisch.«

»Kümmern wir uns lieber um die Frage, was Mortimer mit diesen zwei angefangenen Gedichten und einem dritten vollständigen bezweckt hat«, sagte Horatio. »Wo soll denn in diesen Versen der fünfte Hinweis auf das Versteck der Judas-Papyri verborgen sein, zumal die Gedichte ja nicht aus Mortimers Feder stammen? Wären die Verse von ihm, sähe das schon anders aus. Aber in Lyrik von Dante, Keats und Eichendorff kann man doch kein Rätsel verstecken!«

»Dazu fällt mir auch nichts ein«, gestand Harriet.

»Du irrst, Horatio. Man kann jeden Text als verschlüsselte Botschaft verwenden«, sagte Byron und zog das Gästebuch zu sich heran. »Und oftmals ist der Code in vorgegebenen Texten sogar leichter zu entdecken als in selbst entworfenen.«

»Da bin ich jetzt aber mal gespannt, wie schnell du in diesen lyrischen Ergüssen von Höllengesang, zwiespältiger Sehnsucht und sentimentalem Abschiedsschmerz eine Botschaft an uns findest!«, sagte Alistair skeptisch.

Byron begann, die Gedichte nun selbst aufmerksam zu lesen. Auf den ersten wie auf den zweiten Blick erschloss sich ihm das Geheimnis jedoch nicht. Also nahm er sie sich Zeile für Zeile ein drittes Mal vor.

»Na also!«, rief er plötzlich erleichtert. »Irgendeine Version von linguistischer Steganografie musste ja auch vorliegen!«

»Wie wäre es mit Klartext, Herr Kryptologe?«, fragte Alistair.

Byron machte sich einen Spaß daraus, diesmal nicht sofort zur

Sache zu kommen. Nachdem er gerade Alistairs spöttische Bemerkungen geduldig hingenommen hatte, würde dieser sich nun anhören müssen, was es mit der linguistischen Steganografie auf sich hatte.

»Man versteht darunter zwei Klassen von Tarnverfahren. Bei der einen Form der Codierung lässt man eine geheime Nachricht als völlig unverfängliche und offen verständliche Nachricht erscheinen«, erklärte er. »Bei der anderen Vorgehensweise bedient man sich als Code winziger grafischer Details. Diese Form nennt man Semagramm und sie erfreut sich vor allem unter Amateuren großer Beliebtheit. Ein berühmtes Beispiel dafür ist die erste englische Übersetzung von *De augmentis scientiarum* des jungen Francis Bacon aus dem Jahr 1623, bei der er zwei Schriftarten als binären Code benutzt hat.«

»Etwas, was ich schon immer mal unbedingt erfahren wollte!«, sagte Alistair mit beißendem Spott. »Wenn mich jetzt der Sensenmann zum großen Abschied holen würde, könnte ich wenigstens sagen, mein Leben sei erfüllt gewesen!«

Sogar Byron stimmte in das Gelächter seiner Freunde mit ein. »Also gut, genug der Erklärungen. Kurzum: Mortimer hat sich hier mit einem Semagramm im Gästebuch verewigt. Dass die ersten beiden Gedichte unvollständig blieben, hängt vielleicht damit zusammen, dass die restlichen Zeilen nicht jene Buchstaben hergaben, die er für seine Botschaft benötigte. Wir brauchen uns deshalb wohl nur auf das letzte Gedicht zu konzentrieren, auf *Abschied* von Eichendorff.«

»Aber wo siehst du denn da zwei Schriftarten?«, fragte Harriet. »Ich sehe in allen Zeilen nur Mortimers vertraute Handschrift, wenn auch nicht ganz so krakelig wie viele Passagen in seinem Notizbuch.«

»Dies ist ja auch ein goldenes Buch«, merkte Horatio spöttisch an. »Da hat er sich wohl etwas mehr Mühe gegeben. Aber Harriet hat recht, ich kann auch keine unterschiedlichen Schriftarten entdecken.«

»Die Abweichung betrifft ja auch nicht ganze Wörter oder gar Zeilen, die sofort ins Auge fallen würden, sondern nur hier und da einzelne Buchstaben«, erwiderte Byron. »Sie heben sich aus dem Text, obwohl sie nicht in Schreibschrift, sondern fast schnörkellos wie Druckbuchstaben eingefügt sind, nicht so leicht hervor. Denn das Auge ist darauf trainiert, ganze Wörter zu erfassen und muss sie bei gewöhnlichen Texten nicht erst Buchstabe für Buchstabe zusammensetzen. Deshalb liest das Auge über solche winzigen Abweichungen schnell hinweg.«

»Meine Augen sehen immer noch nichts!«, brummte Alistair.

Byron griff zu einem Bleistift. »Passt auf, ich werde die betreffenden Buchstaben nur ganz fein unterstreichen, damit ich die Bleistiftstriche hinterher leicht wegradieren kann.« Er machte sich an die Arbeit und sie ging ihm schnell von der Hand, nachdem er nun wusste, wonach er Ausschau halten musste.

»So, hier haben wir Mortimers Botschaft, die er in Eichendorffs Gedicht versteckt hat!« Byron drehte das Buch zu ihnen herum, damit sie die unterstrichenen Buchstaben besser sehen konnten.

Oh Täler weit, oh Höhen,
Oh schöner, grüner Wald,
Du meiner Lust und Wehen
Andächt'ger Aufenthalt!
Da draußen, stets betrogen,
Saust die geschäft'ge Welt,
Schlag noch einmal die Bogen
Um mich, du grünes Zelt!

Wenn es beginnt zu tagen,
Die Erde dampft und blinkt,
Die Vögel lustig schlagen,
Dass dir dein Herz erklingt:
Da mag vergehn, verwehen
Das trübe Erdenleid,
Da sollst du auferstehen
In junger Herrlichkeit.

Da steht im Wald geschrieben
Ein stilles, ernstes Wort
Von rechtem Tun und Lieben,
Und was des Menschen Hort.
Ich habe treu gelesen
Die Worte, schlicht und wahr,
Und durch mein ganzes Wesen
Ward's unaussprechlich klar.

Bald werd ich dich verlassen,
Fremd in der Fremde gehn,
Auf buntbewegten Gassen
Des Lebens Schauspiel sehn;
Und mitten in dem Leben
Wird deines Ernsts Gewalt
Mich Einsamen erheben,
So wird mein Herz nicht alt.

»Jetzt sehe ich es auch!«, stieß Harriet verblüfft hervor. »Da ist tatsächlich eine andere Schriftart eingearbeitet! Also mir wäre das nie aufgefallen!«

Horatio nahm sich den Bleistift und schrieb die unterstrichenen Buchstaben auf die Rückseite des Hotelfaltblatts. Die entschlüsselte Botschaft lautete:

»Es ist mit Mortimers Sprüchen wie mit der russischen Puppe in der Puppe in der Puppe!«, stöhnte Harriet. »Hat man ein Rätsel gelöst, erweist sich die Lösung wieder als Rätsel. Oder hat jemand eine Ahnung, wer oder was Jebu ist?«

Alistair und Horatio schüttelten den Kopf.

Und Byron sagte: »Auf Anhieb kann ich damit auch nichts anfangen. Aber ich glaube, mich entsinnen zu können, bei einer Lektüre über ägyptische Mythologie irgendwo schon mal auf diesen Namen gestoßen zu sein. Und wenn man sich jetzt alle fünf Hinweise vor Augen hält, dann kann Jebu eigentlich nur eine Ortsbestimmung sein.«

Zur besseren Vergegenwärtigung schrieb Horatio die fünf Hinweise untereinander auf. »Das also ist der Text, den wir bisher an jenen fünf Orten zusammengetragen haben, auf die sich fünf der sechs hebräischen Begriffe des Hexagons beziehen!«

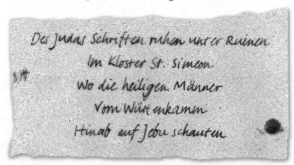

»Für mich klingt das so, als wäre der Text abgeschlossen«, fügte Horatio dann noch hinzu. »Es ist doch an Informationen alles da. Wir müssten jetzt nur noch herausfinden, wo Jebu ist. Dann werden wir dort unter den Ruinen eines einstigen Klosters namens St. Simeon das Judas-Evangelium finden. Es fehlt eigentlich nur noch der Punkt am Ende dieser fünf Hinweise.«

»Vielleicht fehlt er, weil die Botschaft eben doch noch nicht vollständig ist«, sagte Alistair. »Ein Hexagon hat nun mal sechs Seiten und auf der sechsten hat Mortimer bestimmt nicht ohne Grund auf Hebräisch und mit Milchtinte ›Die dunkle Kammer‹ hingepinselt. Ein Puzzleteil fehlt uns demnach noch!«

»Und ich glaube auch zu wissen, welches das fehlende Teil ist«, sagte Byron.

»Du meinst, diese nichtssagende Zeichnung von dem Flussufer mit ein paar Palmen und einer Fellachenhütte auf der letzten Seite, die Alistair herausgeschnitten hat?«, fragte Harriet.

Byron nickte. »Sie muss es sein, weil Mortimer auf dieser Seite den sechsten Begriff ›Die dunkle Kammer‹ an den Rand geschrieben und damit wiederholt hat. Aber wie du schon gesagt hast, die Zeichnung ist wirklich nichtssagend und alles andere als ortsspezifisch.« Er zog die Seite aus seiner Tasche und warf einen langen Blick auf die Zeichnung.

Byron schüttelte den Kopf. »Nein, sie verrät mir auch jetzt nicht ihr Geheimnis! Und dabei habe ich sie mir schon so oft vorgenommen und nach einem Code gesucht. Aber da ist einfach keiner.«

»Kümmern wir uns darum später und finden wir jetzt erst mal heraus, wo oder was Jebu ist«, schlug Horatio vor, während Byron die Zeichnung wieder wegsteckte. »Am besten wäre uns jetzt mit einer vielbändigen Enzyklopädie gedient.«

»Das *Shepheard's* verfügt über eine eigene Bibliothek für seine Gäste«, sagte Alistair. »Steht alles in dem Faltblatt.«

Harriet sprang auf. »Dann nichts wie hin!«

3

Die Hotelbibliothek des *Shepheard's* konnte sich wirklich sehen lassen. In den gut sortierten Bücherwänden stand auch die neueste Ausgabe der *Encyclopaedia Britannica*. Schnell war der Band, der alle Einträge beginnend mit J enthielt, aus dem Regal gezogen und die Spalte aufgeschlagen, wo das Wort Jebu erklärt wurde.

»Wusste ich's doch, dass Jebu etwas mit der ägyptischen Mythologie zu tun hat!«, sagte Byron und las den Eintrag vor: »*Jebu, ägyptischer Name der Nilinsel mit gleichnamigem Ort unterhalb des ersten Kataraktes gegenüber Assuan, im Altertum Elephantine, benannt nach dem Vorkommen von Elefanten in dieser Gegend. Von dieser südlichsten Grenzfestung Ägyptens zogen Expeditionen nach Nubien und in die nahe gelegenen Granitbrüche.*«

»Jetzt haben wir es!«, rief Alistair begeistert. »Es passt alles zusammen! Das Kloster St. Simeon liegt also am Oberlauf des Nil bei den Stromschnellen von Assuan!«

»Warte einen Augenblick!«, bat Byron. »Es geht noch weiter. *Im südlichen Teil der Insel Elephantine findet sich Schutt der einstigen Stadt, die einen ausgedehnten Tempelbezirk mit Tempeln des mittleren Reichs, der 18. Dynastie und aus persischer Zeit umfasste und teilweise von Ptolemäern und Römern erweitert wurde.* So, und jetzt kommt der interessanteste Teil! *Durch Zufalls- und spätere Grabungsfunde wurden in Elephantine eine große Zahl von Papyri und Ostraka in ägyptisch-aramäischer Sprache entdeckt. Ein Teil dieser Dokumente gibt auch wichtige Aufschlüsse über das Judentum in der dortigen Diaspora und in den persischen Provinzen Juda und Samaria. Neben Jahwe verehrten die Juden von Elephantine noch zwei weitere göttliche Gestalten.«* Byron sah auf. Seine Augen leuchteten vor freudiger Erregung. »Ich denke, wir haben den Ort gefunden, wo Mortimer die Papyri versteckt hat, Freunde! Und zwar vermutlich an genau demselben Ort, an dem er zuvor bei Ausgrabungen oder zufällig auf sie gestoßen ist!«

»Ja, es passt alles zusammen! Das Puzzle ist komplett!«, rief Alistair begeistert. »Nun müssen wir uns nur noch vergewissern, dass es da oben bei der Nilinsel auch Ruinen eines einstigen Klosters gibt!«

Als sie sich beim Concierge danach erkundigten, konnte er ihnen sofort Auskunft geben. »Ein solches Kloster gibt es in Assuan in der Tat. Es waren koptische Mönche, die dort in der Wüste am Westufer des Nil lebten. Ein hartes und oftmals auch gefährliches Leben. Da waren die Mönche allein auf sich gestellt, wenn sie es mit beduinischen Räuberbanden oder muslimischen Gotteskriegern zu tun bekamen, denen ein christlicher Konvent natürlich ein Dorn im Auge war. Dass das ganze Land schon seit Jahrhunderten christlich war, bevor Mohammed zum Propheten wurde und mit seinen Eroberungsfeldzügen begann, kümmerte die Krieger unter dem Halbmond natürlich nicht. Kein Wunder also, dass St. Simeon schon im dreizehnten Jahrhundert aufgegeben wurde. Allzu viel steht von der großen Anlage leider nicht mehr.

Aber wenn man schon mal in Assuan ist, sind die Ruinen zweifellos einen Besuch wert.«

Die nächste Frage lag auf der Hand. »Und wie kommen wir am besten nach Assuan?«

»Sie können eines der Kreuzfahrtschiffe nehmen, die bis zum ersten Katarakt nilaufwärts fahren«, teilte ihnen der Concierge mit. »Diese beliebten Touren dauern meist eine gute Woche und können bei *Thomas Cook* nebenan gebucht werden.«

»Eine Woche auf dem Nil ist nicht gerade das, was uns im Augenblick vorschwebt«, mischte sich Alistair ein. »Gibt es denn keine schnellere Verbindung nach Assuan?«

»Die gibt es sehr wohl, Gentlemen, und zwar mit der Eisenbahn«, antwortete der Concierge. »Für Touristen gibt es einen speziellen Zug mit Schlafabteilen, der Kairo am Abend verlässt und am Morgen in Assuan eintrifft.«

»Den nehmen wir!«, sagte Alistair, ohne erst lange das Votum seiner Freunde abzuwarten.

»Wenn ich Ihnen noch eine Empfehlung für Ihren Aufenthalt in Assuan bezüglich Ihres Hotels geben darf...«

»Bitte, gern!«, ermunterte Byron den Concierge.

»Gäste, die einem Haus unserer Güte den Vorzug geben, ist dort einzig das *Cataract Hotel* zu empfehlen. Es gehört zu den Unternehmungen von *Thomas Cook* und steht unter der tüchtigen deutschen Leitung von Mister Steiger. Von der Terrasse hat man einen exzellenten Blick auf den Katarakt. Es liegt zudem günstiger als das *Savoy,* das auch einen guten Ruf genießt, sich jedoch auf der Insel Elephantine befindet, was bei jeder Exkursion das Übersetzen mit Booten notwendig macht. Und über das *Assuan Hotel* möchte ich Ihnen nichts weiter sagen, als dass es direkt unten am Kai des Hafens liegt.«

Sie bedankten sich für seine ausführlichen Informationen und entfernten sich ein Stück vom Tisch des Concierges.

»Ist doch klar, dass wir den heutigen Nachtzug nehmen, oder?«, vergewisserte sich Alistair.

»Wenn wir für den Zug noch Schlafwagenabteile bekommen, sehe ich nichts, was dagegen spräche«, meinte Byron, den es ebenso drängte, zum Oberlauf des Nil zu kommen.

»Am besten erkundigst du dich gleich drüben bei *Thomas Cook*, ob in dem Zug noch etwas frei ist«, schlug Alistair vor. »Kauf auch gleich die Tickets. Ich spaziere indessen in den nächsten Basar und besorge uns eine kleine Archäologenausrüstung.«

»Und was soll das sein?«, fragte Horatio verwundert.

»Eine Petroleumlampe haben wir ja noch. Aber ich denke, ein paar grobe Werkzeuge wie Schaufel, Spitzhacke, Stemmeisen und vielleicht auch ein Seil könnten unter Umständen ganz praktisch sein«, meinte Alistair grinsend. »Mortimer wird die Papyri bestimmt nicht auf einem Präsentierteller für uns hinterlegt haben.«

Byron zuckte die Achseln. »Ja, du hast recht. Es kann jedenfalls nicht schaden, diese Sachen notfalls gleich zur Hand zu haben.«

»Gut, kümmert ihr euch um diese Dinge. Wenn es euch nichts ausmacht, werde ich die Zeit nutzen, um mir einen anständigen Frisör empfehlen zu lassen, der mir die Haare schneidet«, sagte Harriet. »Wird nämlich höchste Zeit.«

»Ist mir gar nicht aufgefallen«, sagte Byron. Er war ein wenig enttäuscht, denn es wäre ihm lieber gewesen, er hätte wieder einige Stunden allein mit ihr verbringen können.

»Vielleicht dauert es ja gar nicht lange«, tröstete sie ihn. »Mit ein bisschen Glück brauche ich nicht zu warten und komme gleich dran. Dann bin ich in spätestens zwei Stunden zurück.«

Auch Horatio hatte noch etwas vor. »Und ich gehe noch mal mit meinem Skizzenbuch auf einen Sprung ins Ägyptische Museum. Von der Ausstellung habe ich bisher erst einen Bruchteil gesehen. Wer weiß, wann ich wieder mal nach Kairo komme.«

So war also jeder für die nächsten Stunden gut beschäftigt, Byron vielleicht einmal ausgenommen. Aber er hoffte, dass er nicht allzu lange auf Harriet warten musste. Und bis zu ihrer Rückkehr wollte er sich, wenn er ihre Zugreservierung in der Reiseagentur *Cook* erledigt hatte, noch einmal mit Mortimers Niluferzeichnung beschäftigen.

Sie verabredeten, sich alle spätestens zur Zeit des High-Tea wieder im *Shepheard's* einzufinden.

Und keiner von ihnen bemerkte, dass sich währenddessen der Perfectus in ihrem Rücken aufhielt und sie beobachtete.

4

Graham Baynard saß in einem tiefen Sessel neben einer der dicken Säulen, die gut in einem kleineren Pharaonentempel hätten stehen können. Er gab sich den Anschein, in einer englischen Tageszeitung zu lesen. In Wirklichkeit beobachtete er mit höchster Aufmerksamkeit das Kommen und Gehen der Gäste.

Von seinem Sitzplatz aus hatte er einen guten Blick auf alles, was sich in der Hotelhalle des *Shepheard's* tat. Von dort konnte er sowohl den Treppenaufgang und den elektrischen Fahrstuhl im Auge behalten als auch den Hoteleingang und den Empfang.

Seit seinem Eintreffen in Kairo hätten selbst seine einstigen Ordensbrüder Tenkrad und Breitenbach ihn kaum wiedererkannt. Er hatte seinen Bart wachsen lassen, der im Laufe der vergangenen Woche kräftig gesprossen war, und ihn an den Kanten akkurat getrimmt. Eine halblange Perücke verbarg den kurzen Bürstenhaarschnitt mit den markant ausrasierten Schläfenpartien. Und auf der Nase saß eine jener Sonnenbrillen mit runden grün getönten Gläsern, die sich bei Ägypten-Touristen größter Beliebtheit erfreuen. Dazu trug er einen hellen khakifarbenen Sommeranzug, wie er augenscheinlich vielen europäischen Besuchern als Reisegarderobe in diesen Breiten unverzichtbar erschien. Natürlich durften auch die Kartentasche am breiten Ledergürtel und der Tropenhelm mit seinem herunterhängenden Nackenschutz nicht fehlen.

Der Perfectus war sicher, dass seine Tarnung jedem Blick standhalten würde. Auf Arthur Pembrokes Leute traf das erst recht zu. Die vier hatten ihn ja nur in der Zisterne im schwachen Licht der Petroleumlampe zu Gesicht bekommen. Selbst die Frau hatte keine Gelegenheit gehabt, ihn eingehend zu studieren. Erst war sie lange vom Chloroform betäubt gewesen und dann hatte er ihr die Augen bis zum Eintreffen in der Zisterne verbinden lassen. Vermutlich könnte er direkt neben ihnen stehen, ohne dass die vier bemerken würden, wer er war.

Seit seinem Eintreffen in Kairo waren seine Tage damit ausgefüllt gewesen, zwischen den wenigen Hotels erster Klasse hin und her zu pendeln und Ausschau nach Lord Pembrokes Gruppe zu halten. Obwohl es neben dem *Shepheard's* und dem *Savoy* nur noch das *Continental,* das *Hotel du Nil* und das *Hotel d'Angleterre* gab, die als standesgemäßes Quartier infrage kamen, hatte ihn die Suche gehörig auf Trab gehalten. Sich jeweils am Empfang zu erkundigen, ob eine Reservierung unter den ihm bekannten Namen vorlag, hatte er verworfen. Er wollte nicht das Risiko eingehen, dass ein überfreundlicher Empfangschef sie darüber informierte, dass ein guter Bekannter nach ihnen gefragt habe. Die einzige Chance, die ihm noch geblieben war, wollte er durch nichts gefährden.

Die Vorsicht und die Mühen hatten sich gelohnt. Denn nun hatte er sie endlich gefunden, als Gäste des *Shepheard's*. Damit rückten die Judas-Papyri, die er in Konstantinopel schon für verloren geglaubt hatte, wieder in greifbare Nähe. Doch diesmal durfte er sich nicht den kleinsten Schnitzer erlauben.

Verstohlen beobachtete er, wie die vier aus der Bibliothek kamen und zum Tisch des Concierges traten. Sofort faltete er seine Zeitung zusammen, erhob sich aus dem Sessel und schlenderte in ihre Nähe. Zwei, drei Schritte von ihnen entfernt blieb er stehen und wandte ihnen den Rücken zu. Leider bekam er nicht genau mit, wonach sie sich beim Concierge erkundigten.

Als die Frau und die drei Männer sich hinüber auf die andere Seite der Hotelhalle begaben, um dort etwas zu besprechen, trat nun er selbst zum Concierge.

»Entschuldigen Sie, habe ich richtig verstanden, dass die drei englischen Gentlemen sich bei Ihnen gerade nach einer empfehlenswerten Nilkreuzfahrt erkundigt haben?«, fragte er beiläufig.

»Würde mich meinen Landsleuten nämlich gern anschließen. In Gesellschaft dürfte eine solche Unternehmung unterhaltsamer sein.«

»Ich bedaure, Sir. Die Herrschaften beabsichtigen, mit dem Nachtzug nach Assuan zu reisen«, teilte ihm der Concierge bereitwillig mit.

»Oh, dann muss ich mich wohl verhört haben«, sagte Graham Baynard. Er nickte dem Mann freundlich zu und schlenderte weiter.

Als er kurz darauf sah, dass sich die vier trennten, beschloss er, zumindest einen von ihnen im Auge zu behalten.

Die Gestalt, der er schließlich aus dem Hotel folgte, hatte es sichtlich eilig. Schnellen Schrittes ging sie die Sharia Kamel in Richtung der El-Ezbekiye-Parkanlagen hinunter und stieg dann vor dem *Hotel Continental* in eine der dort wartenden Kutschen. Das kam ihm äußerst seltsam vor, denn vor dem *Shepheard's* hatten genug freie Kutschen gestanden.

Schnell sprang auch er in einen der offenen Pferdewagen und trug dem Kutscher auf, der Kutsche vor ihnen zu folgen und sich ja nicht abhängen zu lassen.

Die Fahrt ging am Opernplatz vorbei. Kurz dahinter bog die Kutsche vor ihnen rechts in die Sharia el-Manahk ein und wandte sich an der nächsten Kreuzung nach links. Die Straße mündete in ein Rondell, das von dem stattlichen Eckgebäude der Bank von Ägypten beherrscht wurde. Die Kutsche nahm die erste Ausfahrt aus dem Kreisverkehr und ratterte den breiten Boulevard Sharia Kasr en-Nil hinunter. Wenige Straßen vom Fluss entfernt scherte die Kutsche aus dem Verkehr aus und hielt vor dem Eingang des *Savoy Hotel*.

Hastig warf Graham Baynard seinem Fahrer eine Münze zu, die für die Fahrtstrecke viel zu großzügig bemessen war, sprang hinaus und folgte der Gestalt rasch ins Hotel. Dort sah er, wie sich die von ihm verfolgte Person am Empfang offenbar nach jemandem erkundigte. Denn der Empfangschef nickte und deutete zur Hotelbar hinüber.

Verwundert, was das zu bedeuten hatte, aber auch mit dem Instinkt des Jägers, der eine vielversprechende Fährte witterte, begab auch er sich mit einigem Abstand hinüber in die Bar – und glaubte im ersten Moment, seinen Augen nicht trauen zu dürfen, als er sah, auf wen die Gestalt dort zielstrebig zuging.

Es war Arthur Pembroke, der dort an einem Tisch saß! Und dass er nicht mit der Gruppe, die er mit der Suche nach dem Judas-Evangelium beauftragt hatte, im selben Hotel logierte, gab einem doch zu denken. Wie auch die Tatsache, dass er sich hier nur mit einer der vier Personen traf. Zumal dieses Treffen den Anschein von Heimlichkeit hatte!

Graham Baynard stellte sich an die Ecke des langen Bartresens, an dem sich eine Gruppe von Offizieren ihrer königlichen Majestät drängte, und versuchte, etwas von dem sichtlich erregten Gespräch der beiden Personen aufzuschnappen. Das Gelächter und die lauten Stimmen der Offiziere machten es jedoch unmöglich.

Aber das beeinträchtigte seine Hochstimmung nicht. Er wusste jetzt, wie er es anstellen musste, um die Judas-Papyri in seine Gewalt zu bekommen!

Achter Teil

Die dunkle Kammer

1

Mit mäßiger Geschwindigkeit ratterte der Nachtzug über die Schmalspurgleise gen Assuan. Zu ihrer Linken strömten die schlammdunklen Fluten des Nil dem weit gefächerten Delta seiner Mündung entgegen. Lautlos zogen *canjas,* flache Fellachenboote, mit verschlissenem, häufig geflicktem Segel am Querbaum des leicht gebogenen Masts ihre Bahn, schnell passiert von einem zweistöckigen Raddampfer, aus dessen Radkästen heckwärts das hochgespülte Wasser schäumend zurück in den Fluss rauschte. Auf einer Sandbank vor dem Schilfgürtel des Ufers zwei Krokodile, die ihre gepanzerten Leiber der letzten Wärme des Tages aussetzten. In der Ferne vier, fünf Geier, die über einem Stück Aas in der Luft kreisten.

Auf dem grünen Uferland wechselten sich zwischen den weiten Feldern kleine Ansiedlungen von Hütten aus Nilschlamm mit Feigenbaumplantagen und Palmenhainen ab, deren Stämme hoch in den Himmel stiegen und die an ihrer Spitze stolze Kronen aus Palmwedeln trugen. An den primitiven *saqias,* den Schöpfrädern, gingen Esel stumpfsinnig im Kreis, während das braune Wasser aus den Holztrögen der schweren Räder floss und sich in die Bewässerungsgräben ergoss.

Auf der rechten Seite der Fahrstrecke drängte hinter dem schmalen Streifen fruchtbaren Landes die Wüste heran. Der Sand, vom Abendlicht vergoldet, schimmerte in trügerisch verheißungsvollen Farbnuancen. Dünen ragten mit bizarren Formen wie aufgepeitschte und plötzlich erstarrte Wogen aus dem Sandmeer empor. Der Himmel hatte alle Farben, vom leuchtendsten Purpur bis zu einem blassen Rosarot. Man meinte, gleich könnte dort am Horizont eine Karawane hochbeiniger Kamele auftauchen, die mit langsamen, majestätischen Schritten über die Dünen zogen, begleitet von Wüstenbeduinen in ihren weißen Burnussen und mit dunklen, wettergegerbten Gesichtern.

Das letzte Licht verglomm über der Wüste, noch bevor sich der Zug auf einer Höhe mit der Oase el-Fayum befand. Unter stark rußigen Dampfwolken, die fast so schwarz waren wie die nun einbrechende Nacht, ging es weiter nilaufwärts.

Im Speisewagen nahmen Byron und seine Gefährten ein leichtes Abendessen zu sich, dessen Qualität so bescheiden war wie der Rest des Zuges, obwohl dieser einzig Touristen vorbehalten war. Keinen von ihnen drängte es danach herauszufinden, wie es in den einheimischen Zügen aussah.

Sie begaben sich schon früh in ihr Abteil, weil der Barwagen hoffnungslos mit zwei Reisegruppen überfüllt war und sie die letzte Nacht vor ihrem Ziel so schnell wie möglich hinter sich bringen wollten.

Der Schlaf wollte sich jedoch bei keinem von ihnen einstellen. Was nur zu einem Teil an den schmalen und wenig bequemen Betten lag. Reguläre Schlafabteile hatte Byron für sie nicht reservieren können. Deshalb mussten sie sich zu viert ein Abteil teilen, dessen Betten mehr den Charakter von schmalen, herunterklappbaren Pritschen besaßen.

Natürlich drehte sich ihr Gespräch um die Klosterruine St. Simeon, in der sie morgen nach einer wochenlangen und gefahrvollen Reise durch halb Europa und einen Zipfel des Orients endlich stehen würden. Sie sorgten sich, das Versteck der Judas-Papyri womöglich doch nicht finden zu können, weil sie noch immer nicht die Zeichnung auf der letzten Notizbuchseite entschlüsselt hatten.

Irgendwann kam ihr Gespräch wieder einmal auf die Person Judas Iskariot und auf die Frage, ob die Papyri wohl tatsächlich aus dem ersten Jahrhundert und aus der Feder des Jesus-Jüngers stammten.

»Wenn man es recht betrachtet, ist Judas die schillerndste und interessanteste Person des ganzen Neuen Testaments, Jesus einmal ausgenommen«, sagte Horatio. »Vielleicht ist er sogar bedeutsamer und menschlicher als Petrus, auf den Jesus seine Kirche gegründet hat.«

»Das mit der Kirche darf man nicht unbedingt wörtlich nehmen, denn Jesus war nicht nur Jude wie alle anderen in seinem Kreis, sondern er verstand sich auch als Jude«, sagte Byron. »Nur hatte er eine radikal abweichende Vorstellung von dem, was es heißt, die jüdische Schrift und ihre Gesetze zu erfüllen. Er hat sie von allem traditionellen Formalismus befreit und sie zu einer glasklaren revolutionären Botschaft geschliffen. An die Gründung einer Kirche, die sich vom Judentum abwendet, wird er jedoch kaum gedacht haben. Aber was du gerade über Judas gesagt hast, Horatio, dem stimme ich voll zu. In seiner Tragik ist er wirklich die schillerndste Person des Neuen Testamentes.«

»Respekt für einen Verräter?«, fragte Alistair skeptisch vom oberen Bett der anderen Seite.

»Zweifellos! Wie kein anderer hat er durch seinen Verrat und seine Verbindung mit den Hohepriestern ein Äußerstes an Schuld auf sich geladen«, sagte Byron. »Aber zugleich ist er durch seine Tat unlösbar mit Jesu Hingabe auf Golgatha und dem Erlösungsgeschehen verbunden. Wobei es müßig ist, darüber zu sinnen, ob Judas zum Bösen gezwungen war oder nicht und welchen Verlauf Jesu Leben in Jerusalem genommen hätte, wenn Judas ihn nicht den Hohepriestern ausgeliefert hätte.«

»Vielleicht hatte Jesus ja sowieso vorgehabt, sich seinen Häschern auszuliefern, und was Judas getan hat, hat die Sache nur beschleunigt«, sagte Harriet, die unter ihm im Bett lag.

»Das glaube ich nicht. Denn dann wäre sein Tod nicht Opfer, sondern ein selbstmörderisches Märtyrertum und seine Passion sozusagen ›selbst gemacht‹ gewesen.«

»Na und?«, fragte Alistair. »Kreuzigung ist Kreuzigung.«

»Eben nicht«, widersprach Byron. »Denn dann hätte sein Tod nie die Erlösungskraft haben können wie das reine, von außen kommende und auferlegte Leiden. Zwar wird Jesus eine Todes*bereitschaft* und auch eine Todes*ahnung* gehabt haben, aber eine eigene Mittäterschaft an seiner Kreuzigung ist ausgeschlossen.«

»Der Person des Judas ist wirklich schwer beizukommen«, sagte Horatio. »Er kommt mir wie ein Getriebener vor.«

»Und in ihr liegt so viel Widersprüchliches«, ergänzte Harriet. »Etwa, dass er Jesus erst scheinbar kaltblütig ausliefert und die dreißig Silberstücke von den Hohepriestern annimmt, sich aber dann zwischen Jesu Tod und seiner Auferstehung voll Reue das Leben nimmt. Widersprüchlich ist auch, dass Jesus ihn sowohl beim letzten Abendmahl als auch bei der Festnahme am Ölberg trotz allem noch mit ›Freund‹ anspricht.«

Byron stimmte ihr zu. »Die Tat des Judas verstehen und deuten zu wollen, das wird so unmöglich sein wie die Quadratur des Kreises. Judas ist wohl die widersprüchlichste Gestalt der Menschheitsgeschichte. Irgendein Philosoph hat ihn einmal einen Verräter *und* Märtyrer genannt, dem das Christentum das Mysterium von Golgatha ›verdankt‹. Dieses Paradox trifft es vermutlich recht gut.«

»Und wie steht es dann mit der angeblich grenzenlosen Liebe Gottes?«, hakte Alistair sofort nach. »Wenn es ihn gäbe, müsste er Judas dann nicht verzeihen, obwohl sein Verrat zur Kreuzigung seines göttlichen Sohnes geführt hat?«

»Eine gute Frage«, sagte Horatio.

»Ich bin sicher, dass er nicht auf ewig in der untersten Höllentiefe schmort, wohin Dante ihn in seiner *Göttlichen Komödie* verbannt hat«, sagte Byron. »Aber wer könnte darauf schon eine gesicherte Antwort geben? Zu allen Zeiten haben große Schriftsteller und Philosophen den Versuch unternommen, das Verhalten des Judas zu deuten und seiner Person einen tieferen Sinn in der Heilsgeschichte zu geben. Aber wirklich befriedigend ist bislang keiner dieser Versuche gewesen.«

»Vielleicht werden ja die Judas-Papyri, die Mortimer gefunden hat, näheren Aufschluss über die wahren Motive der Tat geben«, sagte Harriet.

»Oder sie stellen sich als eine erschreckende Schrift heraus, die auf der geistigen Linie dieses Markion und der Kainiten liegt«, gab Alistair zu bedenken. »Aber mir soll das eine wie das andere recht sein. Hauptsache, wir finden das Judas-Evangelium.«

»Wenn ich daran denke, dass wir die Papyri vielleicht morgen schon in Händen halten und unser Auftrag damit erfüllt ist, kommt es mich doch irgendwie komisch an«, sagte Horatio versonnen in das Dunkel des Abteils. »Allmählich habe ich mich richtig daran gewöhnt, mit euch unterwegs zu sein.«

Harriet lachte leise auf. »Und wir uns an dich! Und dabei dachte ich, wir würden uns spätestens in Wien so erbittert in den Haaren liegen, dass Lord Arthurs schöner Traum, dass wir gemeinsam das Versteck für ihn finden und ihn damit zu einem weltberühmten Mann machen, schon in Österreich als Desaster endet!«

»Ja, wir waren wirklich kein schlechtes Team«, pflichtete Alistair ihnen bei. »Wenn ich an all die Abenteuer denke, die wir gemeinsam erlebt und überstanden haben, kommt es mir auch ganz unwirklich vor, dass diese Zeit nun bald vorbei ist. Ich muss dem Gichtknochen Pembroke ein Kompliment machen. Er hat wirklich ein verteufelt gutes Händchen bewiesen, dass er ausgerechnet auf uns gekommen ist und uns zu dieser Suche gezwungen hat.« Und dann fügte er noch spöttisch hinzu: »Aber seine hochwohlgeborene Lordschaft hätte sich gewiss nicht träumen lassen, dass er damit das selige Band der Liebe zwischen zweien von uns schmieden und mir dazu verhelfen würde, neben einem hübschen Batzen Geld auch noch mit einer Extraportion höherer Bildung aus diesem Abenteuer herauszukommen!«

Byron lachte verlegen auf. »Und ich hätte nicht gedacht, dass ich einmal einen Kunstfälscher und einen Pokerspieler zum Freund haben und darauf auch noch stolz sein würde«, erwiderte er.

»Jaja, in der Welt ist heutzutage auf nichts mehr Verlass«, scherzte Alistair. »Wo soll das nur enden?«

»Mir reicht es, dass wir uns aufeinander verlassen können«, sagte Horatio trocken. »Und damit entbiete ich meinen werten Schicksalsgefährten eine gute Nacht! Gelegentliches Schnarchen bitte ich, einem anderen zuzuordnen.«

Nun wünschten sich auch die anderen einen guten Schlaf und Byron streckte im Dunkel seine Hand nach unten aus und tastete nach der von Harriet. Mit stummem Druck versicherten sie einander ihre Liebe.

Byron dachte noch eine Weile verwundert darüber nach, wie sehr sich sein Leben und auch manche seiner Ansichten, die ihm unumstößlich erschienen waren, in den letzten Wochen verändert hatten. Dass die Liebe zu Harriet seinen Panzer verbitterter Frauenabwehr gesprengt hatte und sie seine Gefühle mit derselben Kraft erwiderte, war ein ganz eigenes Wunder. Aber dass er, der bisher ein eigenbrötlerisches und zurückgezogenes Leben im sicheren Reich seiner Bücher geführt hatte, solche Freunde wie Horatio und Alistair gefunden, sie in sein Herz geschlossen und sogar Gefallen an vielen ihrer Abenteuer gefunden hatte, erstaunte ihn kaum weniger.

Ihm war, als hätte man ihn gezwungen, ein starres Korsett abzuwerfen und zum ersten Mal frei von allen selbst auferlegten Zwängen die wahre, berauschende Luft des Lebens zu atmen. Dass bei aller Liebe zu seinen Studien eine Rückkehr in sein altes Leben nicht mehr möglich war, verstand sich für ihn von selbst. Und er empfand es nicht als Verlust, sondern als Gewinn.

Und während er noch darüber sinnierte, wiegte ihn das monotone Rattern des Zuges langsam in den Schlaf.

2

Am frühen Morgen trafen sie in Assuan ein. Was sich Bahnhof nannte, war nichts weiter als ein offener Perron, neben dem in einer langen Kette ein Dutzend Palmen aufragten, hinter denen sich ein bescheidenes Gebäude in orientalischem Fachwerkstil und mit einem blau gestrichenen Blechdach erhob. Der Hautfarbe und Physiognomie der einheimischen Straßenhändler, Kutscher und Gepäckträger sah man an, dass man schon ein Stück weit nach Schwarzafrika vorgedrungen war.

Fast auf derselben Höhe mit der Bahnstation erstreckte sich die lange Elephantine-Insel wie ein grüner Teppich, umspült von den trüben Fluten des Nil. Das gegenüberliegende Ufer stieg nach einem kurzen ebenen Stück in zwei, drei Stufen steil an. Zahlreiche rechteckige Öffnungen waren aus dem braunroten Fels geschlagen und zum Teil vom Wind mit gleichfarbigem Sand halb zugeweht. Sie führten in längst geplünderte Höhlen und Grabkammern, mit denen das Steilufer förmlich durchlöchert war.

Einige Meilen oberhalb der Station und zwischen den Granitfelsen des ersten Nilkatarakts fiel der Blick auf die Insel Philae mit einer Tempelanlage aus der Pharaonenzeit. Auch auf der Landseite von Assuan standen Reste von säulenreichen Heiligtümern aus der langen Epoche ägyptischer Sonnengötter.

Schnell war eine Kutsche gesichert und ihr Reisegepäck sowie der derbe Drillichsack mit den tuchumwickelten Grabungswerkzeugen aufgeladen. Auf dem Weg zum *Cataract Hotel*, das ein Stück außerhalb von Assuan lag, kamen sie in der sehr überschaubaren Ortschaft mit ihren weiß gekalkten Häusern an einer englischen Kirche mit koptischer Architektur, einem einladend aussehenden *Café Khédivial* und der Filiale von *Thomas Cook* vorbei, die sich in bequemer Nähe zum örtlichen Telegrafenamt befand.

Dass der Concierge des *Shepheard's* ihnen das *Cataract Hotel* empfohlen hatte, war ihnen Garant dafür gewesen, dass es sich dabei um ein exzellent geführtes Haus handelte. Und so war es auch. Das Hotel erhob sich auf einem felsigen Kap über dem Nil und von seiner überdachten Terrasse im maurischen Stil hatte man einen ausgezeichneten Blick über den ganzen Fluss mit seinen mächtigen Granitfelsen und kleinen Inseln, die aus dem Nil aufragten.

Aber sosehr sie den hohen Standard des Hotels und den Ausblick zu schätzen wussten, ihr Sinnen und Trachten galt doch allein der Klosteranlage St. Simeon. Es drängte sie mit aller Macht, über den Fluss und an den Ort zu kommen, wo die Judas-Papyri unter Ruinen versteckt lagen.

Und so saßen sie denn auch keine halbe Stunde nach ihrem Eintreffen schon in einer Canja, die von einem sehnigen jungen Burschen namens Hasan über den Fluss gesteuert wurde. Ihre Grabungswerkzeuge hatten sie jedoch im Hotel zurückgelassen. Bei helllichtem Tag in den Ruinen zu buddeln, verbot sich von selbst.

Heißer Wüstenwind füllte das trapezförmige Segel, das zum Bug hin so spitz zulief, dass man es fast für dreieckig halten konnte. Auf dem Westufer an der Anlegestelle, die auf einer Höhe mit der südlichen Inselspitze von Elphantine lag, warteten schon Eseltreiber mit ihren Tieren darauf, Touristen zum alten koptischen Kloster zu bringen. Der Weg führte in nordwestlicher Richtung durch einen langen, schluchtartigen Einschnitt im Steilufer.

»Dass die heiligen Männer von ihrem Wüstenkamm auf Jebu hinabschauen konnten, stimmt ja wohl nicht«, sagte Alistair, der wie seine Freunde vergeblich nach den Ruinen des Klosters Ausschau hielt.

»Wen kümmert's, Alistair?«, meinte Horatio, der auf dem Rücken des Esels wie ein locker auf dem Sattel sitzender Sack hin und her schwankte. »Hauptsache, wir finden dieses Kloster St. Simeon.«

Kurz vor dem Ende der Schlucht führte der Eseltreiber seine kleine Kolonne über einen ausgetretenen, felsigen Pfad zu einer Anhöhe hinauf, die in eine weite Einöde aus Sand und felsigen Hügeln überging. Und sofort tauchten vor ihnen die Ruinen des Klosters auf.

»Heiliger Simeon!«, entfuhr es Horatio überrascht, als sein Blick die gewaltigen Ausmaße der Anlage erfasste. »Das Kloster ist ja riesig! Das muss früher eine richtige Wüstenfestung gewesen sein!«

Auch Byron, Alistair und Harriet waren nicht darauf vorbereitet gewesen, an diesem Ort einen so gewaltigen Komplex vorzufinden, dessen Ruinen noch immer Zeugnis von dem Festungscharakter des uralten koptischen Klosters abgaben.

Gut dreißig Fuß hohe Mauern, teils aus Granitgestein, teils aus Nilschlammziegeln, umschlossen St. Simeon. Die längste der vier Umfassungsmauern mochte eine Länge von hundertfünfzig Ellen haben. In einer Ecke der Anlage ragten drei hohe und breite Festungstürme auf, deren Mauern zum Innern der Anlage ineinander übergingen und eine gezackte Linie bildeten, die wie ein doppeltes Z aussah. Ein vierter Turm erhob sich außerhalb der Umschließung an einer Mauerecke. Während die kantigen, festungsartigen Türme mit ihren wenigen winzigen Fensteröffnungen bis auf den oberen Teil noch gut erhalten waren, standen von der Kirche und den anderen Gebäuden nur noch skelettartige Ruinenreste.

Als sie durch das Tor in der Ostmauer traten, sahen sie, dass sich die weitläufige Anlage über zwei unterschiedlich hohe Ebenen erstreckte. Der nach Osten weisende Teil mit der Kirchenruine bildete die untere Ebene, der größere Westteil die obere. Außer ihnen selbst hielten sich dort noch zehn, zwölf weitere Touristen auf, die St. Simeon besichtigten, die Frauen im Schutz von bunten, fransengesäumten Sonnenschirmen und die Männer überwiegend mit Tropenhelmen auf dem Kopf. Eine Gruppe bewunderte in der Kirchenruine die alten Malereien, die sich dort noch in einem Rest der Deckenwölbung fanden. Die anderen wanderten durch die spärlichen Ruinen, wo sich laut Reiseführer einst die Zellen der Mönche und das Refektorium befunden hatten.

»Kann mir mal jemand verraten, wo wir hier mit der Suche beginnen sollen?«, fragte Alistair, entmutigt von der Größe der Anlage. »Da können wir ja Jahre verbringen!«

»Damit könntest du recht haben«, sagte Harriet bedrückt. Auch sie hatte sich die Suche nach dem Versteck einfacher vorgestellt.

Horatio nickte mit bedenklicher Miene. »Durch einen glücklichen Zufall auf die Stelle zu stoßen, wo Mortimer die Papyri versteckt hat, das können wir wohl gleich vergessen. Ohne genauere Angaben haben wir keine Chance, auf das Judas-Evangelium zu stoßen.«

Byron gab einen schweren Seufzer von sich. »Was bedeutet, dass wir unbedingt die Zeichnung entschlüsseln müssen. Sonst war alles vergeblich, was wir in den letzten Wochen auf uns genommen haben.« Ein deprimierender Gedanke.

Sie verbrachten dennoch eine gute Stunde in den weitläufigen Ruinen. Weniger in der Hoffnung, doch noch irgendwo auf einen Hinweis zu stoßen, wo sich das Versteck befinden konnte, sondern allein um sich mit der Anlage vertraut zu machen und sich die einzelnen Komplexe einzuprägen. Dann begaben sie sich in recht niedergeschlagener Stimmung auf den Rückweg.

Als sie wieder in Hasans Canja saßen und der heiße Wüstenwind aufgewirbelten Sand über den Fluss trieb, blickte Hasan mit besorgter Miene nach Westen. »*Khamsin!*«, sagte er und erklärte radebrechend auf Englisch: »Wilder Wind aus Wüste! Bringen viel Sand. Kann werden Sturm und dann nichts mehr sehen. Manchmal für Tage.«

»Na, wunderbar!«, sagte Alistair. »Ein Sandsturm hat uns zu unserem Glück noch gefehlt!«

»Aber wie du gerade gehört hast, artet nicht gleich jeder Khamsin in einen Sandsturm aus«, erwiderte Harriet, die sich nicht noch mehr deprimieren lassen wollte.

Hasan brachte sie zu ihrem Hotel ans andere Ufer. Dort ließ er sie wissen, dass er ganz in der Nähe mit seinen jüngeren Geschwistern in einer kleinen Lehmhütte lebte, falls sie noch weitere Bootsausflüge planten.

»Mich nur wissen lassen! Kann noch viel zeigen!«, versicherte er. Selbstverständlich wäre er so gut zahlenden Gästen wie ihnen gerne noch öfter zu Diensten gewesen.

»Wir werden wohl noch einige Male über den Fluss nach St. Simeon wollen«, teilte ihm Byron freundlich mit. »Vermutlich auch mal bei Nacht. Wäre das ein Problem?«

Hasan lachte und zeigte seine strahlend weißen Zähne. »Kein Problem, Efendi! Fluss mein Zuhause! Wann immer wollen, ich bereit!«, versicherte er eifrig.

»Wenigstens ein winziger Lichtblick in dieser Misere«, murmelte Alistair, während sie die Felsstufen zum Hotel hochstiegen.

Dort setzten sie sich auf die Terrasse, ließen sich Tee und eine

Etagere mit kleinen dreieckigen Sandwiches kommen und studierten reihum Mortimers Zeichnung. Aber der zündende Geistesblitz wollte keinem von ihnen kommen.

Ihre Stimmung hatte mittlerweile einen absoluten Tiefpunkt erreicht, als ein Hoteldiener mit einem kleinen Silbertablett auf der Terrasse erschien und damit auf einen der anderen besetzten Tische zuging.

»Mister Sedgewick«, sprach er dort einen stämmigen Mann mit breitem Backenbart an. »Ein Telegramm für Sie, Sir!«

Plötzlich stutzte Harriet, nahm die Seite mit der Zeichnung der Uferlandschaft noch einmal in die Hand und zog die Stirn kraus. »Bitte lacht mich jetzt nicht aus«, sagte sie nach kurzem Zögern. »Aber könnte es sich nicht vielleicht um Morsezeichen handeln?«

Ihre Vermutung schlug bei ihren Gefährten wie ein Blitz aus heiterem Himmel ein.

»Morsezeichen? Wo denn?«, stieß Alistair aufgeregt hervor.

»Na, diese Reihe von Gräsern am Ufer«, sagte Harriet und deutete mit dem Finger darauf. »Die Halme haben nur zwei verschiedene Längen, die einen sind kurz, die anderen lang . . .«

»Allmächtiger, du hast recht!« Byron war wie elektrisiert. »Das Morsealphabet besteht nur aus zwei Zeichen, einem kurzen und einem langen! Das kann kein Zufall sein! Mortimers Code besteht aus Morsezeichen!«

»Morsezeichen! Ich werde verrückt! Das ist des Rätsels Lösung!«

Horatio lachte befreit. »Mein Gott, dafür könnte ich dich umarmen und küssen, Harriet!«

»Danke für das Angebot«, erwiderte Harriet. »Aber du wirst es mir hoffentlich nachsehen, dass ich das lieber einem anderen überlasse.« Eine leichte Röte überzog ihre Wangen.

»Und wir wissen auch, wem«, sagte Alistair mit gutmütigem Spott. Er hatte sich längst damit abgefunden, dass Harriet seinem Charme nicht verfallen war und sich in Byron verliebt hatte. »Aber zur Sache, Freunde! Wir müssen uns eine Tabelle mit dem Morsealphabet beschaffen. Am besten fahren wir zum Telegrafenamt. Da wird es bestimmt eine geben, die wir abschreiben können.«

»Das können wir uns sparen«, sagte Horatio. »Das Morsealphabet bekomme ich noch zusammen. Wir haben es im Gefängnis benutzt, um uns mit unseren Zellennachbarn zu verständigen.«

»Dann nichts wie an die Arbeit, Horatio!«, forderte Byron ihn auf und schob ihm Stift und Notizbuch zu.

Ohne allzu oft nachdenken zu müssen, schrieb Horatio das Morsealphabet in das Buch. »So, das hätten wir!«

Morsezeichen

A = ·−	Ö = −−−·	1 = ·−−−−
Ä = ·−·−	P = ·−−·	2 = ··−−−
B = −···	Q = −−·−	3 = ···−−
C = −·−·	R = ·−·	4 = ····−
D = −··	S = ···	5 = ·····
E = ·	T = −	6 = −····
F = ··−·	U = ··−	7 = −−···
G = −−·	Ü = ··−−	8 = −−−··
H = ····	V = ···−	9 = −−−−·
I = ··	W = ·−−	0 = −−−−−
J = ·−−−	X = −··−	
K = −·−	Y = −·−−	
L = ·−··	Z = −−··	
M = −−	CH = −−−−	
N = −·		
O = −−−		

Sofort begannen sie, den Text zu entschlüsseln. Harriet übernahm es, Horatio die einzelnen Morsezeichen aus der Zeichnung vorzulesen, während dieser den entsprechenden Buchstaben notierte. »Lang, lang, kurz . . . kurz, lang, kurz . . . lang, lang, lang . . . lang . . . lang . . . kurz.«

»Damit hätten wir schon mal das Wort ›Grotte‹«, teilte Horatio ihnen mit. »Weiter, Harriet!«

Wenige Minuten später lag Mortimers letzte Botschaft und damit die genaue Ortsangabe des Verstecks vor. Sie lautete:

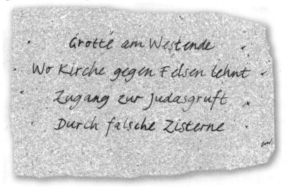

Alistair grinste vor Freude über das ganze Gesicht. »Freunde, wir haben es geschafft! Das Versteck ist gefunden! Jetzt brauchen wir nur noch zuzugreifen, das Judas-Evangelium nach England zu bringen und auf *Pembroke Manor* unser restliches Geld einzukassieren!«

»Aber schön alles der Reihe nach«, sagte Byron, der jedoch nicht weniger begeistert war. »Erst mal müssen wir uns heute Nacht ins Kloster schleichen und die Papyri aus dem Versteck holen.«

»Ich sage Hasan Bescheid, dass er sich bereithalten und wenn möglich für uns eine Leiter besorgen soll«, bot Horatio sich an. »Denn wer weiß, was Mortimer unter einer ›falschen Zisterne‹ verstanden hat. Wann wollen wir los?«

»Um Mitternacht!«, sagten Byron und Harriet wie aus einem Mund.

3

Obwohl nicht eine Wolke am Nachthimmel stand, war die Sicht ausgesprochen schlecht. Wie ein feiner Schleier hing der Sand in der Luft, den der Khamsin aus der Wüste herantrug. Der heiße Wind hatte in den vergangenen Stunden spürbar an Kraft zugenommen, aber zu einem wahrhaften Sandsturm hatte er sich gottlob nicht entwickelt. Der Sand war unangenehm, weil er in Mund und Nase und unter die Kleidung drang.

Aber diese Unannehmlichkeiten wollten sie gern in Kauf nehmen. Zu lange hatten sie dieser Stunde entgegengefiebert, um sich jetzt noch aufhalten zu lassen. Im Hotel hatten sie nach einem frühen Abendessen versucht, einige Stunden zu schlafen. Aber ihre Anspannung hatte dem Schlaf keine Chance gelassen. Mehr als ein gelegentliches Dösen war keinem von ihnen gelungen.

Hasan hatte weder Fragen gestellt, was sie mitten in der Nacht mit einer Leiter im Kloster wollten, noch Einwände dagegen erhoben, diese für sie zu besorgen und sie alle bei dieser schlechten Sicht über den Fluss zu bringen. Das Goldstück, das Byron ihm in die Hand gedrückt hatte, hätte ihn sogar noch zu viel kühneren Unternehmen verlocken können. Er hatte sich zum Schutz vor den Sandwolken ein Tuch vor das Gesicht gebunden und lenkte die Canja mit sicherem Gespür für die Untiefen des Nil zur Anlegestelle am Fuß des Bergeinschnitts.

»Ich hier warten, Efendi!«, versicherte er, als sie an Land gingen und er das Boot am Steg vertäute.

»Es wird aber etwas dauern, vermutlich einige Stunden«, sagte Byron. »Wir müssen ja jetzt zu Fuß hinauf und auch den ganzen Weg wieder zurück.«

»Ich warten, Allah mein Zeuge! Und wenn bis neuer Morgen!«, versprach Hasan, zog am Heck ein Stück altes Segeltuch hervor und rollte sich auf dem flachen Boden seiner Canja darin ein.

Alistair legte sich den Sack mit ihrer bescheidenen Grabungsausrüstung über die Schulter, während Byron sich die Leiter auflud, die Hasan ihnen besorgt hatte. Horatio nahm die Petroleumlampe an sich, deren Brennstoffbehälter sie bis zum Verschluss gefüllt hatten. Sowie sie außer Sicht des Ufers waren, steckte Horatio den Docht in Brand, damit ihnen die Lampe auf dem Weg leuchtete und sie im Dunkel der Nacht nicht über herumliegendes Geröll stolperten.

Bei den treibenden Staubwolken, die manchmal wie Gespenster aus feinstem Sand um sie herumtanzten, wurde der Aufstieg in der Schlucht noch beschwerlicher, als er sonst schon gewesen wäre. Aber sie kannten den Weg, den sie nehmen mussten, und brauchten nicht befürchten, in die Irre zu laufen.

Sie gelangten an die Abzweigung, wo sich der Pfad hinauf zur Anhöhe und zur steinigen Ebene mit der Klosteranlage wand.

Schemenhaft zeichnete sich endlich St. Simeon mit seinen hohen Mauern und den Turmstümpfen vor ihnen in der sandgetränkten Dunkelheit ab. Ihre Schritte wurden nun schneller und schließlich traten sie durch das Tor in der Ostmauer.

»Jetzt heißt es, sich zu orientieren und diese Grotte zu finden, die sich irgendwo im Westen der Anlage bei der Kirchenruine befinden soll«, sagte Alistair. »Obwohl die Bezeichnung ›Grotte‹ wohl schlecht zu einem Kloster mitten in der Wüste passt!«

»Mortimers Ausdrucksweise war in seinen Rätselbotschaften immer reichlich vage«, meinte Byron. »Aber wir werden die Grotte und diese falsche Zisterne schon finden. Am besten bilden wir eine Linie, jeder vom anderen drei, vier Schritte entfernt, damit wir uns noch erkennen können, und gehen das Gelände systematisch ab.«

»Klingt vernünftig«, sagte Horatio.

Langsam schritten sie in einer auseinandergezogenen Linie das Trümmerfeld hinter der Ruine der koptischen Kirche ab. Dabei mussten sie immer wieder über aufragende Reste von Grundmauern steigen und Öffnungen von einstigen Kellerräumen umgehen.

Sie hatten schon die obere Ebene der Anlage erreicht, als Harriet, die rechts außen ging, etwas bemerkte. »Hier steht noch ein Teil eines Rundgewölbes mit einem Eckstück Mauer!«, rief sie ihnen aufgeregt zu. »Und da ist auch eine quadratische Öffnung im Boden! Das muss die Zisterne sein!«

Sofort liefen sie zu ihr hinüber. Das Licht der Petroleumlampe fiel in einen quadratischen Schacht aus Granit, dessen Seitenlänge etwa sechs, sieben Ellen betrug und der etwa drei bis vier Ellen tief war. Flugsand bedeckte den Boden.

»Und wo soll sich da ein Zugang zur sogenannten Judas-Gruft befinden?«, rätselte Alistair. »Das sieht mir nicht nach einer falschen, sondern nach einer echten alten Zisterne aus!«

»Schauen wir sie uns doch mal näher an«, sagte Byron und ließ die primitive Holzleiter hinunter. Ihr Ende reichte zwar nicht ganz bis zu ihnen an den Rand herauf, doch die oberste Sprosse ließ sich gut erreichen, wenn man sich bäuchlings über die Kante schob.

Byron stieg in die Granitkammer hinunter, sofort gefolgt von Alistair, der sich von Horatio die Lampe reichen ließ. Im Licht der Leuchte suchten sie die Wände nach einem Zugang zum Versteck ab. Doch da war nichts.

»Und? Könnt ihr irgendeinen Hinweis auf einen Eingang entdecken?«, fragte Horatio erwartungsvoll von oben.

»Pustekuchen! Ich sehe nichts als glatte, fugenlose Granitwände!«, stellte Alistair enttäuscht fest. »Dass sich in einer der Wände plötzlich irgendwo eine magische Tür öffnet, wenn man nur auf den richtigen Punkt drückt, darauf können wir in diesem Loch ewig warten. Solche wundersamen Sesam-öffne-dichs gibt es nur in Märchen! Also suchen wir lieber oben weiter, Byron!« Und damit wollte er schon wieder die Leiter nach oben klettern.

»Warte! Nicht so eilig!«, hielt Byron ihn zurück, der den Sand, der fingerdick auf dem Grund lag, mit seinem Stiefel zur Seite gescharrt hatte. »Komm mal mit der Lampe her!«

»Was soll denn da schon sein?«, fragte Alistair, stieg jedoch wieder von der Leiter und bückte sich zu ihm hinunter.

Byron hatte sich indessen hingekniet und den Sand mit den Händen zur Seite gewischt. Darunter kam ein Muster von großen

Steinplatten zum Vorschein, in deren Oberfläche Granitstreifen von doppelter Fingerbreite eingelegt waren und ein symmetrisches Muster bildeten.

»Sieh dir das mal an!« Byron deutete auf eine der Eckplatten.

»Ich sehe nichts!«

»Sieh dir doch mal das Muster in den Platten an!«

»Eine Verzierung eben«, sagte Alistair achselzuckend. »Die noch nicht mal besonders kunstvoll ist. Zudem sind diese rechteckigen Streifen aus demselben Granit wie der Rest der Platten. Überhaupt kein Kontrast.«

»Vielleicht ist das ja beabsichtigt, dass sich diese eingefügten Streifen kaum vom Rest der Platten abheben!«, erwiderte Byron. »Was hat so ein Muster auf dem Grund einer Zisterne zu suchen? Ich glaube, da steckt Absicht dahinter. Stell mal die Lampe ganz nahe an die Eckplatte heran. Und du wirf dein Taschenmesser herunter, Horatio! Wenn mich nicht alles täuscht, sind zwei von diesen Steinstreifen nicht ganz so fugenlos eingesetzt wie all die anderen.«

Statt ihm sein Taschenmesser zuzuwerfen, kletterte Horatio zu ihnen herunter und stellte sich in die andere Ecke. Auch Harriet hielt es nun nicht länger oben, sie blieb aber auf einer der unteren Sprossen stehen, weil sie sich sonst gegenseitig im Weg gestanden hätten.

Byron nahm von Horatio das Taschenmesser entgegen, klappte die kleinste und dünnste Klinge heraus und setzte die Messerspitze in die Fuge von einem der Steinriegel. Vorsichtig übte er Hebeldruck aus. Er glaubte schon, die Messerspitze müsse gleich abbrechen, als sich der Steinstreifen tatsächlich bewegte und sich hob. Byron griff mit der anderen Hand zu und zog ihn aus seiner Granitumfassung.

Darunter kam jedoch kein Granitbett zum Vorschein, sondern eine durchgehende Öffnung, durch die vier Finger einer Hand bequem hindurchfassen und die Platte packen konnten.

»Nicht zu glauben!«, stieß Alistair hervor, während Byron schon das Taschenmesser an den Riegel auf der gegenüberliegenden Seite ansetzte und diesen ebenfalls heraushebelte. »Das sind Grifföffnungen! Die Eckplatte lässt sich heraushebeln!«

»So ist es!«, sagte Byron und lachte. »Das hier ist der Zugang zum Judas-Versteck, Freunde!«

Byron und Alistair hoben die Platte gemeinsam an und setzten sie an der Seite in den Sand. Das quadratische Loch war breit genug, damit ein normal gebauter Mann problemlos nach unten steigen konnte.

Alistair hielt die Lampe in die Öffnung. Ihr Licht fiel auf eine Wand, aus der eingesetzte Steine im Abstand von einer halben Armlänge hervorragten.

»Da sind Trittstufen!«, rief er aufgeregt. »Das Seil brauchen wir nicht. Aber bringt für alle Fälle unsere Ausrüstung mit. Da unten scheint es viel Sand zu geben. Vielleicht müssen wir uns den Weg freibuddeln.«

»Und wie tief geht es hinunter?«, wollte Harriet wissen und zog den Sack zu sich heran.

»Höchstens drei, vier Ellen! Wir werden da unten vermutlich gerade mal aufrecht stehen können!«, antwortete Alistair und kletterte auch schon hinunter.

Byron, Horatio und Harriet folgten ihm. Dabei ließ Harriet den Sack einfach zu ihnen hinunterplumpsen.

Der Raum unter dem Boden der falschen Zisterne war noch etwas größer als die quadratische Fläche über ihnen. Wände aus Schlammziegeln umgaben sie. An vielen Stellen waren schon Steine herausgebrochen oder befanden sich in einem brüchigen Zustand.

Ein rund gewölbter, gemauerter Gang führte von dem Vorraum ab. Sie mussten die Köpfe einziehen, um nicht an der Decke anzustoßen. Nach vier, fünf Schritten bog er mit einem rechtwinkligen Knick nach links ab und endete nach zwei weiteren Schritten vor einer Tür.

Ihr Holz war so dunkel, dass die dicken Bohlen, aus denen sie einst gezimmert worden waren, wie Eisen aussahen. Sie mussten aus Eiche oder Ebenholz bestehen und waren mit dicken, breitköpfigen Eisennägeln beschlagen, die in der trockenen Wüstenluft dem Rostfraß bestens widerstanden hatten. Ein Vierkantholz von doppelter Fauststärke lag quer vor der Tür, seine Enden ruhten rechts und links in passgenauen, handlangen Vertiefungen des Mauerwerks.

»Ich denke, den Sack mit Alistairs ehrgeiziger Grabungsausrüstung können wir hier getrost zurücklassen«, sagte Harriet und lehnte den Sack gegen die Wand.

»Auch hier unten sieht es weniger nach frommem Kloster als nach Festung aus«, murmelte Horatio beim Anblick der Tür. »Möchte bloß wissen, welchem Zweck das alles gedient hat!«

»Vielleicht werden wir das wissen, wenn wir sehen, was hinter der Tür liegt«, sagte Byron, hob den Balken aus seinen Halterungen und lehnte ihn gegen die Wand. Dann packte er die Tür am Eisengriff. Sie ließ sich schwer bewegen und er musste schon kräftig drücken, um sie endlich aufzustoßen.

Alistair drängte sofort mit der Petroleumlampe nach und stieß einen Laut der Überraschung aus, als ihr Licht das Gewölbe vor ihnen aus tiefster Finsternis riss.

»Das ist ja tatsächlich eine Gruft!«

»Heilige Muttergottes!«, kam es auch sogleich von Harriet. »Das muss die Gebeinekammer der Mönche gewesen sein!«

»Kammer ist ja wohl reichlich untertrieben«, sagte Horatio. »Das ist ein Gewölbe von anständigen Ausmaßen! Hier hätten noch die Gebeine von Hunderten weiterer Mönche Platz gehabt!«

Der Raum hinter der Tür öffnete sich wie ein Flaschenhals zu einem beeindruckenden Gewölbe. An seiner breitesten Stelle maß es gute fünfzehn Schritte von Wand zu Wand. Und seine Länge schätzten sie auf das doppelte Maß. An seinem hinteren Ende verengte sich das Gewölbe und lief in einer schmalen Nische aus. Dort türmten sich Felsgestein und Sand auf. Rechteckige Säulen aus Schlammziegeln stützten die Decke, unter der an mehreren Stellen aus statischen Gründen Granitstreben eingezogen waren.

In jedem Halbrund der Gruft befanden sich tiefe Nischen. Die unteren waren von länglicher, rechteckiger Form, die darüberliegenden als Rundbogen gemauert. Nur etwa die Hälfte war mit bleichem Totengebein gefüllt. Dabei lagen die Schädel in den oberen Nischen mit den Rundbögen, während alle anderen Knochen unten in den rechteckigen Kammern aufeinandergeschichtet waren. An den Seiten ragten auf jeder Seite zwei steinerne Kerzenhalter aus der Wand und zwei Steinringe, die vermutlich für Pechfackeln gedacht waren. Sand und Bruchstücke von Ziegeln aus dem uralten Mauerwerk bedeckten den Boden.

Alistairs Blick ging zu einigen der schon bedenklich schadhaften Stützsäulen und dann hinauf zur Decke, wo nachdrückendes Gestein und Erdreich große Risse und Auswölbungen verursacht hatten.

»Kein sehr vertrauenerweckender Ort! Hier ist schon lange nicht mehr renoviert worden«, murmelte er spöttisch. »Und dann überall die unerfreulichen Hinweise auf die Vergänglichkeit des Menschen! Wir sollten die Papyri holen und dann so schnell wie möglich wieder von hier verschwinden! Wäre auch schade, wenn diese unterirdische Bruchbude auch für uns zum Grab würde!«

»Da drüben!«, rief Horatio, als sie mit der Lampe die Wände ausleuchteten und der Lichtschein auf eine Nische fiel, in welcher erst zwei Reihen von Totenschädeln aufgeschichtet waren. »Unter den Totenköpfen steht in der Mitte ein Holzkasten!«

Jetzt sahen es die anderen auch. Sofort liefen sie zu der Nische hinüber und stellten die Petroleumlampe auf einen der steinernen Kerzenhalter.

Byron zog die einfache Holzschatulle, die ungefähr die Größe von zwei Zigarrenkisten hatte, unter den Schädeln hervor. Er öffnete den Deckel. Und da lag sie, die Schrift des Judas! Ein Stoß brauner, rissiger Blätter, die mit aramäischen Schriftzeichen in schwarzer Tinte bedeckt waren. Sie befanden sich in einem schlechten Zustand, wie die Löcher in den Papyri und die Stücke bewiesen, die an manchen Kanten herausgebröselt waren. Was bei dem Alter, sofern es sich tatsächlich auf das erste Jahrhundert datieren ließ, nicht verwunderlich war.

»Ich kann es noch gar nicht glauben, dass wir diese Judas-Papyri wirklich gefunden haben!«, sagte Byron fast feierlich. »Und dass ich diese Schriftstücke, die womöglich aus der Zeit kurz nach Jesu Kreuzigung stammen, hier in meinen Händen halte! Unglaublich! Das kommt mir wie ein Traum vor!«

»Sei unbesorgt, du träumst nicht, alter Knabe!« Freundschaftlich schlug Alistair ihm auf die Schulter. »Ich denke, das haben wir vier sauber hingekriegt. Jetzt muss der Gichtknochen Pembroke mit dem Rest der Kohle herausrücken!«

»Wird mir ein Vergnügen sein!«, sagte da die Stimme von Arthur Pembroke in ihrem Rücken.

4

Ein unverhoffter Peitschenhieb hätte sie nicht stärker zusammenzucken lassen können als die Stimme von Lord Pembroke hier unten in der Mönchsgruft. Ungläubig fuhren sie herum. Und da stand er in einem weiten Staubmantel zwischen den ersten beiden Säulen vor der Tür. Und hinter ihm tauchte die lange, asketische Gestalt von Trevor Seymour auf.

»Respekt und Kompliment, Gentlemen«, sagte Pembroke in trügerischem Plauderton. »Und dir natürlich auch, meine liebe Harriet. Da haben Sie wirklich hervorragende Arbeit geleistet! Und leicht scheint es Ihnen Mortimer wahrlich nicht gemacht zu haben. Das Abenteuer in den Karpaten bei diesem Grafen muss ja arg brenzlig gewesen sein!«

»Was machen Sie hier?«, fragte Byron verstört. »Und woher wissen Sie das mit den Karpaten?«

Scheinbar überrascht zog Pembroke die Augenbrauen hoch.

»Haben Sie wirklich gedacht, ich lasse Sie einfach unbeaufsichtigt nach dem Judas-Evangelium suchen? Ich mag ja einiges gegen den einen und anderen von Ihnen in der Hand haben. Aber das wiegt leider nicht schwer, wenn einer von Ihnen es vorgezogen hätte, diese kostbaren Papyri auf eigene Faust für ein Vermögen zu verkaufen und englischen Boden in Zukunft zu meiden. Nein, dieses Risiko erschien mir in Anbetracht der enormen Bedeutung, die das Judas-Evangelium für mich hat, doch etwas zu groß.«

»Was heißt hier unterrichtet?«, stieß Alistair verständnislos hervor. »Wer soll Sie denn unterrichtet haben und wie?«

»Janus, meine Augen und Ohren in Ihrer netten Gruppe, hat mich regelmäßig per Kabel über Ihre Fortschritte informiert«, teilte Pembroke ihnen genüsslich mit. »Das war doch ein wirklich passender Deckname, der mir da für dich eingefallen ist, nicht wahr, Harriet?«

Harriet war so bleich geworden wie das Gebein um sie herum. »Du hast mich dazu gezwungen, du Scheusal!«, stieß sie erstickt hervor, als würgte sie an ihrer Scham, die sie zu überwältigen drohte. »Ich habe es nicht getan, weil es mir Spaß gemacht hat, sondern weil du mich dazu erpresst hast! Und du hast mir versprochen, dich heute nur im Hintergrund zu halten und dich erst morgen im Hotel zu zeigen, damit ich Zeit habe, es Byron und den anderen zu beichten!«

Pembroke lächelte kühl. »Was gelten schon Versprechen gegenüber einem Bastard!«, erwiderte er abfällig. »Und komm mir nicht damit, dass du meine Nichte bist und mehr Rücksicht verdient hättest! Hätte meine Schwester nicht Schande über sich und unseren Familiennamen gebracht, könntest du jetzt mit Fug und Recht an meine Onkelpflichten appellieren. Aber deine Mutter hat es ja vorgezogen, mit diesem Blender von Artisten durchzubrennen und sich von ihm schwängern zu lassen, bevor er ihr noch einen Ring an den Finger stecken konnte. Sei froh, dass ich dich bei mir großmütig aufgenommen habe, als deine Eltern damals bei dem Theaterbrand in Sheffield ums Leben gekommen sind und du heulend allein dastandest!«

Fassungslos sahen Byron, Horatio und Alistair sie an.

»Du bist seine Nichte? Und du hast uns die ganze Zeit hintergangen und ihm heimlich Telegramme geschickt?«, rief Alistair.

Byron sagte in seiner Erschütterung kein Wort. Er ahnte zwar, dass Pembroke sie genauso schändlich erpresst und als Werkzeug benutzt hatte wie jeden anderen von ihnen. Aber der Schock darüber, dass sie alle wichtigen Informationen hinter ihrem Rücken an ihn gekabelt hatte, war in diesem Moment größer als jedes Verständnis.

Harriet sah ihn verzweifelt an. »Ich wollte es nicht, Byron! Aber er hat mir keine andere Wahl gelassen!«, stieß sie hervor. »Ich habe ihm damals, als ich Henry, der sein Bruder und mein Onkel war, auf der Pirsch erschossen habe und kurz danach aus *Pembroke Manor* weggelaufen bin, einen Brief hinterlassen. Und darin habe ich ihm geschrieben, dass ich es mir nie verzeihen würde, Henry ermordet zu haben. Mit diesem Brief hat er mir gedroht! Er wollte ihn der Polizei übergeben! Was konnte ich denn da tun?« Tränen begannen, ihr über das Gesicht zu laufen.

»Du . . . du hättest mir alles erzählen können.« Nur mühsam brachte Byron die Worte über die Lippen.

»Das wollte ich doch auch, noch heute Nacht!«, beteuerte sie.

Horatio schüttelte den Kopf. »Dass du selbst eine Pembroke bist, ist ja wirklich starker Tobak!«, sagte er trocken. »Und das mit den Telegrammen . . .« Er zuckte mit den Achseln. »Wenn jemand einem die Daumenschrauben ansetzt, wer wird denn da standhaft bleiben? In dieser Runde sehe ich jedenfalls keinen, mich eingeschlossen. Und was macht es auch für einen Unterschied, ob er die Papyri schon jetzt oder erst nach unserer Rückkehr bekommt?« Und zu Harriet sagte er beruhigend: »Nimm es dir nicht so zu Herzen, wir kommen schon darüber hinweg.«

»Das stimmt«, brummte Alistair widerstrebend. »Aber eine böse Überraschung ist das Ganze schon!«

Trevor Seymour stand seitlich von Pembroke und folgte dem Geschehen stumm und mit ausdrucksloser Miene. Ganz der dienstbeflissene Diener seines Herrn, machte er nur den Mund auf, wenn er von ihm angesprochen wurde.

»Das ist ja alles recht rührend und ich sehe, man versteht sich mittlerweile besser als bei unserem ersten Zusammensein«, ergriff Lord Pembroke nun wieder das Wort. »Aber genug der Plauderei! Kommen wir nun zum Geschäft, Gentlemen! Die Papyri, Mister Bourke!« Fordernd streckte er seine Hand aus.

»So war es nicht ausgemacht!«, protestierte Byron.

»Ach so, die beiden anderen Gentlemen möchten wohl erst ihr Geld und Harriet ihren kompromittierenden Brief? Gut, das lässt sich machen. Ich bin darauf vorbereitet!« Damit fuhr seine linke Hand in die Manteltasche und zog zwei Schecks und einen Briefumschlag hervor. Er warf sie verächtlich vor sich in den Sand.

Schnell sprang Alistair vor und hob die Bankschecks und den Brief auf. Er warf einen raschen Blick auf die ausgestellte Summe. »4000 Pfund!«, sagte er zufrieden. »Scheint alles seine Richtigkeit zu haben.« Und damit reichte er einen der Schecks an Horatio weiter und händigte Harriet ihren Brief aus.

»Wenn ich nun bitten darf!« Erneut streckte Pembroke die Hand aus.

Mit grimmiger Miene ging Byron zu ihm und gab ihm die Holzschatulle mit der Judas-Schrift. »Ich verstehe nur nicht ...«, begann er.

»Sie verstehen vieles nicht! Aber das kommt noch!«, fiel Pembroke ihm ins Wort, klemmte sich die Schatulle unter den linken Arm und fuhr mit der rechten Hand unter seinen Umhang. Als sie im nächsten Moment wieder hervorkam, lag ein kurzläufiger Revolver in seiner Hand. »Und nun zurück zu den anderen!«

Erschrocken wich Byron vor der auf ihn gerichteten Waffe zurück. »Was soll das? Sind Sie verrückt geworden! Stecken Sie die Waffe weg! Sie haben doch, was Sie wollten!«

»Mister Bourke, wenn Sie nicht sofort tun, was ich gesagt habe, zwingen Sie mich, Ihnen eine Kugel zwischen die Rippen zu jagen!«, antwortete Lord Pembroke.

Byron beeilte sich, zurück zu Harriet, Alistair und Horatio zu kommen, die bei der Nische mit den Schädeln standen.

»Was soll das?«, fragte nun auch Harriet. »Wir sind quitt. Also nimm deine verfluchten Papyri und verschwinde. Du kannst sicher sein, dass wir dir nie wieder unter die Augen treten werden!« Damit spuckte sie in seine Richtung in den Sand.

»In der Tat, das werdet ihr nicht!«, erwiderte Pembroke mit einem bösartigen Lächeln. »Denn ich werde dafür Sorge tragen, dass ihr dieses eindrucksvolle Gewölbe hier noch eine Zeit lang genießen könnt. Sofern ihr den Aufenthalt überhaupt genießen könnt. Es heißt ja, dass man schneller verdurstet als verhungert. Ob sich das bei völliger Finsternis beschleunigt oder verlangsamt, mit dieser Auskunft kann ich leider nicht dienen.«

»Der Mistkerl will uns hier einsperren!«, stieß Alistair hervor, im ersten Augenblick mehr empört als erschrocken.

»Sie haben eine schnelle Auffassungsgabe, Mister McLean«, sagte Pembroke mit beißendem Hohn. »Wie schade, dass Sie diese an ein Leben als haltloser Spieler vergeudet haben!«

»Warum tust du das, Arthur? Was bringt es dir, wenn du uns hier sterben lässt? Bitte, lass uns gehen!«, beschwor Harriet ihn.

»Ich denke nicht daran, liebe Harriet!«, erwiderte Pembroke. »Den Ruhm, den mir diese Papyri einbringen werden, lasse ich nicht dadurch beflecken, dass einer von euch später auf die Idee kommt, den Großteil des Erfolges für sich zu reklamieren. Und auf heilige Ehrenworte, dass ihr für immer darüber Stillschweigen bewahren werdet, möchte ich mich besser nicht verlassen. Es mag dir grausam vorkommen, dass ich dich und deine Gefährten hier zurücklasse, aber große Dinge erfordern nun mal große Opfer!«

In dem Moment brach Trevor Seymour sein Schweigen. »Sie werden Miss Harriet und die Gentlemen nicht hier einsperren und elend zu Tode kommen lassen, Mylord!« Seine Stimme war beherrscht, aber von energischer Entschlossenheit. »Und jetzt lassen Sie den Revolver fallen, wenn Sie nicht wollen, dass ich Ihnen in den Rücken schieße! Es drängt mich wahrlich nicht danach, aber ich werde keine Sekunde zögern, es zu tun, falls Sie nicht von Ihrem verbrecherischen Vorhaben Abstand nehmen und die Waffe fallen lassen!«

Weder Byron noch die anderen hatten auf den Butler geachtet. Umso größer war jetzt ihre Überraschung und Erleichterung, als sie in der Hand von Trevor Seymour eine kleine, zweiläufige Pistole sahen. Sie war schräg von hinten auf den Rücken seiner Lordschaft gerichtet.

»Dem Himmel sei Dank!«, stieß Horatio hervor. »Auf *Pembroke Manor* gibt es wenigstens noch einen Mann mit Charakter und Gewissen!«

Pembroke bewegte sich nicht, ließ aber auch nicht den Revolver fallen. »Das würden Sie tatsächlich tun, Trevor?«, fragte er. »Nach all den Jahren in meinen Diensten?«

»Ich stand in den Diensten der Lordschaft, Sir«, erwiderte der Butler kühl. »Und das waren lange Jahre Ihr Bruder Henry und dann Mortimer. Sie tragen den Titel erst sehr kurze Zeit, Sir. Ich hatte bis jetzt gehofft, dass Sie sich an das Versprechen, das Sie Miss Harriet gegeben haben, halten würden, wie man es von einem Ehrenmann erwarten darf. Aber meine schlimmsten Befürchtungen haben sich leider bestätigt. Deshalb werde ich nicht zögern zu schießen, wenn Sie mich dazu zwingen. Also lassen Sie uns unnötiges Blutvergießen und Unannehmlichkeiten mit den Behörden vermeiden, indem Sie Ihre Waffe jetzt bitte fallen lassen und sich mit den Papyri entfernen.«

»Höflich bis zuletzt!«, höhnte Pembroke. »Aber ich bedaure, dass ich Ihrer so reizenden Bitte nicht nachkommen werde, Trevor. Und nun stecken Sie Ihren lächerlichen Derringer wieder weg. Das Ding taugt höchstens als Spielzeug und zum Erschießen von Kaninchen im Stall!«

»Nicht aus nächster Nähe!«, drohte der Butler.

»Na, dann drücken Sie doch ab!«, forderte ihn Pembroke ungerührt auf. »Dann werden Sie ja sehen, wie nutzlos Ihre kleine Waffe ist! Patronen ohne Pulver in den Hülsen haben nun mal die Angewohnheit, nicht zu zünden. Ich weiß, Sie haben geglaubt, die Waffe ohne mein Wissen mitgebracht zu haben. Aber ich überlasse nichts dem Zufall, Trevor!«

Der Butler erblasste. Er zögerte einen winzigen Moment, dann drückte er ab. Doch zu seinem Entsetzen und dem der anderen löste sich kein Schuss aus seiner Waffe. Es gab nur ein metallisches Klicken, als der Zündhammer gegen den Boden der pulverlosen Patrone stieß.

Augenblicklich wirbelte Pembroke zu ihm herum, riss in der Drehung seinen Revolver hoch und schlug ihm die Waffe an den Kopf. Mit einem Aufschrei taumelte Trevor Seymour gegen die Gewölbewand und stürzte dann mit einer blutenden Platzwunde auf der Stirn zu Boden.

»Sie haben sich wohl für besonders schlau gehalten, Trevor. Aber ich bin Ihnen und Ihrem Abbot, mit dem Sie nachts immer telefoniert haben, schon längst auf die Spur gekommen!«, höhnte Pembroke und richtete den Revolver sogleich wieder auf Byron und seine Gefährten. »Was immer das für eine obskure *Bruderschaft der Wächter* ist, der Sie beide angehören, Ihre Wache findet hier ihr verdientes Ende.«

»Sie werden uns hier nicht elendig umkommen lassen!«, schrie Alistair und stürzte in einem Akt tollkühner Verzweiflung auf ihn zu, um ihm in den Waffenarm zu fallen.

Pembroke zielte sofort auf ihn und drückte ab.

Die Kugel traf Alistair unterhalb des rechten Rippenbogens. Der Einschlag des Geschosses stoppte jäh seinen Lauf, riss ihn zur Seite und ließ ihn gegen eine der Säulen taumeln. Mit einem ungläubigen Ausdruck auf dem Gesicht stürzte er in den Sand und Ziegelschutt.

Entsetzt schrien Harriet, Byron und Horatio auf.

»So ein Einfaltspinsel!«, sagte Pembroke und zog sich zur Tür zurück. »Aber dafür hat er es nun schneller hinter sich. Und jetzt runter auf den Boden! Alle! Auf den Bauch, wenn ich bitten darf! Und stellen Sie mich nicht noch einmal auf die Probe! In der Trommel sind genug Patronen für Sie alle!«

Mit einem lästerlichen Fluch kniete sich Horatio hin und streckte sich auf dem Boden aus. Harriet und Byron folgten seinem Beispiel mit ohnmächtigem Hass.

»Ach, da ist noch etwas, das ich fast zu erwähnen vergaß, Harriet«, drang Pembrokes Stimme zu ihnen aus dem Gang vor der Tür. Zugleich war ein schabendes Geräusch von Holz auf Sand zu vernehmen. »Deine Selbstvorwürfe waren unbegründet. Du hast Henry weder bewusst noch unbewusst erschossen. Ich muss es wissen, denn ich habe neben dir am Baumstamm gesessen. Als Henry sich zu dir hinunterbeugen und dich wecken wollte, fand ich die Gelegenheit zum Abdrücken deines Gewehrs einfach zu unwiderstehlich. Ich denke, damit habe ich damals nicht nur mir, sondern auch dir einen Gefallen getan!« Und mit diesen Worten packte er den Eisengriff und zerrte die Tür zu.

Byron und Horatio sprangen augenblicklich auf und stürzten zur Tür, um zu verhindern, dass Pembroke Zeit genug blieb, den Balken vorzulegen. Aber sie kamen zu spät. Denn da fiel der Balken auf der anderen Seite schon in die Halterungen und machte es unmöglich, die Tür auch nur einen Spalt weit aufzureißen.

»Dieser elende Verbrecher, verflucht in alle Ewigkeit soll er sein!«, schrie Horatio und zerrte sinnlos am Türgriff.

Byron eilte zu Alistair, der blutend und stöhnend im Dreck lag. Harriet kniete schon bei ihm.

»Ist es schlimm?«, fragte er leise.

»Schlimm genug«, murmelte Harriet und deutete auf die Hand, die Alistair auf die Wunde presste. Blut sickerte zwischen den Fingern hervor.

»Mein Gott, warum hast du das getan?«, stieß Byron verzweifelt hervor.

Mit schmerzverzerrtem Gesicht blickte Alistair zu ihm auf. »Spielernatur!«, keuchte er und versuchte ein Grinsen, das jedoch sehr gequält ausfiel. »Aber manchmal hat . . . man eben Pech . . . und das, was man für einen . . . Bluff hält, ist doch kein Bluff.« Stockend kamen ihm die Worte über die Lippen. »Schätze mal . . . das war mein letztes Spiel . . . und der höchste Einsatz, den ich . . . je gesetzt habe!«

»Rede keinen Unsinn!«, widersprach Harriet mit zitternder Stimme. »So ein zähes Unkraut wie du kommt nicht so schnell um!« Und zu Byron sagte sie: »Wir müssen die Wunde schnell verbinden, bevor er zu viel Blut verliert!«

»Was bringt es, Harriet?«, sagte Alistair unter Stöhnen. »Wir kommen hier nicht mehr raus. Wird für mich ein . . . ein schneller Abgang . . . Ich wette, ihr werdet mich . . . darum beneiden!«

»Sei still und spar deine Kräfte!«, herrschte Byron ihn an. Ihm schnürte es die Brust zu, Alistair so vor sich liegen zu sehen und nichts tun zu können, um ihn zu retten. Jeder von ihnen wusste, dass es aus der Mönchsgruft kein Entkommen für sie gab. »Lass ihn uns zu dem Sandberg dorthinten vor der Nische tragen. Da liegt er besser.«

Während Byron ihren Freund unter den Armen packte, hob Horatio Alistairs Beine an. Gemeinsam trugen sie ihn zu der Nische und lehnten ihn an den Sandhaufen. Dann schnitten sie ihm das Hemd auf. Harriet zerrte sich ihren Unterrock vom Leib und zerschnitt ihn mit Horatios Taschenmesser in drei lange Streifen. Damit verband sie provisorisch Alistairs Wunde. Anschließend kümmerten sie sich um Trevor Seymour, der noch immer benommen von Pembrokes Revolverhieb mit blutender Platzwunde vor der Wand lag.

Dann gab es nichts mehr zu tun, als darauf zu warten, dass der Petroleumvorrat verbrannt war, die Flamme erlosch und sie in der Dunkelheit langsam dem Tod entgegendämmerten.

5

Sandwolken umwirbelten den Rundbogen mit der falschen Zisterne, als Pembroke aus der Öffnung kletterte. Der Rückweg zu seinem Ruderboot würde noch beschwerlicher werden als der

Marsch hinauf zur Klosteranlage. Und nun würde ihm nicht das Licht der Petroleumlampe den Weg weisen, mit dem Harriet und ihre drei Tölpel ihm den Hinweg leicht gemacht hatten. Zu dumm, dass er sie nicht mitgenommen hatte. Aber das war jetzt nicht mehr zu ändern und nur eine lästige Gedankenlosigkeit, die seinen Triumph nicht im Geringsten zu beeinträchtigen vermochte. Er hatte das Judas-Evangelium und das würde ihn in aller Welt berühmt machen!

Er wuchtete die Platte wieder über die Öffnung, versenkte die beiden Steinriegel und scharrte ordentlich Sand über die Platte. Dann klemmte er sich die Holzschatulle unter den Arm und kletterte die Leiter hinauf. Es wurmte ihn ein wenig, dass er sich mit der Leiter abschleppen musste. Aber zurücklassen konnte er sie auf keinen Fall. Er würde sie draußen vor der Mauer in den Sand werfen.

Gerade hatte er die Leiter hochgezogen, als er ein knirschendes Geräusch vernahm. Alarmiert fuhr er herum, sah einen Mann hinter einem Mauerrest hervorspringen – und starrte im nächsten Moment in die Mündung eines Revolvers, bevor er noch dazu kam, seine Waffe zu ziehen.

»Rühren Sie sich nicht von der Stelle, Lord Pembroke!«, befahl der Fremde. »Und lassen Sie Ihre Hände schön vor dem Mantel. Ich weiß, dass Sie bewaffnet sind. Aber so schnell werden Sie nicht sein, um meiner Kugel zu entkommen!«

»Wer . . . wer sind Sie?«, stieß Pembroke verstört hervor und presste den Holzkasten vor die Brust.

»Graham Baynard, aber Sie werden mit dem Namen nichts anfangen können«, antwortete der Perfectus. »Und jetzt legen Sie die Schatulle mit dem Judas-Evangelium ganz langsam auf den Boden. Wenn Sie tun, was ich Ihnen sage, lasse ich Sie vielleicht am Leben.«

Pembroke konnte nicht glauben, dass er, der Verfolger von Harriet und seiner drei anderen Handlanger, selbst von diesem Fremden verfolgt worden war. Fieberhaft überlegte er, wie er der drohenden Katastrophe entkommen konnte.

»Auf den Boden mit der Schatulle!«, herrschte ihn Baynard erneut an und spannte den Hahn.

»Hören Sie, wir können über alles reden und bestimmt zu irgendeiner Verständigung kommen, mit der wir beide leben können, Mister Baynard!«, stieß Pembroke hervor, um Zeit zu gewinnen, bückte sich jedoch schon, um dem Befehl des Fremden Folge zu leisten.

Baynard lachte auf. »Vielleicht so einen tödlichen Handel, wie Sie ihn den Leuten da unten aufgezwungen haben?«

In diesem Moment fegte der Khamsin eine besonders dichte Sandwolke heran und umnebelte sie. Augenblicklich nutzte Pembroke diese Chance. Er sprang mit der Schatulle in der Linken zur Seite, riss mit der Rechten seinen Revolver aus dem Gürtel und feuerte in die Richtung, in der Baynard stand.

Dieser drückte fast im selben Augenblick ab. Doch beide Kugeln verfehlten ihr Ziel.

Im Schutz des wirbelnden Sandes rannte Pembroke hinter die Mauer. Baynards zweite Kugel traf einen Eckstein, von dem sie abprallte. Ein scharfkantiger Steinsplitter traf Pembroke am rechten Ohr und schlitzte es auf. Er merkte es kaum. Ein grimmiger Jubel erfüllte ihn, das Blatt noch im letzten Moment gewendet zu haben. Nun standen die Chancen, doch noch mit dem Leben *und* den Judas-Papyri davonzukommen, schon erheblich besser. Und er würde sie zu nutzen wissen. Dieser Hund Baynard würde ihn nicht ein zweites Mal übertölpeln. Im Gegenteil, er würde derjenige sein, der hier in den Ruinen sein Leben lassen würde!

Baynard verfluchte den Khamsin und sich selbst, weil er Lord Pembroke nicht einfach wortlos niedergeschossen hatte, als dieser aus der Zisterne geklettert war. Eine unverzeihliche Schwäche und ein unfreiwilliger Tribut an den Demiurgen. Aber dieser Fehler würde ihm nie wieder unterlaufen. Jetzt würde es darauf ankommen, wer von ihnen die besseren Nerven bewies und wem es zuerst gelang, sich in den Rücken des anderen zu schleichen.

Pembroke hatte denselben Gedanken. Kaum wehte der Khamsin

wieder eine Sandwolke heran, als er auch schon geduckt hinter dem Mauerrest hervorsprang und im Zickzack auf die Kirchenruine zurannte.

Baynard sah die schemenhafte Gestalt durch die Staubschleier hindurch und feuerte einen dritten Schuss auf sie ab. Er sah, wie Pembroke wankte. Er musste ihn getroffen haben! Doch dann lief dieser auch schon wieder weiter und verschwand im nächsten Moment hinter einem brusthohen Mauerstück.

Gut, der Mann war nun verletzt und damit angeschlagen. Das würde seine Handlungsfähigkeit und Schnelligkeit sicherlich beeinträchtigen.

Baynard dachte jedoch nicht daran, die Verfolgung auf direktem Weg aufzunehmen. Damit hätte er nur riskiert, Pembroke geradewegs in die Schusslinie zu laufen. Diesen Gefallen würde er ihm nicht tun. Er konnte warten, bis Pembroke ihm in die Arme lief.

Er bückte sich nach einem Stein und warf ihn mit aller Kraft in die Richtung, wo er Pembroke vermutete, jedoch ein gutes Stück weiter nach links. Dort schlug er vernehmlich zwischen einigen nur kniehohen Mauerresten des Westtores auf.

Pembroke reagierte so, wie er es erhofft hatte. Er jagte zwei schnell aufeinanderfolgende Schüsse in die Richtung, aus der das Geräusch gekommen war.

Währenddessen rannte Baynard zwischen den Ruinen zum Osttor hinunter, das Pembroke jetzt vermutlich eiligst zu erreichen versuchen würde. Zumindest hoffte er es. Es war ein Risiko, aber das musste er eingehen.

Augenblicke später hatte er das Tor erreicht, lief hinaus ins Freie und warf sich wenige Schritte vom Mauerdurchbruch entfernt in den Schutz einer kleinen Sanddüne. Mit dem Revolver im Anschlag starrte er zum Tor.

»Heiliger Markion, gib, dass er den Köder geschluckt hat und mir gleich vor die Mündung läuft!«, flüsterte er und Sand knirschte zwischen seinen Zähnen.

Indessen hatte Pembroke Mühe, dass ihm die Holzschatulle

nicht entglitt. Baynards Kugel hatte ihn an der linken Schulter getroffen. Und wenn die Kugel ihm gottlob auch keinen Knochen zertrümmert hatte, so war die Fleischwunde doch äußerst schmerzhaft und drohte ihm, bald die Kraft in dem Arm zu rauben. Und in die rechte Hand konnte er die Schatulle nicht nehmen. Die brauchte er für seinen Revolver, den er jederzeit schussbereit im Anschlag halten musste. Ihm blieb also nicht mehr viel Zeit, seinem Verfolger zu entkommen, bevor die Schmerzen zu stark wurden und sie seine Wachsamkeit und Reaktionsfähigkeit beeinträchtigten.

Da sich Baynard offenbar hinter ihn auf die westliche Ebene der Klosteranlage geschlichen hatte, lag seine Rettung im Osten. Deshalb musste er das dortige Tor so schnell wie möglich erreichen, um auf dem Weg über das offene Gelände zur Schlucht einen möglichst großen Vorsprung zu haben. Hatte er erst den schmalen Bergeinschnitt erreicht und war darin untergetaucht, waren er und die Judas-Papyri gerettet.

Pembroke setzte alles auf eine Karte, rannte über das Ruinenfeld nach Osten, sah das scheinbar rettende Tor vor sich und lief hindurch ins Freie. Schon wollte er triumphierend auflachen, als vor ihm ein Schuss krachte.

Die Kugel traf ihn in die Brust. Ein gellender Schrei entrang sich seiner Kehle, brach jedoch jäh ab, während die Schatulle seiner plötzlich kraftlosen Hand entglitt und ihn die Wucht des Einschlags wie ein gewaltiger Hammerschlag von den Beinen riss und zu Boden schleuderte. Er rollte noch einmal um seine eigene Achse und blieb dann mit dem Gesicht im Sand reglos liegen.

»Ich denke, unser Duell ist damit entschieden, Herr Lord!«, sagte Baynard voller Genugtuung, kam hinter der Düne hervor und schritt zu ihm. Er versetzte ihm einen Tritt in die Seite. Doch der Lord gab weder ein Stöhnen von sich, noch bewegten sich seine Glieder.

Baynard hob die Schatulle auf, überzeugte sich durch einen raschen Blick, dass sie auch wirklich die kostbaren Papyri enthielt, und hastete dann davon.

Doch Pembroke war noch nicht tot, obwohl das Leben schon aus ihm floss wie Wasser aus einem durchlöcherten Topf. Er kämpfte mit den wahnsinnigen Schmerzen, die seine Brust zerreißen wollten, und mit der Bewusstlosigkeit. Er wusste, dass er sterben würde. Doch wenn dem so war, wollte er zumindest auch seinen Mörder mit in den Tod nehmen.

Mit letzter Willensanstrengung zog er den Revolver hervor, den er im Sturz unter sich begraben hatte, packte ihn mit beiden zitternden Händen und zielte auf die sich rasch entfernende Gestalt. Mit allerletzter Kraft zog er den Abzugshahn durch. Er sah noch, wie seine Kugel den Mann in den Rücken traf und ihn nach vorn schleuderte. Dann rutschte ihm der Revolver aus den Händen und sterbend fiel sein Kopf zurück in den Sand.

Als Baynard von der Kugel getroffen wurde, war ihm, als hätte ihm jemand einen Keulenschlag in den Rücken versetzt. In seinem Schrei, der seinen Sturz begleitete, lag im ersten Moment kein Schmerz, sondern wilde Wut, dass er dem Lord nicht sicherheitshalber noch eine Kugel in den Schädel gejagt hatte. Schwer schlug er zwischen kopfgroßen Felsbrocken auf. Die Holzschatulle prallte vor ihm auf einen Stein. Dabei sprang der Deckel auf und die Papyri wehten heraus.

Seine Hand streckte sich danach aus, während eine Woge flammenden Schmerzes durch seinen Körper schoss. Verzweifelt versuchte er, die Papyri festzuhalten. Doch die Seiten zerbrachen unter seinen sich zusammenkrampfenden Fingern, lösten sich wie welke Laubblätter in Stücke auf und wurden vom Khamsin davongewirbelt.

Verloren, alles verloren! So kurz vor dem Triumph!

»Verflucht sollst du sein, Demiurg!«, schrie er mit verzweifeltem Aufbegehren in den Wind. Dann schoss ihm ein Schwall Blut in die Kehle und erstickte seinen Schrei. Ein letztes Röcheln und Zucken, dann war alles vorbei.

6

»Jetzt sind Sie an der Reihe, uns Ihre Geschichte zu erzählen, Mister Seymour«, sagte Byron, obwohl es keinen von ihnen mehr sonderlich interessierte, was es mit der *Bruderschaft der Wächter* auf sich hatte. Denn was immer sie nun von ihm darüber erfahren mochten, sie würden es mit in den sicheren Tod nehmen.

Wider besseres Wissen hatten sie in den vergangenen Minuten gemeinsam und mit aller Kraft versucht, die Tür aufzubekommen. Doch diese hatte sich, wie nicht anders zu erwarten gewesen war, nicht bewegt. Auch ihr Versuch, einige der Scharnierschrauben mit Horatios Taschenmesser aus den schweren Eisenbeschlägen zu schrauben, hatte in einem kläglichen Misserfolg geendet. Die Klingen waren Stück für Stück abgebrochen, ohne dass sie auch nur eine Schraube hätten lockern können. Hätten sie den Sack mit ihrer Ausrüstung in die Gruft mitgenommen, hätten sie vielleicht mit dem Stemmeisen und der Spitzhacke die Tür aufbrechen können.

Trevor Seymour hockte an der Wand, mit einem Ausdruck stoischer Gefasstheit auf dem Gesicht. »Es begann damals mit der unseligen Scheidung von König Heinrich VIII., die der Papst nicht akzeptieren wollte und die dazu führte, dass Heinrich sich von der römisch-katholischen Kirche lossagte und sich zum Oberhaupt der Kirche von England machte.«

»Dann muss die Jahreszahl, die auf dem Schreiben in Wien stand, etwas mit der Hinrichtung von Thomas Morus zu tun haben«, folgerte Byron.

Der Butler nickte. »Morus war ein aufrichtiger Mann und Christ, der sich lieber dem Henker auslieferte, als den verlangten Treueid auf König Heinrich als Oberhaupt der Kirche abzulegen. Aber er war nicht der Einzige, der für seinen standhaften Glauben starb, nur gilt er mittlerweile als der Prominenteste.«

Alistair gab ein unterdrücktes Stöhnen von sich, doch er winkte mit einer kraftlosen Handbewegung ab, als er ihre besorgten Blicke auf sich gerichtet sah.

»Geht schon«, murmelte er. »Lass ihn weiterreden ... Das will ich auch noch mitbekommen ...« Er mochte große Schmerzen haben, aber seinen Galgenhumor hatte er noch nicht verloren.

»In jener Zeit trafen sich einige ehrenwerte Männer, die nicht im Licht der Öffentlichkeit standen, aber doch gewissen Einfluss und vor allem Geld besaßen«, fuhr Trevor Seymour fort. »Sie waren wirkliche Christen, denn sie vertraten die Überzeugung, dass sich wahrer Glaube an die Heilsbotschaft Jesu Christi nicht an der Konfession eines Mitmenschen ablesen lässt, sondern nur daran, wie er seinen Glauben lebt.«

»Ein wahres Wort!«, sagte Harriet leise und wollte nach Byrons Hand tasten. Aus Angst, er würde sie zurückstoßen, wagte sie es aber nicht.

»Diese Männer beschlossen damals, dem blutigen Irrsinn König Heinrichs nicht untätig zuzusehen, sondern anderen Verfolgten zu helfen, soweit es in ihrer Macht stand«, berichtete Trevor Seymour. »Sie wollten damit ein Zeichen setzen und ganz im Geheimen darüber wachen, dass aufrechte, friedliebende Christen ihren Glauben leben konnten, egal welcher Richtung sie angehören.«

»Darum also der Name *Die Wächter*«, sagte Horatio. »Jetzt wird einiges klar, vor allem das, was in Wien geschehen ist.«

Der Butler nickte. »Unsere Bruderschaft ist nie sehr groß gewesen und es gab zu allen Zeiten immer nur wenige, die über den Schatten ihrer eigenen Konfession zu springen und für die verfemten Christen einer anderen Glaubensrichtung Geld und Leben zu riskieren bereit waren. Viele, die unsere Bruderschaft im Laufe der Zeiten vorsichtig angesprochen hat, um sie für unsere Sache zu gewinnen, haben das Risiko gescheut, sich und ihre Familien in Gefahr zu bringen und selbst verfolgt zu werden. Aber dennoch hat die Bruderschaft in den Jahrhunderten ihrer Existenz vielen stille Hilfe gewähren können, mit Verstecken sowie mit Geld zur Auswanderung in ein Land, wo sie sicher waren. Unter diesen waren ebenso Calvinisten und romtreue Katholiken wie Quäker, Adventisten, Lutheraner, Hugenotten und immer auch Juden gewesen, unsere älteren Brüder und Schwestern im Glauben.«

»Eine Bruderschaft, der anzugehören mir eine Ehre gewesen wäre, wenn das Schicksal es zugelassen hätte«, sagte Byron leise und fing Harriets verzweifelten Blick auf. Er sah in ihren Augen die Angst, dass sie seine Liebe verloren hatte und mit ihrer Schuld die letzten Stunden oder Tage ihres Lebens in dieser Gruft beschließen würde. Aber in Byron war längst kein Groll mehr auf sie. Horatio hatte recht gehabt: Jeder von ihnen war von Arthur Pembroke mit kaltem Kalkül und Heimtücke missbraucht und erpresst worden. Es gab nichts, was er ihr hätte vorwerfen und nicht verzeihen können. Deshalb nahm er nun wortlos ihre Hand, führte sie zu seinem Mund und küsste sie sanft. Und in diesem zärtlichen Kuss lag alles, was sie wissen musste, nämlich dass seine Liebe zu ihr noch immer so stark war wie noch vor wenigen Stunden, als sie geglaubt hatten, ihre abenteuerliche Suche nach den Papyri würde für sie alle ein strahlendes, glückliches Ende finden.

Harriet schossen die Tränen in die Augen. Sie schämte sich ihrer nicht. Sie rutschte näher zu ihm heran, schmiegte sich an seine Schulter und ließ ihren Tränen freien Lauf, während er über ihr Haar strich und nun selbst mit den Tränen kämpfen musste. Und er fragte sich bedrückt, warum man sein Leben so oft mit Nichtigkeiten vergeudete und zu spät erkannte, wofür es sich zu kämpfen und sich verwundbar zu zeigen lohnte. Liebe war die einzige Macht der Welt, vor der man sich beugen durfte – und zwar mit Dankbarkeit für dieses größte aller irdischen Wunder.

»Dann haben Sie also dafür gesorgt, dass uns Ihre Männer in Wien im Auge behielten?«, fragte Horatio.

»Ja, das hatte ich mit Abbot, unserem gewählten Prinzipal, so besprochen«, antwortete Trevor Seymour. »Damals wusste ich zwar noch nicht, welch gemeinen Plan Arthur Pembroke ausgeheckt hatte, aber ich hatte doch schon eine Ahnung, dass bei ihm mit bösen Überraschungen zu rechnen sein würde. Auch hatte ich damals den hässlichen Streit zwischen Mortimer und jenem Londoner Kenner apokrypher Schriften mitbekommen. Unter anderem auch die Drohung jenes Mannes, er würde Mittel und Wege finden, um in den Besitz des Judas-Evangeliums zu gelangen.«

»Sie wussten also von diesen Kainiten, die Markion von Sinope als einen Heiligen sowie Judas und Kain als Auserwählte betrachten?«, fragte Byron verblüfft.

»Zu dem Zeitpunkt noch nicht«, sagte der Butler. »Aber mir war aufgefallen, dass dieser Mann mit einem merkwürdigen Anhänger spielte, während er Mortimer zu umgarnen versuchte. Es war ein goldener Totenkopf, in der Stirn gespalten von einem Steinkeil. Ich habe Abbot, unserem Prinzipal, davon berichtet. Daraufhin hat er Erkundigungen eingezogen. Er hat Zugang zu vielen Informationsquellen, die einem gewöhnlichen Zeitgenossen verwehrt sind. Leider stieß er erst auf die Spur der Kainiten, als Sie sich schon auf der Fähre über den Kanal befanden. Daraufhin beschlossen wir, unsere Vertrauensmänner in Wien sofort zu alarmieren und sie zu beauftragen, für Ihre Sicherheit zu sorgen. Bedauerlicherweise verfügt unsere Bruderschaft jedoch über keine Mitglieder in Konstantinopel und Ägypten. Da traf es sich gut, dass Arthur Pembroke Ihnen bald nachreise und ich ihn zu begleiten hatte. Ich bedaure es zutiefst, dass ich mit meiner Mission gescheitert bin und Arthur Pembrokes Bösartigkeit unterschätzt habe.« Er seufzte schwer und sah nun zum ersten Mal bedrückt aus, als wäre sein Versagen schlimmer als der Tod, der sie in der Gruft erwartete. »Hätte ich klüger und vorsichtiger gehandelt, hätte er seinen diabolischen Plan nicht ausführen können. Denn wäre Pulver in den Patronen gewesen, bei Gott, ich hätte ihn erschossen. So aber . . .« Er brach ab und schüttelte den Kopf. »Ich darf wohl nicht erwarten, mit Ihrer Nachsicht rechnen zu dürfen. Es wäre in Anbetracht der misslichen Lage, in die ich Sie durch mein Versagen gebracht habe, auch zu viel erwartet.«

Horatio lachte trocken auf. So wie Trevor Seymour konnte wohl nur ein Butler reden, der sich sein ganzes Leben lang darin geübt hatte, seine eigenen Gefühle hinter einer Fassade von eiserner Zurückhaltung zu verbergen und allen Katastrophen des Lebens mit vornehmer Untertreibung zu begegnen.

»Mein lieber Freund, unsere Lage ist nicht misslich, sondern schlicht und ergreifend aussichtslos«, erwiderte Horatio. »Und nicht Sie haben uns in diese Lage gebracht, sondern wir selbst! Deshalb gibt es auch nichts, was wir Ihnen nachsehen müssten. Sie haben getan, was in Ihrer Macht stand, und dabei sogar Ihr eigenes Leben aufs Spiel gesetzt. Dass Arthur Pembroke auch Sie hintergangen und zu einem Opfer seines verbrecherischen Plans gemacht hat – nun, da befinden Sie sich hier bei uns in allerbester Gesellschaft.«

Danach herrschte mutloses Schweigen.

Byron hielt noch immer Harriets Hand. Wie bedeutungslos auf einmal die Judas-Papyri geworden waren! Die Jagd nach dieser sensationsträchtigen apokryphen Schrift hatte sie wochenlang in Atem gehalten, ihr ganzes Sinnen und Trachten beherrscht und sie mehr als einmal ihr Leben aufs Spiel setzen lassen. Und nun erschien ihm ihre fieberhafte Suche nach dem Judas-Evangelium nichtig und lächerlich. Das einzig wirklich Kostbare, das er in den vergangenen Wochen gefunden hatte, waren das Wunder der Liebe und das Band der Freundschaft. Alle apokryphen Schriften dieser Welt waren es nicht wert, dass ihr Freund langsam vor ihren Augen verblutete. Ganz zu schweigen davon, dass auch Horatio, Trevor, Harriet und er diese irrwitzige Jagd nach ein paar alten Schriftstücken mit ihrem Leben bezahlen würden. Er wünschte, Alistair hätte in Konstantinopel nicht heimlich die letzten Seiten aus dem Notizbuch gerissen. Dann wäre dort für sie die Suche nach der Judas-Schrift zu Ende gewesen, keiner von ihnen hätte sein Leben verloren – und es hätte für Harriet und ihn eine Zukunft gegeben.

»Byron?«

Byron fuhr sofort hoch, als Alistairs gepresste Stimme die Totenstille um sie unterbrach, drückte schnell noch einmal Harriets Hand und ging dann rasch zu seinem Freund hinüber. Es zerriss ihm das Herz, in sein von Schmerz gezeichnetes Gesicht zu blicken und den kalten Schweiß auf seinem Gesicht zu sehen.

»Ja, Alistair?«

»Steck eine von meinen Zigaretten für mich an und schieb sie mir zwischen die Lippen«, bat Alistair. »Will doch hier . . . keinen guten *Gold Flake*-Tabak verkommen lassen.«

»Natürlich! Sofort!« Byron holte aus Alistairs Tasche die Packung und das Feuerzeug, setzte eine Zigarette in Brand und steckte sie ihm zwischen die Lippen.

Alistair inhalierte, blies den Rauch durch die Nase aus und zog die Mundwinkel hoch. »Schaut her! Da sieht die Welt doch gleich schon wieder rosiger aus!«, spottete er.

»Wie meinst du das?«, fragte Byron verwirrt. »Und kann ich vielleicht sonst noch etwas für dich tun?«

Alistair nickte. »Ja, du könntest . . . mal einen Blick . . . auf den Rauch werfen!«, stieß er stockend hervor. »Sieht mir nämlich ganz so aus . . . als wäre da hinter mir . . . irgendeine Art von Abzug!«

Byron wusste erst nicht, wovon Alistair sprach. Doch dann folgte sein Blick der dünnen Rauchfahne, die nicht etwa zur Decke aufstieg, wie es in einem geschlossenen Raum eigentlich der Fall hätte sein müssen, sondern links über ihm zwischen zwei Felsbrocken verschwand.

»Du hast recht! Der Rauch wird von einem Luftzug angezogen!«, stieß er ungläubig hervor und augenblicklich erwachte in ihm die Hoffnung, dass die Gruft vielleicht doch nicht zu ihrem Grab werden würde. »Freunde, dahinten muss es einen Abzug, eine Öffnung geben!«

Sofort waren Harriet, Horatio und der Butler auf den Beinen und stürzten zu ihnen.

»Allmächtiger, wenn dahinter gar keine solide Wand liegt, sondern womöglich ein zweiter Ausgang, der nur mit Sand und Gestein zugeschüttet ist, dann ist das hier noch nicht das Ende!«, stieß Horatio aufgeregt und in einem Wortschwall hervor.

»Da seht ihr mal! Manchmal kann rauchen . . . sogar das Leben verlängern!« Mühsam brachte Alistair ein schwaches Lächeln zustande. »Wenn es denn . . . stimmt, was ihr vermutet!«

So behutsam wie nur irgendwie möglich trugen sie Alistair von dem Sandberg weg und lehnten ihn, auf seinen Wunsch hin, an eine Säule, von wo er die Nische und ihre Arbeit gut im Blick hatte.

Mit der unbändigen Kraft, die die Hoffnung auf Überleben in Menschen weckt, begannen sie, mit bloßen Händen den Sand wegzuschaufeln, um an die dahinterliegenden Haufen dicker Felsbrocken zu kommen. Sie reichten bis fast an die Decke der rund gewölbten Nische. Allein dieser erste Teil der Arbeit strengte gehörig an. Doch das war nichts im Vergleich zu der Plackerei, die dann kam. Sie mussten die schweren Felsbrocken einen nach dem anderen herauswuchten. Und dabei mussten sie mit den oberen beginnen, weil die unteren ein noch größeres Gewicht besaßen und sich vermutlich nur zu zweit oder gar zu dritt von der Stelle bewegen ließen.

»Ihr habt recht gehabt!«, rief Horatio plötzlich, der gerade wieder einen Felsbrocken von der Spitze des Berges gehoben hatte. »Dahinten ist eine Öffnung! Ich kann es deutlich sehen! Und ich spüre jetzt auch einen starken Luftzug!«

»Dann haben die Mönche diese Gruft nicht nur als Totenkammer benutzt, sondern auch in Notzeiten als geheimen Fluchtweg!«, sagte Byron.

Jetzt stieg ihre Zuversicht und es kümmerte sie nicht, dass sie sich an den Kanten der Steine blutige Schrammen und Schnitte zuzogen. Sie durften berechtigt hoffen, der Todeskammer zu entkommen!

»Wir müssen uns beeilen!«, raunte Harriet Byron zu. »Es sieht nicht gut aus mit Alistair. Er muss schon viel Blut verloren haben! Wenn wir hier nicht schnell herauskommen und ihn zu einem Arzt bringen, überlebt er die Verwundung nicht!«

Byron blickte sich zu Alistair um. Zusammengesunken und mit geschlossenen Augen lag er vor der Säule. Sein Atem ging stoßweise und der Verband war nicht nur blutgetränkt, sondern schwamm in Blut. Und immer neues Blut drang durch den Stoff, floss über seine Hüfte und tränkte den Stoff der Hose.

Sie beeilten sich mit vereinten Kräften, den Eingang freizulegen. Endlich hatten sie genügend schwere Felsbrocken zur Seite geräumt, sodass sie sich mit Alistair durch die Öffnung zwängen konnten. Der Gang, der nun vor ihnen lag, hatte keine ummauerten Wände, sondern zeigte nur rohes, grob behauenes Gestein. Er war niedrig, knappe zwei Ellen hoch und gerade mal so breit, dass eine Person ihn passieren konnte, ohne mit den Schultern seitlich anzustoßen.

»Du nimmst die Lampe und gehst vor, Harriet!«, trug Byron ihr auf. Er hatte Alistair seinen Gürtel unter den Achseln um die Brust gelegt, um ihn in der Enge des Ganges besser tragen zu können. »Horatio und ich werden Alistair tragen.«

»Nein, *ich* trage ihn mit dir!«, widersprach Harriet sofort. »Ich bin mindestens so kräftig wie Horatio. Er soll die Lampe nehmen.«

Für Diskussionen war keine Zeit. Deshalb nahm Horatio die Petroleumlampe und ging voraus. Byron packte den Tragegurt und hob Alistair an, der sofort vor Schmerz aufstöhnte.

»Es tut mir leid, mein Freund, aber es muss sein. Anders bekommen wir dich nicht hier heraus!«, sagte er und folgte Horatio rückwärts in den Gang.

Harriet hatte sich Alistairs Beine unter die Arme geschoben und hielt ihn kurz hinter den Kniegelenken fest. Hinter ihr folgte Trevor Seymour.

Dass der Gang nicht gänzlich von Menschenhand geschaffen war, sondern zum Großteil aus einer natürlichen Felsspalte bestand, bemerkten sie schon bald. Denn der Gang wand sich mal nach rechts, mal nach links und führte mehrfach durch natürliche höhlenartige Räume. Byron versuchte, im Kopf die Richtung zu verfolgen, in die der Gang sie führte. Er hatte das Gefühl, dass sie sich auf die drei Turmruinen zubewegten.

Der Gang war erstaunlich lang. Byron hatte schon fast fünfzig Schritte gezählt, als Horatio vor ihnen plötzlich stehen blieb. »Hier führt ein Schacht senkrecht nach oben!«, rief er ihnen zu. »Ohne Kletterausrüstung kommt man da aber nicht hoch. Und der Gang führt auch weiter.«

»Worauf wartest du dann noch?«, rief Byron ungeduldig. Mittlerweile schmerzten ihm die Arme, sodass er fürchtete, nicht mehr lange durchzuhalten. Was den Schacht anging, so war er sich jetzt sicher, dass sie sich unter den Türmen befanden. Vermutlich hatten die Mönche den Schacht gegraben, um auch von dort, wohl mithilfe eines Seils, in den Fluchtgang zu gelangen.

Nach gut dreißig weiteren Schritten stieg der Gang allmählich an und wurde enger. Die Wände bestanden nun aus fast glattem Fels mit einigen Rissen und Spalten.

»Hier ist Schluss!«, meldete Horatio. »Und hier sind Stufen aus dem Fels gehauen. Aber einen Ausgang kann ich nicht sehen.«

»Lass uns Alistair kurz absetzen«, sagte Byron zu Harriet. Dann begab er sich zu Horatio. »Halt mal die Lampe höher!«

Der Lichtschein fiel auf eine Platte von unregelmäßiger Form, die jedoch an ihrer Unterseite glatt behauen war. Byron vermutete, dass ihre Oberfläche naturbelassen war, damit Fremde diesen Stein nicht als Verschlussplatte des unterirdischen Ganges erkannten. Rückwärts, in leichter Hocke und dann mit eingezogenem Kopf ging er die Stufen hoch, bis seine Schultern die Unterseite der Platte berührten. Dann stemmte er sich mit aller Kraft gegen den Widerstand und drückte sich mit den Beinen hoch.

Die Platte hob sich. Byron versetzte ihr einen letzten kräftigen Stoß. Der Khamsin wehte ihm Sand ins Gesicht. Doch er lachte, während er sich in den Spalt zwängte und die Platte von der Öffnung wegschob. Sein Blick fiel auf borniges Wüstengestrüpp, das den Zugang fast kreisrund umschloss. Und dann bemerkte er direkt vor sich die felsige Hügelkette, die sich kurz hinter der Mauer mit den drei Turmruinen erhob und hinter der es in eine ähnliche Schlucht ging wie die, durch die man auf dem Weg von der Anlegestelle hinauf zur Anhöhe musste.

Schnell stieg er wieder hinunter und trug Alistair mit Harriet ins

Freie. Sie zwängten sich durch das dornige Gestrüpp und legten ihn nach dieser Anstrengung für eine kurze Atempause in den Sand.

Alistair gab ein lang gezogenes Stöhnen von sich und öffnete dann mit flatternden Lidern die Augen. »Wo . . . wo sind . . . wir?«, röchelte er.

»Wir haben es geschafft! Wir sind draußen! Wir sind dank dir in Freiheit!«, teilte Byron ihm mit.

Alistair griff nach seiner Hand. »Dann . . . also doch noch . . . ein Royal Flush . . . in meinem . . . letzten Spiel . . .«, kam es schwach von seinen Lippen.

Byron schluckte und drückte Alistairs Hand. »Royal Flush! Das kann man wohl sagen. Damit hast du Pembroke ausgestochen!«

Alistair lächelte, während ihm die Augen schon wieder zufielen. »Royal Flush . . .«, flüsterte er mit erstickter Stimme. »Und jetzt . . . holt euch . . . den fetten Pot! . . . Lasst ihn nicht . . . davonkommen!« Ein kurzes Zittern befiel seinen Körper. Dann sackte sein Kopf zur Seite weg und seine Hand wurde schlaff.

Byron beugte sich ganz nahe zu ihm hinunter, hielt sein Ohr an Alistairs Lippen. Aber da war nicht mehr der geringste Hauch eines Atems zu spüren. Dann legte er ihm seine Finger auf die Halsschlagader. Nichts.

Mit einem Würgen in der Kehle richtete er sich auf. »Alistair ist tot«, sagte er leise.

Harriet biss sich auf die Lippen.

Niemand sagte etwas. Für einige lange Sekunden standen sie stumm um ihren toten Freund. Und so viele Bilder drängten sich ihnen in diesem Augenblick auf. Erinnerungen an sein entwaffnendes Grinsen, seine frechen Sprüche und seine Unbekümmertheit. Wie war er ihnen ans Herz gewachsen! Und es erschien ihnen unfassbar, dass Alistair nun nicht mehr mit ihnen zurück nach England reisen und sie nie wieder sein jungenhaftes Lächeln sehen und sich nie wieder mit ihm über Nietzsche oder sonst etwas in die Haare geraten würden.

»Er war in Ordnung«, brach Horatio das Schweigen. »Ein verrückter Kerl . . . und ein guter Freund, wie man ihn sich besser nicht wünschen kann. Wir verdanken ihm unser Leben. Ich werde ihn nicht vergessen.«

Er und Trevor Seymour übernahmen es nun, Alistairs Leichnam zu tragen.

Als sie wenig später an der Ostmauer entlanggingen, wären sie in der Dunkelheit und wegen der Sandwolken fast über den Leichnam von Lord Pembroke gestolpert. Fassungslos starrten sie im Licht der Lampe auf seine Leiche, die ein Einschussloch auf der Brust und eine Fleischwunde an der Schulter aufwies.

»Mein Gott, wie kann das sein?«, stieß Harriet hervor. »Wer kann ihn denn bloß erschossen haben? Und wo ist die Schatulle mit den Papyri?«

»Da drüben auf dem Weg liegt noch jemand!«, rief Horatio, als der Khamsin kurzzeitig an Kraft verlor und die Sandwolken sich legten.

Sie liefen zu der fremden Gestalt, die wie Pembroke mit dem Gesicht im Sand lag. Das Einschlussloch im Rücken war nicht zu übersehen. Als sie die Leiche umdrehten, dauerte es einen kurzen Moment, bis sie das vollbärtige Gesicht wiedererkannten.

»Allmächtiger!«, entfuhr es Byron. »Das ist der Perfectus! Die beiden müssen sich gegenseitig erschossen haben! Und da liegt auch die Schatulle. Aber sie ist leer!«

»Wie um alles auf der Welt hat der Kerl uns hier gefunden?«, fragte Horatio. »Wie hat er es bloß geschafft, uns doch noch auf die Spur zu kommen und uns bis zum Kloster zu folgen, wo ihm doch so viele wichtige Informationen gefehlt haben?«

»Auf diese Fragen werden wir wohl nie eine Antwort erhalten. Und sie sind auch ohne Bedeutung«, sagte Byron und bückte sich. Denn er hatte in der Hand des Toten ein Stück Papyrus entdeckt. Vorsichtig löste er es aus den zusammengekrampften Fingern. Es war nicht größer als seine Handfläche. »Was wir jedoch wissen, ist, dass die Judas-Papyri unwiederbringlich verloren sind. Der Khamsin hat sie mit sich gerissen und buchstäblich in alle Winde verstreut. Sie werden jetzt nur noch winzige Fetzen sein, die irgendwo von Sand begraben werden.« Er atmete tief durch und steckte den Fetzen Papyrus ein. Der unwiederbringliche Verlust berührte ihn nicht sonderlich. Er verspürte nicht mehr als ein schwaches Bedauern. Zu überwältigend war die Dankbarkeit, dem Tod entronnen und sich Harriets Liebe gewiss zu sein. Dagegen wog der Verlust der Judas-Schrift so leicht wie ein Sandkorn im Vergleich zu einem mächtigen Felsblock. »Aber wenn wir uns jetzt beklagen würden, wäre das eine Versündigung.«

Horatio nickte. »Bringen wir Alistair zum Boot!«

»Und was ist mit diesen Leichen?«, fragte Harriet. »Irgendeine glaubhafte Geschichte müssen wir den Behörden morgen erzählen, allein schon wegen Alistair. Wir können ihn doch nicht hier irgendwo verscharren! Das lasse ich nicht zu.«

»Das habe ich auch gar nicht vor und Horatio bestimmt auch nicht«, beruhigte Byron sie. »Uns wird schon etwas einfallen.«

Auf dem Weg zur Anlegestelle beredeten sie, welche Geschichte sie den Behörden am besten auftischen und wie sie ihnen den Tod der drei Engländer erklären sollten, ohne sich dabei selbst in Teufels Küche zu bringen. Als sie Hasan aus dem Schlaf holten und er sah, dass sie mit einem Fremden und der Leiche ihres Freundes zurückkehrten, fuhr ihm der Schreck in die Glieder und er rief Allah um Beistand an.

Es dauerte eine Weile, bis sie ihn beruhigt hatten. Dann sagte Byron zu ihm: »Du tust gut daran, nichts zu wissen, Hasan. Absolut nichts. Du hast uns nur über den Fluss gebracht und dich dann schlafen gelegt! Kein Wort über unseren Sack, die Lampe und die Leiter!«, schärfte er ihm ein und zog vier Goldstücke aus seiner Börse. Eine der Münzen gab er ihm. »Wenn du dich daran hältst, wirst du auch keine Schwierigkeiten bekommen, dafür aber noch diese drei Goldstücke zusätzlich.«

Hasan fielen fast die Augen aus dem Kopf. Dann nickte er eifrig. »Ich nichts wissen! Ich nichts hören und nichts sehen! Ich schlafen, Allah mein Zeuge!«

Byron nickte. »Das kann er auch sein, denn es ist ja die Wahrheit!«

Dann luden sie Alistairs Leichnam in die Canja und glitten hinaus auf den breiten dunklen Strom, der ruhig und unbeteiligt seiner Mündung entgegenfloss, wie er es schon seit Jahrtausenden getan hatte, völlig gleichgültig gegenüber den unzähligen Dramen und fröhlichen Ereignissen, die sich an seinen Ufern abgespielt hatten.

Byron hielt Alistairs Hand während der ganzen Überfahrt, blickte starr in die Nacht und merkte nicht, dass ihm die Tränen über das Gesicht liefen.

Epilog

Keiner von ihnen blickte zurück, als die *Karnak* im Hafen von Assuan vom Kai ablegte und mit ratternden Schaufelrädern hinaus auf den Strom dampfte. Zu schmerzhaft waren die Erinnerungen, die sie mit diesem Ort und dem Kloster jenseits der von Grabhöhlen durchlöcherten Anhöhe zu ihrer Linken verbanden.

Geschlagene vier Tage hatte man sie festgehalten. Drei Tote vor den Mauern einer touristischen Sehenswürdigkeit waren mehr als genug gewesen, um die Behörden in helle Aufregung zu versetzen und negative Schlagzeilen in der ausländischen Presse befürchten zu lassen. Deshalb hatte man die Leichen von Arthur Pembroke und dem Perfectus noch im Morgengrauen in höchster Eile und unter strenger Geheimhaltung weggeschafft.

In diesen vier Tagen war jeder von ihnen mehrfach verhört worden. Immer wieder hatte man ihnen dieselben Fragen gestellt. Sosehr man ihnen bei diesen Verhören auch zugesetzt hatte, es war doch keiner von ihnen von der Geschichte abgewichen, auf die sie sich geeinigt hatten. Demnach hatten sich Pembroke und der Fremde, dessen Ausweispapiere ihn als Graham Baynard ausgewiesen hatten, zu einem nächtlichen Duell vor den Mauern von St. Simeon getroffen. Als sie von Trevor Seymour davon erfahren hatten, waren sie den beiden an das andere Flussufer gefolgt. Dort hatte Alistair versucht, dieses Duell zu verhindern, dessen genauen Grund sie nicht kannten. Dabei war er unglücklicherweise in die Schusslinie geraten und selbst getroffen worden. Mehr wussten sie nicht dazu zu sagen. Und nachdem man ihre Aussage zu

Protokoll genommen hatte, hatten sie endlich ihre Pässe zurückerhalten und sich um die Überführung ihres toten Freundes nach England kümmern können, der nun unten im Frachtraum der *Karnak* in einem versiegelten Zinksarg mit ihnen nach Kairo reiste.

Sie hatten sich für die einwöchige Reise mit dem Touristendampfer entschieden, weil sie das Bedürfnis hatten, nach den hektischen Wochen ihrer Jagd nach dem Judas-Evangelium Ruhe in ihr Leben einkehren zu lassen und ihre Rückreise nicht auch noch von überstürzter Eile bestimmen zu lassen. Sie brauchten diese Zeit der langsamen Rückkehr in ihr einstiges Leben, das ohnehin nicht mehr dasselbe sein würde, das es vor Pembrokes Auftrag gewesen war. Von den berühmten Orten, an denen der Raddampfer auf seiner Reise flussabwärts haltmachte, würden sie im Gegensatz zu allen anderen ausländischen Passagieren wohl wenig mitbekommen. Aber die eine oder andere Tempelanlage würden sie sich vielleicht doch ansehen, schon um sich von ihrer Trauer um Alistair abzulenken.

»Was wirst du machen, wenn wir wieder in London sind, Horatio?«, fragte Byron, während die *Karnak* im weichen Morgenlicht an den grünen Ufern des Nil vorbeiglitt.

Horatio zuckte die Achseln. »Nun, mein altes Leben werde ich nicht mehr aufnehmen. Und da Pembroke die Schecks, die er uns in der Gruft vor die Füße geworfen hat, einige Tage vor seinem Tod unterzeichnet hat, sind sie also bares Geld wert. Damit werde ich wohl in London eine kleine Galerie eröffnen. Mal sehen, ob meine eigenen Werke auch so viel Anklang finden wie früher meine Fälschungen.«

»Das werden sie ganz sicher«, sagte Harriet überzeugt. »Auch wenn du Originale kopierst und sie als solche ausweist.«

»Warten wir es ab«, sagte Horatio. Er war jedoch zuversichtlich, den Sprung ins ehrbare Geschäftsleben zu schaffen. Geld genug besaß er ja. Denn Byron und Harriet hatten darauf bestanden, dass er auch den Scheck einlösen sollte, der Alistair zugedacht gewesen war. »Und was ist mit dir, Harriet? Wirst du jetzt Pembrokes Erbe antreten und Herrin auf *Pembroke Manor* werden?«

Harriet lachte auf. »Bestimmt nicht! Als meine Mutter mit meinem Vater durchgebrannt ist, hat man sie enterbt. Und wenn mich nicht alles täuscht, gibt es einige Verwandte, die sich nun um das Erbe streiten werden.«

»Ganz ausgeschlossen ist es nicht, dass Sie dennoch einen Teil der Erbschaft erhalten werden«, sagte Trevor Seymour, der mit ihnen vorn am Bug des Raddampfers an der Reling stand. »Die Rechtslage ist in solch einem Fall überaus kompliziert. Aber auch wenn Gerichte die Enterbung Ihrer Mutter bestätigen, können Sie vermutlich mit einer Art von Abfindung rechnen. Denn die anderen Erben werden nicht an jahrelangen Prozessen interessiert sein und es deshalb vorziehen, sich außergerichtlich mit Ihnen zu einigen, um so selbst so schnell wie möglich an das Vermögen heranzukommen. Es wird zwar keine gewaltige Summe sein, die man Ihnen anbieten wird, aber wohl doch genug, um Ihre Zukunft gesichert zu wissen.«

»Das ist sie auch jetzt schon«, sagte Byron und warf Harriet ein zärtliches Lächeln zu. Sie hatten beschlossen, schon bald nach ihrer Rückkehr nach England in aller Stille zu heiraten. Natürlich würden Horatio und Trevor Seymour zu den wenigen Gästen gehören, die sie zu ihrer Hochzeit und dem kleinen Fest einladen würden. Vorher jedoch würden sie für ihren toten Freund eine würdige Beerdigung ausrichten und einen Grabstein in Auftrag geben, der Alistair gefallen hätte. Sie waren sich einig, dass der Steinmetz unter seinem Namen und den Lebensdaten ein Pokerblatt aus dem Stein meißeln sollte, und zwar einen Royal Flush.

»Zu dumm, dass der Wüstenwind die Papyri aus der Schatulle gerissen und sie in alle Himmelsrichtungen verstreut hat«, bedauerte Horatio eine Weile später. »Jetzt wird die Welt wohl nie erfahren, was wirklich in diesem Judas-Evangelium stand.«

»Das glaube ich nicht«, widersprach Byron. »Wenn diese Papyri wirklich aus der Feder des Judas Iskariot stammten, dann wird es davon Abschriften geben. Es war durch alle Jahrhunderte hinweg üblich, von solchen Schriften vielfache Kopien anzufertigen. Womöglich war es ja auch nur eine solche Kopie, auf die Mortimer gestoßen ist. Und irgendwann wird eine andere Abschrift bei einer Ausgrabung auftauchen. Dessen bin ich mir ganz sicher. Die Wüste birgt noch viele Geheimnisse.«

»Apropos Geheimnisse«, sagte Horatio. »Ich werde mich mal hinüber in den Speiseraum begeben und sehen, was die *Karnak* ihren Gästen zum Frühstück zu bieten hat. Ich habe plötzlich einen Hunger wie schon lange nicht mehr.«

»Erlauben Sie mir, mich Ihnen anzuschließen«, sagte der Butler, dem ebenfalls der Magen knurrte. In den vergangenen Tagen mit all den Verhören hatten sie nur wenig Appetit verspürt. »Auch ich vernehme deutlich den Ruf der Natur, die nach ihrem Recht verlangt.«

»Wir kommen gleich nach«, sagte Byron, der noch eine Weile mit Harriet allein sein wollte.

Kaum hatten sich Horatio und der Butler entfernt, als Harriet die beiden Fläschchen mit Laudanum hervorholte. »Ich glaube, das brauche ich nicht mehr«, sagte sie und warf sie über Bord. »Bestimmt wird es jetzt mit den Albträumen besser werden.«

Byron lächelte. »Ich werde dein Wächter sein«, versprach er.

Harriet hakte sich bei ihm ein und verschränkte ihre Finger mit denen seiner Hand. Schweigend, aber mit inniger Verbundenheit standen sie an der Reling und blickten auf den Fluss hinaus. Zwar kehrten ihre Gedanken immer wieder zu Alistair zurück, doch öfter als in den letzten Tagen richteten sie sich nun auf ihre gemeinsame Zukunft, die so frisch und verheißungsvoll vor ihnen lag wie der junge Morgen über dem Nil.

Nachwort

Diese abenteuerliche Geschichte über die Suche nach den Schriften des Judas Iskariot ist reine Fiktion, jedoch basiert sie streckenweise auf historischen Tatsachen. Der kundige Leser wird zweifellos auch die vielfältigen Anspielungen auf literarische Vorlagen wie die Romane *Der dritte Mann* von Graham Greene, *Dracula* von Bram Stoker oder *Mord im Orient-Express* von Agatha Christie und auf einige andere, nicht ganz so deutliche Motive wiedererkannt haben.

Auch für die Figur des Basil Sahar habe ich mich teilweise der Biografie einer historischen Person bedient, die zur Zeit meiner Romanhandlung gelebt hat. Dieser berühmt-berüchtigte Waffenhändler hieß im wahren Leben Bazil Zaharoff, er wurde später zum Sir erhoben und war Träger des Großkreuzes der Ehrenlegion und Ritter des *Ordre du Bain*. Dieser Mann brachte es im wahren Leben wie in meiner Geschichte vom bettelarmen »Fremdenführer« und »Feuerwehrmann« in Konstantinopel zu einem der erfolgreichsten, weltweit agierenden Waffenhändler seiner Zeit. Wie mein Basil Sahar, so verbrachte auch er einen Großteil seines Geschäftslebens im *Orient-Express,* belegte dort stets das Abteil Nr. 7 und war dafür bekannt, dass er in Wien regelmäßig Frauen zusteigen ließ, die wenig auf einen guten Ruf gaben. Auch der Zwischenfall mit dem geistesgestörten spanischen Adligen, der seine gerade frisch angetraute Frau im Zugabteil mit einem Messer angriff und verletzte und die von Bazil Zaharoff sowie dessen Leibwächter gerettet wurde, hat sich ereignet, und zwar im Jahr 1886, nicht jedoch dessen Mordanschlag auf den Waffenhändler. Diese Frau wurde danach die Geliebte von Bazil Zaharoff und achtunddreißig Jahre später, nach dem Tod ihres spanischen Mannes, auch dessen Ehefrau. Natürlich verbrachten sie ihre Hochzeitsnacht in Abteil Nr. 7 des *Orient-Express*.

Dass an der Schwelle zum zwanzigsten Jahrhundert, als an vielen Ecken der Welt Kriege schwelten oder geführt wurden, in allen Industriestaaten die Entwicklung und der Bau von U-Booten mit aller Macht vorangetrieben wurden, ist ebenfalls keine Fiktion. Unterseeboote wie die von mir beschriebene *Argonaut VI* wurden in dieser Zeit gebaut und das Osmanische Reich war nicht weniger versessen darauf, sie zu ihrem Waffenarsenal zu zählen, als Amerika, England, Griechenland, Russland und andere europäische Nationen.

Die Geschichte der U-Boot-Technik begann jedoch viele Jahrzehnte früher. Schon Thomas Jefferson, also Ende des achtzehnten Jahrhunderts, ließ als amerikanischer Präsident ein Tauchboot namens *Turtle* entwickeln, das sich jedoch bei seinem Einsatz auf dem Hudson River gegen das britische Kriegsschiff HMS *Eagle* als kriegsuntauglich erwies. Das erste wirklich funktionstüchtige Unterseeboot, das auch einen erfolgreichen Angriff auf ein feindliches Schiff ausführte, baute der Amerikaner und Südstaatler Horace L. Hunley im Amerikanischen Bürgerkrieg. Es war ein neunzehn Meter langes Gefährt, das seinen Namen trug, und wurde durch eine Handkurbel angetrieben, die von acht Freiwilligen bedient wurde. Es sank dreimal und tötete dabei neben seiner jeweiligen Besatzung schließlich auch Hunley selbst. Nach der vierten Bergung gelang einer neuen Besatzung der *Hunley* in der Nacht des 17. Februar 1864 ein erfolgreicher Angriff auf das Kriegsschiff USS *Housatonic* der Nordstaaten. Der Torpedo, der sich am Ende einer langen Bugstange befand, riss ein großes Loch in die Bordwand und führte in wenigen Minuten zum Untergang der Fregatte. Dabei sank jedoch auch die *Hunley* und erwies sich damit auch diesmal als Selbstmordkommando für ihre Mannschaft. Sie wurde vor wenigen Jahren gehoben, restauriert und ist nun Teil einer Museumsausstellung. In den Jahrzehnten, die auf den Untergang der *Hunley* folgten, machten Ingenieure in der Entwicklung von verhältnismäßig sicheren und zuverlässigeren Unterseebooten aufgrund der Erfindung von wiederaufladbaren Batterien und von Benzin- sowie Dieselmotoren rasche Fortschritte. Die *Argonaut VI* entspricht in allen technischen Details den sogenannten *Holland-VI*-U-Booten, die von dem Amerikaner John Holland entwickelt, in den letzten Jahren des neunzehnten Jahrhunderts gebaut und von verschiedenen Nationen zur Verstärkung ihrer Kriegsflotten gekauft wurden.

Zur Wiener Kanalisation sei angemerkt, dass ihre Geschichte bis in das erste Jahrhundert nach Christus zurückreicht und keine Erfindung moderner Städteplaner ist. Schon römische Soldaten errichteten in Wien, das damals ein Militärlager namens Vindobona war, ein erstes Kanalsystem, das auch heute noch modern anmutet. Während sie die Kanalsohle aus Dachziegeln bauten, verwendeten sie für die Abdeckungen Steinplatten. Für kleinere Kanäle verwendeten sie Rohre aus gebranntem Ton. Diese erste Phase der Kanalisation endete mit Beginn der Völkerwanderung Ende des vierten Jahrhunderts. Danach geriet der hohe Stand römischer Kanalisation jahrhundertelang in Vergessenheit. Zur Zeit meines Romans wurde die Einwölbung von Donau, Wien und anderen Zuflüssen in großem Stil vorangetrieben. Sie erreichte jedoch erst einige Jahrzehnte später jenes labyrinthische Ausmaß, das es der Filmcrew unter Regisseur Carol Reed 1949 bei den Aufnahmen des Thrillers *Der Dritte Mann* erlaubte, mit Orson Welles in der Hauptrolle an diesem Ort eine der berühmtesten Verfolgungsjagden der Filmgeschichte und einen wohl einzigartigen Showdown zu drehen. Das gleichnamige Buch wurde übrigens erst nach dem weltweiten Filmerfolg von Graham Greene geschrieben. Erstaunlicherweise umfasst diese entscheidende Szene in seinem Roman nur wenige Seiten.

Meine Ausführungen zu Markion von Sinope und der Splittersekte der Kainiten entsprechen dem heutigen Stand der Wissenschaft. Bei der Sekte um den Perfectus Graham Baynard und deren Bischof Markion handelt es sich jedoch um reine Fiktion. Jedenfalls ist mir eine solche zu jener oder der heutigen Zeit nicht bekannt. Von mir erfunden ist auch die *Ehrenwerte Gesellschaft der Wächter,* obwohl man sich eine solche wohl nur von Herzen wünschen kann! Das uralte koptische Kloster St. Simeon existiert jedoch tatsächlich am Westufer von Assuan. Nur die »falsche Zisterne« mit der Gruft und dem unterirdischen Fluchtgang ist ein Produkt meiner Fantasie.

Was nun die Geschichte der *echten* Judas-Papyri angeht, so liest sich diese selbst wie ein Abenteuer. Sie wurden 1978 zusammen mit weiteren Schriften nahe der Stadt El-Minya in Mittelägypten gefunden und gelangten in die Hände zwielichtiger Antiquitätenhändler und Geschäftsleute. Das gesamte, in Leder gebundene Konvolut bestand aus 66 Seiten mit den Maßen 16 mal 29 Zentimeter. Darunter befanden sich auch ein Brief des Petrus an Philippus und die Apokalypse des Jakobus sowie eine andere Schrift, die der Wissenschaft schon aus dem bedeutenden Handschriftenfund von Nag Hammadi am Toten Meer im Jahr 1945 bekannt waren. Der unbekannte Teil, der in koptischer Sprache verfasst war und später den Namen Judas-Evangelium erhalten sollte, wurde von den Forschern vorläufig als *Book of Allogenes* bezeichnet.

Die Reise der Papyri ging über dunkle Kanäle und auf verworrenen Wegen erst nach Kairo, dann nach Genf und New York und schließlich nach Basel, wo sie erst einmal jahrelang in der Maecenas-Stiftung für antike Kunst verschwanden. Die Datierung, Entzifferung und Konservierung der Judas-Schriften, die sich in einem äußerst schlechten, brüchigen Zustand befanden und schon bei der kleinsten Berührung zu zerfallen drohten, nahmen viele Jahre in Anspruch und spielten sich hinter den verschlossenen Türen der Konservatoren und Forscher ab. Dabei konnten nur etwa 80 Prozent der Texte gerettet werden.

Unstrittig ist, dass der Fund der Judas-Schriften unter Wissenschaftlern, die das antike Christentum erforschten, als eine phänomenale Entdeckung gilt. Unstrittig ist auch, dass es sich dabei um eine Art »kainitische Gegenbibel« einer gnostischen Sekte handelt. Deren Lehre war der Fachwelt jedoch schon gute 1200 Jahre bekannt. Nicht nur Irenäus von Lyon, sondern auch viele andere mit und nach ihm gingen in ihren Abhandlungen ausführlich auf diese Lehre ein und verwarfen sie als Häresie einer unbedeutenden Splittersekte. Dass die Schriften dann jedoch den Rang einer scheinbar brandneuen Weltsensation erhielten und zu einem Evangelium erhoben wurden, hat wenig mit ihrem Inhalt zu tun, dafür aber umso mehr mit der Präsentation durch die amerikanische *National Geografic Society* und dem daraus resultierenden Presserummel. Am 9. April 2006 veröffentlichte diese Gesellschaft weltweit auf ihren Fernsehsendern in einem exzellent gemachten, aber deutlich sensationsheischenden zweistündigen »Docu-Special« die Ergebnisse der langjährigen Untersuchungen. Das Medienecho war dementsprechend, in vielen tendenziösen Berichten auch unseriös.

Ausgewiesene und seriöse Experten des antiken Christentums, atheistische wie christliche, sehen jedoch die hochgespannten Erwartungen derjenigen enttäuscht, die sich von dem Text eine grundlegende Neubewertung der historischen Personen Jesus und Judas erwartet oder erhofft haben. Als Beispiel unter Dutzenden von anderen ähnlich lautenden Beurteilungen seien hier nur zwei Vertreter aus dem Kreis der Experten kurz erwähnt. So teilte der Heidelberger Theologe Klaus Berger mit, in der gnostischen Literatur sei es üblich, alle negativen Aspekte der Bibel ins Positive zu wenden. Diese »gnostische Umwertung« sei der Wissenschaft bereits seit Langem bekannt. Auch der Berliner Handschriftenexperte Hans-Gebhard Bethge äußerte, der Text enthalte keine neuen historischen Erkenntnisse über das Leben Jesu und seiner Jünger und werde den vier biblischen Evangelien nicht den Rang ablaufen, und schon gar nicht werde er das Neue Testament umschreiben. Er werde jedoch das Wissen über das Phänomen der Gnosis bereichern.

Es soll jedoch nicht unerwähnt bleiben, dass es sehr wohl einzelne Theologen gibt, die sich dafür aussprechen, Judas in den Stand eines Heiligen zu erheben. Denn dass Jesu Auslieferung durch Judas heilsnotwendig war, wird von allen anerkannt. Durchgängig wird von der Mehrheit der Historiker und Kirchenforscher dem Judas-Evangelium jedoch keine Relevanz für den christlichen Glauben zugesprochen und eindrücklich belegt, dass die angebliche Brisanz des Textes nur eine Medienblase und wissenschaftlich nicht haltbar ist.

Wer sich genauer mit allen Aspekten des Judas-Evangeliums beschäftigen und auch die deutsche Übersetzung des gesamten Textes samt Erklärungen lesen möchte, dem sei im Internet die Website *Kirche & Theologie im Web*, zu finden unter der Adresse www.theology.de, hier wärmstens empfohlen. Auch auf vielen anderen theologischen und kirchlichen Sachgebieten hält diese Website für den Interessierten eine Fülle von Informationen und Beiträgen unterschiedlichen Spektrums bereit. In diesem Zusammenhang möchte ich mich auch sogleich bei Dr. Otto Ziegelmeier, dem Begründer und Geschäftsführer der Website, für seine großzügige Unterstützung bedanken. Sie hat mir die Arbeit in Bezug auf die apokryphen Schriften und das Judas-Evangelium sehr erleichtert. Hilfreiche Auskünfte erhielt ich dankenswerterweise auch von Prof. Dr. Andreas Dix von der Universität Bamberg.

Dank gebührt auch Frau Elizabeth Heckmann, die auf meine Stöße von Fachbüchern noch zwei dünne Bändchen legte, die es jedoch in sich hatten. Deren Lektüre führte zu neuen Anregungen und mir wichtigen Textstellen in meinem Roman. Ich hoffe, sie sieht es mir großherzig nach, dass ich den Namen ihrer engagierten Säkularvereinigung *Similitudo Dei*, die mit Himmerod eng verbunden ist, als Erkennungsworte bei den Telefongesprächen zwischen Trevor Seymour und Abbot verwendet habe.

Ein herzliches Dankeschön geht an Daniela Gauding und Hermann Simon vom Centrum Judaicum/Stiftung Neue Synagoge Berlin für ihre fachkundige Beratung und Übersetzung der Begriffe des Hexagons ins Hebräische.

Besonders großen Dank schulde ich, wieder einmal!, Abt Bruno Fromme hier vom Zisterzienserkloster Himmerod in der Eifel. Er versorgte mich nicht nur mit wichtiger einschlägiger Fachliteratur aus der umfangreichen Klosterbibliothek, sondern war mir auch während meiner diesjährigen monatelangen Schreibklausur zur Beendigung des Romans mit seiner Gastfreundschaft und seinem Interesse für meine Arbeit ein spiritueller Beistand ganz eigener Art. Auch hier muss ich ein »Wieder einmal!« hinzufügen.

Das gilt im selben Maß auch für die Patres und Brüder des Konvents, mit denen mich eine nunmehr fünfzehnjährige Freundschaft verbindet. Lieber Prior Pater Martin sowie Bruder Konrad, Petrus, Niklaus, Michael, Benedikt-Josef und Postulant Stefan und Felix, habt von Herzen Dank, dass ihr mich jedes Mal in eurer monastischen Gemeinschaft willkommen heißt, ja mir das Gefühl gebt, hier in Himmerod ein zweites Zuhause fern von meinem eigentlichen Zuhause zu haben! Und der Elektroheizofen war bei den dicken, kalten Steinmauern während der Wintermonate sein Gewicht in Gold wert!

Und was wäre ich in diesen langen Zeiten des elfstündigen Marathonschreibens ohne die Hilfe und Gefälligkeiten von Sigrid Alsleben, Karin May, Katja Rascopp und Christine Rob gewesen, die seit Jahren bei meinen Aufenthalten in vielfältiger Weise für mein alltägliches Wohlbefinden, meine Wäsche und meine Verbindung zur »Außenwelt« sorgen! Ihnen allen Dank und Gottes Segen!

Dank, so tief er auch empfunden ist, kommt dem nicht nahe, was ich meiner Frau Helga schulde. Nur eine große und starke Liebe vermag sowohl das Verständnis für meine Leidenschaft als auch das Opfer aufzubringen, mich trotz großen Trennungsschmerzes Jahr für Jahr mehrere Monate lang in »mein« Kloster ziehen zu lassen und im fernen Amerika auf meine Rückkehr zu warten. Es ist ein kostbares Geschenk, das ich mit Dankbarkeit annehme. Aber auch mit einer gewissen Beschämung, weil ich in den dreißig Jahren unseres gemeinsamen wunderbaren und wunder*samen* Lebens immer wieder meinen Beruf, den ich als bescheidene Berufung zum Geschichtenerzählen (mit sorgfältiger historischer Recherche und christlicher Grundströmung) verstehe, stets über alles andere stellen darf. Hiermit verspreche ich Dir, in Zukunft kürzerzutreten und mehr »an den Rosen zu riechen«, wie man dazu in den Vereinigten Staaten sagt, großes Byron-Gentlemans-Ehrenwort, mein Liebling!

Rainer M. Schröder
Himmerod, am 2. Advent 2007

Quellenverzeichnis

Theologie & Religion

Die Bibel – Altes und Neues Testament, Einheitsübersetzung, Herder Verlag, Freiburg 1993
Bibel heute: Das neu entdeckte Judasevangelium, 1. Quartal 2006
Rocco A. Errico: Das aramäische Vaterunser – Jesu ursprüngliche Botschaft entschlüsselt, Verlag H. J. Maurer, Freiburg 2006
Ruth Ewertowski: Judas – Verräter und Märtyrer, Urachhaus Verlag, Stuttgart 2000
Andreas Feldkeller: Warum denn Religion? – Eine Begründung, Gütersloher Verlagshaus, Gütersloh 2006
Peter Krause: Das Judasproblem – Von den spirituellen Hintergründen der Gewalt, Flensburger Hefte Verlag, Flensburg 1991
Herbert Krosney: Das verschollene Evangelium – Die abenteuerliche Entdeckung und Entschlüsselung des Evangeliums des Judas Iskarioth, Verlag National Geografic Society im White Star Verlag, Wiesbaden 2006
Alfred Läpple: Die geheimen Schriften zur Bibel – Apokryphe Texte des Alten und Neuen Testaments, Bassermann Verlag, München 2007
Horacio E. Lona: Judas Iskariot – Legende und Wahrheit, Herder Verlag, Freiburg 2007
Manfred Lütz: Gott – Eine kleine Geschichte des Größten, Pattloch Verlag, München 2007
Gabriele Mandel: Gezeichnete Schöpfung – Eine Einführung in das hebräische Alphabet und die Mystik der Buchstaben, Marix Verlag, Wiesbaden 2004
Joseph Ratzinger/Benedikt XVI.: Jesus von Nazareth, Herder Verlag, Freiburg 2007
Jürgen Werbick: Gott Verbindlich – Eine theologische Gotteslehre, Herder Verlag, Freiburg 2007

Städte, Landeskunde, Geschichte

Karl Baedeker: Great Britain, Verlag von Karl Baedeker, Leipzig 1890
Karl Baedeker: London, Verlag von Karl Baedeker, Leipzig 1890
Karl Baedeker: Österreich-Ungarn, Verlag von Karl Baedeker, Leipzig 1903
Karl Baedeker: Konstantinopel und Kleinasien, Verlag von Karl Baedeker, Leipzig 1905
Karl Baedeker: Egypt, Verlag von Karl Baedeker, Leipzig 1902
Glück/LaSperanza/Ryborz: Unter Wien – Auf den Spuren des Dritten Mannes durch Kanäle, Grüfte und Kasematten, Christoph Links Verlag, Berlin 2001
John Harris: Die Häuser der Lords und Gentlemen, Harenberg, Dortmund 1982
Leo Schmidt, Christian Keller u. Polly Feversham (Hrsg.): Holkham, Prestel Verlag, München 2005
Hermann Wagner: Methodischer Schul-Atlas, Justus Perthes Verlag, Gotha 1899
Max Winter: Schatzsucher von heute – Der Kanalstrotter im unterirdischen Wien, Wiener Illustrierte Zeitung vom 21. Januar 1934
Englische Burgen, Schlösser, Land- und Lusthäuser, Magazin du, Mai 1975
Wien – Illustrierter Wegweiser durch Wien und Umgebung, A. Hartlebens Verlag, Wien 1890

Bieber/Gruber/Herberstein/Hasmann: Geisterschlösser in Österreich, Ueberreuter Verlag, Wien 2004

Robert Bouchal/Josef Wirth: Verborgener Wienerwald – Vergessenes, Geheimnisvolles, Unbekanntes, Pichler Verlag, Wien 2003

Robert Bouchal/Johannes Sachslehner: Mystisches Wien – Verborgene Schätze, Versunkene Welten, Orte der Nacht, Pichler Verlag, Wien 2004

Emil Kläger: Durch die Wiener Quartiere des Elends und Verbrechens, Wien um 1900

Johann Prossliner: Licht wird alles, was ich fasse – Lexikon der Nietzsche-Zitate, Kastell Verlag, München 2000

Harald Roth: Kleine Geschichte Siebenbürgens, Böhlau Verlag, Köln 2007

Harald Roth (Hrsg.): Historische Stätten – Siebenbürgen, Kröner Verlag, Stuttgart 2003

Klaus Kreiser: Istanbul – Ein historisch-literarischer Stadtführer, C.H. Beck Verlag, München 2001

Jan Neruda: Die Hunde von Konstantinopel, Deutsche Verlagsanstalt, München 2007

Stephane Yerasimos: Konstantinopel – Istanbuls historisches Erbe, Tandem Verlag, Berlin 2000

Orhan Pamuk: Istanbul – Erinnerungen an eine Stadt, Hanser Verlag, München 2003

Peter Schreiner: Konstantinopel – Geschichte und Archäologie, C.H. Beck Verlag, München 2007

M. Capuani u. M. Paparozzi: Athos – Die Klostergründungen – Ein Jahrtausend Spiritualität und orthodoxe Kunst, Wilhelm Fink Verlag, München 1999

Helmut Fischer: Die Welt der Ikonen – Das religiöse Bild in der Ostkirche, Insel Verlag, Frankfurt am Main 1996

Franz Spunda: Legenden und Fresken vom Berg Athos, J. F. Steinkopf Verlag, Stuttgart 1924

Franz Spunda: Der Heilige Berg Athos – Landschaft und Legende, Insel Verlag, Leipzig 1928

Barbara Hodgson: Die Krinoline bleibt in Kairo – Reisende Frauen 1650–1900, Gerstenberg Verlag, Hildesheim 2004

Robert Solé/Marc Walter: Legendäre Reisen in Ägypten, Frederking & Thaler Verlag, München 2004

Orient-Express

E. H. Cookridge: Orient Express – The Life and Times of the World's Most Famous Train, Random House, New York 1978

Constantin Parvulesco: Orient-Express – Zug der Träume, Transpress Verlag, Stuttgart 2007

Berndt Schulz: Zu Gast im Orient-Express, Kunstverlag Weingarten, Weingarten 1998

Werner Sölch: Orient-Express – Glanzzeit, Niedergang und Wiedergeburt eines Luxuszuges, Alba Verlag, Düsseldorf 1998

M. Wiesenthal: The Belle Époque of the Orient Express, Crescent Books, New York 1979

Vermischtes

F. L. Bauer: Entzifferte Geheimnisse – Methoden und Maximen der Kryptologie, Springer Verlag, Heidelberg 2000
Peter Bieri: Wie wollen wir leben? ZEIT-Magazin Leben Nr. 32, 2007
Arno Borst: Barbaren, Ketzer und Artisten, 1988
Marco Carini: Freimaurer – Die geheime Gesellschaft, Parragon Books, Bath
G. K. Chesterton: Die Wildnis des häuslichen Lebens, Berenberg Verlag, Berlin 2006
Adrian Fisher u. Howard Loxton: Geheimnis des Labyrinths, AT Verlag, Aarau 1998
Manfred Geier: Worüber kluge Menschen lachen – Kleine Philosophie des Humors, Rowohlt Verlag, Reinbek bei Hamburg 2006
Brian Innes: Das große Buch der Fälschungen – Die Tricks der größten Fälscher aller Zeiten, Tosa Verlag, Wien 2006
Will-Erich Peuckert: Geheimkulte – Das Standardwerk, Nikol Verlag, Hamburg 2005
Klaus-Rüdiger Mai: Geheimbünde – Mythos, Macht und Wirklichkeit, Lübbe Verlag, Bergisch Gladbach 2006
Peter von Matt: Die Intrige – Theorie und Praxis der Hinterlist, Carl Hanser Verlag, München 2006
Marion Zerbst u. Werner Waldmann: Zeichen und Symbole – Herkunft, Bedeutung, Verwendung, DuMont Verlag, Köln 2006
Juan Bas: Die Taverne zu den drei Affen – und andere Geschichten über das Pokern, Europäische Verlagsanstalt, Hamburg 2003
Andy Bellin: Fullhouse – Die Poker-Spieler und ihre Geheimnisse, Europa Verlag, Hamburg 2002
Andy Haller: All in! – Pokern für Einsteiger, Bassermann Verlag, München 2007
Jan Meinert: Die Poker-Schule, Knaur Verlag, München 2007
Agatha Christie: Tod im Orient-Express, Fischer Taschenbuch Verlag, Frankfurt am Main 2005
Graham Greene: Der dritte Mann, Deutscher Taschenbuch Verlag, München 2004
Ralf Peter Märtin: Dracula – das Leben des Fürsten Vlad Tepes, Wagenbach Verlag, Berlin 2004
Bram Stoker: Dracula, Arena Verlag, Würzburg 2007

Bildnachweis

Bildarchiv Preußischer Kulturbesitz (bpk), Berlin: S. 13, S. 505, S. 603

Wir danken allen Lizenzgebern für die freundliche Zustimmung zum Abdruck der Fotos. Sollten, trotz intensiver Nachforschungen des Verlages, Rechteinhaber nicht ermittelt worden sein, so bitten wir diese, sich mit dem Verlag in Verbindung zu setzen.

Rainer M. Schröder

Das unsichtbare Siegel

Winter 1888 im Kohlerevier an der Ruhr: Die Grubenarbeiter erhalten Hungerlöhne für lebensgefährliche Arbeit. Da wollen einige von ihnen das Äußerste wagen: Streik! In dieser brenzligen Situation begegnen sich der 17-jährige Franz und die gleichaltrige Lena. Welten trennen den jungen Kohlenschlepper von Lena, die ihren Vormund, den Zechendirektor, besucht. Doch die beiden kämpfen um ihre Liebe.

424 Seiten.
Arena-Taschenbuch.
ISBN 978-3-401-02240-6
www.arena-verlag.de

Rainer M. Schröder

Das Vermächtnis des alten Pilgers

Die letzten Worte des alten Pilgers Vinzent werden im leidvollen Leben des 16-jährigen Marius „Niemandskind" zum langersehnten Lichtblick: „Folge dem Morgenstern..." Damit kann nur eines gemeint sein – er soll sich dem Kreuzfahrerheer anschließen, welches das Heilige Land von den Ungläubigen befreien will. Marius macht sich auf den gefahrvollen Weg ...

Arena

488 Seiten.
Arena-Taschenbuch.
ISBN 978-3-401-50214-4
www.arena-verlag.de